Bernhard Leinweber

Phygene und die Amazonen

Die Suche nach Eika

Band VI

Bernhard Leinweber

Phygene und die Amazonen

Die Suche nach Eika

Band VI

Brighton Verlag® GmbH

1. Auflage Framersheim Dezember 2020
ISBN 978-3-95876-773-7
Covergestaltung: Ernst Trümpelmann, unter Verwendung einer Illustration von ©AdobeStock_60327963
Satz: Ernst Trümpelmann
Lektorat: Brighton Lectors®

Verlag und Druck:
Brighton Verlag® GmbH, Mainzer Str. 100, 55234 Framersheim
www.brightonverlag.com
info@brightonverlag.com
Geschäftsführende Gesellschafterin: Sonja Heckmann
Zuständiges Handelsregister: Amtsgericht Mainz
HRB-Nummer: 47526
Mitglied des Deutschen Börsenvereins: Verkehrsnummer 14567
Mitglied der GLS Gemeinschaftsbank eG Bochum
Mitgliedsnummer: 58337
Genossenschaftsregister Nr. 224, Amtsgericht Bochum

Bibliografische Information der Deutschen Nationalbibliothek:
Die Deutsche Nationalbibliothek verzeichnet diese Publikation in der Deutschen Nationalbibliografie; detaillierte bibliografische Daten sind im Internet über http://dnb.d-nb.de abrufbar.

Für Martin

Eine gute Freundschaft ist viel mehr wert als ein Beutel voller Gold!
Sebrandia, Königin der Amazonen

Rückreise

Die Königin hatte mit ihren Amazonen die Stadt Kamäria verlassen und war auf dem Rückweg nach Hause. Während einer Rast in einer schönen Waldlichtung unterhielt sie sich angeregt mit ihren Leuten und sagte: „Bis die Suche nach Eika losgeht, wird es wohl noch einige Zeit dauern. Die Karamäer müssen erst mal zuhause mit der neuen Situation fertig werden und klare Verhältnisse schaffen. Und das kann noch dauern. Der arme Karamis ist der Bruder des Königsmörders und hat keinen leichten Stand. Die königliche Familie ist sich uneinig, was die Suche nach Eika betrifft. König Godric ist dafür, aber seine Schwester, Prinzessin Herma, ist dagegen. Mal sehen, wer sich durchsetzen wird. Ich hoffe, dass Godric gewinnt. Doch wenn es soweit ist, müssen wir bei der Suche helfen, schließlich sind wir den Karamäern zum Dank verpflichtet. Und außerdem haben wir den berühmten Sklavenhändler Alam Bun Kusom."

Samira und Androxidopa hörten zu und wussten genau, dass sie schon viel zu lange gewartet hatten. „Wir müssen es der Königin sagen! Unbedingt!", flüsterte die Keltin zu ihrer Freundin.

„Ich habe aber Angst!", sagte Samira.

„Egal! Es muss sein! Jetzt und hier!"

Beide Frauen gingen zu ihrer Königin, Androxidopa sagte aufgeregt: „Meine Königin, Samira und ich müssen Euch etwas sehr Wichtiges mitteilen."

Sebrandia schaute die rothaarige Unteroffizierin fragend an und sprach: „Aha! Na dann, schießt los!"

Zaghaft sagte Samira: „Eure Hoheit, es sind aber leider … äh … schlechte Nachrichten."

„Ja, leider sehr schlecht. Im Hauptlager ist etwas passiert", ergänzte die Keltin.

„Was ist passiert?", fragte Sebrandia laut und jeder wusste, ihre gute Laune war dahin.

Samira hatte so viel Angst, dass sie in Tränen ausbrach, was die Königin noch ungehaltener werden ließ. Sie befürchtete das Schlimmste und fragte: „Ist etwas mit meinen Kindern?"

„Nein, nein! Den königlichen Töchtern geht es sehr gut."

„Den Göttern sei Dank. Was ist los! Sprecht endlich! Das ist ein Befehl!"

Androxidopa sagte: „Jawohl, Königin. Es betrifft den Gefangenen Alam Bun Kusom."

„Aha! Was ist mit ihm?"

„Er … äh … liegt im Lazarett!"

„Was? Wieso?"

„Er … äh … ist verletzt, schwer verletzt!"

„Schwer verletzt? Wollte er fliehen? Oder war es ein Unfall im Steinbruch?"

„Äh … nein!"

„Verflixt noch mal! Was ist passiert? Lasst euch doch nicht alles aus der Nase herausziehen!"

„Er … äh … wurde überfallen und zusammengeschlagen."

„Was? Im Hauptlager der Amazonen?"

„Äh … ja!"

„So etwas gibt es doch gar nicht! Wer war das?"

„Äh … das Ehepaar Meleas und Elisande!"

„Das darf doch nicht wahr sein! Stimmt das wirklich?"

„Wir schwören, wir sprechen die Wahrheit!"

„Diese Verbrecher! Das dürfen die nicht! Alam ist unentbehrlich für die Suche nach Eika!"

„Das … äh … wussten die beiden offensichtlich nicht."

„Das ist mir egal! Die können doch nicht einfach jemanden zusammenschlagen! Ich glaube, es geht los! Ich werde die beiden mit aller Härte bestrafen lassen! Verdammt, warum haben die das getan?"

„Nun, äh … sie waren früher einmal Sklaven von Alam Bun Kusom, und sind von ihm … sehr schlecht behandelt worden. Dafür haben sie sich …äh … gerächt", erklärte Androxidopa.

„Aha! Gerächt? Ohne mich vorher zu fragen? Alam ist mein Gefangener, mein Eigentum! Ein unverschämtes Vergehen ist das! Wird er wieder gesund?"

„Als wir das Hauplager verließen, sah es nicht gut aus. Wir wissen es nicht", sagte Samira vorsichtig und zog ihren Kopf ein.

„Wah! Verdammter Mistkram!", fluchte die Königin.

Dann fragte sie: „Alam wurde doch ständig bewacht. Wer war für seine Bewachung verantwortlich, als er zusammengeschlagen wurde?"

Androxidopa stotterte: „Das … äh … das war ich.“

Wütend baute sich Sebrandia vor der hochgewachsenen Keltin auf und schaute sie scharf an. Die Untergebene verstand sofort, ging auf die Knie und jammerte: „Ich bitte um eine gerechte Bestrafung.“ „Das kannst du haben!“, sprach die Königin und verpasste ihr eine kräftige Ohrfeige.

Dann ließ sie von ihr ab und knurrte: „Mann, bin ich sauer! Ich muss mal pissen!“

Sie drehte sich um und ging in Begleitung ihrer Leibwächterinnen in Richtung Wald.

Phygene hatte das alles mit Schadenfreude beobachtet. Mit etwas Verachtung schaute sie die noch kniende Androxidopa an und dachte an den Zweikampf, den sie vor kurzer Zeit mit ihr hatte. Der großen Blonden war damals so übel, dass sie sich sogar übergeben musste, und dass auch noch direkt auf ihre Gegnerin. Dennoch hatte Androxidopa nicht den Hauch einer Chance gegen sie.

Ein triumphierendes Gefühl der Überlegenheit stieg in Phygene auf. Sie wusste genau, sie war die stärkste aller Kriegerinnen. Und sie wollte die Stärkste sein, bewundert von allen Amazonen. Und so schnell würde ihr keine andere Kriegerin diesen Titel wegnehmen können.

Sie mochte die rothaarige Keltin nicht, die unsymphatisch auf sie wirkte. Vielleicht war das auch der Grund, warum Phygene ihr die Hauptschuld daran gab, dass Anto die Amazonen verlassen hatte, obwohl sie eigentlich nichts dafür konnte. Doch diese Wahrheit verdrängte Phygene einfach.

Sie nutzte die Gunst der Stunde. In einer überheblichen Stimmung ging sie zur Unteroffizierin und sprach sie mit falscher Freundlichkeit an: „Guten Tag, Androxidopa.“

„Oh! Guten Tag, Frau Offizierin Phygene.“

„Du kannst meinen Rang ruhig weglassen und normal mit mir sprechen, ich bin nicht im Dienst.“

„Danke, Phygene.“

„Schon gut! Ich wollte dich nur fragen, ob und wann du unser kleines Duell fortsetzen willst. Es musste ja wegen Liasra abgebrochen werden. Zu deinem Glück, ich war dabei, dich fertigzumachen!“

In Androxidopa stieg der Zorn hoch, als sie das hörte. Mit fletschenden Zähnen fauchte sie: „Du hattest mich vollgekotzt! Das war ekelhaft und erniedrigend!“

„Ja, das war es ganz bestimmt! Wer will schon vollgekotzt werden? Aber das tut mir nicht leid. Du bist eine Hexe und ich bin mir sicher: Du hattest irgendwas Schmutziges gemacht, dass mir so schlecht wurde! Du steckst dahinter! Gib es zu!“

„Was kann ich dafür, wenn dir schlecht war? Gar nichts habe ich gemacht!“

„Hast du doch!“, fauchte Phygene und baute eine Angriffsposition vor ihr auf.

Ein Streit lag in der Luft. Gezwungenermaßen nahm die Keltin sofort eine Verteidigungshaltung ein, während sich viele Amazonen um die beiden Kontrahenten versammelten und gespannt auf eine Schlägerei warteten.

Phygene sprach überheblich und provozierend: „Komm her, du rote Feuerhexe! Ich schlage dir auf dein Lügenmaul!“

Dazu lachte sie höhnisch und ballte ihre Fäuste, während Androxidopa es mit der Angst zu tun bekam und dachte: „Das kann nicht sein! Diese Verrückte will sich wirklich mit mir prügeln. Was soll ich nur tun?“

Phygene grinste überheblich, ging mit der rechten Hand an Androxidopas Wange und streichelte sie. Die Keltin stand da, wie erstarrt, ließ sich das gefallen und traute sich nicht, die Hand der blonden Offizierin wegzuschlagen.

Viele Amazonen hatten sich versammelt und schauten diesem seltsamen Schauspiel gespannt zu. Jetzt tätschelte Phygene sogar ihre Gegnerin im Gesicht, was jeden Moment das Fass zum Überlaufen bringen musste.

„Gleich geht es los“, dachten die Zuschauer.

Doch dann kam die Königin zurück und schon war alles beendet.

Sie schaute verwundert ihre Untergebenen an und fragte: „Ist etwas mit euch?“

„Nein, nein! Alles bestens, liebe Königin. Wir freuen uns auf unser Zuhause“, antwortete Phygene verschmitzt.

Sebrandia klatschte in die Hände und rief laut: „Phygene hat recht! Die Rast ist beendet! Auf die Pferde! Ich will nach Hause zu meinen Kindern!“

Heimkehr

Am späten Nachmitag erreichten sie die Grenzen des Amazonenlandes, wo ihnen zwei Späherinnen entgegenkamen. Sie grüßten die Königin höflich und geleiteten sie zu einem Außenlager. Dort gab es neben einem kleinen Truppenlager mehrere Bauernhöfe und Pferdehöfe.

Die ländlichen Bewohner grüßten ihre Königin und ihren Anhang überaus freundlich und boten ihnen Essen und Trinken an. Obwohl es Sebrandia eilig hatte, nahm sie die Einladung an und machte auf einem Bauernhof eine Rast. Der Jubel und die Freude waren groß, als sie an einem einfachen Tisch in einem Bauernhaus Platz nahm. Gerne unterhielt sie sich mit den bäuerlichen Leuten und genoss die Beliebtheit, die sie bei ihren Untergebenen hatte. Sie spürte, dass diese Beliebtheit echt war und nicht gespielt. Sie konnte das ganz genau unterscheiden, wie kaum ein anderer Herrscher auf dieser Welt.

„Sie lieben ihre Königin. Sie lieben … mich! Ich kann es fühlen. Ich bin wieder zuhause, bei meinem wunderbaren Volk. Ich mag diese Menschen, die so ehrlich, einfach und unkompliziert sind", dachte sie.

Und sie war auch in der Lage, diese Liebe an ihr Volk zurückzugeben. Das machte sie zu einer außergewöhnlich guten Herrscherin.

Bald stand sie auf und sprach: „Liebe Leute, wenn es am schönsten ist, soll man aufbrechen. Es ist so wunderbar, bei euch zu sein. Aber leider muss ich jetzt zu meinen Kindern, sie vermissen ihre Mutter so sehr. Aber ich verspreche euch, ich komme wieder und bringe meine Töchter mit. Ihr alle sollt sie sehen und kennenlernen."

Ein zustimmender Jubel ging durch die Leute. Danach zogen die Königin und ihr Gefolge weiter zum Hauptlager.

In der königlichen Burg standen viele Kriegerinnen Spalier, als Sebrandia von der Offizierin Nadsch begrüßt wurde: „Willkommen zu Hause, meine Königin. Wir freuen uns vom ganzen Herzen, Euch wohlbehalten wiederzusehen."

„Danke, liebe Nadsch. Ich hoffe, du hast mich gut vertreten?"

„Aber selbstverständlich, meine Königin. Es gab teilweise sehr viel zu tun, aber es war mir stets ein Vergnügen."

Dass es kaum etwas zu vertreten gegeben hatte und sich Nadsch eine schöne ruhige Zeit in den königlichen Gemächern gemacht hatte, behielt sie einfach für sich.

„Wie geht es meinen Kindern?"

„Den königlichen Töchtern geht es ausgezeichnet. Sie waren beziehungsweise sind stets wohlbehütet."

„Das ist gut. Ich muss sofort zu ihnen."

„Jawohl, Königin!"

Sie eilte in das Kinderzimmer und erblickte ihre sechs kleinen Adoptiv-Töchter, die auf dem Boden herumkrabbelten und spielten. Mindestens zehn Kindermädchen und Ammen waren bei ihnen, was reichlich übertrieben war.

Sebrandia begrüßte ausgiebig jedes einzelne ihrer Kinder. Sie wurden gedrückt, geschmust und geküsst. So viel, dass Nadsch dachte: „Na, die übertreibt es etwas."

Nach der langen Begrüßung sagte Sebrandia zu Nadsch, der vom Zusehen schon langweilig wurde: „So, Frau Offizierin. Gab es etwas Besonderes? Bitte berichte mir!"

„Jawohl, Königin! Wir hatten leider zwei Todesfälle."

Sebrandia erschrak und dachte an Alam. Doch Nadsch sagte: „Das Ehepaar Melidoris ist verstorben."

„Oh! Das ist tragisch! Na ja, sie waren beide über 70 Jahre alt und hatten eine angeschlagene Gesundheit. Mögen die Götter ihre Seelen aufnehmen."

„Ja, Königin. Wir haben sie mit allen Ehren bestattet."

„Das ist gut! Sie hatten ein langes und erfülltes Leben. Wer weiß, ob wir so alt werden wie die Melidoris. Ich wünsche es mir! Meine Kinder brauchen mich!"

„Ganz recht, liebe Königin! Jetzt eine freudige Nachricht: Die Frau namens Tia Conia hat einen gesunden Jungen zur Welt gebracht." „Schade, dass es kein Mädchen ist", dachte die Königin, sagte aber: „Das ist schön. Ich freue mich für sie. Bitte berichte weiter."

„Ja, Königin. Zwei erkrankte Sariner und ein verletzter Tuskaner haben um heilkundige Hilfe gebeten. Ich habe es gestattet und sie liegen in unserem Lazarett."

„Aha! Na, hoffentlich nehmen sie unseren Leuten nicht die Plätze weg."

„Aber nein, Königin. Das Lazarett ist fast leer, unser Volk ist bei bester Gesundheit. Außer ihnen liegt dort nur noch der Sklave Alam Bun Kusom. Er wurde überfallen und niedergeschlagen."

Sebrandias Laune verschlechterte sich und sie sagte: „Es wurde mir berichtet! Ich bin äußerst ungehalten wegen dieser Untat! Wie geht es ihm?"

„Soweit ich informiert bin, ist er auf dem Weg der Besserung. Seine Tochter Fajah kümmert sich jeden Tag um ihn."

„Na, wenigstens etwas Gutes. Hast du die Täter bestrafen lassen?"

„Äh … nein, meine Königin! Meleas und Elisande haben ja nur einen … äh … Sklaven niedergeschlagen."

„Das tut nichts zur Sache! Der Gefangene ist mein Eigentum! Und er ist sehr wichtig. Wir brauchen ihn für eine Suchaktion in diesen Sklavenmarkt-Städten. Er soll ein entführtes Mädchen für uns finden!"

„Hoheit, meint Ihr die Nichte des Herrn Botschafters?"

„Ganz genau! Höre mir zu, Nadsch! Sage Aurora und Ben bescheid, sie sollen ihr Bestes geben und ihn gesund machen! Das ist eine königliche Anordnung!"

„Ich verstehe. Jawohl, Königin!"

„Und bringe Meleas und Elisande zu mir!"

„Jawohl, Königin!"

Minuten später stand das junge Ehepaar vor der Königin. Elisande hielt ihr Baby in den Armen und sagte aufgeregt, aber selbstbewusst: „Meine Königin, wir wissen, es geht um den Sklavenhändler."

„Ganz genau! Ihr habt ihn ganz schön verprügelt! Das hättet ihr nicht tun dürfen. Ich bin sehr verärgert, ihr habt mich bitter enttäuscht!"

„Wir bitten um Vergebung. Wir haben erst heute erfahren, wie wichtig er ist", sagte Elisande und machte ein reuiges Gesicht.

„Ja, das ist er. Und ich habe den Karamäern versprochen, ihnen bei der Suche nach Eika zu helfen. Dazu brauchen wir jemand, der sich sehr gut im Sklavenhandel auskennt. Wie sollen wir das machen, ohne Alam Bun Kusom?"

Meleas sagte: „Edle Königin, wir bitten um Verzeihung. Das war sehr dumm von uns. Aber dürften wir Euch erläutern, warum wir uns an ihm gerächt haben?"

„Ich kann es mir denken. Er ist ein Verbrecher, hat euch schlecht behandelt und so weiter und so weiter. Doch das ist jetzt alles zweitrangig. Ihr habt großen Schaden angerichtet und dafür werde ich euch bestrafen!“

„Wir bitten um Gnade, liebe Königin. Wir haben doch ein kleines Kind“, jammerte Elisande.

„Deshalb soll Meleas ein Teil deiner Strafe übernehmen!“

„Aber Königin, dann werde ich ja doppelt bestraft.“

„Na und? Du bist doch ein richtiger Mann! Außerdem ist es keine richtige Strafe. Es ist nur die Arbeit, die Alam hätte machen sollen.“
„Ihr meint, Arbeit im Steinbruch?“

„Nein! Etwas unangenehmer. Es wird dir ganz schön stinken.“

„Oje, was ist es denn, edle Königin?“

„Die zahlreichen Latrinen in meiner Burg sind voll. Du schaufelst sie leer und bringst den Dung auf die Äcker aus. Und damit es schneller geht, soll Elisande dir gelegentlich dabei helfen. Euer Kind könnt ihr bei der guten Miragene im Kinderhort abgeben!“

Meleas stellte sich den ekelhaften Gestank vor und musste schlucken, er war kurz davor in Tränen auszubrechen und stotterte: „Jawohl, meine Königin!“

Phygene wurde vor ihrem Haus von ihrer Katze begrüßt. Schon weit vor der Haustür rannte sie auf sie zu, miaute vor Freude, stellte ihren Schwanz hoch und strich schmusend um ihre Beine.

„Hallo, meine Miezekatze. Oh, was habe ich dich vermisst!“, sagte Phygene lächelnd, nahm das sich freuende Tier in ihre starken Arme und streichelte und kraulte es. Die Katze genoss es und dankte es mit einem lauten Schnurren.

Der alte Hausdiener öffnete die Haustür, hielt einen kleinen Blumenstrauß in der Hand und sagte mit einem Lächeln: „Herrin Phygene, Herrin Mirakel, ich freue mich so, euch wiederzusehen.“

„Der Alte freut sich ja wirklich“, dachte Phygene und umarmte ihn, während sie immer noch die Katze in den Armen hielt.

„Ich habe gut auf die Katze aufgepasst und sie immer gefüttert. Außerdem ist die Wohnung aufgeräumt und so sauber, wie schon lange nicht mehr“, äußerte der Sklave.

„Ich sehe es! Und ich danke dir! Bitte stelle die schönen Blumen in eine Vase“, sagte die Hausherrin und schaute sich staunend ihre große Offizierswohnung an, die wirklich in einem tadellosen Zustand war.

Nun kam auch Jebro dazu. Er rannte Phygene fast um vor lauter Freude und grüßte seine Herrin: „Es ist einfach wunderbar, dass du wieder da bist. Beste Herrin der Welt!“

„Danke, Jebro!“, sprach die Hausherrin erfreut und drückte ihren Waffenträger-Jungen innig und liebevoll.

Danach begrüßte er Mirakel und stellte fest, dass Tolpel nicht da war. „Wo ist denn Tolpel?“, fragte er.

Phygenes Blick wurde ernst, als sie sagte: „Er ist nicht mehr unter uns!“

Jebro konnte es kaum glauben und hörte fassungslos zu, als Phygene erzählte, was geschehen war. Danach sagte er: „Ich werde zu meinem Gott für Tolpel beten.“

„Ja, tue das. Vielen Dank, Jebro.“

„Ich werde auch für ihn beten, im Tempel unserer wahren Götter“, sagte Mirakel, aber in einem Ton, als wolle sie eine Diskussion über den richtigen Glauben entfachen.

Jebro ging nicht darauf ein, er schwieg und blieb in sich gekehrt, als würde er in Gedanken beten.

Etwas später, als Phygene meinte, er hätte das Gebet beendet, fragte sie ihn: „Wie geht es dem Mädchen Fajah?“

Überraschenderweise antwortete Jebro etwas schlecht gelaunt: „Fajah? Ich weiß es nicht. Ist mir auch egal! Ich bin jetzt an einem anderen Mädchen interessiert.“

„Oh, das wusste ich nicht! Das finde ich sehr schade! Was ist passiert mit dir und Fajah?“, fragte Phygene ganz offen und rücksichtslos.

„Fajahs Vater ist ein Verbrecher, ein verdammter Sklavenhändler.

Ich habe sie vor die Wahl gestellt, entweder er oder ich. Sie soll sich von ihrem Vater lossagen, doch das will sie nicht. Mir egal, es gibt auch andere schöne Mädchen.“

Phygene, Mirakel und sogar der Hausdiener konnten spüren, dass es Jebro keinesfalls egal war und dass er sich offenbar in einer schwierigen Lage befand, doch das wollte keiner sagen.

Phygene meinte: „Nun ja, Fajah hat eine sehr starke Bindung zu ihrem Vater. So etwas kommt vor.“

Mirakel gab zu bedenken: „Du willst ja irgendwann heiraten und eine Familie gründen. Dafür sind die Amazonenmädchen nicht so gut geeignet. Du weißt ja, wie wir Amazonen sind.“

„Ich weiß! Trotzdem sind es ganz tolle Mädchen.“

Wenig später lagen Mirakel und Phygene in ihrem Bett, ruhten sich aus und flüsterte miteinander: „Du, Phygene, ich denke, der Jebro liebt die Fajah. Dieses andere Mädchen ist für ihn nur ein Mittel, um Fajah unter Druck zu setzen."

„Ja, genau! He, Fajah, schau, ich kann jederzeit eine andere haben! Das ist typisch für Männer!"

„Genau die gleichen Gedanken hatte ich auch."

„Das ist schön! Das Leben mit dir ist schön!", sagte Phygene sanft und innig und umarmte sie.

Mirakel spürte wieder ganz intensiv ihre Zuneigung zu ihrer Lebenspartnerin. In schönen Gedanken versunken streichelte sie zart den Bauch ihrer Geliebten. Obwohl sie schon so lange zusammen waren, konnte Mirakel es immer noch nicht fassen, wie groß und stark Phygene war. Sie war fasziniert von dieser unglaublichen Frau, die so muskulös wie ein junger durchtrainierter Athlet war und dennoch die schönen weiblichen Rundungen besaß.

Immer wieder schaute sie sich interessiert den Körper der großen Blonden an, streichelte ihre makellose Haut, berührte ihre kräftigen Muskeln und dachte: „Welch ein Meisterwerk eines Menschen haben hier die Götter vollbracht? Sie ist ein Wunder der Natur, eine große Ausnahme in der göttlichen Schöpfung. Und ich bin es, mich haben die Götter ausgewählt, die Partnerin dieses einzigartigen Meisterwerks sein zu dürfen. Sie gehört mir! Niemand darf mir meine Geliebte wegnehmen! Niemand! Niemals mehr möchte ich vermissen, neben ihr zu liegen, von ihr gehalten zu werden, ihre Wärme zu spüren, ihre Zärtlichkeit zu fühlen … und ihre Liebe zu empfangen. Für mich ist sie der Mensch, der das Paradies auf Erden bringt. Doch was wird sein, wenn dieser nordische Hauptmann namens Hogerwart wiederkommt?"

Als ob Phygene Mirakels Gedanken gelesen hätte, fragte sie völlig unerwartet: „Du Kleines, was ich dich fragen wollte: Was machen wir, wenn Hogerwart eines Tages wiederkommt?"

Mirakel war etwas perplex und dachte nach, dann fragte sie: „Warum fragst du das? Denkst du an ihn?"

„Ja, ich gebe es zu. Ich denke oft an ihn."

„Aha! Und würdest du mit ihm ins Bett gehen?"

„Ja! Ich würde gerne mit ihm Sex haben. Ich träume oft davon und würde so gerne wissen, wie das wäre. Sex mit einem richtigen Mann! Er hat bestimmt einen großen Penis, Hihi!"

„Und das sagst du mir einfach so?"

„Äh … ja, warum nicht?"

„Du bist gemein! Du machst mich eifersüchtig!"

„Aber ich will doch nur ehrlich zu dir sein. Du sagst doch immer, wir sollen über alles reden!"

„Ja, das stimmt."

„Na also! Und wovon träumst du, kleines Mirakelchen? Bestimmt davon, dass du gerne einen Kopf größer wärst?", kicherte Phygene.

„Oh, du bist gemein! Nein, ich träume davon, dass ich dich nackt an das Bett fessele und deine Beine geöffnet festbinde."

„Oho! Und was dann?"

„Dann binde ich mir meinen Spezialgürtel um, befestige den künstlichen Penis und dringe in deine hübsche feuchte Vagina ein! Ich mache es dir, wie es Hogerwart nicht besser könnte!"

„Oh, das wäre gemein!"

„Aha! Und wieso?"

„Du weißt, ich will das nicht!"

„Aber mit Hogerwart würdest du es wollen. Das verstehe ich nicht! Erkläre es mir!"

„Ich kann das nicht erklären! Ich bin halt so!"

„Das ist ungerecht! Hogerwart dürfte mit dir etwas machen, was ich nicht darf!"

„Naja, er ist ja auch ein richtiger Mann und keine Zwergin!"

„Wah! Du machst mich wütend, du böses blondes Weib! Ich haue dir jetzt auf den Hintern!"

„Aua! Ach, du bist so süß, wenn du wütend bist!"

Freyda

Freyda kam mit ihrem Kind in den Armen zu Burga. Sie machte ein ernstes besorgtes Gesicht und fragte zurückhaltend mit ihrer hellen, schüchternen Stimme: „Du Burga, dürfte ich eine sehr wichtige Sache mit dir besprechen?"

Die Offizierin runzelte die Stirn und dachte nach, was die junge Mutter mit der entstellten Gesichtshälfte meinen könnte. Schließlich fragte sie: „Aber gerne, liebe Freyda. Was ist dir denn so wichtig?"

„Nun, ich habe schon mit den Heilkundigen darüber geredet, mit Aurora, mit Ben und auch mit Samira. Aber sie alle glauben mir nicht, sie halten mich für verrückt und meinen, ich hätte irgendwelche Wahnvorstellungen."

„Ich verstehe gar nichts! Was meinst du?"

Freydas Stimme wurde noch ernster, fast etwas unheimlich, als sie sagte: „Ich weiß, dass eine schreckliche Seuche kommen wird. Und viele Menschen, viele Amazonen und vielleicht sogar wir könnten daran sterben, wenn wir nichts dagegen unternehmen!"

Burga fiel die Kinnlade herunter, solche Worte hatte sie von dieser kleinen zierlichen Frau noch nie gehört. Sie wusste nicht, was sie sagen sollte und meinte fast, Freyda sei krank oder hätte den Verstand verloren.

Mit ernstem Gesicht und stechenden Augen sprach die kleine Frau weiter: „Ich weiß es ganz sicher! Diese furchtbare Seuche wird kommen und tausende von Menschen dahinraffen. Die Menschen werden erkranken und sich gegenseitig anstecken. Sie werden immer schwächer werden und dahinsiechen. Viele werden sterben! Doch wir können das verhindern, wir müssen es verhindern, Burga!"

Die kräftige Offizierin schüttelte den Kopf und fragte ungläubig: „Woher willst du das wissen, Freyda?"

„Ulme hat es mit gesagt!"

„Ulme? Wer ist Ulme?"

„Mein Kind, meine Tochter. Ach Götter, du warst lange Zeit nicht da. Ich habe vergessen dir zu sagen, dass ich meinem Kind den Namen Ulme gegeben habe."

„Das ist sehr schön, aber …"

„Aber was?"

„Aber dein Kind ist doch noch viel zu klein, und sprechen kann es auch noch nicht."

„Ja, du hast ja recht. Aber ich kann mich mit ihr in Gedanken unterhalten. Sie ist schließlich mein Kind und außerdem …"

„Was außerdem?"

Freyda ging ganz nahe zu Burgas Ohr und flüsterte: „Sie ist die Wiedergeburt der Ulme, dem weiblichen Stammeshäuptling, die vor Tausend Jahren hier in dieser Gegend gelebt hat. Bitte sage es nicht weiter, die halten mich sonst für verrückt. Und das hier ist der Tausend Jahre alte Wolfszahn, den Ulme einem Wolf aus dem Maul gezogen hatte. Der Zahn stand schief, der arme Wolf wäre daran gestorben. Dieser Zahn ist ein Glücksbringer, Liasra hat ihn mir gegeben. Ich soll etwas machen, damit der Zahn dem ganzen Amazonenvolk Glück bringt und nicht nur einer Person allein. Wie ich das machen kann, weiß ich noch nicht. Aber ich werde das mit meiner Tochter Ulme besprechen, uns wird schon etwas einfallen!"

Freyda ließ demonstrativ den Zahn hin- und her pendeln. Burga ließ das völlig kalt und sie sagte verärgert: „Soso! Mit deiner einjährigen Tochter besprechen!"

„Ja, genau! Wie gesagt, in Gedanken spricht sie mit mir. Aber bitte sage es nicht weiter, das würde mir keiner glauben!"

Burga wurde es nun zu bunt. Sie mochte die zarte junge Frau sehr, doch das war zu viel. Mit harschem Ton sprach sie: „Und ich glaube dir auch nicht. Und jetzt höre bitte auf mit diesem Unsinn!"

Sofort brach Freyda in Tränen aus, streichelte ihr Kind und jammerte: „Oh Götter, nein! Du glaubst mir auch nicht! Aber es ist wahr! Die schreckliche Seuche wird kommen! Ulme hat es mir gesagt!"

„Jetzt reicht es mir! Ich hatte einen harten Tag und will jetzt meine Ruhe haben. Kein Wort mehr davon, oder ich werfe dich raus!"

„Das brauchst du nicht! Ich gehe freiwillig!", sagte Freyda weinend und eilte mit ihrem Kind davon.

Während Freyda diese Nacht in der Hütte des Kinderhorts verbrachte, lag Burga allein im Bett ihrer großen Offizierswohnung.

Sie schlief schlecht, wälzte sich ständig hin und her und hatte einen Albtraum. Sie sah furchtbare Bilder von pestkranken Menschen, die stöhnend herumlagen und dem Tode nahe waren. Die Bilder kamen näher und sie erkannte Freyda und ihr Kind, mit eitrigen Pocken im Gesicht.

Schweißgebadet und entsetzt erwachte sie. Sofort machte sie sich Sorgen um Freyda und dachte über sie nach: „Was ist nur geschehen? Hat sie mich angesteckt mit ihren Wahnvorstellungen? Oder hat sie am Ende sogar recht? Ich habe ein ungutes Gefühl! Ich muss mit ihr reden!"

Als Burga am frühen Morgen bei ihr war, sagte sie: „Freyda, bitte sage mir, was ist mit dir los? Ich habe dich doch so gerne! Warum schläfst du nicht bei mir?"

Mit trauriger Stimme antwortete sie: „Weil du mich angeschrien hast. Ich mag das nicht, ich bin halt sehr empfindlich!"

Zu einer Entschuldigung konnte sich Burga nicht durchringen, aber sie sagte versöhnlich: „Das werde ich nicht mehr machen. Bitte komme jetzt, ich möchte mit dir zusammen frühstücken."

„Und weil du mir nicht glaubst!"

Burga dachte: „Oh nein, sie fängt schon wieder damit an. Vielleicht ist sie wirklich krank, irgendwie seelisch angeschlagen. Ich muss lieb zu ihr sein!"

Mit ruhiger Stimme sagte die Offizierin: „Ja, das mit Ulme, deiner Tochter, diese Wiedergeburt, das kann ich nicht glauben. Es tut mir leid, Freyda."

Die freundlichen Worte der Offizierin erhellten die Stimmung der jungen Mutter. Mit neuem Mut sagte sie: „Das musst du auch nicht, das verstehe nur ich! Aber dass eine schreckliche Seuche kommen wird, das musst du mir glauben. Bitte Burga, ich möchte dir erklären, wie wir die Seuche bekämpfen und viele Menschen retten können."

Burga versuchte innerlich ruhig zu bleiben, sie tat so, als ob sie ihr glauben würde und fragte: „Das ist gut! Was können wir tun?"

„Es ist ganz einfach. Es gibt eine Heilpflanze, in meiner Heimat nennen wir sie Amnaeris-Blume nach der Göttin Amnaeris, die für die Gesundheit zuständig ist. Ich habe schon mit der alten Kräuterfrau Odona gesprochen, die Amazonen nennen diese Pflanze einfach nur Gallenkraut, weil sie bitter wie Galle schmeckt. Aber das Kraut hilft sehr gut bei Fieber und Bauch-Erkrankungen."

„Gallenkraut? Das habe ich schon mal gehört."

„Ja! Jetzt im Frühling fängt sie an zu blühen. Und Odona erzählte mir, man findet sie in dem Land jenseits des Tuskanischen Sees in den Matrischen Bergen."

„Matrische Berge? Das ist ganz schön weit von hier! Und die Berge sind hoch und sehr unwegsam. Es gibt dort Wölfe und Bären. Die reinste Wildnis", sagte Burga entsetzt.

„Ja, ich weiß! Und wir brauchen jede Menge Gallenkraut, viele Säcke voll. Schließlich müssen wir tausende von Menschen damit heilen. Es wird viel Arbeit sein, soviel Kraut zu finden und zu ernten. Wir müssen viele sein. Ich schätze, wir brauchen 50 Leute."

„50 Leute? Wo sollen wir die hernehmen?"

„Aber du bist doch eine Offizierin, du hast die Macht, eine ganze Truppe mitzunehmen. Ja, und da ist noch etwas Wichtiges: Das Gallenkraut darf nur in der Woche vor Vollmond geerntet werden, damit es seine ganze Heilkraft entfalten kann. Die alte Kräuterfrau Odona sagt, wir brauchen eine Woche, bis wir dort sind. In drei Wochen ist Vollmond, das heißt, in spätestens einer Woche müssen wir losgezogen sein. Am besten noch früher, damit wir mehr Zeit haben, es zu finden."

Burga war völlig perplex über Freydas Worte und fragte stotternd: „Und … du bist dir ganz sicher?"

„Ja! Ganz sicher! Ich weiß es, ich fühle es!"

„Was … was für eine Seuche soll das sein? Die schwarzen Pocken oder sogar die Pest? Und wann soll diese Seuche ausbrechen?" „Das weiß ich doch nicht! Ich bin doch keine Hellseherin! Aber ich weiß, dass die Blume der Göttin Amnaeris dagegen helfen wird. Und je früher wir das Gallenkraut haben, umso besser ist es."

„Und … angenommen, die Seuche kommt nicht, was dann?"

„Das macht doch nichts. Kommt die Seuche erst viel später, ist das Kraut immer noch gut. Wenn wir es trocknen lassen und einlagern, ist es viele Jahre haltbar."

„Aber so eine große Aktion, mit 50 Leuten, und so lange, das kann nur die Königin anordnen."

„Dann musst du sie überzeugen, und zwar möglichst schnell." „Warum ich?"

„Tja, ich bin nur eine arme kleine Frau mit Wahnvorstellungen. Mir würde sie nicht glauben. Das musst du schon machen!"

„Aber das ist sehr schwierig!"

„Warum, Burga?“

„Weil .... ich möchte dich nicht verletzen ... aber ich bin nicht überzeugt von dem, was du sagst. Wir sollten solche Dinge unseren Heilkundigen überlassen.“

Freyda war sehr enttäuscht, sie lief unruhig hin und her und sagte mit Tränen in den Augen: „Du ... du glaubst mir also auch nicht!“

Burga versuchte, sie zu beruhigen und sagte: „Freyda, bitte, so habe ich es doch nicht gemeint. Ich meine nur, unsere gute Aurora, der Ben und die Samira, die wissen so etwas viel besser wie wir.“

„Ich ... ich verstehe schon. Du willst mir nicht helfen! Genau wie die anderen hältst du mich für verrückt, das macht mich sehr traurig. Na gut, dann gehe ich halt alleine!“

„Was? Alleine?“

„Nicht ganz! Die Kräuterfrau Odona, Nische und Bardor werden mich begleiten. Sie glauben mir!“

„Das kommt überhaupt nicht in Frage! Ihr bleibt hier!“, sprach Burga empört.

„Du kannst uns das nicht verbieten, wir alle sind freie Menschen und dürfen gehen, wenn wir wollen. Du selbst hast uns das erklärt.“

„Ja, schon, aber das geht nicht! Das ist viel zu gefährlich! Die Wegelagerer werden euch überfallen, die Wölfe könnten euch jagen. Und die Bären, die jetzt gerade im Frühling erwachen und hungrig sind, könnten euch fressen!“

„Ja, das könnte passieren! Aber das Risiko müssen wir eingehen. Außerdem kann der starke Bardor uns beschützen und der Wolfszahn wird uns Glück bringen. Wenn wir Erfolg haben, können wir wenigstens hundert Menschen vor der Seuche schützen. Geht es schief, haben wir es wenigstens versucht. Und im Jenseits werden uns die Götter dafür belohnen!“

„Freyda, bitte tue das nicht!“

„Doch! Ich und meine Freunde werden nach dem Heilkraut suchen! Bitte hindere mich nicht daran, Burga.“

Die große kräftige Offizierin schaute die junge Mutter nur fragend an. Für sie würde es eine Kleinigkeit sein, die zarte Freyda an ihrem Vorhaben zu hindern. Doch sie wollte sie nicht verletzen und wusste noch nicht, wie sie es möglichst schonend machen sollte.

Freyda wollte gehen, da kam sie zurück zu Burga und fragte: „Ich habe noch eine Bitte an dich. Könntest du mir zeigen, wie man ein Zelt aufbaut? Und vielleicht auch, wie man Feuer macht? Ach ja, und wie man mit Pfeil und Bogen umgeht, falls wir uns verteidigen müssen?“

„Oh Götter, nein!“, dachte Burga, hielt sich beide Hände an den Kopf und schaute Freyda nur sprachlos an.

Noch am gleichen Tag meldete Burga das ihrer Königin und erzählte ihr alles. Danach sagte sie: „Meine Königin, es tut mir leid, Euch mit dieser lächerlichen Angelegenheit belästigt zu haben. Aber ich mag Freyda sehr und mache mir große Sorgen um sie. Ich weiß nicht, woher sie diese Spinnerei hat.“

Zu ihrer Überraschung sprach Sebrandia: „Und wenn es keine Spinnerei ist? Eine gefährliche Seuche, die kommen könnte. Das betrifft uns alle! Ich will mit ihr reden, bringe sie zu mir. Und auch unsere Kräuterfrau. Und unsere Heilkundigen. Sofort!“

„Zu Befehl, meine Königin!“

Schon wenig später standen die besagten Personen im Audienzsaal der Burg vor Ihrer Königin.

Freyda war sehr ängstlich und schüchtern, sie wagte es kaum, die Königin anzuschauen. Sebrandia kam sofort zur Sache und fragte ruhig, aber bestimmt: „Freyda, liebes Mädchen! Warum erzählst du überall herum, dass uns eine schreckliche Seuche heimsuchen wird?“

Die Angesprochene stotterte nervös: „Liebe Königin, weil … weil ich es weiß. Es wird geschehen! Die Seuche wird kommen!“

„Pah! Woher willst du das wissen?“, fuhr die oberste Heilkundige Aurora unfreundlich und grob die junge Frau an. Freyda zuckte sofort zusammen und fing an zu heulen. Vor Angst zitternd und mit Tränen in den Augen stotterte sie: „Ich weiß es! Aber ich kann nicht erklären, warum. Es ist eine Vorahnung. Wir brauchen sehr viel Gallenkraut, damit unser Volk gesund bleibt, wenn die Seuche kommt.“

Aurora wurde wütend und sprach: „Für die Gesundheit unseres Volkes sind wir, die Heilkundigen, zuständig! Was wagt es dieses dahergelaufene Weib, sich da einzumischen und unsere Kompetenz infrage zu stellen!“

Sebrandia sagte gelassen: „Natürlich werde ich meiner berühmten Heilkundigen, die ich schon über 40 Jahre kenne, mehr vertrauen als dir, Freyda.“

Jetzt meldete sich Odona zu Wort und sagte: „Meine Königin. Niemand hat die Absicht, unseren Heilkundigen Kompetenz abzusprechen. Ich als Kräuterfrau halte es für sehr wichtig, wenn wir immer ausreichende Mengen an Heilkräutern auf Vorrat haben, die ich unseren Heilkundigen zur Verfügung stellen kann. Das ist wichtig für die Gesundheit unseres Volkes. Ich denke da ganz besonders an die Gesundheit der edlen Königin und der edlen königlichen Kinder.

Gallenkraut ist eine sehr gute und vielseitig anwendbare Heilpflanze, nicht umsonst trägt sie bei anderen Völkern den Namen der Gesundheits-Göttin Amnaeris. Leider gedeiht sie nur sehr schlecht in meinem Kräutergarten, wahrscheinlich braucht sie die Erde, die es nur in den Bergen gibt. Wir haben viel zu wenig davon.

Gerne würde ich eine Reise in die Matrischen Berge machen, um es dort zu ernten."

Sebrandia sagte: „Liebe Odona, du bist 74 Jahre alt und die Matrischen Berge sind weit weg. Man ist wochenlang unterwegs. Und dort gibt es gefährliche Wölfe und Bären."

„Ihr habt vollkommen recht, meine Königin. Aber ich fühle mich noch gesund genug für solch eine Reise. Außerdem bin ich nicht alleine, unsere jungen Kriegerinnen Tanisha und Tabita würden mich begleiten. Beide sind hervorragende Jägerinnen. Übrigens, was haltet Ihr von einem neuen schönen Bärenfell, meine Königin?"

Sebrandia horchte auf, sie liebte Bärenfelle. Als warmer Mantel für den Winter, als warme Bettunterlage oder zur Dekoration ihrer königlichen Gemächer. Die alte erfahrene Kräuterfrau wusste das genau und hatte die Königin schon überzeugt.

Von einem neuen Bärenfell träumend sagte Sebrandia lächelnd: „Eine sehr gute Idee. Ja, bringt mir ein schönes Fell mit."

Tanisha kam nach vorne und sprach selbstbewusst: „Wir bringen Euch ein Bärenfell, Hoheit. Ich verspreche es Euch!"

Bereits zwei Tage später war es soweit. Burga war die Anführerin und hatte die Aufgabe, auf Freyda, Odona, Nische und Bardor aufzupassen. Tanisha, Tabita und ihre acht Sklaven waren auch dabei, dazu kamen noch Sandor, Anniger, 13 Kriegerinnen und 20 Landarbeiter. Insgesamt 50 Leute, alle beritten und mit beladenen Packpferden und Eseln im Schlepptau.

Als Sebrandia sie losziehen sah, dachte sie: „Das ist ja eine große Karawane. Und ich habe es genehmigt. Naja, sie bringen mir ein Bärenfell mit."

Freyda saß aufgeregt auf ihrem großen Pferd und strahlte vor Glück. Voller Freude sprach sie zur Anführerin: „Gute Freundin Burga, du bist der beste Mensch auf der Welt! Ich danke dir, ich bin dir so dankbar."

„Ich habe doch gar nichts gemacht! Bei Odona musst du dich bedanken. Die ist schlau und hat die Königin ganz schön um den Finger gewickelt. Ich kenne sie, sie liebt die Berge und war früher oft dort. Das wird auch der Grund sein. Naja, ich bin lieber ruhig. Aber jetzt sollten wir nicht ohne Bärenfell nach Hause kommen, sonst bekommen wir Ärger. Hoffentlich finden wir einen Bären."

„Habe keine Sorge, Tanisha und Tabita machen das schon. Und die Kräuter sind wirklich wichtig, bitte glaube mir!"

„Jaja! Gut, dass wir jetzt schon aufbrechen. Oh Götter, was für eine Mannschaft. Eine alte Frau, ein behindertes Mädchen und viele Männer, die kaum reiten können. Und als Packpferde haben wir alte Kaltblüter und Esel. Wir kommen nur langsam voran."

„Aber das macht doch nichts, Burga. Bis zur Woche vor Vollmond sind wir sicher in den Bergen."

„Ja, das schaffen wir schon. Bitte verzeihe mir meinen Missmut, ich bin als Kriegerin ein solch gemütliches Tempo nicht gewohnt. Da hätten wir auch deine kleine Tochter mitnehmen können. Wo ist sie denn eigentlich?"

„Ulme möchte bei Valassa bleiben, solange ich weg bin. Eine solche anstrengende Reise ist nichts für sie, meint sie."

Burga verdrehte ihre Augen und sprach leicht zornig: „Liebe Freyda, dein Kind ist ein Jahr alt. Warum habe ich das Gefühl, ich rede mit einer Verrückten?"

Freyda zuckte leicht zusammen und antwortete: „Bitte verzeihe mir! Es kommt nicht mehr vor! Ich werde versuchen, mich wie ein normaler Mensch zu benehmen!"

Bald erreichten Burga und ihre Karawane das Ufer des großen Tuskanischen Sees. Es war ein sonniger Frühlingstag, die Luft war klar und bot eine gute Weitsicht, der See und die Berge im Hintergrund waren ein wunderbarer Anblick.

„Dort drüben, am anderen Ufer, das sind die Matrischen Berge. Dort müssen wir hin. Aber erst morgen! Wir übernachten heute am See“, erklärte Burga.

Freyda strahlte vor Freude und sagte begeistert: „Bei allen Göttern, ist das schön hier! So eine schöne Landschaft sah ich noch nie!“ „Ja! Hier machen wir Amazonen auch gerne Urlaub“, ergänzte Burga.

Tanisha rief: „Schaut nur, da vorne gibt es sogar einen Sandstrand.“ „Oh ja! Da müssen wir hin. Lasst uns Baden gehen“, rief ihre Schwester Tabita und wollte schon loslaufen, doch die Anführerin sprach streng: „Halt! Hiergeblieben! Erst kommen die Pferde dran! Alle Sättel abnehmen und die Pferde versorgen!“

„Jawohl, Frau Offizierin“, sagten ihre Leute artig.

Als dies getan war, gab es für die beiden Nubierinnen kein Halten mehr. Wie begeisterte kleine Kinder rannten sie zum Sandstrand, ihre acht Sklaven hinterher. Am Wasser blieben sie stehen und Tabita sagte: „Wir haben erst Frühling, das Wasser ist bestimmt sehr kalt.“

Tanisha zog ihre Reiterstiefel aus, steckte einen Fuß ins Wasser und sprach: „Ja, kalt, aber nicht so kalt. Komm, lasse uns baden und waschen!“

Schon entledigten sich die Frauen ihrer Kleidung und warfen alles ihren Sklaven zu, die die Kleidungsstücke auffingen. Nackt gingen sie bis zu den Knien ins kalte Wasser, dann blieben sie unentschlossen stehen.

„Oh Götter, das ist ja kalt wie Eis!“

„Ich friere jetzt schon!“

Sie drehten sie erstmal um zu den Sklaven und befahlen: „He Leute, wascht unsere Kleidung und hängt sie dann zum Trocknen auf.“ „Und bringt uns große Tücher zum Abtrocknen und unsere Ersatzkleidung!“

Die acht Eukarier standen da wie erstarrt und wagten sich nicht, ihre unbekleideten Herrinnen anzuschauen. Die beiden Nubierinnen wunderten sich, Tanisha fragte laut und streng: „He, Männer! Was ist los mit euch?“

Der Mann namens Lutzen antwortete: „Verzeihung, Herrin. Wir sind so etwas nicht gewohnt. Da, wo wir herkommen, ist Nacktheit in der Öffentlichkeit verboten und wird streng bestraft.“

Tabita verdrehte ihre Augen und dachte genervt: „Jetzt geht das schon wieder los.“

Dann sagte sie streng: „Ihr seid aber nicht mehr in eurer Heimat! Ihr gehört jetzt mir! Und ihr tut das, was ich euch sage! Seht eure Herrin an, wenn ich mit euch spreche!“

„Jawohl, Herrin!“, erwiderten sie und schauten hin. Sie sahen die beiden jungen dunkelhäutigen Frauen, völlig unbekleidet, aber zornig, mutig, entschlossen und mit ausgefahrenen Ellenbogen.

„Beim Volk der Eukarier müssen die Frauen sogar verschleiert sein! Das ist die reinste Unterdrückung!“, erklärte Tabita.

Tanisha fragte: „Wer bei euch macht solche frauenfeindlichen Gesetze?“

Hermo sagte: „Die Männer der hohen Priesterschaft. Sie wollen damit die Frauen vor fremden Männern schützen. Und für Zucht und Ordnung sorgen.“

Die große starke Tanisha ging zornig auf die Männer zu, spannte drohend ihre Muskeln an und sprach: „Hört mir zu, Sklaven! Wir sind die Amazonen, die wehrhaftesten Frauen, die es gibt! Uns muss man nicht vor fremden Männern schützen. Ich sage euch was! Wir Amazonen können den ganzen Tag völlig nackt herumlaufen, ohne nur ein einziges Mal an Erotik und Sex zu denken. Es ist völlig normal für uns, ganz natürlich! Aber ihr blöden Männer braucht nur eine leicht bekleidete Frau zu sehen und schon habt ihr nur noch eins im Sinn: Sex und Sex und noch mal Sex! Ihr würdet die Frau am liebsten sofort begrabschen und über sie herfallen, als ob sie Freiwild wäre. Aber versucht das nur ein einziges Mal mit unseren Frauen, dann werdet ihr eures Lebens nicht mehr froh! Das schwöre ich euch!“

Tabita nahm ihre Männer in Schutz und sagte: „Schwester, das sind gute Männer, die tun Frauen nichts.“

„Naja, ich traue denen nicht! Vielleicht verstellen die sich nur.“

Lutzen sagte: „Herrin Tanisha, wir werden uns selbstverständlich an die Gesetze der Amazonen halten, wir schwören es bei unserem Gott Andamis Netra!“

Hermo ergänzte: „Herrin Tanisha! Und außerdem sind die meisten von uns dem … äh … männlichen Geschlecht zugeneigt.“

Burga und alle anderen Frauen waren bereits im Wasser und wuschen sich. Die Offizierin rief: „He, ihr beiden nubischen Schönheiten! Hört auf so viel zu plappern und kommt ins Wasser!“

„Euch Südländern ist es wohl zu kalt“, ergänzte Nische lachend.

„Wir kommen gleich“, rief Tanisha zurück, wandte sich wieder den Eukariern zu und sagte: „Hört mir zu, Männer! Ob ihr es lieber mit Mann oder Frau treibt, ist eure Sache und mir völlig schnurz! Aber benehmt euch einfach nur wie ganz normale gesunde Menschen. Und normale Menschen sind reinlich und nutzen eine Gelegenheit, um sich zu waschen. Doch wir haben auch Regeln: Wir Frauen dürfen zuerst baden. Erst wenn wir es erlauben, dann kommt ihr dran! Ist das klar!“

„Ja, Herrin!“

„So, kleine Schwester, ich habe mich wieder beruhigt, jetzt können wir ins Wasser gehen.“

„Aber wie denn? Das Wasser ist zu kalt“, gab Tabita zu bedenken.

„Mit Gewalt! Wir rennen einfach rein.“

„Oh Götter! Komm, gib mir deine Hand, ich will nicht alleine erfrieren.“

Sie fassten Mut, hüpften aufgeregt auf der Stelle herum und gaben sich die Hand. Dann rannten sie los und stürzten sich laut schreiend ins kühle Nass. Alle, die das sahen, mussten lachen, auch die Eukarier, die staunend zuschauten. Solch eine ausgelassene Fröhlichkeit unter Frauen hatten sie noch nie gesehen.

Lutzen sprach zu den anderen: „Kameraden, an den Anblick unbekleideter Frauen werden wir uns wohl gewöhnen müssen.“ „Genau! Hier ist es nichts Unsittliches.“

„Es sind ja auch wahre Schönheiten!“

„Unser Gott wird uns verzeihen.“

„Aber ja! Wie sprach Andamis Netra? Seid folgsam und gehorcht euren Herren. Und genau das werden wir tun.“

„Nur mit dem Unterschied, dass es Herrinnen sind!“

Alle Amazonenfrauen waren im Wasser, planschten lautstark, schwammen oder wuschen sich. Nische und Freyda konnten nicht schwimmen, doch das machte nichts, die Kriegerinnen passten auf sie auf. Und Burga versprach ihnen, im Sommer das Schwimmen beizubringen.

Die beiden Nubierinnen kamen zuerst aus dem Wasser, weil es ihnen zu kalt wurde. Zitternd und bibbernd ließen sie sich sofort große Tücher zum Abtrocknen von ihren Sklaven geben.

Tabita wickelte sich in ihr Tuch ein und sagte: „He Leute, schnell, rubbelt mich trocken!“

Zaghaft und vorsichtig kamen Lutzen und Hermo der Anweisung nach.

„Ja, das ist gut! Los fester!", sprach die junge Nubierin, während ihre Schwester Tanisha etwas skeptisch zuschaute und sagte: „Du lässt dich von ihnen anfassen?"

„Aber ja! Ich vertraue meinen guten Männern. Die sind so anständig, so gut, sie würden niemals etwas Böses tun. Sie lieben ihre neue Herrin! Ich weiß es, ich kann es spüren. Komm Schwester, lasse dich auch von ihnen abtrocknen."

Tanisha nickte, schon waren zwei Herren da und halfen ihr beim Abtrocknen.

Tabita ging noch weiter und sagte lächelnd: „He, Männer, bitte tragt mich, so wie ich es euch gezeigt habe!"

Schon wurde sie von ihren Sklaven umringt. Sie warf ihr Badetuch weg und ließ sich einfach rückwärts fallen. Mit ausgestreckten Armen fingen die Männer ihre Herrin auf.

„Darf ich darauf hinweisen: Ihr seid völlig unbekleidet, Herrin Tabita", sagte Lutzen leise und zurückhaltend.

„Ja! Ich will es so! Und jetzt bitte Hochwerfen und Auffangen. Ja! Das wird ein Spaß!"

Sie schaute gen Himmel, machte ihren Körper ganz gerade und spannte ihn an. Sie spürte die Kraft der vielen Männerarme, die sie mit Schwung immer wieder in die Höhe warfen und sie sicher wieder auffingen. Amüsiert genoss sie dieses Vergnügen und vertraute voll und ganz ihren Leuten. Die anderen Amazonen schauten dem Schauspiel staunend und lächelnd zu.

Dann ließ sie sich hochheben, über die Köpfe der Männer hinweg, und ließ sich von vielen Händen herumtragen wie eine Königin.

Sie schloss die Augen und fühlte sich, als ob sie schweben würde. Sogar erotische Gefühle stellten sich bei ihr ein.

„Ich bin nackt und lasse mich von acht Männern anfassen und tragen. Und ich genieße das, es macht mich so an", sage sie leise zu sich selbst und behielt es für sich.

Jetzt wurde es auch den anderen Frauen zu kalt und sie kamen aus dem Wasser. Nische hatte so wild getobt, dass sie mit ihrem verkrümmten Bein kaum noch laufen konnte. Auf allen Vieren kroch sie über den

Strand, an ihren Beinen und Händen blieb der feine Sand an ihrer nassen Haut kleben.

Burga sah das und wollte sie hochheben und tragen, doch sie lehnte ab und sagte grob: „Lass mich! Ich will jetzt keine Hilfe! Wenn ich Hilfe brauche, dann sage ich es schon!“

Burga dachte: „Ich verstehe, sie will kein Mitleid!“

Sie ließ sie in Ruhe und beobachtete, wie sie allein bis auf das Gras kroch. Dort lagen Badetücher bereit. Nische schnappte sich eins und trocknete ihren nassen Körper ab.

Dabei sagte sie versöhnlich: „Danke, Burga, es ist alles in Ordnung, ich habe es nur etwas übertrieben. Im Wasser zu toben macht mir sehr viel Spaß.“

Die Anführerin fragte: „Aurora hat dir doch eine gute Krücke machen lassen. Hast du sie nicht dabei?“

„Nein! Ich habe sie zuhause gelassen.“

„Warum?“

„Ich will ohne Krücke laufen. Wenn ich mein Bein nicht mehr belaste, wird es noch schlechter.“

„Ach so! Ja, das könnte sein. Aber ab und zu brauchst du sie.“

„Ja! Ich gebe zu, es war ein Fehler, sie nicht mitzunehmen. Bitte sei nicht böse auf mich!“

„Aber Nische, ich bin dir nicht böse. Wir sind doch Freunde! Und wenn du eine Krücke brauchst, dann machen wir dir eine aus einem Ast.“

„Ja! Aber nur, wenn ich wirklich eine brauche.“

„Gut! Sage mir einfach bescheid! Übrigens, du bist ein sehr hübsches Mädchen!“

Nische freute sich, drückte sich ganz fest an die starke Offizierin und sagte: „Burga, ich mag dich sehr! Du bist so eine gute Frau! Du hast uns gerettet, uns ein neues Leben geschenkt. Du hast sogar Freydas Kind zurückgeholt. Du bist der beste Mensch auf dieser Welt!“

„Ich mag dich auch sehr, kleine schlaue Nische“, erwiderte Burga gerührt.

Doch spontan musste sie daran denken, wie sie die Edelleute Naomi und Rondonus ermordet hatte. Eine Tat, die eigentlich unnötig war, die sie immer noch stark belastete und die sie vor allen Leuten verheimlichte. Mit niemanden hatte sie darüber geredet, sogar ihre Königin hatte sie belogen.

„So eine gute Frau bin ich nicht", dachte sie und versuchte, diese Gedanken zu verdrängen, was ihr aber nicht gelang.

„Frau Offizierin? Dürfen wir jetzt ins Wasser?", fragte Sandor und riss sie aus ihren Gedanken. Hinter ihm standen Anniger, Bardor und die 20 Landarbeiter, und warteten ungeduldig auf ihre Anwort.

Burga sagte: „Oh! Euch hätte ich beinahe vergessen. Auf, ins Wasser mit euch!"

Jubelschreie waren zu hören, schon zogen sich die vielen Männer aus, warfen ihre Sachen in den Sand und stürmten ins kühle Nass. Die Frauen sahen ihnen schmunzelnd zu.

Nur die acht Sklaven fehlten noch.

„Ihr geht auch in den See! Und fangt nicht schon wieder mit euren komischen Sitten an!", pflaumte Tabita ihre Sklaven an, die sich daraufhin zaghaft entkleideten.

„Dürfen wir die Unterwäsche anbehalten?", fragte Hermo vorsichtig. Tabita wurde zornig und sprach: „Ich glaube, es geht los! Alles ausziehen und waschen! Das ist ein Befehl!"

„Jawohl, Herrin Tabita", antworteten die Sklaven, setzten die Entkleidung fort und gingen langsam ins Wasser.

„Gut gemacht, Schwesterchen. Du solltest etwas strenger zu ihnen sein", meinte Tanisha.

„Jaja! Ich mag meine Sklaven. Das sind liebenswerte Leute. Aber manchmal sind die echt komisch."

In den Bergen

Schon ein paar Tage waren sie unterwegs. Immer höher hinauf ritten sie in die Matrischen Berge. Der schmale Pfad im dichten Nadelwald wurde immer steiler. Bald mussten sie von ihren müden Pferden absteigen und langsam zu Fuß weitergehen. „Der Wald ist viel zu dicht, hier gibt es bestimmt keine Blumen“, sagten sich die Amazonen, die immer wieder nach Kräutern Ausschau hielten.

Erst am Nachmittag wurde der Wald lichter und viel grünes Gras war zu sehen.

An einer saftig grünen Bergwiese angekommen befahl Burga: „Hier machen wir eine Rast, die Pferde brauchen Ruhe und müssen Gras fressen.“

Die alte Odona war etwas außer Atem, aber glücklich. Voller Freude sagte sie: „Oh Kinder, eine Bergwiese! Schaut nur, wie schön es hier ist. Und das Kraut, das wir suchen, kann auch nicht mehr weit sein. Freyda, Kind, du hast junge Beine. Bitte gehe noch etwas höher hinauf und schaue nach, ob du lila Blumen siehst.“

„Lila Blumen?“, fragte die junge Frau.

„Ja! Das Gallenkraut müsste jetzt im Frühling blühen, mit leuchtend lila Blüten.“

„Gut, ich schaue mich mal um.“

„Gehe aber nicht zu weit, denke an die Raubtiere“, ermahnte sie Burga.

„Jaja! Ich gehe nur bis da vorne hin, wo die andere Wiese anfängt und bleibe in Sichtweite.“

„Sandor und ich gehen ihr nach“, sagte Anniger.

„Sehr gut, Männer“, bedankte sich die Offizierin.

Freyda ging weiter den Berg hinauf, gefolgt von ihren beiden Beschützern. Die junge Frau musste kaum drei Minuten gehen, da sah sie es schon. Eine große Wiese mit tausenden von lila Blumen. Ihr stockte fast der Atem, so schön war der Anblick.

„Die Blume der Göttin Amnaeris“, sagte sie völlig erstaunt zu sich selbst.

Aufgeregt rannte sie zurück zu den anderen und rief laut: „Da oben ist es! Die Heilpflanze! Das Gallenkraut!“

Schon kurze Zeit später stand Burgas gesamte Truppe staunend vor dem Blumenfeld, bewaffnet mit Messer, kleinen Sammelkörben und Säcken. Die alte Kräuterfrau Odona schnitt eine Pfanze drei Finger breit über den Boden ab und schaute sich Blüte, Blätter und Stengel ganz genau von allen Seiten an. Sie roch daran, nahm ein Stück vom Blatt in den Mund und kaute ausgiebig, mit den letzten Zähnen, die sie noch in ihrem Mund hatte.

Alle schauten sie erwartungsvoll an, da machte sie große Augen und sprach voller Begeisterung: „Echtes Gallenkaut, in allerbester und feinster Qualität! Ein Schatz der Natur!“

Ein freudiges „Ja!“ ging durch die anwesenden Leute. Sofort wollten die 20 Landarbeiter und die acht Sklaven mit der Ernte beginnen, doch Odona rief laut: „Halt! Hört mir zu, bevor ihr anfangt!“

Alle blieben sofort stehen und schauten die alte Frau an, die mit strenger Stimme sprach: „Es dürfen immer nur drei Pflanzen geerntet werden, jede vierte muss der Natur erhalten bleiben!“

Sofort beschwerten sich die Landarbeiter und sagten: „Oh nein! Dann dauert das ja eine Ewigkeit, bis die Säcke voll sind!“

„Je eher wir fertig sind, desto besser!“

„Andere Leute würden sich sofort alles nehmen.“

Odona rief: „Wir sind aber nicht wie andere Leute, wir sind Amazonen! Nehmen wir alle Pflanzen, dann könnte hier nie wieder Gallenkraut wachsen. Und das darf nicht geschehen! Wer sich alles nimmt, betreibt Frevel gegen die Natur und gegen die Geschenke unserer Götter!“

Einer der Männer fragte: „Doch haben die Götter nicht auch die Seuchen und Krankheiten erschaffen?“

„Nein! Das waren die bösen Dämonen der Finsternis, die sich im ständigen Kampf gegen die Götter befinden. Und diese finsteren Dämonen wollen eine große Seuche über uns kommen lassen!“, erklärte die alte Kräuterfrau.

Der Landarbeiter meinte: „Dann haben wir bald eine Notsituation und sollten alles, was wir finden, ernten und mitnehmen!“

„Ja! Recht hat er!“, stimmten ihn die anderen Landarbeiter zu und wieder wollten sie mit der Ernte beginnen.

„Nein! Das dürft ihr nicht!“, rief Odona verzweifelt.

„Dürfen wir doch! Wir brauchen das Kraut für unser Volk.“

„Je mehr wir haben, desto mehr Menschen können wir retten!"
„Ja! So ist es!"
„Je mehr, desto besser! Holt euch das Kraut!", riefen die Landarbeiter.
„Stop!", rief Burga laut.
Alles verharrte und war sofort ruhig. Vor der grimmigen Offizierin hatten alle den größten Respekt.
„Ihr macht es so, wie Odona es euch gesagt hat. Jede vierte Pflanze bleibt stehen! Das ist ein Befehl!"
„Jawohl, Frau Offizierin!", sagten die Männer artig.
„Und die Pflanzen drei Finger breit über den Boden abschneiden, nicht kürzer", ergänzte Freyda aufgeregt und wichtigtuerisch mit ihrer hellen kindlichen Stimme.
Die Männer raunten nur, als sie das hörten. Burga sprach: „Das eben Gesagte ist auch ein Befehl! Auf Männer, legt los! Kriegerinnen, Nachtlager aufbauen, Pferde und Menschen bewachen! Tabita und Tanisha, nehmt Sandor und Anniger mit und geht auf Bärenjagd!"
Tanisha antwortete etwas angeberisch: „Liebe Burga, wir sind nubische Jägerinnen. Wir schaffen das alleine. Erst zum Transport der Beute benötigen wir die Hilfe der Männer."
Burga kam ganz nahe zu Tanisha und sagte bestimmend: „Liebe Frau Unteroffizierin, das glaube ich dir sogar. Aber wenn ihr vier Jäger seid, ist es viel sicherer, als nur zu zweit. Und wir Amazonen stehen auf Sicherheit und gehen keine unnötigen Risiken ein. Die Bären hier in den Bergen sollen besonders groß und gefährlich sein! Ich bin hier die Anführerin und ich befehle euch, nehmt die beiden freundlichen Herren mit!"
„Ja, Burga!"
„Du hast doch nichts gegen unsere Männer, oder?"
„Nein! Keineswegs!"
„Na also, dann ab mit euch!"
„Jawohl!", war die Antwort von Tanisha, und schon zogen sie zu viert los.
Während das Gallenkraut geerntet wurde, sprach Freyda zu Odona: „Oh Götter, diese Landarbeiter! Nur gut, dass Burga da ist. Auf uns würden sie nicht hören und alles mitnehmen."
„Ja! Die Kriegerinnen wissen, wie man sich gegen Männer durchsetzen kann. Aber, liebes Kind, dir ist bestimmt etwas aufgefallen! Diese Männer glauben auch, dass die Seuche kommen wird."

„Ja! Das fiel mir auch auf. Fast niemand glaubt uns, aber diese Landarbeiter! Wie kommt das?"

„Nun, ich kenne die ja schon lange. Viele von ihnen sind nicht von unserem Volk, sondern kommen von weit her. Ich weiß von einigen eingewanderten Männern, dass sie die schwarzen Pocken überlebt haben sollen."

„Oh Götter! Tatsächlich?"

„Ja! Die haben schon die furchtbaren Schrecken einer totbringenden Seuche erlebt. Die wissen genau, was das bedeutet. Einige von ihnen haben sogar ihre gesamte Familie verloren. Frau, Kinder, Eltern, Geschwister, nahe Verwandte, alle tot, dahingerafft von einer Seuche!"

„Wie furchtbar! Und das wollen die bestimmt nicht nochmal erleben."

„Genau so ist es!"

Hermo und Lutzen schnitten die Pflanzen drei Finger breit über den Boden ab und legten sie in einen Korb. Sie achteten genau darauf, dass jede vierte Blume stehenblieb.

Ein Landarbeiter kam nahe zu ihnen und fing einfach an zu erzählen: „He Leute, das vorhin hat nichts zu sagen. Wir sind echte Männer und als richtiger Mann muss man auch mal seine Meinung sagen dürfen. Natürlich gehorchen wir den Kriegerinnen, muss man auch, wenn man hier leben will. Wenn ein Mann das nicht kann, sollte er besser die Amazonen verlassen."

„Aha! Verlassen denn viele Männer die Amazonen?"

„Ja, viele tun das! Sogar Männer, die hier geboren wurden und dann irgendwann begreifen, dass sie hier keine höhergestellten Ränge erreichen können. Sogar einfacher Krieger zu werden, ist schwer und eher die Ausnahme."

„Wir sind nur Sklaven und gehören der Herrin Tabita!"

„Natürlich, das wissen wir. Ihr seid Eigentum eines jungen dunkelhäutigen Mädchens. Das ist kurios und muss ganz schön hart für euch sein! Ihr seid doch richtige Männer, trotz eurer sexuellen Neigung, oder?"

„Ja, das sind wir! Und nein, es ist nicht hart für uns! Da, wo wir herkommen, war es tausendmal härter."

„Ja, ich weiß! Die Amazonen gehen sehr gut mit ihren Untergebenen um. Sie sind wirklich gute Herrinnen. Aber immer nur den Frauen gehorchen, das ist für die meisten Männer nichts. Nun, ihr benehmt euch anständig und ihr seid sehr fleissig. Ich denke, ihr werdet nicht immer Sklaven sein. Sie werden euch irgendwann zu freien Menschen erklären und dann dürft ihr euch entscheiden, hierbleiben oder weggehen."

„Ja! Das ist schön."

„Noch seid ihr Sklaven, müsst strengstens gehorchen und dürft nicht widersprechen. Die Amazonen werden auf eure sexuelle Neigung wenig Rücksicht nehmen. Sie werden euch nackt tanzen lassen, vielleicht wollen sie sogar zusehen, wenn ihr es miteinander treibt! Und wenn eine Amazonenmutter euch begehrt und ein Kind von euch will, müsst ihr gehorchen!"

„Ja, das wurde uns schon erklärt. Das ist nicht schlimm!"

„Ganz genau! Das ist sogar wunderbar! Ich selbst bin Vater von neun Amazonenkindern, von fünf verschiedenen Müttern. Das ist auch einer der Gründe, warum ich hiergeblieben bin. Ich sage euch, die Amazonen sind zwar stets die Herrinnen, aber sie sind auch sehr liebenswert."

„Ja! Sie sind ganz besondere Frauen."

„Dennoch, ich bin ein richtiger Mann! Und mir fällt es schwer, mich den Frauen unterzuordnen und immer nur auf ihren Feldern zu arbeiten!"

„Warum verlässt du nicht die Amazonen? Du könntest doch jederzeit gehen, oder?"

„Ja, das könnte ich, aber ich bleibe!"

„Warum?"

„Weil ich Odona und dieser Freyda glaube."

„Ach, du meinst diese Geschichte mit der Seuche, die irgendwann kommen soll? Ich halte das für Spinnerei", sagte Hermo und winkte ab.

Plötzlich kam der Landarbeiter ganz nahe zu Hermo, schaute ihm scharf in die Augen und sprach todernst: „Junger Mann, höre mir genau zu! Ich habe vor langer Zeit eine schreckliche Seuche erlebt! Wie durch ein Wunder kam ich gerade so mit dem Leben davon. Wenn du gesehen hättest, was ich sah, würdest du auch daran glauben. Ich sah Berge von Toten, die man in Massengräber warf und verscharrte. Ich sah kranke Menschen, die schwarzen Speichel husteten und langsam verreckten. Ich sah Menschen, die durch Kotzerei und Scheißerei innerlich vertrockneten und starben. Ich sah starke Männer, tapfere gestandene Krieger, die sich vor Verzweiflung das Leben nahmen. Ihre Schwerter und Speere waren völlig nutzlos gegen die Seuche. Sie ist ein unheimlicher, ein unsichtbarer Feind, wie böse Dämonen, die der Hölle entsteigen und über die Menschen kommen. Sie breitet sich überall aus, dringt in alle Häuser ein, durch die engsten Ritzen und Spalten und holt sich ihre Opfer. Erst wenn sie satt ist und genug Menschen getötet hat, zieht sie sich wieder zurück."

Hermo sagte: „Nun ja! Ihr kommt von weit her. Hier in dieser Gegend kam so etwas Schreckliches bestimmt noch nicht vor."

„Da irrst du dich, lieber Hermo. Kennst du die Ruinen von Bondorium?"

„Äh … nun ja, schon mal gehört!"

„Ja! Bondorium ist kaum zwei Tagesritte von dem Dorf am See mit dem Namen Tuska entfernt. Es war vor 70 Jahren ein Truppenlager für bondorische Krieger. Es war groß und aus Steinen erbaut. Eine starke Mauer machte es uneinnehmbar. Dennoch ging es unter, aber nicht durch eine feindliche Armee. Eine schreckliche Seuche raffte alle dahin. Tausende von Menschen, alle tot. Es gibt keine Bondorer mehr. Heute leben in den Ruinen nur noch wilde Tiere und die Geister der Verstorbenen.

Ich bin mir sicher, die Seuche wird wiederkommen. Irgendwann, vielleicht schon nächste Woche, vielleicht erst in fünf Jahren. Die Amazonen haben sehr gute Heilkundige und die erfahrensten Kräuterfrauen. Niemand kann eine Seuche besser bekämpfen als die Amazonen. Auch wenn du von dieser alten Oma und dem Mädchen mit dem entstellten Gesicht nicht viel halten magst, sie sorgen dafür, dass wir die besten und wirksamsten Waffen bekommen! Und das sind diese kleinen Blümchen hier!"

Bei Einbruch der Dunkelheit war das Blumenfeld geerntet. Zahlreiche Blumen standen noch, sehr zur Freude von Odona, deren Anweisungen befolgt worden waren. Zwei Säcke waren gefüllt mit dem kostbaren Heilkraut. Doch das war noch viel zu wenig.

„Wir werden noch weitere Blumenfelder suchen müssen", sagte die alte Kräuterfrau zu Burga.

„Ja, das werden wir. Aber wo bleiben nur unsere Jäger?", fragte die Offizierin besorgt.

Zwei Stunden später. Es war stockdunkel, kühl und regnete leicht, nur das Lagerfeuer kämpfte gegen den Regen an und erhellte spärlich die Nacht. Odona, Freyda, Nische und die meisten Männer waren in ihren Zelten und schliefen schon tief und fest.

Burga machte sich große Sorgen und sagte: „Verdammt, wo sind die nur? Kriegerinnen!"

„Ja, Frau Offizierin?"

„Es bleibt mir leider keine Wahl. Suchtrupp mit acht Frauen zusammenstellen! Geht und sucht sie! Und nehmt Fackeln und Ersatzfackeln mit! Hoffentlich brennen die bei dem feuchten Wetter!"

„Jawohl, Burga!"

Kaum hatte sie das gesagt, da sah man vier Reiter mit schwach leuchtenden Fackeln aus dem Wald kommen.

„Da sind sie!", rief eine wachhabende Amazone und schon erreichten Tanisha, Tabita, Anniger und Sandor das Lager.

„Da seid ihr ja endlich! Wir haben uns schon Sorgen gemacht", begrüßte sie Burga etwas zornig.

„Verzeiht, Frau Offizierin! Ich muss zugeben, ich hatte mich im Weg geirrt und da haben uns verlaufen", sprach Tanisha etwas aufgeregt.
„Was? Nubische Jägerinnen verlaufen sich?"

„Nun ja! Wir sind auch nur Menschen!"

„Aber einer Unteroffizierin der Amazonen sollte das nicht passieren!" „Ja! Aber es war auch ein Unteroffizier dabei", sagte Tanisha verlegen und schaute auf Sandor, was sich sofort als Fehler herausstellte.

Burga wurde zornig, schaute Tanisha scharf in die Augen und sprach: „Aber du bist die Anführerin der Jäger. Du trägst die Verantwortung! Er ist nur ein Mann! Du bist die Frau! Oder bist du deiner Aufgabe nicht gewachsen?"

Tanisha ging vor der Offizierin auf die Knie und stotterte: „Ich … äh … bitte um Entschuldigung. Es ist allein meine Schuld. Ich bitte um eine angemessene Bestrafung!"

„Es gibt keine Strafe!"

„Danke, Frau Offizierin!", sagte die Nubierin erleichtert und atmete tief durch.

„Das ist aber auch eine Wildnis! Teilweise undurchdringlich und völlig unwegsam", ergänzte Tabita.

„Das ist keine Entschuldigung!"

„Natürlich nicht! Verzeiht, Frau Offizierin!"

„Und? Wart ihr wenigstens erfolgreich?", fragte Burga.

„Leider nein! Kein Bär, nicht einmal eine Bärenspur sahen wir", sagte Tanisha enttäuscht.

„Aber lila Blumenfelder sahen wir weiter oben in den Bergen", erzählte Anniger.

„Das ist sehr gut! Da müssen wir morgen hin", sprach ein Landarbeiter erfreut.

„Gut! Das werden wir machen! Und ihr habt morgen den ganzen Tag Zeit, einen Bären zu finden. Und jetzt lasst uns schlafen gehen. Das war ein harter Tag."

Am nächsten Morgen zog Burgas Truppe weiter zum nächsten Kräuterfeld, wo man kurz darauf mit der Ernte begann.

Die beiden Nubierinnen und die beiden Krieger verabschiedeten sich und brachen wieder zur Bärenjagd auf. Die Anführerin der Jagdgruppe war aufgeregt und immer noch verärgert. Sie sagte zu ihren Leuten: „Mensch, war das eine Blamage gestern. Zwei nubische Jägerinnen und zwei Amazonenkrieger verirren sich und finden beinahe nicht mehr zurück."

„Es ging ja nochmal gut", meinte Sandor.

„Trotzdem! Ich bin auch noch Unteroffizierin der Amazonen! Das darf nicht nochmal passieren! Merkt euch den Weg ganz genau!" „Jaja, Schwester! Darf ich fragen, wo wir heute hingehen?", fragte Tabita etwas genervt.

„In diese Richtung, tief in den Wald. Dort waren wir noch nicht."

Den ganzen Tag streiften sie durch die Wälder. Sie sahen viele wilde Tiere: Hirsche, Steinböcke, Luchse, Rehe, eine Gruppe Auerochsen und sogar ein Wolfsrudel. Aber keine Bären.

Erfolglos kehrten sie bei Anbruch der Dunkelheit in Burgas Lager zurück.

So ging es Tag für Tag. Während die Säcke sich mit Gallenkraut füllten, kamen die Bärenjäger ohne Beute zurück.

Eines Abends kamen Odona und Freyda zu ihrer Anführerin. Beide lächelten und machten einen sehr glücklichen Eindruck. Die alte Kräuterfrau erklärte: „Burga, die Säcke sind so gut wie voll. Unsere Landarbeiter waren ja unglaublich fleißig. Wir haben es geschafft und wir sind vor Vollmond fertig geworden. Wir können wieder nach Hause."

„Ja! Und jede vierte Pflanze haben wir verschont. Ich bin so glücklich. Wir danken dir so sehr, Burga. Du hast es möglich gemacht!", ergänzte Freyda und umarmte herzlich die hochgewachsene Offizierin.

Diese sagte lächelnd: „Ich habe ja fast nichts gemacht. Aber gut, wir werden Übermorgen in der Frühe abreisen."

Odona schaute sich die schöne Landschaft an, die im sanften Abendlicht getaucht war und sagte begeistert: „Bei allen Göttern, ist das schön hier! Seht nur, die klare Sicht! Man kann sogar den großen Tuskanischen See sehen!"

„Ja! Da ist der wunderbare See! Das ist wirklich eine fantastische Aussicht!", sprach Freyda erfreut.

„Ihr habt recht! Hier ist es wirklich schön", stimmte Burga zu.

„Huch! Regentropfen! Es fängt an zu regnen", bemerkte Freyda. Odona erklärte: „Ja, hier in den Bergen regnet es viel. Regen ist sehr wichtig. Das Regenwasser fließt über Bäche von den Bergen herab in den Tuskanischen See und füllt ihn mit frischem sauberem Wasser. Aus dem See wiederum fließen mehrere Bäche ab. Einer dieser Bäche fließt bis zu uns ins Hauptlager. Er versorgt uns alle mit dem kostbaren Nass und füllt unsere Fischteiche. So verdanken wir den Bergen unser Wasser. Ohne den Bach könnten wir dort nicht leben. Wasser ist Leben!"

Unerwartet änderte sich Odonas Gemüt und sie sagte mit ernster Stimme: „Hier ist ein schöner Platz, hier will ich … wenn es so weit ist!"

Freyda hatte das nicht verstanden und genoss weiter die schöne Aussicht, doch Burga wusste genau, was Odona meinte. Sie schwieg und behielt es für sich.

Es regnete in Strömen und war stockdunkel, als die vierköpfige Jagdgruppe eintraf, und wieder war sie ohne Beute. Sie waren völlig fertig und ließen enttäuscht ihre Köpfe hängen.

Burga sagte: „Schon wieder nichts? Das darf nicht wahr sein! Leute, hört mir genau zu: Morgen habt ihr die letzte Gelegenheit! Übermorgen, in der Frühe, reisen wir ab nach Hause!"

Tanisha wurde richtig nervös und sagte: „Verdammt! Ich darf nicht ohne Bärenfell zurückkommen!"

„Püh! Warum denn nicht? Unsere Königin wird dir schon nicht den Kopf abreißen. Hier gibt es halt keine Bären. Und mir ist es schnurzegal, ob die Königin ein neues Bärenfell bekommt, oder nicht", meinte Burga gelassen.

„Das geht nicht! Meine Ehre als nubische Jägerin verpflichtet mich, ein Bärenfell mitzubringen! Ich würde mein Ansehen vor der Königin verlieren und die Amazonen würden über mich lachen."

„Ach was! Tanisha, bitte, so schlimm ist das nicht."

„Für mich aber schon! Meine Leute und ich werden morgen schon bei der Dämmerung aufbrechen. Wir müssen weiter hoch in die Berge."

„Nun gut, wenn es dir so wichtig ist! Aber bei Einbruch der Dunkelheit seid ihr wieder da! Ich habe keine Lust, euch zu suchen!" „Ja, Burga! Ich verspreche es."

„Und seid vorsichtig! Kein unnötiges Risiko!"

„Jaja! Wir sind ja zu viert!", sagte Tanisha beiläufig, was den Zorn ihrer Vorgesetzten erregte. Laut und streng sagte sie: „Ihr seid trotzdem vorsichtig! Das ist ein Befehl! Ich will euch alle gesund nach Hause bringen!"

Tanisha nahm sofort Haltung an und erwiderte: „Jawohl! Zu Befehl, Frau Offizierin!"

Am nächsten Morgen. Es war noch dunkel, nur der Vollmond am klaren Himmel sorgte für spärliche Helligkeit. Die vier Jäger waren schon wach und sattelten ihre Pferde. Sandor fragte: „Das ist unsere letzte Möglichkeit. Wo versuchen wir es heute?"

„Noch weiter hoch in die Berge, in Richtung dieses Berggipfels. Bestimmt gibt es dort Bären", erklärte Tanisha und zeigte mit dem Finger auf eine weit entfernte felsige Bergspitze, die sich dunkel vom heller werdenden Himmel hervorhob.

„Das sieht aber hoch und steil aus, da müssen wir von den Pferden absteigen", gab Tabita zu bedenken.

„Na und? Wo Felsen sind, gibt es Höhlen, und wo Höhlen sind, gibt es Bären. Und wir müssen unbedingt einen Bären finden!", sagte Tanisha etwas gereizt.

„Aber die Bärenjagd zu Fuß ist gefährlich. Wenn so ein Riesenvieh auf dich zustürmt, kannst du ohne Pferd nicht flüchten", meinte Anniger.

„Jaja, ich weiß! Aber wir sind nubische Jägerinnen, wir können genau treffen, wir erlegen das Riesenvieh schon vorher!"

„Bist du dir sicher, Tanisha?"

„Na klar, Anniger, keine Bange! Wir sind vier bewaffnete Krieger. So ein Bär hat keine Chance gegen uns", meinte die Anführerin der Jäger selbstsicher, während die anderen leichte Bedenken hatten.

Schon ging es los, Tanisha ritt vorne weg und gab die Richtung vor. Sie war aufgeregt, hatte es eilig und gab ihrem Pferd die Sporen, die anderen konnten ihr kaum folgen.

„Auf, ein bisschen schneller! Wir haben einen weiten Weg vor uns!", trieb sie die anderen an.

Anniger sagte: „Mir scheint, die Frau Unteroffizierin setzt sich selbst unter Druck."

„Da hast du recht! Sie hat der Königin ein Bärenfell versprochen und will ihr Versprechen unbedingt erfüllen", stimmte Sandor zu.

Stundenlang waren sie schon unterwegs, der Weg wurde immer steiler und steiniger, sie mussten absteigen und zu Fuß weiterlaufen.

Bald sagte Sandor: „Frau Unteroffizierin, wir brauchen eine Rast!"
„Nein! Jetzt noch nicht", sprach Tanisha.

„Doch! Jetzt! Alle hier stehenbleiben und absteigen!", befahl Sandor.

Tanisha wurde wütend und maulte: „Herr Unteroffizier, was erlaubst du dir?"

„Frau Unteroffizierin, du bist nicht meine Vorgesetzte! Wir sind gleichrangig!"

„Aber du bist nur ein Mann!"

„Das ist ohne Bedeutung! Ich bin Unteroffizier der Amazonen-Armee!"

Jetzt mischte sich auch Anniger ein und sagte: „Mensch, Tanisha, jetzt sei doch vernünftig. Da vorne ist ein kleiner Bachlauf. Die Pferde müssen trinken und wir auch!"

Tabita ergänzte: „Schwester, du weißt genau, dass die Männer recht haben! Lasse uns eine Rast machen!"

Jetzt endlich lenkte Tanisha ein und sagte: „Ich weiß, ihr habt ja recht. Wir machen hier eine Rast! Ich bin schon ganz komisch und setzte mich selbst unter Druck!"

„Schön, dass du es selbst gemerkt hast", sagte ihre Schwester frech.

Tanisha setzte sich auf den Boden und stöhnte: „Puh! Ausgerechnet ich brauche diese Pause am dringensten."

Sandor fragte: „Was ist denn mit dir los? Warum ist das Bärenfell so wichtig?"

Tanisha erklärte: „Ich bin eine nubische Jägerin! Ich darf nicht ohne Beute nach Hause kommen, sonst hungert das Volk. So wurde ich erzogen! Es steckt in mir drinnen!"

„Mensch, Tanisha, bei uns hungert niemand. Das Fell ist nicht wichtig!"

„Ist es doch! Es geht um meine Ehre!"

Anniger ging diese Diskussion auf die Nerven. Er konnte es nicht mehr anhören und ging den Bachlauf entlang spazieren. Er brauchte nicht weit zu gehen, da sah er am Boden etwas, was aussah, wie die Fußspuren von Tieren. Er ging weiter und an einer sumpfigen Stelle fand er deutliche Abdrücke eines großen Tieres. Er eilte zurück und rief: „Hierher! Ich habe etwas gefunden!"

Schon waren alle an der besagten Stelle. Die beiden Nubierinnen untersuchten die großflächigen Abdrücke, Tabita sagte: „Das sind ganz eindeutig die Pranken-Abdrücke eines großen Bären. Die Spuren sind noch frisch. Er muss noch in der Nähe sein!"

„Donnerwetter! Den Spuren nach muss der ja riesengroß sein", sagte Sandor erstaunt.

„Genau so einen Bären suchen wir!", meinte Tabita.

„Wir müssen ihm nach! Wo ist er hin?", fragte Anniger.

Tanisha sagte selbstbewusst und voller neuem Elan: „Keine Bange, wir nubischen Jägerinnen sind gute Fährtenleserinnen. In dieser Richtung ist er gelaufen! Den kriegen wir! Los, Leute, wir nehmen die Verfolgung auf! Heute werden wir erfolgreich sein!"

Es dauerte etwa eine halbe Stunde, da sprach Tanisha leise: „Da vorne ist er! Ich kann ihn hören. Wir lassen die Pferde hier zurück, es ist zu steil und zu steinig. Nehmt eure Waffen! Zur Sicherheit nimmt jeder noch einen Speer mit."

„Sehr vernünftig", flüsterte Sandor.

Tabita konnte auch den Bären hören, während die beiden Männer sich nur fragend anschauten. Sie hörten nichts und sahen nur Bäume, Gebüsch und Felsen.

„So! Ab jetzt leise anschleichen", befahl Tanisha wenig später. Nun konnten alle das Brummen eines Bären hören und als sie aus dem Gebüsch herauskamen, da sahen sie ihn.

Ein großer brauner Bär! Er stand da, die Schnauze zum Boden gerichtet, anscheinend gerade beim Fressen. Ab und zu scharrte er mit seinen Pranken, hob seinen Kopf und brummte laut. Dann fraß er weiter.

„Schaut euch das an! Ein Prachtexemplar!", flüsterte Tabita erstaunt.

„Bei allen Göttern, der ist ja riesig!", meinte Sandor.

„Er frisst etwas und ist dadurch abgelenkt. Wir schleichen uns im Gegenwind an", flüsterte Tanisha aufgeregt.

Der Bär fraß weiter und bemerkte seine Jäger nicht, die langsam in Schußweite kamen. Keiner sagte mehr etwas, Tanisha gab das Zeichen zum Schießen und zeigte mit dem Zeigefinger auf ihren Hals. Alle hatten verstanden, sie nahmen einen schweren Pfeil mit scharfer Eisenspitze, spannten ihren großen langen Jagdbogen und zielten auf den Hals des großen Bären.

Tanisha nickte und schon flogen vier Pfeile durch die Luft, alle trafen das Tier ungefähr seitlich in den Hals. Der Bär erschrak und brummte laut vor Schmerz. Ansonsten zeigten die Pfeile kaum eine Wirkung. Schon sah er die Jäger und stürmte wütend auf sie zu.

„Schießt", rief Tanisha laut und schon wurde der Bär von vier weiteren Pfeilen getroffen. Der Bär blieb nur kurz stehen und rannte voller Wut laut brüllend weiter, direkt auf die Anführerin zu.

„Speere!", schrie Tanisha laut und nervös. Alle ließen, so schnell wie nur möglich, die Bögen fallen und hoben ihren Speer auf. Tabita war die erste, die ihren Speer abwarf, sekundenbruchteile später folgte Tanishas Speer und die der beiden Männer. Vier Speere steckten im Körper des Bären, der nur noch zwei Schritte von Tanisha entfernt war. Mit einem lauten markdurchdringenden Gebrüll bäumte er sich ein letztes Mal auf und brach tödlich getroffen zusammen. Es krachte, als das riesige Tier zu Boden stürzte und die Speere und Pfeile zerbrachen. Nur ein Speer blieb heil.

Der Bär war tot und die vier Jäger fertig mit den Nerven. Alle mussten erstmal tief durchatmen und zu sich kommen. Anniger war der Erste, der etwas sagte: „Mann, war das knapp! Ein verdammt zähes Biest, dieser Bär."

„Warum zeigten die Pfeile keine Wirkung?", fragte Sandor.

„Ich weiß es nicht! Ich habe es völlig unterschätzt", gab Tanisha zu. „Der Bär war mutig. Er hat gekämpft. Mögen die Götter seine Seele aufnehmen", sagte Tabita.

„Aber jetzt haben wir es geschafft! Wir waren erfolgreich! Meine Schwester und ich ziehen ihm das Fell ab, ihr holt die Pferde!"

„Gut, Frau Unteroffizierin", sagten die Männer und wollten schon gehen. Plötzlich hörten sie das aggressive Brüllen eines Bären und erschraken. Aus dem Gebüsch kam ein anderer Bär und stürmte sofort auf die vier Jäger zu. In Todesangst griffen Tabita, Anniger und Sandor nach Pfeil und Bogen, während Tanisha versuchte, den heil gebliebenen Speer mit aller Kraft aus dem Körper des toten Bären zu ziehen.

Sie schossen, drei Pfeile stecken in dem heranstürmenden großen Tier, zeigen aber wieder kaum eine Wirkung.

„Rennt weg! Verteilt euch!", rief Sandor, was sofort befolgt wurde. Nur Tanisha versuchte immer noch verzweifelt den Speer herauszuziehen. Der Bär rannte genau auf sie zu. Wieder wurde er von Pfeilen getroffen, was ihn aber nur für wenige Sekunden ablenkte.

Endlich hielt Tanisha den Speer in den Händen und drehte sich blitzartig um, der Bär bäumte sich direkt vor ihr auf, bereit sich auf sein Opfer zu stürzen. Wie im Reflex stieß die Nubierin den Speer in das Herz des Bären, der getroffen laut brüllte. Seine mit großen Krallen besetzte Pranke schlug mit letzter Kraft auf Tanisha ein und traf sie. Dann fiel das große Tier genau auf die Jägerin und begrub sie unter sich. Der Bär versuchte noch nach ihr zu beißen, doch ihn verließen endgültig die Kräfte und er starb.

Sofort eilten die anderen Tanisha zur Hilfe, sie befürchteten das Schlimmste. Tabita hatte Tränen in den Augen und schrie entsetzt: „Tanisha! Schwester! Was ist mit dir?"

Sandor und Anniger zogen Tanisha unter dem toten Bären hervor. Sie war benommen, machte ein schmerzverzerrtes Gesicht und stöhnte stark. Die Pranke des Bären hatte ihren linken Oberschenkel getroffen, die lederne Reiterhose war aufgerissen und viel Blut trat hervor.

„Verdammter Mist! Sie ist verletzt und blutet!", sagte Sandor aufgeregt und hektisch.

„Oh Götter, meine arme Schwester!", schrie Tabita weinend und wusste nicht, was sie tun sollte. Sie konnte vor lauter Angst kaum noch klar denken.

„Bleibe ruhig und schneide das Hosenbein auf", befahl ihr Anniger energisch, was sie mit zitternden Händen vorsichtig tat. Die Verletzungen sahen schlimm aus und bluteten stark. Die Krallen des Bären hatten lange und tiefe Kratzer über den ganzen Oberschenkel hinterlassen. Anniger drückte ein Tuch auf die Wunden, um das Blut aufzuhalten.

„Die Wunden sind zu groß! Wir müssen sie sofort ausbrennen! Tabita, entzünde schnell eine Fackel und erhitze deinen Dolch", rief Sandor.

„Oh Götter, helft uns!", jammerte Tabita und tat, wie ihr gesagt wurde.

Tanisha hatte Todesangst und stöhnte verzweifelt: „Bitte helft mir! Ich will nicht sterben! Helft mir! Bitte!"

Sandor versuchte sie zu beruhigen und sagte: „Ja! Wir helfen dir! Du wirst nicht sterben!"

Doch dann sprach er: „Aber wir müssen die Wunden ausbrennen! Es wird furchtbar wehtun! Du musst jetzt sehr tapfer sein!"

Obwohl Tabita vor Nervosität und Angst am ganzen Leib zitterte, hatte sie die Fackel entzündet und hielt die Dolchklinge über die Flamme.

„Sehr gut, Mädchen", lobte sie Anniger.

Sandor legte der Verletzten einen kleinen Zweig in den Mund und sagte: „Tanisha, höre mir zu! Beiße auf das Holz, wenn der Schmerz kommt! Beiße, so fest du kannst!"

Mit weit aufgerissenen Augen schaute sie Sandor an und nickte. Die Angst stand ihr buchstäblich ins Gesicht geschrieben.

„Der Dolch ist heiß", meldete Tabita.

„Gut! Gib ihn mir! Und haltet sie gut fest", wies Sandor an und nahm den Dolch vorsichtig ganz hinten am Holzgriff. Anniger kniete auf Tanishas Armen und hielt ihren Oberkörper fest, Tabita ihre Beine. Sandor wischte das Blut weg, um die Wunden zu sehen, dann drückte er die heiße Klinge drauf.

Tanisha spürte einen unfassbar starken Schmerz, sie schrie wie wahnsinnig auf und verlor das Bewusstsein. Etwas Dampf und Brandgeruch stiegen auf, was Sandor Angst einjagte, doch er machte weiter, bis er meinte, es wäre gut.

Die Brandwunden sahen furchtbar aus, Sandor erschrak, als er sein Werk sah und dachte: „Oh Götter, hoffentlich war das nicht zu viel! Man kann so etwas nicht rückgängig machen. Ich bin doch kein Heilkundiger!"

Zu den anderen sagte er aufgeregt: „Die Blutung ist gestoppt. Prüft Atmung und Herzschlag!"

Anniger kümmerte sich sofort darum und sagte beruhigend: „Sie atmet und ihr Herz schlägt regelmäßig."

Doch zur Sicherheit machte er eine Herzmassage und hauchte der Bewusstlosen seinen Atem in den Mund. Schon öffnete Tanisha die Augen und stöhnte vor Schmerz.

„Oh Götter, ich danke euch!", sagte Tabita, hielt ihrer Schwester den Kopf und versuchte, ruhiger zu werden.

„Gut, Leute. Mehr können wir für sie nicht tun. Hört mir zu! Wir holen jetzt die Pferde, dann bauen wir aus Ästen und Decken eine Liege. Diese befestigen wir an einem Pferd und gehen zurück zu Burga!", sprach Sandor und schon legten sie los.

Kurz darauf war die Liege fertig und die Verletzte wurde ganz vorsichtig daraufgelegt. Sie atmete schwer und stöhnte mit schwacher Stimme: „Sandor … bitte … das Bärenfell!"

„Nein, Tanisha, wir haben keine Zeit! Du bist schwer verletzt! Wir müssen zurück!"

„Sandor … bitte! Sonst war … alles umsonst. Ich verspreche … ich halte durch!"

Sandor ließ sich breitschlagen und sagte verärgert: „Na gut! Verdammt! Aber nur ein Bärenfell! Anniger, Tabita, holt euch ein Fell und nehmt es mit! Beeilt euch! Ich mache die Liege am Pferd fest."

„Danke … Sandor!", hauchte Tanisha und zeigte sogar ein leichtes Lächeln in ihrem schmerzverzerrten Gesicht.

Der alte Vagote und das nubische Mädchen machten sich ans Werk, um einen Bären das große dicke Fell abzuziehen. Mit besonders scharfen Dolchen schnitten sie fachmännisch den toten Bären auf.

Anniger sagte: „Es ist so schade! Nur ein Fell nehmen wir mit! Der andere Bär, das viele gute Fleisch, alles wird nutzlos verfaulen! Das ist ein großer Frevel, was wir hier machen!"

„Das ist mir egal! Wir haben keine Zeit! Meine Schwester ist verletzt!"

„Aber etwas Fleisch könnten wir doch mitnehmen?"

„Nein! Mach mit dem Fell weiter!", schrie Tabita nervös.

„Jaja! Und die kostbaren eisernen Speerspitzen und Pfeilspitzen sollten wir noch herausschneiden."

„Höre jetzt auf, oder ich werde böse!"

„Eisen ist schwer zu bekommem und sehr teuer …"

„Anniger, halt deinen Mund und zieh das Fell ab!", schrie sie hysterisch.

Sandor kam dazu und mahnte: „Das ist ein ganz schlechter Moment um sich zu streiten! Nur das Fell! Beeilt euch! Wir müssen zurück!"

„Das sage ich doch die ganze Zeit!", ergänzte sie schreiend.

Der Vagote schwieg und konzentrierte sich auf seine Arbeit. Er war schneller und geschickter als die völlig aufgeregte nubische Jägerin.

Kurz darauf banden sie das große Bärenfell auf einem Packpferd fest. Endlich waren sie fertig und machten sich auf den Rückweg.

Da sie nur langsam vorankamen, dauerte es fast einen halben Tag, bis sie Burgas Lager erreicht hatten.

„Tanisha ist verletzt. Ein Bär hat sie erwischt! Ihr müsst ihr helfen", rief ihre Schwester laut und aufgeregt.

Sofort eilten alle herbei. Tanisha war bei Bewusstsein, stöhnte laut und schrie immer wieder auf.

„Sie muss höllische Schmerzen haben", sagte Burga und schaute sich zusammen mit Freyda die großen Wunden an.

Freyda meinte: „Ausbrennen war genau richtig! Das hast du gut gemacht, Sandor!"

„Danke, Freyda!"

„Odona, hast du Heilsalbe dabei?"

„Aber ja, Kindchen, du kennst mich doch", sagte sie und brachte ein kleines Tongefäß.

Sofort behandelte Freyda die Wunden ausgiebig mit der Heilsalbe.

Odona legte noch Gallenkraut darauf und machte aus einem sauberen Tuch einen neuen Verband. Dann verabreichte sie der Verletzten einen Kräutertrunk und sagte: „Das wird dir guttun und die Schmerzen lindern, Tanisha!"

Burga überlegte kurz und sprach: „Viel mehr können wir nicht tun. Wir haben keine Heilkundigen unter uns. Wir brechen sofort auf!"

Tag und Nacht waren sie unterwegs. Burga schickte zwei Melde-Reiterinnen voraus, um Hilfe kommen zu lassen. Und endlich kam ihnen ein Trupp Kriegerinnen und Heilkundige mit einem Wagen entgegen.

Es waren Ben und zwei seiner Assistenten, die Tanisha ausführlich untersuchten und behandelten, während die Anderen voller Spannung zusahen.

Dann sagte Ben: „Die Wunden sind nicht entzündet. Sie kann ihr Bein und ihren Fuß bewegen. Der Herzschlag ist stabil und sie ist einigermaßen bei Kräften. Nun ja, sie hat noch starke Schmerzen und es werden richtig hässliche Narben zurückbleiben. Aber ich bin mir sicher, sie wird wieder gesund. Legt sie auf den Wagen und ab ins Lazarett!"

Ein großer Jubel brach aus, voller Freude umarmte Tabita den Heilkundigen und sagte: „He Ben, mein Ben! Ich liebe dich!"

Vorbereitungen

Königin Sebrandia machte sich große Sorgen um ihre verletzte Unteroffizierin, begleitet von einer Gruppe Leibwächterinnen eilte sie ins Lazarett.

Dort lag Tanisha in einem Krankenbett, um ihren linken Oberschenkel ein dicker Verband. Sie hatte immer noch Schmerzen, doch sie lächelte, als sie den hohen Besuch kommen sah und sagte erfreut: „Meine Königin, wie schön, dass Ihr mich besucht. Wie gefällt Euch das neue Bärenfell?“

Sebrandia sagte: „Mein liebes Mädchen! Das neue Bärenfell ist sehr schön. Aber deine Gesundheit ist mir viel wichtiger.“

„Danke, edle Königin. Ich werde wieder gesund! Ich bin schon auf dem Weg der Besserung.“

„Das ist schön zu hören. Wie konnte das nur passieren? Du bist doch eine erfahrene Jägerin?“

„Nun ja, unsere Pfeile zeigten kaum eine Wirkung, der Bär war so riesig groß. Nur mit unseren Speeren konnten wir ihn töten. Als wir den ersten Bären erlegt hatten, griff uns plötzlich der zweite Bär an. Ich musste erst meinen Speer herausziehen, da war er schon da. Ich habe es unterschätzt. So eine ist Bärenjagd viel gefährlicher, als ich dachte.“

Während sich die Königin mit Tanisha unterhielt, kam Fredya mit ihrer kleinen Tochter Ulme ins Lazarett. Das erst ein Jahr alte Kind lief wackelig durch das Lazarett, ihre Mutter mit ausgebreiteten Armen hinterher, aufpassend, dass es nicht hinfällt. Es lief einer Leibwächterin in die Arme, die es auffing und hochhob.

„Hallo, wen haben wir denn da? Na, so ein hübsches Kind!“, sagte die Leibwächterin erfreut und lächelte es an. Das Kind lächelte zurück und quietschte vergnügt.

Erst jetzt bemerkte Freyda, dass Tanisha königlichen Besuch hatte. Am liebsten wäre die schüchterne junge Mutter wieder gegangen, doch die Leibwächterin sprach: „Hallo, Freyda! Du kannst durchgehen zur Königin.“

Sie fasste es als Befehl auf, nahm ihre Tochter an die Hand und ging an zahlreichen uniformierten Leibwachen vorbei zu Tanisha, an deren Bett die Königin stand.

Diese sprach: „Freyda, dein Kind kann schon wunderbar laufen!"

„Äh … ja, Eure Hoheit. Es lernt schnell und ist schon weit in der Entwicklung."

„Warum laufen meine Töchter noch nicht so gut?"

Freyda fühlte sich irgendwie schuldig, wenn sie so scharf angesprochen wurde, das lag an ihrer Natur. Schüchtern stotterte sie: „Oh … äh … ich weiß es nicht! Verzeiht mir, meine Königin. Mit Eurer Erlaubnis werde ich mich darum kümmern, wenn ich darf!"

Sebrandia bemerkte die Ängstlichkeit der kleinen Frau und sagte beruhigend: „Liebes Mädchen, das war doch kein Vorwurf gegen dich. Aber gerne nehme ich dein Angebot an. Bitte kümmere dich, damit sie sich besser entwickeln! Leibwachen!"

„Ja, Königin?"

„Die junge Frau Freyda hat jederzeit freien Zutritt zu meinen Kindern! Sie ist stets durchzulassen!"

„Jawohl, Königin!", anworteten die Leibwächterinnen.

Freyda sagte leise und schüchtern: „Vielen Dank, edle Königin. Aber mit Eurer Erlaubnis würde ich gerne erst die ehrenwerte Tanisha besuchen, bevor ich … Huch! Wo ist Ulme?"

„Deine Tochter ist hier auf meinem Bett. Sie ist zu mir hochgekrabbelt", sagte Tanisha.

„Unglaublich! Wie hat sie das gemacht?", dachten viele Anwesenden und schauten verblüfft zu, wie sie mit der verletzten Nubierin spielte.

„Sie ist wirklich schon sehr weit entwickelt. Ein interessantes Kind. Und du kannst so wunderbar mit Kindern umgehen, liebe Fredya", sagte die Königin lobend.

„Vielen Dank, Eure Hoheit. Aber das mit armen Tanisha. Es tut mir so leid, dass sie verletzt wurde. Es ist auch meine Schuld. Ich habe Euch zu dieser Aktion überredet."

Tanisha sagte: „Aber Freyda, mit der Bärenjagd hast du nichts zu tun. Du kannst nichts dafür."

„Danke, liebe Herrin Tanisha. Mir ging es nur um die wichtigen Heilkräuter."

„Na, und das war ja ein voller Erfolg. Ihr habt ja so viele Säcke voll davon mitgebracht. Fünf Arbeiter sind damit beschäftigt, die Kräuter zu trocknen und einzulagern. Ich finde es reichlich übertrieben. Es ist mehr, als wir jemals brauchen werden!", meinte die Königin.

Freyda meinte es besser zu wissen und dachte: „Wir werden es brauchen!"

Sie traute sich aber nicht, der Königin zu widersprechen. Stattdessen sagte sie: „Bitte, liebe Königin! Es ist kein Fehler, viele Heilkräuter auf Lager zu haben."

„Bist du immer noch der Meinung, dass diese Seuche kommen wird?"

„Äh … ja, Eure Hoheit. Ich …äh … glaube, sie wird irgendwann kommen. Aber wir haben vorgesorgt und können unser Volk schützen!"

„Naja, ich glaube nicht daran. Ich denke, du übertreibst, liebes Mädchen! Du bist doch keine Hellseherin, oder?"

„Äh … nein! Bin ich nicht."

„Siehst du? Woher willst du so etwas wissen?"

Die ängstliche Freyda wusste nicht, was sie darauf antworten sollte. Sie war ein einfacher Mensch und konnte wirklich nicht in die Zukunft sehen. Doch mit der Seuche war sie sich ganz sicher. Sie fühlte es ganz stark und manchmal träumte sie auch davon. Es war, als würden die Götter es ihrer Tochter mitteilen. Und Ulme teilte es ihr mit, auf einer Art und Weise, dass sie es fühlen konnte. Eine andere Erklärung hatte sie nicht. Und diese Erklärung würde ihr niemand glauben.

„Oh Götter, jetzt geht das schon wieder los! Was sage ich jetzt nur?", dachte sie leicht verzweifelt.

Die Hilfe der Götter kam prompt in Form einer Leibwächterin, die zu Sebrandia kam und meldete: „Meine Königin, ein Offizier der Karamäer ist eingetroffen und möchte mit Euch sprechen!"

„Aha! Die Pflicht ruft! Ich muss zurück in meine Burg! Eine Königin ist immer schwer beschäftigt. Gute Besserung, Tanisha", sagte Sebrandia und reichte ihr die Hand.

„Vielen Dank, Eure Hoheit", erwiderte die Nubierin erfreut und schon verließ die Königin mit ihren Leibwächterinnen das Lazarett.

Im großen Audienzsaal ihrer Burg empfing Sebrandia ihre Besucher. Es war der Offizier Siedor, der mit vier karamäischen Kriegern vor der Königin strammstand. Er trug eine neue saubere Uniform aus hellbraunem Stoff mit einem Lederpanzer, hatte seinen Helm aus glänzenden Bronzeblech abgenommen und hielt ihn in der Hand.

Siedor war ein gutaussehender durchtrainierter junger Mann, doch es ging ihm nicht gut. Sebrandia konnte in seinem Gesicht erkennen, dass ein tiefer seelischer Schmerz in ihm war. Und sie wusste auch warum. Er war der Sohn des Königsmörders! Ein Makel, der ein lebenlang an ihm haftenbleiben würde, obwohl er nichts dafür konnte.

Er versuchte, sich nichts anmerken zu lassen, grüßte höflich und sagte: „Hochverehrte Königin der Amazonen. Ich habe die Ehre, Euch folgendes mitteilen zu dürfen: Die Suche nach der königlichen Tochter, der edlen Prinzessin Eika, wird in den nächsten Tagen beginnen. Unser edler König Godric wird unsere Truppen in alle bekannten Städte und Länder schicken.

Die wichtigste Truppe führt Botschafter Karamis an. Er soll in den Städten Tarag Kanos und Kasadoria nach Prinzessin Eika suchen.

Botschafter Karamis wird mit 150 karamäischen Kriegern in ein paar Tagen bei Euch eintreffen. Unser edler König Godric bittet um die Hilfe und Unterstützung der edlen Amazonen für diese Suchaktion."

Sebrandia sagte überrascht: „Donnerwetter! Prinzessin Eika! Das sind ja Neuigkeiten."

„Jawohl, Hoheit. Unser König Godric hat Eika zur Prinzessin erklärt. Die königliche Abstammung ist einwandfrei erwiesen. Der große König Kadur, möge seine Seele bei den Göttern sein, ist der leibliche Vater von Prinzessin Eika!"

„Das finde ich sehr schön!", sagte Sebrandia beeindruckt.

„Danke, Eure Hoheit. Unsere Priester haben die Götter befragt. Die Antwort der Götter ist eindeutig, Eika lebt und ihr geht es gut. Nur, wo sie sich aufhält, können sie uns nicht sagen. Wir müssen sie finden und gesund nach Hause bringen! Können wir mit eurer Unterstützung rechnen, verehrte Königin?"

„Aber selbstverständlich helfe ich dem befreundeten Volk der Karamäer!"

„Vielen Dank, edle Königin", sagte Siedor sichtlich erfreut und machte eine tiefe Verbeugung.

„Aber solch ein Unternehmen will gut geplant sein und bedarf einige Tage Vorbereitungszeit", äußerte Sebrandia und dachte schmunzelnd: „Und diese Zeit möchte ich gerne mit meinem Liebhaber Karamis verbringen. Hach, was freue ich mich darauf, mit ihm im Bett zu liegen, zu kuscheln und zu schmusen."

Ihre schönen Gedanken zerplatzten wie Seifenblasen, als sie hörte: „Verehrte Königin! Außerdem habe ich die große Ehre die Edeldame Daria, die Gemahlin des Herrn Botschafter, mit ihren Kindern ankündigen zu dürfen. Sie wollte Eurer Einladung nachkommen und Euch besuchen! Natürlich nur, wenn es genehm ist."

Sebrandias gute Stimmung war schlagartig vorbei.

„So ein Mistkram! Kein Kuscheln und kein Schmusen!", dachte sie verärgert. Das passte ihr überhaupt nicht in den Kram, aber das durfte sie nicht sagen, sie selbst hatte sie eingeladen. Sie brauchte eine kurze Zeit, um sich zusammenzureißen und vornehm zu antworten: „Aber selbstverständlich darf die ehrenwerte Daria mich besuchen. Bitte richtet ihr aus, ich freue mich auf sie."

Ihr letzter Satz war eine glatte Lüge.

„Vielen Dank, Eure Hoheit. Bei der Gelegenheit wollte ich noch fragen, ob es erlaubt wäre, wenn die Edeldame Merika nebst ihrer Familie mitkommen würde?"

Das gefiel ihr schon besser. Sebrandia mochte die Schwester des Botschafters, so hatte sie keinerlei Einwände und antwortete: „Natürlich dürfen mich Merika und ihre Familie besuchen."

Um weitere Überraschungen zu vermeiden fragte sie spitz: „Will mich vielleicht noch jemand besuchen?"

Sie dachte dabei voller Sorge an den unangenehmen Rogart oder die Schwestern des neuen Karamäer-Königs, die sie überhaupt nicht mochte.

Zu ihrer Erleichterung sagte der Offizier Siedor: „Von weiteren Besuchern habe ich keine Kenntnis, Eure Hoheit."

„Den Göttern sei Dank", dachte sie und atmete tief durch.

Siedors Stimme wurde wieder ernster, als er das Thema wechselte und fragte: „Liebe Königin, Ihr spracht von dem Sklavenhändler Alam Bun Kusom, der Euer Gefangener ist und uns bei der Suche helfen könnte. Ist das richtig?"

„Ja, er ist bei uns! Er war ...äh ... etwas krank, aber nun ist er wieder gesund."

„Das ist schön zu hören. Liebend gerne würde ich kurz mit ihm sprechen, um mir selbst ein Bild von ihm machen zu können. Ist es gestattet?"

„Aber selbstverständlich! Ich lasse ihn sofort kommen!"

Wenig später betrat der Gefangene Alam Bun Kusom den Audienzsaal der Burg. Viele wichtige Amazonen begleiteten ihn, unter ihnen Phygene, Nadsch, Mirakel, Samira, Tarmi und Androxidopa.

Alam ging es relativ gut, die Heilkundigen hatten ihn gesundgepflegt. Doch in seinem Gesicht waren noch Spuren der Attacke sichtbar.

Sebrandia sah das und wurde wieder zornig auf die beiden Täter Meleas und Elisande. „Ich hätte sie härter bestrafen sollen", dachte sie spontan, behielt es aber für sich.

Dann kam sie zur Sache und sprach: „Alam Bun Kusom! Ein Offizier der Karamäer ist anwesend! Die Suche nach Eika wird in den nächsten Tagen beginnen. Wir haben uns schon ausführlich unterhalten. Du sagtest mir, du wirst den Karamäern bei der Suche helfen. Wiederhole dein Versprechen, dass du gegeben hast!"

„Jawohl, hohe Königin der Amazonen! Es ist mir eine große Ehre, bei der Suche nach der entführten Eika helfen zu dürfen!" „Prinzessin Eika!", unterbrach ihm Siedor streng.

„Donnerwetter!", dachte Alam angenehm überrascht und sprach weiter: „Jawohl! Prinzessin Eika! Ich werde mein ganzes Wissen, mein Können und meine ganzen Beziehungen, die ich habe, für die Suche einsetzen. Und ich habe schon einen Plan, wie wir vorgehen können. Wir sollten in Tarag Kanos mit der Suche beginnen."

„Gut, gut! Die Details könnt ihr noch später besprechen, wenn Karamis dabei ist. Wir sind uns gewiss, dass du ein hohes Wissen über den Sklavenhandel besitzt. Mich interessiert viel mehr, können wir dir trauen? Warum willst du uns helfen?", fragte Sebrandia.

„Liebe Königin, auch wenn Ihr es nicht glaubt, ich genieße das neue Leben bei den Amazonen. Es ist wunderbar, meiner Tochter geht es gut und mir geht es gut. Ich erwartete meinen Tod, als ich hierherkam und jetzt ist für mich jeder Tag ein schöner Tag. Ich danke Euch und Eurem Volk von ganzem Herzen, edle Königin."

„Naja, ganz nehme ich dir das nicht ab. Schließlich bist du ein skrupelloser Sklavenhändler, der ein Leben in reichem Luxus führte."

„Ich war, edle Königin. Doch das ist vorbei."

„Und man hat dich zusammengeschlagen. Du wärst beinahe gestorben."

„Nun ja, das kann passieren. Als ehemaliger Sklavenhändler hat man natürlich viele Feinde. Ich bin den beiden nicht einmal böse, sie wollten sich nur rächen. Ich muss gestehen, ich ging wirklich nicht gut mit ihnen um. Ein Menschenleben bedeutete mir nicht viel und dass eines Sklaven schon gar nichts. Sogar mein Vieh behandelte ich besser als meine Sklaven."

„Und warum?"

„Das ist eine gute Frage. Ich glaube, sie waren für mich wie Sündenböcke, die für alles Schlechte die Schuld bekamen. War ich schlecht gelaunt, waren die Sklaven schuld und wurden bestraft. War das Wetter schlecht, die Sklaven waren schuld, war ich krank, waren die Sklaven schuld. Obwohl sie nie etwas dafür konnten. Die menschliche Seele kann ein Abgrund an Bösartigkeit sein. Und wenn man die absolute Macht über andere Menschen hat, dann neigt man dazu, seine Macht zu missbrauchen. Man kann mit seinen Sklaven machen, was man will, ohne dafür belangt zu werden. Man ist Herr über Leben und Tod, je nach Laune. Ja, so war ich! Aber Ihr, edle Königin, Ihr missbraucht nicht Eure Macht. Ihr achtet das Leben, sogar das Eures ehemaligen Feindes. Ihr seid eine wunderbare Königin."

„Danke für die Blumen, falls du es ehrlich meinen solltest. Ich frage mich, lügst du uns etwas vor oder sprichst du die Wahrheit?"

„Ich spreche die Wahrheit und will Euch helfen, aus Dankbarkeit und weil ich die Amazonen mag. Ich habe die Amazonen schon immer bewundert, auch wenn wir verfeindet waren. Und da gibt es noch etwas, was wir, liebe Königin, gemeinsam haben: Die Liebe zu unseren Kindern! Ich liebe meine Tochter Fajah, die dank Euch, edle Königin, ein wunderbares Leben bei den Amazonen führen kann. Und ich würde niemals etwas tun, was meiner Tochter schaden könnte. Ich weiß, Ihr liebt auch Eure Töchter und könnt mich verstehen. Ich hoffe, die ehrenwerten Damen mit den magischen Fähigkeiten können meine ehrlichen Worte bestätigen."

„Woher weiß der Kerl von unseren Magierinnen?", fragte die skeptische Phygene ihre Partnerin Mirakel, die neben ihr stand.

„Ich weiß es nicht! Ich vermute, von seiner Tochter Fajah. Die plappert sehr viel herum", antwortete sie.

Sebrandia winkte ab und sprach: „Es liegt an deiner schlimmen Vergangenheit, dass wir dir nicht ganz vertrauen können. Aber das macht nichts. Du wirst uns helfen, das musst du auch, deiner Tochter zuliebe. Sonst geht es Fajah nicht mehr so gut. Also, gebe dein Bestes, Alam!"

„Selbstverständlich! Ich danke Euch von ganzem Herzen, edle Königin. Ich werde Euch mit all meinem Wissen und all meiner Kraft zur vollsten Verfügung stehen. Da wären aber zwei Dinge, die mir große Sorgen bereiten."

„Und die wären?"

„Meine Kollegen aus dem Sklavenhandel sind sehr böse und unangenehme Menschen. Sie besitzen so viel Macht wie ein Fürst und sind äußerst gefährlich. Wir müssen gegen Übergriffe, Überfälle und sogar gegen Mordanschläge gewappnet sein."

„Das ist uns bewusst. Die besten Kriegerinnen der Amazonen und die besten Krieger der Karamäer werden in ausreichender Truppenstärke präsent sein. Und sie werden dich schützen."

„Sehr gut! Danke, edle Königin! Und das andere wäre: Natürlich werde ich alles Menschenmögliche versuchen, aber ich kann nicht sagen, ob unsere Suche erfolgreich sein wird. Falls ein Erfolg ausbleiben sollte, bitte ich darum, nur mich zu bestrafen und meine Tochter Fajah zu verschonen."

„Das ist aus deiner Sicht verständlich. Aber du wirst bestimmt auch verstehen, dass wir den Druck auf dich aufrechterhalten müssen. Du solltest wirklich alles Menschenmögliche versuchen! Denke an deine Tochter, die in unserer Hand ist!"

„Das werde ich, aber …"

„Nichts aber! Wir müssen Eika mit deiner Hilfe finden! Hast du mich verstanden?", fragte Sebrandia laut drohend.

„Jawohl! Ich habe verstanden, Eure Hoheit!"

„Gut! Bereite dich vor und bleibe gesund! Du darfst dich zurückziehen!"

„Vielen Dank, Eure Hoheit", sagte Alam mit einer tiefen Verbeugung und verließ den Audienzsaal.

Zu ihren Leuten sagte Sebrandia: „Seid stets vorsichtig und traut dem Kerl nicht. Diese angebliche Wandlung vom Feind zum Freund, vom skrupellosen Verbrecher zum Gutmenschen. Wer es glaubt, wird selig. Und bringt Alam wieder mit, wenn es geht. Nicht wegen ihm, sondern wegen Fajah, die kann so wunderbar kochen."

„Jawohl, Königin."

Karamis

Ein paar Tage später war es soweit. Karamis und eine Truppe von 150 karamäischen Kriegern trafen bei den Amazonen ein.

Königin Sebrandia begrüßte freudig ihren Liebhaber und sagte: „Mein lieber Karamis, wie schön, dass du da bist. Wie geht es dir?"

„Meine liebe Königin, es geht mir den Umständen entsprechend gut, nach all dem, was ich durchmachen musste."

„Ich weiß, lieber Karamis! Komm, lasse dich von mir trösten", sagte Sebrandia und wollte ihn herzlich umarmen, doch er flüsterte: „Bitte, sei vorsichtig, meine Familie ist hier. Da vorne ist Daria!"

„Ach, stimmt ja! Karamis, wie kannst du nur?"

„Ich kann nichts dafür! Sie bestand darauf, mitzukommen. Ich wollte, dass sie daheim bleibt, aber sie hat mich richtig bedrängt! Ich konnte nichts dagegen tun."

„Kannst du dich nicht mehr gegen deine Frau durchsetzen?"

„Das ist schwierig! Unsere karamäischen Frauen sind viel energischer und aufmüpfiger geworden."

„Seit wann denn das?"

„Seitdem du und deine starken Frauen bei uns zu Besuch wart. Ihr Amazonen habt anscheinend ein völlig neues Selbstbewusstsein bei unseren Frauen erweckt!"

„Was? Bist du sicher?"

„Na klar! Wer denn sonst!"

„Willst du damit sagen, wir Amazonen sind schuld, wenn eure Frauen aufmüpfig werden?"

„Äh …ja!"

„Das ist ja eine Unverschämtheit!"

„Ja, ganz genau! Achtung! Daria kommt!"

Schon stand die Familie des Botschafters vor der Königin. Vorne stand Daria und zwang sich zu einem Lächeln, hinter ihr die fünf wohlerzogenen Kinder, die sichtlich erfreut waren und neugierig die Königin anschauten. Daria grüßte: „Guten Tag, Eure Hoheit. Es freut mich und meine Kinder sehr, Euch besuchen zu dürfen!"

„Die Freude ist ganz meinerseits", sagte Sebrandia und tat so, als ob es wirklich so wäre.

„Vielen Dank, Eure Hoheit. Ich bin gekommen, um mich bei Euch zu entschuldigen. Es tut mir furchtbar leid, dass ich Euer Freundschaftsangebot ausgeschlagen habe. Das war ein großer Fehler von mir, ich bitte um Vergebung. Erst später habe ich dumme Frau verstanden, wie wichtig und eng das Band der Freundschaft zwischen den ehrenwerten Amazonen und den Karamäern ist. Und meine Hand, die sich erhoben hatte. Oh Götter, dass tut mir so unendlich leid. Ich war nicht bei Verstand, als dies geschah. Ich kann nur hoffen, Ihr könnt mir vergeben!"

„Donnerwetter", dachte Sebrandia, die mit so etwas nicht gerechnet hatte.

Sie hörte weiter zu, als Daria erzählte: „Ich danke Euch so sehr für Eure Offenheit, liebe Königin. Dennoch war ich schwer geschockt, als Ihr das sagtet. Ihr könnt Euch vielleicht nicht vorstellen, wie furchtbar das ist, wenn eine Ehefrau erfährt, dass ihr Gatte untreu war."

„Doch, das kann ich. Vor vielen Jahren hatte ich auch eine feste Partnerin, die mir untreu wurde. Ich weiß genau, wie sich das anfühlt."

„Selbstverständlich, Eure Hoheit! Äh … darf ich es sagen? Ihr sprecht von Thulesera. Bitte verzeiht, Karamis hat es mir erzählt."

„Ja, genau! Thulesera ist meine Ex-Geliebte. Sie wurde mir untreu und ich jagte sie davon. Sie ging zu den Karamäern und wurde Leibwächterin des Königs Kadur."

„Ja, das ist mir bekannt. Und wenn wir schon beim Thema sind, nun ja, Karamis meint, ich sollte es Euch sagen, er traut sich irgendwie nicht."

„Was meint ihr, gute Daria?"

„Also, was ich Euch mitteilen soll: Drei Frauen sind mit uns hierhergekommen, Thulesera, ihre Partnerin und ihre Schwester. Sie sind hier im Hauptlager und wollen bei den Amazonen bleiben. Ich soll Euch herzlichst fragen, ob es gestattet wäre."

Sebrandia wurde vor Schreck bleich im Gesicht und fühlte sich plötzlich unwohl und leicht schwindelig.

Daria fiel das sofort auf und fragte besorgt: „Oh Götter, verehrte Königin, geht es Euch gut? Ist alles in Ordnung? Darf ich Euch helfen?"

„Danke, danke, es geht! Nur eine kleine Unpässlichkeit. Es muss wohl am Wetter liegen", antwortete Sebrandia, was nicht ganz der Wahrheit entsprach.

Erst kurze Zeit später wurde ihr wieder bewusst, dass sie die große mächtige Amazonen-Königin war. Viele Gedanken gingen ihr durch den Kopf: „Das darf einfach nicht wahr sein! Meine Verflossene ist hier! Man hat mich überrumpelt! Erst diese Daria und dann auch noch die blöde Kuh Thulesera! Ich sollte alle davonjagen. Ja, das könnte ich befehlen, das wäre so einfach. Nein, das geht nicht! Man würde über mich reden, ich wäre eine Despotin, eine Tyrannin! Ich muss höflich bleiben! Sie kommen alle als Freunde. Ich muss über der Sache stehen, meine Emotionen im Griff haben, wie es einer richtigen Königin gebührt. Wir Amazonen sind keine primitiven Wilden!“

Sie holte tief Luft und sagte freundlich lächelnd: „Das sind schöne Neuigkeiten. Es war mir bekannt, dass sie zu uns zurückwollte. Bei Gelegenheit werde ich ihr die Erlaubnis erteilen.“

Daria sagte: „Ihr seid eine wunderbare Königin. Und es ist so schön, dass ich Euch besuchen darf. So kann ich möglichst lange mit meinem Mann zusammen sein. Er ist ja so viel unterwegs und reist bald ab nach Tarag Kanos.“

„Das verstehe ich sehr gut, liebe Daria“, erwiderte Sebrandia freundlich und dachte etwas zornig: „Das eifersüchtige Weib ist nur da, um auf ihren Mann aufzupassen! Das weiß ich ganz genau!“

„Und nach seiner Abreise habe ich viel Zeit und würde diese gerne nutzen, um das Volk der Amazonen besser kennenzulernen. Natürlich nur, wenn es Euch recht ist.“

„Auch das noch! Dann bleibt die monatelang hier und ich muss mir jeden Tag ihr Geplapper anhören“, dachte Sebrandia, sagte aber freundlich: „Daria, ihr seid stets ein gerngesehener Gast und dürft so lange bleiben, wie es euch beliebt.“

„Vielen herzlichen Dank, edle Königin.“

Als Sebrandia kurz mit Karamis alleine war, nutzte sie die Gelegenheit und flüsterte ihm wütend ins Ohr: „Du Schuft! Da hast du mir was eingebrockt! Dafür musst du bezahlen!“

„Oh, Königin! Und wie soll die Bezahlung aussehen?“

„Du gehst nicht nach Tarag Kanos, bevor ich mit dir geschlafen habe!“

„Aber Königin, das hört sich an wie ein Befehl!“

„Das ist auch ein Befehl, sogar ein königlicher!“

„Aber wie sollen wir das machen? Daria wird aufpassen wie ein Schießhund."

„Lasse das meine Sorge sein! Mir fällt schon etwas ein! Schließlich bin ich die große Königin der Amazonen!"

„Na, dann bin ich mal gespannt, furchterregender Häuptling der Kampfweiber!"

„He! Werde bloß nicht frech, du untreuer Ehemann!"

„Jetzt aber im Ernst, Sebrandia. Bitte erwarte nicht so viel von mir. Du weißt, mir geht es nicht so gut."

„Jaja! Das sagst du immer, wenn du da bist."

„Aber diesmal ist es wirklich so!"

„Ach was! Lasse mich nur machen!"

Das Wiedersehen mit Merika bereitete Sebrandia viel Freude. Die sympathische Schwester des Botschafters war mit ihrem Mann Keschim und ihren Kindern angereist. Die kleine schlanke Frau trug zwar noch einen schwarzen Umhang als Trauer über das Geschehene, doch sie wurde gut damit fertig. „Natürlich trauere ich um meinen Bruder, aber das Leben muss weitergehen", sagte sie bei der Begrüßung.

Als Sebrandia mit ihr alleine war, fragte sie: „Merika, wie kommt es, dass du deinen orientalischen Mann zu diesem Besuch überreden konntest?"

„Tja, ich habe mich durchgesetzt. Ich lasse mir nicht mehr so viel von Keschim verbieten!"

„Aha! Wie ist das möglich?"

„Liebe Königin, Euer Besuch bei den Karamäern hat uns Frauen selbstbewusster und wehrhafter gemacht. Ihr habt uns gezeigt, dass wir Frauen uns nicht alles gefallen lassen müssen!"

„Das sind ja interessante Neuigkeiten", sagte Sebrandia überrascht.

Merika flüsterte: „Und da ist noch etwas! Es ist streng geheim, meine Familie darf es nicht wissen."

„Aha! Was denn?"

„Ich suche ein kleines erotisches Abenteuer mit einer richtigen Amazonen-Kriegerin."

„Donnerwetter! Das ist ja hochinteressant!"

„Ja, das ist es! Wenigstens nur für eine Nacht. Oh Götter, ich sehne mich so sehr danach, ich bin ganz verrückt darauf!"

„Liebe Merika, ich bin überrascht! So kenne ich dich gar nicht?"

„Ich bin auch von mir überrascht! Ich habe das Gefühl, in meinem Leben viel zu wenig erlebt zu haben. Ich war immer nur die brave und treue Ehefrau und habe so viel verpasst. Und etwas davon möchte ich nachholen."

„Ich verstehe dich voll und ganz! Und wer wäre die Frau deines Herzens?"

„Das weiß ich noch nicht! Sie sollte groß und muskulös sein. Eine der hochgewachsenen Offizierinnen! Oh, bei allen Göttern des Olymp, das wäre ein Traum. Aber mein Mann darf es nicht erfahren. Meint Ihr, das wäre möglich?"

„Merika, Merika, du bist ja eine. Ich höre mich mal um. Viele meiner Kriegerinnen sind dem weiblichen Geschlecht zugeneigt. Da lässt sich bestimmt etwas arrangieren. Natürlich ohne, dass dein Mann etwas davon erfährt. Schließlich bist du hier bei den berühmten Amazonen!"

Am Abend gab es ein Gastmahl im Hofe der Burg. Bei angenehm warmen Frühlingstemperaturen saßen Amazonen und Karamäer zusammen, speisten und tranken und unterhielten sich angeregt. Das Gastmahl war einfach und bescheiden, zu Essen gab es gegrilltes Pferdefleisch mit Rüben, Bohnen und Brot. Zu Trinken, außer ein paar Krügen Gerstengebräu, nur Wasser. Die Amazonen waren nicht wohlhabend, aber sie teilten, was sie hatten mit ihren Gästen. Die Gäste wiederum wussten das zu schätzen und genossen die angenehme die Gastfreundschaft.

Karamis sagte zu Sebrandia: „Ich habe Shulizia mitgebracht. Sie begleitet nun Siedor und mich. Offiziell nur Siedor, du weißt ja, wie eifersüchtig meine Frau werden kann. Sie ist eine hervorragende Leibwächterin und beherrscht alle Arten der Kampfkunst. Sie wird uns auch bei der Suche nach Eika begleiten!"

„Das ist schön!", sagte Sebrandia und begrüßte die hochgewachsene hübsche persische Kriegerin, die ihr freundlich zulächelte. Sie trug ein dunkles Hemd, einen schwarzen langen Rock, dunkle Lederstiefel und hatte ein schwarzes Tuch auf den Kopf. Pfeil und Bogen sowie zwei Wurfmesser am Gürtel bildeten ihre Bewaffnung.

„Die Götter mit Euch, edle Königin der Amazonen", sagte sie und machte eine tiefe Verbeugung.

„Shulizia, es ist schön, dich zu sehen! Du passt zu uns Amazonen. Dich könnte ich sehr gut bei meinen Truppen gebrauchen."

„Vielen Dank für das Angebot, edle Königin. Doch meine Aufgabe ist es, den Herrn Botschafter und Siedor vor Feinden zu schützen."

„Ja, tue das, passe gut auf Karamis auf!"

„Das werde ich, edle Königin!"

Karamis sagte: „He, Königin, versuche nicht, die gute Shulizia abzuwerben! Ich brauche jemand, der mich beschützt."

„Das weiß ich ja! Und ich gebe dir noch Liasra mit. Sie soll Shulizia unterstützen!"

„Ah, sehr gut! Ich halte sehr viel von der Lybierin. Sie ist eine der besten Kriegerinnen, die es gibt."

„Ja, das ist sie in der Tat!"

„Siedor sagte mir, du wirst uns auch eine schlagkräftige Amazonentruppe mitgeben?"

„Aber natürlich! 150 Kriegerinnen und zahlreiche Offiziere."

„Und dieser Alam Bun Kusom ist auch bereit, uns zu helfen?"

„Ja, Karamis, er wird euch helfen. Das muss er, er hat keine andere Wahl, ich habe seine Tochter! Abgesehen davon will er uns wirklich helfen, so die Einschätzung meiner Magierinnen. Er könnte auch andere Gründe haben, wir wissen es nicht."

„Vielleicht hat er noch eine Rechnung offen, mit unliebsamen Personen in Tarag Kanos."

„Ja, das könnte sein. Seid bitte vorsichtig und vertraut ihm nicht so viel!"

„Das werden wir! Doch mit ihm und seinem Wissen muss es gelingen, Eika zu finden. Es ist einfach wunderbar, dass ihr uns helfen werdet", sprach der Botschafter dankbar, als würde ihm ein Stein vom Herzen fallen.

Sebrandia konnte spüren, dass diese Dankbarkeit echt war.

Spontan sagte sie: „Liebster, ich merke, es ist für dich auch eine sehr persönliche Sache, nicht wahr?"

Karamis war angenehm überrascht und antwortete: „Ja, Königin! In der Tat! Du hast ein sehr gutes Gespür für solche Dinge. Meine Hochachtung!"

„Danke! Das ist eine Eigenschaft, die uns Amazonen auszeichnet", sagte Sebrandia stolz.

„Ganz deiner Meinung, edle Königin! Uns Karamäern liegt sehr viel daran, Eika zu finden. Sie ist ein wunderbarer Mensch, wir alle lieben sie sehr! Sie ist edel, hilfsbereit und sehr intelligent. Sie kann Lesen und Schreiben, interessiert sich für Diplomatie und für die Kunst, wie man ein Volk regiert. Stell dir vor, sie hatte sich in den Kopf gesetzt, mein Nachfolger zu werden, eine weibliche Botschafterin. In so jungen Jahren weiß sie schon, was sie will. Jeder, der sie kennt, bemerkt sofort, sie ist zu etwas Höherem berufen."

Sebrandia dachte spontan: „Vielleicht war das der Grund, warum König Kadur sie loswerden wollte. Auf den karamäische Thron darf nur ein Mann!"

Sie behielt ihre Gedanken für sich und ließ Karamis weiterreden.

„Sie ist ein außergewöhnliches Mädchen. Nichts wünschen wir uns sehnlicher, als sie wiederzuhaben."

„Ich weiß, Karamis! Ich kenne sie ja auch. Mehrmals war sie bei uns zu Besuch. Ich habe sie als hübsches und kluges Mädchen in Erinnerung."

„Das ist sie in der Tat! Oh, ich glaube, wir müssen unsere Unterhaltung unterbrechen. Da kommt meine Frau und bringt Thulesera mit!"

„Oh, Götter, was jetzt?"

„Sebrandia, bleibe freundlich, höflich und diplomatisch, so wie du es von mir gelernt hast!"

„Jaja, das ist so einfach gesagt!"

Daria sagte zur Königin: „Eure Hoheit, verzeiht die Unterbrechung! Dürften wir eine halbe Minute Eurer kostbaren Zeit stehlen, für die edle Thulesera nebst Freundin und Schwester?"

„Püh! Ich habe jetzt keine Lust", winkte sie ab.

„Eure Hoheit, ich bitte Euch, etwas mehr Höflichkeit!", sprach Karamis.

„Na gut, ich lasse bitten!", sagte sie leicht genervt.

Thulesera übernahm das Wort und sagte vorsichtig: „Liebe Königin Sebrandia, wir bitten Euch! Bitte lasst uns in unsere Heimat zurückkehren. Wir wollen bei den Amazonen bleiben. Bitte gestattet es uns, liebe Königin!"

Sebrandia sagte nichts, sie saß einfach nur da, schaute an ihrer ehemaligen Geliebten vorbei und zog ein beleidigtes Gesicht.

Karamis flüsterte ihr ins Ohr: „Sei gnädig und sag endlich ja! Es ist doch schon so lange her! Das sind doch drei Amazonen! Du hast es versprochen! Na los!"

Sie gab sich einen Ruck und brachte ein knappes „Ja!" hervor. Sofort breitete sich eine große Erleichterung bei den drei Heimkehrerinnen aus.

Thuleseras Schwester warf sich vor ihr auf die Knie und sagte: „Wir danken Euch, edle Königin! Mögen die Götter stets mit Euch sein!"

„Schon gut! Ihr dürft euch jetzt entfernen!", sprach die Königin und dachte: „Aus meinen Augen!"

Wie dem auch sei, Thulesera hatte ihr Ziel erreicht. Sie war wieder in ihrer Heimat und durfte bleiben, auch wenn sie wusste, dass es besser war, vorerst nicht in der Nähe der Königin zu gehen.

Am späteren Abend war das Gerstengebräu aufgebraucht und es gab nur noch Wasser zum Trinken. Daria, die Frau des Botschafters und Keschim, der Ehemann von Merika, bemerkten nicht, dass ein Schlafmittel in ihrem Getränk gemischt war.

Schon eine halbe Stunde später stellte sich bei den beiden unerklärlicherweise eine starke Müdigkeit ein. Da passte es gut, als Sebrandia sich erhob und verkündete: „Liebe Gäste, ich danke euch für die unterhaltsamen Stunden. Das Gastmahl ist nun beendet und ich werde mich ins Schlafgemach zurückziehen."

Kurz darauf gingen auch die Gäste in ihre Unterkünfte.

Karamis war in einem Gästezimmer der Burg untergebracht und lag neben seiner Frau im Bett. Während Daria tief und fest schlief, war er hellwach. Er machte sich schon Sorgen um seine Frau, weil er solch einen tiefen Schlaf bei ihr noch nie erlebt hatte. Doch ein leises Schnarchen und der entspannte Gesichtsausdruck zeigten an, dass mit ihr alles in Ordnung war.

Leise klopfte es an die Tür des Gästezimmers, die direkt danach langsam geöffnet wurde. Karamis sah, wie Samira, mit einer Öllampe in der Hand, lächelnd das Zimmer betrat und nach Daria schaute. Dann ging sie ganz nahe zu ihm und flüsterte leise: „Edler Herr Botschafter, Eure Gemahlin schläft tief und fest! Dürfte ich Euch bitten, mich zu begleiten? Die Königin erwartet Euch."

Karamis nickte und stand leise und vorsichtig auf, bekam von Samira seinen Umhang angelegt und verließ das Zimmer. Im Gang stand eine Kriegerin der Nachtwache und flüsterte: „Herr Botschafter, seid unbesorgt, ich werde die edle Dame Daria bewachen."

„Alles perfekt! Wie immer bei den Amazonen", dachte er und folgte Samira. Verschiedene Gedanken gingen durch seinen Kopf: „Ich betrüge wieder mal meine Ehefrau, obwohl ich ihr versprach, es nicht mehr zu tun. Das bereitet mir ein ungutes Gefühl. Aber es ist so aufregend mit Sebrandia, ich kann mich nicht gegen ihre Verlockungen wehren. Und ich darf es auch nicht! Jedermann weiß, sie ist die mächtige Königin!"

Schon erreichten sie Sebrandias Schlafgemach. Samira öffnete die Tür und Karamis trat ein in den schwach beleuchteten Raum. Da lag sie, auf ihrem großen edlen Bett, nur mit knapper Unterwäsche bekleidet, verführerisch lächelnd mit gierig lüsternem Gesichtsausdruck. Die gefährlichste Frau der Welt, die Königin der Amazonen.

Erotik

Merika vernahm ein ganz leises Klopfen, als sie neben ihrem Mann im Gästebett eines Zimmers im Gästehaus lag. Keschim schlief tief und fest, während sie wach war und Mirakel leise das Zimmer betrat. Die kleine Seherin prüfte erst den Schlaf des Mannes, kam danach ganz nahe zu Merika und flüsterte: „Das Schlafmittel wirkt, es besteht keine Gefahr! Edle Dame, dein Wunsch ist arrangiert. Wenn du bitte aufstehen und mitkommen würdest?"

„Donnerwetter! Es wird wirklich wahr!", dachte Merika begeistert und kleidete sich aufgeregt an.

Mirakel zeigte auf eine Wachfrau und flüsterte: „Diese nette Kriegerin wird vor der Tür stehen und auf den Herrn Gatten aufpassen. Bitte folge mir! Leider müssen wir einige Minuten durch das Hauptlager gehen."

„Ja! Sehr gerne!"

Unterwegs erklärte Mirakel: „Unsere Heilkundige Aurora hat ein harmloses, aber sehr wirksames Schlafmittel aus Kräutern hergestellt. Es wirkt mit Sicherheit mehr als eine halbe Nacht lang. Genügend Zeit für ein kleines erotisches Vergnügen unter Frauen, das selbstverständlich geheim bleiben wird."

„Oh Götter! Ich bin so aufgeregt! Es ist das erste Mal, dass ich fremdgehe!"

„Das erste Mal? Bei diesem Ehemann? Na, dann wird es aber Zeit!"

„Ja, das finde ich auch! Ein Leben lang war ich immer nur die folgsame Ehefrau eines Mannes, den ich nicht liebe. Ihr könnt euch nicht vorstellen, wie langweilig das ist. Jetzt will ich endlich mal was erleben und Spaß haben!"

„Das wirst du, liebe Merika."

Mirakel führte die karamäische Edelfrau zum Haus der Phygene. Dort wurde sie schon von der Offizierin Tarmi und der blonden Hausherrin erwartet. Beide trugen nur einen knappen ledernen Lendenschurz und eine Brustbinde. Lächelnd zeigten die großen Frauen ihre muskulösen Körper.

Merika kam aus dem Staunen nicht mehr heraus, als Phygene sagte: „Hallo, liebe Merika! Möchtest du mit der leidenschaftlichen Tarmi oder lieber mit der zärtlichen Mirakel?"

Tarmi ergänzte: „Auch unsere größte Amazone, die berühmte Phygene, wäre nicht abgeneigt. Oder hättest du lieber … uns drei?"

„Bei allen Göttern des Olymp! Ich weiß gar nicht, was ich sagen soll. Ihr seid alle so toll, ich kann mich nicht entscheiden!"

„Na, dann mit uns drei. Aber zuerst werden wir dich, liebe Merika, etwas waschen. Warmes Wasser ist in meinem Waschraum. Bitte folge mir", sagte die Hausherrin.

Sie betraten den Waschraum, der mit zahlreichen Öllampen gut ausgeleuchtet war. Eine kleine brennende Feuerstelle sorgte für eine angenehme Wärme.

Phygene ging auf Merika zu und sagte mit erotischer Stimme: „Ich würde dich gerne waschen. Darf ich?"

„Äh … ja! Sehr gerne!"

„Gut! Dann ziehen wir dich jetzt aus!"

Langsam wurde Merika von den drei Amazonen entkleidet. Erst genierte sie sich etwas, doch dann empfand sie das als sehr angenehm. Alle drei lächelten sie an und entkleideten sich ebenfalls. Schon waren die Damen völlig unbekleidet und Merika staunte, als sie ihre Verwöhnerinnen, in ihrer nackten Schönheit, aus nächster Nähe bewundern konnte.

Da war Mirakel, klein und geschmeidig, wegen des flachen Busens und ihren straffen Muskeln kam sie ihr fast wie ein schöner Jüngling vor. Ein seltener Frauentypus, der neugierig machte und auf Merika exotisch und reizvoll wirkte.

Tarmi! Hochgewachsen, sehr sexy, muskulös und glänzende braune Haut. Ihre Leidenschaft, andere zu verführen und ihre Freude am Sex standen ihr buchstäblich ins Gesicht geschrieben. Sie schaute Merika mit lüsternen Blicken an, als ob sie sich jeden Moment auf sie stürzen wollte. Sie war wild und gierig nach Sex. Ihren Verlockungen konnte man einfach nicht widerstehen.

Und die atemberaubende Phygene, die größte und stärkste Frau, die sie je sah. Ein echtes Wunder der Natur. Ein durchtrainierter Körper in vollendeter Schönheit, mit breiten Schultern, wie ein athletischer Mann. Sie war kaum zu beschreiben, wohlgeformt durch prächtige Muskeln, aber mit weiblichen Rundungen, als ob Frau und Mann in einem Körper vereinigt wären.

„Sie ist wie eine Mischung aus Aphrodite und Adonis", dachte Merika und bewunderte sie. Sie schämte sich fast neben diesen außergewöhnlichen Frauen. Doch sie spürte, dazu gab es keinen Grund, sie wurde akzeptiert, so wie sie war.

„Sie sind so lieb zu mir, ich muss mich für nichts schämen! Ich bin unter guten Freundinnen", sagte sie leise zu sich selbst.

Phygene hob die zierliche Frau mit Leichtigkeit hoch, Merika spürte die unglaublichen Kräfte und den warmen Körper der großen Blonden, die sie in einem Bottich mit warmem Wasser absetzte.

„Ich hoffe, das Wasser ist nicht zu kalt?"

„Nein! Es ist genau richtig!"

„Gut! Sehr gut! Dann werden wir dich jetzt waschen. Bleibe einfach ruhig stehen, öffne deine Beine und genieße es", sagte Phygene mit sinnlicher Stimme.

Merika tat, wie ihr gesagt wurde. Sie spürte vier starke Hände und zwei kleine Händchen, die sanft ihren Körper wuschen und sie zärtlich streichelten.

„Oh, ist das gut! Wie liebevoll sie mich berühren! Es fühlt sich so gut an", dachte sie angenehm überrascht und schloss vor lauter Genuss ihre Augen.

Tarmi flüsterte leise: „Du bist eine sehr schöne Frau, liebe Merika! Und so süß, so lecker! Hmm, einfach zum Anbeißen!"

„Ja! Du siehst so schlank und durchtrainiert aus. Deine Haut ist so straff und glatt wie bei einer 20-Jährigen! Du bist sehr begehrenswert! Das meine ich wirklich so!", ergänzte Phygene.

„Oh! Danke für das Kompliment! Nun ja, ich tue auch etwas dafür. Ich mache regelmäßig gymnastische Übungen mit meinen Freundinnen. Ich tanze für mein Leben gerne und ich laufe viel, draußen an der frischen Luft", erzählte sie freudig.

Sie fühlte, dass sie als gute Freundin wirklich ernst genommen wurde, die Freundlichkeiten waren echt und kamen aus tiefen Herzen. Nichts war gespielt, das konnte sie genau spüren. Die Frauen mochten sie wirklich und das gab ihr ein gutes und sicheres Gefühl.

Als sie eine kräftige Hand an ihren Brüsten spürte, stellten sich schon die ersten erotischen Gefühle ein. Diese wurden noch stärker, als sie eine weitere Hand zwischen ihren Beinen spürte.

Es waren sanfte Berührungen, die sie in dieser Art noch nie erlebt hatte. Sie genoss es und dachte: „Sie streicheln mich! Es ist so wunderbar, so verführerisch! So zart und liebevoll können nur Frauen sein. Ein Mann ist dazu gar nicht fähig."

Tarmi knabberte an Merikas Ohr und flüsterte leise: „Wir trocknen dich jetzt ab und tragen dich zum Bett."

Sie wurde langsam aus dem Bottich gehoben, anschließend mit Tüchern abgetrocknet und in einem Umhang eingewickelt. Dabei wurde sie mehrmals von Mirakel auf die Lippen geküsst.

Tarmi hob sie hoch und trug sie in Phygenes halbdunkles Schlafgemach, wo das Bett stand, welches für seine enorme Größe und Komfort bekannt war.

Merika vernahm den angenehmen Duft von Flieder, als sie sanft auf das Bett abgelegt wurde und sagte: „Oh, hier duftet es nach Frühling! Und das Bett ist so riesig!"

„Ja! Wir alle vier finden hier bequem Platz. Es ist das zweitgrößte Bett bei uns Amazonen. Nur das der Königin ist noch ein wenig größer. Aber nicht so bequem wie meins", erklärte die Hausherrin stolz.

„Und jetzt werden wir dich verwöhnen, kleine süße Frau!", sagte Tarmi lüstern und öffnete Merikas Umhang.

Schon lagen die Frauen nackt auf dem Bett, Merika in der Mitte, die große Tarmi links von ihr, die noch größere Phygene rechts. Merika spürte beide Körper, die so stark, so muskulös und warm waren. Und sie roch den erstaunlichen Duft der Frauen, was für sie völlig ungewohnt war.

Dann kam noch die kleine Mirakel mit ihrem geschmeidigen leichten Körper, vorsichtig und langsam legte sie sich auf sie oben drauf.

Die karamäische Edelfrau konnte kaum glauben, was mit ihr geschah. Sie spürte drei Frauen, Haut an Haut, die sich zart an ihr rieben und ihr erotische Körperwärme gaben.

Doch dies war nur der Anfang. Während Mirakel sie leidenschaftlich küsste, wurde sie von Tarmis und Phygenes Händen gestreichelt. Die starken Hände waren abwechselnd einmal kräftig, wie bei einer Massage und dann wieder zärtlich, wie weiche Federn. Merika wurde von der Stirn, bis hinunter zu den Zehenspitzen verwöhnt und genoss es in vollen Zügen. Es war wie in einem wunderschönen erotischen Traum.

Langsam näherten sich die Hände ihren erogenen Zonen. Tarmi massierte ihre Brüste, während Phygene sie zwischen den Beinen streichelte und Mirakel zart an ihren Hals knabberte und flüsterte: „Du bist eine wunderbare Frau, Merika. Wir werden dir nun einen Höhepunkt schenken!“

Merikas Erregung wurde immer größer. Sie spürte, wie Phygenes Hand über ihre feuchte Weiblichkeit glitt und ihre Klitoris stimuliert wurde. Sie genoss völlig neue erotische Gefühle, die sie vorher noch nie erlebt hatte. So stark, so prickelnd intensiv und vor allem so ganz anders. Sie vertraute ihren drei Verwöhnerinnen voll und ganz, verlor jede Scham und ließ sich einfach fallen. Bei jedem Ausatmen machte sie ein genussvolles Stöhnen mit ihrer hellen Stimme.

Sie schloss ihre Augen und tauchte ein in das Reich der erotischen Gefühle, sie fühlte sich wie schwerelos in der Luft schwebend. Alles passte, alles stimmte, die liebevolle Stimulation, das Streicheln ihrer Partnerinnen, der Duft, die leichte Wärme, das erotische Flüstern! Schon spürte sie, wie der Orgasmus langsam auf sie zukam. Ein Höhepunkt in ungeahnter Stärke rollte auf sie zu, er wurde stärker und stärker!

Wie eine große Welle schlug der Höhepunkt auf sie ein, es war überwältigend, wunderbare Gefühle, wie sie nicht stärker sein konnten durchzuckten ihren ganzen Körper. Und dann war da noch der entscheidende Unterschied: Sie fühlte sich nicht allein im Reich der erotischen Gefühle. Da waren noch ihre Partnerinnen, die Wärme und sogar Liebe auszustrahlen schienen. Ganz genau meinte sie diese Liebe zu spüren.

Langsam klang der Orgasmus ab und sie kam wieder zu sich. Sie atmete tief durch und spürte, wie sie liebevoll gestreichelt wurde.

Es war ihr, als würde sie die tiefsten Geheimnisse der Erotik erst jetzt, im Alter von 44 Jahren kennenlernen.

Sie war überwältig, ihr kamen die Tränen. Sie schämte sich etwas ihrer Tränen und dachte darüber nach, was sie in ihrem Leben alles verpasst hatte, wie wenig sie ihre Sexualität ausgelebt hatte.

„Warum erst jetzt? Warum habe ich mich nie getraut? Was war ich die ganze Zeit für eine dumme ängstliche Kuh?“

Die Stimme der Hausherrin holte sie aus ihren Gedanken. Sie hörte, wie sie sagte: „Ich lasse uns etwas zum Trinken bringen. Merika, möchtest du Wasser oder lieber Gerstengebräu. Wein haben wir leider nicht.“

„Ach, wir Amazonen sind ja so arm", ergänzte Tarmi zu Spaß.

„Was trinkt ihr denn?", fragte Merika etwas schüchtern.

Ihr Höhepunkt war vollständig abgeklungen und sie schämte sich etwas, weil die drei Amazonen alles genau gesehen hatten. Auch das war etwas völlig Neues für sie.

„Gerstengebräu! Da ist wenigstens etwas Geist drinnen", antwortete Mirakel.

„Dann bitte für mich auch!"

„Aber selbstverständlich, liebe Merika", sagte Phygene und verließ nackt, wie sie war, das Schlafgemach.

Merika schaute ihr fasziniert hinterher und dachte: „Bei allen Göttern des Olymp! Was für ein Körper! Welch eine atemberaubende Frau! Und ihre ehrliche freundschaftliche Art. Ich habe das Gefühl, sie mag mich, so wie ich bin. Sie geht auf meine Wünsche ein! Dennoch bin ich so aufgeregt! Das ist alles so ungewohnt für mich. Hoffentlich mache ich nichts falsch! Ich bin gespannt, was wird noch alles kommen?"

Kurz darauf war die blonde Hausherrin wieder da, hüpfte vergnügt auf das Bett und sagte mit einer unüberhörbaren Freude: „Der Jebro kommt gleich mit den köstlichen Getränken."

Dann wandte sie sich der Karamäerin zu, küsste sie spontan auf den Bauch und kitzelte sie.

Merika musste lachen und ihre Schüchternheit verflog. Der lockere Umgang war so angenehm, sie fühlte sich wieder wohl, pudelwohl!

Mirakel sagte freundlich: „Merika, wenn der Junge dich nicht unbekleidet sehen soll, solltest du unter die Bettdecke kriechen."

„Ja!", sagte Merika gut gelaunt und bedeckte sich.

Ohne anzuklopfen betrat Jebro das Schlafgemach und sagte freundlich lächelnd: „Guten Abend, die Damen!"

Er hatte ein Tablett mit vier gefüllten Bechern Gerstengebräu, stellte es auf einen kleinen Tisch und sagte: „Bitte sehr, die Damen! Ich wünsche noch viel Vergnügen!"

„Danke, Jebro!", riefen ihm Phygene, Mirakel und Tarmi zu, als er wieder ging.

„Oh! Das ist aber ein hübscher Junge! Und so nett", sagte Merika begeistert.

„Ja! Mein Jebro ist wirklich ein toller Bursche. Aber er ist ein Heribieter und er ist sehr religiös. Er will erst heiraten, bevor er darf."

„Äh … bevor er was darf?"

„Na, mit einem Mädchen Sex haben! Er sucht eine Frau für eine lebenslange Ehe."

„Aha! Schade!", sagte Merika spontan.

„He, Merika, was hast du denn für Gedanken, du schlimmes Ding?", lachte Mirakel und schubste sie freundschaftlich an.

„Ach, nur so! Die Gedanken sind frei! Und heute bin ich so erregt wie noch nie", sagte die Karamäerin lüstern.

Tarmi küsste sie und sagte: „Meine liebe Merika! Wir werden dir noch einen Höhepunkt schenken, ich verspreche es dir!"

„Aber erstmal trinken wir was!", sprach die blonde Hausherrin und verteilte die Becher.

Spontan hielt sie eine kleine Rede und sprach mit erhobenem Becher: „Leute! Heute ist ein toller Abend! Heute ist das Leben lebenswert! Heute vergnügen wir uns, wir haben Spaß und wir haben Freude! Genau so soll unser Leben sein! Und wenn wir eines Tages in vielen, vielen Jahren diese Welt verlassen und vor die Götter treten, dann können wir voller Stolz sagen: Wir haben richtig gelebt! Wir haben gefeiert und hatten unseren Spaß! So erhebe ich meinen Becher und sage: Auf uns! Auf die besten Frauen der Welt! Auf die … fantastischen Amazonen!"

„Auf die Amazonen!", sagten sie gleichzeitig zu viert und tranken das Gerstengebräu.

Als der Durst gestillt war, sagte Phygene lüstern: „So, liebe Merika, ich denke, es wird Zeit für deinen nächsten Höhepunkt. Vielleicht könntest du uns sagen, wie du es gerne hättest? Du kannst mit uns über alles sprechen, deine geheimsten erotischen Wünsche kannst du uns anvertrauen."

„Oh, ja! Das ist schön!", sagte sie leise und dachte nach.

Tarmi sprach: „Unsere Phygene ist unheimlich gut in der Stimulation der Klitoris mit dem Mund. Mirakel dringt sehr gerne in die Vagina ein. Mit ihren Fingern ist sie unglaublich geschickt. Oder noch besser mit ihrem künstlichen Penis, den sie sich umschnallen kann. Sie kann es machen, wie ein Mann! Wenn du gerne etwas in dir hättest?"

„Donnerwetter! Das hört sich gut an."

„Mirakel macht auch gerne so unanständige Sachen mit dem Anus.

Meine Kleine ist überhaupt ein ganz schlimmes Ding", ergänzte Phygene.

„Oho! Äh ... lieber nicht!", meinte Merika und dachte weiter nach.

Völlig spontan sagte sie plötzlich: „Ich habe gehört, Phygene steht auf solche Sachen ... mit dem Anus."

Die Laune der großen Blonden verschlechterte sich schlagartig, als sie das hörte. Sie dachte: „Das kann doch nicht wahr sein! Sogar bei den Karamäern sind diese Gerüchte über mich im Umlauf! Welcher verdammte Trottel hat das den Karamäern erzählt? Dem werde ich ein paar aufs Maul hauen!"

Mirakel spürte den Zorn ihrer Partnerin und gab ihr sofort Zeichen, dass sie friedlich bleiben sollte, was Phygene verstand und dann auch tat. Alle wussten, die liebe Merika konnte nichts dafür.

„Ich selbst habe sie eingeladen, über alles offen zu sprechen", dachte Phygene und beruhigte sich wieder.

Tarmi konnte sich ein Lachen nicht verkneifen und kicherte vor sich hin.

Merika ließ sich von Tarmi anstecken und sagte fröhlich: „Es scheint also wahr zu sein?"

Phygene riss sich zusammen, versuchte freundlich zu bleiben und erklärte etwas verlegen: „Nun ja, ich bin an diesem Körperteil in der Tat sehr empfindsam. Und manchmal, also ganz selten, genieße ich eine kleine Stimulation. Aber nicht heute, Ähäm!"

Tarmi sagte frech: „So selten ist das nicht. Und es ist sehr spannend, dabei zuzusehen! Phygene erreicht dadurch einen sehr starken Höhepunkt!"

„Ich drehe dir gleich den Hals rum, blöde Tarmi", dachte die große Blonde, packte sie am Genick und kniff ihr in den Po. Ein Zeichen für Tarmi, über dieses peinliche Thema zu schweigen.

Zu Phygenes Beruhigung sagte Merika: „Das ist bestimmt sehr interessant, aber es muss nicht sein!"

Die Hausherrin wollte unbedingt wissen, woher Merika von diesen Gerüchten wusste und fragte: „Woher weißt du eigentlich davon?"

Merika sagte: „Nun ja, euch kann ich es ja sagen: Mein Bruder Karamis hat es mir erzählt. Und er weiß es von Königin Sebrandia!"

Spontan fingen Mirakel und Tarmi herzlich an zu lachen, Merika ließ sich wieder anstecken und lachte mit.

Phygene fühlte sich etwas beleidigt und dachte: „Das darf nicht wahr sein! Die Königin hat es den Karamäern erzählt! Dann wird es nichts mit aufs Maul hauen!“

Mirakel spürte Phygenes Unbehagen. Sie liebte es, wenn die große Blonde so hilflos wie ein begossener Pudel dreinschaute. Sie legte sich auf sie, übersähte sie mit Küssen und sagte immer wieder: „Ich liebe dich, Phygene! Ich liebe dich!“

Tarmi umarmte beide, küsste sie und sagte: „Phygene und Mirakel! Meine besten Freundinnen! Ich liebe euch! Es ist so schön, dass es euch gibt!“

Merika schaute lächelnd und staunend zu, bis sich die drei Frauen ihr zuwandten. Vorsichtig legten sie die Karamäerin auf das Bett und überzogen ihren ganzen Körper mit Küssen.

„Ich fresse dich jetzt!“, sagte Tarmi zum Spaß, saugte und knabberte zart an Merikas Körper. Sie empfand es sehr angenehm und dankte es mit einem fröhlichen Lachen.

Alle vier Frauen waren ausgelassen, lachten fröhlich, kitzelten sich, küssten und streichelten sich, als wäre es das normalste auf der Welt. Sie hatten Spaß miteinander und Merika war begeistert! Sie hatte so viel liebevolle Zuneigung noch nie erlebt und genoss es in vollen Zügen.

Dieses Spiel dauerte eine ganze Zeitlang, bis Mirakel sagte: „Leider haben wir nicht mehr viel Zeit und wir wollen Merika noch einen Höhepunkt schenken! Bitte, Merika, sage uns, wie hättest du es gerne?“

„Nun ja! Wenn man mich an meiner Klitoris, mit dem … äh … Mund. Das kenne ich noch nicht, das wäre schön!“

„Sie kennt das nicht, die arme Frau!“, dachte Phygene und sagte: „Das möchte ich gerne machen. Ich kann das sehr gut!“

„Sehr gerne, Phygene!“

„Gut! Dann lege dich hin und winkle deine Beine an.“

Merika war aufgeregt und ganz gespannt darauf, was nun kommen würde. Sie folgte genau der Anweisung und schon berührte Phygene mit dem Mund ihr weibliches Lustzentrum.

Mirakel sagte: „Du kannst ruhig deine Beine auf ihren breiten Schultern ablegen, Phygene ist unheimlich stark und merkt das kaum. Mache es dir bequem! Lasse dich einfach fallen, lasse es geschehen und genieße es. Ich werde dich küssen und an deinen süßen Ohren knabbern!“

„Und ich werde Mirakel zwischen den Beinen streicheln und sie zu einem Höhepunkt bringen“, sagte Tarmi lüstern.

Mirakel kniete sich auf das Bett, direkt neben Merika und spreizte ihre Beine. Tarmi kam von hinten, legte ihre rechte Hand an Mirakels errogenster Zone und begann sie sanft zu stimulieren. Mirakel fing sofort an, lustvoll zu stöhnen. Merika schaute staunend zu, dieser Anblick erregte sie.

Die große Blonde nahm Merikas Klitoris zwischen die Lippen und begann ebenfalls mit der Stimulation.

Sofort wurde die Karamäerin von wunderschönen Gefühlen überwältigt. Es war so unglaublich angenehm, eine noch nie da gewesene sexuelle Erfahrung. Dazu kam noch der Reiz, etwas Verbotenes zu machen, die Verlockung, heimlich fremdzugehen. Und sie schaute noch zu, wie eine andere Frau sich lustvoll befriedigen ließ. Das alles brachte Merikas Blut in starker Wallung und steigerte sich in starker erotischer Lust.

Sie konnte es kaum fassen, was mit ihr geschah. Sie ließ es geschehen und gab sich voll und ganz den erotischen Gefühlen hin.

„Oh! Bei allen Göttern des Olymp! Ist das gut!“, stöhnte sie mit heller Stimme.

Phygene verstärkte die Stimulation und nahm, wohldosiert und vorsichtig, sogar noch ihre Schneidezähne zur Hilfe.

Merikas Lust wurde größer und größer, noch nie war sie so stark erregt. Sie beobachtete die lustvolle Mirakel, die einem Höhepunkt nahe schien. Mit ihren beiden Händen berührte sie sie liebevoll und fühlte die erotische Spannung in ihrem warmen Körper.

Und so spürte auch Merika, viel schneller als erwartet, den zweiten Höhepunkt auf sich zukommen. Immer stärker wurde ihr heißes Stöhnen, bis ein lustvoller, langgezogener Schrei ihren Orgasmus ankündigte.

Wieder meinte sie, zu schweben und in einer anderen Welt zu sein, als sie von den Glücksgefühlen überwältigt wurde. Gefühle, so stark und schön, dass man sie mit Worten nicht beschreiben konnte. Dazu spürte sie noch Mirakels heißen Atem an ihrer Seite und meinte zu wissen, dass auch sie gerade einen Höhepunkt erreicht hatte. Es war für sie wie ein Gewittersturm des Glücks, den Aphrodite, die Göttin der Liebe, auf sie nieder prasseln ließ.

Phygene stellte die Reizung ein und streichelte nur noch zart, Merika schien wie weggetreten, lag mit geschlossenen Augen und offenen Mund da und atmete stark.

Tarmi machte sich schon Sorgen, sprach sie an und fragte: „Merika? Ist alles in Ordnung?"

Keine Anwort!

Sie fragte nochmal: „Hallo, Merika? Geht es dir gut?"

Schließlich öffnete sie die Augen und sagte lächelnd: „Ja! Oh ja, mir geht es gut! So gut, wie noch nie in meinem Leben!"

Die drei Amazonen riefen einen leisen Jubel aus, freuten sich und küssten wieder ihren ganzen Körper.

Phygene war ganz stolz, lobte sich selbst und sprach: „Das habe ich richtig gut gemacht, nicht wahr?"

„Hach! Unsere große Phygene will wieder bewundert werden", sagte Tarmi mit überfreundlicher Stimme und knabberte zart am Hals der Hausherrin.

Merika hatte Tränen in den Augen und schwärmte: „Es war einzigartig! Es war wie ein Wunder, wie das Paradies auf Erden! Die schönsten Gefühle, die ich je erlebt habe. Dass so etwas möglich ist, hätte ich nie gedacht! Das ist so lieb und so toll von euch! Ich danke euch so sehr! Ich liebe euch!"

Mirakel streichtelte sie zart und sagte leise: „Das freut uns sehr! Es war auch für uns etwas ganz Besonderes!"

Tarmi erzählte mit erotischer Stimme: „Sex unter Frauen ist sehr vielfältig, variantenreich und sinnlich. Wir Frauen können uns erotische Gefühle schenken, von denen Männer nur träumen können. Wir sind viel sensibler und empfänglicher für Zärtlichkeiten. Erotik ist für uns viel mehr als nur Befriedigung oder ein Akt der Fortpflanzung. Und wir Amazonen sind Expertinnen für Sex unter Frauen. Wir wissen genau, was eine Frau sich wünscht und wonach sie sich sehnt. Wir kennen die intimsten Träume der Frauen! Niemand weiß das besser als wir Amazonen!"

„He, Tarmilein, gib nicht so an!", sagte Phygene zum Spaß und gab ihr einen Klaps auf den nackten Po.

„Autsch! Böse Phygene!", sagte Tarmi und alle Frauen lachten.

Danach lagen die vier Frauen gemeinsam im Bett und ruhten sich noch ein wenig aus.

Tarmi flüsterte mit Merika und erzählte ihr von ihrer Partnerin Tanisha, von der sie sich das Einverständnis für die heutige Nacht geholt hatte. Sie läge zurzeit verletzt im Lazarett, doch bald wäre sie wieder gesund. Begeistert erzählte sie, wie sehr sie die nubische Schönheit liebte und dass sie ein ganzes Leben lang mit ihr zusammenbleiben möchte.

Mirakel hatte sich Phygene zugewandt und flüsterte mit ihr, Merika hörte zu und konnte jedes Wort verstehen.

„Phygene, meine Phygene! Ich liebe dich so sehr! Niemals soll unsere Liebe vergehen! Jeden Tag bete ich zu den Göttern, dass es für immer so bleiben möge. Ich will immer bei dir sein, niemals von dir gehen. Ich will dich noch lieben, wenn wir alt und grau sein werden. Und wenn wir diese Welt verlassen, wird unsere Liebe bei den Göttern weitergehen! Unsterblich soll unsere Liebe sein!"

Merika wurde bewusst, dass sie nur ein Gast und nur für kurze Zeit bei diesen Frauen war und dass sie spätestens in einer halben Stunde wieder neben ihren ungeliebten Mann liegen würde. Die wahre Liebe zu einem Partner oder Partnerin würde für sie immer verborgen bleiben. Das war zu viel für sie! Sie brach in Tränen aus und weinte.

„Merika, was hast du denn plötzlich?", fragte Mirakel.

„Ihr liebt euch, das ist so schön. Ich werde nie wissen, wie das ist, wenn man seinen Partner liebt! Gleich bin ich wieder bei meinem herrischen Gatten, den ich nicht mag. Und mit euch darf ich nie wieder, obwohl es so schön war!"

„Das musste ja kommen", dachte Mirakel und suchte nach passenden Worten. Auch Tarmi und Phygene schwiegen.

Merika beruhigte sich wieder und sagte schließlich: „Das ist mein Schicksal und ich muss es ertragen!"

„Aber du bist Mutter und du liebst deine Kinder!", meinte Mirakel.

„Ja, das tue ich! Ich liebe meine Kinder und würde alles für sie tun!"

„Da hast du etwas, was wir nie wissen werden! Wir sind Kriegerinnen und werden keine Kinder haben, die wir lieben könnten. Das ist unser Schicksal!", erklärte Phygene.

„Ja, ihr habt ja recht! Unser Leben ist sehr unterschiedlich. Können wir denn trotzdem Freunde bleiben?"

Tarmi umarmte sie und sprach: „Aber Merika! Natürlich sind wir Freunde! Sehr gute Freunde sogar!"

„Und was deine sexuellen Wünsche betrifft! Rede doch mit deinem Mann und erkläre ihn, wie du es gerne hättest“, meinte Phygene.

„Ach der! Keschim ändert sich nicht! Der will sich nicht ändern“, winkte Merika ab.

„Ich könnte mit ihm reden und ihn überzeugen, damit er sich ändert“, meinte Phygene, zeigte ihre Muskeln und ließ die starke Kriegerin heraushängen.

Sofort sprach Mirakel: „Nein, Phygene! Deine Art, Leute zu überzeugen, die kennen wir! Nachher liegt Keschim im Lazarett! Phygene, du lässt bitte deine Finger von ihm! Das ist ein Befehl!“

„Jawohl, Mirakelchen!“, sagte die blonde Offizierin und stand zum Spaß stramm.

Die Frauen lachen amüsiert. Danach seufzte Merika: „Ach, wenn ich nur so stark wie eine Amazone wäre!“

„Was wäre dann?“, fragte Tarmi neugierig.

„Dann hätte ich dennoch meinen Mann. Aber ich würde ihn erziehen, wie ich ihn gerne hätte!“

Phygene schlug vor: „Merika, wenn es mit deinem Mann nicht viel bringt, dann solltest du dir eine Geliebte suchen. In der großen Stadt Kamäria gibt es bestimmt Frauen, denen es so ähnlich geht. Und eine Geliebte fällt nicht auf, du würdest ja nur zu einer Frau gehen!“

Merika sagte: „Das stimmt. Es gibt sogar eine Frau, mit der ich gerne ein intimes Verhältnis hätte. Aber ich habe mich noch nicht getraut, sie darauf anzusprechen.“

„Ich kann dir nur empfehlen, traue dich! Spreche sie an oder noch besser, verführe sie!“, schlug Phygene vor.

„Ja, Merika, versuche es! Dein Leben könnte viel aufregender und interessanter werden!“, ergänzte Tarmi.

„Eine kleine Affäre ist wie das scharfe Gewürz in der Suppe, hat mir meine Mutter Aurora mal erklärt“, zitierte die Hausherrin.

Merika sagte: „Oh Götter, ihr gebt ja Ratschläge, wenn das mein Mann wüsste!“

„So sind wir Amazonen! Das Leben soll Spaß machen!“, sprach Tarmi lachend.

Merika dachte nach und fuhr fort: „Ihr habt recht, mein Sexleben ist fade, wie eine Suppe ohne Gewürz. Ich will das ändern! Es ist eine gute Freundin, eine zarte hübsche Frau, etwa in meinem Alter. Doch sie ist jung geblieben, so wie ich. Ihr habt mir Mut gemacht, ich bin fest entschlossen, sie anzusprechen!"

„Das ist gut! Wir drücken dir die Daumen, es wird schon werden! Aber jetzt ist es Zeit, du musst zurück", sagte Mirakel und stand auf.

„Ja! Das muss ich!", seufzte Merika und kroch langsam und traurig aus dem großen Bett.

Während sie sich ankleidete, sagte sie: „Ihr seid ganz super tolle Freundinnen. Ich habe euch wirklich lieb!"

„Du bist auch eine gute Freundin, liebe Merika", sagte Phygene und Tarmi nickte zustimmend.

„Würdet ihr mich zuhause besuchen, wenn ich euch einladen würde?", fragte die Karamäerin etwas ängstlich.

„Nun ja, wir haben immer viel zu tun. Aber wenn wir Zeit haben, würden wir deine Einladung annehmen", meinte die inzwischen angezogene Mirakel.

„Und würdet ihr dann wieder mit mir … intime Sachen machen?"

„Nun ja! Eigentlich sollte dies ein einmaliger Freundschaftdienst sein. Aber es war so schön mit dir! Wir wären nicht abgeneigt!", sagten Phygene und Tarmi lächelte zustimmend.

„Mit dir und deiner zukünftigen Liebhaberin!", ergänzte Mirakel.

Diese Worte erfreuten die Schwester des Botschafters. Sie verabschiedete sich und Mirakel brachte sie zurück in ihre Unterkunft. Kurz darauf lag sie wieder neben ihren schlafenden Ehemann, der von all dem nichts wusste.

Aufbruch

Am nächsten Tag rief Sebrandia ihre Offiziere zusammen. Neben ihr standen Karamis, Siedor und weitere karamäische Offiziere, als sie mit ernster Stimme folgendes verkündete: „Die Suche nach Eika beginnt. Wir Amazonen werden den Herrn Botschafter mit einer schlagkräftigen Truppe unterstützen. Die Führung unserer Amazonentruppe wird die Offizierin Phygene übernehmen. Ihr zur Seite stehen die Offizierinnen Tarmi, Nadsch und Sulinka. Dazu kommen noch Androxidopa, Liasra, Samira, Mirakel und 150 ausgesuchte Kriegerinnen. Botschafter Karamis hat das Oberkommando über diese Aktion. Seinen Anweisungen sind Folge zu leisten.

Hach, beinahe hätte ich es vergessen: Alam Bun Kusom wird unsere Truppen begleiten, die Gründe sind euch allen bekannt. Er ist wichtig, passt gut auf ihn auf! Also, Leute, macht euch fertig! Morgen früh zieht ihr los, nach Tarag Kanos, die Stadt der Sklavenhändler."

Liasra kam mit Tränen in den Augen zur Königin und sagte: „Meine Königin, bitte verzeiht mir, aber ich möchte nicht an dieser Aktion teilnehmen."

„Aber Liasra, du bist neben Phygene die mutigste und kampfstärkste Amazone. Wir brauchen dich!"

„Bitte, meine Königin, ich kann nicht! Mir geht es nicht gut."

„Wegen dem Verlust unserer guten Perene?"

„Ja, Königin! Ich habe es noch immer nicht überwunden."

„Vielleicht hilft dir diese Aktion, es zu überwinden. Du bist eine perfekte Kriegerin. Ich möchte gerne, dass du auf Karamis aufpasst."

„Königin, ich kann nicht."

„Warum nicht? Hat dich dein Mut verlassen?"

„Nein, das nicht!"

„Was ist es dann?"

„Meine Königin, ich … ich habe große Angst, wieder etwas falsch zu machen."

„Liasra, du hast nichts falsch gemacht!"

„Verzeiht, wenn ich Euch widerspreche, aber ich machte einen großen schwerwiegenden Fehler. Ich entschied, nicht zu warten! Wir gingen herunter. Krähe kam zurück und tötete Perene. Sie ist tot, nur wegen einer kleinen falschen Entscheidung. Hätten wir nur eine Minute länger gewartet, wäre nichts passiert, und sie würde noch leben. Dieser Gedanke lässt mir keine Ruhe. Ständig denke ich daran, Tag und Nacht. Ich kann kaum noch schlafen und zermartere mir meinen Kopf. Ständig frage ich mich: Warum? Warum haben wir nicht gewartet?

Ich versuche, nicht daran zu denken, aber es kommt immer wieder. Ganz von alleine kommen diese Gedanken und Fragen immer wieder und ich kann nichts dagegen tun. Ein verfluchter kleiner Fehler und die Freunde sind tot! Mein ganzes Leben ist verpfuscht."

„Es ist gut, Liasra. Niemand konnte wissen, dass Krähe zurückkam. Dich trifft keine Schuld. Du brauchst noch Zeit, noch viel Zeit. Eines Tages wird es dir besser gehen. Bleibe bei mir, passe auf mich und meine Kinder auf, das ist einfacher. Der gute Sandor wird an deiner Stelle mitgehen."

„Ich danke Euch, meine gute Königin!"

Sebrandia nahm Liasra in ihre Arme und sagte nachdenklich: „Leider haben es die Götter so gemacht, dass wir eine falsche Entscheidung und deren Folgen niemals mehr rückgängig machen können. Die Götter zwingen uns, damit zu leben, die Konsequenzen zu tragen und damit fertig zu werden! Das ist verdammt schwer! Schaue dir Phygene an. Sie machte einen großen Fehler, sie tötete einen feindlichen Offizier, ausgerechnet den Sohn des Borg-Königs Haran. Er lag verwundet am Boden und wollte sich ergeben, doch sie hatte einen Blutrausch und erstach ihn. Das war ein Frevel. Der mächtige Haran bekam das heraus und ließ Phygene entführen. Er hielt sie gefangen, quälte sie wochenlang und ließ sie drei lebensgefährliche Gladiatorenkämpfe machen. Obwohl sie alle Kämpfe gewinnen konnte, wollte er sie dennoch töten. Ich marschierte mit meiner Armee gegen die Stadt der Borgs und belagerte sie. Ich drohte mit Krieg, erst dann ließ er Phygene frei. Es ist ein Wunder, dass sie überlebt hat. Doch was wäre geschehen, wenn er sie getötet hätte? Hätte ich den Befehl zum Angriff gegeben? Hätte es einen verheerenden Krieg gegeben mit hunderten oder gar tausenden von Toten? Hätte ich meine Leute, meine tapferen Kriegerinnen in den Tod geschickt? Ich will es gar nicht wissen! Ich will nur sagen, trifft ein König eine falsche Entscheidung, kann es einen schrecklichen Krieg geben, das kann schlimmstenfalls sogar den Untergang eines ganzen Volkes bedeuten.

Zurzeit haben wir Frieden mit den Borgs. Doch bleibt das so? Haran könnte seine Meinung jederzeit ändern und Phygene töten wollen. Mit dieser Gefahr müssen wir leben. Nun ja, ich weiß, das hilft dir auch nicht weiter, aber du solltest wissen, dass andere Menschen auch große Sorgen haben."

„Ja, Königin!"

Sebrandia schaute Liasra in die Augen und sagte mit sanfter Stimme: „Du hast sie sehr geliebt, nicht wahr?"

„Oh ja, meine Königin! Bei allen Göttern, was habe ich sie geliebt! Nichts auf der Welt liebte ich mehr als meine Perene! Es fällt mir so furchtbar schwer, ohne sie zurecht zu kommen. Sie fehlt mir so sehr!"

„Das ist schlimm! Aber ich weiß, ihr Geist ist bei uns und wird immer bei uns sein! Sie wird uns helfen, die schlimmsten Krisen zu bewältigen. Gute Liasra, komm, lasse dich umarmen und küssen!"

Die Königin küsste ihre Unteroffizierin mehrmals auf die Wangen und drückte sie ganz fest an sich. Liasra fühlte, wie sehr sie gemocht wurde, doch ob es ihr half, wusste niemand, nicht einmal sie selbst.

Sebrandia meinte das zu spüren und dachte: „Sie darf jetzt nicht alleine sein. Ich muss sie ablenken von den bösen Geistern ihrer schlimmen Gedanken."

Sie sagte: „Ich gehe jetzt zu meinen Kindern. Ich möchte, dass du mitkommst. Bleibe bei mir, Tag und Nacht. Und bitte denke immer daran: Wir lieben dich! Wir brauchen dich! Du bist uns sehr wichtig!"

„Danke, liebe Königin."

Am frühen Morgen des nächsten Tages sammelte sich für die Abreise eine große kampfstarke Truppe, über 150 Amazonen und über 150 Karamäer. Alle waren zu Pferd, trugen Kriegerkleidung und waren schwer bewaffnet. Zusätzliche Packpferde waren voll beladen mit Ausrüstung, Zelten und Proviant für mehr als zehn Tage.

Viele Leute waren anwesend, sie schauten zu und verabschiedeten sich von Angehörigen und Freunden. Karamis saß hoch zu Ross, flankiert von seinen Offizieren und schaute dem Treiben ungeduldig zu.

„Sind alle da?", fragte der Anführer laut.

„Nein, Herr Botschafter! Alam Bun Kusom fehlt noch", antwortete Phygene, die in Begleitung von Anniger, Jebro und Mirakel war.

„Verdammt! Wo ist der Kerl?"

„Da vorne, Herr Botschafter, er verabschiedet sich von seiner Tochter."

Alle schauten ihm zu, da stand der berühmte Sklavenhändler und trug die Kleidung seiner ehemaligen Feinde. Neue Amazonenkleidung, braune Reiterstiefel, eine lederne Hose und eine lederne Schnürjacke. Er sah aus, als hätte er schon immer zu dem Volk der starken Frauen gehört.

Besonders Jebro schaute aufmerksam zu, wie Fajah weinend ihren Vater umarmte und sagte: „Ich habe solche Angst, dass dir etwas zustoßen könnte."

„Fajah, du brauchst keine Angst zu haben. Schaue dir die vielen Krieger und Kriegerinnen an! Sie werden auf mich aufpassen. Ich komme wieder, ich verspreche es dir!"

Langsam löste er sich von seiner Tochter und stieg auf sein Pferd. Jebro dachte: „Und von mir verabschiedet sie sich nicht? Sie liebt nur ihren Vater, mich nicht!"

Doch er irrte sich, kaum hatte er das gedacht, eilte sie zu ihm und rief: „Jebro! Jebro!"

„Ja, was ist?", fragte er gleichgültig und abweisend. Das Mädchen spürte das. Eigentlich wollte sie sagen, wie sehr sie ihn liebte, doch nun traute sie sich nicht mehr und sagte: „Jebro! Ich wollte dir nur auf Wiedersehen sagen. Ich wünsche dir viel Glück, bitte komme gesund wieder. Ich warte auf dich!"

„Jaja! Auf Wiedersehen", antwortete Jebro hartherzig und wandte sich von ihr ab.

„Das ist aber nicht nett von dir", meinte Anniger und sagte beruhigend und freundlich zu der enttäuscht dreinblickenden Fajah: „Keine Angst! Ich werde aufpassen, das dem jungen Mann nichts passiert!"

„Danke, Anniger!", sagte sie traurig.

Schon gab Karamis das Kommando: „Abmarsch! Auf nach Tarag Kanos!", und schon setzte sich die große Truppe in Bewegung.

Mit lautem Pferdegestampfe entfernten sie sich, begleitet von rufenden Leuten, die immer noch Abschied nahmen und neben der Truppe mitliefen.

Fajah sah ihnen mit Tränen in den Augen hinterher und jammerte: „Oh Götter, jetzt bin ich ganz alleine."

Hinter ihr stand die hohe Offizierin Talassa und sagte: „Hier bei uns Amazonen ist niemand alleine! Und jemand, der so gut kochen kann wie du, schon gar nicht!“

Fajah versuchte sich vor der wichtigen hochgestellten Frau zusammenzureißen und antwortete: „Jawohl, hohe Herrin!“

„Gut! Und jetzt komme mit zur großen Küche in der Burg und zeige den Köchen, wie man schmackhafte Speisen zubereitet. Unsere Königin möchte besseres Essen haben.“

Während die Truppe das Hauptlager verließ, sagte Anniger zu Jebro: „Das Mädchen Fajah liebt dich, das habe ich genau gesehen! Ich kenne mich gut aus in solchen Dingen! Ich kann es den Mädchen und Frauen im Gesicht ablesen, wenn sie verliebt sind. Du liebst sie auch! Leider erwiderst du ihre Liebe nicht und weist sie ab, das macht sie sehr traurig. Ich weiß, ihr Vater ist ein Verbrecher, ein skrupelloser Sklavenjäger. Aber er ist auf dem Weg, ein besserer Mensch zu werden, er hilft uns! Und außerdem ist es der Göttin der Liebe egal, welche Herkunft man hat. Es spielt keine Rolle, ob arm oder reich, ob hell- oder dunkelhäutig, ob nordisch oder nubisch. Vor der Göttin der Liebe sind alle Menschen gleich!

Wenn wir wieder zu Hause sind, solltest du besser mit Fajah umgehen. Sie ist ein gutes Mädchen, sie hat es verdient.“

„Ach was! Sie liebt nur ihren Vater! Und für mich bleibt nichts übrig!“, winkte Jebro ab.

„Aber Jebro, das stimmt nicht! Schaue mal, Phygene liebt auch ihren Vater, das spüre ich ganz genau! Auch ihre Mutter Aurora liebt sie. Dennoch liebt sie auch ihre Partnerin Mirakel. Die Liebe zu den Eltern ist doch eine ganz andere als die Liebe zu einer Partnerin! Das sind zwei ganz verschiedene Dinge. Weißt du das denn nicht?“

„Nein! Ich habe keine Eltern! Sie wurden ermordet!“, sprach Jebro eiskalt.

„Oh, das wusste ich nicht!“

„Sklavenjäger haben meine Familie ermordet, verfluchte Sklavenjäger, wie dieser Alam Bun Kusom! Und ich empfinde ein starkes Gefühl! Noch stärker als alle anderen Gefühle!“

„Du meinst Rache, Jebro!“

„Ja! Ganz genau, Rache! Blut für Blut, Leben für Leben!“

„Junge, so kenne ich dich gar nicht. Höre mir zu: Lasse Alam in Ruhe! Wie brauchen ihn!"

„Ja, ich weiß, wie wichtig er ist. Ich tue ihm nichts! Ich bin ja nicht dumm!"

„Das ist gut. Schließlich könnte er eines Tages dein Schwiegervater werden!"

Jebro ging darauf nicht weiter ein und sagte: „Aber in Tarag Kanos, da wimmelt es nur so von Verbrechern. Und einen, wenigstens einen, würde ich gerne … umbringen!"

„Jebro, das ist sehr gefährlich! Unser Auftrag ist es, Eika zu finden und nicht irgendwelche Sklaventreiber zu töten!"

„Ich weiß! Aber vielleicht ergibt sich eine Gelegenheit. Anniger, hilfst du mir dabei?"

„Nein! Ich verspreche dir gar nichts! Und jetzt ist Schluss mit diesem Unsinn!", sagte der Vagote streng.

Tarag Kanos

Neun Tage waren sie unterwegs, da sahen sie am Horizont die Stadtmauern von Tarag Kanos. Die Stadt war groß, hatte viele Tausend Einwohner, lag direkt am Meer und besaß einen großen Hafen. Mit Segelschiffen wurden die wichtigsten Waren aus aller Welt angeliefert, mit denen dort Handel betrieben wurde. Und die bekanntesten dieser Waren wurden auf dem berühmten Sklavenmarkt verkauft.

Ebenso wurden die zahlreichen Bordelle der Stadt immer wieder mit neuen jungen Frauen versorgt. Frischfleisch nannten das die Betreiber der sogenannten Freudenhäuser abfällig.

Die Zahl der Besucher in der Stadt war das ganze Jahr über sehr hoch. Viele Männer von fremden Völkern kauften hier Sklaven ein oder vergnügten sich in den Bordellen.

Sie ließen viel Geld in der Stadt. Geld, von dem die armen Prostituierten und die Sklaven nichts hatten. Geld, das nur an deren reiche Besitzer ging.

Tarag Kanos war eine unabhängige Hafenstadt und gehörte zu keinem Königreich. Die Adeligen und Reichen, die dort wohnten, kämpften untereinander um die Vorherrschaft in der Stadt. Und der mächtigste Mann in Tarag Kanos war zurzeit der skrupellose Sklavenhändler und Bordellbesitzer Ash Chnassaran (gesprochen Äsch Schnässeren).

Alam Bun Kusom sprach mit dem Botschafter und sagte: „Herr, wir sind eine große ernstzunehmende Truppe. Die Stadtwachen werden uns sehen und sofort das Tor schließen. Wir müssen uns eine List einfallen lassen."

„Anhalten!", befahl Karamis und die Truppe blieb stehen.

„Nun, was schlagt ihr vor, Alam?"

„Eine Gruppe von zehn Karamäer-Kriegern, auf keinen Fall Amazonen, sollte vorausgehen. Die Stadtwachen werden sie durchlassen. Dann könnten diese zehn Krieger ihre Waffen ziehen und die Wachmänner zwingen, das Tor offen zu halten. Und schon könnten unsere Truppen in die Stadt einmarschieren."

„Hm, das gefällt mir nicht. Gleich zu Anfang die Waffen ziehen, das wäre sehr kriegerisch. Was meinst du, Phygene?"

„Herr Botschafter, dass wir uns der Stadt nähern, ist der Stadtwache bestimmt schon gemeldet worden. Sie wissen genau, dass wir kommen, so blöd können die nicht sein! Der Vorschlag von Alam kann nicht funktionieren."

„Siedor, deine Meinung!"

„Ich stimme der Offizierin Phygene zu. Unser Kommen ist denen schon längst bekannt. Aber ich denke, sie halten uns alle für friedliche Karamäer, also für potentielle Kunden. Auch wenn wir eine große Truppe sind, ich hoffe sie werden uns in die Stadt lassen. Die Anwesenheit der Amazonen sollten wir natürlich geheimhalten, bis wir drinnen sind."

Alam meinte: „Ich bin anderer Meinung! Die Truppenstärke von über 300 Kriegern ist zu groß! Ash Chnassaran wird uns nicht in die Stadt lassen! Er wird befürchten, wir wollen die Stadt erobern."

Karamis holte sich Rat bei den Magierinnen und fragte sie: „Was soll ich entscheiden?"

Die vier Magierinnen berieten sich eine Zeit lang, dann sagte Mirakel: „Herr Botschafter, die Wachen wissen, dass wir kommen. Spähende Krieger haben es ihnen gemeldet. Wir sollten friedlich zum Stadttor. Ihr solltet mit diplomatischem Geschick mit den Wachmännern sprechen. Wir sind sicher, sie werden uns hereinlassen!"

„Was macht euch so sicher?"

„Nun ja, Herr Botschafter, Ihr habt einen sehr guten Ruf, auch fern Eurer Heimat. Und der andere Grund: 300 Krieger sind 300 Kunden für die Gasthäuser und auch für die Bordelle. Die wollen Geld verdienen. Wir setzen auf die Geldgier dieser Leute."

Schließlich befahl der Anführer Karamis: „Das sehe ich auch so. Die ganze Truppe marsch!"

Schon ritt die gesamte Truppe auf das Stadttor zu. Als sie ankamen war das Stadttor geschlossen. Oben auf der Mauer stand eine Gruppe von zehn Wachmännern, die mit Pfeil und Bogen bewaffnet waren. Sie trugen kurze graue Uniformröcke und dunkelbraune Lederhelme. Misstrauisch schauten sie hinunter zu der großen Reitertruppe, die vor ihrem Tor stand.

Einer der Wachmänner war ein Offizier. Er war gutaussehend, etwa 30 jahre alt, hochgewachsen und schlank. Da er ein Schwert hatte, ein Kettenhemd und einen Helm aus Bronze trug, hob er sich deutlich von seinen untergebenen Wachmännern hervor. Er rief aufgeregt hinunter: „Wer seid ihr und was wollt ihr?"

Karamis kam auf seinem Pferd nach vorne und rief zu ihm hoch: „Botschafter Karamis mit 300 Karamäern! Und mit wem habe ich die Ehre?"

„Ich bin Hauptmann Korr, kommandierender Offizier der Stadtwache. Was ist Euer Anliegen, Herr Botschafter?"

„Wir kommen in Frieden und bitten, die Stadt betreten zu dürfen!"

„Ihr seid alle Karamäer?"

„Ja! Meine Männer und ich waren lange unterwegs. Wir wollen Proviant einkaufen, unsere Pferde versorgen, in den Gasthäusern übernachten und uns gerne ein wenig in den Freudenhäusern amüsieren."

„Freudenhäuser? Ihr Karamäer seid dafür bekannt, euch mit den Amazonen zu vergnügen. Seit wann gehen Karamäer in Freudenhäuser?"

„Nun ja, die Zeiten ändern sich! Wisst Ihr, diese Kampfweiber sind sehr launisch und widerborstig, sie sind alles andere als hübsch und werden auf die Dauer etwas langweilig."

„Das ist ja eine Unverschämtheit", flüsterte Phygene leicht empört zu Mirakel.

„Das ist doch nur ein Trick, damit die das Tor aufmachen", erklärte die kleine Magierin.

Karamis fuhr fort: „Wir suchen das Vergnügen mit zarten jungen Frauen, die genau wissen, wie die Wünsche der Männer erfüllt werden. Das passende Kleingeld haben wir natürlich dabei."

Karamis hob einen Geldbeutel in die Höhe und ließ demonstrativ ein paar Silberstücke auf seine Hand fallen.

Der Hauptmann Korr rief: „Das verstehe ich sehr gut. Ich muss aber erst den hohen Herrn Ash Chnassaran fragen, ob ich Euch in die Stadt reinlassen darf. Wenn Ihr solange warten würdet?"

„Wir werden warten", sprach Karamis, steckte seinen Geldbeutel weg und dachte abfällig: „Macht endlich das Tor auf, ihr blöden Armleuchter!"

Korr persönlich eilte zu seinem oberen Herrn Ash Chnassaran, dem reichen Sklavenhändler und meldete: „Hoher Herr, vor den Toren der Stadt steht der karamäische Botschafter mit dreihundert Kriegern und bittet um Einlass."

Ash Chnassaran war ein 40 Jahre alter großer kräftiger Mann. Er war orientalischer Herkunft, hatte eine tiefbraune Hautfarbe, einen brutalen Gesichtsausdruck mit schwarzen stechenden Augen. Ein verzwirbelter Schnurrbart und ein langer Kinnbart, der unten auffallend spitz war, zierten sein breites Gesicht. Er trug einen fast knöchellangen schwarzgrauen Umhang, der durch einen breiten Ledergürtel gehalten wurde. Zwei fremdartig wirkende Krummdolche waren an seinem breiten Gürtel befestigt. Auf dem Kopf trug er stets ein schwarzes Tuch aus kostbarer Seide, das mit einem ledernen Stirnring gehalten wurde.

Der Sklavenhändler galt als machtbesessen, geldgierig, hinterlistig und skrupellos. Für den Erhalt seiner Macht war er bereit, über Leichen zu gehen.

Da er auch sehr misstrauisch war und viele Feinde hatte, ließ er sich von seiner 21 Mann starken Leibwächter-Garde beschützen. Sie waren durch ihre auffälligen schwarzen Uniformen leicht zu erkennen.

Er fragte dem Hauptmann: „300 Krieger sagst du? Das ist gefährlich! Was will dieser Karamäer? Unsere Stadt erobern oder was?"

„Nein, Herr! Er sagt, er und seine Männer wollen unsere Bordelle besuchen."

Ash dachte nach und sagte: „Nun ja, es ist nicht das erste Mal, dass wir Besuch von fremden Truppen haben, die unsere Bordelle aufsuchen. Aber 300 bewaffnete Männer, das ist eine gefährliche Truppenstärke. Es wäre aber auch viel Geld, was sie dalassen würden."

„Der Botschafter hat Geld dabei, er hat es mir gezeigt."

„Aha! 300 Freier, das ist gut fürs Geschäft. Die Karamäer gelten als friedfertig und nicht aggressiv. Nun gut, lasst sie herein! Aber du, Korr, du trägst die Verantwortung! Behalte sie im Auge und sorge für Ruhe und Ordnung! Ich verlasse mich auf dich!"

„Jawohl, hoher Herr!"

Zurück am Stadttor befahl der Hauptmann seinen Wachmännern: „Tor aufmachen! Lasst sie in die Stadt!"

Mit Freude sah Karamis, wie sich das große schwere zweiflügelige Holztor mit einem lauten Knarren öffnete.

Zu Alam sagte er mit einer Genugtuung: „Du hast dich geirrt, Sklavenhändler!"

Alam murmelte: „Zu meiner Zeit hätte man das Tor nicht geöffnet."
„Die Zeiten ändern sich", sprach Karamis und gab seinen Leuten das Zeichen, die Stadt zu betreten.

Schon ritten die ersten Karamäer durch den offenen Torbogen in die Hafenstadt Tarag Kanos hinein, misstrauisch beobachtet von den Stadtwachen.

Plötzlich meinte Korr ein Gesicht zu erkennen und sagte erschrocken: „Alam Bun Kusom! Verdammt, da ist Alam unter den Karamäern! Was, zum Teufel, will der hier?"

Alam bemerkte das, er kannte Korr aus früheren Zeiten. Mit einem überheblichen Lächeln winkte er ihm zu und ritt hochnäsig weiter.

Doch es kam noch schlimmer. Kurz darauf sahen die Wachmänner eine hochgewachsene blonde Frau, bewaffnet und in lederener Kriegerkleidung. Lange Reiterhose, braune Reiterstiefel, Schnürjacke, Lederhelm, lederner Brustpanzer, und am Rücken Langbogen und Pfeilköcher. Sie sahen Phygene, die sich einen Spaß erlaubte, dem Hauptmann schelmisch grinsend zuwinkte und ihm sogar symbolisch einen Kuss schickte. Sie küsste ihre Handfläche und bließ ihm den Kuss zu. Danach lachte sie herzlich und ritt weiter.

Korr lief es eiskalt den Rücken herunter, als er sah, dass hunderte bewaffnete Frauen ihr folgten.

„Verfluchte Scheiße! Amazonen! Schließt das Tor! Schnell!", schrie er entsetzt zu seinen Wachmännern.

Doch es war zu spät! Die Amazonen, die schon drinnen waren, bedrohten die Wachen und verhinderten ein Schließen des Tores. Alle kamen ungehindert hinein. Sie ließen die Wachen einfach links liegen und drangen weiter in die Stadt vor.

Voller Angst und bleich im Gesicht sagte der Hauptmann der Stadtwache: „So ein verdammter Mist! Das gibt es doch nicht! Wir haben einen großen Fehler gemacht. Wir müssen sofort zu Ash Chnassaran und melden, dass wir aus Versehen Amazonen reingelassen haben."

Kurz darauf war Korr vor dem Haus des berühmten Sklavenhändlers Ash Chnassaran. Es war das größte Haus in Tarag Kanos, auf einem sanften flachen Hügel erbaut. Ein palastähnlicher Bau, aus einfachen Bruchsteinen, schlicht, aber groß und zweistöckig. Es hatte viele Fenster und ein Dach aus rötlichen Dachziegeln. Umgeben war es von einem großzügigen Garten, der wiederum von einer schützenden Bruchsteinmauer umgeben war.

Das Haus war bewacht von den Männern der schwarzgekleideten Leibwächter-Garde.

Korr und seine neun Männer wurden anstandslos durchgelassen, schon standen sie vor ihrem hohen Herrn, der, wie immer, von seinen Leibwachen umgeben war. Dem Hauptmann schlotterten vor Angst die Knie, als er meldete: „Hoher Herr, es gibt leider schlechte Nachrichten!"

Ashs Stimmung verschlechterte sich schlagartig, als er mit einem finsteren Blick fragte: „Korr! Du weißt genau, ich hasse schlechte Nachrichten! Was gibt es?"

„Herr, der Sklävenhändler Alam Bun Kusom ist in der Stadt."

Ash fiel vor Schreck die mit dem Spitzbart besetzte Kinnlade herunter und machte große Augen. Sofort schossen ihm viele Gedanken durch den Kopf, und eine Angst um seine Machtposition kam in ihm hoch. Es dauerte eine Weile, bis er sagte: „Das ist sehr schlecht! Er ist unser Feind! Wir müssen diesen verfluchten Hurensohn sofort umbringen. Geht zu ihm und stecht ihn ab!"

„Herr, das geht aber nicht! Er wird bewacht!"

„Was höre ich da? Warum soll das nicht gehen? Ich bin der große Herr über diese Stadt und verfüge über 500 Mann. Niemand hat so viele bewaffnete Männer, wie ich! Bringt seine Bewacher einfach um!"

„Herr, aber Alam Bun Kusom hat sehr viele Männer. Eine große Truppe von Karamäern bewacht ihn."

„Die Karamäer bewachen ihn? Das gibt es doch nicht! Korr, bist du sicher?"

„Ja, Herr, so ist es leider."

„Alam und die Karamäer? Das ist äußerst ungewöhlich!"

„Ja Herr! Und das ist noch nicht alles."

„Was höre ich da? Was für Kerle hat er noch dabei?"

„Herr, er hat auch Amazonen dabei und nicht zu wenig!"

Ash stand auf, er konnte es nicht glauben und sprach zornig: „Korr! Willst du mich verarschen? Amazonen? Das ist absolut unmöglich!"

„Herr, es ist aber so. Sie sind hier in Tarag Kanos. Jeder kann sie sehen."

„Wie, bei allen Dämonen der Unterwelt, ist das möglich?", fragte Ash laut und zornig.

„Verzeiht Herr! Wir … äh … haben sie … aus Versehen … hereingelassen!"

Ash war außer sich vor Wut, sein Gesicht schwoll an und wurde knallrot, als er schrie: „Korr! Du blöder Narr hast eine Horde Amazonen in meine Stadt gelassen? Bist du vollkommen verrückt geworden?"

„Verzeiht! Es war ein dummes Versehen, es tut mir leid!"

Unerwartet schwieg Ash, dachte nach und sagte nervös zu einem seiner Leibwächter: „Ich haben Feinde in meiner Stadt! Ich brauche dringend Verstärkung! Schickt sofort Meldereiter nach Pandorus und bittet meinen Freund, den Kommandanten, er soll mir sofort 400 Männer, nein, besser 500 Männer schicken. Aber richtige kampfstarke Söldner und keine Waschweiber wie meine Stadtwachen. Über die Bezahlung soll er sich keine Sorgen machen! Beeilt euch! Reitet sofort los!"

„Jawohl, Herr!", sprach der Leibwächter und eilte davon.

Danach knöpfte sich Ash wieder den Hauptmann vor und sagte voller Zorn: „Soso! Ein Versehen, Korr? Nein, so blöd kann ein Offizier meiner Stadtwache nicht sein! Vielleicht steckst du mit diesen Kampfweibern unter einer Decke?"

„Nein, Herr, ich schwöre es!"

„Korr! Was haben sie dir bezahlt, damit du sie reinlässt?"

„Nichts, gar nichts, Herr!"

„Ich glaube dir kein Wort! Du hast Feinde in die Stadt reingelassen! Ich werde dich mit aller Härte bestrafen! Wache! Nehmt sofort diesen Verräter fest! Schafft ihn in den Kerker und peitscht ihn sofort aus! Und morgen wird er aufgehängt!"

„Nein, Herr! Bitte nicht! Ich bin unschuldig!", rief der arme Korr völlig entsetzt, als er von vier Leibwächtern entwaffnet und gepackt wurde. Er schrie und bettelte weiter, als er mit Gewalt weggezerrt wurde.

Doch Ash kannte keine Gnade und tobte weiter: „Verdammt! Amazonen in meiner Stadt? Das ist schlecht fürs Geschäft! Diese Kampfweiber zertrümmern meine Bordelle, verprügeln meine Aufseher, verjagen die Freier und machen die Huren aufmüpfig! Manche Huren hauen sogar ab, gehen einfach zu den Amazonen! Was, bei allen Dämonen, wollen die hier? Und was will dieser verfluchte Hurensohn Alam Bun Kusom von mir?"

„Herr, Ihr könnt ihn selbst fragen. Er steht vor der Haustür", sagte der große bullige Anführer seiner Leibwachen.

„Was? Und das sagst du mir erst jetzt? Du blöder Trottel! Ich ziehe dir die Ohren lang!“

„Verzeiht, Herr, ich dachte Alam ist ein alter Freund. Da habe ich ihn hereingelassen. Und die Frauen, die ihn begleiten, sehen eigentlich sehr nett aus! Ich sehe keine Gefahr, Herr!“

„Wah! Ihr Versager! Ich sollte euch alle auspeitschen lassen! Verdammt, später! Ich muss mich erst um Alam und seine neuen Freunde kümmen. Die Suppe auslöffeln, die ihr mir eingebrockt habt. So ein Mist! Wie werde ich die ungebetenen Gäste wieder los? Mehr als 300 Karamäer und Amazonen. Und ich habe nur 500 Vollidioten.“

„Jetzt sind wir nur noch 499“, dachten seine Männer, als sie die ersten Schreie des gepeitschten Korr hörten.

Ash sprach weiter: „Ein Angriff ist viel zu gefährlich, das kann nicht gutgehen. Ich muss auf die Verstärkung warten! Und bis dahin muss ich mich friedlich zeigen. Ich muss mich beruhigen! Ruhig Blut, ganz ruhig, Ash!“

Er atmete dreimal tief durch, wischte sich den Schweiß von der Stirn und sprach: „Ich lasse bitten!“

Alam und eine hohe Anzahl von Karamäern und Amazonen betraten das große Haus des reichen Sklavenhändlers und Bordellbetreibers. Der Hausherr versuchte, zu lächeln und tat so, als würde er sich riesig über den unerwarteten Besuch freuen. Mit ausgebreiteten Armen ging er zu Alam und rief laut: „Alam Bun Kusom, mein guter Freund! Welche Ehre! Welch ein Glanz in meinem bescheidenen Haus! Ich freue mich sehr, dich wiederzusehen!“

Die Amazonen spürten sofort die falsche und erlogene Freundlichkeit des Ash Chnassaran. Während er Alam zur Begrüßung umarmte, dachte er schon darüber nach, wie er ihn umbringen könnte. Seine Hand ging fast wie von allein zu einem seiner Krummdolche.

Die Amazonen bemerken das. Phygene und Nadsch gingen zu ihm und zogen ihm beide Dolche aus dem Gürtel. Durch diese unverschämte Entwaffnung neigte Ash zu einem weiteren Wutanfall, doch wieder wurde ihm klar, dass er Angesichts der starken Gegner keinen Streit provozieren sollte und versuchte, wieder freundlich zu bleiben.

Schließlich lachte er darüber und sagte: „Lieber Alam, viele neue Freunde hast du gefunden. Wie hast du das nur gemacht?“

„Tja, lieber Ash! Im Freunde finden war ich dir schon immer überlegen. Du machst dir ja lieber Feinde. Aber vielleicht tue ich dir unrecht. Wie ich hörte, bist du jetzt der König von Tarag Kanos?“

Ash fühlte sich tatsächlich geschmeichelt und sagte voller Stolz: „Haha! Ja, das kann man so sagen! Es war ein harter Kampf, aber ich habe mich durchgesetzt, unsere schöne Stadt ist nun unter meiner Kontrolle. Ich sorge für Recht und Ordnung, und tue, was in meiner Macht steht, damit es den Leuten gut geht.“

Plötzlich wurde er misstrauisch und fragte: „Lieber Alam, du bist doch nicht gekommen, um mir meine Stadt streitig zu machen, oder?“

„Aber nein! Ash, wo denkst du hin? Wir kommen in Frieden, wir wollen uns nur etwas in den schönen Freudenhäusern amüsieren! Und wir wollten dich, lieber Freund, mit einem kleinen Höflichkeitsbesuch beehren.“

Ash sagte nichts, lächelte nur und dachte voller Misstrauen: „Wer das glaubt, wird selig!“

Die Schreie des Gepeitschten waren nicht mehr zu hören. Karamis mischte sich in das Gespräch ein und sagte: „Bitte verzeiht, edler Herr Ash. Ich habe mir erlaubt, ein paar meiner Männer in den Kerker zu schicken, damit diese lästige Schreierei aufhört.“

Ash fragte verblüfft: „Herr Botschafter, was habt Ihr mit dem Gefangenen gemacht? Habt Ihr ihn töten lassen?“

„Aber nein! Wir pflegen ihn gesund. Der Hauptmann Korr gehört jetzt zu meinen Männern. Er kann mir sehr hilfreich sein. Ihr wollt ihn ja nicht mehr haben“, sprach Karamis gelassen.

Ash musste einen neuen Wutanfall unterdrücken, was ihm nur mit Mühe und Not gelang. Schließlich beruhigte er sich wieder und fragte mit strenger Stimme: „Alam, jetzt im Ernst! Bitte sage mir, warum bist du hier?“

Der ehemalige Sklavenhändler kam zur Sache und sprach: „Wir suchen ein karamäisches Mädchen, 12 Jahre alt. Sie ist edler Herkunft und trägt den Namen Eika. Sie wurde vor zwei Jahren entführt und ist seitdem verschwunden. Wir wollen sie wiederhaben!“

Ash dachte nach und sagte: „Das ist in der Tat sehr tragisch, aber was habe ich damit zu tun? Und soweit ich mich erinnere, war der Herr Botschafter schon mal hier und hat nach diesem Mädchen gesucht.“

„Wir haben Hinweise, dass Krähe und seine Bande sie hierher nach Tarag Kanos gebracht haben."

„Vor zwei Jahren? Nach Tarag Kanos? Alam, damals warst du sehr aktiv in dieser Stadt."

„Das ist richtig! Aber ich hatte sie nicht! Also musst du sie gehabt haben! An solch ein Mädchen erinnert man sich. Was hast du mit ihr gemacht? Hast du sie auf dem Sklavenmarkt verkauft? Du musst ein Vermögen für sie bekommen haben. An wen hast du sie verkauft?"

„Nein! Das habe ich nicht!", stritt Ash energisch ab.

„Nein? Verdammt nochmal! Hast du sie dann vielleicht in einen deiner Bordelle …?"

„Nein! Nein und nochmals nein! Ich kenne dieses Mädchen nicht!"

„Ash, wir glauben dir nicht! Gib uns das Mädchen und wir sind sofort wieder verschwunden. Wir verlassen deine Stadt und lassen dich in Ruhe!"

„Willst du mich einen Lügner nennen? Du unverschämter Kerl! Ich habe diese Eika nicht, verdammt nochmal!"

„Wer hat sie dann? Sage es uns! Du weißt es!"

„Nein! Ich weiß es nicht! Ich habe kein Mädchen von diesem Verbrecher Krähe gekauft! Niemals!"

„Dann stelle fest, wo sie ist! Hilf uns, sie zu finden. Du hast die Mittel und die Beziehungen!"

„Pah! Warum sollte ich? Verlasst sofort meine Stadt, oder …"

„Oder was? Willst du dich mit uns anlegen? Ich warne dich! Hier sind über 300 Amazonen und Karamäer in der Stadt. Alles gut ausgebildete Kriegerinnen und Krieger. Du und deine lächerlichen Leibwächter, ihr seid schneller tot, als du glaubst!"

Ash war furchtbar wütend über diese Drohung, doch er war schlau genug, um einzusehen, dass es wirklich so war.

Zum Schein gab er klein bei und sagte: „Ich weiß, wie stark deine Truppen sind. Ich will keinen Krieg. Und ich werde mich umhören wegen diesem karamäischen Mädchen. Vereinbaren wir einen Waffenstillstand?"

Alam schaute Karamis an, dieser nickte kurz und Alam sprach: „Gut! Wir lassen die Waffen ruhen! Und wir raten dir dringend, dich daran zu halten! Ein kleiner Überfall auf uns und du löst sofort einen Krieg aus! Die Karamäer-Armee und die Amazonen-Armee werden losmarschieren und deine schöne Stadt Tarag Kanos und deinen edlen Palast dem Erdboden gleich machen! Hast du mich verstanden?“

„Aber ja doch, Alam! Ich habe verstanden. Warum immer diese unschönen Drohungen? Das ist doch gar nicht notwendig! Wir sind doch Freunde!“

„Ash, wir alle wissen genau, Drohung ist die einzige Sprache, die du verstehst.“

Phygene wurde von den vier Magierinnen darauf hingewiesen, dass Ash ein hinterlistiger Lügner sei, dem man nicht trauen konnte. Auch äußerten sie die Vermutung, dass Eika doch in Tarag Kanos sein könnte.

Die Anführerin der Amazonen ging in Begleitung von Nadsch, Tarmi und Anniger zu Ash, um ihn zur Rede zu stellen.

Phygene stand direkt vor ihm und fragte ihn mit scharfer Stimme: „Herr Ash Chnassaran! Wir sind von Euren Worten nicht überzeugt. Wir vermuten, Eika ist in Tarag Kanos! Ich frage Euch nochmals: Wo ist Eika?“

Der Sklavenhändler hatte die Worte genau verstanden, doch er antwortete nicht! Stattdessen wandte er sich von ihr ab und sprach äußerst unhöflich: „Lieber Herr Botschafter, würdet Ihr bitte ausrichten, ich spreche nicht mit fremden Frauen! Und mit Amazonenweibern schon gar nicht!“

Die Amazonen konnten kaum glauben, was sie da hörten. Phygene fühlte sich provoziert, wurde äußerst ungehalten und sagte: „Ach nee! Der Kerl spricht nicht mit Frauen! Und warum nicht?“

Ash sagte nichts und schaute nur hochnäsig an Phygene vorbei. Schließlich sagte Karamis ungehalten: „Diese Dame ist eine hohe Offizierin und die Anführerin der Amazonentruppen. Ich fordere Euch auf, eine Antwort zu geben!“

Ash sagte zu ihm: „Aber Herr Botschafter, warum denn so zornig? Der Glaube an meine Götter verbietet mir das Gespräch und den Kontakt mit fremden Frauen. Das sollte Euch als Antwort genügen. Außerdem sind diese unverschämten Kampfweiber illegal in meine Stadt eingedrungen!“

Phygene war kurz davor auf ihn losgehen, Karamis hielt sie zurück und sagte: „Ganz ruhig! Lasse dich nicht provozieren!“

Ash empfand Angst vor der großen blonden Frau, doch es hielt ihn nicht davon ab, weiter zu provozieren: „Herr Botschafter, bitte passt auf, dass dieses blonde Biest mir nicht zu nahekommt!“

Phygene konterte: „Ich schneide dir gleich deinen blöden Spitzbart ab, du dreckiger Sklaventreiber!“

Ein Streit lag in der Luft und Ash rechnete damit, dass Phygene auf ihn losgehen könnte. Dennoch versuchte er seinen Prinzipien treu zu bleiben und schaute an ihr vorbei. Er hoffte, dass seine Leibwächter ihn zur Hilfe eilen würden, falls sie handgreiflich werden sollte. Er zitterte, als sie sich ihm langsam näherte und dachte: „Verdammt! Was wird jetzt passieren?“

Plötzlich kam Sulinka herein und meldete aufgeregt: „Herr Botschafter, Herrin Phygene! Wir sind von lauter bewaffneten Männern umstellt. Es sieht aus, als wollten sie gleich den Palast stürmen!“

Phygene und Karamis zogen sofort ihre Schwerter. Die blonde Offizierin ließ dem Botschafter den Vortritt und er hielt sein Schwert an den Hals des Sklavenhändlers. Blitzschnell hatten die Amazonen ihre Bögen gespannt und bedrohten Ashs Leibwächter. Der Anführer der Garde zog dennoch sein Schwert. Er hatte es nicht einmal ganz aus der Scheide herausgezogen, da schoss Mirakel aus kurzer Distanz einen Pfeil auf seine Hand. Der Mann schrie auf, seine Hand blutete und das Schwert rutschte in die Scheide zurück.

„Bleibt ruhig, ihr Idioten! Oder wollt ihr, dass er mir den Hals durchschneidet?“, schrie Ash völlig nervös, während sein Gesicht knallrot anlief.

Karamis sagte drohend zu ihm: „Sage deinen Männern, sie sollen ihre Waffen niederlegen!“

„Legt die Waffen nieder! Sofort!“, befahl der Hausherr aufgeregt.

Langsam legten Ashs Männer ihre Schwerter auf den Boden, die sofort von den Karamäern eingesammelt wurden.

Der große bullige Anführer der Garde hielt sich seine blutende Hand und sah wütend die zierliche Mirakel an, sie hatte wieder den Bogen gespannt und zielte auf ihn. Es juckte ihn, sie einfach anzugreifen, doch er wusste, wie gefährlich die Pfeile der Amazonen waren und er trug keine Rüstung. Außerdem hatte sein Herr befohlen, die Waffen niederzulegen. Und er war gewohnt, die Anweisungen seines Herrn stets genau zu befolgen.

Der Botschafter bedrohte mit seinem Schwert Ash und sagte zornig: „Ihr sagtet, Ihr wollt Frieden und lässt uns von euren Truppen umstellen? Was soll das? Macht etwas oder Ihr seid des Todes!“

Ash war klar, dass er keine Chance hatte und dachte abfällig: „Verdammt schnell, diese verfluchten Kampfweiber. Und meine armseligen Männer sind so kampfstark wie die Waschweiber!“

Zu Karamis sagte er mit einem gestellten Bedauern: „Seid unbesorgt, nur ein kleines Missverständnis. Meine Männer machen sich große Sorgen um mich. Ich werde sofort mit ihnen reden und sie nach Hause schicken.“

Mit dem Schwert des Botschafters im Rücken ging er zur Haustür und sprach zu seinen Truppen: „Männer, wir haben Waffenstillstand mit den Karamäern und den Amazonen. Sie kommen in Frieden und sind meine Gäste. Es ist alles in Ordnung. Jegliche Kampfhandlungen sind zu unterlassen! Geht zurück nach Hause und verhaltet euch friedlich!“

Die bewaffneten Männer schauten erst skeptisch, aber gehorchten schließlich ihrem Herrn. Langsam löste sich die Umzingelung auf und die Männer zogen ab.

Ash versuchte seinen Schreck zu verbergen und sagte: „Alles gut! Alles bestens! Steckt euer Schwert weg! Gehen wir wieder in mein Haus und reden weiter.“

Der Harem

Nachdem sich die Lage entspannt hatte, sprach der Sklavenhändler: „Wie schon gesagt, Ihr seid meine Gäste. Ihr dürft in den Gasthäusern wohnen und essen. Für einen kleinen Obolus wäre ich Euch dankbar, muss aber nicht unbedingt sein. Und, Herr Botschafter, bitte haltet mir diese Kampffrauen vom Halse, ich möchte mich noch möglichst viele Jahre meiner Gesundheit erfreuen."

Karamis fragte: „Was habt Ihr denn gegen Frauen, Ash? Ich sehe auch keine weiblichen Personen in Eurem Palast. Habt Ihr keine? Was seid Ihr für ein Mensch?"

„Aber Herr Botschafter! Natürlich habe ich Frauen! Einen ganzen Harem sogar!"

„Einen Harem?"

„Aber ja! Es befinden sich elf Ehefrauen in meinem Besitz. Mein Harem ist im Obergeschoss meines Hauses. Es ist ausschließlich nur meinen Gattinnen vorbehalten. Und natürlich meinen Töchtern und meinen kleinen Söhnen. Erst wenn die Jungen sechs Jahre alt werden, müssen sie den Harem verlassen."

„Elf Ehefrauen? Ist das Euer Ernst?"

„Aber ja! Warum denn nicht? Ich bin ein reicher Mann und kann mir das leisten!"

„Das hört sich für mich unglaublich an! Ich will Eure Frauen und Töchter sehen!"

„Nein! Das kommt überhaupt nicht infrage! Das verbietet mein Glaube und ist gegen unsere Sitten! Meinen Frauen und Töchtern ist jeglicher Kontakt mit fremden Männern untersagt!"

„Eika könnte dabei sein!"

„Ist sie aber nicht! Die jungen Mädchen in meinem Harem sind mein eigenes Fleisch und Blut!"

„Ich will es selbst sehen!"

„Nein! Fremde Männer dürfen meinem Harem nicht betreten! Das ist verboten! Ihr entehrt mich, mein Haus und meine Frauen! Das dürft ihr nicht!"

Karamis überlegte kurz und sagte: „Dann gehen die Amazonen in den Harem!"

„Die Kampfweiber? Nein! Das verbiete ich!"

„Aber Amazonen sind auch Frauen!"

Ash blieben die Argumente weg. Er dachte nach, Karamis hatte recht. Auch wenn er die frechen Kriegerinnen überhaupt nicht mochte, sie waren weiblichen Geschlechts. Ein Betreten seines Harems war mit seinen merkwürdigen Sitten und seinem eigenartigen Glauben vereinbar. Und bevor die Karamäer seinen Harem stürmen würden, wäre das die bessere Lösung.

Schließlich sagte Ash aufgeregt und drohend: „Gut! Die weiblichen Amazonen dürfen meinen Harem besuchen. Aber sie sollen nicht auf meine Frauen einreden und sie aufmüpfig machen! Kein Kampfweiber-Geschwätz!"

Karamis musste fast lachen und fragte: „Lieber Ash, was meint ihr mit Kampfweiber … äh … Kriegerinnen-Gerede?"

„Hach, dieses Amazonengeschwätz! Frauen sollten sich wehren, selbstständig sein, den Männern nicht gehorchen und so einen Mist! Das verbiete ich! Ist das klar?"

„Jaja", winkte Karamis ab und dachte schmunzelnd: „Wie sollte ich das verbieten?"

Schon gingen die Amazonen die Treppe hoch in das Obergeschoss. Dort standen drei mit Krummschwertern bewaffnete Männer und bewachten eine geschlossene große Tür. Sie waren etwas verwirrt von dem Anblick bewaffneter Frauen, zogen ihre Schwerter, drohten den Amazonen und wollten sie nicht durchlassen.

Die Amazonen blieben stehen, drohten mit Pfeil und Bogen zurück und warteten erstmal ab.

Phygene rief laut: „He! Hier sind drei Kerle, die versperren uns den Weg! Pfeift sie zurück, Herr Ash, oder wir machen sie fertig!"

Der Hausherr verschränkte seine Arme und tat so, als hätte er nichts gehört.

„Der Dreckskerl hört nicht auf Frauen", dachte Karamis und sagte: „Herr Ash, ich forderte Euch auf, die Wachen wegzuschicken!"

Erst jetzt legte Ash seine beiden Zeigefinger an den Mund und ließ einen lauten Pfiff los. Schon entspannten sich die drei Männer und gaben die Tür frei.

Ash sagte zu Karamis: „Das sind meine Haremswächter. Sie sind gut ausgebildet und würden den Zugang zum Harem mit ihrem Leben verteidigen. Außer mir sind sie die einzigen Männer, die zu meinen Frauen dürfen."

„Was? Diese Kerle dürfen zu Euren Frauen?", fragte Karamis erstaunt.

Ash sagte schmunzelnd: „Lieber Herr Botschafter, die Haremswächter sind ... äh ... kastriert."

Karamis wurde fast übel, als er sich das bildlich vorstellte.

Ash erzählt weiter: „Wisst Ihr eigentlich, dass ich auch schon Sklaven an die Amazonen verkauft habe? Ich persönlich habe einer Amazonen-Offizierin names Talassa einen kastrierten Mann verkauft. Diese Talassa und ihre Kriegerinnen waren als Männer verkleidet, hier auf dem Sklavenmarkt. Aber ich hatte sofort erkannt, dass sie Amazonen waren.

Und dieser junge kastrierte Sklave, den sie kauften, ich hatte ihm nur die Hoden entfernen lassen. Das heißt, der kann ja noch. Es war ein gutes Geschäft, der hat mir viel Geld eingebracht, obwohl diese Offizierin sehr lange um den Preis gefeilscht hatte."

Karamis fragte: „Aber Ihr sagtet, Ihr sprecht nicht mit fremden Frauen. Euer Glaube verbietet Euch das."

Ash antwortete: „Nun ja! Sie war ja als Frau nicht zu erkennen, die Götter werden mir nachsichtig sein. Und wenn es um ein wichtiges Geschäft mit viel Geld geht, kann man auch mal eine Ausnahme machen."

„Du scheinheiliger Drecksack!", dachte Karamis abfällig.

In der Zwischenzeit hatten Phygene, Mirakel, Nadsch und eine Gruppe Amazonen den Harem betreten. Sie sahen einen großen hellen Raum mit vielen Liegen, Kissen und Sitzgelegenheiten. Der Boden war aus weißem glattem Kalkstein, an den Wänden und an der Decke waren weiße Tücher befestigt, das gab den Raum ein helles und edles Aussehen. Es war angenehm warm, der große Raum schien beheizt, obwohl keine Feuerstelle zu sehen war.

Alle Mädchen und Frauen drehten sich leicht erschrocken um, als sie die Eindringlinge erblickten. Doch als sie erkannten, dass freundlich blickende Frauen in der ledernen Kriegerkleidung steckten, beruhigten sie sich schnell wieder.

Die Bewohnerinnen des Harems trugen weiße Kleider oder Tücher, waren barfuß oder trugen Sandalen an den Füßen. Jede war eine Schönheit, sehr gepflegt, sauber und geschminkt. Alle hatten eine auffallend blasse Haut, als wären sie nur selten draußen in der Sonne.

Gegenüber den großen Amazonen wirkten sie klein und zierlich.

Neugierig und schweigsam schauten sie die braungebrannten Amazonen an.

Die Offizierin Nadsch sagte zu ihnen: „Guten Tag, die Damen. Bitte alle mal zu mir kommen!“

Die Mädchen und Frauen gehorchten sofort und schon war die schönste aller Amazonen von lauter Schönheiten umgeben.

Nadsch lächelte und fragte freundlich: „Liebe Damen! Wir suchen ein karamäisches Mädchen. Sie heißt Eika und ist 12 Jahre alt. Weiß jemand, wo sie ist?“

Alle schüttelten mit dem Kopf und schwiegen. Nur eine der Frauen kam auf die Amazonen zu. Sie trug ein kleines Kind in den Armen und war scheinbar die Älteste unter den Frauen. Sie sagte zu Nadsch: „Hier bei uns ist sie bestimmt nicht.“

„Wo könnte Eika sein?“

„Wir Frauen gehören unserem Herrn und Gebieter Ash und wir leben die meiste Zeit in diesem Harem. Über fremden Frauen und Mädchen wissen wir nicht viel!“

Nadsch fragte etwas skeptisch: „Das ist sehr schade! Seid ihr Frauen hier eingesperrt oder was?“

„Nun ja! Wir dürfen raus, aber nur, wenn es unser Gebieter gestattet. Und dann nur in Begleitung unseres Herrn oder der Leibwachen. Natürlich müssen wir uns in der Öffentlichkeit verschleiern, um uns vor den Blicken fremder Männer zu schützen. Wer sich nicht daran hält, wird hart bestraft.“

„Das verstehe ich nicht! Warum?“

„Das ist bei uns so Sitte. Die fremden Männer könnten uns begehren und das darf nicht sein. Niemand darf die Frauen unseres Gebieters begehren!“

Nadsch schüttelte den Kopf und flüsterte zu Phygene und Mirakel: „Die sind doch komplett bescheuert! Dieser Verbrecher hält seine Frauen wie in einem Gefängnis.“

„So ist es! Ash, der große Herr und Gebieter ist ein Frauenunterdrücker schlimmster Sorte. Das ist typisch für einen reichen mächtigen

Sklavenhändler. Aber uns kann es egal sein, wir sind wegen Eika hier", sagte Mirakel.

„Trotzdem würde ich gerne dem Ash mal richtig in den Hintern treten und ihm meine Meinung ins Gesicht schreien", knurrte Phygene.

„Hole dir aber erst die Erlaubnis des Botschafters. Und passe auf, dass du hier keinen Krieg anzettelst", sagte Nadsch.

„Jaja! Und jetzt durchsucht dieses Harem-Gefängnis. Vielleicht finden wir was!", befahl die große blonde Offizierin.

Neugierig beobachtet von den Haremsfrauen und Kindern, durchsuchten die Amazonen das gesamte Obergeschoss. In allen Nebenräumen, hinter jedem Tuch, unter jedem Kissen schauten sie nach. Die Räume des Harems waren großzügig ausgestattet, edle Möbel, große Betten mit seidener Bettwäsche. Ein Speiseraum mit Tischen und Stühlen aus Edelholz, Geschirr und Besteck aus Silber. Sitzecken mit Brettspielen, Papyrus und Stifte zum Malen und Schreiben, Schriftrollen zum Lesen, Utensilien zum Sticken und vieles mehr. Große Waschräume mit Wannen und Becken mit warmem Wasser. Und saubere Latrinen.

Es war wie ein edles Gefängnis mit Wänden verkleidet mit Tüchern aus weißer Seide.

Den Amazonen fielen drei Mädchen auf, die im Alter von Eika sein könnten. Nadsch zeigte mit dem Finger auf sie und befahl ihnen: „Du, du und du! Ihr kommt mit runter zum Botschafter!"

Die angeblichen Töchter des Sklävenhändlers gehorchten aufs Wort und folgten der Offizierin die Treppe hinunter.

Ash war erbost und sagte: „Karamis, sie sind unverschleiert, das geht nicht! Es widerspricht meinen Glauben und unseren Sitten! Meine Mädchen müssen vor dem Anblick fremder Männer geschützt werden!"

„Ihr könnt ja mal eine Ausnahme machen", sagte der Botschafter genervt.

„Warum sollte ich?"

„Warum? Ha! Lieber Ash, Ihr seid in unserer Hand! Wenn Ihr Euch weigert, schneide ich Euch euren Spitzbart ab! Und danach vielleicht noch etwas viel Schmerzhafteres!", sagte Karamis drohend und zog sein Schwert.

Sofort bekam Ash Angst, wurde sich wieder seiner Lage bewusst und sagte nachgiebig: „Ihr habt recht. Ich bin von gewaltbereiten Feinden umgeben und habe keine andere Wahl!"

„So ist es! Eure Götter werden nachsichtig sein bei einem so wichtigen Geschäft."

Karamis schaute sich die Töchter an. Wie zu erwarten, war Eika nicht dabei.

Inzwischen hatten die Amazonen den ganzen Palast durchsucht und alle jungen Haussklavinnen und Dienstmädchen mitgebracht. Auch unter ihnen gab es keine Eika.

Der Botschafter sagte: „Hier im Palast des Sklavenhändlers ist sie nicht. Phygene, würdest du bitte die Bordelle durchsuchen?"

„Mit dem größten Vergnügen! Wir Amazonen haben eine natürliche Abneigung gegen sogenannte Freudenhäuser, wo sich nur Männer erfreuen, auf Kosten der armen Frauen. Ich werde die Bordelle auseinander nehmen und jeden Stein umdrehen lassen!"

Ash hatte mitgehört und wandte sich mit einem Entsetzen Karamis zu: „Herr Botschafter, bitte sprecht ein Machtwort! Die Amazonen dürfen nicht die Bordelle zerstören, sie werden dort sowieso nicht fündig werden!"

Karamis sagte mit einem falschen Bedauern: „Tut mir leid! Das ist außerhalb meines Machtbereichs! Wie wäre es, wenn Ihr Euer Anliegen direkt der Frau Offizierin mitteilen würdet?"

„Niemals!", sprach Ash laut und erbost, und entfernte sich.

Die große Blonde sprach: „Alam, komme her!"

„Jawohl, Herrin Phygene!"

„Alam, das größte Bordell zuerst. Führe uns dorthin!"

„Selbstverständlich! Bitte folgt mir!"

Seefahrerglück

Am Hafen der Stadt Tarag Kanos gab es das große Freudenhaus mit dem schönen Namen Seefahrerglück. Es war Abend und im Bordell waren bereits viele Gäste anwesend, hauptsächlich Seeleute von den Schiffen, die im Hafen lagen. Die durchweg männlichen Gäste hielten sich im großen Gastraum auf, saßen an Tischen, tranken Gerstengebräu oder Met und unterhielten sich. Die Dirnen mussten ihren Aufgaben nachgehen, sie boten ihre Liebesdienste an und versuchten, einen Gast ins Bett zu bekommen.

Der Bordellchef, ein brutal aussehender kräftiger Hüne, unterhielt sich mit seinen zehn Aufsehern und sagte mit seiner tiefen Stimme: „Männer, hört mir zu! Mir wurde gesagt, eine Horde wilder Amazonen soll in unsere Stadt eingedrungen sein. Das sind zwar nur Weiber, aber die sind bewaffnet und sehr gefährlich. Unserem hohen Herrn Ash ist es gelungen, einen Waffenstillstand mit ihnen zu vereinbaren. Bisher ist alles friedlich verlaufen. Doch man weiß nicht, was diese Kampfweiber hier wollen. Also, seid vorsichtig und lasst sie nicht in unser Haus! Wenn ihr welche seht, dann geht sofort ins Haus und verschließt die Tür!"

„Jawohl Herr! Wir werden achtsam sein!"

„Gut, Männer! Wegen der besonderen Lage, werde ich heute unsere vier stärksten Aufseher als Türsteher einsetzen."

Der Bordellchef zeigte auf vier glatzköpfige Männer, die so groß und stark wie ein Bär waren. Alle waren ärmellos und hatten tätowierte Arme, die so stark waren, wie die Beine eines normalen Menschen. Sie hatten ein hässliches brutales Aussehen und trugen dicke Fellkleidung, die sie noch breiter und massiger erscheinen ließ.

„Also, nehmt eure Schwerter und ab mit euch vor den Eingang. Und passt auf, wen ihr hereinlasst!"

„Jawohl, Herr!", brummten die Türsteher mit ihren tiefen Stimmen, banden sich den Schwertgürtel um und gingen zur breiten hölzernen Haustür, um ihren Dienst anzutreten.

Sie öffneten die einflügelige Tür, erstarrten vor Schreck und trauten ihren Augen nicht, vor ihnen stand eine Gruppe bewaffneter Amazonen. Phygene, Nadsch, Androxidopa, Anniger und Jebro hielten einen

Holzstamm als Rammbock in beiden Händen, die anderen Kriegerinnen standen mit Pfeil und Bogen schussbereit da.

Nach zwei Schrecksekunden wollten die Männer die Tür zuschlagen, doch da war es schon zu spät. Mit einem lauten Knall prallte die Tür gegen den Rammbock und ging nicht mehr zu. Beim zweiten Versuch, die Tür zu schließen, tat es einen lauten Schlag und Holzbrocken flogen durch die Luft. Der dritte Versuch gab der angeschlagenen Tür den Rest. Mit großer Gewalt prallte sie gegen den Rammbock und zerbrach in mehrere Teile. Der Zugang zum Bordell war offen.

Die vier bärengroßen Türsteher brüllten laut drohend und zogen ihre Schwerter. So hatten sie vor, den Eingang zu versperren. Schnell sprangen die Bediener des Rammbocks beiseite und machten freie Schussbahn für die Bogenschützinnen. Es dauerte nur wenige Sekunden, und alle vier Türsteher waren von mehreren Pfeilen getroffen. Mit Treffern an Armen und Beinen fielen erst ihre Schwerter zu Boden, bevor sie selbst, vor Schmerz laut schreiend, kampfunfähig zu Boden gingen.

Schon drangen die ersten Amazonen, schussbereit mit gespannten Bogen, in das Bordell ein und verbreiteten Angst und Schrecken.

„Die Amazonen! Rettet euch!", brüllten die Leute und schon suchten Aufseher, Gäste, Bedienstete, ein paar Dirnen und sogar der Bordellchef das Weite. Man eilte zum Hinterausgang oder versuchte, durch offene Fenster zu flüchten. Doch es war vergeblich, das Bordell war komplett von den Amazonen umstellt.

„Zurück ins Haus, wenn euch euer Leben lieb ist!", riefen sie laut und drohten mit ihren Waffen. Die Leute hoben ihre Hände hoch und ließen sich im großen Gastraum des Bordells zusammentreiben.

Doch der bullige Bordellchef, ein Riese von einem Mann, konnte es nicht fassen und sagte zu seinen Männern: „Das kann nicht sein! Wir können uns doch nicht von Weibern überwältigen lassen!"

Er sah die kleine Mirakel, die ihn frech angrinste und bekam einen heftigen Wutanfall. Mit seiner tiefen Stimme schrie er: „Macht sie fertig! Angriff!"

Dann zog er seinen großen Dolch und rannte genau auf Mirakel zu. Nur zwei seiner bulligen Aufseher hatten den Mut und taten es ihm nach.

Nur Sekundenbruchteile später hatten alle drei Angreifer mehrere Pfeile in Armen und Beinen stecken, zwei der Angreifer stürzten verletzt zu Boden, doch der Riese stürmte weiter.

Bereits sieben Pfeile steckten in seinem Körper, doch er wollte unbedingt Mirakel mit seinem Dolch treffen.

Die kleine zierliche Kriegerin wich geschickt aus, spannte ihren Bogen und zielte aus kurzer Distanz auf seinen Hals.

Der Bordellchef schrie kurz laut auf, als ihm der Hals durchbohrt wurde, er röchelte laut, blieb stehen und verdrehte seine Augen, Blut floss aus der Wunde.

Wieder röchelte er verzweifelt nach Luft, doch vergeblich, er konnte nicht mehr atmen. Die Kräfte verließen ihn, er fiel erst auf die Knie und kippte dann langsam um. Der riesengroße Bordellchef war tot.

Alle standen da wie erstarrt und schauten auf den toten Mann. Spontan musste Anniger an die Bärenjagd denken und an den riesigen Bären, in dessen Leib so viele Pfeile steckten und der trotzdem weiter angriff. Erst mit Speeren konnte er getötet werden.

„Dein Angriff war so sinnlos", sagte er leise, als er die Leiche des Bordellchefs betrachtete.

Dann trafen Mirakel die Blicke der Leute, die kaum glauben konnten, dass diese kleine zierliche Frau den hünenhaften Mann getötet hatte.

Mirakel schien die Blicke zu spüren, sie hatte Schweißperlen im Gesicht, zitterte leicht und sagte aufgeregt: „Warum hat dieser Narr mich angegriffen? Ich konnte nicht anders, ich musste ihn töten!"

Phygene nahm sie in ihre starken Arme und sprach gelassen: „Das wissen wir! Bitte beruhige dich! Es war Notwehr. Der Kerl wollte dich erdolchen."

Dann wandte sie sich den Leuten zu und rief drohend: „Und euch rate ich, ergebt euch, legt die Waffen nieder und seid friedlich! Sonst ergeht es euch genauso!"

Jebro betrachtete den Toten mit hasserfüllten Augen und sagte zu sich selbst: „Das war Rache! Gut, dass du tot bist, Sklaventreiber!"

Dann spuckte er noch auf die Leiche und entfernte sich.

Das Stöhnen der Verwundeten riss die Anwesenden aus ihren Gedanken, es lagen sechs von Pfeilen getroffene Männer am Boden des Gastraums.

Samira ging zu einem der verletzten Türsteher und wollte ihm helfen. „Ich bin Heilkundige, darf ich dir helfen?“, fragte sie ihn.

Doch der bullige Mann sagte voller Hass mit schmerzverzerrtem Gesicht: „Fahr zur Hölle, du verdammte Amazone!“

Erschrocken und enttäuscht ging Samira von ihm weg. Dann wollte sie den anderen Verwundeten helfen, doch auch die lehnten ihre Hilfe ab.

Samira verstand das nicht und sagte zu ihrer Freundin Androxidopa: „Die haben große Schmerzen und wollen sich von uns nicht helfen lassen! Ich verstehe das nicht!“

Die Keltin äußerte ihre Meinung: „Das sind frauenfeindliche Dreckskerle! Überhebliche Muskelprotze, die meinen die wären was Besseres. Frauen sind für die nur schwache niedere Wesen, die zu gehorchen haben. Für solche Männer ist es unerträglich, von Frauen besiegt zu werden.“

„Ja! Sie hassen uns, ich kann es fühlen!“

Die Anführerin Phygene rief Nadsch und Sandor zu sich und sagte: „Lasst das ganze verfluchte Bordell durchsuchen! Dreht jede Matratze und jedes Kissen um. Bringt jeden her, den ihr findet! Ich will sie alle haben. Aber seid vorsichtig und nehmt schussbereite Bogenschützinnen mit!“

„Ja, Phygene!“, sagte Nadsch.

Schon durchsuchten die Amazonen das große Bordell, brachen Tür für Tür auf und durchwühlten die Räume. Die Leute, die sie fanden, durften sich spärlich bekleiden und wurden zu Phygene geführt.

Nadsch stand mit Sandor und Androxidopa vor einer verschlossenen Tür und sagte: „Da drinnen ist jemand, ich kann es fühlen.“

„He, Nadsch, hast du auch magische Fähigkeiten, wie Samira und ich?“, fragte die Keltin.

„Das weiß ich nicht genau. Manchmal meine ich etwas zu fühlen. Aber hier höre ich auch ein leises Weinen!“

„Wir werden es gleich wissen. Kriegerinnen, Tür aufbrechen! Bogenschützen schussbereit!“, befahl Sandor.

Die Zimmertür bot kaum Widerstand. Ein Schlag mit einem Holzbalken und schon flog sie auf.

Sofort drangen die Bogenschützinnen mit gespannten Bogen in das

Zimmer ein und sahen drei Männer, die sich sofort ergaben und voller Angst die Hände in die Höhe streckten. Weiter hinten war ein Bett, auf dem eine spärlich bekleidete junge Frau lag und leise weinte.

„Zimmer sicher!", meldete eine Bogenschützin und die Offizierin betrat mit Sandor und Androxidopa den Raum.

Was sie sahen, machte sie sehr wütend. Die zierliche Frau zitterte vor Angst und Schmerz. Verzweiflung war in ihr Gesicht geschrieben. Sie hatte blaue Flecken an den Armen und auf dem Rücken. Ihre Hände waren nach vorne gefesselt.

„Diese drei Freier sind offensichtlich sehr hart und brutal mit ihr umgegangen", meldete Sandor zornig.

„Sie ist doch nur eine Dirne! Außerdem haben wir viel Geld bezahlt", sagte einer der brutalen Freier und versuchte das alles zu verharmlosen.

Androxidopa nahm die Frau in ihre Arme, löste die Fesseln und tröstete sie.

Nadsch wurde wütend und sprach: „Geld? So etwas kann man kaufen?"

„Ja! Warum nicht? Ein Liebesdienst für Männer, die es etwas härter wollen", erklärte ein Freier.

„Ja! Wir zahlen dafür und die Dirne macht freiwillig mit", meinte ein anderer Freier.

„Jaja, freiwillig! Ein Narr, wer das glaubt", fauchte die Keltin wütend.

„Dann zeige ich dir mal, wie das ist", sagte die hübsche Nadsch, holte aus und schlug dem Freier mit voller Wucht ins Gesicht. Der getroffene Mann schrie auf und fiel auf seinen Hosenboden.

Dann gab sie den Befehl: „Verprügelt sie!"

„Mit dem größten Vergnügen", sprach Sandor und krempelte seine Ärmel hoch. Sekunden später stürzten sich zahlreiche Amazonen auf die drei Freier und verpassten ihnen eine gehörige Tracht Prügel.

Danach wurde die Dirne von der Keltin auf Händen heruntergetragen, während die Freier mit Gewalt in den großen Gastraum gezerrt wurden.

Kurz darauf waren alle Leute versammelt und Phygene fragte: „Wir suchen ein karamäisches Mädchen, 12 Jahre alt. Sie heißt Eika. Kennt sie jemand? Weiß jemand, wo sie ist?"

Zu ihrer Enttäuschung schüttelten alle verneinend mit dem Kopf.

Einer der Aufseher fragte aufgeregt: „Dürfen wir jetzt endlich unseren verwundeten Kameraden helfen?"

Die große Blonde sprach: „Von mir aus! Aber keine Dummheiten machen!"

Nur die vier unverletzt gebliebenen Aufseher gingen zu ihren Kameraden, um die Wunden zu versorgen, kein Angestellter, kein Freier und keine Dirne halfen mit.

Samira sagte zu Nadsch und Androxidopa: „Diese Bordell-Aufseher sind wohl nicht so beliebt!"

„Kein Wunder, wenn die Frauen zur Prostitution zwingen. Und das Geld, das die Frauen von den Freiern bekommen, nehmen sie ihnen wieder weg. Für die sind Frauen nur niedere Menschen, fast nur wie Tiere!"

Unerwartet kam eine der Dirnen zu Samira und sagte: „Ich möchte auch helfen! Der Türsteher ist mein Freund."

Sie war jung, vielleicht nicht mal 20 Jahre alt, schlank und hübsch. Ihr schwarzes Haar war zu zwei Zöpfen gebunden. Tränen flossen über ihr geschminktes Gesicht und sie schien sehr angespannt und nervös.

Samira spürte, dass irgendetwas nicht stimmte, doch sie dachte: „Kann solch ein Mann eine Freundin haben? Mir kann es egal sein!"

Sie sagte zu der Dirne: „Bitteschön! Die können Hilfe gebrauchen."

„Danke!", erwiderte sie und ging zu einem der verletzten glatzköpfigen Türsteher.

Dieser sah sie und stöhnte aufgeregt mit tiefer Stimme: „Was willst du? Hau ab, du Hure!"

Plötzlich hatte die Dirne ein Messer in der Hand und sprach: „Rache! Ich will Rache! Stirb, verfluchter Verbrecher!"

Dann schnitt sie dem Mann die Kehle durch. Er schrie entsetzt auf und große Mengen Blut flossen auf den Boden.

Erst jetzt begriffen die Amazonen, was da vor sich ging. Die junge Frau trat sogar voller Hass auf den sterbenen Mann ein. Androxidopa drehte ihr die Arme auf den Rücken und entwaffnete sie. Dem Mann war nicht mehr zu helfen, er war verblutet.

Phygene war empört und fuhr ihre Kriegerinnen an: „So ein verdammter Mist! Noch ein Toter! Könnt ihr nicht aufpassen, ihr Schlafmützen!"

Zur Sicherheit wurden der Dirne die Hände auf den Rücken gefesselt. Plötzlich kam einer der unverletzten Aufseher und wollte auf sie losgehen, sofort wurde er von den Amazonen gestoppt. Mit gespannten Bogen standen Androxidopa, Sandor und Jebro vor ihm. Die Keltin zog ein böses Gesicht und fauchte drohend: „Einen Schritt weiter und du bist auch des Todes, das schwöre ich dir vor allen Göttern!"

Der bullige große Mann blieb stehen, hob seine Hände und brummte mit seiner tiefen Stimme: „Schon gut! Ich mache keine Dummheiten!"

„Das ist sehr klug von dir! Und jetzt zurück und hilf den Verwundeten!", sagte Sandor drohend.

Der Mann ging drei Schritte zurück, dann schrie er laut: „Warum hast du das getan? Verfluchte Hure!"

Die Dirne war noch erfüllt von dem guten Gefühl der vollendeten Rache, mutig und wütend schrie sie zurück: „Du fragst warum? Dieses Schwein hat es verdient! Er hat mich vergewaltigt, mich geschlagen und mich in dieses verdammte Bordell gezwungen! Dir sollte ich auch deine dreckige Kehle durchschneiden, du Hurensohn!"

„Sie werden dich hinrichten, du Mörderin!", schrie der Aufseher zurück.

Der Dirne wurde bewusst, dass er recht hatte. Man würde sie für diese Tat mit dem Tode bestrafen. Das gute Gefühl der Rache löste sich in nichts auf, eine große Angst überkam sie. Sie atmete heftig und fragte aufgeregt: „Werdet ihr mich töten?"

Androxidopa antwortete mit ernster Stimme: „Wir Amazonen werden dir nichts tun, aber die anderen…"

Der gefesselten Dirne war die Todesangst ins Gesicht geschrieben, sie saß da und zitterte am ganzen Leib.

Die Anführerin Phygene rief: „Leute, hört mir zu! Wir sind fertig mit diesem Bordell und gehen wieder. Hier können wir Eika nicht finden."

Schon traten die Amazonen den Rückzug an und verließen langsam und vorsichtig das große Bordell.

Androxidopa ging zu Phygene und sagte zu ihr: „Wir müssen sie mitnehmen, sonst wird man sie töten."

Die Anführerin winkte ab und sprach: „Es geht uns nichts an! Außerdem ist sie eine Mörderin. Jeder hat gesehen, wie sie einem hilflosen verwundeten Mann die Kehle aufschlitzte."

Jetzt wurde die Keltin wütend und sprach: „Sie werden sie töten! Begreifst du das? Wir müssen sie mitnehmen, sonst ist sie tot!"

„Höre mal, Androxidopa, ich bin die Kommandantin und ich sage, was gemacht wird! Wir sind hier, um nach Eika zu suchen und sonst gar nichts!“

„Du bist eine eingebildete Anführerin! Hier werden Frauen unterdrückt und zur Prostitution gezwungen! Den Frauen wird hier jeden Tag sexuelle Gewalt angetan. Wir sollten sogar alle Frauen aus diesem verdammten Bordell mitnehmen!“

„Du Närrin! Das würde Krieg mit Ash Chnassaran bedeuten!“

„Na und? Wir hätten diesem verdammten Sklaventreiber schon längst die Kehle durchschneiden sollen!“

„Dann kommt der nächste Sklaventreiber an die Macht! Und der macht genauso weiter wie Ash! Wir Amazonen können diese ungerechte Welt nicht verändern! Dafür sind wir viel zu wenig. Wir müssen an uns selbst denken! Wenn wir mit jedem Dreckschwein Krieg anfangen, werden wir untergehen!“

Mirakel mischte sich ein und sagte: „Phygene, bitte, Androxidopa hat recht. Wir müssen diese Frau mitnehmen! Wegen ihr wird es schon keinen Krieg geben.“

Samira ergänzte: „Ja, das müssen wir. Ich kann ihre Tat verstehen, sie hat sich an ihrem Peiniger gerächt. Diese Frau ist ein guter Mensch, ich kann es fühlen!“

Phygene sagte: „Na gut, soll der Herr Botschafter entscheiden!“

Die Keltin sagte: „Der Herr Botschafter ist ein guter Mensch, aber er ist keine Amazone! Er hat nichts damit zu tun, wenn wir eine Frau bei uns aufnehmen. Wir sollten das für uns behalten.“

Phygene dachte laut nach und flüsterte: „Auch ich habe schon hilflose Verwundete getötet. Einer davon war der Sohn von König Haran. Ich weiß, das war nicht richtig, aber es hatte seinen Grund. Ich war in einem Blutrausch und wollte Rache. Ich kann die Tat dieser Frau nachvollziehen.“ Dann entschied sie: „Gut, wir nehmen sie mit. Ich hoffe, sie ist wirklich ein guter Mensch. Androxidopa und Samira, versucht das herauszubekommen und kümmert euch um sie! Und gebt ihr Amazonen- Kleidung, damit sie nicht auffällt.“

„Ja, Herrin Phygene! Danke, Phygene, gute Freundin“, sagte die Keltin mit ungewohnt sanfter Stimme.

Die große Blonde glaubte sich verhört zu haben und dachte: „Hat die rothaarige Hexe eben gute Freundin zu mir gesagt?“

Sie drehte sich zur Keltin um und sah, wie sie und Samira sich rührend um die Dirne kümmerten. Sie lösten der zitternden Frau die Fesseln und sagten zu ihr: „Keine Angst, wir nehmen dich mit."

Das Gesicht der Dirne erfüllte sich mit neuer Hoffnung, als sie fragte: „Ich darf zu euch?"

„Ja, du darfst. Aber du musst dich anständig benehmen. So etwas darfst du nie wieder tun!"

„Ja, ich verspreche es! Werdet ihr mich bestrafen?"

„Nein!"

„Das … das ist sehr lieb von euch! Die Götter werden es euch danken."

Samira fragte: „Wie ist dein Name?"

„Irene! Ich bin Irene und komme aus Ägina."

„Aha, du bist eine Griechin?"

„Ägina ist eine griechische Insel, ich wurde dort geboren, aber meine Eltern waren nur Sklaven. Als unsere Herrin verstarb, wurden wir von den Erben verkauft und ich wurde von meinen Eltern getrennt.

Bei einem neuen Herrn musste ich als Dienstmädchen arbeiten. Doch nach einem halben Jahr verkaufte er mich wieder. Danach wurde ich immer wieder wie eine Ware verkauft und gekauft, bis ich hier vor ein paar Wochen auf dem Sklavenmarkt landete. Als mich dieser schreckliche Bordellbesitzer wie ein Stück Vieh ersteigerte, wusste ich, dass der kein Dienstmädchen braucht. Die ersten Tage in diesem Bordell waren die schlimmsten in meinem Leben. Dieser verfluchte Aufseher hat mich mehrmals mit Gewalt genommen. Zureiten für die Freier nannte er das. Er war hässlich, stank fürchterlich und ging so grob mit mir um. Er tat mir weh, so furchtbar weh! Ich versuchte mich zu wehren, da hielt er mich fest und schlug mich. Dieses Schwein hatte den Tod verdient. Ich hasste ihn!"

Androxidopa und Samira hörten genau zu und schauten ihr in die Augen. Sie meinten zu fühlen, dass Irene die Wahrheit sagte und wirklich schreckliche Dinge erleben musste. Die Tötung ihres Peinigers schien nachvollziehbar. Obwohl sie zur Mörderin geworden war, hielten sie sie für einen guten Menschen.

Plötzlich sagte Irene: „Ich habe etwas Wichtiges vergessen."

„Was denn, Irene?"

„Ich kenne eine Frau, sie arbeitet in einem anderen Bordell. Ich glaube mich zu erinnern, sie hat mir von diesem Mädchen erzählt, dass ihr sucht."

„Von Eika?"

„Ich bin nicht sicher, aber ich glaube, ja!"

„Führe uns sofort zu ihr!"

„Aber seid mir nicht böse, wenn ich mich irren sollte."

„Wir werden dir nicht böse sein!"

„Danke, Herrin Androxidopa!"

Der Stall

Irene und die zahlreichen Amazonen eilten zu dem anderen Bordell, das nur wenige Minuten Fußweg entfernt lag. Es war ein schlichter einstöckiger Bau aus grobem Bruchstein, sehr lang und mit auffallend vielen weiß gestrichenen Eingangstüren. Einige der Türen waren offen, junge geschminkte Frauen standen davor und warteten auf Kundschaft.

Jeder Eingang hatte zwei Fackeln, links und rechts neben der Tür angeordnet. Da es schon dunkel war, brannten alle Fackeln, was die Straße mit einer Fackelreihe hell erleuchtete.

„Das sieht ja aus, wie ein großer Pferdestall, mit vielen einzelnen Kammern für die Pferde", sagte Phygene.

Irene erklärte: „Das ist ein ehemaliger Pferdestall. Jetzt ist es ein Bordell und wird einfach nur Der Stall genannt. Es hat keinen großen Gastraum, wie das Seefahrerglück. Jede Dirne hat ein eigenes Zimmer mit Haustür. Die Dirnen arbeiten im Stall und dürfen auch hier wohnen."

„Sehr interessant", sagte Anniger lächelnd, schaute die hübschen leichtbekleideten Damen an und schien interessiert zu sein. Phygene sagte empört: „Papa! Denke nicht mal daran!"

„Aber warum? Ich bin doch auch nur ein Mann!"

„Papa, wir sind im Dienst! Wo denkst du hin? Außerdem bin ich deine vorgesetzte Offizierin. Und du hast mir zu gehorchen!"

„Jawohl, Frau Offizierin!", sprach der große Vagote und stand vor seiner Tochter stramm.

Im Hintergrund sah man fünf fremde Männer, die ebenfalls interessiert schienen. Doch als sie die zahlreichen Amazonen erblickten, suchten sie sofort das Weite.

„He, Amazonen! Ihr verjagt uns unsere Freier", beschwerte sich eine ältere Dirne.

„Jaja! Wir sind ja bald wieder weg", rief Nadsch.

„Bald? Na warte, schöne Kriegerin! Ich hole die Aufseher!", rief die ältere Dirne und eilte davon.

„Das ist zwecklos! Die haben Angst vor uns!", rief ihr Nadsch schmunzelnd hinterher.

Irene zeigte auf eine geschlossene Tür und erzählte: „Meine Freundin arbeitet in diesem Zimmer. Da die Tür zu ist, hat sie gerade Kundschaft."

„Oder sie wohnt gerade!", meinte Phygene.

„Oh nein! Jetzt am Abend, wo die meiste Kundschaft unterwegs ist, müssen alle Dirnen arbeiten! Und wenn sie das nicht tun, bekommen sie großen Ärger mit den Aufsehern. Das Leben als Dirne ist viel härter, als ihr glaubt!"

Schon kam die ältere Dirne zurück und hatte eine Gruppe von acht Aufsehern im Schlepptau. Alle waren große bullige Männer mit tätowierten Armen, Glatze und Vollbart, bewaffnet mit Schlagstöcken.

„Achtung! Da kommen schon wieder diese unfreundlichen Muskelberge!", rief Samira laut und schon baute sich eine Reihe Bogenschützinnen vor den anrückenden Männern auf.

Die bulligen Kerle, erst noch überheblich grinsend, erschraken, blieben sofort stehen und machten sogar ein paar Schritte rückwärts. Die Amazonen konnten die Angst im Gesicht der kräftigen rauen Gesellen erkennen. Sie starrten auf die scharfen Pfeilspitzen und wussten sofort, was die anrichten konnten. Schließlich drehten sie sich um und rannten davon. Die Dirnen schauten ihnen ungläubig hinterher, lachten und machten sich lustig.

„Die rennen ja wie die Hasen!"

„Ihr wollt Männer sein? Hasenfüße seid ihr!"

„Die haben Angst vor Frauen in Uniform!"

Phygene musste auch lachen, doch dann kam sie wieder zur Sache und sagte zu Irene: „Wir haben wenig Zeit, wir müssen jetzt zu deiner Freundin!"

„Aber die hat einen Freier!"

„Das ist mir egal, wir gehen jetzt rein!"

Gefolgt von einer handvoll Amazonen ging die große Blonde zur Tür, machte sie einfach auf und betrat die kleine Wohnung.

Die Bewohnerin lag gerade mit einem Freier im Bett, beide erschraken, als die große bewaffnete Phygene vor ihnen stand. Der Freier, ein kleiner älterer Mann bedeckte sofort seinen nackten Körper mit der Bettdecke, während die Dirne das nicht für notwendig hielt und empört rief: „He, was soll das? Kannst du nicht warten, bis ich frei bin?"

„Nein! Können wir nicht!", sagte Phygene.

„He, du bist ja eine Frau! Eine sehr große Frau!“
„Ja, wir sind Kriegerinnen!“
Die Dirne schaute zu, wie weitere Amazonen und auch Irene die kleine Wohnung betraten.
„Irene, bitte erkläre mir, was wollen diese Frauen in Kriegerkleidung hier? Und du hast ja auch diese ledernen Sachen an? Was hat das zu bedeuten?“
„Guten Tag, Brista. Das sind die berühmten Amazonen, die wollen mit dir sprechen!“
„Die Amazonen? Mit mir sprechen? Aber wenn die Aufseher kommen …“
„Die haben wir davongejagt.“
„Davongejagt? Donnerwetter, ihr seid ja mutige Frauen! Also gut, um was geht es?“, fragte sie erstaunt, stand auf und bedeckte ihren schönen Körper mit einem Umhang.
Der Freier mischte sich ein und fragte vorsichtig: „Verzeihung, die edlen Damen. Dürfte ich jetzt gehen?“
Phygene sagte grob: „Los! Mach, dass du wegkommst! Aber schnell!“
„Jawohl, Frau Amazone!“
„Ich bin eine Offizierin!“, sagte sie streng und baute ihren großen Körper drohend vor ihm auf.
„Oh, Verzeihung! Selbstverständlich! Danke, Frau Offizierin!“
Eilig suchte er seine Sachen zusammen. Zum Anziehen war keine Zeit mehr.
Nackt, mit seiner Kleidung in den Armen wollte er davoneilen, doch Brista rief: „Haltet ihn! Der hat noch nicht bezahlt!“
Sofort versperrten ihn mehrere Kriegerinnen den Weg. Mit zitternden Händen holte er mehrere Silberstücke aus seinem Geldbeutel und gab sie Brista.
Die sagte freundlich: „Danke, der Herr! Bis zum nächsten Mal!“
Dann hielt ihn nichts mehr, er rannte davon, durch ein Spalier von lauter Kriegerinnen. Die Amazonen schauten ihm lachend nach und machten sich lustig über ihn.
„Schaut nur, ein nackter Mann! Haha!“
„Huh! Und wie der rennen kann!“
„Und wie sein Penis herumbaumelt!“
Irene kam zur Sache und sagte: „Brista, die Amazonen suchen das

karamäische Mädchen mit dem Namen Eika. Du weißt doch etwas über sie?"

Brista erzählte: „Aha, es geht um Eika! Ich habe das junge Mädchen vor zwei Jahren auf dem Sklavenmarkt gesehen. Sie wurde direkt vor mir versteigert, deshalb kann ich mich so gut an sie erinnern."

Phygene fragte: „Ist sie noch hier in Tarag Kanos?"

„Nein! Ganz bestimmt nicht. Wenn sie hier in der Stadt wäre, dann würde ich das wissen."

„Hat Alam Bun Kusom sie verkauft oder war es Ash Chnassaran?"

„Keiner von beiden. Es war ein Fremder, ein hässlicher brutal aussehender Mann mit stechenden Augen. Er war sehr groß und kräftig und hatte eine Narbe im Gesicht. Er humpelte leicht und zog ein Bein nach."

„Krähe! Krähe selbst hat Eika verkauft!", fuhr es Phygene durch den Kopf.

Brista erzählte weiter: „Es war irgendwie komisch. Dieser fremde Mann sah aus wie der schlimmste Verbrecher, aber er ging sehr gut mit dem Mädchen um. Es sah so aus, als täte es dem Verkäufer leid, das Mädchen verkaufen zu müssen. Zum Abschied drückte er sie liebevoll an sich und hatte sogar Tränen in den Augen. Zum Abschied sagte er: Eika, mögest du ein besseres Leben haben! Oder so ähnlich."

Für die Amazonen hörte sich das unglaublich an. „Der Schwerverbrecher Krähe, liebevoll mit Tränen in den Augen? Das gibt es doch gar nicht", dachten sie.

„Und das Mädchen war wirklich Eika?", fragte Phygene skeptisch.

„Na klar! Sie war zehn Jahre alt, hatte auffallend hellblaue Augen und dunkelblondes lockiges Haar. Sie war schlank und hatte eine schöne hellbraune Hautfarbe. Ich habe selbst mit ihr gesprochen. Sie selbst sagte mir, sie hieße Eika, komme aus Kamäria und sei von bösen Männern verschleppt worden. Ihr Vater hieße Bardrick und ihr Onkel sei ein Edelmann, Kanaris, oder so."

„Botschafter Karamis?"

„Ja, genau! Karamis! Von ihm hat sie sehr viel erzählt, noch mehr als von ihrem Vater."

„Wer hat sie gekauft?"

„Ein reich aussehender Mann von weit her, mit merkwürdiger Kleidung. Er trug einen langen hellblauen Umhang und eine schwarze Kopfbedeckung, vielleicht kam er aus Persien oder so. Da war noch etwas: Mir kam es vor, als habe der Verkäufer dem Käufer Bedingungen gestellt."

„Was für Bedingungen?"

„Ich weiß nicht genau, es ist so lange her! Ich glaube, der Käufer sollte gut mit dem Mädchen umgehen, sie gut behandeln und so. Viel mehr kann ich dazu nicht sagen!"

Diese Aussagen machte den Amazonen etwas Hoffnung, dass es Eika gut gehen könnte. Doch war es wirklich so? Niemand wusste es.

Brista sagte: „Ich hoffe, Eika hat es besser als ich und ist weit weg von dieser verdammten Stadt. Hier wird viel Geld verdient mit dem Elend der versklavten Frauen, die in den Bordellen zur Prostitution gezwungen werden. Seit zwei Jahren bin ich schon hier. Jeden Tag muss ich arbeiten, vom frühen Nachmittag bis spät in die Nacht. Nur alle zwei Wochen habe ich einen Tag frei. An vielen Tagen habe ich mehr als zehn Männer, an manchen Tagen sogar zwölf. Könnt ihr euch das vorstellen? Zwölf Freier an einem Tag? Und du bekommst nichts dafür! Das Geld nehmen dir die Aufseher weg. Das nimmt dir die Lust am Leben!

Doch viel schlimmer als die normalen Freier sind diese verfluchten brutalen Dreckskerle, die uns Frauen Gewalt antun. Die machen dich richtig kaputt. Du bekommst einen Hass auf die, du willst sie nicht! Doch die zwingen dich, manchmal sogar mit Hilfe der Aufseher! Dann musst du mit solch einem gewalttätigen Schwein und darfst dich nicht wehren! Du musst alles über dich ergehen lassen. Diese Erniedrigungen, diese Schmerzen! Irgendwann werde ich so einen Dreckskerl umbringen, das weiß ich! Doch dann werden sie auch mich töten. Was solls, bald will ich nicht mehr!"

„Komme mit uns!", schlug Phygene spontan vor.

„Was? Aber das geht nicht! Die Aufseher werden mich strafen!"

„Doch, das geht. Irene kommt auch mit uns. Wir sind Amazonen, wir beschützen dich!"

„Aber ich bin doch nur eine Hure! Ich kann doch nichts anderes!"

„Du bist eine junge Frau! Du kannst ganz von vorne anfangen und ein neues Leben beginnen."

Brista musste darüber nachdenken und unterhielt sich mit Irene, die sagte: „Ich habe meinen Peiniger getötet! Ich muss mitgehen, das ist meine einzige Chance, am Leben zu bleiben."

„Was? Du hast einen Aufseher getötet?", fragte Brista überrascht.

„Ja, das habe ich! Ich muss weg von hier!“

„Irene, dass du zu so etwas fähig bist, hätte ich nie gedacht!“

„Ich auch nicht! Aber es ist passiert. In mir hatte sich so viel Hass aufgestaut.“

„Und jetzt willst du eine Amazone werden?“

„Ja! Wie du sehen kannst, trage ich schon ihre Kleidung. Brista, bitte gehe auch mit! Lasse uns zusammenbleiben!“

„Das klingt für mich alles so unglaublich. Keine Unterdrückung mehr durch diese Aufseher. Nie mehr mit dreckigen Freiern schlafen. Frei sein! Ein völlig neues Leben beginnen!“

„Was gibt es da noch zu überlegen?“

„Ja, Irene, ich gehe mit!“, sprach sie und umarmte ihre Freundin.

Phygene rief: „Nadsch!“

„Ja, Phygene?“

„Bordell durchsuchen, beeilt euch!“

Brista bekam das mit und sagte: „Hohe Herrin, durchsucht ruhig die ganze Stadt. Ich sage Euch, Ihr werdet Eika hier nicht finden.“

„Nichts gegen dich, Brista, aber wir wollen ganz sicher sein. Unser Anführer, der edle Herr Karamis, will es so.“

„Karamis? Der Onkel von Eika?“

„Ja! Er ist hier in Tarag Kanos!“

Brista staunte: „Das ist ja unglaublich!“

Wenig später hatten die Amazonen das ganze Bordell, dass Der Stall genannt wurde, durchsucht. Wie zu erwarten, war von Eika keine Spur zu finden.

Brista hatte inzwischen ihre Habseligkeiten zusammengepackt, viel hatte die Sklavin nicht, nur einen Tragebeutel voller Kleidung und eine kleine hölzerne Figur, die eine Göttin darstellte.

Sie küsste die einfach geschnitzte Figur und flüsterte: „Danke, hohe Göttin Aphrodite!“

Sie fühlte sich gut und die Nähe der Amazonen gab ihr ein sicheres Gefühl. Sie und ihre Freundin Irene wichen den Kriegerinnen nicht mehr von der Seite.

Phygene sagte: „So, Leute, das reicht für heute! Ich habe Hunger. Auf zu den Gasthäusern.“

Sklavenmarkt

Siedor war mit Sulinka zusammen. Sie war die Frau seines Herzens, obwohl er wusste, dass sie älter war als er, Adoptivkinder hatte und keine feste Beziehung mit ihm eingehen würde. Dennoch, an ihrer Seite fühlte sich der seelisch angeschlagene junge Offizier viel besser. Sie gab ihm Kraft, machte ihm Mut und ließ ihm Freude am Leben haben, einfach nur durch ihre Anwesenheit. Er war froh, dass sie in seiner Nähe war und er mit ihr zusammenarbeiten durfte.

Gemeinsam verhörten sie den Hauptmann Korr, der auf Befehl von Karamis befreit worden war.

Siedor sagte zu Korr: „Herr Hauptmann, ich hoffe, dir ist bewusst, dass wir dich vor der Peitsche und vor dem Galgen gerettet haben. Wir bieten dir an, ein Karamäer zu werden. Bei uns kannst du ein neues Leben anfangen. Aber wenn du zu uns gehören willst, dann musst du uns helfen und uns alles sagen, was du weißt!"

Korr brauchte nicht lange nachzudenken, er lenkte sofort ein und sagte: „Ja, das werde ich! Das wichtigste zuerst: Ash hat eine 500 Mann starke Söldnertruppe aus Pandorus zur Verstärkung seiner eigenen Krieger angefordert. Mit deren Hilfe will er die Karamäer und Amazonen aus der Stadt vertreiben. Diese Krieger aus Pandorus sind äußerst kampfstark und für ihr brutales und rücksichtsloses Vorgehen bekannt. Nach meiner Schätzung könnten sie in frühestens sechs Tagen hier eintreffen. Dann ist es vorbei mit dem Waffenstillstand und es wird sehr gefährlich."

„Verdammter Mist! Das müssen wir sofort meinem Onkel mitteilen. Wir müssen rechtzeitig abziehen, bevor die da sind", sagte Siedor zu Sulinka, die ergänzte: „Ja! Zur Sicherheit sollten wir sogar schon zwei Tage vorher hier weg sein. Ich werde sofort unsere Leute informieren."

Während diese wichtige Information weitergegeben wurde, erzählte Korr weiter: „Ash will Alam umbringen lassen und das noch bevor ihr die Stadt verlassen werdet. Er will ihn unbedingt tot sehen, aber er wird das niemals zugeben."

Sulinka sagte: „Das haben wir uns gedacht! Wir müssen vorbereitet sein. Hast du eine Idee, wann und wo sie zuschlagen wollen?"

„Nein, leider nicht! Bitte glaubt mir, wenn ich mehr wüsste, würde ich es euch sagen. Ich weiß nur, es kann jederzeit passieren!"

Fast zur gleichen Zeit hatte der Sklavenhändler Ash Chnassaran heimlich einen Mann in seinen Palast bringen lassen. Dieser gefährlich aussehende Mann war sehr groß und kräftig und hatte einen hasserfüllten Gesichtsausdruck. Er war schmutzig, man hatte ihn aus dem Kerker geholt und Ash überlegte kurz, ob er ihn wirklich von seinen Fesseln befreien lassen sollte. Doch er war sich seiner Sache sicher und befahl seinen Leibwächtern: „Befreit ihn!"

In einem kleinen Raum ohne Fenster sprach Ash unter vier Augen mit ihm: „Arramedis, es tut mir wirklich sehr leid um deinen Bruder, das kannst du mir glauben! Im Seefahrerglück von einem Weib getötet werden, das ist unehrenhaft für einen Mann seines Schlages. Furchtbar und tragisch ist das! Ich mochte ihn sehr und trauere um ihn!"

„Mein treuer Bruder! Er war ein Krieger, er war so stark! Wie konnte das nur geschehen?"

„Diese blutrünstigen Amazonen sind verdammt gefährlich! Sie brachen die Tür auf, stürmten das Bordell und schossen wie wild um sich. Es gab zwei Tote, fünf Schwerverletzte und drei verprügelte Freier! Das muss man sich mal vorstellen! Die Einrichtung haben sie zertrümmert und die ganze Kundschaft verjagt. Auch der finanzielle Schaden ist immens hoch, wer weiß, wann sich die Freier wieder ins Bordell trauen. Aber was ist schon Geld. Dein armer Bruder! Ich hörte, sieben Pfeile hatte er in seinem Leib! Selbst der stärkste Mann hat da keine Chance!"

Arramedis ballte seine Fäuste und sprach zornig: „Hättest du mich nicht in den Kerker gesperrt, hätte ich ihn schützen können!"

„Ja, vielleicht! Aber du weißt genau, wir hatten uns um die Macht in Tarag Kanos gestritten. Es war zu meinem und auch zu deinem Schutz. Doch das ist jetzt vorbei! Arramedis, du bist nun wieder ein freier Mann. Ich habe dir vergeben, lasse uns das Kriegsbeil begraben. Bald kannst du wieder ein wohlhabender Mann sein. Ich gebe dir dein Bordell und dein Haus zurück. Und außerdem lasse ich deine Tochter frei."

„Einfach so? Das glaube ich nicht! Was muss ich dafür tun?"

„Alam Bun Kusom hat uns das alles eingebrockt. Er hat diese blutrünstigen Kampfweiber mitgebracht und angestiftet. Die brutale Mörderin war von ihm beauftragt! Er hat deinen Bruder auf dem Gewissen! Das ist die Wahrheit! Dieser Dreckskerl kommt zurück und macht hier nichts als Ärger. Ich glaube, er will unsere Stadt übernehmen! Er ist eine Gefahr für uns alle! Er muss weg! Ich will, dass du ihn tötest!"

„Ich weiß, dass Alam hier ist! Aber ich weiß auch, dass er von seinen neuen Freunden, den Amazonen und den Karamäern gut bewacht wird. Es ist sehr schwer, an ihn heranzukommen."

„Du und deine Männer, ihr schafft das schon! Und wenn du deinen Auftrag erledigt hast, dann lasse ich deine Tochter frei. Das ist doch ein faires Angebot, oder?"

„Ich könnte dabei draufgehen!"

„Ach was! Es gibt keinen besseren als dich! Und denke an deinen Bruder! Töte den Schuldigen, töte den verfluchten Alam Bun Kusom! Und räche deinen Bruder!"

„Ich werde es versuchen!"

„Das hört sich schon besser an! Und noch etwas. Lasse die Amazonen und die Karamäer in Ruhe. Das ist zu gefährlich! Um die kümmern wir uns später. Ich habe 500 Söldner aus Pandorus angefordert."

„500 bezahlte Söldner? Das kostet dich ein Vermögen!"

„Egal! Es muss sein! Es geht um meine Existenz!"

„Ich hörte, die Amazonen und Karamäer ziehen in ein paar Tagen wieder ab. Dann sind wir das Problem doch los, oder?"

„Und wenn sie nicht abziehen? Und mich fertig machen wollen? Ich muss auf Nummer Sicher gehen!"

„Es ist dein Geld! Gut, ich lasse sie in Ruhe!"

„Ja! Kümmere dich nur um Alam! Aber geht etwas schief, dann bist du der Sündenbock. Ich weiß von nichts! Dieses Gespräch hat nie stattgefunden. Denke an deine Tochter! Du willst sie doch gesund wiederhaben, nicht wahr?"

„Ja! Das will ich!"

Am nächsten Tag sprachen die vier Amazonen-Offizierinnen miteinander. Tarmi erzählte: „Wir haben alle Bordelle in dieser Stadt durchsucht. Wir konnten Eika nicht finden."

Sulinka fragte: „Was machen wir jetzt?"

„Wir sollten Alam fragen, wo sie noch sein könnte. Vielleicht gibt es hier irgendwelche Verstecke, wo Ash sie eingesperrt haben könnte", meinte Nadsch. Phygene sagte: „Karamis und seine Männer haben alle Gefängnisse und Kerker durchsucht. Nichts!"

„Ja! Alam hat sie zu den finstersten Orten geführt, von denen sogar Ash angeblich nichts wusste", erzählte Sulinka.

Nadsch sagte: „Na gut! Dann soll uns Alam jetzt zu diesem Sklavenmarkt führen. Suchen wir dort weiter.“

Phygene befahl: „Gut, das machen wir. Wir bleiben zusammen und nehmen alle verfügbaren Amazonen mit! Und denkt daran: Wir müssen gut auf uns aufpassen!“

Tarmi ergänzte: „Nicht nur auf uns. Inzwischen haben wir vier Leute, auf die wir auch aufpassen müssen: Irene, Brista, dieser Korr und natürlich Alam! Auf den ist ja angeblich ein Mordanschlag geplant. Also, Kameradinnen: Passt auf wie die Schießhunde!“

Der ehemalige Sklavenhändler führte eine große Truppe von Amazonen durch die Gassen und Straßen der Stadt, wo sie kurze Zeit später einen großen belebten Marktplatz erreichten. Überall waren Stände aufgebaut, um die sich viele Leute tummelten.

Die Amazonen schauten sich staunend um, als Alam mit Freude erzählte: „Auf diesem großen Platz befindet sich der berühmte Sklavenmarkt von Tarag Kanos. Er liegt in der Nähe des Hafens, im Hintergrund könnt ihr die Schiffe sehen. Eigentlich sieht er aus, wie ein gewöhnlicher Marktplatz, mit Verkaufständen für Lebensmittel, Kleidung, Geschirr und sonstigen Waren. Nur mit dem Unterschied, dass es hier Holzbühnen zur Versteigerung der ganz besonderen Ware gibt. Wenn ich mich nicht irre, müssten um diese Tageszeit der Verkauf von Sklaven stattfinden.“

Er führte seinen Anhang zu einem Verkaufspodest, auf dem gerade eine Versteigerung von fünf männlichen Sklaven stattfand. Diese armen Sklaven waren schmutzig, trugen nur zerrissene Lumpen am Leib und waren in einem elenden Zustand. In ihren verbrauchten, faltigen Gesichtern meinten die Amazonen große Angst und Hoffnungslosigkeit zu erkennen. Um sie herum standen brutal aussehende Wachmänner, bewaffnet mit Schwertern und mit Peitschen in den Händen. Und vor ihnen stand der Verkäufer, ein vornehm aussehender dicker Mann, gekleidet in einer weißen römischen Toga. Vor dem Podest hatten sich einige gut betuchte Kunden versammelt und hörten dem Verkäufer zu, der laut seine Ware anpries: „Leute, diese Arbeitssklaven könnt ihr sehr preisgünstig erwerben. Die arbeiteten vorher in einer Silbermine und verstehen was vom Steineklopfen. Ich weiß, die sehen nicht mehr so frisch aus, aber in euren Steinbrüchen oder Minen halten die bestimmt noch ein halbes Jahr durch, manche sogar noch etwas länger. Das Mindestangebot liegt bei 50 Silberstücken, das sind nur zehn Stück pro Sklave! Auf Leute! Wer bietet mir 60?“

Viele human eingestellte Amazonen waren entsetzt, als sie das hörten. Sie empfanden Mitleid und dachten spontan an Hermo, Lutzen und die anderen, die von Tabita erst wochenlang aufgepäppelt werden mussten, bevor sie arbeiten konnten.

Samira flüsterte traurig: „Oh Götter, diese armen Menschen haben nur noch ein halbes Jahr zu leben.“

„Steine hauen bis zum Tod. Ohne jede Hoffnung auf bessere Zeiten. Eine grausame Welt ist das!“, meinte Androxidopa.

„Ihre Hoffnung liegt im Jenseits. Wenn sie religiös sind, dann glauben sie an ein besseres Leben nach dem Tod, wenn sie bei ihren Göttern sein werden“, sprach Mirakel.

Alam spürte, dass dies nichts für die Frauen war und sagte: „Hier werden nur billige Arbeitssklaven verkauft. Das ist uninteressant. Wir gehen besser zu einer anderen Versteigerung. Ich sehe, da vorne wird kostbare Ware verkauft.“

Er führte sie zu einem anderen Verkaufspodest. Dort war viel mehr los, die Leute drängten sich förmlich davor, die neugierigen Amazonen konnten nicht nahe genug herankommen.

Auf der erhöhten Holzbühne wurde ein junger männlicher Sklave zum Verkauf angeboten. Er war attraktiv, schlank und muskulös. Sein wohlgeformter Körper war völlig nackt, seine tiefbraune makellose Haut war mit Öl eingerieben, damit sie glänzte und noch besser aussah. Sein halblanges schwarzes Haar war mit einem ledernen Stirnband gehalten, sein gutaussehendes Gesicht, sein Körper und seine Scham waren frisch rasiert. Er war ein faszinierender Anblick, vor allem für die zahlreichen weiblichen Zuschauer.

„Donnerwetter! Schaut euch den hübschen Kerl an! Mensch, ist der süß“, dachten die Amazonen staunend und drängten sich noch näher heran.

Einige sich gestört fühlende Kunden und Kundinnen drehten sich empört herum, sahen die in Leder gekleideten bewaffneten Amazonen und bekamen es mit der Angst zu tun. Sie gingen den Kriegerinnen besser aus dem Weg, so kamen sie noch weiter an die Bühne heran.

Auf der Bühne stand ein ebenfalls mit einer weißen römischen Toga gekleideter dicker Verkäufer und rief laut: „Liebes Publikum! Ich biete euch dieses Prachtexemplar von einem Jüngling zum Verkauf an. Er kommt aus dem fernen Ägypten, ist erst 18 Jahre alt und ist, wie ihr alle sehen könnt, kerngesund und kräftig! Außerdem wurde er wohlerzogen, er ist nett und zuvorkommend und er hört auf das Wort. Er hat Hausdiener gelernt, kann Bedienen, Kochen, Waschen, Putzen und vieles mehr. Auch als Stallbursche ist er geeignet, er kann gut mit Pferden umgehen. Und er ist im Vollbesitz seiner Manneskraft! Kurz gesagt: Er ist das, was sich viele Frauen erträumen!"

Die kleine Mirakel konnte nichts sehen, weil vor ihr ein großer breiter Mann stand. Sie tippte ihn an und fragte mit ihrer hellen Stimme: „Darf ich bitte nach vorne? Ich will auch was sehen!"

Ohne sie anzuschauen antwortete der Mann unfreundlich: „Pah! Kinder haben hier nichts zu suchen!"

Er blieb einfach stur stehen und machte sich noch breiter, was Mirakel richtig sauer werden ließ. Da kam ihr eine freche Idee, sie zog einen Pfeil aus ihrem Köcher und piekte mit der Spitze in das Gesäß des Mannes. Dieser spürte den leichten Stich und drehte sich zornig mit einem Ruck zu ihr herum.

„He, was soll das? Du freche Göre! Ich haue die eine runter!", sprach er erbost und holte schon aus.

Phygene griff sofort nach der Schlaghand des Mannes, hielt sie fest und fauchte drohend: „Sei vorsichtig, du Armleuchter! Sonst kriegst du einen Pfeil in deinen dicken Wanst!"

Der Mann erschrak, als er das zornige raubtierhafte Gesicht und die stechenden Augen der großen Blonden erblickte. Er verstand sofort und rief: „Oh Götter! Die wilden Amazonen!"

Sofort entfernte er sich, viele andere Zuschauer machten es ihm nach. Sie zogen es vor, das Geschehen aus sicherer Distanz weiter zu verfolgen.

Auf der Bühne beobachtete der Verkäufer mit Missmut, wie immer mehr reiche Kunden sich entfernten und die Amazonen sich immer breiter machten. „Verflixt nochmal! Was wollen diese frechen Kampfweiber hier? Die können sich so teure Sklaven doch gar nicht leisten!", dachte er verärgert.

Doch er sah auch, dass noch genügend potentielle Käufer da waren und wollte das Geschäft zu Ende führen. Laut rief er: „Solch eine edle

Ware hat natürlich seinen Preis. Das Mindestangebot liegt bei 50 Goldstücken."

Ein großes Raunen ging durch die Zuschauer. 50 Goldstücke, das hörte sich für die meisten völlig überteuert an. Phygene rechnete nach: „Ein Goldstück ist 60 Silberstücke wert. Das heißt, 50 x 60. Das sind ja 3.000 Silberstücke! Der spinnt doch, dieser Verkäufer! Wer kann das bezahlen?"

Der Verkäufer sprach weiter: „Liebes Publikum, ich weiß, das ist viel Geld. Aber schaut euch den prächtigen Jüngling an, wie schön er ist, schön wie Adonis! Und bedenkt, solch einen Sklaven hat man sein ganzes Leben lang, wenn man gut mit ihm umgeht. Und ich verspreche, er kann seiner Herrin … oder seinen Herrn … alle Wünsche erfüllen. Und solltet ihr doch nicht zufrieden mit ihm sein, was ich mir überhaupt nicht vorstellen kann, so gewähre ich ein Umtauschrecht von bis zu drei Wochen nach Kaufdatum. Das ist doch ein Wort, oder? Also, wer bietet mir 50 Goldstücke?"

„Ich!", rief eine Frau, die etwa Mitte 40 sein durfte und hob ihre Hand. Die Dame sah wohlhabend aus, sie trug eine vornehme lange Kleidung aus rosafarbener Seide und Schuhe aus teurem Schlangenleder. Sieben bewaffnete Leibwächter standen um sie herum und beschützten sie.

„Wer bietet mehr?", fragte der Verkäufer, doch alle anderen Leute schüttelten den Kopf.

„Was ist mit euch Amazonen? Wollt ihr ihn kaufen?", fragte er und schaute Phygene an.

„Nö! Viel zu teuer!", brummte sie ablehnend und schüttelte den Kopf.

„Amazonen?", sagten die Leibwächter der Dame nervös und drehten sich um. Mit Erschrecken sahen sie über hundert bewaffnete Kriegerinnen.

„Herrin, wir sind von Amazonen umzingelt", meldete einer der Leibwächter aufgeregt.

Die reiche Dame blieb völlig gelassen und sagte: „Na und? Die Amazonen tun Frauen nichts. Das ist doch allgemein bekannt!"

Dann schaute sie die hübsche Nadsch an, die direkt neben ihr stand und fragte: „Nicht wahr, junge Frau?"

Die angesprochene Offizierin antwortete: „Ganz richtig, edle Dame, so ist es. Ihr habt von uns nichts zu befürchten!"

Die Leibwachen beruhigten sich wieder und schauten die schönste aller Amazonen freundlich mit einem Lächeln an.

„Bei allen Göttern! Ich hätte nie gedacht, dass Amazonen solche Schönheiten sind“, sagte ein Leibwächter zu seinem Kameraden.

„In der Tat! Uns hat man erzählt, sie wären hässliche unförmige Kampfweiber.“

„Das stimmt gar nicht! Sie sind eine wahre Augenweide!“

Die reiche Dame kam auf die Verkaufsbühne hoch und sagte: „Bevor ich so eine teure Ware kaufe, muss ich einen kleinen Test durchführen. Darf ich?“

Der Verkäufer kratzte sich an dem Kopf und dachte kurz nach. Er konnte sich denken, was die wohlhabende Kundin meinte und sagte: „Aber ja! Bitteschön, edle Dame!“

Sie ging zu dem nackten jungen Sklaven und griff ihm einfach so an den Penis. Ein Raunen ging durch das Publikum, sofort schauten alle neugierig zu.

„Was, zum Donner, hat die vor?“, fragte Phygene.

„Weiß ich nicht! Bitte hebe mich hoch, ich muss das sehen!“, antwortete Mirakel und wurde von ihrer starken Partnerin hochgehoben.

Die staunenden Zuschauer sahen zu, wie die Kundin an den Penis des Sklaven herumspielte.

„Huh! Sie will seinen erigierten Penis sehen“, sagte Mirakel.

„Ehrlich?“

„Ei ja! Wenn ich es dir sage!“

„Es scheint aber nicht zu funktionieren! Sein Ding hängt noch.“

„Kein Wunder, wenn alle zusehen. Der hat Angst!“, meinte Mirakel.

Kaum hatte sie das gesagt, konnten alle sehen, wie der Penis des Sklaven größer wurde und sich langsam aufrichtete.

Der junge Sklave atmete laut und schaute auf seine Männlichkeit, die von der Hand der Kundin stimuliert wurde.

Schon war es vollbracht und die reiche Dame schaute sich den aufgerichteten Penis aus der Nähe an. Dann sagte sie zufrieden: „Sehr gut! Ich kaufe ihn!“

„Jawohl! Dankeschön! Der wundervolle Jüngling ist verkauft und geht für 50 Goldstücke an die edle Dame!“, verkündete der Verkäufer laut und begeistert.

Sofort gab es einen Applaus der zahlreichen Zuschauer, die Dame genoss das und winkte den Leuten erfreut zu. Dann ließ sie sich von einem ihrer Leibwächter ihren Geldbeutel aushändigen und bezahlte die kostbare Ware, Goldstück für Goldstück.

Der Verkäufer nahm mit einer vornehmen Verbeugung das Geld entgegen und sagte: „Danke! Danke, liebe Dame! Ein sehr gutes Geschäft für Euch. Der Jüngling wird Euch nur Freude bereiten."

„Na, das will auch hoffen, bei diesem Preis!"

„Liebe Dame, dieser prächtige Junge ist noch viel mehr wert. Aus meiner Sicht habe ich ihn viel zu günstig verkauft. Aber ich freue mich für Euch, Ihr seid eine gute und gerngesehene Kundin!"

„Das habt Ihr schön gesagt. Ich komme hier gerne zu Einkaufen her. Aber jedesmal ist mein ganzes Geld weg. Alles ausgegeben!"

„Das mag sein! Aber Ihr bekommt dafür die erlesensten Waren. Nur das Beste vom Besten!"

Die Dame betrachtete voller Stolz ihr neu erworbenes Eigentum und sagte erfreut: „Oh ja! Wie recht Ihr habt. Ach Götter, ich bin dreimal verwitwet. Alle meine Ehemänner sind bei irgendwelchen Kriegen ums Leben gekommen. Ich werde nicht mehr heiraten. Ich will endlich einen Mann, der das macht, was ich ihm sage und auf mich hört. So soll es sein! Nicht wahr, Frau Amazone?"

Die angesprochene Nadsch antwortete: „Jawohl, edle Dame! Wir Amazonen sehen das genauso. Die Männer sollen gehorchen!"

Der Verkäufer sah das anders, behielt es aber für sich und sprach ein anderes Thema an: „Bitte sagt, liebe Dame, das letzte Mal, als Ihr da wart, hattet Ihr eine Sänfte, nicht wahr?"

„Ja, das ist richtig. Die Sänfte brauche ich jetzt nicht. Ich will mich mehr bewegen, zu Fuß gehen, das ist viel gesünder, sagen meine Heilkundigen."

„Oh, sehr richtig, liebe Dame! Darf ich Euch nun die Ware aushändigen?"

„Aber ja!"

„Geht es so, oder wollt ihr ihn an die Leine nehmen?"

„Haltet Ihr das für notwendig?"

„Aber nein! Der Sklave ist wohlerzogen und läuft nicht weg. Das verspreche ich Euch. So, bitteschön, hier ist er!"

Die reiche Dame sah ihren Sklaven an, der sich schämte und mit beiden Händen seine Männlichkeit verdeckte. Da sagte sie: „Er hat ja gar nichts an. Ich kann ihn doch nicht nackt durch die Stadt führen!"

„Das geht schon, zur Belustigung der Frauen", dachte der Verkäufer, behielt das aber für sich und erklärte: „Er hat das, was er am Leibe trug, einer jungen Sklavin geschenkt. Der Sklavin war kalt und sie fror, da hatte er ihr sein letztes Kleidungsstück umgehängt. Sehr romantisch, nicht wahr?"

„Aha! Nett zu Frauen ist er auch!"

„Aber ja! Wie ich schon sagte, er hat nur Vorteile! Er wird Euch sehr viel Freude bereiten und immer für Euch da sein! Er gehört Euch ganz allein! Und wenn ihr ihn einkleiden wollt, hier auf dem Marktplatz gibt es viele Stände, die Tuch und auch fertige Kleidung verkaufen."

„Genau das werde ich jetzt machen. Auf Wiedersehen!"

„Auf Wiedersehen, edle Dame! Und bitte beehrt mich bald wieder."

Die Sklaven

Das interessante Schauspiel mit der reichen Dame und dem gutaussehenden nackten Sklaven war zu Ende. Alam erinnerte an den Grund, warum man hier war und sagte kurz und knapp: „Hinter der Mauer ist das Sklavenlager.“

Schon lief er los, doch Phygene packte ihn von hinten und hielt ihn fest. Er konnte die unglaublichen Kräfte der großen blonden Frau spüren, die streng zu ihm sagte: „Alam, nicht so schnell! Du bleibst in unsere Mitte! Du weißt, was dieser Hauptmann Korr gesagt hat!“

„Ja, ich weiß! Aber ich bin ja gut geschützt von den ehrenwerten Amazonen.“

„Aber nicht, wenn du alleine hinter eine Mauer rennst! Wer weiß, was da lauert! Wir können dich nur schützen, wenn du hinter den Kriegerinnen bleibst. Irgendwelche Attentäter können überall lauern und plötzlich zuschlagen. Also, bleibe in unserer Mitte! Ist das klar!“

„Jawohl, Frau Offizierin! Verzeihung, es wird nicht mehr vorkommen!“

„Das will ich hoffen! Gut! Wo geht's lang?“

„Hier entlang, bitte!“, sagte Alam, gab die Richtung vor und dachte: „Die Kampfweiber machen sich ja wirklich Sorgen um mich. Bin ich denen so wichtig?“

Er führte die Amazonen um eine Mauer herum, dort sahen sie eine große Anzahl von Holzkäfigen und Zäunen, alle bewacht von bewaffneten Wachmännern. Und hinter den Zäunen und in den Käfigen sahen sie eingesperrte Menschen, die Waren dieses besonderen Marktes.

Phygene befahl: „Kriegerinnen, Waffen bereit und mir folgen!“

Sie sah einen dicken, gut gekleideten Verkäufer, der von einer Handvoll bewaffneter Wachmänner umring war.

Sie ging einfach zu ihm und sprach gelassen: „Guten Tag, die Herren! Ich bin Offizierin Phygene, die Anführerin der berühmten Amazonen!“

Die Wachmänner bekamen es mit der Angst zu tun, als eine ganze Truppe schwer bewaffneter Kriegerinnen auf sie zukam. Sie wussten über die Gefährlichkeit Bescheid, der Vorfall im Bordell Seefahrerglück hatte sich in der ganzen Stadt herumgesprochen.

Nur der mit einer Toga bekleidete Verkäufer stellte sich mit seinem breiten Körper den Amazonen entgegen und fragte mürrisch: „Was wollt ihr Kampffrauen hier?“

„Ist der lebensmüde?“, dachten die Wachmänner und schauten gespannt zu, was nun passieren würde.

Phygene sagte gelassen: „Wir sind auf der Suche nach einem Mädchen und beabsichtigen, euren schönen Sklavenmarkt zu durchsuchen und einen Blick auf eure vielen Sklaven zu werfen.“

„Was? Ich glaube, es geht los! Das alles hier gehört unseren Herren Ash! Und ihr habt keine Erlaubnis!“

„Doch, die haben wir!“, sagte Phygene, spannte gelassen ihren Bogen und zielte auf ihn.

Blitzschnell erhoben auch die Kriegerinnen ihre Waffen. Der Verkäufer bekam es angesichts dieser Bedrohung mit der Angst zu tun. Er gab sofort nach, hob seine Hände und sagte erschrocken: „Schon gut! Nicht schießen! Wir ergeben uns!“

Die schöne Nadsch ging mit einem falschen Lächeln auf den wohlgenährten Verkäufer zu, tätschelte ihm auf die Wange und behauptete: „Euer großer Herr Ash hat uns alle Vollmachten erteilt. Wir dürfen uns alles, wirklich alles anschauen, sogar das, was Ihr unter Eurer Toga habt, guter Mann!“

Dann griff sie ihn auch noch frech zwischen die Beine, dem Verkäufer wurde heiß, Schweißperlen bildeten sich auf seinem Gesicht.

„Außerdem haben wir einen Waffenstillstand. Habt ihr das schon vergessen? Also, immer schön friedlich bleiben! Wir wollen doch nicht, dass Euch etwas passiert“, ergänzte Tarmi und fuchtelte mit einem Pfeil vor seiner Nase herum.

Der Verkäufer sagte gezwungen freundlich: „Selbstverständlich habt ihr die Erlaubnis! Bitte sehr, die Damen, schaut euch alles in Ruhe an. Und wenn ihr Hilfe braucht, stehen ich und meine Männer euch jederzeit zur Verfügung.“

„Na also, schon besser!“, sagte Phygene.

Jetzt sahen die Amazonen die menschlichen Waren aus der Nähe. Männer, Frauen und Kinder aus allen Herren Länder, manche dunkelhäutig, andere hellhäutig, viele nur spärlich bekleidet, manche nur in alten Lumpen.

Alle hatte eins gemeinsam, sie machten ängstliche verzweifelte Gesichter. Keiner dieser gefangenen Menschen wusste, was das Schicksal mit ihnen vorhatte.

„Habt ihr ein 12-jähriges karamäisches Mädchen gesehen? Sie heißt Eika!", fragten die Kriegerinnen.

„Nein!", war immer wieder die Antwort der Sklaven.

Dann hörten sie die ersten Hilferufe: „Amazonen, nehmt mich mit!"

„Helft mir! Befreit uns! Habt Gnade!", hörten sie immer wieder.

„Gute Frauen, helft uns!", flehte eine junge dunkelhäutige Mutter, die mit ihrem Säugling in einem kleinen Holzkäfig eingesperrt war.

Die Amazonen empfanden Mitleid für die Sklaven, doch Phygene hatte ausdrücklich verboten, Sklaven zu befreien. Sie wollte keinen Ärger mit den Besitzern. Unerwartet fing Alam an zu erzählen: „Diese junge Mutter hofft darauf, dass sie zusammen mit ihrem Kind verkauft wird. Am besten von reichen Leuten, wo sie als Dienerin arbeiten darf. Doch sollte sich kein Käufer finden, wird man sie trennen. Es gibt viele Leute, die wollen nur ein Kind erwerben. Und die Mutter landet im Bordell."

„Das ist ungerecht!", sagte Phygene.

„Aus eurer Sicht, ja. Bei euch gibt es keine weiblichen Sklaven. Aber das hier ist die grausame Welt um euch herum. Seht ihr diese schmutzigen Kerle hier?", fragte Alam und zeigte auf eine Gruppe in Lumpen gekleideter, ungepflegter Männer.

„Ja, sehen wir", antwortete Nadsch und hielt sich wegen des strengen Geruchs sogar die Nase zu.

„Das sind gefangene Wegelagerer und Verbrecher. Anstelle einer Hinrichtung verkauft man sie an Steinbruch- und Minenbetreiber. Die brauchen immer wieder neue billige Sklaven. Ich sage euch, in einer finsteren Höhle zu arbeiten und Erz abzubauen, kann schlimmer sein als eine Hinrichtung. Jeden Tag, ohne Ausnahme, arbeiten. Die Peitschen der Sklaventreiber spüren. Nur noch billigen Schweinefraß und schmutziges Wasser. Wenn die Pech haben, müssen sie sogar in der Höhle schlafen und sehen nie wieder das Tageslicht. Die robustesten von denen halten vielleicht ein Jahr durch."

Einer der Gefangenen, ein bulliger junger Mann, kam nach vorne, schaute Nadsch mit großen gierigen Augen an und sagte mit rauer Stimme: „He, schöne Frau! Wenn du mich wäschst, rieche ich besser! Lass mich hier raus! Ich will dein Sexsklave sein! Ich kann es dir richtig besorgen!"

Die anderen Männer lachten nur höhnisch, spuckten abfällig auf den Boden und fluchten: „Verdammtes Weiberpack!"

Alam meinte: „Sie sind noch nicht gebrochen, kampfwillig und gefährlich. Aber das wird sich ändern, wenn sie den ganzen Tag schuften müssen und die Peitsche spüren!"

Nadsch sagte zu dem Gefangenen: „Nö! Ich will dich nicht!", und ging einfach weiter.

Plötzlich rastete der Gefangene aus, rüttelte wie wild am Gitter und schrie: „He, du verdammtes Mistweib! Lass mich raus! Kaufe mich! Ich will nicht in einem dreckigen Loch verrecken! Kaufe mich! He! Ich rede mit dir, du eingebildete Hurentochter!"

Phygene sagte gelassen: „Furchtbare Kerle sind das! Los, wir gehen weiter. Beachtet sie nicht!"

Beim Weggehen bekamen die Amazonen noch mit, wie der Gefangene anfing zu weinen und verzweifelt schrie: „Bitte kommt zurück! Ich habe es nicht so gemeint! Bitte kauft mich! Lasst mich nicht verrecken! Helft mir! Holt mich hier raus! Bitte!"

Wieder sagte Phygene: „Nicht zuhören! Einfach weitergehen!"

Sie erreichten einem hohen Holzzaun, dahinter standen viele Männer, Frauen und Kinder. Alle in bäuerlicher Arbeitskleidung. Alam sagte: „Das sind typische Sklaven für die Landwirtschaft. Die sind in der Regel harmlos, die meisten wurden schon als Sklaven geboren. Ab und zu versucht einer zu fliehen, deshalb sind sie hinter dem Zaun. Es gibt sehr viele von ihnen. Ist ja auch kein Wunder, auf den Landgütern und Bauernhöfen gibt es immer viel Arbeit. Man sollte versuchen, immer eine ganze Familie zu verkaufen. Dann sind sie glücklicher und arbeiten besser!"

Hinter einem anderen Zaun war eine Gruppe von Kindern im Alter zwischen sechs und 14 Jahren. Als sie die hochgewachsene Phygene sahen, kamen sie neugierig nach vorne und schauten sie mit traurigen Blicken an.

Sofort schauten die Amazonen nach, ob Eika unter ihnen sein könnte, doch sofort war klar, dass dies nicht der Fall war.

Alam erklärte: „Kinder werden gerne als Sklaven verkauft, man bekommt viel Geld für sie. Man kann sie noch erziehen und ausbilden."

„Wo sind ihre Eltern?", fragte Sulinka entsetzt.

„Das weiß ich nicht. Kinder von Sklaven werden oft ihren Eltern weggenommen und verkauft."

„Warum?"

„Zum Beispiel, wenn die Besitzer Geld brauchen. Es können aber auch erbeutete Kinder sein."

„Was? Erbeutet?"

„Ja! Sklavenjäger überfallen ein Dorf, töten die Männer, nehmen Frauen und Kinder gefangen und verkaufen sie als Sklaven. Das kommt öfter vor, als man glaubt. Macht ihr Amazonen das nicht?", fragte Alam.

„Nein! So etwas Gemeines tun wir nicht!", sagte Sulinka zornig.

„So kann man aber viel Geld verdienen. Ihr habt ja viele Kriegerinnen und die Möglichkeiten. Ihr könntet damit reich werden!", meinte Alam.

„Und sich viele Feinde machen! Nein, wir Amazonen sind keine bösen Menschen, wir sind keine Verbrecher!"

„Das finde ich sehr gut!", sagte der ehemalige Sklavenhändler leise und meinte es wirklich so. Spontan dachte er an seine Tochter Fajah und war glücklich darüber, dass es ihr gut ging.

Sulinka empfand Mitleid mit den gefangenen Kindern. Mitfühlend lächelnd streckte sie ihre Hand durch den Zaun. Sofort kamen alle Kinder herbei, wie magisch angezogen streichelten sie die Hand der Amazonen-Offizierin und ließen sich von ihr berühren. Die Kinder schienen zu spüren, wie sehr sie Kinder mochte. In Gedanken stellten sie sich vor, was für eine gute Herrin sie sein würde. Und vielleicht sogar noch viel mehr.

Phygene sprach laut: „Bitte, höre auf, Sulinka. Mache ihnen keine Hoffnung. Wir können sie nicht mitnehmen!"

Die Angesprochene reagierte nicht und berührte weiterhin die Kinder. Da ging die große Blonde zu ihr und sagte: „Jetzt sei vernünftig und geh weiter! Das ist ein Befehl!"

Sie zog Sulinka vom Zaun weg und schleppte sie einfach mit. Mit schwerem Herzen ging sie mit den Amazonen weiter, die Kinder schauten ihr nach und fingen an zu weinen. Es war nur ein kurzer Wunschtraum.

Drei junge dunkelhäutige Frauen, jede mit einem Baby im Arm, kamen ihnen entgegen. Sie waren nicht eingesperrt, trugen als Kleidung nur ein weißes Tuch um die Hüften und ein gefaltetes Tuch auf dem Kopf. Neugierig schauten sie die Amazonen an.

Phygene fragte: „Sind dieser Mütter auch Sklavinnen?“

Alam erklärte: „Ja! Das sind auch Sklaven, der Hautfarbe nach irgendwo aus Afrika. Sie sind frisch gewaschen, werden heute zum Verkauf angeboten. Die dürfen sich bis dahin frei bewegen, die laufen nicht weg. Vermutlich waren sie schon immer Sklaven und kennen nichts anderes.“

„Und die Mutter vorhin im Käfig?“, fragte Mirakel.

„Die war offenbar vorher in Freiheit und wurde gefangen. Diese armen Sklaven tun euch leid, nicht wahr? Niemand weiß, was sie erwartet, wie es ihnen ergehen wird. Werden Mutter und Kind getrennt? Kauft sie ein guter Herr oder ein brutaler Mensch, der sie schlecht behandelt? Viele von denen werden schuften müssen bis zum Umfallen. Viele werden als Sexsklavin dienen müssen.

Auch ich empfinde Mitgefühl mit diesen Menschen. Früher konnte ich das nicht. Erst als ich Fajah fand, fing ich an, mich zu ändern.“

Tarmi hörte das, wurde misstrauisch und fragte: „Was soll das heißen? Wieso hast du deine Tochter gefunden?“

„Naja, sie war früher ein Sklavenmädchen. Ich befreite sie aus einem Käfig, nahm sie bei mir auf und erklärte sie zu meiner Tochter.“

„Sie ist nicht deine leibliche Tochter?“, fragte Tarmi scharf und erhebliche Zweifel an Alams Glaubwürdigkeit kamen auf. Sofort standen die vier Magierinnen um ihn herum und ein ernsthaftes Verhör kündigte sich an.

„Wie gesagt, ich habe sie adoptiert. Was habt ihr denn plötzlich?“, stotterte Alam und spürte das große Misstrauen der Amazonen.

Androxidopa behauptete einfach: „Nur eine leibliche Tochter liebt ein Vater wirklich! Du hast uns reingelegt, Alam!“

„Nein! Habe ich nicht! Ich liebe Fajah wirklich! So glaubt mir doch! Ich wollte sogar mein Leben für sie geben, das habt ihr doch mit eigenen Augen gesehen!“

„Ach was! Du hast nur darauf spekuliert, dass man dich nicht töten wird und dein Plan ist aufgegangen“, sagte Tarmi streng.

„Nein, das habe ich nicht!“, jammerte er.

Androxidopa setzte noch eins drauf, packte Alam am Kragen und schrie ihm ins Gesicht: „Du hast einfach auf die Milde und Gnade der

Amazonenkönigin gesetzt! Du bist wie ein Spieler, der auf volles Risiko spielt!"

Der ehemalige Sklavenhändler hatte Tränen in den Augen und sprach: „Ja, ich bin ein Spieler! Ja, ich bin ein verdammter Mistkerl! Ein mieser Verbrecher, was immer ihr wollt! Aber eins müsst ihr mir glauben: Ich liebe Fajah, ich liebe meine Tochter über alles!"

„Adoptivtochter!", verbesserte ihn Mirakel mit erhobenen Zeigefinger.

„Ja! Meine Adoptivtochter!", wiederholte er und gab nach.

Samira fragte: „Warum hast du uns nach Tarag Kanos geführt? Was hast du vor? Willst du uns eine Falle stellen?"

„Nein! Nein, das würde ich niemals tun! Ihr Amazonen habt meine Tochter gerettet und ihr habt mich gerettet. Ich würde euch niemals hintergehen! Ich will Eika finden!"

Phygene sagte: „So, wie es aussieht, ist sie aber nicht hier."

„Sie war aber hier! Und wir müssen irgendwie herausfinden, wohin man sie gebracht hat! Wir müssen nach einer Spur suchen! Ich muss Eika finden, sonst wird die Königin meiner Tochter etwas antun!", schrie Alam aufgeregt.

Die Amazonen wussten, dass Sebrandia so etwas nicht tun würde. Sie behielten das aber für sich, um den Druck auf Alam aufrecht zu halten.

Karamis, Siedor und Shulizia kamen zu Phygene und unterbrachen das Verhör. Der karamäische Edelmann schaute etwas verwundert und fragte: „Gibt es ein Problem mit Alam?"

Phygene sagte: „Nein, Herr Botschafter. Wir haben nur erfahren, dass Fajah seine Adoptivtochter ist und nicht sein leibliches Kind. Wir wollten nur seine Loyalität prüfen und haben ihn ein bisschen befragt."

„Und? Ist er loyal?"

„Unsere Magierinnen können das bejahen!"

„Gut! Gibt es sonst etwas Neues?"

„Leider nein, Herr Botschafter."

„Das habe ich mir fast gedacht. Dieser Sklavenhändler Ash war bei mir. Er behauptet, Eika wäre in die Stadt Kasadoria verschleppt worden. Das hätten seine umfangreichen Nachforschungen ergeben."

Siedor ergänzte: „Aber mehr konnte oder wollte er uns nicht sagen.

Wer weiß, ob das stimmt, diesem Kerl kann man nicht trauen. Der will uns nur loswerden, wir sind ja nur ungebetene Störenfriede in seiner Stadt."

Sulinka sagte: „Uns bleiben sowieso nur noch wenige Tage, bevor diese pandorische Söldnertruppe kommt."

Karamis erklärte: „In Kasadoria gibt es auch einen Sklavenmarkt. Dort herrscht der reiche Sklavenhändler Ken Danus, ein sehr unangenehmer Mensch. Aber er könnte uns weiterhelfen. Doch bevor wir dort hingehen, was können wir hier noch tun?"

Alam hatte sich inzwischen wieder beruhigt und sagte: „Ich muss unbedingt noch ein paar Leute befragen, ehemalige Kameraden von mir und einen alten Freund. Das ist wichtig! Vielleicht wissen die etwas!"

„Na schön! Am Besten fangen wir gleich damit an!"

„Gerne, Herr Botschafter! Gehen wir erstmal zu meinem Freund Sorreebas."

„Sorreebas? Den Namen habe ich schon mal gehört. Das ist doch auch ein Sklavenhändler, oder?", fragte Karamis.

„Er war! Aber er ist nicht mehr aktiv. Das Alter macht ihm zu schaffen. Er wohnt am anderen Ende der Stadt. Bitte folgt mir!"

Der Vorfall

In Begleitung von hunderten Amazonen und Karamäern ging Alam durch die Straßen von Tarag Kanos. Alle Leute, die der großen schwerbewaffneten Truppe entgegenkamen, gingen ihnen sofort aus dem Weg. Viele Anwohner zogen sich in ihre Häuser zurück, verschlossen die Türen und warteten, bis sie weg waren.

Die kleine Mirakel sagte gut gelaunt Phygene: „Die Leute haben Angst vor uns. Wir sind ganz schön respekteinflößend. Heute fühle ich mich richtig stark und mächtig. Das gefällt mir!"

Der großen Blonden war das völlig egal und sie mahnte: „Sei vorsichtig und passe auf! Hinter jedem Fenster, hinter jeder Tür kann die Gefahr lauern. Du bist doch eine Magierin, spürst du das nicht?"

„Äh … im Moment nicht!"

„Aber ich!"

„Jaja, du und dein Raubtierinstinkt!"

„Ganz genau! Also, sei konzentriert und schaue dich um!"

„Ich kann nicht viel sehen, ich bin doch so klein!"

„Mirakel! Ich will keine dummen Ausreden hören! Nimm es ernst und passe auf!"

„Zu Befehl, Frau Offizierin!"

Die Worte zeigten Wirkung, Mirakel ging mit Phygene und Anniger an die Spitze der Truppe, wo sie besser sehen konnte. Sie beobachtete die Leute und schaute auf die Fenster und Türen der vielen Häuser, an denen sie vorbeikamen. Sie sah viele Leute, die halbversteckt am Fenster die Amazonen argwöhnisch beobachteten. Nun begriff sie, wie groß die Gefahr sein konnte.

Vor lauter Beobachten übersah sie eine Frau mittleren Alters, die einen Korb auf ihren Kopf trug und quer über die Straße eilte. Mirakel prallte mit ihr zusammen, der Korb fiel zu Boden und Radieschen, Gurken und Salatköpfe verteilten sich auf die Gasse.

Die Frau bekam Angst, als sie die vielen bewaffneten Kriegerinnen bemerkte.

Sie zog ihren weißen Umhang zusammen und sagte aufgeregt: „Verzeihung! Das war meine Schuld. Bitte tut mir nichts!"

„Keine Angst, ich tue dir nichts. Darf ich dir beim Einsammeln helfen?“, fragte Mirakel freundlich, griff schon nach leeren Korb und hob die Radieschen auf. Die Frau war von der Freundlichkeit überrascht und sagte: „Danke! Vielen schönen Dank! Das ist sehr nett.“

Gemeinsam sammelten sie das Gemüse auf. Mirakel fragte: „Phygene, willst du nicht auch helfen?“

Die große Blonde behielt die umliegenden Häuser im Auge und brummte misstrauisch: „Das geht jetzt nicht! Genauso könnte es passieren!“

„Na, dann halt nicht!“, sagte die zierliche Magierin leicht enttäuscht und schüttelte den Kopf.

Kurz darauf war das Gemüse eingesammelt, Mirakel reichte den vollen Korb der Frau und sprach freundlich: „So, bitteschön!“

„Vielen herzlichen Dank! Ich wusste gar nicht, dass die Amazonen so freundlich sind. Hier in der Stadt redet man leider nicht gut über euch“, erzählte die einheimische Frau.

„So? Ist das wahr?“, fragte die kleine Kriegerin unangenehm überrascht.

„Äh … leider ja! Unser Herr, Ash Chnassaran sagte uns, wir wären in großer Gefahr. Wir sollen euch aus dem Weg gehen. Ihr wärt … äh … blutrünstige Frauen.“

„So ein dummes Geschwätz! Hört nicht auf diesen blöden lügenden Sklaventreiber! Wir sind ganz liebe Frauen!“

„Wirklich?“

„Na klar! Gerne würde ich mich weiter unterhalten, aber wir haben wenig Zeit und müssen jetzt weiter. Die Götter mit dir, gute Frau!“

„Die Götter mit dir, liebe Frau Amazone!“

Die Frau mit dem Gemüsekorb ging auf die Seite und schaute zu, wie die zahlreichen Amazonen und Karamäer weitergingen.

Mirakel sagte erbost zu Phygene: „Dieser blöde Ash erzählt Lügen über uns. Den sollten wir bei Gelegenheit ein paar aufs dreckige Maul hauen.“

„Ja, Kleines! Aber jetzt haben wir keine Zeit!“

Kurz darauf bog die ganze Truppe in eine Seitenstraße ab und Alam sagte: „Da vorne, in diesem Haus wohnt mein Freund Sorreebas.“

Er zeigte auf ein zweigeschössiges hölzernes Haus mit einer Außentreppe und erklärte: „Er wohnt oben. Wir müssen die Treppe hoch.“

„Halt! Wir schauen uns erst um!", befahl Phygene misstrauisch. Alam blieb stehen, während die Amazonen die Umgebung prüften. Sie schauten sich genau die Türen und Fenster der Nachbarhäuser an, wo sie nichts Auffälliges erkennen konnten. Phygene sah im Hintergrund ein hohes, aus Stein erbautes Haus mit einer Dachterasse, wo Tücher und Kleidungsstücke zum Trocknen aufgehängt waren. Erst meinte sie, jemanden zu sehen, doch dann kam sie zu dem Schluss: „Da ist niemand, die Klamotten bewegen sich durch den Wind. Außerdem ist es weit weg. Gut, Alam, wir gehen hoch zu deinem Freund."

Alam ging die hölzerne Außentreppe empor, Mirakel, Anniger und Phygene blieben stets neben ihm.

Oben angekommen standen sie auf einer kleinen hölzernen Plattform vor der Haustür. Sie konzentrierten sich darauf, was hinter dieser Tür sein könnte und machten ihre Waffen bereit. Alam ging die letzte Stufe, direkt vor der Tür hoch und griff nach einem eisernen Türklopfer, plötzlich passierte es.

Zwei Pfeile schlugen mit großer Wucht in die hölzerne Haustür ein. Der nächste Pfeil traf Alam in die linke Schulter, ein weiterer in den Arm! Schreiend fiel er vor der Haustür zu Boden.

„In Deckung!", schrie Phygene laut, riss Mirakel mit einem Ruck um und warf sich auf sie. Anniger stürzte sich schützend auf seine Tochter, plötzlich wurde er von einem Pfeil in den rechten Oberarm getroffen.

„Schilde hoch!", schrie Tarmi so laut sie konnte, was von den Kriegerinnen, die Schilde dabei hatten, sofort befolgt wurde. Sie versuchten sich und ihre Kameraden zu schützen. Gerade noch rechtzeitig, weitere Pfeile schlugen in die Schilde und in das Treppengeländer ein.

„Da oben! Haus mit Dachterasse und Wäsche! Schießt!", rief Sulinka und schoss bereits ihren ersten Pfeil ab. Die Bogenschützinnen schauten hoch und sahen auf der Dachterrasse, zwischen den hängenden Kleidungsstücken, Männer mit auffallend große Langbögen, die auf sie schossen. Einer der Männer wurde von Sulinkas Pfeil in die Brust getroffen und schrie auf.

Bis die Amazonen und Karamäer endlich einen Pfeil in den Bogen spannten, hatte Sulinka schon ihren zweiten Pfeil abgeschossen, so schnell war sie.

Die Attentäter versuchten, noch ein weiteres Mal auf Alam zu schießen, doch dazu kam es nicht mehr. Ein dichter Pfeilhagel prasselte auf sie ein, mehrere Attentäter wurden getroffen. Einer stürzte schreiend von der Dachterasse in die Tiefe, andere blieben getroffen liegen, der Rest versuchte, zu fliehen.

„Verfolgung aufnehmen!“, schrie der Offizier Siedor und rannte mit einer Gruppe karamäischer Krieger in Richtung des großen Hauses mit der Dachterasse. Die Amazonen an der Haustür des Sorreebas rafften sich vorsichtig wieder auf und schauten sich um.

Plötzlich sah Nadsch auf dem schrägen Dach eines Nachbarhauses zwei liegende Bogenschützen, die ihre Bögen gespannt hatten.

„In Deckung!“, schrie sie so laut sie konnte. Alle warfen sich zu Boden, als zwei Pfeile einschlugen. Einer traf den am Boden liegenden Alam in den Rücken, genau durch eine Lücke der Schutzschilde. Der andere schlug in den Rand des Schildes ein, den Tarmi im letzten Sekundenbruchteil herumgerissen hatte.

„Da oben auf dem Dach! Schießen!“, schrie Nadsch und spannte ihren Bogen. Schon war ein Pfeilhagel der Amazonen in die besagte Richtung unterwegs, doch als er dort einschlug, waren die beiden Attentäter verschwunden.

„Die holen wir uns!“, schrie Sulinka wütend und eilte mit Androxidopa und einer Gruppe Amazonen auf das benachbarte Haus zu.

Nadsch und Tarmi schaute sich nochmal ganz genau um, dann meldeten sie: „Die Gefahr ist vorbei!“

„Bestätigt! Ihr könnt aufstehen!“

„Ah! Ich bin getroffen“, stöhnte Anniger schmerzhaft und schaffte sich vorsichtig von Phygene herunter.

„Heilkundige! Zu mir!“, rief Nadsch laut und schon machte sich Samira und zwei ihrer Assistenten auf den Weg zu dem Verletzten.

Phygene hatte sich noch gar nicht aufgerafft, da waren sie schon da und behandelten Anniger. Ein großer Pfeil hatte seinen rechten Oberarm glatt durchbohrt, die Pfeilspitze schaute am anderen Ende heraus.

„Oh Götter, mein armer Papa!“, sagte Phygene, machte sich große Sorgen und schaute sich seine Verletzung an.

Erst jetzt bemerkte die große Blonde, dass Mirakel, mit dem Gesicht nach unten, immer noch am Boden lag und sich nicht mehr rührte. Sofort überkam sie große Angst.

„Mirakel, was ist mit dir? So sag doch was!“, rief sie völlig aufgeregt, hob ihre Freundin langsam auf und drehte sie auf dem Rücken.

Mirakel schien wie benommen, Phygene tätschelte vorsichtig ihr Gesicht und jammerte: „Mirakel, bitte wach auf! Ich brauche dich, meine große Liebe. Bitte wach auf! Samira, mach doch was, Mirakel wacht nicht auf!"

Die Heilkundige untersuchte sie kurz und sagte: „Herzschlag ist in Ordnung, sie atmet gleichmäßig und sieht unverletzt aus."

„Ja! Sie muss unverletzt sein! Ich habe mich ja auf sie gestürzt, als es losging!"

Mirakel öffnete ihre Augen und sagte stöhnend: „Oh ja! Das hast du! Und Anniger auch. Mann, seid ihr schwer! Ihr hättet mich beinahe zerdrückt. Ich habe bestimmt überall blaue Flecken wegen euch!"

Phygene jubelte: „Mirakel! Ich bin so froh, dass es dir gut geht."

„Aber Anniger ist verletzt! Ich muss ihm den Pfeil entfernen und verbinden. Ich brauche eine Liege oder ein Bett. Macht diese verdammte Haustür auf!", sagte Samira mit heller, aber ernster Stimme.

„Ja! Der Freund von Alam soll aufmachen! Wo ist Alam?", fragte die Kommandantin der Amazonen.

„Da liegt er, mit drei Pfeilen im Leib!", antwortete Nadsch mit ernster Stimme.

Alle erstarrten, als sie ihn regungslos liegen sahen, die großen langen Pfeile ragten in die Höhe und boten einen schrecklichen Anblick.

„Oh Götter! Ist er … tot?", murmelte Samira und wagte es nicht, sich um ihn zu kümmern.

„Ach was!", sprach Nadsch völlig unbeeindruckt, zog einfach die drei Pfeile heraus und schubste ihn mit ihren Fuß an.

Samira war entsetzt und protestierte: „He, das darfst du nicht machen!"

„Doch, ich darf! Steh endlich auf, Sklavenhändler, sonst mache ich dir Beine!", befahl Nadsch grob.

„Ja, Herrin! Sofort!", murmelte Alam und raffte sich auf.

Inzwischen war auch Karamis da und fragte besorgt: „Wie geht es ihm?"

Nadsch antwortete: „Es sollte ihm gut gehen. Er trägt unser bestes Kettenhemd. Oder sind die Pfeile durchgedrungen?"

„Ich glaube nicht! Das Kettenhemd hat mich gut geschützt!", sagte Alam.

„Warum liegst du dann so regungslos da?"

„Ich hatte große Angst! Schließlich hat man auf mich geschossen! Das ist ja auch verständlich, oder?“

Nadsch zog Alam den Umhang aus und prüfte das Kettenhemd. Jetzt sah Samira den eisernen Körperschutz und verstand alles.

„Werde nicht frech, Alam! Zieh deinen Umhang wieder an und sage deinem Freund, er soll endlich aufmachen! Wir haben einen Verletzten!“

„Jawohl, Herrin Nadsch“, erwiderte er artig, nahm den Türklopfer in die Hand und hämmerte mit einem besonderen Rhythmus an die Tür, anscheinend ein geheimes Signal.

Zur Sicherheit spannte Nadsch ihren Bogen, Tarmi zog ihr Schwert und hob ihren Schild, sie wollten auf alles vorbereitet sein.

Kurz darauf wurde die Tür vorsichtig geöffnet und ein 66-jähriger Mann in dunkler Kriegerkleidung, aber unbewaffnet, zeigte sich. Er schien gebrechlich, stützte sich auf einen Gehstock, hatte kaum noch Zähne im Mund und einen krummen Rücken. Doch sein faltiges altes Gesicht war ganz ohne Angst, es schien, als könnte man trotz seines hohen Alters immer noch kämpferischen Mut und Entschlossenheit erkennen.

„Er muss einst ein starker und mächtiger Mann gewesen sein“, dachte Mirakel spontan.

Als er Alam sah, sagte er erfreut: „Sei gegrüßt, mein Freund! Schön, dich lebendig und gesund wiederzusehen!“

„Die Freude ist ganz meinerseits, lieber Sorreebas. Keine Angst, die Amazonen tun dir nichts. Sie sind nur etwas nervös wegen des Attentats.“

„Ich habe keine Angst vor deinen neuen Freunden! Du warst das Ziel?“

„Ja!“

„Wer hat es auf dich abgesehen?“

„Wer wohl!“

„Ich verstehe! Kommt rein!“

Während die Amazonen mit Karamis das Haus des merkwürdigen Sorreebas betraten, verfolgten Siedor und Shulizia mit einer großen Anzahl karamäischer Krieger die Attentäter.

Schon hatten sie das große Haus mit der Dachterasse erreicht. In einer schmalen Seitengasse sahen sie zwei wegrennende Männer.

Siedor sprach zu seiner Begleiterin: „Die verfolge ich! Shulizia, lasse das Haus umstellen!“

Er rannte mit seinen Kriegern so schnell wie sie nur konnten hinterher. Doch die beiden flüchtenden Männer hatten Vorsprung und bogen nach rechts in eine breite Straße ab. Als Siedor mit seinen Männern die belebte Straße erreichten, waren die Attentäter verschwunden. Sie rannten noch ein Stück die Straße entlang, doch es war zwecklos.

„Verdammter Mist!“, fluchte Siedor laut und wütend und schaute sich nochmals um. Dann sprach er: „Es macht keinen Sinn! In dieser Stadt kennen wir uns nicht aus. Zurück zu diesem Haus mit der Dachterasse!“

Als sie dort eintrafen, war das Haus von den Karamäern komplett umstellt. Shulizia sagte: „Wir durchsuchen jetzt nacheinander alle Wohnungen. Ich weiß genau, die sind noch hier!“

„Ja! Wir sahen nur zwei Flüchtende. Die anderen müssen noch hier sein. Los geht's!“

Mit roher Gewalt wurde die Tür zu der untersten Wohnung aufgebrochen. Die Bewohner, ein altes Ehepaar, erstarrten vor Schreck, als die Karamäer mit gezogenen Schwertern und gespannten Bögen in ihre Wohnung eindrangen.

„Bitte tut uns nichts!“, bettelte die alte Frau und hob ihre Hände hoch.

„Ist noch jemand hier?“, fragte die persische Kriegerin.

„Nein! Niemand!“

„Wir durchsuchen eure Wohnung. Bleibt ganz ruhig stehen, dann passiert euch nichts.“

„Jawohl, Frau Amazone!“

Shulizia gehörte nicht zu den Amazonen, dennoch erfreute es sie, so angesprochen zu werden. Sie beobachtete das Ehepaar und sah, dass sie vor Angst zitterten.

„Ihr braucht keine Angst zu haben. Wir suchen nur die Attentäter.“

„Hie … hier sind doch keine Attentäter!“, sagte der Mann stotternd.

„Davon müssen wir uns selbst überzeugen!“

Siedor kam zu ihr und sprach: „Wir haben die Wohnung durchsucht. Hier ist keiner! Wir machen oben weiter!“

Schon verließen die Karamäer die Wohnung, Shuliza sagte noch beim Weggehen: „Entschuldigung, aber es ging nicht anders. Auf Wiedersehen."

„Auf Wiedersehen? Lieber nicht!", murmelte der alte Mann und nahm seine Hände wieder runter.

Siedor und seine Männer eilten die außenliegene Holztreppe hoch und brachen die Tür der darüberliegenden Wohnung auf. Wieder stürmten sie die Wohnung und durchsuchten sie, doch niemand war da.

Sie gingen noch weiter hoch zur nächsten Wohnung und rammten die Tür ein. Shulizia schaute zum Holzboden, da sah sie rote Flecken und sagte: „Eine frische Blutspur!"

Siedor sagte aufgeregt aber konzentriert: „Waffen hoch und passt gut auf!"

Die Schwertkämpfer hoben Schwert und Schild, die Bogenschützen spannten die Bögen. Ganz langsam betraten sie die Wohnung und folgten der Blutspur.

Es war so still, dass sie ihren eigenen Herzschlag hören konnten. Sie wussten, hier war mindestens ein Attentäter und er war verletzt, konnte nicht fliehen wie die anderen. Er könnte gefährlich sein, wie ein verwundetes Raubtier. Die Blutspur endete vor einer geschlossenen Kammertür.

„Da drinnen sitzt der Feind in der Falle. Bogenschützen vor! Wenn die Tür offen ist, dann schießt, was ihr könnt!", flüsterte Siedor.

Zwei Krieger rammten die leichte Tür ein, die sofort nach innen aufflog. Sofort gingen sie auf die Seite und machten Platz für eine Gruppe Bogenschützen, die zahlreiche Pfeile in die Kammer schossen. Dort drinnen war es dunkel, sie konnten nicht sehen, was sich darin befand.

„Es ist gut!", sagte Siedor und ging mit gezogenem Schwert in die Kammer. Im Halbdunkel sah er einen Mann auf dem Boden liegen, Gesicht nach unten, mindesten fünf Pfeile steckten in seinem Leib und färbten seine Kleidung blutrot. Kein Geräusch war zu hören.

„Der muss tot sein!", dachte Siedor und schubste ihn mit dem Fuß an.

Plötzlich bewegte sich der Mann und schrie wütend auf. Er hatte einen Dolch in der Hand und stach blitzschnell nach Siedors Bein.

Der junge Karamäer-Offizier konnte nicht mehr rechtzeitig ausweichen, die Dolchklinge traf sein Bein. Vor Wut und Schmerz schrie er laut auf. Dann holte er sein Schwert aus und schlug dem Mann mit einem Hieb die Hand ab.

Hand und Dolch flogen davon, aus dem Armstumpf spritzte Blut und der Mann schrie wie wahnsinnig.

Siedor fackelte nicht lange und stach ihm sein Schwert in den Rücken, kurz darauf war Ruhe und er rührte sich nicht mehr.

„Verfluchter Mist! Mein Bein! Er hat mein Bein erwischt", rief er aufgeregt und setzte sich auf den Boden.

Sofort kam Shulizia ihm zur Hilfe, sie öffnete das Hosenbein und sah eine blutige Stichwunde. Sie umwickelte die Wunde mit einem sauberen Tuch, um die Blutung zu stoppen und sagte: „Du musst zu Samira, die Wunde ist groß und muss genäht werden!"

„Wir Karamäer haben auch Heilkundige in unserer Truppe!"

„Ja, ich weiß! Aber Samira ist besser! Du solltest schnellstmöglich zu ihr!"

„Ist ja gut, Shulizia, aber später! Erst müssen wir das hier zu Ende bringen!"

„Gut, wie du meinst, Herr Offizier! Beeilen wir uns!"

„Schaue dir den Dreckskerl an!"

Shulizia ging hinein, schaute sich den am Boden liegenden Attentäter an und stellte fest, dass er tot war. Sie schaute in sein Gesicht, der Ausdruck sah entspannt aus, die Augen waren halboffen.

„Tote spüren keinen Schmerz", fuhr es Shulizia durch den Kopf.

Er war noch jung, vielleicht nicht mal 25 Jahre alt, nur durch seinen Vollbart sah er älter aus.

„Er war dem Tode geweiht, nur noch besessen darauf, jemanden zu verletzen oder mit in den Tod zu reißen. Warum tun die das?", fragte Shuliza traurig, die so etwas nicht verstehen konnte.

Siedor gab darauf keine Antwort, weil er selbst keine wusste. Stattdessen sagte er mit harter Stimme: „Oben sind noch mehr! Töten wir sie!"

„Du bleibst hier, Siedor! Ich werde mit unseren Männern hochgehen."

„He, Shulizia, ich bin dein Vorgesetzter!"

„Das ist mir egal. Du bleibst unten!"

„Na gut! Aber seid vorsichtig! Du hast gesehen, wie gefährlich diese Verbrecher sind."

„Wir Frauen sind von Natur aus vorsichtiger als ihr Männer!"
„Na gut! Dann darfst auch mal Anführer sein, du Amazone!"
Die persische Kriegerin fasste das als Kompliment auf, holte ihre Männer zusammen und gab ihnen Anweisungen.
Während Siedor unten blieb, gingen Shulizia und die Karamäer-Krieger langsam, mit vorgehaltenem Schild, die Treppe hoch zur Dachterasse. Sie sahen den mit Pfeilen übersäten Holzboden, umgefallene Stühle und Holzgeschirr lagen herum. In die zum Trocknen aufgehängten Tücher und Kleidungsstücke steckten Pfeile. Hinter einem umgeworfenen Tisch sahen sie kurz ein Bein hervorschauen, das wieder hinter den Tisch verschwand. Gestöhne und auch ein leises Weinen war zu hören.
„Da sind sie und sie leben noch. Einen könnten wir zum Verhören gebrauchen!", sagte Shuliza leise, aber voller Hass.

„Kommt raus und ergebt euch!", rief sie zweimal laut mit ihrer hellen Frauenstimme in Richtung des Tisches, doch nichts geschah.
„Vorsichtiger Angriff!", befahl die persische Kriegerin und ging mit einer Handvoll Schwertkämpfer auf den Tisch zu. Mit einer Hakenstange zog ein Karamäer den Tisch weg und zwei verwundete Attentäter wurden sichtbar. Sie waren verletzt, hatten mehrere Pfeile im Leib stecken und konnten sich kaum noch wehren. Sie schauten mit erstarrten Blicken die Karamäer an.
Plötzlich zog einer der Männer seinen Dolch und schrie laut: „Mich kriegt ihr nicht lebend!"
Der Wahnsinn war in seinem Gesicht geschrieben als er sich die Kehle durchschnitt. Ein kurzer Schrei, weit aufgerissene Augen, das Blut floss in Strömen und er sackte tot zusammen.
Der andere Attentäter zog ebenfalls seinen Dolch.
Shulizia schrie ihren Männern zu: „Vorsicht! Bleibt weg von ihm!"
Dann erkannte sie, dass es kein Angriff war, der Attentäter stach sich in sein Herz. Shulizia schaute dem Blutbad wütend zu und dachte: „So ein Mist! Kein Gefangener!"

Währenddessen verfolgte eine Gruppe von Amazonen die beiden anderen Attentäter, die vom schrägen Hausdach aus auf Alam geschossen hatten.

„Hast du sie gesehen?", rief Sulinka im Laufen.

Androxidopa antwortete: „Ja! Sie sind auf das Dach eines Nachbarhauses gesprungen! Hier entlang! Folgt mir!"

„Gut! Laufe voraus! Du hast die Führung", sagte die Offizierin.

Obwohl die Flüchtenden nicht zu sehen waren, rannten alle der Keltin hinterher. Durch ihr rotes Haar und ihre enorme Körpergröße war sie für alle gut sichtbar.

„Woher weiß sie, wo die sind", fragte der junge Jebro beim Laufen seinen Kameraden Sandor.

„Sie hat Jagdinstinkt und dazu noch magische Fähigkeiten. Keltische Hexe und so!"

„Naja! Dann werden wir sehen, ob das stimmt!", sagte der Junge skeptisch.

Die beiden Attentäter waren Arramedis und sein Freund. Sie rannten, so schnell es ging, über die Dächer der Häuser. Sie mussten mit vollem Anlauf von Dach zu Dach springen. Aber es war möglich, weil die Gassen in diesem Stadtteil sehr schmal waren. Die Leute in den Gassen erschraken, als sie die spektakulären Sprünge sahen.

„Los! Schneller! Es ist nicht mehr weit!", rief Arramedis seinen Kameraden zu. Obwohl sie nur ein Mal geschossen hatten und danach sofort losgerannt waren, wusste er, dass sie nur wenig Vorsprung hatten.

„Verflucht! Eine ganze Horde Kampfweiber verfolgt uns", sagte sein Kamerad völlig nervös und außer Atem.

„Schau nicht zurück! Lauf weiter!"

Der nächste Sprung stand bevor, von einem besonders schrägen Ziegeldach auf ein Schilfdach. Hier war die Gasse breiter als die anderen. Beide wussten das und setzten zum Sprung an.

Arramedis sprang mit aller Kraft und erreichte knapp das Schilfdach des nächsten Hauses. Doch sein Kamerad war furchtbar nervös, er sprang zu kurz und erreichte das Dach nicht. Mit beiden Händen hielt er sich am Schilf fest und drohte abzustürzen.

Arramedis blieb stehen, um seinem Freund zu helfen. Dieser sagte: „Lauf doch weiter, lass mich zurück!"

„Nein, wir beide müssen es schaffen", sagte Arramedis, packte die Hände seines Kameraden und zog mit aller Kraft. Er schaffte es gerade so, ihn auf das Dach hochzuziehen. Unten schauten viele Leute dem Schauspiel staunend zu.

Beide lagen auf dem Schilfdach und hatten fast keine Kräfte mehr, der Vorsprung schmolz dahin.

„Los weiter! Nur noch zwei Häuser und dann runter in den Keller“, sprach Arramedis.

Beide rafften sich auf, holten Anlauf und sprangen auf das Dach des Nachbarhauses.

„Los! Noch mal! Das letzte Haus!“, schrie Arramedis. Sie holten Anlauf zum letzten Spung, mobilisierten ihre letzten Kräfte und sprangen.

Unten auf der Gasse waren schon die Amazonen und wussten genau, wo sie waren.

Sulinka sah sie springen und schoß einen Pfeil. Im Sprung wurde der Kamerad von Arramedis im Bein getroffen, die Leute, die das sahen, konnten kaum glauben, wie treffsicher Sulinka war.

Der Mann landete auf dem Dach, schrie auf und blieb verletzt liegen.

„Die haben mich erwischt! Rette dich!“

Arramedis wusste, dass das Haus schon längst von den Amazonen umzingelt war, dennoch schleppte er seinem Kameraden zu einem offenen Dachfenster und zog ihn in das Haus hinein.

Drinnen blieben beide völlig entkräftet liegen und konnten hören, wie unten die Haustür aufgebrochen wurde.

Arramedis sprach: „Die verdammten Weiber sind schon im Haus. Für den Keller ist es zu spät!“

„Warum hast du mich nicht zurückgelassen. Alleine hättest du es geschafft.“

„Ich weiß es nicht. Vielleicht musste ich in meinem Leben zu viele Kameraden zurücklassen.“

„Werden sie uns sofort töten?“

„Keine Ahnung! Ein schneller Tod wäre das Beste!“

„Sie werden uns erst gefangennehmen und foltern, nicht wahr?“

„Schon möglich!“

„Gequält und getötet durch Frauenhände! Das es so endet, hätte ich nie gedacht!“

„Es tut mir leid, mein Freund. Ich habe diese Kampfweiber völlig unterschätzt. Der Plan war gut. Aber woher wussten die, wohin wir flüchten?“

„Die haben eine rotharrige Hexe. Sie hat diese Horde von Kampfweibern angeführt, ich habe sie gesehen.“

„Ja! Hexerei, das ist eine Erklärung!"

„Sollen wir uns das Leben nehmen, um der Folter zu entgehen?"

„Ja, sollten wir!"

Kaum hatte Arramedis das gesagt, flog mit einem Schlag die Tür auf und die Amazonen drangen mit gespannten Bögen und gezogenen Schwertern in den Raum ein. Die wütende Androxidopa mit ihrem leuchtend roten Haar sahen sie zuerst.

„Die Hexe! Zu spät!", murmelten Arramedis und sein Freund, als sie von den Kriegerinnen überwältigt wurden.

Sandor sagte mit Stolz zu Jebro: „Siehst du, ich hatte recht! Unsere Keltin hat Jagdinstink!"

„Unglaublich!", sagte Jebro staunend.

Nach dem Vorfall

Im Hause des Sorreebas wurde Anniger von Samira heilkundig versorgt. Er hatte Glück, es war nur eine Fleischwunde, schmerzhaft, aber leicht zu behandeln und mit guten Genesungsaussichten. Der Vater von Phygene schrie wieder laut auf, als Samira die Wunde mit Salzwasser reinigte und mit mehreren Stichen zunähte.

„Ich wusste gar nicht, dass die Nordmänner so empfindlich sind", sagte der alte Hausherr etwas abfällig zu Alam. Beide saßen sich in bequemen Sesseln gegenüber, tranken Wein und aßen Honiggebäck.

„Sie sind etwas größer wie wir, aber sie sind auch nur Menschen!"

„Da hast du recht, Alam. Was machen eigentlich die beiden Huren hier?"

„Welche Huren? Sei vorsichtig! Beleidige nicht die Amazonen!"

„Mache ich nicht! Ich meine Brista und Irene."

„Ach die! Tja, die gehören jetzt zu den Amazonen."

„Schade! Waren gute Huren, war oft bei ihnen!"

„Was? In deinem Alter?"

„Ja! Warum nicht?"

„Kannst du noch?"

„Kaum. Aber das macht nichts. Ist trotzdem schön, mit jungen Frauen im Bett zu liegen."

Karamis und die Amazonen standen einfach um sie herum und hörten die ganze Zeit zu.

Langsam wurden sie ungeduldig, schließlich sagte der Botschafter: „Alam, kannst du nicht endlich zur Sache kommen?"

„Jawohl, Herr Botschafter. Sorreebas, wir suchen ein karamäisches Mädchen, 12 Jahre alt, mit dem Namen Eika."

„Ich weiß, dass ihr sie sucht. Sie war hier, ist aber bald zwei Jahre her. Krähe hat sie an irgendeinen gutgekleideten Lackaffen verkauft, ein vornehmer Kerl in einem blauen Umhang. Der dreckige Verbrecher hatte ein Vermögen für sie bekommen!"

„Wer war dieser Lackaffe? Ein Mann aus Persien?"

„Vielleicht ein Perser. Aber ich weiß, dieser Lackaffe war nur ein Mittelsmann, der das Mädchen im Auftrag eines reichen Pinkels gekauft hatte. Ich bin mir nicht ganz sicher, aber ich denke, dieser Mittelsmann ging mit dem Mädchen nach Kasadoria. Viel mehr weiß ich nicht."

„Kannst du mehr herauskriegen?"

„Vielleicht! Aber warum sollte ich?"

„Meiner Tochter zu liebe."

„Für deine Tochter? Ach, jetzt verstehe ich. Liebst du deine Kinder, bist du erpressbar!"

„Genau!"

„Gut, dass ich keine Kinder habe. Und auch keine Frau, die mir auf den Sack geht."

„Und wer erbt dein Hab und Gut?"

„Wenn du tot bist, ist alles egal!"

„Ist auch eine Einstellung. Hilfst du mir?"

„Ich versuche es!"

„Herr Botschafter?"

„Ja?"

„Dürfte ich mit Sorreebas noch unter vier Augen reden? Ich bitte Euch, es ist wichtig und dient unserer Sache!"

Karamis schaute misstrauisch und dachte: „Er hat etwas vor!"

Mirakel flüsterte ihm ins Ohr: „Wir wissen, dass er etwas im Schilde führt. Aber wir Magierinnen sind sicher, es richtet sich nicht gegen uns!"

„Gegen wen dann?"

„Wir vermuten, gegen Ash!"

„Dann kann es uns egal sein. Dennoch könnt ihr versuchen, mitzuhören."

„Ja, Herr Botschafter! Wir versuchen es mit Lippenlesen."

Karamis ging zu Alam und sprach: „Gut, du darfst. Aber mache keine krummen Dinger! Hintergehe uns nicht! Ist das klar?"

„Ja, Herr Botschafter, vielen Dank!", antwortete er höflich und schien sich sehr darüber zu freuen.

Sorreebas und Alam zogen sich in eine Ecke zurück und flüsterten miteinander. Karamis und die Amazonen sahen zu, konnten aber kein Wort verstehen. Auch das Lippenlesen klappte nicht, da sich beide die Hand vor dem Mund hielten.

„So ein Mist!", sagte Mirakel verärgert.

Siedor, Shulizia, Sulinka und Androxidopa betraten die Wohnung des Sorreebas, sie hatten die beiden gefangenen Attentäter dabei.

Die Offizierin rief: „Samira! Siedor ist verletzt und braucht sofort deine Hilfe!"

Karamis war besorgt um seinen Neffen und fragte: „Ist es schlimm, Siedor?"

„Nur ein Stich ins Bein, das wird wieder."

„Er ist jetzt in guten Händen, Samira ist eine hervorragende Heilkundige", sagte Sulinka lobend.

„Ich weiß", ergänzte Karamis.

Samira kümmerte sich um den Verwundeten und sagte voller Stolz: „Vielen Dank, edler Herr Botschafter! Dankeschön, Sulinka!"

Shulizia meldete an ihren Kommandanten: „Edler Herr Botschafter, zwei Attentäter konnten leider flüchten, vier sind tot und zwei haben die Amazonen gefangen."

Die zwei gefesselten Gefangenen wurden von den Kriegerinnen in die Wohnung geschleppt. Alam sah sie und sagte erstaunt: „Arramedis? Du? Das hätte ich nicht von dir gedacht! Wir waren mal Freunde! Warum wolltest du mich umbringen?"

Der Gefangene sprach mit seiner tiefen Stimme leise, aber voller Hass: „Mein Bruder ist tot! Und du bist schuld!"

„Ich kenne deinen Bruder nicht!"

„Seefahrerglück!", brummte Arramedis.

Alam verstand und sagte: „Nein! Wir sind nicht schuld! Warum hatte er uns angegriffen? Ash ist schuld! Er hat sie gegen uns aufgehetzt! Ash steckt dahinter! Er will mich tot sehen und hat dich beauftragt!"

„Nein! Ash hat damit nichts zu tun. Ich allein wollte dich töten!"

„Das ist doch nicht wahr!"

„Doch! Ist es!"

„Wir werden dich töten, Arramedis! Weißt du das?"

„Ja! Ich weiß! Macht es kurz und schmerzlos!"

„Und wir waren mal Freunde!"

„Ja! Das waren wir. Ich habe eine Bitte an dich, Alam!"

„Du verfluchter Attentäter? Ich glaube, ich höre nicht richtig. Du bist des Todes! Ist dir das klar?"

„Ja! Ich bitte dich trotzdem. Bevor du mich umbringen lässt, möchte ich Abschied von meiner Tochter nehmen. Ich liebe meine Tochter! Ich bitte dich! Ich weiß, du hast auch eine Tochter, die du liebst. Du weißt, wie das ist. Erfülle mir diesen letzten Wunsch. Danach kannst du mit mir machen, was du willst."

Alam schaute Arramedis tief in die Augen, er dachte nach und dann verstand er es.

„Wo ist deine Tochter?"

„Sie ist im Gefängnis! Aber das ist kein Problem für dich und deine Leute. Alam, ich bitte dich! Mein letzter Wunsch!"

Der ehemalige Sklavenhändler sagte dazu nichts. Er ging zurück zum geheimnisvollen Sorreebas und flüsterte wieder mit ihm, keiner konnte hören, um was es ging.

Sulinka teilte Phygene mit, dass Androxidopa maßgeblich am Auffinden der beiden Attentäter beteiligt war.

„Ohne sie und ihre magischen Fähigkeiten hätten wir sie nicht gefasst", sagte sie lobend.

Spontan ging die blonde Kommandantin zu ihrer rothaarigen Unteroffizierin, reichte ihr freundlich die Hand und sagte: „Das hast du sehr gut gemacht. Im Namen der Amazonen danke ich dir, Androxidopa. Darf ich dich umarmen?"

Die keltische Frau war angenehm überrascht. Das hätte sie von ihrer Rivalin nicht erwartet. Sie schaute Phygene in die blauen Augen und wusste sofort, dass es echt war.

„Ja, gerne, Frau Offizierin!", antwortete sie und wurde prompt von ihrer Vorgesetzten herzlich umarmt. Mirakel und Samira schauten dem seltenen Ereignis schmunzelnd zu.

„Unsere Partnerinnen kommen sich langsam näher!", meinte Samira.

„Ja! Das wird auch langsam Zeit. Die beiden sind sich so ähnlich!", sagte Mirakel leise.

„Ich nehme mir jetzt die Dreckskerle vor!", verkündete Phygene und ging zu den beiden gefesselten Gefangenen.

„Verflucht! Ein blondes Riesenweib!", murmelte Arramedis.

„Oh Götter! Die sieht böse aus, die wird uns foltern", befürchtete sein Kamerad.

Phygene schaute Arramedis wütend an und fauchte: „Du hast meinen Papa verletzt!"

Dann holte sie aus und verpasste ihm eine kräftige Ohrfeige.

„Und meine kleine Mirakel wäre beinahe zerdrückt worden und hat blaue Flecken!“

Nochmal schlug sie zu, es klatschte laut, als ihre flache Hand sein Gesicht zum zweiten Mal traf.

„Außerdem schießt man nicht auf Frauen! Das gehört sich nicht!“

Zum dritten Mal schlug sie zu, diesmal besonders kräftig.

„Und die ist dafür, weil ihr Alam töten wolltet!“

Der vierte Schlag traf Arramedis auf Mund und Nase. Er schrie auf vor Schmerz.

Dann ging Phygene zu seinem Kameraden und sagte laut und wütend: „Und du auch!“

Sie schlug ihn ebenfalls viermal kräftig ins Gesicht. Danach stampfte sie davon.

„Uff, hat die einen Schlag! Mann, tut das weh! Mir ist ganz schwindelig. Was … was hat sie gesagt?“

„Ihr Papa ist verletzt“, antwortete Arramedis.

„Ihr Papa? Nehmen die Amazonen ihre Väter mit in den Kampf?“

„Sieht danach aus!“

„Und was war das andere?“

„Irgendwas mit einem Mirakel.“

„Ein Mirakel? Was ist das?“

„Das Wort hat zwei Bedeutungen. Es kann ein Rätsel sein … oder auch … ein Wunder.“

„Ja! Ein Wunder! Das brauchen wir jetzt!“

Karamis wurde es langsam zu bunt und sprach ein Machtwort: „Ich bin mir sicher, dass die Attentäter im Auftrag von Ash Chnassaran gehandelt haben. Wir gehen jetzt zu ihm und stellen ihn zur Rede!“

„Ein guter Vorschlag, Herr Botschafter! Auf Amazonen! Los geht's!“, sprach Phygene.

Alle kamen dem Befehl nach und verließen nacheinander das Haus des Sorreebas. Der alte Hausherr saß entspannt in seinem Sessel, schaute zu, wie sie gingen und rief ihnen nach: „Auf Wiedersehen! War mir ein Vergnügen!“

Schon war er alleine und hatte wieder seine Ruhe.

Kurz darauf wurde der Palast des Ash Chnassaran von den Amazonen und Karamäern gestürmt. Sie fragten gar nicht erst Ashs Wachmänner, sie öffneten Türen und Tore und gingen einfach in den Palast hinein.

Ein Leibwächter kam zu Ash und meldete aufgeregt: „Mein Herr, Alam Bun Kusom und seine Truppen sind in das Haus eingedrungen. Wir konnten sie nicht aufhalten! Arramedis ist auch unter ihnen. Sie wollen zu Euch, Herr!"

Ash sprang auf und dachte: „Alam lebt? So ein verfluchter Mist! Irgendwas ist schief gegangen. Jetzt könnte es gefährlich werden. Ich muss ruhig bleiben! Ruhig Blut, Ash!"

Er versuchte, sich zusammenzureißen und sagte zu seinem Leibwächter mit gestellter Gelassenheit: „Schon gut. Das lässt sich nicht verhindern. Lasse sie zu mir!"

„Jawohl, Herr! Danke Herr!"

Als die zahlreichen ungebetenen Besucher vor dem Hausherrn standen, legte Karamis sofort los. Zornig warf er ihm vor: „Ash! Ihr wolltet Alam umbringen lassen! Doch Euer schäbiges Attentat ist missglückt. Ihr seid ein elender Verbrecher! Ich sollte Euch in den Kerker werfen lassen!"

Der Hausherr hörte sich das ganze Geschimpfe geduldig an, dann konterte er: „Lieber Herr Botschafter, Ihr unterliegt einen Irrtum. Ich habe gar nichts mit diesem furchtbaren Mordanschlag zu tun!"

„Doch, das habt Ihr! Ihr betrachtet Alam als euren Feind. Ihr habt diesen Mann mit dem Namen Arramedis mit dem Mordanschlag beauftragt!"

„Wer behauptet so etwas? Arramedis?"

Der angesprochene Gefangene sagte: „Nein! Niemand hat mich beauftragt. Ich habe eigenmächtig gehandelt. Alam ist schuld am Tod meines Bruders. Ich wollte mich nur rächen!"

Ash atmete tief durch und beruhigte sich. Jetzt würde es für ihn viel leichter sein, alles abzustreiten.

„Da hört Ihr es, Herr Botschafter! Ich habe niemanden mit einem Mordanschlag beauftragt! Ich bin ein Edelmann! So etwas Verbrecherisches würde ich niemals tun!"

„Der lügt, dass sich die Balken biegen", meinte Tarmi.

„Hoffentlich stürzt die Decke nicht ein", ergänzte Androxidopa.

„So einen Lügenbeutel habe ich noch nie erlebt", sagte Samira.

Und Mirakel seufzte: „Aber leider können wir nichts beweisen."

Karamis stritt sich weiter mit Ash und sagte zornig: „Natürlich würdet Ihr so etwas tun! Ihr seid ein skrupelloser Sklavenhändler, der über Leichen geht!“

„Dummes Zeug! Ich verkaufe lebendige Sklaven und keine Leichen!“

„Weicht nicht vom Thema ab! Ihr habt Arramedis beauftragt! Gebt es endlich zu!“

„Nein! Das habe ich nicht! Oder habt Ihr vielleicht Beweise dafür?“

„Leider kann ich nichts beweisen! Aber wir wissen es!“

Ash sagte: „Herr Botschafter, jetzt seid vernünftig! Arramedis ist der Attentäter! Ich werde ihn und den Mittäter in den Kerker werfen lassen! Die Attentäter werden vor Gericht gestellt und bekommen ihre gerechte Strafe. Lasst es endlich gut sein! Oder sollen wir uns ewig weiterstreiten?“

„Ja!“

„Na schön! Habt Ihr vielleicht irgendwelche Zeugen, die dabei waren, als ich angeblich ein Attentat beauftragt haben soll?“

„Ach! Leck mich doch am Arsch!“, fluchte Karamis zornig und wandte sich von ihm ab. Er wusste, dass Ash dahintersteckte, aber Beweise gab es nicht.

Schließlich sagte er: „Hier stinkt es! Auf Leute, wir gehen wieder!“

Hunderte von Amazonen und Karamäern verließen den Palast des mächtigsten und reichsten Mannes von Tarag Kanos. Dieser rief ihnen nach: „Die Attentäter werden jetzt eingesperrt. Ihr könnt unbesorgt sein, die Stadt ist wieder sicher! Beehrt mich bald wieder, verehrter Herr Botschafter.“

Vorbereitung

Phygene unterhielt sich mit Karamis und sagte: „Wir hätten die beiden Attentäter töten sollen. Sie sind eine Gefahr und könnten es nochmals versuchen!“

„Ich habe schon mit Alam darüber gesprochen. Er hält es für besser, die Bestrafung Ash zu überlassen!“

„Obwohl er das Ziel der Attentäter ist? Und Ash der Auftraggeber? Das verstehe ich nicht!“

„Ich auch nicht. Alam meint, Arramedis wurde erpresst, jemand hätte seine Tochter entführt oder so etwas. Dieser alte Sorreebas wird sich darum kümmern. Wir sollten uns heraushalten, wir wären sicher.“

„Herr Botschafter, das sehe ich nicht so! Ash ist ein brutaler Spinner, der ist hinterlistig und gefährlich! Dem ist alles zuzutrauen. Wir müssen vorsichtig sein!“

„Ja, Phygene, wir müssen auf der Hut sein! Aber wenn es Alam erwischen sollte, dann wäre er selbst schuld.“

„Das ist richtig. Und außerdem ist er nur ein Sklave!“

„Gut, Phygene. Dann bleiben wir dabei. Wir werden uns nicht in die inneren Angelegenheiten von Tarag Kanos einmischen!“

„Mir ist nicht wohl dabei, aber wir Amazonen werden uns an Eure Anweisung halten, Herr Botschafter!“

Es war später Abend, Amazonen und Karamäer trennten sich, um ihre Unterkünfte aufzusuchen.

Die Amazonen marschierten zurück zu ihrem großen Gasthaus,

plötzlich kamen ihnen Sandor, Jebro und die Nachtwachen-Kriegerinnen entgegen. Der Unteroffizier ging sofort zur Anführerin und sagte aufgeregt: „Herrin Phygene, es ist etwas passiert! In unserem Gasthaus hat es gebrannt! Ein Feuer war ausgebrochen!“

„Bei allen Göttern! Gibt es Verletzte oder sogar …“

„Ich kann euch beruhigen, niemand kam zu Schaden. Die Leute haben gut aufgepasst und das Feuer gelöscht. Aber es gibt große Schäden in unseren Unterkünften. Außerdem ist alles voller Rauch und Ruß. Wir können dort nicht mehr übernachten!“

Während Sandor weiter berichtete, versuchte Alam krampfhaft ein betroffenes Gesicht zu ziehen. Innerlich dachte er: „Keine Verletzten, Unterkünfte unbrauchbar. Sorreebas ist ein Genie!"

Plötzlich sah er, dass Jebro vor ihm stand und ihm mit ernstem Gesicht direkt in die Augen schaute.

Alam erschrak, als er das bemerkte und dachte aufgeregt: „Da ist Jebro! Noch nie war er mir so nahe. Ahnt er etwas? Nein, er ist kein Magier! Er hasst mich, ich kann es fühlen. Was will er? Greift er mich an? Nein, sieht nicht so aus, den Göttern sei Dank. Er geht ein paar Schritte zurück, beobachtet mich aber. Ich darf keinen Fehler machen. Nicht lächeln! Ernst bleiben! Gerne würde ich ihn ansprechen, aber das sollte ich nicht tun. Dazu ist es noch zu früh. Gut sieht er aus, der Junge, in den sich Fajah verliebt hat. Er ist anständig und wohlerzogen. Hat eine gute Arbeit und guten Umgang im Hause der Offizierin. Er hat von Heiraten gesprochen, von einer Ehe, von Treue, ein Leben lang. Ja, ich glaube er ist der richtige für meine Tochter. Aber er hasst mich!"

Die lauten Worte der Phygene rissen ihn aus seinen Gedanken. Er hörte sie sagen: „Wo sollen wir jetzt übernachten?"

Sofort begriff er, dass er jetzt mit seinem Plan weiter machen musste. Er ging zur Kommandantin, setzte ein betroffenes Gesicht auf und sagte: „Edle Herrin Phygene, dürfte ich einen Vorschlag bezüglich einer guten Unterkunft unterbreiten?"

„Was schlägst du vor?", fragte sie schlecht gelaunt.

„Ich empfehle, in meinem ehemaligen Haus zu nächtigen."

„Dein Haus?"

„Ja! Es war einst in meinem Besitz, jetzt gehört es leider Ash. Es ist gleich hier in der Nähe. Es ist freistehend und leicht zu bewachen. Das heißt, es ist dort sehr sicher. Außerdem gibt es dort beheizte Räume, ausreichend viel Platz und sehr viele Betten."

Phygene fragte misstrauisch: „Sehr viele Betten? Wieso?"

„Nun ja, es ist nun ein Bordell."

„Ein Bordell? Du willst, dass wir in einem Bordell wohnen sollen? Zusammen mit Freiern, käuflichen Frauen und diese furchtbaren Aufseher? Das kommt gar nicht in Frage!"

„Aber die Aufseher und Freier könnt ihr doch vertreiben, das habt ihr doch schon mal gemacht. Es wäre eine Kleinigkeit für die Amazonen."

„Ja, aber es gab zwei Tote und fünf Schwerverletzte. Und drei verprügelte Freier. Das will ich nicht nochmal erleben!"

„Ich denke nicht, dass es nochmal passieren wird. Die Kampfkraft und die Gefährlichkeit der ehrenwerten Kriegerinnen sind ja nun in dieser Stadt allgemein bekannt."

„Dennoch besteht die Gefahr. Die sind ja so was von blöd, diese Bordellaufseher! Die greifen einfach an, ohne über die Folgen nachzudenken!"

„Ganz Eurer Meinung, Herrin Phygene, diese Gefahr besteht immer. Aber ich denke auch an die vielen armen Liebesdamen. Diese würden sich sehr freuen, wenn sie eine Nacht nicht arbeiten müssten. Außerdem würde ich dort gerne in meinem ehemaligen Zimmer nächtigen, ganz allein, natürlich nur, wenn es erlaubt ist. Wir müssten uns nicht das Zimmer teilen, wie im Gasthaus. Bitte versteht mich nicht falsch, es ist sehr schön neben den edlen Amazonen zu liegen, aber ich denke auch an die angenehme Ruhe, die Ihr haben würdet."

„Ich gebe zu, das hört sich nicht schlecht an."

„Ja, ganz genau. Noch ein Vorteil fällt mir ein. Das Bordell verfügt über eine große Küche und zahlreiche Bedienstete. Das heißt, für das leibliche Wohl wäre auch gesorgt."

Die Anführerin war überzeugt und sagte: „Ich habe wenig Lust, heute noch durch die Stadt zu rennen und nach geeigneten Unterkünften zu suchen. Gut, wir gehen dort hin. Aber keine Tricks und kein Fluchtversuch! Ist das klar?"

„Aber, Herrin! Selbstverständlich nicht! Ihr könnt mir voll und ganz vertrauen!"

„Das letztere hättest du besser nicht gesagt. Ich werde dich streng bewachen lassen."

„Vielen Dank! Dann fühle ich mich sicher und werde sehr gut schlafen."

„Du bist ein richtiges Schlitzohr, Alam!", sagte Phygene und konnte sich einer kleinen Bewunderung nicht erwehren.

Wenige Minuten später erreichte Alam mit über 150 Amazonen das besagte große Bordell, dessen Eigentümer er früher einmal war.

Zwei bullige Türsteher sahen sie kommen, eilten ins Haus und riefen: „Die Kampfweiber kommen!"

„Schon wieder?", dachten die Leute und wurden nervös. Die ersten Freier suchten schon das Weite und flüchteten aus der Hintertür.

Schon drangen die schwer bewaffneten Kriegerinnen in das Bordell ein, es gab keinerlei Gegenwehr, alle ergaben sich.

Die Anführerin Phygene hob ihren Zeigefinger und rief laut: „Hört mir zu! Wir Amazonen besetzen dieses Bordell. Aber keine Angst, morgen oder übermorgen sind wir wieder weg und ihr bekommt euer tolles Freudenhaus zurück. Alle Aufseher und alle Freier haben sofort das Bordell zu verlassen! Das meine ich ernst, wir können sehr böse werden! Die Liebesdamen haben heute frei, sie dürfen bleiben oder können nach Hause gehen. Die Bedienungen und die Köche haben unbedingt hierzubleiben!“

Kurz darauf hatten die Angesprochenen das Bordell verlassen, nur eine Handvoll Bediensteter waren noch da. Sie standen in einer Reihe und zitterten vor Angst.

Phygene ging zu ihnen und fragte: „Wer von euch ist ein Koch?“

„Ich, edle Herrin!“

„Ich auch! Dürften wir bitte gehen?“

„Nein! Natürlich nicht!“, sagte Phygene grob.

Die Köche ließen enttäuscht die Köpfe hängen, während die große blonde Offizierin schon etwas freundlicher fragte: „Hier gibt es doch auch Essen, oder?“

„Jawohl, Herrin! Wir haben hier eine sehr gute Küche.“

„Das ist gut! Dann möchte ich gerne etwas zu Essen und zu Trinken bestellen.“

„Äh, ja! Was darf es denn sein, edle Frau Amazone?“

„Ich hätte gerne 157 Portionen Schweinebraten mit Brot und dazu Gemüse der Saison. Aber große Portionen, wir sind sehr hungrig! Zum Trinken hätten wir gerne 157 mal Gerstengebräu und frisches Wasser. Die Zeche zahlt der hohe Herr Ash Chnassaran.“

Die Bediensteten glaubten sich verhört zu haben und schauten sich fragend an.

Ein Koch traute sich und fragte nach: „Äh, Verzeihung! Sagtet Ihr 157 Portionen?“

„Aber ja! Wir sind 157 hungrige Leute! Und das Gerstengebräu, zwei große Becher für jeden. Nein, besser drei.“

„Oh, das ist aber sehr viel! Da sind wir zu wenig Personal! Und so viele Vorräte haben wir nicht. Die Zutaten müssen wir erst in der Stadt zusammensuchen, das geht nicht so schnell.“

„Na dann legt endlich los! Euer Haus ist voller wartender Gäste! Ihr wollt doch Geld verdienen, oder?"

„Jawohl, Herrin!", sagte ein Koch und sofort machten sich die Bediensteten an die Arbeit.

Zusätzliches Personal wurde geholt, Fleisch, Brot und Gemüse aus allen Ecken der Stadt zusammengetragen, fünf Fässer Gerstengebräu wurden angeliefert, Geschirr und Trinkbecher besorgt.

Es dauerte eine und eine halbe Stunde, da bekam jede Amazone, einschließlich Alam, die gewünschten Speisen und Getränke.

Die Amazonen schlugen sich die Bäuche voll, sie waren zufrieden, so gut hatten sie lange nicht mehr gegessen und getrunken.

Phygene lobte die Köche und sagte: „Und für Morgen bestelle ich 157-mal Frühstück mit Milch, Eiern, Käse, Brot, Obst und etwas Salat. Auch das zahlt Herr Ash! Aber erst drei Stunden nach Sonnenaufgang servieren! Wir schlafen gerne lange."

Es war Zeit für die Nachtruhe. Phygene war gerade dabei, die Wachen einzuteilen, da kam Alam und sagte: „Edle Herrin, gerne würde ich in diesem kleinen Zimmer nächtigen. Es war früher mein Lieblingszimmer. Gerne würde ich heute Nacht in alten Erinnerungen schwelgen, ganz für mich alleine, wenn es erlaubt ist."

Phygene war nach dem köstlichen Mahl gut gelaunt und sagte: „Na gut! Eine kleine Belohnung hast du verdient. Aber ich lasse es vorher durchsuchen!"

„Aber selbstverständlich! Vielen Dank, edle Frau Offizierin."

Androxidopa, Tarmi und Samira untersuchten im Beisein von Alam das kleine Zimmer. Es hatte nur zwei kleine vergitterte Fenster, aber einen kleinen offenen Kamin zum Heizen. Der Kamin war zu eng, als dass jemand durchsteigen konnte. Auf der Feuerstelle knisterte ein kleines Feuer, kaum größer als die Flamme einer Fackel. Daneben zwei Eimer, einer für Brennholz, einer für die Asche. Ein Bett war vorhanden, daneben ein kleiner Tisch und zwei Stühle. Zwei Nachttöpfe, eine Waschschüssel und eine fast leere Truhe, nur ein alter schwarzer Umhang befand sich darin. Zwei Öllampen standen auf dem Tisch. Das war alles.

Die drei Magierinnen fanden nichts Auffälliges, obwohl sie zu spüren glaubten, dass Alam irgendetwas im Schilde führte. Samira sagte: „Wenn er hier eingesperrt ist, kann er nichts machen."

„Außer Feuer legen!“, meinte die Keltin und nahm die Öllampen an sich.

Tarmi befahl: „Alam! Das Feuer wird gelöscht! Ist das klar?“

„Dann habe ich aber kein Licht!“

„Brauchst du auch nicht. Du sollst schlafen!“

„Jawohl, Herrin“, sagte Alam artig und löschte das kleine Flämmchen.

Androxidopa sprach: „Wir lassen dich jetzt alleine und schließen die Tür von außen zu. Wenn was ist, kannst du gegen die Tür klopfen. Zwei Wachfrauen werden die Tür bewachen, damit du keine Dummheiten machen kannst.“

„Ja, Frau Unteroffizierin. Ich werde keine Dummheiten machen.“

„Jaja! Gute Nacht!“

„Gute Nacht, die edlen Damen!“

Alam hörte, wie die Tür von außen abgeschlossen wurde, er war allein im kleinen dunklen Zimmer, genau so, wie er es wollte.

Er legte sich auf das Bett, ruhte sich aus und wartete auf die Mitte der Nacht.

Nächtliche Aktion

Ein merkwürdiger und intensiver Traum ließ Alam erwachen. Durch ein Fenster sah er den Stand der schmalen Mondsichel am Himmel und wusste, es war etwa eine Stunde nach Mitternacht. Genau so, wie es ihm seine innere Uhr sagte. Immer noch dachte er über den Traum nach und was er bedeuten könnte. Doch er schob diese Gedanken beiseite, er hatte etwas viel Wichtigeres zu tun.

Die geöffneten Fensterläden ließen nur sehr wenig Licht in das Zimmer. Alam konnte gerade so die Feuerstelle erkennen. Er legte das Holz in einen Eimer und kehrte die Asche zusammen. Dann entfernte er vier lockere Steine, unter denen sich eiserne Riegel befanden. Er tastete nach den Riegeln, die sich an der unteren eisernen Platte der Feuerstelle befinden mussten. Er fand die Riegel und versuchte sie zurückzuschieben. Sie waren angerostet und bewegten sich nicht.

„Verfluchter Mist! Warum habe ich das nicht schon vorher gemacht?", sagte er leise und musste mit einem Stück Holz dagegen klopfen. Der Lärm hielt sich gerade so in Grenzen.

Schließlich lösten sich die Riegel und er schob sie zurück. Mit den Fingern suchte er den Rand der dicken eisernen Platte ab, an zwei Stellen gab es Vertiefungen, wo er mit den Fingern unter die Platte kam. Als er sie ertastet hatte, zog er langsam und vorsichtig die schwere Platte hoch. Ein Quietschen des alten Metalls ließ ihn kurz innehalten.

„Haben die Wachen etwas gehört?", fragte er sich in Gedanken und wartete erstmal ab. Nichts geschah, vorsichtig zog er weiter an der Platte, bis er sie herunterheben und beiseite legen konnte.

Eine dunkle rechteckige Öffnung tat sich auf, so groß, dass ein durchschnittlich schlanker Mensch wie er, gerade so durchsteigen konnte. Es war stockdunkel, als er den schwarzen Umhang anzog, sich durch die Öffnung quetschte und langsam durch einen Schacht in den Keller herunterstieg.

Mehrmals schlug sein Kopf leicht an den Steinen an und seine Finger taten ihm weh. „Kein bisschen Licht! So einen Scheiß mache ich nie wieder", fluchte er innerlich.

Schließlich erreichte er einen kleinen Kellerraum des großen Gebäudes. Auch hier war es stockfinster und er konnte sich nur ganz langsam und tastend fortbewegen. Er kannte sich aus und fand die kleine Tür, die er suchte. Wieder bedurfte es einer Kraftanstrengung, um die Tür, die seit Jahren nicht mehr benutzt wurde, zu entriegeln. Wieder gab es ein Quietschen, als er die Tür öffnete, und wieder hatte er Angst, entdeckt zu werden. Er hatte Glück, nichts geschah. In aller Ruhe und sehr vorsichtig, ging er in den alten Geheimgang. Er sah seine Hand vor Augen nicht und musste sich langsam vortasten.

„Verdammte Amazonen. Völlige Finsteris! Nicht einmal eine kleine Öllampe haben sie mir gelassen", sagte er zu sich selbst.

„Ich fühle mich wie lebendig begraben. Jetzt bloß keine Panik, ich muss mich zusammenreißen! Es geht auch so, ich komme langsam vorwärts. Schön langsam und vorsichtig, mit kleinen Schritten. Ich habe genug Zeit, die Kampfweiber sind Langschläfer!"

Nach einer gefühlten Ewigkeit sah er ein kleines Licht am Ende des Ganges und dachte: „Da ist jemand! Hoffentlich einer von Sorreebas Männern. Gleich werde ich es wissen."

Als er den Ausgang erreichte, sagte ein Mann freundlich zu ihm: „Willkommen, Alam Bun Kusom! Habt Ihr denn kein Licht?"

„Nein! Die Amazonen haben mir alles weggenommen!"

„Donnerwetter, ohne Licht durch diesen Gang, ganz schön mutig!"

„Ja! Aber nochmal mache ich das nicht."

„Aha, Ihr wollt flüchten?"

„Nein! Ich will eine Öllampe für den Rückweg."

Der Mann konnte es nicht glauben, bliebt aber vornehm und sagte: „Ganz, wie Ihr wünscht. Ich bringe Euch jetzt zu Sorreebas. Bitte folgt mir!"

Sie waren im Keller eines anderen Hauses und stiegen eine steinerne Treppe hinauf. Der Mann öffnete eine Tür und Alam ging nach draußen. Dort sog er erstmal die kühle frische Luft ein.

Sein Freund Sorreebas stand vor ihm und begrüßte ihn leise: „Hallo, Alam. Jetzt bist du frei und dir stehen verschiedene Optionen offen. Du könntest flüchten! Bis die Amazonen und Karamäer das merken, bist du über alle Berge. Oder du könntest Ash erledigen, hier bleiben und wieder der König von Tarag Kanos werden. Aber nein, du willst ja bei den Amazonen bleiben."

„Ja! Wegen Fajah!"

„Du liebst sie wirklich?“

„Ja, das tue ich!“

„Tja! Das ist der Nachteil, wenn man Kinder hat, die man liebt. Na gut, es ist deine Sache. Aber ich muss sagen, es würde mir sehr gut gefallen, wenn du die Stadt übernehmen würdest. Du bist mir viel lieber als Arramedis.“

„Ich weiß, Sorreebas, guter Freund! Und ich danke dir sehr. Aber ich habe meine Entscheidung getroffen.“

„Du willst auf Macht und Reichtum verzichten und nur ein Sklave dieser Kampfweiber sein? Das verstehe ich nicht.“

„Es ist aber so. Und es ist nicht so schlimm, wie du denkst. Die Amazonen sind besondere Menschen.“

„Und was macht sie so besonders, abgesehen davon, dass sie Weiber sind und Männer herumkommandieren?“

„Ich weiß nicht, wie ich es erklären soll. Ich habe sie irgendwie gerne, diese Kampfweiber. Sie sind … nicht wirklich böse. Sogar mit ihren niedersten Sklaven gehen sie gut um, weil sie sehr mitfühlend sein können. Als die Amazonenkönigin Fajah bestrafen wollte, drohte sie, sie werde sie zu Tode peitschen. Doch sie hat es nicht getan, nach zehn leichten Schlägen war Schluss. Sie hatte Mitgefühl mit Fajah und sie nur leicht bestraft. Anschließend haben sie sie sofort ins Lazarett gebracht und sie heilkundig versorgt. Das hättest du sehen sollen. Es war … unglaublich! Ich weiß genau, die Amazonen sind anders. Fajah kann bei ihnen ein einfaches aber gutes Leben führen!“

„Wie du willst! Deine Entscheidung! Meine Männer und ich bringen dich jetzt zu Arramedis.“

„Warte! Ich möchte vorher mit dir über etwas reden!“

„So? Über was denn?“

„Über dass, was ich vorhin geträumt habe.“

Sorreebas meinte sich verhört zu haben und sagte ungläubig: „Alam, guter Freund! Das ist doch nicht dein Ernst, oder?“

„Doch! Ich weiß es klingt verrückt. Aber ich will es! Der Traum lässt mir keine Ruhe. Ich will wissen, was er bedeutet.“

„Nun, es ist lange her, dass ich ein Traumdeuter war. Und ich lag oft daneben mit meinen Deutungen.“

„Aber du lagst auch sehr oft richtig, konntest Menschen helfen und Unheil verhindern.“

„Ja, das stimmt. Na gut, Alam, dann erzähle mir, was hast du geträumt?“

„Ich stand auf einer grünen Wiese, es war Frühling, die Sonne schien, es war angenehm warm und die Blumen blühten. In meinen Armen hielt ich meine Tochter Fajah, aber als kleines Kind.“

„Hast du sie jemals als kleines Kind gesehen?“

„Nein! Sie war schon zehn Jahre alt, als ich sie adoptierte.“

„Dann ist es ein Wunsch von dir. Erzähle weiter.“

„Ja! Also ich hielt sie in meinen Armen, sie war ein hübsches Kind, sie lächelte mich an und ich war irgendwie glücklich. So glücklich wie lange nicht mehr. Doch plötzlich kamen diese komischen Wesen. Ich weiß nicht, wie ich sie richtig beschreiben soll. Sie waren klein wie Katzen, gingen aber aufrecht auf zwei Beinen. Sie waren halb Mädchen, halb Katze oder halb … Bärenkind. Manche hatten einen Katzenschwanz, andere nicht. Sie hatten ein Fell, waren braun, grau, gestreift oder schwarz. Sie waren das, was Frauen und Kinder als süß und niedlich bezeichnen würden. Doch alle hatten dieses Gesicht eines jungen Mädchens. Es waren viele, 20 oder 30 von diesen Wesen. Sie umkreisten mich und kamen näher. Sie machten Geräusche, ein helles Piepen oder Quietschen, ständig machten sie fip fip fip. Sie schienen sich so zu verständigen, sie wollten mich angreifen. Ich begriff, sie wollten mir meine Tochter wegnehmen. Ich versuchte, sie zu verscheuchen. Die waren schnell und flink, wichen sofort aus, rannten weg und piepsten aufgeregt. Stand ich still, kamen sie wieder näher, einige versuchten sogar an mir hochzuklettern. Ich wusste, diese kleinen niedlichen Wesen wollten meine Tochter! Obwohl sie so harmlos und süß aussahen, wollten sie mir mein Wertvollstes wegnehmen!

Wieder jagte ich sie davon, sie rannten wie die Hasen, blieben aber stehen und kamen zurück. Ich wurde sie einfach nicht los. Ich ging weiter, sie verfolgten mich. Immer wieder umkreisten sie mich und kamen näher.

Mir reichte es langsam, ich blieb ganz ruhig stehen und wartete. Sie kamen näher und näher, und versuchten wieder an mir hochzuklettern. Da schlug ich plötzlich zu und fing eins dieser Wesen mit meiner freien Hand. Ich packte es am Genick und hob es hoch. Es war ganz leicht und weich. Ich schaute mir das Gesicht des Wesens an. Es hatte große Angst und piepste aufgeregt, es strampelte mit seinen kleinen Armen und Beinen. Die anderen Wesen rannten aufgeregt und laut piepsend um mich herum, wollten ihm irgendwie helfen, wussten aber nicht wie.

Wieder sah ich mir das Gesicht genau an. Es war das Gesicht eines jungen Mädchens. Es weinte vor Angst. Es hatte einen runden Mund ohne Zähne, auch die Pfoten ihres Katzenkörpers hatten keine Krallen. Alles war zart und weich. Die Wesen waren völlig unbewaffnet und harmlos. Ich bekam Mitleid mit dem, was ich gefangen in meiner starken Hand hielt.

Da sah ich, wie es pinkelte. Ja! Es pinkelte auf meinen Arm. Mein Mitleid schlug plötzlich in Wut um und ich warf das Wesen weg wie ein Stein.

Es schlug auf und verletzte sich. Es piepste laut vor Schmerz, ich konnte das leiderfüllte Gesicht erkennen. Es blieb liegen, konnte nicht mehr aufstehen und schloss sogar die Augen. Es schien zu sterben. Die anderen Wesen kamen aufgeregt zu ihm, wollten ihm helfen, wussten aber nicht wie.

Und dann war da plötzlich dieses merkwürdige Gefühl, es war, als könnte ich fühlen, wie diese Wesen einen kleinen Teil ihres Lebens gaben, um dem verletzten Wesen zu helfen. Sie hauchten ihm Leben ein, gaben ihm irgendwie … Liebe und Zuneigung, das konnte ich ganz genau fühlen.

Das verletzte Wesen öffnete wieder die Augen, die anderen halfen ihm beim Aufstehen, es war wieder gesund. Dann rannten sie alle weg und verschwanden. Ich sagte zu meiner Tochter, die sind wir los. Dann schaute ich Fajah an und sah, dass sie eins dieser Wesen war. Ich erschrak und wachte auf."

Sorreebas dachte nach und sagte: „Wirklich ein interessanter Traum. Diese kleinen Schmusetierchen passen eher zu einem Kindertraum. Harmlose Spielgefährten, die sich Kinder wünschen. Dass ein skrupelloser Sklavenhändler, der einst über Leichen ging, so etwas träumt, ist sehr ungewöhnlich."

„Ja! Deshalb verstehe ich es nicht."

„Waren diese Wesen böse? Hast du etwas Böses gefühlt?"

„Nein, überhaupt nicht! Das ist ja das merkwürdige. Sie waren lieb, sie halfen sich gegenseitig, sie waren ängstlich und völlig harmlos. Dennoch wollten sie mir meine Fajah wegnehmen!"

„Das ist einfach zu deuten. Es wird ein Guter sein, der dir deine Tochter wegnehmen wird. Vielleicht ein Junge, in den sie sich verliebt und der dein Schwiegersohn werden könnte."

„Jebro!", sagte Alam spontan.

„Jebro?"

„Ja, der Junge in den sich Fajah verliebt hat. Er ist der Waffenträger der Offizierin Phygene. Er ist sogar hier und er beobachtet mich misstrauisch. Er hasst mich."

„War er mal ein Sklave?"

„Ja! Das war er!"

„Dann ist es kein Wunder, wenn er dich hasst. Aber wenn deine Tochter ihn wirklich liebt, dann solltest du ihn in Ruhe lassen."

„Das tue ich ja!"

„Das ist gut. Du denkst an deine Tochter. Du bist ein guter Vater. Aber du musst verstehen, es ist normal, dass Kinder irgendwann ihre eigenen Wege gehen und die Eltern verlassen. Davor hast du Angst. Das brauchst du aber nicht, deine Tochter wird trotzdem noch da sein, auch wenn ihr Herz diesem Jungen gehören wird."

„Das verstehe ich ja alles. Aber wer sind diese kleinen Mischwesen mit den Mädchengesichtern? Und warum ist Fajah auch eins von ihnen?"

„Vielleicht sind es die vielen Sklaven, die du einst verkauft hast. Ich vermute, du hast auch viele Kinder verkauft?"

„Ja!"

„Kleine niedliche wehrlose Kinder? Du hast sie getrennt von ihren Eltern, von ihren Geschwistern, von ihren Freunden? Sie haben Rotz und Wasser geheult, als du sie verkauft hast! Doch das war dir völlig egal, du warst gnadenlos! Du hast ihnen richtig wehgetan, nicht wahr?"

„Ja, das habe ich!"

„Und Fajah war auch ein Sklavenkind?"

„Ja, das war sie! Und sie tat mir leid! Es war das erste Mal in meinem Leben, dass ich einer Art von Mitleid empfand."

„Und damit fing alles an. Du hast dich geändert."

„Richtig! Aber was bedeutet das alles?"

„Nicht viel! Es bedeutet nur, dass du auf dem Weg bist, ein besserer Mensch zu werden. Das ist alles!"

Alam dachte nach und sagte: „Das stimmt nicht. Ich kann kein guter Mensch sein, ich will, dass Ash stirbt."

„Manchmal muss man etwas Böses tun, um etwas Gutes zu bewirken."

„Ja! Ich weiß! Dennoch fällt es mir schwer."

„Genau das ist das Gute in dir! Du hast ein Gewissen. Und du willst es nicht selbst tun. Du willst, dass Arramedis ihn tötet."

„Ganz genau! Ich will ihn überzeugen. Ash muss weg, sonst hört das alles nie auf!"

„Wir wissen aber nicht, ob Arramedis es wirklich tun wird."

„Ja! Das ist ein Risiko. Aber ich habe gute Argumente. Habt ihr seine Tochter?"

„Ja! Ich persönlich habe sie aus dem Gefängnis geholt. Es war eine Kleinigkeit für mich und meine treuen Männer. Ihre Bewacher haben wir vorsichtshalber in die Zelle gesperrt. Seine Tochter ist jetzt mit meinen Männern vor dem Kerker und wartet auf uns."

„Sorreebas, du bist ein Genie!"

„Lobe mich nicht zu früh! Du hast sie noch nicht gesehen. Vielleicht habe ich vor, dich reinzulegen?"

Ganz kurz bekam Alam Zweifel. Er schaute seinen Freund in das alte, faltige Gesicht, auf dem ein verschmitztes Lächeln entstand. Seine Zweifel verflogen und er sagte: „Bitte, lasse uns jetzt die Aktion durchführen."

Im Dunkel der Nacht machten sie sich auf dem Weg zum Kerker. Alam bekam Angst, als ihnen die Männer der Nachwache entgegen kamen. Doch als sie Sorreebas sahen, ließen sie sie ungehindert passieren.

Alam dachte: „Es ist unglaublich, was dieser alte Mann für eine Macht hat."

Am Eingang zum Kerker stand eine Gruppe Wachmänner, in ihrer Mitte eine Person, eingehüllt in einem dunklen Kapuzen-Umhang.

Alam traute seinen Augen kaum, als die Wachmänner einfach so die Eingangstür zum Kerker öffneten.

„Wie ist das möglich?", fragte Alam erstaunt.

„Die Männer sind mir immer noch treu, wie du sehen kannst. Mein ganzes Netzwerk von Beziehungen ist noch vollständig intakt. Ich habe mich nur in den Ruhestand zurückgezogen. Die Männer mögen mich und vertrauen mir nach wie vor. Aber ein Risiko gibt es immer. Ich kann nicht ausschließen, dass ein Spion des Ash unter ihnen ist."

„Das Risiko müssen wir eingehen."

„Ja, müssen wir."

Die Person im schwarzen Umhang kam zu ihnen. Sie zog ihre Kapuze herunter und zeigte sich. Es war eine junge Frau mit einem hübschen Gesicht. Sie war sehr aufgeregt, warf sich vor Sorreebas auf die Knie und stotterte: „Edler Sorreebas, ich danke Euch so sehr!"

Der angesprochene fragte Alam: „Und? Erkennst du sie?"

„Ja! Tatsächlich! Die Tochter des Arramedis! Sorreebas, du bist ein wahrer Freund."

„Nicht so früh des Lobes! Vielleicht lasse ich euch alle in den Kerker werfen! Hah! Los, gehen wir rein!"

Mit einem flauen Gefühl im Magen folgte Alam dem alten Mann in das übelste und finsterste Bauwerk in Tarag Kanos. Viele Gedanken gingen ihm durch den Kopf: „Wie macht er das nur? Es läuft alles genau nach Plan. Zu genau, um wahr zu sein? Ist das eine Falle? Steckt er mit Ash unter einer Decke? Oh Götter im Himmel, helft mir und beschützt mich! Lasst es hier nicht zu Ende sein!"

Schließlich fragte er den alten Mann: „Sorreebas, ich will ehrlich sein. Du machst mir Angst. Wie ist das alles möglich? Wieso hören Ashs Wachmänner auf dich?"

„Ich wusste, diese Frage würde kommen. Ich kann es dir erklären. Ashs Macht in Tarag Kanos ist nicht so groß, wie du glaubst. Seine Macht ist brüchig. Er ist sehr unbeliebt, weil er sehr schlecht mit seinen Leuten umgeht. Mit Härte, Drohungen und Erpressungen hält er seine Macht aufrecht, das geht auf die Dauer nicht gut. Du weißt ja, was mit Hauptmann Korr passiert ist. Ash wollte ihn für einen kleinen Fehler hinrichten lassen."

„Genau! Und jetzt ist Korr zu den Karamäern übergelaufen."

„Das ist besser als tot. So geht man nicht mit seinen Männern um. Ein wahrer Anführer schafft Vertrauen zu seinen Männern. Er überzeugt sie, das Richtige zu tun und übernimmt Verantwortung.

Ein guter Anführer ist ein Kamerad, er steht hinter seinen Männern und verzeiht kleine Fehler. Er geht mit ihnen durch Dick und Dünn! Ein richtiger Anführer ist eins mit seinen Männern und würde alles für sie hergeben! Aber Ash denkt nur an sich selbst und wird das nie verstehen!"

„Weil seine Führung nur aus Druck und Drohungen besteht!"

„Genau! Deshalb hören die Männer lieber auf mich."

„Aber Ash weiß das, oder?"

„Ich glaube ja, er wir das wohl wissen."

„Sorreebas, verzeihe mir eine unverschämte Frage. Warum hat er dich nicht … beseitigt?"

„Hah! Eine gute Frage, Alam! Es ist leicht zu erklären. Sollte ich einen unnatürlichen Tod erleiden, glauben alle Leute sofort, Ash steckt dahinter. Und Ash hat Angst, dass die Leute dann gegen ihn rebellieren!"

„Das klingt plausibel. Und genau das tun die Wachmänner jetzt gerade."

„Du hast recht. Die Männer gehen ein verdammt hohes Risiko ein. Das machen sie nur, weil sie mir vertrauen, wenn ich ihnen sage, dass Ashs Tage gezählt sind. Und … sie sind gezählt! Er muss weg!"

„Ja! Das muss er!"

„Gut! Dann gehen wir zu Arramedis!"

„Und wenn er es nicht machen will?"

„Dann mache ich es! Oder du! Es gibt kein Zurück mehr!", sagte der alte Mann entschlossen.

Mit Fackeln gingen sie durch einen dunklen furchterregenden Bruchsteingang. Hinten war eine vergitterte Zelle, dort war Arramedis eingesperrt. Er lag auf einer Holzpritsche und dämmerte vor sich hin.

Als der Gefangene im Schein der Fackeln seine Tochter erblickte, erwachte er schlagartig zu neuem Leben. Er sprang auf, eilte zum Gitter und rief: „Tochter! Meine geliebte Tochter!"

Die junge Frau eilte ebenfalls zum Gitter und rief aufgeregt: „Vater! Mein lieber Vater!"

Durch das Gitter berührten sie sich, gaben sich die Hände und küssten sich auf die Wangen. Die Tochter und auch der hartgesottene Vater hatten Tränen in den Augen. Jeder, der sie sah, konnte erahnen, wie stark ihre Bindung war.

Erst nach mehreren Minuten bemerkte Arramedis die Anwesenheit von Sorreebas und Alam und schaute sie aufgeregt, aber mit Fassung an.

Der alte Mann beobachtete Arramedis und sagte zu Alam: „So! Jetzt bist du dran! Diese muffige Kerkerluft ist nichts für mich. Ich lasse dich mal alleine und warte draußen. Komme zu mir, wenn du fertig bist!"

Er drehte sich herum und ging langsam mit seinem Gehstock aus dem Gebäude, ein Teil seiner Männer begleiteten ihn.

Der Gefangene hielt seine Tochter fest, schaute angstvoll auf Alam und sagte: „Ich weiß, du bist gekommen, um mich zu töten. Ich bitte dich, tue meiner Tochter nichts! Nimm mich für deine Rache und verschone sie! Alam, hörst du? Meine Tochter hat nichts getan! Lasse sie in Ruhe! Lasse sie gehen!“

Alam Bun Kusom sah seine große Stunde gekommen und begann mit seiner ersten Frage: „Arramedis? Was hast du gegen mich? Was habe ich dir getan?“

„Mein Bruder!“

„Damit habe ich nichts zu tun! Das weißt du ganz genau! Ash hat dich angelogen. Ich bin sicher, er selbst steckt dahinter! Er hat schon immer Intrigen gesponnen und Leute gegeneinander aufgehetzt. Also, was hast du gegen mich?“

„Wenn das wahr ist, dann habe nichts gegen dich!“

„Es ist wahr! Das schwöre ich dir vor den Göttern! Und jetzt sage mir, warum hast du das getan?“

„Das kann ich dir nicht sagen!“

„Hat Ash dir das Attentat befohlen?“

Der Angesprochene antwortete: „Ja! Meine Tochter, bitte verschone meine Tochter!“

Das reichte Alam als Antwort. Er wusste, dass Ash Arramedis erpresst hatte, warum sonst hatte Ash seine Tochter einsperren lassen.

Mit einem guten Gefühl sprach er weiter: „Keine Angst, ich werde der jungen Dame nichts tun! Warum sollte ich? Ich habe nichts gegen sie. Und gegen dich habe ich auch nichts, obwohl du mich umbringen wolltest!“

„Alam, ich danke dir. Bitte lasse sie gehen! Ich will nicht, dass sie dabei ist!“

„Aber warum denn nicht?“

„Nein, Alam, nein! Sie soll nicht zusehen, wie ihr Vater stirbt!“

Jetzt sagte seine Tochter zu ihm: „Vater, verstehe doch, er will dich nicht töten!“

Arramedis war völlig verblüfft und schaute seine lächelnde Tochter an. Er wusste genau, sie würde ihn nicht anlügen.

Er fragte: „Bist du sicher, Tochter?“

„Ja! Sorreebas hat mir alles erklärt. Und ich vertraue dem alten Mann."

„Aber, was will Alam?"

Der Angesprochene sagte: „Arramedis, deine Tochter ist schlauer als du! Ich will, dass du etwas für mich machst!"

„Was denn, Alam! Was?"

„Du sollst Ash töten!"

Es war ganz ruhig im Kerker, Arramedis dachte nach: „Wenn das wirklich stimmt, könnte alles wieder gut werden. Es wäre wie ein Neubeginn! Ein neues Leben, mit meiner Tochter!"

Schließlich fragte er: „Du willst mich wirklich nicht umbringen?"

„Nein! Ich lasse dich frei!"

„Und wenn ich Ash getötet habe, gibst du mir meine Tochter?"

„Arramedis, hier ist deine Tochter! Ich habe sie dir mitgebracht! Bitte, nimm sie einfach mit!"

„Meinst du das ehrlich?"

„Ja! Wachen! Schließt die Zelle auf und lasst euren neuen Anführer heraus!"

„Neuer Anführer?", fragte Arramedis völlig überrascht, als die Wachen die Zellentür aufschlossen.

Alam antwortete: „Aber ja! Wenn Ash nicht mehr ist, dann wirst du das neue Oberhaupt von Tarag Kanos!"

„Und … und was ist mit dir?", fragte Arramedis ungläubig.

„Ich bleibe bei den Amazonen."

„Du erhebst keine Machtansprüche?"

„Nein! Ich gehe weg! Die Stadt wird dir gehören, Arramedis. Die Männer von Sorreebas werden deine Männer sein."

Arramedis war völlig fassungslos. Mit so etwas hätte er niemals gerechnet. Wieder dachte er nach, ob das alles ein mieser Trick sein konnte. Er blieb vorsichtig und fragte Alam: „Warum willst du bei den Amazonen bleiben?"

„Wegen meiner Tochter Fajah! Sie hat dort ein gutes Leben. Ich liebe meine Tochter. Das kannst du bestimmt verstehen!"

„Ja, das verstehe ich!"

„Gut, Arramedis! Dann gehe jetzt und nimm deine Tochter und deine Männer mit. Und sei erfolgreich!"

Arramedis wurde von den Männern freundlich begrüßt und konnte sofort ihren Respekt und ihre Anerkennung spüren. Schon nach wenigen Minuten wusste er, dass sie ihm wirklich folgen würden.

Wortlos schaute er Alam an, dann verließen sie den Kerker. Nur die junge Frau kam nochmal zu ihrem Befreier und sagte freundlich: „Vielen Dank, edler Alam! Mögen die Götter mit euch sein!"

Draußen traf Arramedis den alten Sorreebas, umarmte ihn und fragte: „Guter Freund, ist das alles wirklich wahr?"

„Ja! Es ist wahr! Das ist sehr viel für einen Tag, aber es ist wirklich wahr! Wir gehen jetzt zum Palast. Und dort tust du das, was getan werden muss!"

Kampf um die Macht

Alam war auf dem Weg zurück in seine Unterkunft. Er war zufrieden mit der Aktion, hatte alles eingefädelt und war sicher, dass der wichtige Rest sich auch noch erledigen würde.

Mit einer kleinen Fackel ging er durch den Geheimgang und erreichte den Keller seines ehemaligen Hauses. Mit Hilfe von kleinen Trittstufen kletterte er den Schacht hinauf und erreichte schließlich sein kleines Zimmer. Dort löschte er die kleine Fackel, zog den schwarzen Umhang aus und warf beides in den Schacht. Er schloss die eiserne Platte des Kamins, legte Asche und Holz darauf, um es wie vorher aussehen zu lassen.

Mit dem letzten Wasser in seiner Waschschüssel wusch er sich seine Hände und sein verschwitztes Gesicht. Danach legte er sich mit einem guten Gefühl ins Bett. Es lief so, wie geplant und er war sicher, dass Arramedis seinen Plan vollenden würde. Die Amazonen und die Karamäer sollten nie etwas von seiner nächtlichen Aktion erfahren.

Währenddessen waren hunderte von bewaffneten Soldaten auf dem Weg zum Palast des Ash Chnassaran. Schnell und fast lautlos wurde der Palast umstellt.

Am Eingangstor erschienen die beiden Anführer dieser Truppen, Sorreebas und Arramedis.

Als die Wachmänner sie erkannten, öffneten sie sofort das Tor
und die Soldaten strömten in den Hof des Palastes.

Auch die Anführer gingen durch das Tor und wurden von den Wachen freundlich empfangen: „Willkommen Arramedis, unser
neuer Anführer! Willkommen, edler Sorreebas!“, sagten sie leise und verbeugten sich. Dann meldeten sie: „Ash und seine Leibwächtergarde sind im Palast. Seit vielen Stunden ist niemand mehr rein oder rausgekommen!“

Arramedis gefiel das, es gab ihm Sicherheit, dass die Männer ihm wirklich folgen würden. Ein leichtes Lächeln erschien in seinem Gesicht und er sagte leise: „Danke, Männer!“

Schon erreichten sie die große Haustür des Palastes. Und nur Sekunden später wurde auch hier die Tür von vier Wachmännern geöffnet.

„Willkommen, Herr und Anführer!", sagten sie leise zu ihm.

Sorreebas sprach: „Türe und Tore werden dir geöffnet! Ich habe die Männer auf dich eingeschworen, sie stehen hinter dir! Beweise ihnen, dass du zurecht ihr neuer Anführer bist! Ich warte hier draußen. Ich bin zu alt für solche Aktionen!"

„Ich danke dir, guter Freund!"

„Schon gut! Sei vorsichtig! Denke an seine verdammte Leibwächter-Garde und diese eierlosen Haremswächter!"

„Ja! Meine Männer und ich werden vorsichtig sein!"

Sie wollten nun langsam in den Palast eindringen, einer der Wachmänner hielt die Tür auf. Plötzlich wurde der Wachmann von zwei Pfeilen in den Rücken getroffen. Er schrie auf und fiel zu Boden.

„In Deckung!", rief Arramedis und riss seinen Freund Sorreebas von der Tür weg und warf sich und ihn zu Boden.

Die Palasttür wurde von innen zugeworfen und verriegelt, man hörte einen lauten Schrei: „Verfluchte Verräter!"

Sofort kümmerten sich andere Wachmänner um den schwer verwundeten Kameraden.

Die beiden Anführer standen wieder auf, Sorreebas sagte gelassen: „Danke für die Rettung! Ich fürchte, wir haben doch einen Verräter unter unseren Männern. Offenbar wissen Ash und seine Leibgarde, was wir vorhaben. Das Überraschungsmoment ist weg, nun wird es etwas schwerer werden!"

Arramedis dachte schweigend nach und machte sich ein Bild von der Lage. Er wusste, dass hunderte Männer hinter ihm standen. Dann sagte er entschlossen: „Das macht nichts! Wir sind in der Überzahl! Die machen wir fertig! Männer, Tür aufbrechen! Bogenschützen, gebt ihnen Feuerschutz!"

Sechs Soldaten rammten einen Holzbalken gegen die große Palasttür, nach dem siebten Schlag gab die Tür nach und flog auf.

Zahlreiche Bogenschützen spannten ihre Bögen und zielten hinein.

Drinnen im Palast war es dunkel, die Angreifer sahen nicht viel. Dafür hörten sie viel Geschrei und sie wussten, unter den Leuten im Palast brach die Panik aus. Auch Frauen und Kinderstimmen waren zu hören. Das veranlasste Arramedis zu sagen: „Wartet! Noch nicht angreifen!"

Kurz darauf hörten sie eine angstvoll rufende Männerstimme, die sich von dem Schreien der Frauen und Kinder hervorhob: „Nicht schießen! Bitte tut uns nichts! Wir sind nur die Hausdiener! Wir ergeben uns! Wir wollen raus! Bitte tut uns nichts!"

„Kommt mit erhobenen Händen heraus!", rief Arramedis laut in den Palast hinein.

„Ja, Herr! Wir kommen! Bitte tut uns nichts!", rief die Männerstimme und schon erreichten die ersten Leute die aufgebrochene Palasttür.

Ein älterer Mann, bekleidet mit einem weißen Nachthemd, kam zuerst. Er hatte seine Hände erhoben, zitterte am ganzen Leib und wiederholte immer wieder: „Bitte, tut uns nichts! Wir sind nur Hausdiener!"

Hinter dem Mann folgten verängstigte Frauen, weinende Kinder, die teilweise von vor Angst schlotternden Männern getragen wurden, alle barfuß und in weißer Schlafkleidung.

„Schon gut! Euch wird nichts geschehen", rief Arramedis den Leuten zu.

Alle eilten aus dem Palast in den Hof, wo sie in Sicherheit waren.

Sorreebas sagte: „Ash lässt sein Hauspersonal gehen! Großzügig von ihm!"

„Das ist gut! So halten sich Unbeteiligte aus den Kämpfen heraus", meinte Arramedis.

„Wir müssen vorsichtig sein! Ich lasse das Hauspersonal kontrollieren. Ich könnte wetten, da sind ein paar von Ashs Leibwächtern oder Haremswächtern unter ihnen versteckt!"

„Ich wette dagegen. Die großen Kerle wären mir aufgefallen. Aber von mir aus, lasse sie kontrollieren!"

„Das werde ich", sagte Sorreebas und gab die entsprechenden Anweisungen an seine Männer weiter, die sich daraufhin die Hausangestellten anschauten und sie gründlich durchsuchten.

Kurz darauf meldete ein Hauptmann der Wachen: „Hoher Herr Arramedis, hoher Herr Sorreebas! Wir haben alle kontrolliert. Es sind nur ältere Männer, Jungen, Frauen und Mädchen! Sind nur harmlose Leute! Es sind keine Krieger unter ihnen! Und, wir haben die Männer angefasst, alle haben ihre Hoden!"

„Danke, Hauptmann", sagte Arramedis.

Sorreebas sagte: „Nun gut, dann habe ich mich wohl geirrt und die ganze Drecksbande ist noch im Palast."

„Wieviele Männer hat seine Garde?"

„Nach meiner Kenntnis 21. Aber nur der Anführer ist sehr kampfstark. Die anderen sind zwar groß und kräftig, haben aber wenig auf dem Kasten!"

„Und wieviele Haremswächter?"

„Soweit ich weiß, nennt er zehn eierlose Kerle sein Eigentum!"

„Gut! Mit Ash sind es 32. Ich habe mehr als 200! Die haben keine Chance!"

„Ich weiß! Aber sieh zu, dass du die Verluste in deinen eigenen Reihen so gering wie möglich hälst."

„Das werde ich versuchen!"

„Das musst du! Es sind deine treuen Männer!"

„Ja, ich weiß! Ich versuche ein guter Anführer zu sein!"

„Viel Glück!"

Arramedis erteilte seine Befehle. Vorsichtig und mit vorgehaltenen Schutzschilden drangen immer mehr seiner Männer in den halbdunklen Palast ein. Im großen Vorraum sagte er zu ihnen: „Geht vorsichtig vor! Überall können tödliche Hinterhalte auf euch warten! Erste Gruppe runter zum Keller! Zweite Gruppe hoch zum Obergeschoss! Passt auf, die Haremswächter sind gefährliche Dreckskerle. Der Rest kommt mit mir! Wir nehmen uns Ashs Wohnung vor!"

Sofort kamen seine Männer den Befehlen nach. Arramedis betrat mit seiner Gruppe die Gästeräume des Palastes. Vorsichtig durchsuchten sie alles, von den Leibwächtern war nichts zu sehen.

„Sie werden wohl in den Privatgemächern des Ash Chnassaran sein", sagte ein Soldat zu seinem Anführer.

„Das denke ich auch", erwiderte dieser.

Sie näherten sich dem Eingang zu den Räumen des Hausherrn, da sahen sie eine Gruppe schwarz-uniformierter Leibwächter. Alle trugen fast vollkommen geschlossene Eisenhelme, die nur eine Öffnung für die Augen hatten. Ihre schweren Kettenhemden schienen undurchdringlich. Mit gezogenen Langschwertern standen sie hinter großen schwarzen Schilden und versperrten den Eingang.

Sofort blieben Arramedis und seine Männer mit einem Sicherheitabstand stehen.

Der Anführer der Leibwachen, zu erkennen an den versilberten Helm mit roten Federn, rief laut mit tiefer, entschlossener Stimme: „Halt! Keinen Schritt weiter! Oder ihr seid des Todes!"

Den Männern von Arramedis wurde angst und bange, als sie die großen bulligen Leibwächter sahen. Noch nie hatten sie sie in solchen Rüstungen gesehen, die sie scheinbar unverwundbar machten.

Arramedis wurde klar, dass es schwer werden würde, sie zu besiegen, doch er hatte vorgesorgt und gab flüsternd einen Befehl weiter: „Holt die schweren Speere, eilt euch!"

Er brauchte Zeit und versuchte es mit Verhandeln: „Leibwachen, hört mir zu! Ich will keinen Kampf mit euch, ich will nur Ash! Liefert ihn aus und es wird keinen Kampf geben!"

Der oberste Leibwächter schrie: „Nein! Niemals! Ash ist unser Herr! Wir werden ihn mit unserem Leben verteidigen! Und du, Arramedis, du bist nur ein untreuer Verräter! Männer, ich fordere euch auf, kämpft nicht für diesen Verräter, kommt zu uns und kämpft für den wahren Herren dieser Stadt, kämpft für Ash!"

Es war still und es schien, als dachten die sich gegenüberstehenden Krieger nach, eine ganze Zeit lang geschah nichts.

Dann kamen die schweren Speere und wurden an die Männer von Arramedis verteilt. Die mehr als mannshohen Speere mit scharfer Eisenspitze, auch als Kettenhemd-Durchdringer bekannt, machten den Männern Mut, sie wussten, mit diesen Waffen könnten sie die Leibwächter besiegen.

Plötzlich rief einer von Arramedis Männern: „Ash ist ein verfluchter Menschenschinder! Er muss weg!"

„Ash muss weg! Ash muss weg!", riefen immer mehr Männer und die Leibwächter wussten, dass wohl niemand auf ihre Seite wechseln würde.

Auch Arramedis hielt nun einen schweren Speer in der Hand und schrie: „Gebt Ash heraus, oder wir greifen an!"

„Nein! Niemals!"

„Dann stirb!", schrie Arramedis laut und warf mit voller Wucht seinen Speer auf den Anführer der Leibwachen.

Dieser riss sofort sein Schild hoch, wo der Speer einschlug. Die Wucht war so groß, dass der Speer den Schild durchbohrte und steckenblieb. Auch die schildtragende Hand wurde verletzt und das erste Blut floß.

Jetzt warfen auch die anderen ihre Speere auf die Verteidiger des Ash, in deren Reihen ein Chaos ausbrach. Schilde wurden durchbohrt oder zerbrachen, Kettenhemden wurden getroffen und durchdrungen und deren Träger verletzt.

Der Anführer der Leibwachen ließ sein unbrauchbar gewordenes Schild fallen und schrie: „Angriff!"

Dann stürmte er mit seinem Schwert auf Arramedis zu, der gerade noch rechtzeitig sein Schwert ziehen konnte, um sich zu verteidigen. Ein heftiger Schwertkampf entbrannte zwischen den beiden Anführern, während um sie herum ein blutiger Kampf um den Palast tobte.

Der gut gerüstete Anführer der Leibwache nahm sein Schwert in beide Hände und schlug wie wahnsinnig auf Arramedis ein, der mit Schild und seinem kleineren Schwert die Schläge abwehren musste.

Die Schläge waren so heftig, dass der Schild zerbrach und Arramedis sich nur noch mit seinem Schwert wehren konnte. Immer wieder schlugen die eisernen Waffen mit großer Wucht und lauten metallischen Klängen aufeinander.

Der große Leibwächter schien mehr Kräfte zu haben, war aber wegen seiner schweren Rüstung nicht so wendig wie sein Gegner. Und er kämpfte mit zuviel Wut und Gewalt. Arramedis konnte immer wieder ausweichen, kämpfte geschickter und schaffte sogar einen Treffer an der Brust seines Gegners. Doch sein Schwert konnte das Kettenhemd nicht durchdringen.

„Verfluchter Mist", sagte er, während der Leibwächter höhnisch lachte und sprach: „Da staunst du, was? Gleich bist du tot!"

Er schrie laut, griff voller Wut an und schlug wie wild um sich. Arramedis musste ständig ausweichen und die Schläge mit seinem Schwert abwehren.

Wieder schlug der Leibwächter mit aller Kraft zu, Arramedis sprang zur Seite und das Schwert seines Gegners traf die Holztäfelung einer Wand. Durch die Wucht flogen Holzsplitter durch die Luft. Dabei kam er beinahe ins Straucheln, Arramedis konnte die Gelegenheit nutzen, er stieß zu und traf seinen Gegner am seidlichen Bauch. Der getroffene Leibwächter schrie vor Schmerz laut auf und wich zurück. Doch er war nur leicht verletzt, der Stoß war zu schwach und konnte das Kettenhemd nicht durchdringen.

„Du verfluchter Hurensohn!", schrie der Mann mit dem versilberten Helm und griff wieder an. Doch er schien aus dem Stolpern gelernt zu haben, er kämpfte bedachter und vorsichtiger.

Arramedis konnte keinen Treffer mehr erzielen und bemerkte, dass sein Gegner langsam die Oberhand gewann, er wurde in die Defensive gedrängt und verteidigte sich nur noch.

Wieder und wieder prallten die Schwerter mit voller Wucht aufeinander, da passierte es. Arramedis konnte, nach einem besonders harten Schlag, sein Schwert nicht mehr halten, im hohen Bogen flog es davon. Entwaffnet stand er da, fliehen konnte er auch nicht, er hatte sich in eine Ecke drängen lassen.

„Es ist aus!“, fuhr es ihm durch den Kopf und Todesangst überkam ihn.

Der Leibwächter hielt kurz an, lachte höhnisch und sprach: „Das ist dein Ende! Stirb, elender Verräter!“

Siegessicher hob er sein Schwert und setzte zum letzten Schlag an.

Plötzlich spürte er einen starken schmerzhaften Stich in seinem unteren Rücken, so stark, dass es ihm seine Kräfte nahm und er wie erstarrt stehenblieb. Mit seiner linken Hand griff er nach hinten und wusste, ein Speer steckte in seinem Rücken. Blut war an seinem Handschuh und ein Entsetzen stieg in ihm auf.

„Sie sind hinter mir! Ich muss Arramedis töten! Ich muss!“, waren seine Gedanken. Verzweifelt holte er neue Kräfte, hob sein Schwert, um schnellstmöglich seinen Gegner zu töten, da wurde er von zwei weiteren Speeren getroffen.

„Haah“, schrie er laut auf und ließ sein Schwert fallen. Seine Wirbelsäule war getroffen, er sackte zusammen und fiel zu Boden.

Arramedis war gerettet, er stand immer noch in der Ecke und atmete schwer.

„Im Keller war nichts los, da dachten wir, wir kommen hoch und helfen dir“, hörte er einen seiner Männer sagen.

„Danke, Männer! Ich danke euch!“, sagte er völlig außer Atem.

Dann zog er seinem besiegten Gegner den silbernen Helm ab. Er sah das verschwitzte blasse Gesicht des schwerverletzten Leibwächters, sah seinen entsetzten Blick und hörte seine keuchende Stimme: „Von hinten … wie unfair! Die Götter … werden … dich strafen … feiger … Hurensohn!“

Ohne etwas zu sagen nahm Arramedis sein Schwert und schlug es ihm in den Hals.

Das Blut floss in Strömen, sein Gegner war nach kurzer Zeit tot.

Danach sprach er: „Besser unfair als tot! Schnell, Männer, zu den anderen!“

Auf dem Weg zu seinen Kameraden sah er viele Tote und Schwerverletzte. Ein toter Leibwächter, der drei Speere im Leib stecken hatte. Daneben lag einer seiner Männer, mit gespaltenem Kopf. Wieder ein toter Leibwächter mit zerschlagenen Beinen. Dann sah er zwei seiner Männer, beide mit aufgeschlitzten Bäuchen, aus denen Eingeweide hervorquollten. Ein schrecklicher Anblick.

Er hatte schon Angst, weiterzugehen und dachte: „Wieviele tote Kameraden muss ich noch sehen? Haben die Leibwächter alle getötet?“

Doch als er weiterging, sah er weitere tote Leibwächter, was ihm wieder Mut machte. Ihm fiel auf, dass kein Kampflärm mehr zu hören war. „Ist der Kampf beendet?“, dachte er.

Endlich kamen ihm seine Männer entgegen und riefen ihm zu: „Wir haben gesiegt! Arramedis, Herr, wir haben sie fertiggemacht! Mit schweren Speeren haben wir ihre Panzerungen durchbrochen! Sechs Leibwächter haben sich ergeben, der Rest ist tot!“

Arramedis fiel ein Stein vom Herzen, als er das hörte und atmete tief durch. Er ließ sich die Gefangenen zeigen, die alle in Ashs Arbeitszimmer versammelt waren. Verletzt, blutend, erschöpft und gefesselt saßen sie auf dem Boden.

„Wo ist Ash!“, schrie er sie an.

Einer der Gefangenen antwortete: „Er ist nicht in seinen Gemächern!“

„Wo ist er!“

„Vermutlich bei seinen Frauen. Hier gibt es einen Aufgang zum Obergeschoss.“

Er ließ sich den Aufgang zeigen, eine schmale Holztreppe, die mit einer verschlossenen Falltür endete. Mit aller Kraft versuchte er die Tür zu öffnen, doch sie ging nicht auf.

„Verdammt! Hier geht es nicht weiter! Los, zurück zum Eingang!“

Arramedis eilte mit seinen Männern zum Vorraum des Palastes, dort war eine große breite Treppe, die zum Obergeschoss hinaufführte.

Zu seinem Entsetzen sah er, dass mehrere tote Männer vor der Treppe lagen und der Boden übersäht mit Pfeilen war. Auch ein paar Speere steckten im Holzboden des Vorraums.

Sofort kam einer seiner Männer zu ihm und meldete: „Vorsicht, Herr! Die verdammten Haremswächter schießen Pfeile auf uns! Die wehren sich wie die Löwen. Wir konnten noch nicht die Treppe hoch."

„Verdammter Mist! Auch das noch!", murmelte Arramedis und versuchte sich einen Überblick über die Lage zu machen.

Ein anderer Soldat sagte: „Bitte Herr, bitte haltet uns nicht für Feiglinge. Es ist zu gefährlich! Wir haben es versucht und es gab vier Tote und sieben Verletzte."

Arramedis schaute nach oben und sah die schwerbewaffneten Haremswächter, die sich hinter hölzernen Barrikaden verschanzt hatten und jeden, der die Treppe hochwollte, sofort mit Pfeilen beschossen.

Er dachte nach, wie man sie besiegen könnte, hatte aber keine Idee.

„Holt Sorreebas her, sofort", befahl er schließlich.

Als der alte Mann da war, fragte er ihn: „Ich brauche deinen Rat. Wie kommen wir die Treppe hoch, ohne wie die Hasen abgeschossen werden? Und wenn wir oben sind, spießen sie uns mit Speeren auf! Was sollen wir tun?"

Sorreebas schaute sich die Lage an, dachte nach und sagte: „Das ist schwer! Die hocken da oben in einer wirklich guten Abwehrstellung. Nun gut! Eine Möglichkeit wäre Feuer. Aber dann besteht die Gefahr, dass der ganze Palast in Flammen aufgeht."

„Und mit ihm der ganze Harem. Keine gute Idee! Was können wir noch tun?"

„Aushungern, aber das kann sehr lange dauern!"

„Das dauert Wochen und der Harem hungert mit!"

„Die Barrikaden sind das Problem! Sie müssen weg!"

„Aber wie?"

„Werft Enterhaken oder Dreizacken hoch und zieht das Holz die Treppe runter!"

„Ja! Eine gute Idee."

„Und deine Bogenschützen geben Feuerschutz!"

„Gut, Sorreebas! Das machen wir!"

Arramedis gab die entsprechenden Befehle an seine zahlreichen Männer weiter. Über 40 Bogenschützen ließ er aufstellen, das Gedränge war groß, aber es war ausreichend Platz in dem Vorraum. Große kräftige Männer kamen mit Enterhaken, die an Seilen befestigt waren. Hinter Schildträgern rückten sie vor und warfen die eisernen Haken hoch, die krachend in das Holz einschlugen. Sie blieben am Holz der Barrikaden hängen, die heruntergezogen werden konnten.

Haremswächter, die versuchten, das zu verhindern, wurden sofort mit Pfeilen beschossen.

„Die haben vergessen, das Holz zu vernageln!“, sagte Sorreebas und schaute zu, wie die Barrikaden immer kleiner wurden.

Kurze Zeit später war von den Barrikaden fast nichts mehr übrig, die Haremswächter mussten den Treppenzugang verlassen und suchten im Gang Deckung.

„Angriff!“, befahl Arramedis und stürmte mit Schwert und Schild die Treppe hoch. Über 30 seiner Männer folgten ihm, während zahlreiche Bogenschützen darauf lauerten, dass die Feinde sich zeigten.

Als Arramedis und seine Männer oben waren, schossen die Haremswächter Pfeile auf sie ab und warfen Speere. Der Anführer musste hinter seinem Schild in Deckung gehen und mit ansehen, wie mehrere seiner Leute getroffen wurden und verletzt aufschrien.

Als der letzte Pfeil verschossen war, griffen die Haremswächter mit ihren Krummschwertern an. Laut schreiend schlugen sie auf die Eindringlinge ein. Wieder wurde Arramedis in Schwertkämpfe verwickelt und musste zahlreiche Schwerthiebe abwehren. Aber er und seine Kameraden waren in der Überzahl.

Zu zweit kämpften sie gegen einen Haremswächter, Schwerter und Krummschwert schlugen ständig gegeneinander, sie kämpften wie besessen. Langsam bekamen Arramedis und sein Kamerad die Oberhand und konnten den Gegner in die Ecke drängen. Sie fühlten sich schon siegessicher, da sah er, wie der Haremswächter ausholte und seinen Kameraden mit dem Krummschwert voll in die linke Bauchseite traf. Das Blut spritzte durch die Luft und der Getroffene schrie wie wahnsinnig auf. Kurz war der Haremswächter unkonzentriert und schaute zu, wie sein Gegner zu Boden fiel. Das nutzte Arramedis aus und stach mit seinem Schwert zu.

Er traf den Haremswächter in den Bauch. Das Schwert drang ein und durchbohrte ihn. Schnell zog Arramedis sein Schwert wieder raus und holte zum nächsten Stoß aus.

Sein getroffener Gegner stand immer noch und schrie entsetzlich, als der zweite Stoß sein Herz traf. Dann sackte er zusammen und fiel zu Boden.

Arramedis musste sich zusammenreißen und versuchte seinen Blick von dem sterbenden Gegner abzuwenden.

„Ich muss weiterkämpfen, meinen Kameraden helfen!", sagte er zu sich selbst und drehte sich um.

Der Gang und die Treppe sahen aus wie ein Schlachtfeld, überall lagen Tote und schreiende Verletzte. Da sah er den alten Sorreebas, er kam zu ihm und sagte: „Du hast gesiegt!"

Arramedis atmete auf, doch seine Freude hielt sich in Grenzen. Sofort befahl er: „Versorgt die Verwundeten! Beeilt euch!"

Seine Männer kamen seinen Anweisungen nach, er beobachtete, wie den Verwundeten geholfen wurde und sagte: „Verdammt! So viele Männer sind tot oder verletzt. Ich hätte nie gedacht, dass es so schwer werden würde! Diese verfluchten Haremswächter hatten keine Chance, warum haben sie sich nicht ergeben?"

„Ash hatte sie von seinem komischen Glauben überzeugt. Er hat ihnen versprochen, wenn sie den Heldentod sterben, kommen sie in den Heldenhimmel. Dort bekommen sie ihre Eier zurück, dazu noch 20 junge hübsche Sklavinnen, ein Haufen Geld, einen Palast und was weiß ich noch alles."

„Anscheinend haben sie ihm geglaubt."

„Ja, das haben sie! Er muss weg, bevor er noch mehr Schaden anrichtet. Der Dreckskerl muss sich im Harem verkrochen haben!"

Arramedis war ziemlich fertig und musste erst neue Kräfte sammeln. Er versuchte sich auf sein eigentliches Ziel zu konzentrieren und musste es zu Ende bringen. Schließlich sprach er zu seinen Leuten: „Männer, hört mir zu! Ash muss sich bei seinen Frauen versteckt haben. Wir gehen jetzt in seinen Harem und holen ihn uns!"

„Ich gehe mit! Ich kenne die ganze verdammte Stadt, aber da drinnen war ich noch nie", sagte Sorreebas.

Mit roher Gewalt wurde die Eingangstür zu den Frauengemächern aufgebrochen, und schon drangen Arramedis und seine Männer ein.

Als die Frauen die mit Blut bespritzten Krieger mit den gezogenen Schwertern sahen, brach eine Panik im Harem aus. Alle Frauen schrien wie verrückt und rannten wie die aufgescheuchten Hühner umher. Obwohl es völlig sinnlos war, versuchten sie sich und ihre Kinder irgendwo hinter Mobiliar oder Wänden zu verstecken.

Sorreebas hatte nicht erwartet, dass sie so viel Angst haben könnten und befürchtete schon, sie könnten sich verletzen. Oder Ash könnte ihnen etwas Böses antun.

Er versuchte sich Gehör zu verschaffen und rief laut: „Frauen, hört mir zu! Ruhe! Ganz ruhig! Keine Angst! Wir tun euch nichts! Ihr habt nichts zu befürchten. Wir wollen nur Ash! Sagt uns, wo er ist und alles wird gut! Ich verspreche es euch! Also, wo ist Ash?"

Keine Antwort!

„Liebe Frauen, bitte! Ash muss hier bei euch sein! Wo ist er?"

„Er ist nicht hier!", rief eine Frau.

„Wo ist er dann?"

„Das wissen wir nicht!"

Arramedis wurde es zu bunt und sprach zornig: „Jetzt reicht es! Männer, sofort alles durchsuchen! Bringt mir Ash!"

Sofort machten sich zahlreiche Männer ans Werk und stellten die ganzen Räumlichkeiten des Harems auf den Kopf.

Kurz darauf mussten sie melden: „Ash ist nicht hier!"

„Das gibt es doch nicht!", sagte Sorreebas und schüttelte verständnislos seinen Kopf. Arramedis konnte es nicht glauben, er bekam einen Wutanfall und schrie nervös: „Verflucht! Wo ist Ash? Durchsucht nochmal den ganzen verdammten Palast!"

Wieder machten sich die Männer auf die Suche und durchstöberten den Palast von oben bis unten.

„Herr, schaut, was wir gefunden haben!", sagte ein Soldat zu Arramedis und zeigte ihm einen abgeschnittenen Spitzbart.

Sofort ging er damit zu Sorreebas, zeigte ihm den Bart und sagte: „Wir können Ash nicht finden. Aber schau dir das mal an!"

Sorreebas nahm das Behaarungsteil in die Hände, betrachtete es genau und sprach: „Ash hat sich seinen verdammten Bart abgeschnitten!"

„Hat er sich verkleidet?"

„Ja!"

„Als was?"

„Ich vermute, als Hausdiener!"

Als Arramedis das hörte, stürmte er sofort aus dem Palast auf den Hof und befahl seinen Männern: „Das ganze Hauspersonal gefangennehmen! Sofort!"

Die Frauen, Männer und Kinder, die sich inzwischen wieder beruhigt hatten, bekamen es wieder mit der Angst zu tun, als die Soldaten sie einkreisten und festhielten.

Arramedis und Sorreebas schauten sich das männliche Hauspersonal ganz genau an, doch nach kurzer Zeit wussten sie, Ash war nicht dabei.

Da kam ein Soldat und meldete: „Herr! Einer der Hausdiener und ein kleiner Junge fehlen. Dieser Hausdiener sagte, der Junge wäre verletzt, er sei die Treppe heruntergestürzt und er wolle ihn ins Lazarett bringen. Unser Hauptmann hat ihn gehenlassen."

Sofort wurde ihnen klar: „Ash! Das war Ash!"

„Verdammt! Wo ist der Hauptmann?", schrie Arramedis.

„Herr, wir können ihn nicht finden!"

Arramedis dachte kurz nach und gab seine Befehle: „Ash ist irgendwo in der Stadt! Die Tore schließen! Sucht Ash und diesen verräterischen Hauptmann!"

Schon rannten hunderte von Soldaten durch die dunklen Straßen der Stadt und machten sich auf die Suche.

Es dauerte nicht lange, da fanden sie den siebenjährigen Jungen, der nur ein weißes Nachhemd trug. Sofort sprach ein Soldat ihn an: „Hallo Junge, wo ist der Mann, der dich in Lazarett bringen wollte?"

„Aber das darf ich doch nicht sagen! Er hat es mir verboten!"

„Wer hat es dir verboten? Wie heißt er?"

„Das darf ich doch nicht sagen!"

Arramedis kam dazu, machte ein freundliches Gesicht und fragte: „Weißt du, wer ich bin?"

„Ja! Herr Arramedis! Alle nennen dich den neuen Anführer!"

„Genau! Ich bin der neue Anführer. Weißt du, Junge, unser alter Herr Ash ist krank. Er wurde von einem großen Skorpion gestochen. Das Gift des Skorpions raubt ihm den Verstand. Wir müssen ihn finden, bevor etwas passiert und Herr Ash sich wehtut. Bitte sage uns, war der Mann, der dich ins Lazarett bringen wollte, unser Herr Ash?"

„Ja! Das war unser Herr Ash Chnassaran! Aber ohne Bart und ohne Haare! Und er trug nur ein Schlafgewand, wie wir! Ich habe ihn erst gar nicht erkannt, obwohl ich einer seiner Hausjungen bin. Er befahl mir, nichts zu sagen. Ich verstehe das alles nicht", sagte der Junge aufgeregt.

„Das Gift des Skorpions hat ihn verwirrt, verstehst du?"

„Ja, jetzt verstehe ich es!"

„Sehr gut! Wir müssen ihn finden! Kannst du uns sagen, wohin er wollte?"

„Das weiß ich nicht genau. Er hat mich einfach zurückgelassen und sagte, er gehe jetzt allein zum Lazarett. Doch ich glaubte ihm nicht und schlich mich hinterher. Ich beobachtete, wie er sich mit einem Hauptmann und zwei weiteren Männern traf. Sie brachten ihm Schuhe und etwas zum Anziehen, ein dunkler Umhang und so. Herr Ash zog sich an, danach rannten alle weiter, ich hinterher. Am Hause des edlen Herrn Sorreebas bemerkten sie mich und blieben stehen. Ich hörte Ash sagen: Zu den Pferden! Ash und der Hauptmann gingen weiter, doch zwei Männer rannten auf mich zu, sie wollten mich fangen. Ich rannte weg, sie mir hinterher. Dann waren sie plötzlich wieder weg. Ich wollte wissen, wo sie sind, da hatte ich eine Idee. Da war das hohe Haus mit dieser tollen Dachterasse. Ich war schon oft da oben, weil man da so weit gucken kann. Ich rannte die Treppen hinauf und schaute nach unten. Da sah ich alle vier Männer. Sie waren auf dem Weg, der zum Hafen führt!"

„Aha! Zum Hafen! Nicht zu den Pferden?", fragte Arramedis.

„Ich kenne mich doch aus in der Stadt, hoher Herr Arramedis! Sie rannten zum Hafen, da, wo immer die großen Schiffe kommen, die ich so gerne sehe. Ja, das ist alles. Jetzt ist mir kalt und ich will heim!"

„Danke, Junge! Das hast du sehr gut gemacht. Einer meiner Männer bringt dich zurück nach Hause! Und bald bekommst du eine Belohnung von mir!"

„Danke, Herr Arramedis", sagte der Junge, als der Anführer schon seinen Befehl ausrief: „Zum Hafen!"

Etwa 200 Männer rannten so schnell sie konnten durch die Stadt und erreichten schließlich den Hafen.

„Sofort alle Schiffe durchsuchen!", befahl er und teilte seine Leute ein. Sechs Schiffe lagen im Hafen, die alle gleichzeitig durchsucht werden sollten. Ein weiteres Schiff war draußen auf dem Meer zu sehen. Es war ein Getreidefrachter mit dickem Rumpf, einem hohen Hauptmast mit Großsegel, am Bug ein Vorsegel und ohne Ruder. Die weißen Segel waren gesetzt, er hatte schon vor über einer Stunde abgelegt und fuhr langsam die Küste entlang Richtung Norden.

„Der fahrende Getreidefrachter kann es nicht sein, den konnte er nicht mehr erreichen! Und hinfliegen kann er auch nicht!“, dachte Arramedis und nahm sich mit seinen Männern das größte Schiff vor, das im Hafen lag.

Ein griechisches Handelsschiff mit 30 Rudern auf jeder Seite, schlanken Rumpf und zwei Masten. Mitten in der Nacht war das Schiff im sicheren Hafen nur von zwei Nachtwachen besetzt. Sie ergaben sich sofort der Übermacht und beteuerten, dass niemand außer ihnen auf dem Schiff sei. Schon hatten die Männer von Arramedis das ganze Schiff durchsucht und meldeten: „Wir haben nichts gefunden!“

Auch von den anderen Schiffen gab es nur negative Meldungen.

„Verdammter Mist! Wo ist er hin? Zwei Männer mit guten Augen hoch auf den Mast! Vielleicht seht ihr irgendwas!“, befahl er.

Die beiden Männer kletterten hoch bis zum Mastkorb. Dort schauten sie sich nach allen Richtungen um und konnten auch sehen, was außerhalb des Hafens war. Plötzlich sahen sie etwas auf dem dunklen tosenden Meer treiben.

„Ein Ruderboot! Am Strand, Richtung Norden! Sie rudern auf den Getreidefrachter zu!“, rief einer der Männer aufgeregt und zeigte in die entsprechende Richtung.

„Das muss er sein! Schnell, zum Strand!“, befahl Arramedis laut.

So schnell wie es nur ging, rannten alle aus dem Hafen heraus in Richtung Strand. Die Schiffswachen schauten ihnen nach und sagten: „Die spinnen, die Leute aus Tarag Kanos!“

„Und da wollen welche mit dem Ruderboot noch den Getreidefrachter erreichen, in der Nacht und bei dem Seegang!“

„Das kann ja nichts werden!“

„Ich wette zwei Silberstücke, sie schaffen es!“

„Gut, ich halte dagegen und sage, sie schaffen es nicht!“

Am Strand angekommen sahen Arramedis und seine Männer ein Ruderboot, in dem vier Männer saßen. Das Boot kämpfte gegen die tosenden Wellen an, sie versuchten verzweifelt zu dem fahrenden Frachter zu rudern, doch der Wind blies landeinwärts, und das Boot konnte sich nur sehr langsam vom Strand entfernen.

Arramedis musste nachdenken, was nun zu tun sei, dann rief er:

„Alle Bogenschützen zu mir! Der Rest holt Boote und nimmt die Verfolgung auf!“

Während ein Teil der Männer sich auf die Suche nach Booten machte, rannte Arramedis mit seinen Bogenschützen den Strand entlang, um so nahe wie möglich an das Boot heranzukommen.

Alle standen direkt am Wasser und obwohl Arramedis nicht genau wusste, ob das wirklich Ash war, sagte er: „Das Boot ist nicht weit weg. Wir versuchen es mit Pfeilen zu treffen. Bogenschützen: Weitschuß, schräg nach oben, Wind beachten. Spannen! Schießen!"

Ein ganzer Pfeilhagel flog durch die Luft, doch die Pfeile schlugen weit vor dem Boot im Wasser auf.

„Verfluchter Mist, zu weit weg", sagte Arramedis und dachte kurz nach.

Dann befahl er: „Alle Männer ins Wasser, näher heran! Keine Angst, der Strand ist hier sehr flach!"

Arramedis ging in das Meer, ängstlich folgten ihm seine Männer, sie konnten nicht schwimmen und trugen Rüstung und Waffen. Sie spürten das kalte Wasser und die Wellen, die ihnen entgegenkamen und sie umwerfen wollten. Immer tiefer gingen sie hinein, das Wasser stand ihnen schon bis zu den Hüften, sie kämpften gegen die Wellen an, einige wurden umgeworfen und versuchten mit Mühe wieder aufzustehen. Die Angst der Männer wurde immer größer.

Erst als sie bis zur Brust im Wasser standen, sagte ihr Anführer: „Halt! Das reicht! Bogen spannen!"

Das war leicht gesagt, doch die ständig neuen Wellen machten das zu einer schweren Sache. Kam eine Welle, waren sie bis zum Hals, oder sogar darüber, im Wasser.

„Wellental abwarten! Wartet! Achtung, große Welle! Jetzt! Spannen zielen! Schuß!"

Bevor die nächste Welle sie überrollte, konnte ein Teil der Männer einen Pfeil abschießen. Alle Pfeile verfehlten das Boot, doch Arramedis konnte erkennen, dass das Boot in Reichweite der Pfeile war. Außerdem kam das Boot kaum vorran, die Wellen trieben es immer wieder zurück.

„Die Männer im Boot rudern schlecht, das sind bestimmt keine Seeleute. Das muss Ash sein", dachte Arramedis.

„Gut, Männer! Nochmal! Wellental abwarten und schießen!"

Mit aller Kraft versuchten die Männer ihr möglichstes. Wieder schossen sie ihre Pfeile ab, wieder verfehlten sie das Boot, das inzwischen weitergetrieben war. Aber ein Pfeil erreichte das Boot und blieb außen an der Bordwand stecken. Das gab ihnen Mut und Hoffnung.

„Weiter rüber! Wir versuchen es nochmal", befahl Arramedis.

Die Männer quälten sich durch das tiefe Wasser, näher zum Ziel heran. Plötzlich rief einer seiner Männer: „Hilfe!"

Es war ein kleiner Mann, der von einer Welle erfasst wurde und nicht mehr aufstehen konnte.

Arramedis rief: „Er ertrinkt! Helft ihm! Schnell!"

Zwei Männer suchten nach ihm. Sie sahen seine Hand, packten ihn und zogen ihn wieder hoch. Der kleine Mann schnappte panisch nach Luft und hustete salziges Wasser aus seiner Lunge.

„Der kann nicht mehr! Wir bringen ihn an Land!", sagte ein Krieger.

„Ja! Aber beeilt euch!"

Wieder rief Arramedis: „Wellental abwarten. Achtet auf den Wind! Zielen! Schießt!"

Wieder flog ein Pfeilhagel durch die Luft, doch diesmal erreichten die Pfeile das Boot, auf dem der Pfeilhagel von über 50 Bogenschützen erbarmungslos einschlug.

Arramedis hörte die Schreie der Getroffenen und sah im schwachen Mondlicht, dass niemand mehr ruderte.

„Jawohl! Treffer! Wir haben sie, Männer! Los, nochmal!", befahl der Anführer und ließ wieder die Bögen spannen. Wieder schossen sie und wieder wurde das Boot getroffen, dessen Insassen laut aufschrien.

„Gut! Das sollte reichen! Aus dem Wasser mit euch, bevor noch jemand ertrinkt", befahl er.

Die Krieger waren froh, dass es endlich geschafft war und kämpften sich Richtung Land.

Völlig durchnässt und frierend, aber zufrieden, schauten Arramedis und seine Bogenschützen zu, wie die Wellen und der Wind das Boot langsam an den Strand zurücktrieben.

Arramedis rief laut: „Wah! Die Götter sind auf meiner Seite! Ash, sie lassen dich nicht gehen! Sie bringen dich zurück zu mir!"

Als Antwort konnten er und seine Männer nur Schreie und lautes Stöhnen aus dem führungslos treibenden Boot hören, das langsam immer schwächer wurde. Sie wagten sich kaum vorzustellen, welche schrecklichen Szenen sich in dem Boot abgespielt hatten und noch abspielten.

Wenig später waren Soldaten mit einem anderen Boot da. Sie ruderten auf das treibende Boot zu. Als sie nahe genug waren, warfen sie, ohne Rücksicht auf die Insassen, einen Enterhaken in das Boot. Wieder konnten sie einen schrillen Schrei hören.

Als sie das eingefangene Boot an einem Seil an Land zogen, war nichts mehr zu hören.

Arramedis schaute in das Boot, in dem sich vier Männer befanden, alle waren von zahlreichen Pfeilen getroffen und bewegten sich nicht mehr. Alles war voller Blut, sogar die Gesichter der Männer waren getroffen worden.

Einer der Männer war Ash, dessen linke Hand zwischen Enterhaken und Bordwand eingeklemmt war. Die Hand war zerquetscht und nur noch eine blutige Masse, ein schrecklicher Anblick.

Ash lebte noch, obwohl sieben Pfeile in seinem Körper und ein Pfeil in seinem Kopf steckten. Er schaute mit leeren Augen Arramedis an und hauchte mit letzter Kraft: „Töte mich! Mach schnell… bitte!"

In Arramedis stieg Mitleid für seinen besiegten Feind auf, sofort zog er seinen Dolch und schnitt ihm die Kehle durch.

Der nächste Tag

Anniger lag wach in seinem Bett und konnte wegen der Schmerzen in seinem verwundeten Arm nicht schlafen. Neben ihm lagen Phygene und Mirakel, die beide tief und fest schliefen.

Der große vagotische Krieger dachte nach und sprach in Gedanken mit sich selbst: „Mein Arm! Es tut so weh! Freya, Odin, Thor, große nordische Götter, so helft mir! Dieser stechende Schmerz!

Ich muss die ganze Nacht gestöhnt haben, jetzt ist es draußen schon hell und die beiden Frauen liegen eng neben mir und schlafen immer noch. Heilgefährtin nennen die Amazonen das, wenn sich jemand zu dem Verletzten dazulegt und sich an ihn kuschelt. Die Katzen würden das auch machen, das Schnurren helfe dem Heilungsprozess, hat mir meine Tochter erklärt. Ich glaube nicht an solche Sachen, auch wenn Phygene ein Atemgeräusch macht, dass sich wie das Schnurren einer großen Katze anhört. Es gehört sich nicht, wenn ein alter Mann neben seiner erwachsenen Tochter im Bett liegt. Was sollen die Leute denken? Phygene ist das egal und ihrer kleinen Partnerin auch, die sich gerade an sie schmiegt, als wäre ich gar nicht da. Ein lesbisches Paar liegt neben mir, das würde mir in meiner Heimat niemand glauben.

Als Vater und richtiger Mann finde ich so etwas unsittlich, aber hier bei den Amazonen ist vieles anders. Eine Heilgefährtin hat nichts, rein gar nichts, mit Sex zu tun. Sie dient nur der besseren Genesung, hat mir Phygene mehrmals erklärt. Sulinka mache das auch mit dem verwundeten Siedor. Nun gut, aber Sulinka pflegt eine Liebesbeziehung zu dem jungen Karamäer-Offizier, das ist doch etwas anderes! Aber ich liege neben meiner Tochter, das geht doch nicht! Aber was soll ich machen. Meine Tochter ist hohe Offizierin und die Kommandantin, und ich muss gehorchen. Und sie will mir ja helfen, das ist eine gute Sache.

Bei allen Göttern, ihr Atemgeräusch. Wie das Schnurren einer Löwin! Steckt in ihr wirklich eine Raubkatze, so wie es viele Leute sagen? Quatsch, so etwas gibt es doch nicht! Oder doch? Haben die Götter mit Phygene etwas ganz Besonderes erschaffen? Das würde vieles erklären! Ihre unglaubliche Kampfkraft, ihr scharfer Jagdinstinkt, ihre Vorsicht, ihre blonde Löwenmähne und dieses merkwürdige Schnurren, wenn sie schläft!

Ich kann so viel darüber nachdenken, wie ich will. Ich werde es erst wissen, wenn ich bei Odin und bei Thor bin.

Es ist ja auch egal, ich liebe meine Tochter und so wird es immer sein! Jetzt fällt mir auf, mein Arm, er schmerzt kaum noch! Es ist besser geworden. Habt Dank, ihr Götter!"

Anniger fand endlich Ruhe und schlief ein.

Drei Stunden später war Karamis mit seinen Karamäern vor dem ehemaligen Haus des Alam Bun Kusom.

„Wo ist Phygene?", fragte er die wachhabende Offizierin Nadsch.

„Sie schläft noch, edler Herr Botschafter."

„Jetzt noch?"

„Äh …ja. Sie will erst zur dritten Stunde nach Sonnenaufgang geweckt werden."

„Aber diese Stunde haben wir ja schon!"

„Oh! Tatsächlich?"

„Ja! Ganz sicher!"

„Verzeihung, Herr Botschafter, dann werde ich sie sofort wecken!", sagte die ausgesprochen hübsche Offizierin und eilte los.

Karamis schüttelte den Kopf und sagte zu seinen Männern: „Unglaublich, diese Amazonen. Die würden den ganzen Vormittag verschlafen!"

Wenig später war Phygene bei ihm und sagte: „Guten Morgen, Herr Botschafter!"

„Morgen, Phygene!"

„Möchtet Ihr mit uns frühstücken? Ich habe gestern leckere Sachen bestellt und die sind sogar pünktlich hier ins Haus geliefert worden."

„Danke nein, ich habe schon gefrühstückt. Ich will, dass wir heute abreisen, nach Kasadoria."

„Oh! So plötzlich?"

„Ja! Hier finden wir Eika nicht. Und außerdem kommt diese Söldnertruppe immer näher. Und denen sollten wir nicht begegnen."

„Gut, wie Ihr wünscht, Herr Botschafter. Ich werde die entsprechenden Befehle erteilen", sagte die Anführerin der Amazonen zustimmend.

Samira hörte das mit Entsetzen, eilte zu ihrer großen rothaarigen Partnerin und sagte aufgeregt zu ihr: „Androxidopa, du musst mir helfen!"

„Was hast du denn, Kleines?“

„Der Herr Botschafter will, dass wir heute aufbrechen. Das geht nicht! Wir haben zwei Verwundete, die brauchen noch Bettruhe!“

„Aha! Gut, dann sage es dem Botschafter!“

„Aber ich traue mich nicht. Ich kann doch nicht so einem hohen wichtigen Edelmann widersprechen!“

„Na gut, dann gehe ich mit dir.“

„Ja! Bitte sage du es ihm!“

„Nein! Du sagst es und ich unterstütze dich.“

„Ich habe aber Angst!“

„Mensch, Samira! Jetzt mache dich nicht kleiner und unwichtiger, als du bist. Du bist eine ganz wichtige Heilkundige! Dein Wort hat große Bedeutung. Außerdem hatte er sich schon vor dir nackt ausziehen müssen und du hattest an seinem Intimbereich herumgefummelt.“

„Hih, genau! Hee, aber doch nicht herumgefummelt, heilkundig untersucht hatte ich ihn!“

„Na also! Los, gehen wir zu ihm!“

Kurz darauf standen die beiden Frauen vor dem Anführer der Karamäer. Androxidopa sprach ihn sofort an und sagte: „Edler Herr Botschafter, bitte verzeiht die Störung. Aber Samira hat Euch etwas sehr Wichtiges und Dringliches mitzuteilen.“

Karamis schaute die kleine schüchterne Heilkundige an und fragte spitz: „Was gibt es?“

Samira antwortete aufgeregt stotternd: „H … Herr Botschafter, bitte, wir … dürfen noch nicht abreisen!“

„Soso! Und warum nicht?“, fragte er grob und die beiden Frauen mit magischen Fähigkeiten konnten genau spüren, dass es dem Botschafter nicht recht war.

Samira wurde noch nervöser. Um überzeugender zu wirken, machte sie Gesten mit ihren Armen und stotterte: „Edler Herr, wi…wir haben doch z… zwei Verwundete … mit f… frisch genähten Wunden! Herr Siedor und Herr Anniger! Sie brauchen un … unbedingt noch Be … Bettruhe. Ich a… als wichtige Heilkundige sage, dass die Wunden … aufgehen und blu… bluten können, wenn … meine Patienten … was sie ja auch sind … zu früh aufs Pf… Pferd steigen. Das … äh … das kann ich, als … wichtige Hei… Heilkundige, nicht v… verantworten.“

Karamis konterte: „Wie du weißt, habe ich auch einen karamäischen

Heilkundigen dabei. Und der sagte mir, die Verwundeten könnten heute wieder reiten."

„Was? Nein! Vi... viel zu früh! I... ich halten nix ... gar nix von dem, der pu... putzt sich ja nicht mal die Zä... Zähne!"

Karamis war etwas überrascht über diese freche Meinung. Er schaute sie scharf an und fragte: „Seit wann stotterst du, Samira?"

Sie zuckte ratlos mit den Schultern und sagte: „Wei... weiß ich nicht. Ich bin doch so ... aufgeregt!"

Er konnte die Ehrlichkeit der zierlichen Frau spüren und auch, wie wichtig ihr das Anliegen war. Schließlich fragte er mit ruhiger Stimme: „Was schlägst du vor?"

„Ich ... äh ... meine, wir sollten noch einen Tag blei... bleiben und ...äh ..."

„Erst morgen aufbrechen?"

„Ja ... Herr Botschafter. Da ... das muss ich als wi... wichtige Heilkundige ... dringend empfehlen!"

Der Botschafter dachte laut nach und sagte: „Diese Söldner sollten noch weit weg sein. Gut, das Risiko, ihnen zu begegnen, würde größer werden, aber auf einen Tag sollte es nicht ankommen. Dann haben wir auch mehr Zeit, unsere Vorräte zu ergänzen. Na gut! Ich stimme zu! Wir brechen erst morgen früh auf, zur ersten Stunde nach Sonnenaufgang. Aber keine Stunde länger!"

„Vie... vielen Dank, e... edler Herr Botschafter!", sagte Samira, der ein großer Stein vom Herzen fiel.

Dann ging der Botschafter zu seinen Leuten und gab die Verschiebung der Abreise auf morgen bekannt, die beiden Frauen hörten lächelnd und mit Wohlwollen zu.

Androxidopa sagte anerkennend: „Das hast du sehr gut gemacht, kleine Samira! Du hast den hohen Herrn Botschafter überzeugt. Er hält sehr viel von dir! Deine Worte haben ein hohes Gewicht!"

„Danke, liebe Freundin", sagte Samira voller Stolz.

Amazonen und Karamäer wollten die Zeit nutzen, um Lebensmittel einzukaufen. Der Marktplatz von Tarag Kanos war am diesen Tag viel leerer, wie sonst. Viele Stände fehlten oder hatten geschlossen.

„Was ist denn heute los? Ist Feiertag oder was?", fragte Phygene verwundert.

„Ich weiß es nicht! Aber da vorne gibt es Lebensmittel! Lass uns dort hingehen", sagte Mirakel.

Die Amazonen gingen zu einer Gruppe ärmlich aussehender Bauern, die ihr Obst, Gemüse, Nüsse und Dörrfleisch auf am Boden ausgebreiteten Stoffsäcken anboten.

Zahlreiche Kriegerinnen prüften das Angebot, etwas argwöhnisch beobachtet von den Bauern, von denen sich aber niemand traute, etwas zu sagen.

„Die haben Angst vor uns", flüsterte Mirakel.

Tarmi und Sulinka gaben ihrer Anführerin ein Zeichen mit erhobenen Daumen und sagten: „Die Waren sind gut!"

Daraufhin fragte Phygene die Bauern: „Guten Tag! Was kostet das alles hier?"

Ein älterer Bauer fragte höflich: „Edle Dame, hohe Frau Amazone, bitte verzeiht, meint Ihr unsere ganzen Waren?"

„Ja! Alles, was man essen kann!"

„Oh, äh … da muss ich kurz nachrechnen. Sagen wir … äh … 30 Silberstücke? Ich hoffe, es ist Euch nicht zu teuer. Aber das ist sehr viel Obst und Gemüse und auch viel Dörrfleisch."

Da Phygene wenig Ahnung von Einkaufen hatte, schaute sie wieder zu Tarmi und Sulinka hinüber, diese nickten zustimmend.

Die große Blonde ließ sich von Sulinka den Truppen-Geldbeutel aushändigen, schaut kurz nach wieviel drinnen war und sagte gut gelaunt: „Gut! Ich gebe euch 35 Silberstücke!"

Der ältere Bauer begann zu strahlen, nahm das Geld entgegen und sagte: „Oh, vielen herzlichen Dank, hohe edle Dame, das ist äußerst großzügig von Euch!"

„Tja, wir Amazonen sind besser als unser Ruf!"

„In der Tat! Ihr seid wunderbare Frauen!", sagte der ältere Mann lobend und sah zu, wie die Kriegerinnen alles einpackten, die Bauern mussten nicht helfen.

„Noch eine Frage, guter Mann. Warum sind heute in der Stadt kaum Leute zu sehen? Hier ist doch sonst immer ein lebhaftes Markttreiben?"

„Gute Frau Amazone, die Leute haben Angst!"

„Angst? Vor was denn?"

„Habt Ihr denn nicht gehört? Der reiche Sklavenhändler Ash Chnassaran wurde getötet! Und es gab Kämpfe mit vielen Toten in der Stadt!"

„Was? Ash ist tot?“, fragte Phygene völlig überrascht und sofort breitete sich die Nachricht unter den Amazonen und Karamäern wie ein Lauffeuer aus.

Der Bauer sagte: „Ja! Er und seine Leibwachen wurden getötet. Ein Mann names Arramedis will die Macht an sich zu reißen. Die Leute haben Angst, dass es noch weitere Opfer geben könnte und bleiben lieber in ihren Häusern.“

„Und was ist mit euch?“

„Wir sind nur arme harmlose Bauern! Wir hoffen, uns wird man nichts tun. Außerdem sind wir auf den Verkauf unserer Waren angewiesen. Wir brauchen dringend Geld! Zwei Kinder sind krank und wir müssen einen Heilkundigen bezahlen. Aber jetzt werden wir sofort in unser Dorf zurückkehren. Wir haben ja dank Euch viel Geld verdient.“

„Naja, 35 Silberstücke sind kein Vermögen!“

„Ja, aber für uns ist es viel Geld. Oh Götter, hoffentlich kommen wir heil aus der Stadt. Hoffentlich nimmt uns niemand das Geld weg!“

Spontan bot Phygene an: „Sollen wir euch bis zum Stadttor begleiten?“

„Oh, edle Frau Amazone, das wäre wunderbar!“

„Na, dann los!“

Schon machten die Bauern ihre Ochsenkarren fertig und stiegen auf. Die Amazonen begleiteten die langsamen Fahrzeuge der Landwirte, bis sie das offene Stadttor passiert hatten. Die Bauern bedankten sich nochmals ganz herzlich und fuhren zurück in ihr Dorf.

Inzwischen war Phygene beim Botschafter zu einer Besprechung der Lage. Karamis machte sich große Sorgen und sagte: „Das gefällt mir nicht. Dieser Arramedis ist einer der Attentäter, ein brutaler Mensch! Ich weiß nicht, was das für uns bedeutet! Das Beste wäre, die Stadt sofort zu verlassen! Aber Samira sagt, wir sollten noch bleiben.“

„Ja, Herr Botschafter, wir sollten auf Samira hören! Sie ist eine gute Heilkundige und sie weiß, was sie sagt. Solche Verletzungen sind immer sehr ernst zunehmen. Außerdem ist einer der Verwundeten Euer Neffe.“

„Und der andere dein Vater!“

„Ja! Ganz genau, edler Herr Karamis!“

„Was schlägst du vor, Phygene?“

„Wir sollten diesen Arramedis aufsuchen und mit ihm reden, damit wir einschätzen können, ob wir in Gefahr sind."

„Ein guter Vorschlag. Dabei können wir auch feststellen, ob das alles wirklich stimmt und Ash wirklich tot ist. Aber wie finden wir Arramedis?"

„Äh … wir könnten da vorne die Wachmänner fragen!"

„Gut, das machen wir!"

Gemeinsam gingen sie zu einer Gruppe Wachsoldaten, die in der Stadt patroullierten.

Karamis sprach sie an: „Guten Tag, ich bin der karamäische Botschafter. Und das hier ist die Amazonen-Offizierin Phygene. Wir möchten mit dem hohen Herrn Arramedis sprechen! Bringt uns zu ihm!"

Der ranghöchste Wachmann sagte ablehnend: „Herr Botschafter, Frau Kommandantin, ich bedaure, dies ist zurzeit nicht möglich. Der hohe Herr ist mit sehr wichtigen Angelegenheiten beschäftigt."

„Ich bestehe aber darauf! Wo können wir ihn finden?", sagte Karamis energisch.

„Es tut mir sehr leid, aber …"

„Herr Wachmann, hört mir genau zu! Ich bin Botschafter Karamis und ich vertrete König Godric und das Volk der Karamäer. Und die edle Frau Kommandantin Phygene steht stellvertretend für Königin Sebrandia und das Volk der Amazonen. Wir bestehen darauf, das Oberhaupt dieser Stadt zu sprechen! Jetzt und sofort! Das ist unser Recht als hohe Gäste in dieser Stadt. Ich rate euch, legt euch nicht mit dem Volk der Karamäer und dem Volk der Amazonen an!"

Der Wachmann gab schließlich nach und sagte: „Nun gut! Ich werde es versuchen. Bitte folgt mir!"

Amazonen und Karamäer folgten dem Wachmann durch die Straßen der Stadt. Er führte sie zum Palast des Ash Chnassaran, welcher von zahlreichen Soldaten schwer bewacht wurde.

„Das ist doch das Haus von Ash! Was soll das?", fragte Karamis den Wachmann.

Dieser antwortete: „Dies war das Haus von Ash! Und Ash ist nicht mehr! Dieser Palast gehört stets dem mächtigsten Mann in Tarag Kanos. Bitte wartet hier. Ich werde nachfragen, ob der edle Herr Zeit für Euch hat."

Der Wachmann ging allein in das prunkvolle schwerbewachte

Haus. Karamis und Phygene blieben mit ihren zahlreichen Kriegern und Kriegerinnen vor dem Palast stehen und warteten. Sie sahen, wie zwei Soldaten eine Leiche heraustrugen und auf einen Wagen legten. Der Tote war auffallend groß und trug eine schwarze Uniform.

„Das ist einer von Ashs Leibwächtern!“, sagte Phygene zu Karamis. „Was, zum Teufel, geht hier vor?“

„Ein Machtkampf um die Vorherrschaft in Tarag Kanos!“

„Und Ash scheint ihn verloren zu haben!“

„Ja, Herr Botschafter! Es sieht in der Tat danach aus.“

Wenig später erschien ein alter Mann, der sich beim Gehen auf einen Stock stützte. Er war in Begleitung von vier Wachmännern.

Phygene erkannte ihn sofort und sagte: „Da kommt dieser Sorreebas. Ein seltsamer, unheimlicher Mann.“

Der alte Mann ging langsamen Schrittes genau auf Karamis zu und sagte: „Guten Tag, Herr Botschafter!“

„Guten Tag, Herr Sorreebas. Eigentlich wollten wir mit dem hohen Herrn Arramedis sprechen.“

„Ich weiß! Und ich bedaure, Arramedis ist nicht im Hause. Er ist mit seinen Truppen in der Stadt unterwegs, um für Ruhe und Ordnung zu sorgen. Leider müsst Ihr mit mir Vorlieb nehmen.“

„Die bekämpfen bestimmt die Anhänger von Ash“, flüsterte Phygene Karamis ins Ohr.

Sorreebas schien das verstanden zu haben und sprach: „Ganz genau, Frau Kommandantin. Ihr seid eine sehr scharfsinnige junge Dame! Aber glaubt mir, Ihr seid willkommene Gäste in unserer Stadt und habt selbstverständlich nichts zu befürchen! Ash ist von uns gegangen, wir haben gerade eine etwas angespannte Lage durch den Machtwechsel, aber schon Morgen wird sich alles normalisiert haben. Die Gasthäuser, der Markt und die Geschäfte werden wieder offen sein sowie unsere berühmten Freudenhäuser. Das normale Leben wird weitergehen. Schließlich sind wir eine sehr gastfreundliche Stadt und sind auf zahlreiche Gäste angewiesen!“

„Weil ihr viel Geld in den Bordellen und mit dem Sklavenmarkt verdienen wollt“, sagte Phygene ganz leise zu sich selbst.

Wieder hatte das Sorreebas verstanden und erwiderte: „Genau so ist es, edle Frau Amazone. Das Geschäft mit Sklaven und unsere Freudenhäuser sind nunmal unser Leben.“

Phygene erschrak, schaute ihn mit großen Augen an und dachte: „Kann der Alte meine Gedanken lesen? Will er vielleicht an die Macht? Wie alt ist der eigentlich?“

Einfach so sagte Sorreebas: „Ich bin 66 Jahre alt und nicht an der Macht interessiert. Arramedis hat die Macht übernommen und ich unterstütze ihn!“

Phygene schaute erstaunt und dachte: „Das gibt es doch nicht! Der kann meine Gedanken lesen!“

„Früher war ich noch besser. Das Durchschauen anderer Menschen hat mir stets geholfen, am Leben zu bleiben!“, sagte der alte Mann, wie eine Antwort auf Phygenes Gedanken.

Während sie ihn völlig verblüfft anschaute, wechselte Karamis das Thema und fragte: „Herr Sorreebas, wie kann es sein, dass ein Attentäter, der gefangen wurde und im Kerker sitzt, so plötzlich der mächtigste Mann in dieser Stadt wird? Das verstehe ich nicht!“

„Ich erkläre es Euch, Herr Botschafter. Arramedis wollte dieses Attentat nicht. Er wurde von Ash dazu gezwungen. Ash hielt als Druckmittel seine Tochter gefangen. Mit meiner Hilfe wurden Vater und Tochter befreit.“

„Wie war das möglich?“

„Ganz einfach! Die Männer vertrauen mir! Das haben sie schon immer getan.“

„Aha! Das ist natürlich eine Erklärung.“

„Ja, so ist es! Wisst Ihr, Herr Botschafter, hier ist vieles anders als in Eurem stabilen Königreich. Machtkämpfe und Machtwechsel kommen hier in Tarag Kanos sehr oft vor. Kommt ein neuer Herausforderer und greift nach der Macht, dann geht es los. Aber Euch bitte ich, mischt Euch nicht in die inneren Angelegenheiten dieser Stadt! Verhaltet Euch ruhig und neutral! Dann habt Ihr nichts zu befürchten.“

„Ist das wirklich so? Können wir Euch vertrauen?“

„Aber ja! Ich gebe Euch mein Wort. Wie gesagt, Ihr seid Gäste in unserer Stadt. Nun gut, nicht unbedingt die Gäste, die wir uns wünschen, aber dennoch Gäste. Warum sollten wir euch etwas antun? Das würde sich herumsprechen und viele Leute würden wegbleiben.“

„Und Ihr würdet kein Geld mehr verdienen!“

„Ganz genau, Herr Botschafter! Wie gesagt, Ihr seid vollkommen sicher.“

„Nun gut! Wir wollen noch eine Nacht bleiben und werden morgen abreisen."

„Aha! Morgen schon? Trotz der Verwundeten? Ihr dürft ruhig länger bleiben."

„Nein danke! Wir hörten, eine 500 Mann starke Söldnertruppe ist unterwegs nach Tarag Kanos. Wir wollen diesen Truppen aus dem Weg gehen."

„Aha! Ihr seid gut informiert, Herr Botschafter. Aber ich versichere Euch, Ihr habt von den Söldnern nichts zu befürchten. Es sind unsere Männer, sie unterstehen Arramedis!"

„Danke, Herr Sorreebas. Dennoch werden wir Euch morgen früh verlassen."

„Ganz, wie Ihr wünscht, Herr Botschafter! Übrigens, meine Vermutung hat sich erhärtet. Dieser persische Kaufmann ist mit großer Wahrscheinlichkeit nach Kasadoria gereist, mit dem Mädchen, das Ihr sucht!"

„Danke, edler Herr Sorreebas. Wir werden morgen nach Kasadoria weiterziehen."

„Dann werde ich Euch jetzt schon eine gute Reise nach Kasadoria wünschen. Und viel Glück auf der Suche nach dem Mädchen Eika. Und entschuldigt nochmals, dass Arramedis verhindert war. Doch bei Eurem nächsten Besuch wird Euch unser oberster Herr Arramedis ganz gewiss zur Verfügung stehen. Als kleine Entschädigung werde ich Euch morgen früh frischgebackenes Brot, für Euch und Eure zahlreichen Männer, und natürlich Frauen, zukommen lassen."

„Oh, dankeschön! Auf Wiedersehen, Herr Sorreebas."

„Auf Wiedersehen, Herr Botschafter! Und beehrt uns bald wieder. Wir freuen uns stets auf Euer Kommen!"

Beide reichten sich die Hand, danach ging man auseinander.

Kurz darauf fragte Karamis die vier Magierinnen: „Der war ja stinkfreundlich! Und? Hat er uns belogen?"

Tarmi ergriff das Wort und sagte: „Verzeiht, aber dieser Mann ist für uns nur sehr schwer durchschaubar. Er scheint auch über magische Kräfte zu verfügen."

„Ja! Der kann meine Gedanken lesen!", sagte Phygene.

„Wir konnten keine Unwahrheiten erkennen, das hat aber leider nicht viel zu sagen. Wir sind sehr unsicher. Alles ist denkbar!“, ergänzte Androxidopa.

„Das habe ich fast erwartet. Der sieht ja auch aus, wie ein unheimlicher Hexer! Nun gut, wir übernachten hier. Aber wir werden zur Sicherheit die Wachen verdoppeln!“, entschied Karamis.

Abreise

Die Nacht verlief ruhig. Die verdoppelten Wachen hatten am nächsten Morgen nur ein besonderes Vorkommnis zu melden. Und dies war die versprochene Anlieferung von frischem Brot für über 300 Frauen und Männer.

Pünktlich um eine Stunde nach Sonnenaufgang wurden die Amazonen geweckt, während die Karamäer schon seit einer halben Stunde wach waren.

Karamis persönlich ging in das Zimmer der Anführerin und staunte nicht schlecht, als er sie neben Anniger und Mirakel im Bett liegen sah. Er grüßte sie: „Guten Morgen, Phygene, du Langschläferin. Es ist Zeit! Wir sollten zusehen, dass wir hier wegkommen!“

Total verschlafen stand die blonde Offizierin auf und sagte: „Jawohl, Herr Botschafter! Verzeiht, ich komme sofort!“

„Gut! Wo ist mein Neffe?“

„Im Zimmer gegenüber, edler Herr!“

Karamis ging in das besagte Zimmer und staunte wieder, als er den verwundeten Siedor in den Armen von Sulinka liegen sah. Die schöne Offizierin sagte lächelnd: „Guten Morgen, edler Herr Botschafter!“

Sofort stand sie auf, bedeckte ihren hübschen nackten Körper mit einem Umhang und huschte aus dem Zimmer.

„Sie ist nur meine Heilgefährtin“, sagte Siedor verlegen.

Karamis hielt es für notwendig, seinen Neffen aufzuklären und sagte: „Soso! Heilgefährtin! Das sieht mir nach mehr aus. Du hast eine Liebesbeziehung mit ihr!“

„Ja, Onkel, ich gebe es zu!“

„Du weißt, sie ist eine Amazonen-Offizierin! Sie ist nichts für eine feste Beziehung. Sie wird dich niemals heiraten. Sie spielt nur mit dir.“

„Ja, ich weiß! Das hat sie mir sogar gesagt.“

„Das ist gut. Du solltest dich nicht in sie verlieben. Sie kann jederzeit mit dir Schluß machen.“

„Das ist mir bewusst. Aber ich muss zugeben, es ist sehr schön mit Sulinka. Sie ist eine wunderbare Frau!“

„Das glaube ich dir. Amazonen sind ganz besondere Frauen. Aber sie sind nichts für eine feste Beziehung.“

„Du sprichst aus Erfahrung, nicht wahr Onkel?"
„Wie meinst du das?"
„Na, du und die Königin!"
Karamis wurde verlegen und sagte streng: „Schweig, Siedor! Darüber werde ich nicht sprechen! Und jetzt, stehe auf! Wir müssen weg aus Tarag Kanos!"
„Ja! Ich mache mich fertig!"
„Kannst du reiten mit deiner Verwundung?"
„Ich denke, ja! Sulinka als Heilgefährtin hat mir wirklich geholfen!"
„Tatsächlich?"
„Ja, Onkel! Ich fühle mich gut!"

Schon wenig später saßen alle Amazonen und Karamäer auf ihren Pferden und waren bereit zum Aufbruch.

Karamis rief: „Abmarsch! Auf nach Kasadoria!"

Die über 300 Kriegerinnen und Krieger setzten sich langsam in Bewegung und bildeten eine langgezogene Truppe, die sich auf das Stadttor zubewegte. Schon passierten sie das offene Tor. Die dort stehenden Wachmänner ließen sie ungehindert durch und winkten ihnen zum Abschied zu.

„Beehrt uns bald wieder", rief einer von ihnen.

„Ganz bestimmt nicht", flüsterte Sandor zu Jebro.

„Verfluchte Sklaventreiber-Stadt", sagte der Junge abfällig.

Beide waren froh, dass sie die unangenehme Stadt endlich verlassen konnten.

Sie bildeten die Nachhut und waren die beiden letzten, die durch das Tor ritten. Kaum waren sie 30 Schritte vom Tor entfernt, da hörten sie ein Knarren und dann einen dumpfen Schlag: „Rumms!"

„Was war das?", fragte Sandor und drehte sich verwundert um.

„Sie haben ganz eilig das Tor geschlossen", antwortete Jebro.

„Warum denn das?"

„Keine Ahnung! Die spinnen doch, diese Sklaventreiber!"

„Da hast du recht, Jebro! Die Idioten wollen uns nicht mehr reinlassen!"

„Das kann uns egal sein! Wir gehen weg von hier!"

„Ja! Aber irgendwie habe ich ein komisches Gefühl!", meinte Sandor.

Vorne, an der Spitze der Truppe, ritten Phygene und Karamis. Beide waren recht gut gelaunt und freuten sich auf das neue Reiseziel. Doch die Freude war schnell vorbei. Sie trauten ihren Augen kaum, als direkt vor ihren plötzlich große berittene Truppenverbände auftauchten.

„Wer ist das?", fragte Karamis erstaunt.

„Ich fürchte, das sind die Söldner aus Pandorus."

„Jetzt schon? Das kann doch nicht sein! Und warum versperren die uns den Weg?"

Phygene schaute genauer hin und sah, wie die fremden Krieger zu den Waffen griffen. Entsetzt sagte sie: „Herr Botschafter, da stimmt was nicht! Die wollen was von uns!"

„Ja! Verdammt! Wir sollten ausweichen! Rechts die Böschung hoch und über die Felder."

Phygene gab sofort die Anweisung: „Truppen nach rechts ausweichen!"

Kaum schwengten die Amazonen und Karamäer nach rechts, erschienen oben auf der Böschung weitere fremde berittene Krieger, alle schwer bewaffnet mit Schwert und Schild und mit metallenen Helmen und Kettenhemden.

Karamis wurde es mulmig. Sofort befahl er: „Truppe nach links! In den Wald!"

Über 300 Reiterinnen und Reiter machten kehrt und ritten auf den Wald zu, da sahen sie fremde bewaffnete Reiter auch aus dem Wald kommen.

Völlig nervös sagte der Botschafter: „Verfluchter Mist! Das gibt es doch nicht! Was wollen die von uns? Zurück zur Stadt!"

Wieder änderten Amazonen und Karamäer die Richtung. Während sie zurück zum Stadttor wollten, kamen die fremden Truppen immer näher und bildeten langsam einen Umzingelungskreis.

Mit Entsetzen hörten Phygene und Karamis die Meldung von Sandor: „Das Tor ist zu! Die Stadtmauer ist mit vielen bewaffneten Soldaten besetzt. Sie haben Pfeil und Bogen auf uns gerichtet!"

„Verdammt! Wir sind eingekreist! Sofort einen Verteidungsring bilden!", schrie Karamis laut und aufgeregt.

Eine große Angst und Ungewissheit breitete sich aus, als die berittenen Kriegerinnen und Krieger eine ringförmige geschlossene Verteidigungsposition einnehmen mussten.

„Bereit machen! Zu den Waffen!", schrie Karamis nervös. Sofort wurden Schilde und Schwerter zur Hand genommen, und die Bogenschützen spannten Pfeile in ihre Bögen.

Die feindlichen Truppen blieben außerhalb der Reichweite der Bogenschützen stehen und bauten ihre Einkreisung weiter aus. Bis zur Stadtmauer standen die berittenen feindlichen Krieger. Eine unheimliche Stille stellte sich ein, alle schwiegen, waren aufgeregt und hatten Angst. Nur die unruhigen Pferde konnte man hören.

Die Gefahr war groß, Amazonen und Karamäer waren von zahlenmäßig weit überlegenen Reitertruppen vollkommen eingeschlossen. Und hinter ihnen war die unüberwindbare Stadtmauer, wo feindliche Bogenschützen lauerten.

Doch die Feinde griffen nicht an, sie standen nur da und warteten.

Karamis und Phygene standen in der Mitte ihrer ringförmigen Abwehrstellung und machten sich die größten Sorgen.

„Ich verstehe das nicht! Was wollen die von uns? Wollen die uns angreifen und vernichten?", fragte der Botschafter.

Phygene dachte nach und sagte: „Wenn sie das wollten, hätten sie es schon getan. Das Überraschungsmoment ist vorbei, jetzt wird es schwerer für die Dreckskerle!"

„Vielleicht ist es dem Anführer dieser Feinde egal, wieviele seiner Männer draufgehen!", meinte Karamis.

„Das kann natürlich auch sein! Ich vergaß das typisch männliche Denken, ohne Rücksicht auf Verluste!"

„Verflucht! Was wollen die nur?"

„Da kommt einer von denen", sagte Phygene, die den Reiter mit der weißen Fahne zuerst sah.

Ohne Angst kam der unbewaffnete Reiter näher, schwenkte seine Fahne und blieb vor den Amazonen stehen, die ihn argwöhnisch beobachteten. Dann rief er laut: „Botschafter Karamis?"

„Ja? Hier!", antwortete der Angesprochene.

„Botschafter Karamis! Unser Anführer Arramedis will mit Euch sprechen!"

Sofort beschwerte sich Karamis und sagte zornig: „Was soll das alles hier? Warum habt ihr uns umzingelt? Ihr habt kein Recht dazu! Wir sind keine Feinde! Wir haben euch nichts getan!"

Der Bote ging nicht näher darauf ein und sagte: „Arramedis wird

Euch alles erklären. Kommt alleine, unbewaffnet und zu Fuß. Euch wird nichts geschehen. Wir garantieren für Eure Sicherheit!"

„Nein! Soll er doch zu mir kommen!", konterte Karamis.

„Wenn Ihr Euch weigert, werden wir angreifen!"

„Warum? Was soll das? Verdammt nochmal!"

„Kommt und redet mit Arramedis und Ihr werdet verstehen!"

„Nein! Ich will nicht!"

„Herr Botschafter, hört mir genau zu! Wenn Ihr nicht kommt, dann kommen unsere Truppen zu Euch! Und dann wird es ein schreckliches Blutbad geben. Wollt Ihr das?"

„Nein! Aber offensichtlich wollt ihr das!"

„Nein, das wollen wir nicht! Aber es wird geschehen, wenn Ihr Euch weigert! Also kommt zu Arramedis! Ich verspreche, Euch wird nichts geschehen!"

Karamis dachte nach. Er wusste, dass die Diskussion mit diesem Mann nichts bringen würde. Schließlich gab er nach und sagte nervös: „Ich komme mit!"

Doch zuerst wandte er sich Phygene zu und sagte: „Hoffentlich überlebe ich das! Ich habe keine Ahnung, was dieser verrückte Arramedis von mir will. Phygene, bitte lasse prüfen, ob es eine Möglichkeit zu einem Ausbruch gibt. Falls sie mich töten, greift an der schwächsten Stelle an und versucht es!"

„Ja, Herr Botschafter. Aber ich hoffe darauf, dass Ihr wiederkommt und sich alles aufklären wird!"

„Das hoffe ich auch!"

Dann stieg er von seinem Pferd. Langsam, ängstlich, aber mit Wut im Bauch folgte er dem Reiter mit der weißen Fahne zu den feindlichen Truppen.

Er sah die berittenen Krieger. Alle waren auffallend groß und kräftig. Sie hatten Schwerter und Schilde in bester Qualität. Die Kettenhemden gingen bis über den Hals. Der Kopf war durch einen Bronzehelm gut geschützt.

„Die sind kaum zu bezwingen", dachte er.

Die Krieger öffneten eine kleine Lücke in ihren Reihen, wo er durchgehen konnte. Dahinter stand ein Bär von einem Mann. Er trug ebenfalls die Rüstung und war schwer bewaffnet. Karamis erkannte ihn sofort und sagte erbost: „Arramedis! Was soll das? Wir waren fair zu Euch, trotz des Attentats. Ihr verdankt uns Euer Leben. Wir haben Euch nichts getan! Erklärt mir das!“

Der riesenhafte Anführer ging auf den Botschafter zu. Sein Blick war starr und eiskalt. Mit seiner tiefen Stimme sagte er: „Ihr habt jemanden, den ich haben will!“

„Wen meint ihr? Alam? Wollt ihr Alam Bun Kusom?“

„Nein! Ich will die Mörderin meines Bruders. Bringt sie zu mir und Ihr könnt gehen!“

„Ich weiß nicht, wen und was Ihr meint. Meine Leute haben niemanden ermordet!“

Arramedis wurde zornig, stellte sich ganz nah vor dem viel kleineren Botschafter auf, schaute zu ihm herab und sprach eiskalt: „Mein Bruder wurde im Bordell Seefahrerglück ermordet. Und die Mörderin ist unter Euren Leuten! Stellt Euch nicht dumm! Ihr wisst genau, wen ich meine. Liefert sie mir aus und ich lasse Euch gehen!“

Karamis erschrak und dachte entsetzt: „Bei allen Göttern! Nein! Er meint … Mirakel! Sie hat im Seefahrerglück den Bordellchef getötet!

Die kleine Mirakel … sie ist die Geliebte der Phygene! Die große blonde Offizierin wird sie niemals ausliefern! Was soll ich nur tun?“

Nachdem er sich einigermaßen gefangen hatte, versuchte er es mit Verhandeln und sagte: „Guter Herr Arramedis. Ihr wisst genau, das war Notwehr und …“

„Bringt sie mir!“, fuhr er wütend dazwischen.

„Nein! Das kann ich nicht! Hört mir zu! Ich biete Euch Geld, viel Geld und …“

Plötzlich schrie er los: „Verflucht! Ich verhandele nicht! Wir werden angreifen und euch alle vernichten! Ich habe mehr als 900 bewaffnete Männer! Ihr seid umzingelt! Womöglich habt Ihr gute Kriegerinnen und Krieger, aber es kämpfen drei gegen einen von euch! Und ich schwöre Euch, wir werden Euch alle töten! Egal wieviele Männer mich das kosten wird! Also, liefert mir die Mörderin meines Bruders aus! Ich gebe Euch Zeit bis zur dritten Stunde nach Sonnenaufgang! Und das ist nicht mehr lange!“

„Äh … das ist in der Tat sehr wenig Zeit!“

„Es ist genug Zeit! Und wenn sie nicht da ist, dann greifen wir an! Und ihr werdet alle sterben! Das schwöre ich Euch bei der Seele meines Bruders! Der Gott der Rache ist mit uns!“

Karamis hatte es vor Angst die Sprache verschlagen. Er sah das vor Hass funkelnde Gesicht des Arramedis, welches einem finsteren Dämon glich. Er konnte sich gut vorstellen, dass dieser Mann seine Drohungen wahr machen würde.

„Was soll ich tun?", dachte er verzweifelt. Wieder wagte er einen Versuch zu verhandeln: „Herr Arramedis, ich weiß, der Tod Eures Bruders ist ein furchtbarer Verlust. Aber ich bitte Euch, Ihr seid der oberste Herr der Stadt Tarag Kanos. Bitte geht nicht das Risiko eines Krieges mit den Karamäern und Amazonen ein! Denkt an Euer Volk!"

Arramedis hörte gar nicht mehr zu. Er packte Karamis mit beiden Händen, hob ihn einfach hoch und schrie ihm ins Gesicht: „Ihr habt nicht mehr viel Zeit! Bringt sie mir oder ihr seid alle tot!"

Dann ließ er ihn plötzlich los, der Botschafter fiel zu Boden und musste sich unter dem Gelächter der feindlichen Männer wieder aufraffen.

Arramedis entfernte sich, Karamis wollte ihm nach, er wollte nochmal mit ihm reden: „Arramedis, so hört mir doch zu!"

Die feindlichen Krieger hielten ihn zurück. Dann packten sie ihn und schoben ihn in die andere Richtung. Einer sagte: „Da drüben sind deine Leute. Jetzt hast du noch weniger Zeit. Beeile dich, kleiner Karamäer!"

Wieder lachten sie über ihn und schubsten ihn an. Wieder fiel er zu Boden und hörte das höhnische Gelächter. Er begriff, dass Verhandlungen mit diesen Leuten keinen Sinn machten. Schnell stand er auf und eilte zu den Amazonen und Karamäern zurück.

Als er ankam, war er fix und fertig, und hatte vor Verzweiflung Tränen im Gesicht. Seine Leute bekamen es mit der Angst zu tun, so hatten sie ihn noch nie erlebt.

Phygene und Mirakel kamen zu ihm und fragten: „Herr Botschafter, was habt Ihr? Hat man Euch wehgetan?"

Karamis traute sich nicht, etwas zu sagen. Er war völlig außer Atem und schnappte nach Luft. Er hatte einen ganz trockenen Mund, gierig trank er einen ganzen Lederbeutel mit Wasser leer.

Wieder fragte Phygene: „Herr Botschafter, bitte was ist los?"

Er musste seinen ganzen Mut zusammennehmen, dann sagte er mit ernster Stimme: „Mirakel! Er will, dass wir Mirakel ausliefern! Sie hat seinen Bruder getötet in diesem verfluchten Bordell. Wenn wir das nicht machen, greift er uns an und wir werden alle sterben!"

Die Worte des Botschafters trafen Phygene und Mirakel wie ein Keulenschlag ins Gesicht. Erst wollten sie es nicht wahrhaben, es müsse ein Irrtum sein, ein Traum oder sonst etwas, doch als sie in das bleiche erstarrte Gesicht des Botschafters schauten, begriffen sie, dass es toternst war.

Schnell wie ein Lauffeuer sprach sich diese schreckliche Nachricht herum und ein großes Entsetzen breitete sich unter den Amazonen und Karamäern aus.

Mirakel war einem Nervenzusammenbruch nahe und fing an, bitterlich zu weinen. Phygene schnaubte wütend wie ein Stier und rief: „Niemals! Niemals liefern wir Mirakel aus! Kämpfen! Wir müssen kämpfen! Diese verfluchten Dreckskerle werden wir erschlagen!"

Karamis bemerkte, dass Phygene kaum noch zurechnungsfähig war. Deshalb wandte er sich an Nadsch und fragte sie: „Verdammt! Wie kommen diese Truppen so schnell hierher?"

Die hübsche Offizierin sagte: „Sie müssen Tag und Nacht durchgeritten sein. Wenn sie mehrmals auf frische Pferde wechseln, ist das möglich!"

„Ja, so wird es wohl sein! Wie sind die Chancen zu einem Ausbruch?"

„Leider sehr, sehr schlecht. Es ist fast unmöglich. Selbst an der schwächsten Stelle, der linken Flanke, braucht der Durchbruch Zeit. Und die werden wir nicht haben. Bis wir durch wären, haben wir die feindlichen Truppen im Rücken, und die machen uns fertig. Nur wenige von uns könnten durchkommen und fliehen."

„So ein verfluchter Mist! Das habe ich mir gedacht. Und wenn die angreifen und wir halten unsere Stellung?"

„Dieser Hauptmann Korr hat mir gesagt, über 500 von ihnen sind Söldner aus Pandorus, gut ausgebildete und erfahrene Krieger, die schon in aller Herren Länder gekämpft haben. Sie tragen teure und gute Rüstungen, unsere Pfeile sind nur im Gesicht und an den Beinen wirksam. Die sind verdammt schwer zu treffen. Wir haben viel zu wenige Speere, welche die Kettenhemden durchdringen könnten. Und im Schwertkampf sind sie uns haushoch überlegen.

Wir haben die Feinde gezählt, es sind etwa 900 Mann. Dazu kommt noch, dass sie von allen Seiten angreifen werden, wir sind in einer schlechten Stellung ohne ausreichende Deckung. Und kommen wir der

Stadtmauer zu nahe, werden uns die Wachmänner mit Pfeilen beschießen. Herr Botschafter, es tut mir leid, aber einen Kampf würden wir ganz sicher verlieren."

Karamis lief der Schweiß von der Stirn, er atmete tief durch und sagte völlig nervös: „Scheißdreck, verfluchter! Dann bleibt uns nichts anders übrig, als … Bitte hole die anderen!"

Nadsch kamen die Tränen und sagte: „Bei allen Göttern, Herr Botschafter!"

Inzwischen hielt Phygene die kleine Mirakel fest umklammert. Wie eine Verrückte hielt sie sie fest und rief: „Niemand bekommt meine Mirakel! Niemand!"

Karamis sagte laut und aufgeregt: „Wir werden alle sterben, wenn wir sie nicht ausliefern! Begreifst du das? Diese schwerbewaffneten Männer werden uns angreifen! Ich habe den Hass in den Augen von diesem verrückten Arramedis gesehen! Er wird angreifen! Von allen Seiten werden sie auf uns zustürmen und uns niedermachen! Sie werden uns alle abschlachten und in Stücke hauen! Wir haben keine Chance!"

Während Phygene immer noch Mirakel festhielt und sie nicht hergeben wollte, begriffen die anderen nun voll und ganz die toternste Situation, aus der es nur einen einzigen Ausweg gab.

„Eine für alle! Es muss sein!", fuhr es ihnen durch den Kopf.

Langsam wurde die wütende große Blonde von den Amazonen und dem Botschafter umzingelt. Phygene sah das und schrie: „Ihr bekommt Mirakel nicht! Nein! Haut ab! Lasst uns in Ruhe!"

Karamis sagte mit zitternder Stimme: „Phygene, sie werden uns vernichten! Wir werden alle sterben! Bitte gib uns Mirakel!"

„Nein! Niemals!", schrie die große Blonde wie wahnsinnig und hielt Mirakel fest unklammert.

Dann gab Karamis den schlimmsten Befehl, den er je in seinem Leben gab, es waren nur zwei Worte, die jeder verstand: „Holt sie!"

Schweren Herzens und mit Tränen im Gesicht gingen Sulinka, Tarmi, Sandor, Nadsch, Androxidopa, Shulizia, Siedor und sogar Karamis auf Phygene los und versuchten, an Mirakel heranzukommen. Ein Kampf um die zierliche Magierin begann.

Samira sah fassungslos zu und sagte: „Oh Götter, ich bin schuld! Ich habe den Botschafter überredet, noch in Tarag Kanos zu bleiben!"

Samira wurde fast verrückt und brach unter Tränen zusammen, Anniger und Jebro hatten alle Hände voll zu tun, um ihr zu helfen.

Inzwischen gelang es Karamis und den anderen, Phygenes Umklammerung zu öffnen. Die große Blonde war wie tollwütig und schlug wild um sich, mit vereinten Kräften gelang es gerade so, sie festzuhalten.

Mirakel kam aus dem Tumult herausgekrabbelt. Die kleine kluge Frau hatte alles begriffen. Sie war sich bewusst, nur sie konnte alle retten, wenn sie freiwillig zu Arramedis gehen würde. Und genau das hatte sie nun vor.

Langsam stand sie auf, drehte sich kurz um und sah den Tumult. Sie hörte das Schreien der Phygene, hielt sich die Ohren zu und ging langsam los. Die Amazonen und Karamäer, die sie sahen, trauten ihren Augen kaum und schauten sie mit Tränen in den Augen sprachlos an. Zwischen ihren berittenen Kameradinnen ging sie langsam durch, in Richtung der Feinde.

Sie ging über das freie Feld, sah die kleine Lücke zwischen den feindlichen Reitern und wusste: „Da muss Arramedis sein."

Obwohl sie ihn nicht sah, meinte sie zu spüren, dass er dort auf sie wartete. Ihr einziger Gedanke war: „Ich muss meine Leute retten! Ich muss sie retten!"

Zitternd und langsam ging sie auf die feindlichen Krieger zu. Sie sah viele, sehr viele schwerbewaffnete gepanzerte Söldner mit grimmigen brutalen Gesichtern, ein furchteinflößender Anblick.

Dann wurde ihr bewusst: „Er wird mich töten! Ich gehe zu meiner eigenen Hinrichtung! Ich werde sterben!"

Die Todesangst erfasste sie, ihr wurde schlecht, sie blieb stehen, fiel auf die Knie und musste sich übergeben.

Im Hintergrund hörte sie die verzweifelten Schreie der Phygene, die immer wieder ihren Namen rief: „Mirakel! Mirakel!"

Das Rufen ihrer Geliebten war herzzerreißend und zog sie wie magisch an, sie raffte sich auf und ging wieder zurück zu den Amazonen.

„Ich will immer bei dir sein, niemals von dir gehen! Das habe ich Phygene versprochen. Und jetzt breche ich mein Versprechen! Das darf ich nicht! Ich liebe sie! Ich muss zu ihr!", sagte sie zu sich selbst.

Schritt für Schritt eilte sie der Stimme ihrer großen Liebe entgegen. In Gedanken malte sie sich aus, wie schön es jetzt wäre, ihr in die Arme zu fallen, von ihr gehalten zu werden, ihre Wärme zu spüren.

„Es gibt nichts Schöneres auf dieser Welt! Und gleich werde ich bei ihr sein!", dachte sie.

Plötzlich hörte sie einen lauten dumpfen Schlag, dann noch einen und einen dritten. Die 900 feindlichen Krieger schlugen gleichzeitig mit ihren Schwertern gegen ihre Schilde. Es hörte sich schrecklich und sehr bedrohlich an.

Dann setzte ihr Verstand wieder ein, sie blieb stehen und dachte: „Sie werden sterben! Alle … werden sterben! Nur ich kann sie retten! Ich muss sie retten! Ich … muss! Aber dann … werde ich sterben! Oh Götter, steht mir bei!"

Wieder ging sie auf die Feinde zu. Noch größer wurde ihre Angst, sie befürchtete das Schlimmste und dachte: „Wie wird er mich töten? Tötet er mich gleich? Oder wird er mich vorher missbrauchen, mich quälen und foltern? Was hat er mit mir vor? Oh Götter, ich fürchte mich so sehr!"

Durch die große Angst versagten ihre Beine, wieder fiel sie auf ihre schlotternden Knie und konnte nicht mehr. In ihren Ohren hörte sie einen hellen schrillen Dauerton, ihre Schläfen schmerzten vor Anspannung, ihr Herz raste wie wild und ihr war eiskalt und glühendheiß zugleich. Sie weinte vor lauter Verzweiflung, doch ihr Verstand sagte immer wieder: „Ich muss weiter, ich muss die Schlacht … ich muss den Krieg … verhindern!"

Auf allen Vieren kroch sie weiter auf die Lücke in den Reihen der feindlichen Krieger zu.

„Ich muss mit ihm reden, ihm alles erklären! Es war doch Notwehr! Vielleicht hat er Gnade mit mir!", dachte sie, sammelte neue Kräfte und stand wieder auf.

Die Feinde waren nicht mehr weit, schon hatte sie sie erreicht und schaute sie an. Sie sah die kampfstarken Söldner, sah ihre entschlossenen gnadenlosen Gesichter und wusste sofort: „Gegen die haben wir keine Chance!"

Sie erreichte die Lücke und ging zwischen den feindlichen Reitern durch. Noch ein letztes Mal blieb sie stehen und schaute zurück. Sie sah ihre Leute, die tapfer den Verteidigungsring aufrechterhielten. Kurz ging sie in sich, die Tränen des Abschieds liefen über ihr Gesicht und sie sagte leise: „Ich liebe euch! Bei den Göttern … sehen wir uns wieder! Lebe wohl … geliebte Phygene!"

Mit wackligen Knien ging sie weiter und war hinter den feindlichen Reihen, plötzlich sah sie ihn.

Sie erkannte Arramedis sofort, er war einer der Attentäter. Ein Riese, so groß wie der Mann, den sie im Bordell Seefahrerglück töten musste, um ihr eigenes Leben zu retten. Arramedis war nicht ganz so bullig, eher etwas schlanker, sportlicher und noch gefährlicher. Und Mirakel war unbewaffnet, wehrlos und von zahlreichen Feinden umgeben. Und dieser Mann, dessen Hass im Gesicht geschrieben stand, war so groß und muskulös, dass er die kleine zierliche Frau einfach zerquetschen könnte.

Mirakels einzige Möglichkeit war es, auf Gnade zu hoffen. Sie fiel vor ihm auf die Knie, weinte und bettelte: „Es war doch Notwehr, ich wollte ihn nicht töten! Er griff mich an! Was sollte ich denn tun? Es tut mir so leid, so unendlich leid! Bitte vergebt mir! Bitte habt Gnade! Ich bin doch nur ein Mädchen, ich bin doch noch so jung!"

Arramedis kam zwei Schritte nach vorne und packte die zierliche Frau, die vor ihm wie ein kleines Kind aussah. Mit beiden Händen hob er sie einfach hoch. Mirakel spürte seine gewaltigen Kräfte und machte sich vor Angst in die Hose. Sie sah sein hasserfülltes Gesicht direkt vor sich, spürte seinen Atem, roch seinen üblen Mundgeruch und dachte: „Jetzt ist es aus!"

Seine Spucke flog ihr ins Gesicht, als er zornig sagte: „Was soll dieser Scheiß? Wieso schicken die mir ein Kind?"

Mirakel verstand gar nichts, zitterte vor Angst und spürte, wie der Urin ihre Hose befeuchtete.

Dann hörte sie wieder seine lauten scharfen Worte: „Irene! Ich will die Hure Irene! Höre mir zu, du kleine Göre! Gehe zurück zu deinem blöden Botschafter und sage ihm, wenn die Mörderin Irene nicht gleich hier ist, werden wir angreifen! Und ihr werdet alle sterben! Das ist meine letzte Warnung!"

Dann ließ er Mirakel einfach fallen. Sie stürzte zu Boden, tat sich etwas weh und sagte: „Aua!"

Sie saß auf dem Boden, sah zu dem riesigen Mann hinauf und versuchte, einen klaren Gedanken zu fassen.

„Nun hau endlich ab!", schrie er wütend zu ihr herunter.

Mirakel raffte sich auf und sah den Mann voller Angst an. Instinktiv drehte sie sich um und machte die ersten Schritte. Sie eilte durch die

Lücke der feindlichen Reiter und erreichte das offene Feld. Sie sah ihre Leute und wurde immer schneller. Wie ein Hase rannte sie mit kurzen schnellen Schritten auf ihre Leute zu. Sie rannte so schnell, wie noch nie in ihrem Leben.

Dann kam ihr der erste klare Gedanke: „Eine Verwechslung! Der Bordellchef war gar nicht sein Bruder. Es war … der Türsteher!“

„Mirakel kommt zurück!“, riefen die Amazonen und waren vor Freude völlig aus dem Häuschen. Sofort machten sie eine Lücke auf und ließen sie in das Innere des Verteidigungsringes.

Dort herrschte das Chaos. Sie sah Phygene, die immer noch weinte und tobte, und von Sandor, Nadsch, Tarmi und Sulinka mit aller Kraft festgehalten wurde.

Sie sah Karamis, der Alam in die Mangel nahm, ihn mit Ohrfeigen traktierte und ihn anschrie: „Du wusstest das, du Schuft! Du hättest uns warnen müssen, du verlogener Sklaventreiber!“

„Nein! Ich wusste das alles nicht! Bitte glaubt mir!“, sagte Alam verzweifelt und versuchte, sich vor den Schlägen zu schützen.

Mirakel kam zu ihnen und sagte völlig außer Atem: „Er will mich nicht! Er will … Irene!“

Erst jetzt bemerkten sie, dass Mirakel wieder da war. Sofort stellte Phygene das Toben ein und wurde losgelassen. Auch Karamis ließ von Alam ab. Alle drehten sich zu Mirakel um und schauten sie an, als ob sie ein Geist wäre.

Phygene meinte erst, sie habe Wahnvorstellungen, sie wäre krank vor Schmerz oder irgendwie verrückt geworden. Mit großen Augen starrte sie Mirakel an, dann begriff sie, dass es real war und der große seelische Schmerz fiel wie ein schwerer Stein von ihr ab.

Sprachlos nahm Phygene ihre Geliebte in ihre starken Arme, die Tränen des Wiedersehens liefen an ihren Wangen herunter und sie fing an zu weinen wie ein kleines Kind.

Die Amazonen sprangen vor Freude in die Höhe und begrüßten ausgiebig die verloren geglaubte Kameradin. Auch Karamis freute sich, doch er wusste genau, dass die Gefahr noch nicht gebannt war. Sofort fragte er die kleine Magierin: „Mirakel, was hast du gesagt?“

Die Angesprochene holte tief Luft und sagte völlig aufgeregt: „Er will mich nicht! Er will Irene! Sein Bruder war der Türsteher, den Irene getötet hat. Er will, dass wir ihn Irene bringen! Es muss schnell gehen, sonst greift er an!"

„Irene? Wer, zum Teufel, ist Irene?", fragte Karamis laut schreiend.

Nadsch klärte ihn auf und sagte vorsichtig mit gesenktem Kopf: „Verzeihung, Herr Botschafter. Die … äh … Dirne Irene, aus dem Bordell Seefahrerglück! Wir haben sie … äh … befreit und mitgenommen."

Karamis wurde wütend und sagte: „Was? Ihr habt eine Mörderin mitgenommen? Und mir nichts davon gesagt? Warum nicht?"

„Verzeihung, Herr Botschafter. Wir … äh … hielten das für die Sache der Amazonen und … äh … wollten Euch nicht damit belästigen!"

„Aha! Nicht damit belästigen! Und jetzt haben wir eine ganze Armee am Hals, die uns vernichten will! Verdammter Mist! Ihr Frauen seid manchmal sowas von dumm!"

„Ich bitte um Vergebung! Für uns war das eine humanitäre Sache, sie mitzunehmen. Wir konnten doch nicht ahnen, dass es so gefährlich werden würde!", versuchte Nadsch es zu erklären.

Karamis schimpfte weiter: „Nicht ahnen! Was ist denn mit euren magischen Fähigkeiten? Die haben wohl versagt, was?"

„Es … äh … sieht fast danach aus!"

„Na wenigstens gebt ihr es zu!"

Plötzlich wurde das Streitgespräch von einem dumpfen Knallen unterbrochen. Die Krieger der gegnerischen Truppen schlugen wieder gleichzeitig mit ihren Schwertern auf ihre Schilde. Amazonen und Karamäer bekamen es mit der Angst zu tun, es hörte sich furchtbar bedrohlich an. Nadsch sagte entsetzt: „Oh Götter, die Zeit läuft ab!"

Karamis holte Luft und schrie völlig aufgeregt: „Wo ist diese Irene? Wir müssen sie ausliefern! Sofort!"

Nadsch befahl laut schreiend ihren Amazonen: „Bringt sofort Irene her! Aber schnell!"

Die ehemalige Dirne wusste, dass sie gesucht wurde. Mit hochgezogener Kapuze und auf dem Boden hockend versuchte sie sich zwischen den Packpferden zu verstecken. Doch es war vergeblich, die Kriegerinnen hatten sie schnell gefunden.

Als sie gepackt wurde, erfasste sie die Todesangst. Sie schrie so laut auf, dass alle sie hörten und sich nach ihr umdrehten.

„Die arme junge Frau tut mir leid! Doch es muss sein!", dachten viele Amazonen und Karamäer.

Verzweifelt versuchte sie, sich zu wehren, doch gegen vier Kriegerinnen hatte sie keine Chance. Mit Gewalt zerrte man sie zu

Nadsch und Karamis.

Brista versuchte ihrer Freundin zu helfen und schrie: „Das könnt ihr doch nicht machen! Dieser Dreckskerl wird sie umbringen!"

Sie ging sogar auf die Kriegerinnen los und versuchte sie zu befreien. Tarmi packte Brista und hielt sie fest.

Plötzlich hörte man wieder ein lautes dumpfes Knallen, kurz darauf noch eins und noch ein drittes Mal.

„Offizierin Nadsch! Bringe sie sofort zu ihm!", befahl der nervöse Karamis kurz und knapp.

Irene schrie und tobte wie wild, doch es nützte nichts. Vier Amazonen-Kriegerinnen und die Offizierin zerrten sie in Richtung der Feinde.

Irenes Todesangst schlug in Hass um. Sie wusste, dass sie sterben würde und sprach laut und voller Zorn: „Ihr Amazonen habt mir versprochen, ihr werdet mich beschützen! Bei euch wäre ich sicher. Bei euch könnte ich ein neues Leben beginnen. Und jetzt liefert ihr mich aus! Ihr habt mich angelogen! Ihr habt mich reingelegt! Ich hasse euch, ihr verdammten Lügner! Verflucht sollt ihr sein, elendes Amazonen-Pack!"

Nadsch und ihre Kriegerinnen sagten kein Wort. Ihnen tat die junge Frau leid. Das, was sie machten, war furchtbar, unmenschlich grausam und tat ihnen im Herzen weh. Doch sie wussten, sie hatten keine andere Wahl. So zerrten sie die ehemalige Dirne gnadenlos zu den Feinden. Immer wieder wollte Irene sich wehren, sich losreißen und davonlaufen, doch sie hatte keine Chance.

Schon erreichten sie die gegnerischen Krieger, die kampfbereit auf ihren Pferden saßen und nun eine Lücke in ihrer Stellung aufmachten. Und dahinter erschien Arramedis mit seinen bulligen Männern.

Zwei seiner Männer kamen auf Irene zu, die immer noch verzweifelt versuchte, sich zu wehren. Wie ein Aal wandt sie sich, als die glatzköpfigen brutal aussehenden Riesenkerle sich vor ihr aufstellten. Auch Nadsch und ihre Kriegerinnen bekamen es mit der Angst zu tun. Einer der Männer packte Irene rücksichtslos an den Haaren und schaute in ihr Gesicht. Irene erstarrte vor Angst, sie sah ihren bevorstehenden Tod.

Der Mann schaute kurz zu seinem Anführer und nickte. Arramedis gab ein Zeichen und schon wurde die kleine junge Frau den Amazonen förmlich aus den Händen gerissen. Brutal und rücksichtslos packten sie sie und brachten sie zu ihrem Anführer.

Nadsch konnte es kaum fassen, wollte noch protestieren, so könne man nicht mit einem Menschen umgehen, doch sie hatte Angst und sagte zu ihren Kameradinnen: „Lasst uns abhauen!“

Mit Tränen in den Augen rannten die fünf Amazonen zu ihren Leuten zurück. Eine der Kriegerinnen war völlig aufgebracht und schrie wütend: „So etwas mache ich nie wieder! Nie wieder werde ich eine Frau an solche brutalen Arschlöcher ausliefern!“

Währenddessen wurde die arme Irene von den beiden kräftigen Männern festgehalten und stand vor dem riesigen Arramedis, der sie mit hasserfülltem Blick anstarrte. Sie sah sein Gesicht und wusste genau: „Das ist das Ende!“

Doch sie bäumte sich nochmal auf und schrie ihm wütend ins Gesicht: „Ich verfluche dich, Arramedis! Dein verfluchter Bruder ist in der Hölle, da wo du auch hingehörst! Die Pest an deinen Hals! Mögen die Würmer dich bei lebendigem Leib zerfressen!“

Arramedis zog sein Schwert und sprach eiskalt: „Für meinen Bruder!“

Dann stach er der jungen Frau in die linke Schulter. Irene schrie so laut auf, dass alle Amazonen und Karamäer ihre schrecklichen Schreie hören konnten. Schwer verletzt und stark blutend fiel sie zu Boden, der Schmerz in der Schulter war unerträglich groß. Die Sinne schwanden ihr, verschwommen sah sie über sich ihren Henker, der für sie aussah wie der leibhaftige Tod. Mit letzter Kraft streckte sie ihm ihren rechten Arm entgegen.

„Herr, bitte lasst sie nicht leiden. Bringt es zu Ende, Herr!“, sagte einer von Arramedis hartgesottenen Männern, die schon längst Mitleid empfanden.

„Ja! Ich bringe es zu Ende!“, sprach der riesige Mann, ging über sein Opfer und setzte das Schwert an. Irenes rechte Hand fasste nach seinem Hosenbein. Arramedis stach zu, genau ins Herz. Die Hand ließ sein Hosenbein los und fiel nach unten.

Irene war tot. Die hübsche junge Frau wurde nur 20 Jahre alt.

Danach

Bei den Amazonen hörte man Brista laut weinen, ansonsten war es still. Alle verharrten und bewegten sich nicht. Erst einige Minuten später beobachteten die Amazonen, wie die ersten feindlichen Krieger abzogen. Immer mehr schlossen sich an und der Belagerungskreis begann sich langsam aufzulösen. Das Stadttor wurde geöffnet und viele der feindlichen Krieger ritten hindurch und verschwanden.

Amazonen und Karamäer atmeten auf, sie wussten nun, Arramedis würde sein Wort halten und sie gehen lassen.

„Den Göttern sei Dank! Es ist vorbei!", riefen die Amazonen und erwachten zu neuem Leben.

„Wir haben es geschafft!", rief Karamis erleichtert seinen Karamäern zu und klopfte vielen von ihnen auf die Schulter.

Dann wandte er sich der Anführerin der Amazonen zu und fragte: „Ist alles in Ordnung?"

„Ja, Herr Botschafter", stotterte Phygene etwas abwesend und hielt Mirakel immer noch fest, wie eine Mutter ihr kleines Kind.

Karamis fand das reichlich übertrieben, schüttelte mit dem Kopf und sagte mit scharfer Stimme zu ihr: „Frau Kommandantin, willst du nicht endlich Mirakel loslassen? Oder willst du sie dir vor dem Bauch binden wie ein Baby?"

Viele Karamäer und auch die Amazonen fingen an zu lachen, als sie das hörten. Endlich ließ die große Blonde ihre Geliebte los und stellte sie auf den Boden.

„Verzeiht, Herr Botschafter! Ihr habt recht. Ich benehme mich einer Offizierin unwürdig."

„Ganz genau! Dein Benehmen ist deiner hohen Stellung als Kommandantin völlig unwürdig! Die ganze Zeit war dein Verhalten absolut unmöglich! Du wolltest gegen die Feinde kämpfen? Hast du dich vorher über unsere Lage informiert?"

Sie ließ den Kopf hängen und sagte leise: „Nein, Herr Botschafter!"

„Hast du dich kundig gemacht, ob der Kampf gegen eine dreifache Übermacht überhaupt zu gewinnen wäre?"

„Äh … nein!"

„Was wäre passiert, wenn Mirakel nicht gegangen wäre?"

„Sie …äh … hätten uns angegriffen!“
„Hätten wir eine Chance gegen die Feinde gehabt?“
„Ich … äh … glaube, nein!“
„Wieviele von uns hätten es überlebt?“
„Ver … vermutlich keiner von uns!“
„Das heißt, wir wären alle tot!“
Phygene sagte weinend: „Bitte verzeiht mir, ich … ich habe mich völlig falsch verhalten!“
„Ja! Falsch verhalten! Die hätten angegriffen und uns alle erschlagen! Die hätten uns alle getötet! Ist dir das klar? Verstehst du das, Phygene?“
„Ja, edler Herr Botschafter!“
„So darf sich eine Kommandantin nicht verhalten! Klammert sich an die Freundin fest, anstatt seinen Leuten die richtigen Befehle zu erteilen! Das geht nicht, Phygene! Ich bin schwer enttäuscht von dir!“
„Ich weiß, das war falsch! Bitte vergebt mir!“
„Dein Verhalten war … typisch Frau, viel zu emotional. Du dachtest nur an das Leben deiner Geliebten und nicht an die vielen Leben der 300 Leute. Das hätte ganz schön schief gehen können. Als gute Anführerin musst du weiterdenken. Du bist als Kommandantin für deine Leute verantwortlich! Ich hoffe, du hast daraus gelernt, so etwas darf nie wieder vorkommen!“
„Es kommt nicht mehr vor, ich verspreche es! Es war einfach unerträglich für mich, meine Geliebte gehen zu lassen. Ich konnte nicht mehr klar denken!“
Unerwartet wurde die Stimme des Botschafters weich und versöhnlich, als er sagte: „Du liebst Mirakel sehr, nicht wahr?“
Angenehm überrascht sagte Phygene: „Oh ja! Unsere Liebe ist sehr stark und innig!“
„Das ist sehr schön! Es freut mich für euch! Und es ist nochmal gut gegangen!“
„Dank Euch, Herr Botschafter! Ihr seid ein wahrer Held! Ihr habt eine blutige Schlacht und vermutlich einen großen Krieg verhindert.“
„Danke, Phygene! Aber dafür werde ich nicht in die Geschichte eingehen.“
„Wie meint Ihr das?“
„Weil diese verdammten Geschichtsschreiber nur über die kämpfen-

den Helden der Schlacht schreiben. Die wahren Helden, die Schlachten und Kriege verhindern und damit viele Menschenleben retten, interessieren sie nicht. Viele Schlachten und Kriege wurden verhindert, doch das wissen nur die wenigsten, weil kaum darüber berichtet wird. Kampf, Blut, Tod und Elend ist das, was diese blöden Schreiberlinge wirklich interessiert."

„Heißt das, wenn es zur Schlacht gekommen wäre, hätte man über uns geschrieben und wir würden in die Geschichte eingehen?"

„Na klar! Die große Schlacht vor dem Tor zu Tarag Kanos! Und wir wären mutige Frauen und tapfere Männer, die bis zum letzten Atemzug gegen eine feindliche Übermacht kämpften und den Heldentod fanden! So würden die Geschichtenerzähler, Schreiberlinge und Minnesänger über uns berichten!"

„Aber, wenn wir tot sind, dann haben wir ja nichts davon!"

„Ganz genau, Phygene!"

Die schöne Offizierin Nadsch ritt neben Alam und fragte ihn: „Viele Amazonen und Karamäer sind enttäuscht von dir. Und viele glauben sogar, du verheimlichst uns etwas. Ist das wahr?"

„Verzeiht mir, edle Frau Offizierin. Ich wusste, dass Arramedis einen Bruder hat! Doch ich kannte ihn nicht, ich wusste nicht, dass er dieser Türsteher war. Ich würde niemals Informationen zurückhalten, die uns in Gefahr bringen könnten! Niemals!"

„Was ist mit dem Bordellchef? Hat er auch einen rachsüchtigen Bruder? Ist Mirakel in Gefahr, weil sie diesen Bordellchef getötet hat?"

„Ich kann es nicht sagen! Es tut mir sehr leid! Ich hätte mich viel besser informieren müssen. Ich hätte Sorreebas fragen müssen! Das habe ich nicht getan. Das war ein großer Fehler!"

„Können wir uns wirklich auf dich verlassen?"

„Aber ja! Ich schwöre, ihr könnt euch auf mich verlassen!"

Dass er half, Arramedis an die Macht zu bringen, behielt er für sich. Er hatte Angst, dass es ihm den Kopf kosten könnte.

Nadsch fragte weiter: „Hätte dieser verrückte Arramedis uns wirklich angegriffen?"

„Ich weiß es nicht. Ich denke schon!"

„Aber warum? Es hätte eine furchtbare Schlacht mit vielen hundert Toten gegeben! Das verstehe ich nicht!"

„Arramedis ging davon aus, dass die Amazonen die Dirne Irene nicht freiwillig ausliefern würden. Deshalb hat er mit einem Angriff gedroht. Ob er wirklich angegriffen hätte, weiß nur er selbst. Doch letztendlich wollte er nur seinen ermordeten Bruder rächen, sonst nichts! Dass Mirakel zurückkam, ist der beste Beweis dafür!“

„Warum war ihm die Rache so wichtig?“

„Arramedis hat die Macht in Tarag Kanos übernommen. Doch um von seinen Männern wirklich anerkannt zu werden, musste er seinen Bruder rächen! Sein Familienmitglied, vom gleichen Blut! Die Männer würden ihn sonst nicht achten! Außerdem liebte Arramedis seinen Bruder. Es war ein großer Verlust für ihn.“

„Ich verstehe! Doch um die arme Irene tut es mir leid.“

Alam konnte sich nicht verkneifen, ein paar Ratschläge von sich zu geben: „Liebe Nadsch, liebe Frauen! Die Dirne Irene hatte einen großen Fehler gemacht, viele Leute sahen ihre Tat. Wenn man einen Mord begehen will, sollte man darauf achten, dass es keine Zeugen gibt! Sonst hat das, wie wir soeben erleben mussten, sehr unangenehme Folgen. Auch sollte man stets versuchen, den Mord anderen in die Schuhe zu schieben. Einfach lügen und behaupten, der andere war es. Bitte glaubt mir, ich kenne mich da bestens aus, von mir könnt ihr noch viel lernen!“

Die ehemalige Dirne Brista, die um ihre Freundin Irene trauerte, wurde furchtbar wütend und knurrte: „Hör mir zu, du elender Dreckskerl von einem Sklaventreiber! Noch ein falsches Wort und ich drehe dir deinen dreckigen Hals rum!“

Nadsch wurde sauer und befahl drohend: „Ja, Alam! Halte jetzt deinen Mund! Sonst ziehe ich dir die Ohren lang! Und du bist jetzt auch ruhig, Brista! Ich warne euch, wir Amazonen können sehr böse werden!“

„Jawohl, Frau Offizierin!“, sagten beide artig.

„Kriegerinnen! Passt auf die beiden Streithähne auf und sorgt für Ruhe und Ordnung!“

„Ja, Nadsch! Das werden wir!“

Alam dachte: „Nun gut! Den Mund halten. In dieser Lage genau das richtige.“

Kasadoria

Der Weg nach Kasadoria war einfach, sie mussten nur an der Küste des Meeres entlang reiten, denn Kasadoria war auch eine Hafenstadt, nur viel weiter südlich von Tarag Kanos.

Sie ritten etappenweise von Dorf zu Dorf und übernachteten in Fischerdörfern, die es in dieser Gegend sehr häufig gab.

Sieben Tage später ritten sie durch einen Wald! Ein breiter Weg führte hindurch, doch plötzlich war er von einem Trupp fremder Soldaten auf Pferden versperrt. Die bärtigen Männer trugen hellgraue Kleidung, dunkle hohe Reiterstiefel und auf dem Kopf einen ledernen Helm mit weißen Federn. Am breiten ledernen Gürtel trugen sie ein kurzes Schwert. Sie hielten alle ihren schwarzen Langbogen bereit und in der gleichen Hand einen Pfeil.

Karamis versuchte ein freundliches Gesicht zu machen und sagte: „Guten Tag, die Herren!"

Einer der Soldaten schaute ihn merkwürdig an und fragte: „Rasy therems jeln ney syrollik?"

Karamis verstand kein Wort und sagte laut und deutlich: „Ich verstehe euch nicht!"

Ein anderer Soldat kam nach vorne und sagte: „Wir Kasadorie Confinium Militaris! Wer du?"

Jetzt verstand er und anwortete: „Ich bin Karamis, Botschafter der Karamäer. Ich habe 150 Karamäer und 150 Amazonen!"

„Oho! Amazonis! Periculo!"

„Nein! Nicht gefährlich! Ich bin Herr über die Amazonen. Sie gehorchen meinen Befehlen!"

„Du Dominus Amazonis?", fragte der Grenzsoldat erstaunt.

„Ja! Ich großer Dominus über die Amazonen! Wir wollen nach Kasadoria!"

„Was du wollen … in Kasadoria?"

„Wir suchen ein Mädchen!"

„Suchen was?"

„Wir suchen Puella!"

„Aha! Puella! Ich verstehe! Pulcher Puella! Pulcher Femina!", sagte der Grenzsoldat lachend und alle anderen lachten mit.

Karamis wurde langsam ungeduldig und fragte: „Ja, wir suchen schöne Mädchen! Können wir jetzt weiter nach Kasadoria?"

Der Grenzsoldat hielt seine Hand offen und sagte laut und deutlich: „Erst Obolus, dann Kasadoria!"

Verärgert nahm der Botschafter seinen Geldbeutel und drückte dem Grenzsoldaten ein paar Silberstücke in die Hand.

Dieser nahm es lächelnd an und sagte: „Gratias, großer Dominus Amazonis."

Schon machten sie den Weg frei, und endlich konnten die Karamäer und die Amazonen weiterreiten.

Phygene fragte: „Was waren denn das für komische Kerle?"

„Kasadorier, die bewachen die Grenze, sprechen unsere Sprache nicht und kassieren Geld. Mann, gingen die mir auf die Nerven!", antwortete Karamis aufgebracht.

„Bitte beruhigt Euch, lieber Herr Borschafter. Unser Ziel kann nicht mehr weit sein!", sagte sie sanft, was auf ihn tatsächlich beruhigend wirkte.

Sie ritten durch zwei Fischerdörfer, dann sahen sie die Stadtmauern der Hafenstadt Kasadoria.

Die Stadt war größer und hatte viel mehr Einwohner als Tarag Kanos. Sie war auch besser geschützt, die steinerne Stadtmauer war höher, und Wachturm an Wachturm reihten sich aneinander. Nur wenige Gebäude, die auf einer Anhöhe standen, ragten über die Stadtmauer hinaus.

Vor der Stadt floß der Fluß Doria, der dort ins Meer mündete.

Bevor Karamis und seine 300 Leute zum Stadttor konnten, mussten sie erst eine gut bewachte hölzerne Brücke überqueren.

Wieder wurde der Weg von kasadorischen Wachmänner blockiert. Der Anführer der Wachen kam zu Karamis und sprach: „Willkommen, Botschafter Karamis, großer Herr über die Amazonen."

„Guten Tag! Ihr wisst bereits, wer ich bin?", fragte Karamis.

„Aber ja! Euer Kommen ist von unseren Männern angekündigt worden."

„Aha! Das ging aber schnell!"

„Ja, wir Kasadorier haben sehr schnelle Boten!"

„In der Tat! Gerne würden meine Leute und ich eure schöne Stadt besuchen!"

„Das ist sehr schön! Doch dazu müsst Ihr erst über diese Brücke."

„Genau das würden wir jetzt gerne tun!"

„Sehr gut! Das macht 100 Silberstücke, beziehungsweise ein Goldstück und 40 Silberne!"

„Was? 100 Silberstücke? So viel Geld?", fragte Karamis empört.

„Aber Herr Botschafter! Ihr seid 300 Leute. Das ist gerade mal ein Silberstück für drei Personen. Das ist ein Freundschaftspreis!"

„Freundschaftsspreis? Das ist ein Haufen Geld!"

„Bitte versteht, der Bau dieser Brücke hat sehr viel Geld gekostet. Das Geld muss wieder eingebracht werden. Aber wenn Ihr euer Geld sparen wollt, etwa einen Tagesritt flussaufwärts gibt es noch eine Brücke, die ist umsonst. Wenn Ihr so viel Zeit habt! Schwimmen wäre auch eine Möglichkeit, ist aber sehr gefährlich. Der Fluss hat eine starke Strömung, die alles hinaus auf das Meer treibt!"

Karamis fluchte innerlich, griff zu seinem Geldbeutel und bezahlte die geforderte Summe. Die Wachmänner bedankten sich und gaben den Weg über die Brücke frei.

Die Pferde stampften laut über die hölzerne Brücke, Karamäer und Amazonen waren beeindruckt und schauten in die Tiefe, wo sie das bräunliche Wasser des breiten Flusses Doria strömen sahen. So eine hohe und lange Brücke hatten sie noch nie zuvor gesehen.

Auf der anderen Seite angekommen war es nur noch ein Katzensprung bis zum Stadttor. Als sie dort ankamen, war das Tor geschlossen und eine Gruppe von etwa 30 Wachmännern stand davor.

Karamis flüsterte zu Phygene: „Diese verdammten Halsabschneider wollen bestimmt schon wieder Geld von uns!"

„Das befürchte ich auch!"

Ein Offizier kam auf sie zu. Er trug eine schicke braune Uniform mit ledernen Brustpanzer, sein silberfarbener eiserner Helm glänzte in der Sonne. Er war etwa 30 Jahre alt, gutaussehend und trug einen markanten schwarzen Zwirbelschnurrbart. Mit heller Stimme und starken orientalischen Akzent sprach er: „Willkommen, Herr Botschafter! Mein Name ist Udabor, ich bin Kommandant der Stadtwache und möchte mich gerne mit Euch unterhalten."

„Guten Tag, Herr Kommandant! Wollt Ihr uns nicht in die Stadt lassen? Sind wir hier unerwünscht?", fragte Karamis grob.

„Das nicht, aber ich möchte erst einige Dinge klarstellen, bevor wir

Euch und die Euren in die Stadt lassen. Bitte folgt mir in das Wachhaus!"

Karamis stieg genervt und kopfschüttelnd von seinem Pferd und flüsterte: „Was soll das nun wieder? Siedor, Phygene, Nadsch. Holt Alam und kommt mit mir!"

Im kleinen Wachhaus saßen sie dem kasadorischen Offizier und sechs seiner Unteroffiziere gegenüber und schauten sich misstrauisch an.

Dann legte Udabor los und sprach mit ernster Stimme: „Herr Botschafter Karamis! Um ehrlich zu sein, Ihr und eure Leute sind nicht gerade die Gäste, die wir uns wünschen! Und wir glauben nicht, dass Ihr gekommen seid, um unsere Freudenhäuser zu besuchen. Und wenn man Sklaven auf unseren Markt einkaufen will, benötigt man keine 300 Krieger! Also, warum seid Ihr gekommen?"

„Ihr habt vollkommen recht, Herr Kommandant! Wir sind aus einem anderen Grund hier."

„Aha! Und der wäre?"

„Wir suchen ein 12jähriges karamäisches Mädchen mit dem Namen Eika."

Udabor schüttelte ungläubig mit dem Kopf und sagte: „Herr Botschafter, ich erinnere mich. Ihr wart schon mal hier und habt auf den Sklavenmarkt nach diesem Mädchen gesucht. Und ich sage euch, dieses karamäische Mädchen gibt es nicht bei uns!"

„Davon würden wir uns gerne selbst überzeugen!"

„Aha! Und wie?"

„Indem wir uns nochmals den Sklavenmarkt anschauen und auch die Bordelle, die Gasthäuser, und so weiter!"

„Herr Botschafter, das werden wir Euch nicht gestatten!"

„Aber warum nicht? Ihr braucht keine Angst zu haben, wir Karamäer und Amazonen sind ganz friedliche Leute!"

„Wir Kasadorier haben keine Angst! Weder vor den Karamäern noch vor den Amazonen! Und wer sich bei uns nicht friedlich benimmt, der wird die volle Härte unserer kasadorischen Krieger zu spüren bekommen. Und wir sind nicht zimperlich! Störenfriede werden sofort aus der Stadt hinausgeworfen!"

„Ich versichere Euch, wir sind keine Störenfriede!"

„Seid Ihr doch! Wenn ihr in den Freudenhäusern herumschnüffelt, dann stört Ihr die Gäste und den normalen Bordellbetrieb."

„Das tun wir nicht!"

„Ach so! Aber aus Tarag Kanos sind uns ganz andere Dinge berichtet worden. Ein Bordell soll von kriegerischen Amazonen überfallen worden sein. Es soll vier Tote und ein ganzes Dutzend Schwerverletzte gegeben haben! Wollt Ihr das abstreiten?"

„Nein! Aber ganz so schlimm war es nicht, nicht wahr Phygene?"

Die große Blonde antwortete: „Ja! Es waren nur zwei Tote und fünf Verletzte, glaube ich. Aber wir …"

„Das ist schlimm genug!", unterbrach sie der Kommandant laut und behauptete: „Herr Botschafter, mir scheint, ihr habt Eure Amazonen nicht unter Eurer Kontrolle, auch wenn Ihr Euch neuerdings Dominus Amazonis nennt!"

Karamis gab zu: „Das ist ein Missverständnis, ich bin nicht der Herr über die Amazonen!"

„Aha! Da haben wir es! Ihr habt die kriegerischen Frauen nicht unter Eurer Kontrolle!"

„Doch! Das habe ich!"

„Eben habt Ihr noch das Gegenteil gesagt!"

„Oh Götter! So lasst mich doch erklären! Sie sind meine Verbündeten! Kommandantin Phygene und ihre 150 Amazonen unterstehen meinen Befehlen! Und ich versichere Euch, wir wollen ganz friedlich nach dem Mädchen Eika suchen, sonst nichts! Wir haben Hinweise, dass sie hier in Kasadoria war oder sogar noch ist."

Udabor winkte ab und sprach: „Ach, Herr Botschafter! Was sollen das für Hinweise sein? Ich glaube, da hat Euch jemand einen Bären aufgebunden!"

Karamis kam ganz nahe zu dem kasadorischen Offizier und sagte: „Kennt ihr den edlen Herrn Sorreebas aus Tarag Kanos?"

„Ja! Der edle Sorreebas ist auch hier eine bekannte Person!"

„Das ist gut. Herr Sorreebas hatte mit eigenen Augen gesehen, wie Eika von einem vornehmen Edelmann gekauft und nach Kasadoria gebracht wurde. Dieser Mann trug einen blauen Umhang, ein Kopftuch und war persischen Aussehens. Wir vermuten, dass dieser Mann im Auftrag von reichen Leuten Sklaven einkauft."

Der kasadorische Offizier war plötzlich wie verändert. Er dachte nach und fragte: „Sorreebas hat Euch das gesagt?"

„Ja! Niemand geringerer als Sorreebas!"

„Nun gut, ich lasse Euch in die Stadt, wenn Ihr mir versprecht, Euch anständig zu benehmen."

„Das werden wir!"

„Gut! Für eine kleine Spende für die Weinkasse meiner Männer wäre ich Euch dankbar", sagte Udabor lächelnd und hielt eine Schatulle zum Geldsammeln in den Händen.

Karamis verstand, griff genervt wieder mal zu seinen Geldbeutel und ließ ein paar Münzen in die Kasse klingen.

Der Kommandant der Stadtwache schien damit nicht zufrieden, er hielt immer noch die Schatulle hin und sagte: „Wisst Ihr, meine Wachmänner sind gute Leute. Aber sie sind auch nur Menschen und können nicht alles bewachen! In letzter Zeit treibt sich viel Gesindel in den Straßen von Kasadoria herum! Ich will nicht, dass Euch etwas zustößt!"

Karamis dachte empört: „Jetzt will er auch noch Schutzgeld! Wir können auf uns selbst aufpassen!"

Doch er wusste auch, dass die Stadtwachen auf seiner Suche hilfreich sein könnten. Und in dieser Stadt schien nichts ohne Geld zu gehen. Er biss seine Zähne zusammen und warf noch weitere Münzen in die Schatulle.

„Dankeschön, Herr Botschafter! Noch ein kleiner Tipp! Ich empfehle Euch eine Audienz bei unseren obersten Herren Ken Danus! Nur er kann Euch die entsprechenden Vollmachten für Euer Vorhaben erteilen. Ich wünsche Euch und die Euren einen schönen Aufenthalt in unserer wunderschönen Stadt!", sagte Udabor und machte eine vornehme Verbeugung.

Danach gab er in kasadorischer Sprache Anweisungen an seine Männer weiter. Kurz darauf wurde das Tor geöffnet und die Karamäer und Amazonen durften in die Stadt hineinreiten.

Alam sagte: „Ich bitte mir zu folgen. Dort entlang geht es zum Palast des Ken Danus."

Sie ritten nicht in die Innenstadt, sondern nach rechts auf eine Erhebung zu. Oben, auf einen kleinen Hügel gelegen, sahen sie eine große, aus hellgrauem Stein erbaute Tempelanlage. Eine breite Treppe führte zum Eingang, das Dach wurde von runden Säulen getragen. Vor dem Tempel waren neun überlebensgroßen Steinfiguren, in einer Reihe aufgestellt.

„Das sind die Gottheiten von Kasadoria! Auch ein paar griechische

Götter sind dabei", erklärte Alam den Amazonen, die aus dem Staunen nicht mehr herauskamen.

„Donnerwetter! Da würde ich gerne mal hineingehen! Das ist ja fast wie in Athen", schwärmte Mirakel.

Phygene fragte sie: „Warst du schon mal in Athen?"

„Nein! Aber ich habe schon Bilder von den Tempeln in Athen gesehen!"

Hinter dem mächtigen Tempelbau sahen sie ein prunkvolles großes Gebäude, ebenfalls aus weißen Steinen erbaut. Es stand direkt an der Straße, hatte keinen Hof, nur einen Garten an beiden Seiten. Neben dem Gebäude standen große hölzerne Pferdeställe.

„Das ist der Palast des Ken Danus, Herrscher über Kasadoria!", erklärte Alam.

Karamis sprach einen der zahlreichen Wachmänner an, die hier ihren Dienst machten: „Guten Tag! Ich bin Karamis, Botschafter der Karamäer, und würde gerne mit Herrn Ken Danus sprechen."

Der Wachmann antwortete: „Exspectare Centurio" und gab an seine Kameraden Anweisungen weiter.

„Was hat er gesagt?", fragte Phygene neugierig.

Alam antwortete: „Das war Latein und heißt, wir sollen auf einen Hauptmann warten. Hier in dieser Stadt sprechen nur wenige unsere Sprache. Man spricht hier Kasadorisch oder auch Latein."

Kurz darauf kam der Offizier Udabor zu Karamis und sagte: „Die Götter mit Euch, Herr Botschafter!"

„Der schon wieder", dachte Karamis leicht verärgert, sagte aber vornehm: „Vielen Dank, Herr Udabor! Mit Euch auch!"

„Gehe ich recht in der Annahme, Ihr ersucht eine Audienz bei unserem hohen Herrn Ken Danus?"

„Ja, das tun wir! Wir möchten den edlen Herrn Ken Danus sprechen."

„Der edle Herr ist schwer beschäftigt. Ein Empfang wäre erst bei Sonnenuntergang möglich."

„Oh! Bis dahin ist aber noch viel Zeit!"

„Ein früherer Empfang wäre auch möglich, aber nur gegen eine kleine Gebühr!"

Karamis sagte erbost: „Gebühr? Nein! Dann warten wir lieber!"

„Ganz, wie Ihr wünscht! Dann bis Sonnenuntergang, Herr Botschafter", sprach Udabor und wollte gehen.

Mirakel sagte: „Ich würde so gerne in den Tempel gehen!"

Phygene meinte: „Das kostet bestimmt einen Haufen Geld Eintritt."

Zufällig hörte das der kasadorische Offizier und sagte: „Aber Nein! Niemals! Der Tempel kostet doch keinen Eintritt! Wollt ihr unsere Götter beleidigen?"

Völlig verdutzt sagte Phygene: „Äh … nein! Entschuldigung!"

„Der Tempel ist jedermann zu jederzeit zugänglich! Alle dürfen das Haus unseres höchsten Gottes besuchen, sogar Frauen und Sklaven! Aber habt Ehrfurcht vor den Göttern und benehmt euch anständig! Silentium ist Pflicht im Tempel!", erklärte Udabor und ging.

Mirakel sagte: „Na, endlich mal etwas, was kein Geld kostet. Bis Sonnenuntergang ist noch viel Zeit. Dürfen wir zum Tempel, Herr Botschafter?"

„Von mir aus", stimmte Karamis zu und schon strömten über 150 Amazonen in Richtung Tempel, gefolgt von einem Großteil der Karamäer. Kommandantin Phygene teilte ihre Leute ein: „Die erste Hälfte darf die Tempelanlage besichtigen! Die zweite Hälfte wartet und passt auf die Pferde auf!"

Die kleine Priesterin Mirakel war die erste, die voller Begeisterung die große breite Außentreppe zur Tempelanlage hinaufeilte, alle anderen folgten ihr. Nur kurz schaute sie sich die neun überlebensgroßen Götterstatuen an, vor denen sich viele Leute befanden, die sie offensichlich anbeteten.

Eine Statue stellte eine unbekleidete, vollschlanke Frau dar. Die Statue war nur grob bearbeitet, viele Details fehlten oder waren nur angedeutet, was einen unfertigen Eindruck hinterließ. Dennoch beteten vor ihr besonders viele Leute.

„Das könnte die griechische Göttin Aphrodite sein", meinte Mirakel.

„So dick?", fragte Phygene respektlos und unbeeindruckt.

„Phygene, jetzt benimm dich anständig! Wir gehen jetzt in den Tempel", ermahnte sie ihre Partnerin.

„Jaja! Schon gut!"

Die kleine Mirakel ging wieder voraus, und alle hochgewachsenen Kriegerinnen folgten ihr, was etwas komisch aussah.

„Die Amazonen laufen einem Kind hinterher", dachten viele Leute, die sie beobachteten.

Schon erreichten sie den Eingang des Tempels. Der breite und hohe Eingang hatte keine Türen, links und rechts waren zwei steinerne Säulen, die den mächtigen hölzernen Querbalken trugen. Darüber war das imponierend große hölzerne Dachgebälk.

Der Boden bestand aus steinernen Platten in graubrauner Farbe. Das Innere war eine einzige große, hohe Halle, an deren Ende eine riesengroße, auf einem Sockel sitzende Statue aus hellgrauem Stein aufgestellt war. Sie stellte einen männlichen Gott dar, einen älteren bärtigen Mann, der in erhabener Pose seinen rechten Arm zum Gruß erhoben hatte.

Die rechte Hand war so hoch, dass die Finger fast das Dachgebälk erreichten. Doch der steinerne Arm wurde durch drei große Eisenstangen gestützt, was etwas unschön aussah.

In der linken Hand hielt die Figur das Abbild eines riesigen steinernen Granatapfels, der auch in seiner natürlichen Farbe angemalt war. Auch unter dieser Hand sah man eine Abstützung aus Eisen, damit sie nicht zusammenbricht.

Der Kopf der Götterfigur war von einer goldfarbenen Krone geschmückt. Das starre ernste Gesicht mit Augen in natürlichen Farben blickte herab auf die Besucher des Tempels.

Die Statue hatte einen Umhang, wo der Faltenwurf andeutungsweise herausgemeißelt war.

Die riesigen Füße auf dem Boden steckten in angedeuteten Sandalen. Ein Fuß war so groß, dass mehr als zehn Menschen darauf sitzen oder stehen konnten.

In dem mächtigen Sockel waren Texte in kasadorischer Sprache eingemeißelt.

Vor der Götterstatue stand ein steinerner Altar, der mit Blumen geschmückt war. Davor waren mehrere Kniebänke für die Betenden. Neben den Altar standen Tische mit Opfergaben in Form von Obst, Getreide und Gemüse.

Zwei große Weihrauchgefäße standen neben der Götterstatue, sie rauchten und gaben ihren zum Tempel passenden Geruch ab.

Überall waren brennende Fackeln an den hellgrauen steinernen Wänden, was den Tempel mit hellem rötlichem Licht ausleuchtete.

Außer den zahlreichen Tempelbesuchern waren noch drei glatzköpfige Männer mit bunt bemalten Gesichtern anwesend. Sie trugen lange weiße Gewänder mit fremdartigen runden Mustern und Symbolen in roter Farbe. Sie waren anscheinend die Priester dieses Tempels.

Mirakel verschlug es vor Begeisterung die Sprache und sie bekam vor lauter Staunen ihren Mund nicht mehr zu. Das Trauma, das sie noch vor sieben Tagen erlebt hatte, war wie weggeblasen.

Die Statue war so gewaltig und riesengroß, dass sie meinte, die Nähe der Götter zu spüren. Mirakel versuchte das Antlitz der Götterstatue zu interpretieren. Sie sah darin eine väterliche Strenge, aber auch eine große Güte und sogar Liebe.

Leise flüsterte sie zu Phygene: „Ich glaube, dieser Gott ist sehr gütig. Ich meine, das in seinem Gesicht zu erkennen."

„Hm! Das sehe ich nicht! Der guckt so streng! Ich mag ihn nicht!"

„Sag das nicht so laut! Du bist in seinem Tempel! Der hört dich!"

„Ach was! Das ist doch nur ein großer Steinbrocken!", winkte Phygene ab.

„Hach, ich würde so gerne wissen, welcher Gott das ist!"

„Frag doch einfach einen dieser angemalten Glatzköpfe, die im Schlafgewand hier herumlaufen."

„Phygene, du bist so respektlos! Mann, das sind bestimmt ganz hohe Priester! Menschen, die in Kontakt zu den Göttern stehen!"

„Jaja! Gehe zu ihm und stelle deine Fragen. Du bist ja auch eine Priesterin. Ihr seid ja sozusagen Kollegen."

„Meinst du wirklich?"

„Na klar! Gehe einfach hin!"

Mirakel traute sich einen der anwesenden Priester anzusprechen: „Verzeiht, edler hoher Meister, sprecht Ihr meine Sprache?"

„Aber ja, meine Tochter!", antwortete der Mann im weißen Gewand freundlich.

„Das ist schön! Hoher Meister, ich wollte nur fragen, wer ist dieser wunderbare Gott, dem dieser Tempel gewidmet ist? Er sieht so gütig aus! Es scheint, als liebe er die armen Menschen?"

„Meine Tochter, das ist unser höchster und wichtigster Gott. Sein Name ist Mammondorius, der Gott der Macht und des wohlstandbringenden Reichtums. Doch wenn du lieber um Güte und Liebe beten möchtest, draußen vor dem Tempel steht die Statue der Göttin Aphrodite."

Mirakel schaute dumm aus der Wäsche, als sie das hörte. Sie lächelte verlegen und sagte: „Aha! Interessant! Sehr schön! Vielen Dank, hoher Meister!“

„Bitteschön, meine Tochter!“

Als die Amazonen den Tempel wieder verließen, sprach Phygene: „So, die zweite Gruppe ist jetzt dran!“

Schon strömten die anderen Amazonen und zahlreiche Karamäer in den Tempel.

Die große Blonde konnte sich nicht verkneifen, ihre Partnerin aufzuziehen und sagte: „Na da hast du dich aber ganz schön geirrt. Von wegen Güte und Liebe! Die beten diesen Gott an, weil sie Macht, Geld und Reichtum haben wollen. Das passt zu dieser Stadt!“

„Ja, ich habe mich etwas geirrt. Aber trotzdem finde ich die riesige Statue faszinierend! Du nicht?“

„Ach was! Die ist nur riesengroß, um Eindruck auf die Leute zu machen. Leute, schaut nur, wie groß und mächtig unser Gott des Reichtums ist. Das soll sie zum Ausdruck bringen! Wenn ich sie sehe, denke ich eher daran, was das für eine Schweinearbeit sein muss, so ein Riesending aus dem Felsen zu schlagen. Mit Hammer und Meißel, den ganzen Tag! Klopf, klopf, klopf! Außerdem ist die Statue nicht perfekt. Nimmt man die Eisenstützen weg, brechen die Arme ab!“

„Sag mal, Phygene, glaubst du denn nicht an die Götter? Das würde mich sehr traurig machen!“

„Doch, ich glaube an die Götter! Ich bete oft zur Göttin Aphrodite, aber mehr innerlich, in meinen Gedanken. Und wenn ich bete, dann hauptsächlich für die Menschen, die ich mag und nur ein klein wenig für mich! Dazu brauche ich keinen Tempel mit einer riesengroßen Statue. Ein Gott des Geldes ist mir egal. Ich brauche eine Göttin, die mir … und vor allem dir … Liebe und Gesundheit schenkt.“

„Oh, Phygene, das hast du so schön gesagt! Ich liebe dich!“, sprach Mirakel und umarmte sie innig.

Ken Danus

Gegen Sonnenuntergang kam der Offizier Udabor wieder und sprach: „Herr Botschafter, Eure Audienz kann nun stattfinden. Aber nicht mit Eurer ganzen Truppe! Nur 40 von Euren Leuten dürfen Euch begleiten!"

„Wie großzügig! Ich dachte schon, ich muss alleine gehen!", sagte Karamis und suchte je 20 hohe Karamäer und Amazonen aus. Gemeinsam betraten sie den Palast des mächtigsten Mannes in Kasadoria.

Der berühmte Sklavenhändler Ken Danus war 35 Jahre alt, groß, muskelbepackt und breitschultrig. Sein kantiges Gesicht hatte ein markantes vorstehendes Kinn. Auf der rechten Gesichtshälfte eine lange Narbe. Er hatte Falten im Gesicht und sein kurzes schwarzes Haar ergraute langsam. Dadurch sah er älter aus, als er war. Der Blick seiner blauen Augen strahlte eine Gefühlskälte aus.

Wie andere Sklavenhändler war auch er ein gewissenloser Mensch, der ohne Skrupel über Leichen ging, wenn es sein musste.

Er trug einen edlen dunkelbraunen Samtanzug und schwarze Stiefel. Er selbst war unbewaffnet, doch ein gutes Dutzend bewaffneter Leibwächter standen neben ihm und beobachteten misstrauisch die Besucher.

Ken Danus war in seinem großen Arbeitszimmer, saß hinter einem Tisch aus dunklem Edelholz, der voller Papyrusrollen war und las ein Schriftstück.

Als Karamis mit seinen Leuten vor ihm stand, schaute er sie kurz mit einem überheblichen Blick an und las einfach weiter.

Phygene schaute ihn neugierig an und flüsterte spontan: „Schau mal an, der war früher ein gutaussehender Mann. Ein Kerl zum Anbeißen! Aber die Zeit hat ihre Spuren hinterlassen, sogar Kampfspuren!"

Mirakel flüsterte: „Der ist ganz schön arrogant. Und brutal werden kann der auch! Typischer Machtmensch! Ich mag ihn nicht!"

„Das musst du auch nicht! Du hast ja mich, Hihi!"

„Er lässt uns mit Absicht warten, um zu zeigen, wie unwichtig wir ihm sind. Aber in Wirklichkeit ist er etwas nervös. Das spüre ich ganz genau!"

Auch die anderen Amazonen flüsterten und tuschelten über ihn, was er hören konnte und ihn veranlasste, sich endlich seinen Besuchern zuzuwenden. Doch zur Überraschung aller sagte er mit seiner tiefen Stimme: „Alam Bun Kusom! Du alter Schweinehund!“

Der angesprochene erwiderte freundlich mit einer Verbeugung: „Guten Tag, edler Herr Ken Danus! Es ist mir eine Ehre, Euch wiederzusehen!“

„Ich konnte es nicht glauben, als ich hörte, dass du jetzt zu den Amazonen gehörst. Aber es scheint die Wahrheit zu sein! Du trägst die gleiche lederne Reiterkleidung wie die wilden Frauen!“

„So ist es! Ich bin ein Sklave und gehöre den Amazonen. Und ich helfe ihnen, so gut ich kann!“

„Sklave? Dir scheint es aber recht gut zu gehen!“

„Ja! Es geht mir gut! Die Amazonen gehen sehr freundschaftlich mit mir um! Sie sind sehr gute Herrinnen!“

„Warum bist du ein Sklave der Amazonen?“

„Wegen meiner Tochter Fajah!“

„Aha! Deine Tochter! Ein Mensch, den man liebt, macht einen angreifbar!“

„Das ist richtig! Das, was ich vorhatte, ging schief. Die Amazonen haben Fajah gerettet! Ich bin ihnen sehr dankbar und werde für immer bei den Amazonen bleiben!“

„Für immer? Auch wenn sie dich freilassen würden?“

„Ja, für immer! Und ich bin für dich keine Gefahr! Ich bin raus aus dem Geschäft, für immer! Du hast mein Wort!“

„Keine Gefahr? Das glaube ich dir nicht! Der Machtwechsel in Tarag Kanos, du steckst dahinter!“

„Nein! Das waren Sorreebas und Arramedis!“

„Sorreebas und Arramedis? Die beiden allein? Und du warst nur zufällig in Tarag Kanos, als das alles geschah?“

„Ja, so ist es!“

„Das glaube ich dir nicht!“

„Ich bin doch nur ein Sklave der Amazonen! Wie könnte ich an solch einen Umsturz beteiligt sein?“

„Vielleicht haben die Amazonen dir geholfen?“

„Nein! Wir Amazonen und die Karamäer waren neutral und unbeteiligt. Wir waren aus einem ganz anderen Grund in der Stadt!“

Der mächtige Hausherr kam ganz nahe zu Alam, schaute ihm tief in die Augen und sagte drohend: „Höre mir zu, Alam! Ich werde dich in meiner Stadt dulden! Aber ich werde dich beobachten lassen! Die kleinste Auffälligkeit, ein kleiner Verdacht genügt und du bist tot! Und deine neuen Freunde werden dir nicht helfen können! Hast du mich verstanden?“

„Ja, das habe ich verstanden! Es wird nichts geschehen! Du kannst dich auf mich verlassen!“

Ken Danus schaute Alam an, als versuchte er die Wahrheit aus seinem Gesicht zu lesen. Dann sprach er: „Nun gut, wir werden sehen!“

Alam sagte: „Ich danke dir, edler Ken Danus!“

Erst jetzt wandte sich der Hausherr seinem hohen Gast Karamis zu und grüßte ihn etwas gleichgültig: „Guten Tag, Herr Botschafter!“

„Ich grüße Euch, hoher Herr Ken Danus! Mögen die Götter mit Euch sein! Mögen sie Euch und Eure Familie behüten und Euch stets Glück und Gesundheit schenken!“

„Danke! Kommen wir gleich zur Sache! Man sagte mir, Ihr seid gekommen, um nach Eurer Nichte Eika zu suchen! Ist das richtig?“

„Ja! Genau so ist es.“

„Und Sorreebas habe behauptet, sie war oder wäre hier in meiner Stadt?“

„Ja, das hat er! Ein Mann in blauer seidener Kleidung habe sie gekauft und nach Kasadoria gebracht! Ein Mann, der vermutlich für seinen Auftraggeber Sklaven beschafft hatte.“

„Und ich soll angeblich wissen, wo Eure Nichte sein soll? Ich sage Euch gleich, ich weiß es nicht!“

„Das hat der edle Sorreebas auch nicht behauptet. Aber Ihr, edler Herr Ken Danus, Ihr seid der wichtigste Mann in dieser Stadt. An wen sonst sollten wir uns wenden? Ich bitte Euch, helft uns bei der Suche nach Eika!“

Er lehnte sich zurück und sagte hochnäsig: „Warum sollte ich?“

„Aus humanitären Gründen. Ihr seid ein Mann von Ehre!“

„Pah! Ich bin ein knallharter Geschäftsmann. Und ich weiß, mit Ehre und Humanität verdient man kein Geld!“

Karamis verstand, er legte Ken Danus eine kleine Schatulle, in der sich zwei Goldstücke befanden, auf den Tisch und sagte: „Darf ich Euch dieses kleine Geschenk überreichen?“

Dabei dachte er: „Wenn das so weiter geht, haben wir bald kein Geld mehr!"

Der mächtige Sklavenhändler prüfte das Geschenk, sah die auf rotem Samt gebetteten Goldmünzen und sagte: „Schön! Sehr schön! Gut, Herr Botschafter! Ich werde mich umhören und meine Beziehungen arbeiten lassen, vielleicht bekomme ich etwas heraus."

„Danke, edler Herr Ken Danus. Dürften wir uns in der Stadt umsehen, die Bordelle und die Märkte absuchen?"

„Oh Götter, Herr Botschafter, meint Ihr wirklich, Eure Nichte Eika ist in der Stadt und arbeitet in einem Bordell? Das ist ganz bestimmt nicht der Fall!"

„Äh … gut! Aber gerne würden wir uns selbst überzeugen!"

„Herr Botschafter! In unseren Freudenhäusern gibt es keine Kinder! Wir sind eine ordentliche Stadt, Kinder haben dort grundsätzlich keinen Zutritt! Wir sind hier nicht im rückständigen Tarag Kanos! Ist das klar?"

„Selbstverständlich, Herr Ken Danus!"

„Wenn Ihr unbedingt suchen wollt, warum nicht in den Herbergen, in Gasthäusern, in den Läden? Wir haben auch Handwerksbetriebe, Webereien, Tuchmacher und Schneidereien, wo Mädchen arbeiten. Und dann noch die vielen Bauernhöfe rund um die Stadt!"

„Danke für den Hinweis! Wir werden auch dort suchen!"

„Wir haben sogar eine Schule für Mädchen. Das ist eher ein Ort für eine 12-Jährige. Und dann die vielen Hausmädchen, die bei den reichen Leuten arbeiten. Da müsstet Ihr auch suchen. Wollt Ihr Euch das wirklich antun?"

„Ja, hoher Herr. Das muss ich!"

Ken Danus schüttelte mit seinem Kopf und sagte: „Wie Ihr wünscht! Aber stört nicht die Geschäftsabläufe!"

„Das werden wir nicht! Wir werden vorsichtig suchen, möglichst ohne zu stören!"

„Also gut! Ich werde Euch die entsprechende Vollmacht ausstellen, damit sich für Euch alle Türen und Tore öffnen werden!"

Wenige Minuten später war ein Schreiben des Ken Danus fertig, welches er noch unterzeichnete und mit seinem Siegel versah. Er rollte das Papyrus zusammen und überreichte es dem Botschafter.

„Bitte schön! Mit dieser Vollmacht werden sie Euch und die Euren überall hereinlassen! Morgen geht Ihr zuerst zu dem beschriebenen Gasthaus, dort wird man Euch helfen!“

„Vielen Dank“, sagte Karamis mit einer Verbeugung und schaute sich das Schriftstück an.

Es war zweisprachig in Kasadorisch und in Latein verfasst, unten war ein markantes Siegel in Form eines siebenzackigen Sterns, in dessen Mitte ein Wagenrad stand. Unter dem Siegel stand zweimal die Unterschrift des Verfassers Ken Danus, in griechischen und in lateinischen Buchstaben.

Karamis konnte das Latein nicht mal zur Hälfte verstehen und Kasadorisch verstand er gar nicht. Nachzufragen traute er sich nicht, so würde ihm der genaue Inhalt des Schreibens verborgen bleiben.

Er dachte: „Naja! Wir werden sehen, ob uns wirklich überall Einlass gewährt wird!“

Phygene wagte sich nach vorne und sprach Ken Danus an: „Hoher Herr, bitte gestattet mir ein paar Fragen!“

Der Hausherr musterte die große Blonde von oben bis unten. Ihr großer muskulöser Körper, ihre breiten Schultern, ihr hübsches Gesicht mit den auffallenden blauen Augen schienen ihm zu imponieren. Noch nie hatte er eine so große starke Frau gesehen, eine Kriegerin, die sogar ihm ebenbürtig schien!

Er schob seine frauenfeindliche Einstellung beiseite und sagte freundlich: „Bitte, nur zu, Frau Kommandantin!“

„Hoher Herr, warum muss denn hier jede Kleinigkeit mit viel Geld bezahlt werden?“

„Wie ich schon erwähnte, ich bin Geschäftsmann und habe meine Prinzipien!“

„Ja, das wissen wir! Aber die Suche nach der Nichte des Herrn Botschafters ist doch eine humanitäre Sache! Warum wollt Ihr daran Geld verdienen?“

„Frau Offizierin Phygene! Ihr bekommt eine Dienstleistung und die muss bezahlt werden. Warum sollte ich auf Geld verzichten, das ich leicht verdienen kann? Und Geld verdienen ist eine schöne Sache. Mein Reichtum und mein Wohlstand mehren sich!“

„Das mag sein! Aber ich bin anderer Ansicht. Zum Glücklichsein braucht man kein Reichtum! Geld braucht man schon, aber keinen Reichtum!“

„Das ist Eure Meinung. Ich sage, viel Geld zu besitzen bedeutet Wohlstand, Ansehen und Macht. Geld regiert die Welt, das ist nunmal so! Und es werden die reichen Völker sein, die eines Tages die Welt unter sich aufteilen werden. Ich weiß, die Amazonen sind ein kleines Volk und ihr lebt sehr naturverbunden und bescheiden. Ihr seid sehr kampfstark und wehrhaft! Aber auch ihr werdet eines Tages die Übermacht der großen reichen Völker zu spüren bekommen.“

„Ihr sprecht von den Römern?“

„Ja! Ich denke, die Römer werden eines Tages uns alle erobern. Sie haben Reichtum und können die größten Armeen aufstellen. Sie sind mächtig, breiten sich immer weiter aus und kaum jemand wird sie aufhalten können.“

„Das mag sein, aber wir kamen vom Thema ab. Ich wollte Euch fragen: Eure Hilfe bei der Suche nach Eika, warum macht Ihr das nicht als … kostenfreien Freundschaftsdienst?“

„Frau Phygene, wir sind lediglich Geschäftspartner, aber keine Freunde! Außerdem habe ich keine richtigen Freunde. Das habe ich mir abgewöhnt. Früher oder später wird man doch enttäuscht!“

„Was? Ihr habt keine richtigen Freunde?“

„Nein! Habe ich nicht!“

Phygene holte Luft und sagte vorsichtig: „Verzeiht, wenn ich unverschämt sein sollte. Aber wenn Ihr keine wirklichen Freunde habt, dann muss doch Euer Leben … arm an Glück und Freude sein?“

Jetzt bereute Ken Danus, dass er dies aus Versehen erwähnt hatte und Phygene ihn in eine ungewollte Diskussion verwickelte. Er dachte kurz nach und sagte: „Eine interessante Meinung. Es ist eine Frage der Ansicht. Ich erfreue mich meines Reichtums und Wohlstandes. Und natürlich meiner Macht. Das sind meine Lebenselixiere!“

„Teilt Ihr diese Freude mit anderen Menschen?“

Der Sklavenhändler fühlte sich unbehaglich bei dieser Frage, gab aber eine ehrliche kurze Antwort: „Nein! Das teile ich nicht!“

Daraufhin fragte sie frech und spitz: „Gibt es jemanden, den Ihr liebt?“

Ken Danus hatte keine Lust darauf zu antworten, das ging ihm zu weit. Um das Gespräch zu beenden, sagte er grob: „Das ist meine Privatangelegenheit und geht euch nichts an! Außerdem habe ich wenig Zeit und bitte euch jetzt zu gehen. Mein Offizier Udabor wird euch zu euren Unterkünften führen."

Karamis fragte: „Dürfen wir uns keine Herbergen aussuchen?"

„Nein! Das dürft Ihr nicht! Nur in euren zugewiesenen Unterkünften dürft ihr wohnen! Wenn Euch das nicht passt, habt ihr die Stadt zu verlassen!"

„Aber warum denn?"

„Ganz einfach! Die Herbergen sind unseren Gästen vorbehalten!"

„Sind wir denn keine Gäste?"

„Nein! Ich betrachte euch als ungebetene Störenfriede! Und ich will euch möglichst schnell wieder loswerden!"

„Oh! Das ist aber schade!"

„Sobald ich etwas über Eika erfahren habe, lasse ich es euch wissen. Einen schönen Abend noch!"

Wortlos verließen die Karamäer und Amazonen den Palast und folgten Udabor und seinen Wachmännern zu ihren vorgegebenen Unterkünften. Als sie diese sahen, konnten sie es kaum glauben. Sie standen vor einfachen Viehställen mit ein paar Holzhütten als Anbau. Die Pferdeställe gegenüber sahen fast genauso aus.

Karamis sagte erbost: „Was ist das? Sollen wir hier wohnen? Das ist doch eine Unverschämtheit!"

Sofort drohte Udabor: „Wenn es Euch nicht passt, dann habt ihr die Stadt zu verlassen!"

Die Beschwerde des Botschafters nützte nichts, um den Frieden zu bewahren, gab er nach. Die einfachen Untergebenen sollten in Viehställen hausen und im Heu schlafen. Für die Offiziere gab es mehrere einfache Hütten mit Strohbetten, ebenso für den Anführer Karamis, der eine lächerlich kleine Hütte für sich allein beanspruchen durfte.

Eine Schuldige war schnell gefunden, Nadsch meinte: „Das haben wir Phygene zu verdanken. Sie hat Ken Danus mit ihren Fragen verärgert."

Mirakel nahm ihre Partnerin in Schutz und lästerte scherzhaft: „Ach Götter, die arme Nadsch! Wie soll sie ihren Schönheitsschlaf machen? Wie soll sie sich pflegen und schminken? Ihre Schönheit wird leiden und dramatisch abnehmen!"

Phygene blieb ernst und sagte: „Aber ich habe ihn doch nichts Schlimmes gefragt! Warum war der denn plötzlich so sauer?"

Karamis erklärte: „Wir sind hier unerwünscht! Der verdammte Sklavenhändler will, dass wir hier schnell wieder abhauen!"

Anniger musste auch seinen Senf dazugeben: „Dieser Dreckskerl! Erzählt uns von Reichtum und Wohlstand, und dann lässt er uns in Viehställen hausen! Wenn ich den mal in die Finger kriege, wenn er allein ist! Ah, meine Wunde!"

„Werde erst wieder richtig gesund!", mahnte ihn Samira.

Siedor schaute nach oben und meinte: „Na, wenigstens haben wir ein Dach über dem Kopf. Es sieht nach Regen aus."

Sandor nahm es gelassen und sagte scherzhaft: „Die Ställe sind sauber und trocken. Kein Geruch von Mist. Für ein paar Nächte muss es gehen, ohne dass meine Kampffrauen anfangen, zu rebellieren und einen Aufstand machen. Und was ist mit deinen Karamäern, Shulizia?"

„Lieber Sandor, ich habe meine karamäischen Männer vollkommen im Griff. Die sind auch viel pflegeleichter und gehorsamer. Bei uns gibt es nicht einmal eine Spur von Gemecker!"

„Donnerwetter! Echte Männer sind das!"

Der Abend war kurz, alle waren sehr müde von der langen Reise. Nach dem Abendessen machten die Amazonen eine Katzenwäsche mit kaltem Wasser aus Viehtränken und Wassereimern. Danach putzten sich alle Amazonen ihre Zähne mit mitgebrachten Miswak-Zweigen. Die meisten Karamäer machten mit, die Kriegerinnen hatten sie mit ihren sauberen Zähnen und angenehm frischem Atem überzeugen können, dass dies eine gute und gesunde Sache war.

Anschließend saß man noch zusammen, unterhielt sich und lästerte über Ken Danus, Udabor, Kasadoria und die armseligen Unterkünfte.

Später teilten Phygene und Siedor die Wachen ein. Diejenigen, die keine Wache hatten, zwängten sich in die engen überfüllten Unterkünfte und versuchten zu schlafen.

In der Stadt

Trotz der einfachen Schlafunterlagen aus Heu und Stroh und den sehr beengten Verhältnissen konnten alle gut schlafen, und die Nacht verlief ausgesprochen ruhig.

Am nächsten Morgen wurden sie von den Wachen geweckt.

„Wie hast du geschlafen, Mirakel?“, fragte Phygene, die Körper an Körper mit den anderen Kameradinnen zusammenlag.

„Dafür, dass es so eng ist, recht gut!“, antwortete sie.

„Ja, man kommt sich näher“, meinte Tarmi und streckte sich. Dabei musste sie aufpassen, dass sie nicht ihre Schlaf-Nachbarinnen ins Gesicht traf.

„Und man hörte das beruhigende Schnurren der Phygene“, ergänzte Nadsch entspannt.

„Ich hoffe, die Enge hat deiner Schönheit nicht geschadet. Nein, hat es nicht! Hübsch wie immer, nur dein Haar ist etwas zersaust“, gab sich die große Blonde die Antwort selbst.

Nadsch schmiegte sich an sie und sagte: „Das ist kein Wunder, du riechst so gut. Am liebsten würde ich dich jetzt vernaschen!“

„He! Frau Offizierin! Ich glaube, es geht los! Das ist meine Frau!“, protestierte Mirakel.

„Dann vernasche ich euch beide!“, lachte Nadsch.

„Schon besser!“, meinte die kleine Magierin.

„Oh, da möchte ich auch gerne dabei sein“, gab Tarmi mit lüsterner Stimme von sich und küsste Nadsch.

„Ich auch“, rief Sulinka, legte sich einfach auf die große Blonde und kitzelte sie am Bauch.

Phygene musste kichern und kitzelte zurück. Das wirkte ansteckend auf die anderen, die sich nun gegenseitig kraulten. Schon war die ganze Hütte erfüllt von dem fröhlichen Gekichere der hohen Damen.

Sie hörten nicht das Klopfen an der Tür und bemerkten nicht, wie der Botschafter die kleine Hütte betrat. Die sich kitzelnden Offizierinnen erschraken leicht, als er plötzlich vor ihnen stand. Sofort benahmen sie sich anständig und bedeckten sich.

Karamis musste schmunzeln und sagte: „Guten Morgen, die Damen! Ich hoffe, ich störe nicht?“

„Nein, nein, Herr Botschafter!“ sagte Phygene und küsste ihre zierliche Geliebte.

„Ihr habt mein Klopfen nicht gehört. Was ist denn hier los, wenn ich fragen darf?“

Nadsch antwortete: „Nichts besonderes, Herr Botschafter. Wir haben uns nur alle lieb!“

„Wenn ich euch so sehe, kann ich gar nicht glauben, dass ihr die gefährlichsten Frauen der Welt seid.“

„Tja, Herr Botschafter, wir haben auch sehr liebe Eigenschaften“, sagte Sulinka.

„Das ist sehr schön. Dennoch bitte ich euch jetzt, aufzustehen!“

„Jawohl, Herr Botschafter“, sagten sie im Chor.

Phygene seufzte: „Ich glaube, das Vernaschen muss noch warten. Jetzt kommt erst die Arbeit!“

Karamäer und Amazonen zogen durch die Straßen von Kasadoria. Sie folgten wieder Alam Bun Kusom, der sie zum berühmten Vergnügungsviertel der Stadt brachte.

Mit Stolz erklärte er: „Hier beginnt es. Ab hier reihen sich die Gasthäuser, Herbergen, Freudenhäuser, Badehäuser, Häuser zu Körperpflege, Barbiere und vieles mehr!“

„Gut! Dann werden wir erst das genannte Gasthaus aufsuchen. Danach werden wir von Haus zu Haus mit der Suche beginnen“, sagte Karamis und hielt die Vollmacht in seiner Hand.

Alam zeigte auf eine Tür und sagte: „Hier ist das Gasthaus, welches wir aufsuchen sollen.“

„Aha! Sehr gut!“

Gefolgt von seinen zahlreichen Leuten ging er zur Tür und betätigte den Türklopfer des Gasthauses.

Ein junger Mann, eine schmutzige Arbeitsschürze tragend, öffnete die Tür und sagte erbost: „Yenza het kalys?“

Karamis verstand kein Wort, zeigte ihm das ausgerollte Schreiben des Ken Danus und sagte: „Salve, guter Mann. Ich bin Karamis!“

Der junge Mann schüttelte den Kopf, weil er anscheinend nicht lesen konnte. Dann rief er nach jemanden, der kurz darauf an der Tür erschien.

Es war ein älterer Mann im weißen Schlafgewand, der in einer unverständlichen Sprache laut meckerte und mit beiden Händen wild gestikulierte.

Karamis schüttelte mit dem Kopf und sagte: „Mann, ist das ein Mist! Alam, sprichst du nicht die Sprache der Einheimischen?"

„Leider nein, Herr Botschafter!"

„Was sollen wir jetzt tun?"

„Bitte haltet ihm die ausgerollte Schriftrolle vor die Nase, Herr Botschafter! Er soll es lesen!"

Karamis tat genau das und sagte: „Hallo! Hier! Bitte lesen!"

Noch immer schimpfte der ältere Mann, bis er einen Blick auf die Schriftrolle warf! Plötzlich war er ruhig und las das Schreiben ganz genau durch. Dann wurde er freundlich, fing an zu lächeln und sagte: „Bitte kommen …in meine Domus!"

Schon betraten sie das noch dunkle Gasthaus. Fensterläden wurden geöffnet und Fackeln entzündet.

„Bitte hier exspectare!", sagte der ältere Mann und eilte davon, während der junge Mann freundlich Trinkwasser mit einem Spritzer Granatapfelsaft in Holzbechern anbot.

Wenig später kam er mit einem anderen Mann zurück. Dieser war jung, gutaussehend, groß und schlank und trug eine edle Kleidung aus dunkelbraunem Stoff.

Einige Amazonen pfiffen, als sie ihn sahen und flüsterten: „Der sieht aber gut aus!"

Mit vornehmer Haltung stellte er sich vor: „Salve, edler Herr Botschafter. Mein Name ist Satoro del Casa! Casa mit C. Ich bin hier geboren, aber meine Eltern kommen aus Iberia. Ich spreche Eure Sprache. Dürfte ich bitte Euer Schreiben lesen?"

„Bitteschön", sagte Karamis und zeigte ihm das Schreiben. Der Mann names Satoro las es staunend, mit offenem Mund.

Dann sagte er: „Donnerwetter, Herr Botschafter. Wie haben sie diese Vollmacht von unserem edlen Herrn Ken Danus erhalten?"

„Tja! Unser Anliegen ist sehr wichtig und von äußerster Dringlichkeit!", antwortete er etwas hochnäsig, obwohl er gar nicht genau wusste, was in dem Schreiben stand.

„Herr Botschafter, ich bitte um Vergebung für meine Leute, die Euer wichtiges Anliegen nicht sofort verstanden haben!"

„Es sei Euch vergeben!"

„Mit Eurer Erlaubnis werden wir sofort beginnen!“

Karamis wusste zwar nicht, was jetzt beginnen sollte, aber er sagte zustimmend: „Ja! Ich bitte darum!“

„Sehr gut! Es dauert nur noch eine ganz kurze Zeit. Bitte genießt Euer Getränk!“

Kaum hatte er das gesagt, sahen Karamis und die Amazonen, wie Frauen, Männer und Kinder herbeigeeilt kamen und sich vor ihnen in einer Reihe aufstellten. Sie standen da und lächelten den Botschafter freundlich an.

Satoro erklärte: „Dies ist das gesamte Personal dieses Hauses! Alle Sklaven, alle Bedienstete, die Wachleute und die Besitzerfamilie. Wünscht Ihr noch alle Räume zu sehen?“

„Äh … das machen meine Leute!“

„Jawohl, Herr Botschafter. Man muss ja nicht alles selbst machen, wenn man seine Leute hat. Dann könnten wir schon das nächste Haus besuchen. Dort wird gerade alles vorbereitet.“

„Halt! Könntet Ihr sie noch befragen, ob sie etwas über Eika wissen?“

„Selbstverständlich! Verzeiht, das hätte ich beinahe vergessen. Sofort frage ich sie.“

Satoro sagte etwas in einheimischer Sprache zu den Leuten, doch alle machten eine verneinende Kopfbewegung.

„Leider weiß niemand etwas über Eure Nichte, Herr Botschafter!“

Jebro kam zu ihm und gab ihm einen wichtigen Hinweis: „Herr Botschafter! Ihr solltet die Befragungen im Beisein der Magierinnen durchführen lassen!“

Er griff sich an den Kopf und sagte: „Oh! Natürlich! Danke, Jebro. Ach, ich bin ganz durcheinander heute. Jebro, bitte hole sie!“

„Jawohl! Sofort, Herr Botschafter!“

„Magierinnen?“, fragte Satoro verblüfft.

„Äh … ja! Mirakel, Androxidopa, Tarmi und Samira. Diese Damen verfügen über magische Kräfte.“

„Können sie zaubern?“

„Nein! Leider nicht. Aber sie können erkennen, ob jemand die Wahrheit sagt, oder lügt.“

Schon standen die vier besagten Frauen neben Karamis, der sagte: „Herr Satoro del Casa, bitte befragt sie nochmals.“

Doch er antwortete nicht und schaute misstrauisch und ängstlich die Magierinnen an. Vor allen die hochgewachsene rothaarige Androxidopa mit ihrem unheimlichen Blick, schien ihm Angst zu machen. Sie starrte ihn mit ihren rötlichen Augen an, und ihm kam es vor, als wolle sie ihn verhexen.

„Das ist bestimmt diese keltische Hexe, aus der von Tarag Kanos berichtet wurde! Sie soll den großen Arramedis gefangen haben!“, dachte Satoro und wollte schon weglaufen. Er wurde aber von den Amazonen festgehalten.

„Was habt Ihr denn, Satoro?“, fragte der Botschafter.

„D ... die Hexe! Sie ist böse! Sie will mich verhexen!“

„Herr Satoro! Keine Angst, sie ist nicht böse. Ihr habt nichts zu befürchten!“

„Aber warum schaut sie mich so an?“

„Sie hat Euch nur geprüft, ob Ihr uns auch die Wahrheit sagt. Androxidopa, bitte höre auf, Herrn Satoro Angst zu machen!“

„Jawohl, Herr Botschafter“, hauchte sie mit einem überheblichen Lächeln.

„Unserer Keltin macht es Spaß, anderen Leuten Angst einzujagen. Aber in Wahrheit ist sie eine ganz liebe nette Frau!“

„Das kann ich nicht glauben!“, dachte Satoro, versuchte sich aber zusammenzureißen und sich wie ein richtiger Mann zu benehmen.

Etwas stotternd setzte er die Befragung des Personals fort, wieder in der Sprache, die weder Amazonen noch Karamäer verstanden.

Die Keltin unterbrach ihn plötzlich und sagte mit freundlicher Stimme: „Verzeiht, Herr Satoro, ihr müsst die richtigen Fragen stellen.“

„Das tue ich doch!“, meinte er nervös.

Androxidopa sagte: „Bitte bleibt ganz ruhig und sagt ihnen folgendes: Das karamäische Mädchen Eika ist heute 12 Jahre alt. Sie ist schlank, sehr hübsch, hat hellblaue Augen und dunkelblondes Haar mit Locken. Ihre Hautfarbe ist hellbraun.“

Satoro tat, wie ihm gesagt wurde. Und er wusste, obwohl die Keltin die Sprache nicht beherrschte, konnte sie erahnen, was er sagte. Das erzeugte in ihm ein mulmiges Gefühl und angestrengt versuchte er alles richtig zu machen.

Doch es nutzte nichts, wieder gab es nur verneinende Kopfbewegungen und Satoro sagte: „Die Leute wissen leider nichts!“

„Das habe ich mir gedacht. Na gut, gehen wir ins nächste Haus!", befahl Karamis.

„Sehr gerne! Bitte folgt mir!"

Während eine Gruppe Amazonen das Gasthaus durchsuchten, betraten Karamis und die Magierinnen schon die Herberge, die direkt nebenan stand. Das gesamte Hauspersonal stand schon in einer Reihe und wartete auf ihn. Karamis und die Magierinnen schauten sie genau an. Wieder gab er Satoro die Anweisung, sie zu befragen. Doch wieder wusste keiner etwas über Eika.

Durch die Vollmacht des Ken Danus gingen die Durchsuchungen und Befragungen unglaublich schnell voran. In jedem Hause, das sie betraten, standen schon die Leute bereit und alle Türen wurden ihnen geöffnet. So arbeiteten sie den ganzen Tag.

Am späten Abend waren sie mit dem gesamten sogenannten Vergnügungsviertel fertig, doch ein Erfolg blieb bislang aus. Es gab keinen einzigen Hinweis. Enttäuscht und müde begaben sie sich in ihre einfachen Unterkünfte zurück.

Am nächsten Morgen war Satoro schon sehr früh bei Karamis und erklärte ihm: „Herr Botschafter, bevor wir die Suche auf dem Sklavenmarkt fortsetzen, haben wir einen Termin in der Schule für Mädchen."

„Aha! So früh schon?"

„Ja! Die Eltern der Mädchen möchten bei den Befragungen anwesend sein, man hat etwas Angst, Ihr versteht?"

„Ja, das verstehe ich. Das ist kein Problem!"

„Gut! Zu unserem Termin sind alle Mädchen mit ihren Elten, sowie alle Lehrer anwesend. Wir sollten jetzt aufbrechen, damit wir rechtzeitig da sind."

„Wie Ihr meint! Gehen wir zur Schule!"

Kurze Zeit später marschierten die Karamäer und die Amazonen dem jungen freundlichen Mann hinterher.

Der Weg war weit und ging bis zum anderen Ende der Stadt. Dort erreichten sie ein aus Holz erbautes Haus, über dessen Eingang mit großen Buchstaben Schola Puella stand.

Stolz erklärte Satoro del Casa: „Das ist unsere berühmte Schule für Mädchen. Hier lernen sie lesen, schreiben, rechnen sowie andere Sprachen. Es werden auch sportliche Übungen gelehrt. Auch nähen, sticken und weben gehören zum Unterricht. Und auch die Vorbereitung auf das spätere Dasein als Mutter."

„Werden die Mädchen auch in Bogenschießen und Schwertkampf unterrichtet?", fragte Phygene spontan.

„Nein! Natürlich nicht! Kämpfen ist Männersache!"

Mirakel fragte: „Gehen hier alle Mädchen aus Kasadoria zur Schule?"

„Äh … nein! Die Schule kostet viel Geld und ist natürlich nur für Töchter aus wohlhabenden Häusern!"

„Aha! Das habe ich mir gedacht!", sagte sie leicht herablassend.

Karamis fühlte sich unwohl, er war nervös, wurde ungeduldig und sprach: „Können wir jetzt da reingehen?"

„Aber ja, Herr Botschafter!", sagte Satoro und öffnete die Tür.

Drinnen standen die Lehrer und die zahlreichen Schülerinnen und schauten die seltsamen Besucher neugierig an. In einer Reihe hatten sie sich aufgestellt, Mädchen im Alter von 11 bis 16 Jahren, alle in vornehmen Kleidern aus teurem Stoff. Alle sauber und mit aufwändigen Frisuren. Hinter ihnen standen Eltern, Tanten, Onkel oder Großeltern.

Ein Lehrer gab ein Zeichen und es ertönte im hellstimmigen Mädchenchor: „Salve, Dominus Botschafter Karamis!"

Der angesprochene war angenehm überrascht und grüßte freundlich: „Salve, liebe Mädchen!"

Schon schaute er sich die Gesichter der Schülerinnen genau an und wusste schon nach kurzer Zeit, dass Eika nicht dabei war.

Satoro del Casa begann in kasadorischer Sprache mit den Befragungen, die von den vier Magierinnen genau beobachtet wurde. Er sagte immer wieder den Namen Eika, doch ein Mädchen nach dem anderen, und auch die dazugehörigen Eltern, gaben verneinende Zeichen, oder sagten: „Nein, Dominus Botschafter!"

Und den Magierinnen war auch nichts Besonderes an den Mädchen oder den Eltern aufgefallen.

Schulterzuckend meldete Satoro: „Niemand weiß etwas über Eika. Es tut mir sehr leid, Herr Botschafter."

Karamis sagte leise und enttäuscht: „Das war mir klar! Wieder nichts! Reine Zeitverschwendung. Oh Götter, habe ich einen trockenen Hals. Diese erfolglose Sucherei geht mir ganz schön an die Nieren. Habt Ihr vielleicht einen Schluck Wasser für mich?"

„Sofort, Herr Botschafter!", sagte eine Lehrerin und holte einen Keramikbecher mit Wasser.

Karamis trank und sagte: „Dann werden wir nun zum Sklavenmarkt gehen und dort weitersuchen."

„Ganz, wie Ihr wünscht, edler Herr!", erwiderte Phygene und gab die entsprechenden Befehle weiter.

„Auf Wiedersehen! Wir wünschen Euch noch viel Erfolg auf der Suche nach Eurer verschwundenen Nichte Eika!", sagte ein Lehrer.

„Danke! Auf Wiedersehen!", sagte der Botschafter und wollte mit seinen zahlreichen Leuten die Mädchenschule verlassen.

Plötzlich hörten sie die helle Stimme eines Mädchens, das sagte: „Eika war doch gestern noch da!"

Karamis blieb schlagartig stehen und ließ vor Schreck den Keramikbecher fallen, der auf dem Steinboden zerbrach. Erst glaubte er sich verhört zu haben oder er höre in Gedanken schon irgendwelche Stimmen. Doch als er sich herumdrehte und sah, wie alle anderen sich auch herumgedreht hatten und sprachlos die Schülerin anschauten, wusste er, er hatte sich nicht verhört.

Da war ein kleines Mädchen mit langen schwarzen Haaren, das vor Angst anfing zu weinen, weil alle sie anstarrten. Hilfesuchend versuchte es, sich hinter ihren Eltern zu verstecken.

Androxidopa wandte sich dem Botschafter zu und sagte: „Die Kleine mit den schwarzen Haaren weiß etwas! Ich kann es fühlen! Die anderen Magierinnen auch!"

„Gut! Aber es hat große Angst. Was können wir jetzt tun, damit sie redet?"

Samira sagte: „Ich werde ganz vorsichtig mit ihr sprechen. Satoro, bitte übersetze meine Worte!"

„Ja, Herrin!"

Die zierliche Samira freute sich innerlich, Herrin genannt zu werden und ging zu dem kleinen Mädchen, das sich hinter ihren Eltern versteckt hatte.

Die Mutter sprach ihre Tochter in kasadorischer Sprache an. Es dauerte ein paar Minuten, dann kam das Kind hervor und traute sich, die freundlich blickende Samira anzuschauen. Sofort begann sie lieb und nett mit der Schülerin zu sprechen: „Hallo, liebes Mädchen, ich bin Samira und bin eine Magierin und Heilkundige. Wie ist dein Name?"

Satoro übersetzte und das Mädchen sagte: „Ich bin Miria!"
„Aha! Miria! Ein schöner Name. Und du sprichst unsere Sprache?"
„Ja, ein bisschen!"
„Lernst du unsere Sprache in der Schule?"
„Ja!"
„Oh, das ist schön! Du bist ein kluges Mädchen!"
„Ja!", antwortete sie ängstlich.
„Wie alt bist du, liebe Miria?"
„Zwölf! Ich bin zwölf Jahre alt!"
„Zwölf Jahre! Das ist schön! Liebe Miria, du brauchst keine Angst zu haben. Wir alle sind ganz liebe Leute! Und wir sind gekommen, weil wir ein hübsches Mädchen mit den Namen Eika suchen."
„Warum? Hat sie etwas getan?"
„Aber nein! Eika ist ein ganz liebes Mädchen!"
„Ja! Sie ist lieb!"
Karamis wurde es vor Aufregung ganz heiß. Es war völlige Ruhe in der Schule. Alle meinten zu spüren, man hatte endlich etwas gefunden, diese junge Schülerin wusste etwas. Vorsichtig machte Samira weiter und fragte: „Du kennst Eika, nicht wahr?"
„Ja!"
„Hast du sie gesehen?"
„Ja!"
„Aha, das ist schön! Wo hast du sie gesehen?"
„Na, auf dem Marktplatz! Da, wo sie immer den leckeren Käse verkaufen. Immer, wenn ich komme, darf ich ein kleines Stück probieren. Und manchmal spiele ich mit Eika, wenn ich auf Mama warten muss."
„Aha! Eikas Eltern verkaufen Käse auf dem Marktplatz?"
„Na klar! Wisst ihr das denn nicht? Sie verkaufen auch andere Sachen. Obst, Gemüse und manchmal auch Fleisch!"
„Wann hast du Eika dort gesehen? War es gestern oder ist es schon länger her?"
„Na, gestern! Das habe ich doch schon gesagt!"
„Ja! Entschuldige! Ich hatte es nicht richtig verstanden. Weißt du denn auch, wo Eika wohnt?"
„Nein! Woher denn? Ich sehe sie nur ab und zu auf dem Marktplatz, wenn ihre Eltern die Sachen verkaufen. Ich weiß ja nicht mal, ob sie wirklich Eika heißt. Aber ihre Eltern rufen sie so!"

„Haben sie einen Stand auf dem Marktplatz?"

„Ja! Ein großer Stand aus Holz! Der hat sogar ein Dach, damit es nicht auf den Käse regnet!"

„Sehr gut! Wo genau auf den Markt ist denn der Stand?"

„Na da, wo der runde Brunnen ist!"

„Der runde Brunnen?"

„Ja! Es gibt doch mehrere Brunnen auf dem Markt. Und die stehen immer am runden Brunnen!"

„Aha! Sind sie heute auch auf den Markt?"

„Aber nein! Heute ist doch kein Markt. Das weiß doch jedes Kind!"

„Ach so! Das wusste ich nicht. Weißt du, ich bin nicht vor hier! Ich komme von weit her!"

„Ich weiß! Du sprichst ja kein Kasadorisch. Und Latein kannst du auch nicht!"

„Ja! Das ist schade! Ich bin leider nie zur Schule gegangen!"

„Naja, Latein mag ich auch nicht, das ist so schwer. Deine Sprache gefällt mir viel besser! Ihr seid Amazonen, nicht wahr?"

„Ja, das sind wir!"

„Ihr seid böse und gefährlich, sagen die Lehrer!"

„Naja, böse sind wir nicht! Aber ein bisschen gefährlich! Wir können uns gut wehren, wenn es sein muss! Sag mal, liebe Miria, hat Eika denn auch so schöne schwarze Haare, wie du?"

„Quatsch! Die hat ganz helles Haar, wie die große Frau Amazone da vorne. Aber mit Locken! Wieso weißt du das nicht?"

„Und ist sie so groß, wie du?"

„Nee! Etwas größer! Sie ist ja auch älter wie ich! Sag mal, bist du doof? Das musst du doch wissen!"

„Weiß ich ja auch! Ich wollte nur sicher sein, dass wir von der richtigen Eika sprechen! Vielen Dank, Miria! Du hast uns sehr geholfen!"

„Bitteschön! Gerne!"

Satoro sprach inzwischen mit den Eltern von Miria. Auch sie kannten die Käseverkäufer, bei denen manchmal ein Mädchen dabei war. Doch sie wussten weder den Namen des Mädchens noch die Namen der angeblichen Eltern. Auch die anderen Leute kannten die Käseverkäufer. Sie wussten aber nur, dass es Landwirte von einem Gutshof außerhalb der Stadt waren, die regelmäßig mit ihrem Fuhrwerk hierherkamen, um ihre Lebensmittel zu verkaufen.

Karamis und seine Leute bedankten sich freundlich und verließen die Mädchenschule.

Alle eilten zum Marktplatz, auf dem heute nur sehr wenig los war. Satoro zeigte ihnen einen leeren Verkaufsstand neben einem runden Brunnen und sagte: „Das ist der Stand der Käsehändler. Ich werde die Leute befragen! Vielleicht weiß jemand, wo die Landwirte herkommen."

Während Satoro über den Markt eilte, warteten Amazonen und Karamäer am Brunnen, schöpften Wasser und tranken es.

Karamis sagte: „Vielleicht hat das Mädchen nur irgendeine Geschichte erfunden, um sich wichtig zu machen."

Phygene meinte: „Das ist möglich! Wir bräuchten jemand, der das bestätigen könnte."

„Aber wer?"

„Das ist die Frage!", sagte sie und zuckte mit den Schultern.

Nach einer halben Stunde kam Satoro mit einer älteren Frau zum Brunnen und sagte erfreut: „Ich habe herausbekommen, wer sie sind. Der Name des Käseverkäufers ist Hancheres. Er und seine Familie kommen von einem großen Bauernhof, wo es viele Kühe gibt. Der Hof liegt östlich der Stadt. Ein Weg führt dorthin, es ist etwa eine Stunde zu reiten. Diese erfahrene Marktfrau kann uns noch etwas sagen, aber sie möchte einen kleinen Obolus!"

Ohne zu zögern gab Karamis der Frau zwei Silberstücke. Sie bedankte sich mit einer leichten Verbeugung und fing sofort an zu erzählen. Satoro übersetzte die wichtigsten Informationen und sagte: „Hancheres hat ein Mädchen, das er mit den Namen Eika anspricht. Manchmal nimmt er sie mit auf dem Marktplatz. Sie sagt, diese Eika wäre seine Tochter. Sie soll 13 oder 14 Jahre alt sein und hätte wunderbare blaue Augen. Sie sei ein sehr hübsches und schlankes Mädchen, ihre Haare sind gelockt und dunkelblond."

Karamis fragte: „Und das Mädchen heißt ganz sicher Eika?"

„Ja, sagt sie. Einen anderen Namen wüsste sie nicht!"

„Wir müssen sofort zu diesen Hancheres! Zu den Pferden!", befahl der Botschafter.

Der Bauernhof

Etwa 100 Amazonen und Karamäer blieben in Kasadoria, während Karamis mit einer immer noch stattlichen 200 Mann und Frau starken Truppe auf dem Weg zum Hof des Hancheres war.

Alle Leute, die ihnen unterwegs begegneten, bekamen es mit der Angst zu tun und gingen sofort aus dem Weg, als die schwerbewaffneten fremden Krieger und Kriegerinnen mit laut stampfendem Lärm den Weg entlang galoppierten.

Durch das hohe Tempo hatten sie schon nach einer halben Stunde den besagten Bauernhof erreicht. Sie sahen ein großes einstöckiges Wohngebäude aus Holz, neben dem fünf weitere Nebengebäude standen. Das Ganze war umgeben von Wiesen und Weiden, auf dem zahlreiche Rinder mit auffallend langen Hörnern und braunen zotteligen Fellen grasten.

Um das Wohnhaus herum liefen Hühner und Enten umher, doch Leute sahen sie nicht.

„Alle Fenster sind mit Holzläden verschlossen und das am Tage bei schönem Wetter“, fiel Phygene sofort auf.

„Die sind wohl nicht da“, meinte Karamis, während Tarmi sagte: „Doch, edler Herr, sie sind da! Ich kann es fühlen!“

„Die haben offensichtlich Angst vor uns und haben sich in das Haus eingeschlossen!“, erklärte die große Blonde und beobachtete genau das Haus.

Karamis stieg von seinem Pferd und sagte: „Die brauchen doch keine Angst zu haben. Ich werde mal höflich anklopfen!“

Er war mit zwei seiner Männer auf dem Weg zur Haustür, als sich an dieser plötzlich eine kleine Klappe öffnete. Eine Pfeilspitze schaute hervor, Tarmi erkannte sie zuerst und schrie so laut sie konnte: „In Deckung! Pfeilbeschuss!“

Der Botschafter wurde von seinen Begleitern blitzschnell zu Boden gerissen, da sauste der Pfeil über seinen Kopf hinweg und schlug in einem Holzpfosten ein. Sofort gab Phygene Befehle aus: „Achtung! Feindlicher Pfeilbeschuss! Schilde hoch! Abstand einnehmen!“

Karamäische Krieger mit Schutzschilden eilten zu ihren Kommandanten und holten ihn aus der Gefahrenzone.

„Verdammt! Warum schießen die? Wir kommen doch im Frieden!", schrie Karamis empört, während seine Leute auf Sicherheitsabstand gingen und das Bauernhaus umzingelten.

„Durchsucht die Nebengebäude! Wir müssen sicher sein!", befahl Phygene, was sofort von ihren Amazonen durchgeführt wurde.

Kurz darauf meldete Tarmi: „In den Nebengebäuden ist niemand. Es sind nur Viehställe, Scheunen, eine Werkstatt und eine Käsemacherei."

„Danke Tarmi! Dann sind wohl alle im Wohnhaus!"

„Ja! Davon können wir ausgehen."

Nachdem Karamis sich wieder gefangen hatte, befahl er: „Satoro! Wir gehen mit ein paar Kriegern, geschützt hinter Schilden, zur Haustür. Wir müssen mit den Leuten reden!"

„Jawohl, Herr Botschafter! Aber bitte vorsichtig, ich habe große Angst!"

Im Schutz der Schildträger näherten sie sich vorsichtig der Haustür und blieben kurz davor stehen. Karamis sprach und Satoro übersetzte laut in kasadorischer Sprache: „Nicht schießen! Wir kommen in Frieden! Ich bin Botschafter Karamis aus Kamäria. Wir wollen euch nichts tun! Ihr braucht keine Angst zu haben! Wir sind nur wegen dem Mädchen namens Eika hier! Wir wollen sie nur sehen!"

Plötzlich hörte man eine schreiende männliche Stimme aus dem Bauernhaus: „Cet granidos quuz koron cas! Daxet susqu cler nostos Aycha!"

Karamis verstand kein Wort und fragte: „Was hat er gesagt?"

Satoro übersetzte: „Er sagt, wir wären Lügner und Verbrecher! Wir wären gekommen, um ihm seine Tochter Aycha wegzunehmen!"

„Oh Mann! Auch das noch! Sage ihm, das stimmt nicht! Wir wollen ihn nur besuchen und mit ihm reden. Er soll die Tür aufmachen!"

Wieder meldete sich die schreiende Männerstimme und Satoro übersetzte: „Er sagt, wir wären Verbrecher! Ein Reiter wäre hier gewesen und hätte ihn gewarnt!"

„Ein Reiter? Was, zum Teufel, für ein Reiter?"

„Das weiß ich nicht, Herr Botschafter. Achtung, er sagt wieder was! Er werde die Tür nicht aufmachen. Wir wollten ihm seine Tochter wegnehmen. Er wird seine Tochter mit seinem Leben verteidigen! Wir sollen weggehen, sonst lässt er auf uns schießen. Er habe 20 bewaffnete Männer im Haus!"

Karamis konnte es nicht fassen, er war völlig genervt und fluchte laut: „Verfluchter Mistkram! Was machen wir jetzt?“

„Weiter mit ihm reden!“, schlug Phygene vor.

„Verdammt! Sage ihm nochmals, wir kommen in Frieden und wollen ihm nichts wegnehmen. Wir wollen nur das Mädchen Eika sehen.“

Wieder ließ Karamis die Worte übersetzen. Es dauerte eine kurze Zeit, da meldete sich die Stimme wieder.

Satoro sagte geknickt: „Es tut mir leid, Herr Botschafter. Er sagt, wir wären Lügner! Wir sollen verschwinden! Er habe kasadorische Truppen angefordert!“

„Truppen angefordert?“

„Ja! Kasadorische Krieger! Zu seinem Schutz!“

Dem Botschafter riss der Geduldsfaden. Er schrie zornig: „Mir reicht es jetzt! Sage ihm, er soll aufmachen, oder wir werden die verdammte Tür aufbrechen und reinkommen!“

Wieder übersetzte er das Gesagte, und schon konnte man die wütende Stimme des Mannes hören, die wiederum für den Botschafter übersetzt wurde: „Er schreit, er ist völlig aufgebracht und sagt, er mache nicht auf! Und wenn wir reinkommen, werden sie kämpfen! Er will lieber sterben, als seine Tochter herzugeben! Das … das meint er ernst, Herr Botschafter!“

„So ein verdammter Narr! Sage ihm, wir brechen jetzt die Tür auf!“

Satoro übersetzte die Worte, kurz darauf hörten sie wieder die Männerstimme schreien und Satoro sagte mit einem Entsetzen: „Oh Götter! Er sagt, er wird sich das Leben nehmen! Und … und seine Familie auch! Herr Botschafter, der Mann ist wahnsinnig vor Angst! Bitte, Ihr dürft da nicht reingehen! Der bringt sich und seine Familie um!“

Karamis war fassungslos und fluchte: „Verdammter Mist! Verflucht noch mal! Seine Familie auch? Das gibt’s doch nicht!“

„Herr Botschafter, ich habe seine Drohungen ganz genau gehört!“

„Dann ist auch Eika in Gefahr, wenn wir stürmen. Was, zum Teufel, ist das für ein Mensch?“

„Ich … ich weiß es nicht!“

Karamis war ganz aufgeregt und wütend, als er sich seinen Leuten zuwandte und fragte: „Das kann einfach nicht wahr sein! Wir sind so nahe am Ziel und dann so etwas! Wieso sagt dieser Mensch, Eika sei seine Tochter? Und warum droht er, seine Familie umzubringen? Waah! Verfluchter Mist, was sollen wir tun?“

Phygene versuchte Ruhe zu bewahren und meinte: „Dieser Mann ist verzweifelt und scheint zu allem fähig! Wir müssen vorsichtig sein und dürfen nicht die Tür aufbrechen!“

„Doch! Die Tür aufbrechen und das Haus stürmen, bevor er seiner Familie etwas antun kann!“, sprach der Botschafter knallhart.

„Nein! Auf keinen Fall! Es darf kein Blut fließen. Diese Leute sind unschuldig! Sie sind keine Feinde! Es muss doch einen Weg geben, dass niemand zu Schaden kommt!“, widersprach Phygene.

„Vielleicht sind es nur leere Drohungen!“, meinte Shulizia.

„Das glaube ich nicht! Ich kann fühlen, dieser Mann ist dem Wahnsinn nahe!“, sprach Samira.

Mirakel sagte vorsichtig: „Edler Herr. Wenn wir dem Mann die Tochter wegnehmen, wird es zu einem großen Schaden kommen!“

„Eika ist aber nicht seine Tochter! Wie kommt dieser Spinner dazu, dass zu behaupten?“

„Vielleicht hat er sie adoptiert?“, meinte Nadsch.

„Oder sie ist wirklich seine Tochter!“, sagte Mirakel.

„Du glaubst, sie ist gar nicht Eika?“, fragte Karamis.

„Das wäre möglich! Jedenfalls stimmt etwas nicht! Warum will er das Mädchen mit seinem Leben verteidigen, wenn sie nicht seine Tochter ist?“

„Aber alles passt! Der Name, das Alter, die Beschreibung! Und mein Gefühl sagt mir, Eika ist hier in diesem Haus! Meine Nichte, die ich zwei Jahre nicht gesehen habe, sie ist da drinnen! Ich weiß es!“

Phygene sprach: „Herr Botschafter. Wir wissen es erst, wenn wir sie sehen!“

Siedor sprach: „Ich bin mir auch ganz sicher, dass meine Schwester in diesem Haus ist!“

„Ja! Sie muss es sein! Eika, vom königlichen Blut, Tochter des König Kadur! Ich muss sie sehen! Ich muss! Ich muss in dieses verdammte Haus! Männer!“

„Ja, Herr?“, antwortete ein karamäischer Offizier.

„Männer, macht euch kampfbereit! An jedem Fenster und an der Tür aufstellen, damit wir gleichzeitig zuschlagen können!“

„Jawohl, Herr!“

Phygene warnte: „Herr Botschafter, das ist sehr gefährlich! Es wird Tote und Verletzte geben! Ich bitte Euch, tut das nicht!"

„Was soll ich sonst tun? Hast du vielleicht einen besseren Vorschlag?", schrie er zornig.

Während die große Blonde nachdenken musste, meldete Siedor: „Onkel, unsere Männer sind bereit! Sollen wir die Tür aufbrechen?"

Bevor er antworten konnte, sagte Mirakel: „Hoher Herr, bitte lasst mich mit diesem Mann reden! Vielleicht gelingt es mir, ihn zu überzeugen!"

Trotz seiner großen Ungeduld war er froh über diesen Vorschlag. Vielleicht konnte man die Sache ohne Gewalt klären. Er stimmte zu und sagte mit ruhiger Stimme: „Ja! Bitte, versuche es!"

Im Schutz der Schilde gingen Mirakel und Satoro ganz nahe an die Haustür. Die kleine Magierin sprach und der Kasadorier übersetzte:

„Hallo, guter Herr Hancheres. Hier ist Mirakel vom Volk der Amazonen. Wir kommen in Frieden und wollen euch nichts tun. Wir sind auf der Suche nach dem karamäischen Mädchen mit dem Namen Eika, die Nichte des Herrn Botschafters. Wir wollen uns nur davon überzeugen, dass sie nicht in eurem Haus ist. Bitte zeigt uns das Mädchen, das Eika genannt wird, an der Haustür. Danach werden wir wieder gehen! Ich verspreche es!"

Wieder dauerte es einen Moment, dann meldete sich die aufgebrachte Stimme aus dem Haus, die Satoro übersetzte: „Er sagt, Aycha wäre seine Tochter! Niemand darf ihm seine Tochter wegnehmen!"

Mirakel sagte: „Das wollen wir auch nicht! Wir wollen Eika nur kurz sehen, dann gehen wir wieder. Wir versprechen es!"

Ihre Worte wurden übersetzt, doch eine zeitlang tat sich gar nichts, bis die Männerstimme kurz zu hören war. Satoro sagte voller Freude: „Er hat ja gesagt!"

Schnell sprach sich diese gute Nachricht herum und eine große Erleichterung machte sich breit. Karamis kam nahe an die Tür, um das angekündigte Mädchen genau sehen zu können.

Schon öffnete sich die kleine Klappe an der Haustür und das Gesicht eines Mädchens erschien.

Mit einem scheuen ängstlichen Blick schaute es nach draußen, sie war jung, zu jung! Ihr Haar war schwarz und glatt, ihre Augen braun.

Große Enttäuschung breitete sich aus.

Karamis packte die Wut und er brüllte: „Ein falsches Mädchen! Dieser Dreckskerl zeigt uns ein ganz anderes Mädchen! Der will mich verarschen, dieser verdammte Sauhund! Der kann was erleben! Jetzt reicht es mir! Krieger! Sofort diese verfluchte Tür aufbrechen!"

Während die Karamäer sich bereit machten, sagte Phygene: „Bitte nicht, Herr Botschafter, das dürfen wir nicht!"

Er ließ sich nicht beruhigen und schrie: „Dieses Arschloch! Warum zeigt er uns ein ganz anderes Mädchen?"

„Dieser Mann hat große Angst, dass wir ihm seine Tochter wegnehmen. Auch ich kann seine Angst fühlen!", erklärte Phygene und legte ihre Waffen ab.

Bereit zum Angriff standen Karamis und seinen Krieger da, doch Phygene, Mirakel, Tarmi, Sulinka, Nadsch und Androxidopa stellten sich unbewaffnet vor die Haustür, um diese vor dem Aufbrechen zu schützen.

Karamis konnte kaum glauben was er da sah und sprach zornig: „Seid ihr verrückt geworden? Geht sofort von der Tür weg!"

Die große Blonde sagte ängstlich: „Herr Botschafter, bitte! Das dürft Ihr nicht tun! Diese Leute sind unschuldig! Es darf kein Blutbad geben!"

„Oh doch, ich darf! Diese Leute haben meine Nichte Eika! Ich weiß es ganz genau!"

„Nein! Edler Herr, wahrscheinlich ist sie nicht Eure Nichte, sondern seine leibliche Tochter!"

„Es ist Eika! Und ich will jetzt da rein! Geht von der Tür weg!"

„Herr Botschafter, nein! Ihr macht einen großen Fehler! Diese Leute stehen unter dem Schutz von Ken Danus und seinen kasadorischen Kriegern. Wenn diesen Leuten etwas geschieht, wird man uns hart bestrafen und in den Kerker werfen! Wir Amazonen werden uns nicht an einem Verbrechen beteiligen!"

„Das Risiko gehe ich ein! Ich mache das ohne euch, mit meinen Männern! Ich brauche euch Amazonen nicht! Und jetzt aus dem Weg!"

„Nein! Bitte nicht! Was Ihr vorhabt, ist ein Verbrechen an unschuldigen Leuten! Wir sind doch keine Verbrecher! Wir können doch die Kasadorier um Hilfe bitten. Wenn wir sie holen, können sie in wenigen Stunden hier sein!"

Karamis kam ganz nahe zu Phygene. Der Wahnsinn schien in seinem Gesicht geschrieben, als er wütend sprach: „Ich suche seit zwei langen Jahren nach meiner Nichte. Und ich weiß genau, dass sie hinter dieser Tür ist. Ich muss da rein! Ich muss zu Eika! Schon viel zu lange warte ich, doch jetzt ist Schluss! Ich warte keine Minute mehr! Geht jetzt endlich beiseite oder wir erheben unsere Waffen gegen euch!“

So hatten sie Karamis, den großen Freund der Amazonen, noch nie erlebt. Mirakel weinte und hatte große Angst, dass es einen ernsten Konflikt zwischen den so gut befreundeten Karamäern und Amazonen geben könnte. Ausgerechnet der große edle Karamis, dem alle vertrauten, der so viele Konflikte und Kämpfe durch Reden und Verhandeln verhindern konnte, der immer so besonnen und friedfertig war, der den Amazonen die Kunst der friedlichen Verhandlung gelehrt hatte. Dieser Karamis drohte ihnen jetzt mit Waffengewalt. Das war einfach unvorstellbar.

Phygene hatte Tränen in den Augen und bittete: „Herr Botschafter! Bitte, wir sind unbewaffnet! Niemals wollen wir einen Streit mit Euch! Wir wollen Euch doch nur vor einem großen Fehler bewahren! Bitte tut das nicht! Wir finden ganz bestimmt eine friedliche Lösung!“

„Nein!“, schrie er und zog, zum Entsetzen aller Amazonen und auch seiner eigenen Männer, sein Schwert.

Phygene traf fast der Schlag, als sie das sah. Leise und voller Enttäuschung sagte sie: „Das ist nicht der edle Karamis, den wir kennen. Bitte, Kameradinnen, geht von der Tür weg!“

Langsam, zögerlich und unter Tränen gaben die sechs Amazonen die Tür frei und gingen beiseite. Sie hatten alles getan, was sie konnten, doch mit Karamis war nicht mehr vernünftig zu reden. Mirakel weinte wie ein kleines Kind und wurde von Tarmi gehalten.

Phygene unternahm einen letzten Versuch und sprach: „Herr Botschafter, bitte nicht!“

Der Angesprochene hörte nicht auf sie und befahl laut: „Tür aufbrechen!“ Fassungslos schauten die Amazonen zu, wie zwei karamäische Krieger mit Äxten auf die hölzerne Haustür einschlugen, die kurz darauf nachgab und offen war.

Eine ganze Gruppe von schwerbewaffneten Karamäern wollte gerade in das Bauernhaus eindringen, als sie eine laute Stimme rufen hörten: „Haltet ein! Die Kasadorier kommen!“

Den Kriegern fiel ein Stein vom Herzen, als sie stehenbleiben durften, nichts taten sie lieber, als das. Immer mehr Stimmen kündigten die Ankunft einer größeren kasadorischen Reitertruppe an. Die Amazonen und Karamäer waren noch nie so froh, fremde Krieger zu sehen.

Die zahlreichen bewaffneten Kasadorier schauten grimmig und zogen sogar ihre Waffen. Ihr Anführer war der Offizier Udabor. Er schrie laut und zornig von seinem großen Pferd herunter: „Waffen fallenlassen! Ergebt euch, sofort!"

Alle kamen Udabors Befehl nach und hoben ihre Hände hoch, und das kurioserweise mit einer gewissen Erleichterung.

Der kasadorische Kommandant wandte sich Karamis zu und schrie: „Herr Botschafter! Ich sehe genau, was hier vorgeht! Ihr wollt mit Waffengewalt in dieses Haus eindringen! Das ist ein Vergehen, das wir nicht dulden können! Ihr und alle Eure Offiziere sind verhaftet! Das gilt auch für die Amazonen! Sofort vortreten!"

Völlig geknickt kam Karamis mit seinen Offizieren nach vorne. Phygene löste sich von Mirakel und sagte: „So ein Mist! Das haben wir jetzt davon! Tarmi, Nadsch, Sulinka, kommt mit mir! Androxidopa, du übernimmst die Führung! Und immer ganz friedlich bleiben!"

„Ja, Phygene! Keine Angst, die Sache wird sich schon aufklären!", meinte die Keltin beruhigend.

Alle schauten zu, wie die Offiziere und Offizierinnen sich ohne Widerstand verhaften ließen. Die kasadorischen Krieger fesselten ihnen sogar mit Lederriemen die Hände auf den Rücken. Für die Offiziere und auch für Karamis war das etwas völlig Ungewohntes, nur Phygene hatte schon damit Erfahrungen gemacht und blieb relativ gelassen.

„Bitte nicht so fest! Wir sind schließlich Damen", jammerte sie zu den kasadorischen Kriegern, die sie zu verstehen schienen und rücksichtsvoll mit den Frauen umgingen.

Phygene spürte, ihre Fesseln waren so locker, dass sie sie jederzeit hätte lösen können.

„Ist es auch nicht zu fest?", fragte der kasadorische Krieger freundlich, der ihr gerade die Fessel angelegt hatte.

„Ja, es ist zu fest! Bitte etwas lockerer", jammerte sie völlig übertrieben und machte auf Mitleid, während ihre Fesseln nochmal lockerer wurden.

Udabor ließ es sich nicht nehmen, die hübsche Nadsch persönlich gefangenzunehmen. Ihm war ihre atemberaubende Schönheit schon am Tage der Ankunft aufgefallen. Nadsch war mit Abstand die schönste Frau, die er je sah, obwohl er schon viele hübsche Frauen gesehen hatte.

„Verzeiht, Frau Offizierin! Bitte verzeiht mir!", sagte er immer wieder, als er ihr sanft und langsam die Hände auf dem Rücken band. Auch bei ihr blieben die Fesseln sehr locker. Nadsch war sich sicher, dass diese kasadorischen Soldaten die Sorte von Männern waren, die höflich und rücksichtsvoll mit Damen umgingen, was auch hätte ganz anders sein können.

Sie konnte sich denken, dass ihre Gefangennahme nicht ganz ernst gemeint war und nur den Anschein eines harten Durchgreifens wahren sollte. Sie wusste, es bestand keine Gefahr. Wie ihre Kameradinnen spielte sie das Spiel mit und blieb ganz brav.

Der kasadorische Offizier schaute sich die hohen Gefangenen an, rieb sich zufrieden die Hände und sprach: „So, Herr Botschafter! Ich verlange eine Erklärung! Was erlaubt Ihr Euch, mit Waffengewalt in das Haus eines unbescholtenen kasadorischen Bürgers einzudringen?"

Karamis war völlig fertig, ließ seinen Kopf hängen und stotterte: „Eika! Meine Nichte Eika ist in dem Haus! Und dieser Idiot wollte nicht die Tür aufmachen!"

„Eure Nichte? Herr Botschafter, das glaube ich nicht! Ich kenne den Käsemacher Hancheres! Warum sollte er Eure Nichte haben?"

„Ich weiß, er hat sie! Ich will sie sehen!"

„Wenn Ihr darauf besteht! Ich werde sie holen!"

„Ich komme mit!"

„Nein! Ihr seid ein Gefangener! Ihr bleibt hier und wartet!", befahl Udabor energisch und ging anschließend in das Bauernhaus.

Die Spannung stieg, als der kasadorische Kommandant mit den Hausbewohnern herauskam. Endlich konnte man die mutigen, unnachgiebigen Leute sehen.

Es erschienen tatsächlich 20 mit Pfeil und Bogen bewaffnete Bauernleute. Danach kamen die Frauen, dann Hancheres und hinter ihm seine zahlreichen Kinder.

Der Käsemacher unterhielt sich mit Udabor. Daraufhin ging dieser zu Nadsch, löste ihre Fesseln und sagte: „Hancheres sagt, die Amazonen sind unschuldig. Ihr hättet versucht, ihm zu helfen!"

„Ja, das haben wir. Vielen Dank, Herr Offizier“, sagte Nadsch und erfreute sich ihrer wiedergewonnenen Bewegungsfreiheit.

Auch Tarmi, Sulinka und Phygene wurden befreit. Gemeinsam gingen sie zurück zu ihren Leuten und alle freuten sich, dass diese unsägliche Aktion glimpflich ausgegangen war und es keine Verletzten oder gar Tote gegeben hatte. Das Ansehen der Amazonen war in den Augen der Kasadorier stark gestiegen, während das von Karamis stark abgenommen hatte.

Doch es war noch nicht vorbei! Karamis wartete voller Spannung auf die Hausbewohner und das besagte Mädchen. Schon kamen sie auf ihn zu und der Offizier Udabor sagte: „Herr Botschafter, darf ich vorstellen: Das ist der Käsemacher Hancheres und das ist seine 14jährige Tochter Aycha!“

Karamis Herz raste wie wild, als er das Mädchen ansah. Blondes gelocktes Haar, blaue Augen, groß, schlank und wunderschön. Er meinte, vor sich seine Nichte Eika zu sehen, die er seit zwei Jahren vermisste. Vielleicht war es der übergroße sehnliche Wunsch, sie wiederzufinden, was ihm dieses falsche Bild vorspiegelte.

„Eika! Da ist Eika!“, murmelte er mit einem nicht normal aussehenden Lächeln.

Die Stimme seines Neffen Siedor riss ihn in die Wirklichkeit zurück. Rücksichtslos und mit grober Stimme sprach er: „Höre endlich auf, Onkel! Ich glaube, du verlierst langsam den Verstand!“

Nadsch

Nachdem Karamis zwei größere Geldsummen, als Entschädigung an Hancheres und an die Kasadorier für den Truppeneinsatz gezahlt hatte, wurde auch er freigelassen.

Alle waren auf dem Weg zurück nach Kasadoria. Der Botschafter war völlig fertig und in sich gekehrt. Er sprach kein einziges Wort. Alle ließen ihn in Ruhe, doch sie machten sich Gedanken, was wohl in ihm vorgehen möge.

Phygene flüsterte zu Anniger, Jebro und Mirakel: „In Tarag Kanos war er noch der große Held, der uns vor einer Schlacht bewahrt hat. Und jetzt hat er sich vor den Kasadoriern bis auf die Knochen blamiert."

„Und er hätte beinahe einen Riesenfehler gemacht!", ergänzte Jebro.

„Ja, so schnell kann das gehen! Gut, dass ihr euch vor die Tür gestellt habt, das hat wichtige Zeit gebracht!", meinte Anniger.

Mirakel sagte: „Der arme Herr Botschafter, er tut mir leid. Trotz allem ist er ein guter Mensch! Hoffentlich wird er bald wieder der Alte!"

Dem Kommandanten Udabor war das egal, er wandte sich der hübschen Offizierin Nadsch zu, um sich mit ihr zu unterhalten. Er fühlte sich von der atemberaubenden Amazone wie magisch angezogen, versuchte das aber nicht zu zeigen.

Mit etwas Eigenlob sagte er: „Das war vielleicht ein Ding! Da bin ich mit meiner Truppe gerade noch rechtzeitig gekommen, um eine Katastrophe zu verhindern!"

„Ja, das seid Ihr, edler Herr Udabor! Und ich möchte mich im Namen aller Amazonen und Karamäer dafür bedanken."

„Danke, danke, Frau Offizierin Nadsch. Es ist eigenartig, nach meiner Kenntnis sollten die Karamäer die friedfertigen, besonnenen Leute sein. Und die Amazonen die wilden gefährlichen Frauen, die sofort zum Angriff neigen. Doch nach der heutigen Erfahrung scheint es genau umgekehrt zu sein."

„Nun ja, über uns Amazonen wird viel Schlechtes erzählt, dabei sind wir in Wahrheit sehr nett und friedlich!"

„Aus Tarag Kanos wurde mir anderes berichtet. Zwei Tote und acht

Schwerverletzte bei der Durchsuchung eines Bordells! Bei allen Göttern, das hört sich nicht friedlich an.“

„Man hatte uns angegriffen und wir haben uns nur gewehrt. Da waren schrecklich böse Männer in diesem Bordell! Aber besonders schlau waren die nicht! Die wussten nicht, wie wehrhaft Amazonen sein können. Und wir sahen furchtbare Ungerechtigkeit! Da haben wir … äh … etwas durchgegriffen. Aber bitte glaubt mir, wir sind wirklich friedliebende Frauen!“

„Nun gut, wenn Ihr es sagt. Warum sollte ich einer so schönen und netten Frau misstrauen?“

„Vielen Dank, Herr Offizier!“, erwiderte sie lächelnd.

„Aber dieser Karamis … wollte er wirklich die armen wehrlosen Bauernleute angreifen?“

„Ich möchte nichts Schlechtes über unseren Kommandanten sagen, aber er scheint seelisch etwas angeschlagen zu sein. Er hat in letzter Zeit sehr viele schlimme Dinge erlebt, die ihn stark zugesetzt haben. Die Entführung seiner Nichte, der Selbstmord seiner Schwägerin, die Ermordung des Königs, der Tod seines Bruders und die bisher erfolglose Suche. Das ist einfach zu viel! Sagt, lieber Herr Offizier, wird man ihn einsperren? Ich bitte Euch, tut das nicht!“

„Das liegt nicht in meiner Hand. Ich werde alles meinem Herrn Ken Danus berichten und er wird dann entscheiden. So lange bleibt er ein freier Mann. Und ihr Amazonen habt gar nichts zu befürchten, ihr habt ja kein Vergehen begangen. Im Gegenteil, ihr wolltet ein schweres Vergehen verhindern! So werde ich es auch berichten!“

„Nochmals vielen Dank, Herr Offizier Udabor!“

„Bitteschön, Frau Offizierin Nadsch!“

„Heißt das auch, wir dürfen unsere Suche nach Eika auf dem Sklavenmarkt fortsetzen?“

„Ja, das dürft ihr. Aber ich empfehle euch äußerste Zurückhaltung, egal, was ihr da sehen werdet. Und seien es die größten Ungerechtigkeiten! Haltet euch einfach heraus, es geht euch nichts an! Ich weiß, die Sklävenjäger und Sklaventreiber sind eure Feinde und ihr setzt euch gerne für die armen Sklaven ein. Doch ich warne euch, das kleinste Vergehen reicht und Ken Danus wird euch alle aus der Stadt werfen lassen! Oder noch schlimmer, in den finsteren Kerker! Und das wäre schade für so schöne Frauen, wie ihr es seid!“

„Ja, Herr Offizier, wir werden sehr vorsichtig sein!", versprach Nadsch.

„Außerdem ist es verlorene Zeit und Mühe. Ihr werdet dort diese Eika sowieso nicht finden!"

„Davon müssen wir uns leider selbst überzeugen!"

„Ja, ich weiß! Dann macht es halt!"

„Das werden wir!"

„Ich wüsste etwas viel Besseres mit der Zeit anzufangen!", sagte Udabor mit einem gewissen Unterton.

Nadsch konnte sich denken, was er meinte. Wie oft in ihrem Leben war die schönste aller Amazonen schon von Männern angesprochen worden, die etwas ganz Bestimmtes von ihr wollten. Sie wollte schon ihren oft gesagten Ablehnungsspruch loslassen, doch vorher wollte sie von dem Kasadorier noch etwas wissen.

Sie tat, als hätte sie seinen letzten Satz nicht gehört und fragte: „Herr Offizier, es war sehr gut, dass Ihr so schnell gekommen seid. Darf ich fragen, wer Euch alarmiert hat?"

„Aber natürlich! Es war der älteste Sohn von Hancheres. Er ist ein sehr guter Reiter und schafft diese Entfernung in kürzester Zeit."

„Das war gut! Sein Vater hat ihn sehr frühzeitig losgeschickt. Er wusste, dass wir kommen, schickte seinen Sohn los, um Hilfe zu holen und verbarrikadiert sich in seinem Haus. Jemand muss ihn vor uns gewarnt haben. Wisst ihr, wer das war?"

Udabor sagte: „Ein Reiter in einem schwarzen Umhang. Hancheres sagte mir, er kannte diesen Reiter nicht. Gerne würde er sich bei ihm bedanken."

„Wisst Ihr vielleicht, wer dieser Reiter war?"

„Leider nein!"

„Dieser unbekannte Reiter sagte ihm aber auch, wir wollten ihm seine Tochter wegnehmen. Deshalb hatte er so viel Angst und die Sache wäre beinahe eskaliert."

„Was wollt Ihr damit sagen, Frau Offizierin?"

„Nun, ich vermute, dass uns dieser unbekannte Mann etwas Böses wollte!"

„Aber liebe Frau Nadsch! Die Sache ging doch gut aus. Außerdem stellt sich die Frage, was hättet ihr getan, wenn diese Eika, die ihr sucht, bei Hancheres gewesen wäre? Hättet ihr sie mitgenommen?"

„Ja, das hätten wir!"
„Dann wärt ihr die Bösen!"
„Nein! Eika ist ja nicht seine Tochter!"
„Man kann aber auch seine adoptierte Tochter lieben."
„Das könnte sein!"
„Seht Ihr, dann wäre es doch eine böse Tat! Aber lassen wir das! Viel lieber würde ich über ganz andere Dinge mit Euch reden."
„Aha! Über was denn?"
„Über Euch, liebe Frau Nadsch! Ihr seid die schönste und netteste Frau, die man sich vorstellen kann!"
„Vielen Dank, Herr Udabor! Ich bin mir meiner Schönheit bewusst. Ich trage schon seit Jahren den Titel schönste Amazone. Und das, obwohl es bei uns von schönen Frauen nur so wimmelt."
„Aha! Das glaube ich gerne. Wie kommt Ihr zu diesem Titel, der Euch in der Tat gerecht wird?"
„Ganz einfach: Wir Amazonen feiern jedes Jahr unser traditionelles Sommerfest. Und bei diesem Fest gibt es auch einen Schönheitswettbewerb. Jede Frau, die gerne möchte, kann daran teilnehmen. Die Kandidatinnen machen eine kleine Vorführung auf einer Tanzbühne und das Publikum darf abstimmen. Was soll ich sagen, in den letzten fünf Jahren habe immer ich gewonnen."
„Donnerwetter, fünf Mal hintereinander?"
„Ja! Die anderen Frauen sind schon ganz frustriert und wollen nicht mehr teilnehmen. Deshalb werde ich dieses Jahr nicht antreten."
„Oh, das ist schade. So einen Schönheitswettbewerb stelle ich mir sehr interessant vor. Die Schönheiten tragen bestimmt ihre besten und kostbarsten Kleider?"
„Kleider? Nein! Wir Amazonen sind nicht wohlhabend und können uns keine schönen Kleider leisten. Ich selbst hatte welche, wunderschöne griechische Kleider und Gewänder aus edlem Stoff. Aber ich musste sie verkaufen, weil ich Geld brauchte."
„Aha! Tragen die Damen dann ihre lederne Kriegerkleidung?"
„Aber nein! Das einzige, was die Kandidatinnen tragen, ist etwas Schmuck. Sie treten in ihrer nackten Schönheit auf!"
Der kasadorischen Offizier machte große Augen, sein Mund stand offen und ihm blieb förmlich die Spucke weg, als er sich das bildlich vorstellte. Lauter völlig unbekleidete Schönheiten, eine hübscher als die

andere. Und am Schluss, als Höhepunkt, die Schönste der Schönen, die aufregende Nadsch.

Sie erzählte gelassen weiter, als wäre es das normalste auf der Welt: „Wir Amazonen haben eine Art Körperkult. Wir verehren die Göttin Aphrodite und wir verehren den schönen weiblichen Körper. Und wir zeigen gerne, was wir haben und wie wir aussehen. Wir sind stolz auf uns und wir schämen uns nicht unserer Nacktheit, wie andere es tun. Warum sollten wir? Für uns ist das etwas völlig Natürliches. Und vor Männern brauchen wir uns nicht zu fürchten. Wir sind starke Frauen, bei uns gibt es keine Übergriffe durch irgendwelche lüsternen Kerle."

„Das … äh … ist hochinteressant. Dürfen auch Männer bei diesem Schönheitswettbewerb zuschauen?"

„Aber natürlich, solange sie sich anständig benehmen. Es kommen auch viele Gäste aus befreundeten Völkern, um zuzuschauen. Es ist sehr faszinierend, besonders, wenn die Kandidatinnen eine Tanzvorführung machen oder etwas Akrobatisches zeigen. Ich persönlich führe gerne einen erotischen Bauchtanz vor und zeige dabei gerne, wie gelenkig ich bin."

„Was? Und das völlig unbekleidet?"

„Ich entkleide mich dabei langsam, zeige immer mehr Haut und zu Schluss bin ich vollkommen nackt!"

Udabor musste tief Luft holen und sagte aufgeregt: „Bei allen Göttern! Das ist ja … unfassbar!"

„Ja! Da ist richtig was los. Die Zuschauer toben und flippen regelrecht aus! Aber alle müssen gesittet bleiben! Und dann zeige ich gerne noch eine Zugabe!"

Spontan sagte er: „Liebe Frau Offizierin Nadsch! Ich wünsche mir sehr, Euch näher kennenzulernen! Gerne würde ich Euch einladen auf einem Becher Wein in einem schönen Gasthaus."

„Lieber Herr Offizier, ich fühle mich sehr geehrt, doch ich muss leider ablehnen. Ich verbringe den Abend mit meiner Partnerin!"

„Partnerin?", fragte er mit einem enttäuschten Gesicht.

„Ja! Leider muss ich Euch sagen, ich stehe nur auf Frauen. Ich bin lesbisch!"

„Lesbisch?"

„Genau! Da hinter uns, die Offizierin Tarmi ist meine Partnerin. Bitte macht Euch keine falschen Hoffnungen!"

Der kasadorische Offizier drehte sich langsam zu Tarmi um, die direkt hinter ihm ritt und ihn mit einem verschmitzten Lächeln anschaute. Und schon überkam ihm das ungute Gefühl, sich lächerlich gemacht zu haben.

„Wenn das so ist, dann … dann möchte ich nicht länger stören! Bitte verzeiht mir! Einen schönen Tag noch, Frau Offizierin!", sagte Udabor und ritt zu seinen Leuten zurück.

Tarmi sagte: „Oh! Jetzt ist er enttäuscht. Du bist aber auch gemein! Erst erzählst du ihm solche erotischen Geschichten und dann gibst du ihm einen Korb!"

„Wieso? Ich habe ihm doch nur die Wahrheit gesagt!"

„Nicht ganz! Oder bin ich etwa deine Partnerin?"

„Das habe ich gesagt, um ihn loszuwerden. Außerdem lässt sich das ganz schnell ändern, liebes Tarmilein!"

„Bitte Nadsch, ich bin doch mit Tanisha zusammen. Das weißt du doch!"

„Ist ja schon gut! Aber wenn wir wieder zuhause sind, dann machen wir es … zu dritt!"

„Aha! Und wenn Tanisha nicht will?"

„Sie wird wollen! Du weißt doch, niemand kann mir widerstehen!", sagte sie mit verführerischer Stimme.

„Oh Nadsch, du bist einfach unglaublich!"

Kasadoria Sklavenmarkt

Am nächsten Tag führte Satoro, der freundliche Dolmetscher, die Karamäer und Amazonen zum Sklavenmarkt von Kasadoria. Das Kommando hatte der junge Offizier Siedor, weil Karamis sich nicht wohl fühlte und in seiner Unterkunft blieb, um sich auszuruhen.

Siedor sprach zu seinen versammelten Frauen und Männern: „Leute, denkt daran! Wir müssen sehr vorsichtig sein! Die Kasadorier beobachten uns! Benehmt euch anständig, mischt euch nirgendwo ein und fangt keinen Streit an! Ich will nicht, dass jemand verhaftet wird oder wir aus der Stadt rausgeworfen werden! Wir suchen nur nach Eika, sonst nichts! Ist das klar?“

„Jawohl, Herr Offizier“, sagten alle im Chor.

„Phygene! Bitte sage es nochmal ganz deutlich deinen Amazonen!“

„Das habe ich bereits getan! Und ich verspreche, wir werden so brav und anständig sein, wie die kleinen Schulmädchen aus vornehmem Hause!“

Schon erreichten sie den Marktplatz der Stadt Kasadoria. Er war riesig! Überall standen Stände und Tische herum, wo Waren aller Art zum Verkauf angeboten wurden. Tausende von Leuten schienen anwesend. Dennoch war alles sauber und geordnet. Es gab öffentliche Latrinen für die Notdurft und große Körbe zum Sammeln von Abfällen. Es gab drei Brunnen, die für frisches Wasser sorgten. Die Amazonen blieben an einem Brunnen stehen, wo das Wasser aus einer zwei Mann hohen Steinsäule aus buntem Granit austrat. Über eine in der Säule steckende Rinne plätscherte es in ein großes steinernes Becken.

Staunend standen sie davor und konnten sich nicht vorstellen, wie das möglich war. Sie dachten schon an Zauberei.

Satoro klärte sie auf: „Das Wasser kommt aus einer unterirdischen Rohrleitung aus Keramik. Diese Rohrleitung führt zu einem Bach, der aus den Bergen kommt. So werden die Bewohner dieser Stadt immer mit frischem Wasser versorgt.“

„Eine Rohrleitung! Donnerwetter, so etwas gibt es bei uns nicht!“, sagte Phygene, während sie von dem erfrischenden Nass probierte.

„Ja! Kasadoria ist eine moderne und fortschrittliche Stadt!“, sagte Satoro voller Stolz.

Sulinka fragte: „Gibt es denn hier auch ein öffentliches Badehaus, mit einem großen Becken, voll mit warmem, beheiztem Wasser?"

„Äh … leider nein! Die Leute baden zu Hause, in einem Holzbottich!"

„Schade! Dann ist Kasadoria doch nicht so modern!"

Sie folgten ihren einheimischen Führer, der sie quer über den Platz zu einer großen Mauer aus Bruchsteinen führte.

„Entlang dieser Mauer sind die Verkaufsbühnen für Sklaven aufgestellt. Es gibt mindestens acht Bühnen. Die größe davon hat sogar hölzerne Tribünen, wo fast hundert Zuschauer Platz nehmen können. Hier wird natürlich nur sehr hochwertige Ware angeboten", erklärte Satoro.

Unter den Augen vieler Schaulustiger fand gerade eine Versteigerung auf der besagten Bühne statt. Ein dicker, im weißen Gewand gekleideter Verkäufer stand auf der Bühne und redete laut in lateinischer und kasadorischer Sprache. Neben ihm stand die Ware, zwei gutaussehende, etwa 16jährige Jungen, die sich zum Verwechseln ähnlich waren. Sie trugen nur einen Lendenschurz aus weißem Stoff, hatten Angst und hielten sich gegenseitig fest. Sie waren gepflegt, schienen gut genährt und ihre braune, eingeölte Haut glänzte in der Sonne.

„Zwillinge! Das sind echte Zwillinge!", bemerkte Mirakel als Erste.

„Donnerwetter! Es ist das erste Mal, dass ich Zwillinge sehe. Die sehen genau gleich aus!", sagte Phygene staunend und ging noch näher heran.

„Und wie süß die sind! Einfach zum Anbeißen!", meinte Nadsch.

„He, du stehst doch nur auf Frauen!", sprach Tarmi.

„Naja, es gibt auch Ausnahmen!"

Satoro sagte: „Der Verkäufer erklärt, er könne die Zwillinge nur zusammen verkaufen. Sie brauchen sich gegenseitig. Wenn man sie trennt, würden sie zu Grunde gehen!"

„Ehrlich?", fragte Phygene.

„Ja, das stimmt! So etwas habe ich auch schon gehört. Wenn sie seelenverwandt sind, darf man sie nicht trennen. Zwillinge, die genau gleich aussehen, sind eine seltene Laune der Götter! Phygene, bitte hebe mich hoch, dass ich sie besser sehen kann!", sagte Mirakel begeistert und wurde hochgehoben.

Die Amazonen wollten gerne noch weiter zuschauen, doch Siedor rief: „Phygene, bitte, wir müssen weiter! Wir sind nicht zu unserem Vergnügen hier!“

Etwas missmutig gingen sie weiter zur nächsten Verkaufsbühne. Diese war nicht so groß und nicht so gut besucht. Eine kleine vollschlanke Frau und ein etwa zweijähriges Kind standen hier zum Verkauf an. Beide dunkelhäutig, mit einfachen grauen Gewändern bekleidet und einem weißen gewickelten Tuch auf dem Kopf. Ein großer dicker Verkäufer gestilkulierte laut und wild mit einigen interessierten Kunden in lateinischer Sprache.

Phygene sagte: „Mutter und Kind! Die werden wohl auch zusammen verkauft?“

Satoro meinte: „Ja, ganz bestimmt!“

Kaum hatte er das gesagt, da kamen zwei große bullige Sklaventreiber auf die Verkaufsbühne und nahmen der Frau das Kind weg. Die Frau schrie laut und verzweifelt, wollte ihr Kind zurückholen, doch ein Sklaventreiber hielt sie mit aller Gewalt fest. Die weinende und schreiende Frau musste mit ansehen, wie ihr Kind an einen Käufer übergeben wurde, der kurz darauf mit dem Kind verschwand.

„Verflucht! Ruhig bleiben! Keinen Streit! Schnell weitergehen, bevor ich ausraste!“, sagte Phygene laut und ging weiter.

Voller Wut schnauzte sie den armen Satoro an: „Soso! Werden bestimmt zusammen verkauft! Ich haue dir gleich eine runter, du Lügner!“

„Ich kann doch nichts dafür!“, jammerte er.

Sie war schon kurz davor, ihm eine ins Gesicht zu schlagen. Gerade noch rechtzeitig setzte ihr Verstand wieder ein und sagte ihr, dass sie Satoro nicht für alle Ungerechtigkeiten dieser Welt verantwortlich machen konnte.

Die Amazonen folgten ihrer Kommandantin, nur Androxidopa schaute noch zu, wie man die verzweifelte Frau von der Verkaufsfläche zerrte. Spontan musste sie an Freyda denken und wie sie damals zusammen mit Burga ihr Baby geholt hatten. Mitten in der Nacht, im dunklen Wald, gaben sie ihr das Baby zurück und Freyda war der glücklichste Mensch auf der Welt. Freyda erstrahlte vor Glück und war von einem zarten Lichtschein umgeben. Obwohl das unmöglich war, hatten alle, die dabei waren, dieses magische Licht gesehen.

Androxidopa war keine Mutter, sie war eine knallharte Kriegerin.

Aber sie war eine Frau und konnte sich gut vorstellen, wie stark Mutterliebe sein konnte. Ihr Herz schmerzte, sie versuchte wegzusehen und ganz ruhig zu bleiben. Tief atmete sie ein und aus, und ging mit großer Wut im Bauch weiter.

Die beiden nächsten Verkaufsbühnen waren leer, dann erreichten sie eine Bühne, auf dessen Rand ein dicker Mann saß, der mit einem edlen hellbraunen Gewand bekleidet war. Er hatte einen Teller in der Hand und nahm gerade eine Mahlzeit ein. Hinter ihm, an der Mauer gelehnt, stand seine Ware. Ein kleiner Junge, vielleicht 6 Jahre alt, völlig unbekleidet. Neben ihm ein riesengroßer muskulöser Mann, der nur ein Tuch um die Hüften trug. In der Mitte eine dunkelhäutige junge Frau, die versuchte, ihren nackten Busen zu verbergen. Daneben eine weitere Frau, etwas vollschlank, rothaarig und hellhäutig. Und ganz außen ein schwarzhaariges Mädchen, etwa im gleichen Alter von Eika. Alle hatten ein kleines Schild um den Hals hängen.

„Ein Römer! Er verkauft hier seine Ware. Auf den Schildern stehen Informationen über seine Sklaven, wie alt sie sind, was sie können, wie gesund sie sind und so weiter. Offenbar macht er gerade eine Pause“, erklärte Satoro.

„Was? Der isst seelenruhig seine Mahlzeit, während seine Sklaven auf ihr Schicksal warten?“, fragte Phygene und beobachtete diese kuriose Szene.

„Ja! So ist es!“

„Sind die Sklaven an der Mauer festgebunden?“

„Nein, sie sind nicht gefesselt“, sagte Satoro.

Kaum hatte er das gesagt, da sahen die Amazonen, wie der riesige Sklave seine großen Hände nach vorne holte und sie aneinander rieb. Mirakel stellte sich in Gedanken vor, wie der Sklave sich von hinten anschlich, seinen Herren am Hals packen und ihn umbringen würde. Doch nichts davon geschah!

Mirakel fragte: „Ich verstehe das nicht! Warum wehren die sich nicht und laufen einfach davon?“

Satoro erklärte: „Oho, liebe Frau Mirakel! Wisst Ihr denn nicht, wie entflohene Sklaven bestraft werden?“

„Äh … nein!“

„Wenn man sie zu Tode peitschen würde, wäre das noch eine Strafe mit einem schnellen Tod. Aber ihnen würde ein sehr langsamer Tod drohen, an einem Pfahl!"

„Am Pfahl gefesselt?"

„Viel schlimmer! Mit eisernen Nägeln!"

„Oh Götter, nein! Das ist ja schrecklich grausam!", sagte Mirakel entsetzt und konnte sich denken, was er meinte.

„Es kann Tage dauern, bis der Tod sie erlöst. Die Sklaven wissen das!"

Mit einem unguten Gefühl gingen sie weiter und erreichten einen Durchgang in der Mauer. Das schwere Tor stand offen, Satoro führte sie hindurch und sagte: „Hinter dieser Mauer ist das große Lager mit hunderten von Sklaven."

Sie sahen einen großen sandigen Platz, überall waren Zäune, große vergitterte Käfige und gemauerte Gefängniszellen. Und dort drinnen waren die Sklaven.

Nadsch meinte abfällig: „Ein furchtbarer Ort! Versteckt hinter einer großen Mauer, damit die Stadtbewohner dieses Elend nicht sehen müssen!"

Satoro zeigte Richtung Meer und erzählte: „Da hinten ist ein Teil des Hafens. Die Sklavenschiffe legen dort an. Aha, ich sehe, da wird gerade ein Schiff entladen. Ich denke, wir gehen mal dort hin!"

Kurze Zeit später standen die Amazonen und Karamäer am Hafen. Ein großes Segelschiff mit drei Masten hatte angelegt. Es war an der Anlegestelle mit dicken Seilen angebunden, die Segel waren eingeholt. Über eine schmale hölzerne Landungsbrücke ohne Geländer wurde das Schiff entladen.

Sie sahen, wie Kisten, Fässer, Amphoren und Säcke aus dem Schiff getragen oder gerollt wurden. Die Arbeiter mussten aufpassen, dass sie nicht von der Brücke fielen. Mit Ochsenkarren wurden die Waren abtransportiert.

Danach kamen die Sklaven. Schwer bewacht von mit Peitschen bewaffneten Sklaventreibern, erschien eine Gruppe junger dunkelhäutiger Männer, alle völlig nackt, Hände auf dem Rücken gebunden. Jeder hatte eine Schlinge um den Hals, alle Halsschlingen waren miteinander verbunden, was eine Flucht unmöglich machte. Hintereinander wurden sie aus dem Schiff geführt. Wer zu langsam war, bekam sofort die Peitsche zu spüren.

Satoro sagte: „Ich denke, die Ware kommt aus Ägypten. Sie ist gut gesichert. Vermutlich wurden sie erst vor kurzem eingefangen. Diese Gefangenen kommen erst in ein Lager, wo sie umerzogen werden, bevor man sie als Arbeitssklaven einsetzen kann."

Hinter den männlichen Sklaven folgten zahlreiche dunkelhäutige Frauen und Kinder, die alle ungefesselt waren. Danach eine Gruppe gefesselter junger Frauen und Mädchen, alle nur mit weißen Hüfttüchern bekleidet.

„Diese jungen Frauen müssen wohl auch erst umerzogen werden", meinte Phygene.

„Ja! Auch Frauen können gefährlich sein! Doch im Lager wird man ihren Willen brechen. Entweder sie werden gehorsam oder sie sterben", erklärte Satoro.

„Verdammter Mist! Wir müssten sofort eingreifen!", fluchte Sulinka.

„Das dürfen wir nicht, das weißt du! Reiße dich zusammen!", sagte Phygene.

„Ich weiß! Aber das fällt mir so schwer!"

Zum Schluß sahen sie zwei ältere dunkelhäutige Sklaven, die eine nackte männliche Leiche aus dem Schiff trugen.

„Der hat es wohl nicht geschafft!", sagte Mirakel.

„Oder er wollte sterben. Manche Menschen, die vorher frei waren, ertragen das Dasein als Sklave nicht!", erklärte Satoro.

„Das können wir Amazonen uns gut vorstellen! Wir sollten jetzt besser weitergehen!", sprach Phygene.

Satoro führte sie zu einem vergitterten, aus Stein gemauerten Verschlag. Anstelle eines Daches gab es nur Gitterstäbe. Eine Gruppe von fremdartigen Kriegern war darin eingepfercht. Alle waren groß und bärtig, trugen Reste einer merkwürdigen Kleidung aus Pferdefellen und waren an Hand- und Fußgelenken mit schweren Ketten gefesselt.

Satoro erzählte: „Das sind Kriegsgefangene aus dem fernen Land der Skythen. Die müssen gefesselt bleiben, weil die sehr gefährlich sind und sofort angreifen würden. Eine Umerziehung wäre bei denen Zeitverschwendung!"

„Aha! Und für was sind solche Sklaven gut? Die bringen doch sofort ihren Besitzer um!", sagte Phygene.

„Man müsste sie ein Leben lang in Ketten lassen", meinte Sulinka.

„In Ketten arbeiten? Das ist nicht gut!“, meinte Mirakel.

„Aber diese Gefangenen sind gut für Gladiatorenkämpfe. Ihr wisst bestimmt nicht, was das ist. Ich erkläre es Euch. Gladiatorenkämpfe sind Zweikämpfe nach römischer Art, mit echten Waffen, auf Leben und Tod, in einer Kampfarena mit tausenden von Zuschauern. Ein gewisser Haran, König der Borgs, hat sie gekauft. In seiner Stadt gibt es eine große Kampfarena.“

„Ach nee! König Haran hat eine Kampfarena?“, sagte Phygene schmunzelnd und tat so, als wüsste sie das nicht.

„Ja, edle Frau Offizierin. In der Stadt der Borgs werden immer wieder Gladiatorenkämpfe veranstaltet. Leute aus aller Welt reisen an, um sich diese hochinteressanten Kämpfe anzuschauen. Ich selbst hatte auch schon die Gelegenheit, einen solchen Kampf auf Leben und Tod zu sehen. Diese Vorstellung war unglaublich aufregend! Das Spannenste, das ich je sah! Der reinste Nervenkitzel. Aber auch furchtbar blutig und brutal. Am Ende wurde dem unterlegenen Kämpfer der Hals durchgeschnitten. Das Blut floss in Strömen. Einfach schrecklich! Ich kann Frauen so etwas nicht empfehlen. Sie sollten da lieber nicht hingehen!“

Phygene schüttelte mit dem Kopf und sagte: „Aha! Wir Frauen sind wohl zu zart besaitet für so etwas?“

Dass sie selbst dreimal als Kämpferin in der Arena stand, behielt sie vornehm für sich.

„Ja! Wie gesagt, ich finde, das ist nichts für Damen. Ich war mit meinem Bruder und meinen Schwager in der Arena. Unseren Frauen hatten wir verboten, mitzukommen. Abgesehen davon hätte unser Geld nicht gereicht, der Eintritt ist unglaublich teuer. Aber es lohnt sich. Die Borgs brauchen immer wieder neue Kämpfer und sind gute Kunden für unseren Sklavenmarkt. Diese Kriegsgefangenen hier werden morgen zu König Haran transportiert, natürlich unter höchsten Sicherheitsvorkehrungen.“

„Das ist sehr interessant, aber wir suchen nach einem Mädchen“, sprach Siedor.

Satoro sagte: „Selbstverständlich! Ich bitte um Verzeihung. Dort weiter hinten gibt es die weiblichen Waren! Bitte folgt mir!“

„Weibliche Waren! Unglaublich so etwas!“, dachte Phygene und musste ihren Zorn zurückhalten.

Hinter einem Zaun sahen sie viele Frauen und Kinder, alle verängstigt und in schmutziger Kleidung. Ein Sklaventreiber befahl ihnen, sich in einer Reihe am Zaun aufzustellen, was sie auch sofort taten.

Siedor schaute sich die traurigen Gesichter der vielen Kinder an und wusste kurz darauf, dass Eika nicht dabei war.

Phygene flüsterte leise zu Mirakel: „Es ist völlig sinnlos, hier nach Eika zu suchen!“

„Das sehe ich auch so!“

Satoro erklärte: „Das sind alles Frauen und Kinder, eine ganze Schiffsladung, vorgestern im Hafen angekommen. Sklavenjäger haben sie hierhergebracht. Unser hoher Herr Ken Danus hat sie aufgekauft. Sie wurden schon von Heilkundigen untersucht, schlechte Ware wurde bereits aussortiert. Sie werden noch etwas aufgepäppelt, entlaust, gewaschen und danach versteigert.“

Sulinka fragte: „Was ist mit denen, die aussortiert wurden?“

„Nun, wenn sie unbrauchbar sind oder irgendwelche Krankheiten haben, werden sie ... äh ... wie soll ich sagen ... beseitigt. Aber das kommt selten vor. Unbrauchbare Ware wird schon von den Sklavenjägern während des Transportes ... äh ... über Bord geworfen. In der Regel wird nur einwandfreie Ware angeliefert. Dennoch wird die Ware direkt nach der Anlieferung untersucht. Ken Danus und auch andere Sklavenhändler wollen stets Ware von höchster Qualität verkaufen.“

„Wo kommen diese Frauen und Kinder her? Und wo sind ihre Männer?“

„Diese hier kommen irgendwo aus dem nördlichen Thrakien. Sklavenjäger haben dort Dörfer überfallen und sie erbeutet. Die Männer sind entweder tot oder sie schuften schon in einem Steinbruch!“

„Das ist ja furchtbar!“, sagte Sulinka entsetzt.

„Das ist das normale Sklavengeschäft. Da vorne sind noch mehr!“

Satoro führte sie zu überdachten Unterständen, die wie Viehställe aussahen. Dort sahen sie zahlreiche Frauen und Kinder, sauber und im guten Zustand. Sie waren spärlich, aber mit sauberen hellgrauen Tüchern bekleidet.

„Hier haben wir die verkaufsfertigen Waren. Gereinigt, entlaust und gesund. Sogar die Zähne wurden mit Miswak-Zweigen geputzt. Viele Kunden schauen sich zuerst das Gebiss der Sklaven an. Sind die Zähne in Ordnung, lassen sich gute und hohe Preise erzielen.“

Mirakel sah die dunklen Zähne des Satoro und fragte mit einem gewissen Unterton: „Reinigst du auch regelmäßig deine Zähne?“

„Äh … nein! Warum? Ich bin doch kein Sklave!“, antwortete er.

Nadsch griff sich entsetzt an den Kopf, schüttelte sich und sagte laut: „Es ist unglaublich, wie blöd Männer sein können!“

Phygene sagte mit ernstem Ton: „Ab heute putzt du dir jeden Abend deine Zähne! Ist das klar?“

„Aber …“

„Nichts aber! Und frage nicht warum, sonst haue ich dir eins auf deinen Hinterkopf! Mache es einfach!“

„Ja, Phygene, ich verspreche es!“

Sulinka beobachtete die Sklaven und sagte: „Diese Frauen und Kinder sehen gut aus, gesund, sauber und gepflegt. Aber schaut in ihre Gesichter! Sie haben Angst, sie sind verzweifelt, viele sind in Trauer!“

Mirakel ergänzte: „Das waren einst freie Menschen! Ihre Familien wurden auseinandergerissen, ihre Männer sind weg! Sie wurden mit dem Tode bedroht und mit Gewalt verschleppt! Viele Frauen wurden missbraucht und geschändet! Sie haben große Angst, sie wissen nicht, was mit ihnen geschehen wird. Viele Kinder werden ihre Mütter und Geschwister nie wieder sehen!“

Satoro erzählte: „Ja! Das kommt vor, wenn ein Kunde nur ein Kind oder nur eine Frau kaufen möchte. Aber es gibt aber auch Kunden, die eine ganze Familie erwerben, leider kommt das nicht so oft vor!“

Phygene sagte traurig: „Ich muss an das denken, was wir vorhin gesehen haben! Oh Götter, diese armen Menschen tun mir so leid! Lasst uns weitergehen!“

Das Leid und Elend der armen rechtlosen Sklaven war unglaublich. Androxidopa und Samira beobachteten, wie ein großer kräftiger Sklaventreiber mit einem Stock auf einen am Boden liegenden dunkelhäutigen Mann einschlug.

„Stehe auf, du dreckiger schwarzer Hund!“, brüllte der brutale Schläger in der Sprache, die die Amazonen verstanden.

Der magere kraftlose Sklave schrie vor Angst und Schmerz und versuchte sich aufzuraffen.

Auf den Knien bettelte er: „Wasser! Bitte Wasser!“, da traf ihm wieder ein Stockschlag und er fiel zu Boden.

„Du kriegst kein Wasser! Ich habe gesagt, du sollst aufstehen! Ich schlage dich tot, du elender Hund!“

Die Keltin konnte kaum glauben, was sie da sah. Die ganze Zeit hatte sie versucht wegzusehen, doch das war zu viel. Der brutale Sklaventreiber holte mit dem Stock aus, um wieder auf dem wehrlosen Mann einzuschlagen. Androxidopa packte das Stockende und hielt es einfach fest, dem Schläger glitt das Schlagwerkzeug aus der Hand, welches auf dem sandigen Boden fiel.

Doch damit nicht genug, die Keltin stellte sich einfach mit beiden Füßen auf den Stock, um eine weitere Verwendung zu unterbinden. Der Sklaventreiber drehte sich langsam zu ihr herum. Er konnte es nicht glauben, seine Kinnlade war heruntergefallen und die Augen weit geöffnet, solch eine Frechheit hatte er noch nie erlebt.

Langsam änderte sich sein Gesichtsausdruck von ungläubig überrascht zu überheblich wütend. Ein heftiger Streit lag in der Luft. Sofort eilten vier weitere bullig aussehende Sklaventreiber, ebenfalls mit Stöcken bewaffnet, dem Kameraden zur Hilfe.

Mit einem überheblichen bösartigen Lächeln schauten diese unangenehmen Männer die Keltin an, die, deren Meinung nach, gleich ihr blaues Wunder erleben sollte.

„Dieses rothaarige Weib hat wohl keine Ahnung, mit wem sie sich anlegen will!“, war aus dem Mund einer der bulligen Sklaventreiber zu hören.

Doch auch Androxidopa bekam sofort Verstärkung von zahlreichen Amazonen-Kriegerinnen, die entschlossen zu ihr kamen.

Die fünf Sklaventreiber schauten staunend zu, wie sie von wehrhaften Frauen umzingelt wurden und man sah, wie die Überheblichkeit aus ihren Gesichtern verschwand.

So brauchte die Keltin keine Angst zu haben und sagte laut und entschlossen zu dem unangenehmen Schläger: „Wie soll er denn aufstehen, wenn du ständig auf ihn einprügelst?“

„Außerdem hat er Durst“, ergänzte Samira, ging auf den am Boden knienden Sklaven zu und gab ihm aus ihrem Wasserbeutel zu Trinken. Gierig trank der arme Mann das köstliche Nass und bedankte sich mehrmals.

Phygene wusste, diese Einmischung war eigentlich gegen ihre Befehle, doch sie griff nicht ein und wies ihre Kameradinnen an, auch nicht einzugreifen. Sie wollte unbedingt wissen, ob die rothaarige Unteroffizierin diese Sache ohne Gewaltanwendung beenden könnte.

„Mal sehen, wie gut sie ist! Wenn es schief geht, dann ist sie dran und wird von mir bestraft!", sagte sie etwas abfällig über ihre Rivalin.

So schauten alle neugierig zu, was nun passieren würde.

Sie hörten die tiefe Stimme des Sklaventreibers, der zu Androxidopa sagte: „Ihr Amazonen habt nur die Erlaubnis, hier nach einem Mädchen zu suchen. Was wir mit unseren Sklaven machen, geht euch einen feuchten Dreck an!"

Die Keltin hasste diese Sorte von brutalen herzlosen Männern und stellte sich in Gedanken vor, wie sie ihn umbringen würde.

„Ein scharfes Messer an deinem Hals und deine dicke Halsschlagader aufschlitzen. Und du läufst aus wie ein Wasserbeutel!", dachte sie.

Doch sie war nicht dumm und wusste genau, dass sie dies nicht durfte.

Mit falscher gestellter Freundlichkeit sagte sie: „Wenn du den Sklaven verprügelst, wird er wertlos und du verlierst Geld."

Der große kräftige Sklaventreiber blieb erstaunlich ruhig und sagte mit einem hässlichen Grinsen: „Liebe Frau Amazone, ich will mal nicht so sein und dir das erklären. Der Schwarze hier ist alt und verbraucht. Den will keiner mehr kaufen. Für den bekomme ich keine fünf Silberstücke mehr! Da habe ich lieber meinen Spaß und verprügele ihn!"

„Ach so! Es macht dir Spaß einen Menschen zu schlagen?"

„Aber Frau Amazone, seit wann sind Sklaven Menschen? Das sind doch nur Viecher, mit denen der Besitzer machen kann, was er will! Und wenn ich Lust habe, ein Vieh zu schlagen, dann tue ich das!"

Androxidopa musste ihre Wut zurückhalten. Ihr Ziel war es, den dunkelhäutigen Sklaven dauerhaft zu helfen. Sie dachte kurz nach, dann sagte sie spontan: „Fünf Silberstücke ist der Sklave wert? Dann kaufe ich ihn!"

Der Sklaventreiber staunte, das hatte er nicht erwartet. „Was? Du willst ihn wirklich kaufen?"

„Ja! Und ich gebe dir sogar fünf und ein halbes Silberstück!"

„Äh … das mit den fünf Silberstücken habe ich einfach so gesagt! Eigentlich ist er ein Vielfaches wert!"

„Ach so? Hast du mich etwa angelogen?", meckerte die Keltin sofort los.

„Der hat fünf Silberstücke gesagt, das haben wir ganz deutlich gehört!", riefen die Amazonen und unterstützten sie.

„Siehst du? Ich habe viele Leute, die das bezeugen können! Willst du eine Kundin übers Ohr hauen? Du scheinst kein Mann von Ehre zu sein! Das werden wir den hohen Herrn Ken Danus berichten! Schließlich sind wir seine ehrenwerten Gäste!"

Der Sklaventreiber dachte nach, mit Ken Danus wollte niemand Ärger haben und wegen eines fast wertlosen Sklaven schon gar nicht. Er gab schließlich nach und sagte: „Schon gut, ich habe fünf Silberstücke genannt! Und dafür kannst du ihn kaufen! Das halbe Silberstück darfst du natürlich behalten!"

„Na also! Warte einen Augenblick, ich muss erst Geld holen. Und Finger weg von meinem Eigentum!"

Der Sklaventreiber zeigte ein falsches Lächeln, machte eine kleine, nicht ernst gemeinte Verbeugung und sagte: „Aber natürlich, liebe Kundin!"

Androxidopa hatte, wie die meisten Amazonen, kein einziges Silberstück. Doch sie wusste von dem Geld, das Königin Sebrandia der Amazonentruppe mitgegeben hatte und über das die Kommandantin verfügen konnte.

So ging sie etwas aufgeregt zu Phygene und dachte: „Sie mag mich nicht! Hoffentlich gibt sie mir das Geld!"

„Sie ist gut!", dachte Phygene voller Respekt, zeigte das aber nicht.

Schon stand die Unteroffizierin vor ihrer blonden Vorgesetzten und bittete: „Liebe Phygene, ich möchte diesen Sklaven retten. Dazu muss ich ihn kaufen und … ich bitte dich um fünf Silberstücke! Ich verspreche, ich werde das Geld zuhause irgendwie zurückzahlen…"

Weiter kam sie nicht, Phygene sagte sofort: „Sulinka, bitte gib mir unseren Truppen-Geldbeutel."

Schon hielt sie ihn in der Hand, holte fünf silberne Münzen heraus und gab sie der Keltin. Keine Fragen, keine Diskussion, kein Gerede, einfach so. Das war Phygene!

Die Keltin war angenehm überrascht über ihre Rivalin, die in solchen Dingen so unkompliziert und freundschaftlich sein konnte.

„Danke, Phygene, vielen Dank! Gute Freundin Phygene!", sagte sie und meinte es wirklich so.

Die große Blonde spürte das und fühlte sich geehrt, aber sie zeigte das nicht. Im Gegenteil, sie sagte ernst und hochnäsig: „Ich bin deine Vorgesetzte, nicht deine Freundin!"

Das war auch Phygene.

Die Keltin sagte: „Jawohl, Frau Kommandantin! Ich bitte um Verzeihung!"

„Lasse deinen neuen Sklaven auf Krankheiten untersuchen. Das ist bei uns Pflicht!"

„Ja, Frau Offizierin! Das wird Samira sofort erledigen! Nochmals vielen Dank!"

„Jaja! Jetzt mach schon! Wir müssen weiter!"

Voller Freude eilte sie zu dem bulligen Sklaventreiber und sagte: „Hier hast du dein Geld!"

Als sie ihm die Silberstücke gab, konnte sie seinen unangenehmen Schweißgeruch wahrnehmen. Sie rümpfte die Nase und ging sofort wieder auf Distanz.

„Danke, Frau Amazone! Und noch viel Spaß mit eurem Eigentum!", brummte er. Sein Kamerad, der neben ihm stand, sagte abfällig: „Es soll Frauen geben, die stehen auf schwarze Schwänze!"

Sofort lachten alle fünf Sklaventreiber höhnisch! Die Keltin wurde wütend, ging trotz des üblen Körpergeruchs ganz nahe zu dem unangenehmen Mann und sagte drohend: „Pass gut auf, Freundchen! Ich bin eine echte keltische Feuerhexe! Ein Zauberspruch genügt und du kriegst nie wieder einen hoch!"

Dabei zog sie ein böses Gesicht und ihre rötlichen Augen funkelten dämonisch. Das höhnische Lachen war schlagartig vorbei, die Männer standen da wie erstarrt.

Jebro, der hinter ihr stand, sagte: „He, Leute, seid vorsichtig! Es war unsere Androxidopa, die in Tarag Kanos den großen Arramedis gefangen und überwältigt hatte!"

Die Männer dachten nach, sie hatten davon gehört. Nach einer kurzen Bedenkzeit zeigte der Verkäufer des Sklaven ein aufgesetztes Lächeln und sagte mit falscher Freundlichkeit: „Nichts für ungut. Vielen Dank, für das Geschäft! Du bist eine stets gerngesehene Kundin. Wir wünschen noch einen schönen Tag, liebe Frau Amazone!"

Die Sklaventreiber drehten sich um und gingen langsam weg! Die Lage entspannte sich, Androxidopa streckte triumphierend ihre Arme in die Höhe und lachte über sie.

Jebro fragte sie neugierig: „Kannst du wirklich so einen Zauberspruch?“

„Natürlich nicht! Aber zwischen die Beine hätte ich ihn eine reintreten können“, antwortete sie schelmisch, brachte den Jungen zum Lachen und umarmte ihn.

Samira hatte in der Zwischenzeit schon den Sklaven untersucht und sagte aufgeregt und begeistert: „Der ist gesund! Er ist nur etwas unterernährt und ist schlecht behandelt worden! Er heißt Mugga, ist 39 Jahre alt und kommt aus Nwengro … Dingsbums, also irgendwo aus Afrika. Er kann sogar unsere Sprache verstehen!“

Androxidopa reichte ihm freundlich die Hand und sagte lächelnd: „Willkommen bei den Amazonen, lieber Mugga! Du sollst mein Hausdiener sein!“

Noch etwas ängstlich und zögerlich erwiderte er die freundliche Begrüßung und murmelte: „Danke! Vielen Dank, hohe Herrin!“

Der Mann mit dem blauen Umhang

Am nächsten Morgen kam ein kasadorischer Wachmann zu Karamis und meldete: „Herr Botschafter, der hohe Herr Ken Danus schickt mich! Ihr sollt schnellstmöglich zu ihm kommen. Es wäre sehr wichtig!"

„Oh! Will er mich verhaften, wegen der Sache auf dem Bauernhof?"

„Das glaube ich nicht. Es hat etwas mit Eurer Nichte zu tun, mehr kann ich dazu nicht sagen!"

Karamis war sofort hellwach und sagte aufgeregt: „Ich komme sofort."

So schnell es nur ging, ließ er seine Leute zusammentrommeln und schon eilten ein Großteil der Karamäer und Amazonen im Laufschritt zum Palast des berühmten Sklavenhändlers Ken Danus.

Als die Wachmänner sie sahen, öffneten sie die Palasttüren und ließen die zahlreichen Kriegerinnen und Krieger ohne Kontrollen passieren.

Ein Wachmann sagte zu dem anderen: „Bei allen Göttern, sind das viele. Die passen ja gar nicht in das Arbeitszimmer des Ken Danus!"

„Unser Herr hat befohlen, sie alle durchzulassen!"

„Sind ja nur harmlose Karamäer und Amazonen!"

„Genau!"

Karamis und sein großer Anhang wurden von einem Hausdiener in das Arbeitszimmer des Hausherrn geleitet. Dort saß Ken Danus an seinem großen Arbeitstisch, nur zwei seiner Angestellten standen neben ihm. Leibwächter waren nicht zu sehen.

Phygene flüsterte zu Mirakel: „Keine Leibwachen! Und Udabor ist auch nicht da. Er ist völlig ungeschützt. Was bedeutet das?"

„Er hat keine Angst vor uns und er scheint uns zu vertrauen. Ich sehe das als gutes Zeichen!"

„Das heißt, er hat nicht vor, den Botschafter zu verhaften?"

„Ganz genau!"

Ken Danus erhob sich von seinem edlen Stuhl, warf einen Blick auf seine zahlreich erschienenen Gäste, schüttelte kurz mit dem Kopf und sagte laut: „Ich bitte die Damen und Herren das Gemurmel jetzt einzustellen, man versteht ja sein eigenes Wort nicht!"

Sofort waren alle still und der Hausherr sagte vornehm: „Guten Morgen, Herr Botschafter."

„Guten Morgen, edler Herr Ken Danus."

„Ihr habt ja Eure ganze Armee mitgebracht! Das wäre doch gar nicht notwendig gewesen!"

„Verzeihung! Soll ich sie wieder wegschicken?"

„Aber nein! Sorgt bitte nur dafür, dass in meinem Hause nichts zu Bruch geht."

Karamis drehte sich um und rief: „Leute, ihr habt gehört, was der hohe Herr Ken Danus gesagt hat! Passt gut auf und macht nichts kaputt!"

„Jawohl, Herr Botschafter!", sagten viele Stimmen gleichzeitig und man flüsterte: „Wir sind doch keine Kinder!"

Der Hausherr nahm eine kleine Papyrusrolle zur Hand, ergriff das Wort und sprach: „Gut, Herr Karamis. Dann kommen wir gleich zur Sache. Ich habe gute und interessante Neuigkeiten für Euch! Ich habe herausgefunden, wer der Mann mit dem blauen Umhang ist!"

Karamis staunte, machte große Augen und sagte: „Oh! Das sind wirklich gute Neuigkeiten!"

„Dieser Mann kommt tatsächlich aus dem fernen Persien. Ich kenne ihn, er heißt Asmannjardy Huy-Kesass. Er ist ein Kaufmann, der im Auftrag anderer Leute Sklaven einkauft. Besser gesagt, er kauft hochwertige teure Sklaven für reiche Leute."

„Aha! Und dieser Mann hat Eika nach Kasadoria gebracht und sie hier weiterverkauft?"

„Nach meinen Informationen … ja! Zumindest steht das hier in dieser Nachricht! Aber jetzt kommt das Beste. Dieser Mann ist zu mir unterwegs. Und wenn er da ist, könnt Ihr ihn höchstpersönlich befragen!"

Karamis war hocherfreut, als er das hörte. Er sollte dem Mann begegnen, der mit großer Wahrscheinlichkeit wusste, wer Eika gekauft hatte und wo sie zu finden war.

„Endlich jemand, der wirklich etwas weiß! Endlich werde ich einen großen Schritt weiterkommen!", dachte er voller Hoffnung und neuem Mut. Zu Ken Danus sagte er: „Hoher Herr, das sind, in der Tat, sehr gute Nachrichten. Könntet Ihr mir bitte noch sagen, wann dieser Herr Kaufmann bei Euch eintreffen wird?"

„Ich schätze, heute Abend wird er hier sein, wenn nichts dazwischen kommt! Ich lasse Euch unverzüglich informieren, sobald er zur Verfügung steht!"

„Das ist vorzüglich! Habt Tausend Dank, hoher Herr Ken Danus!"

„Bitteschön, Herr Botschafter Karamis. Wir haben ja schließlich ein Geschäft abgeschlossen. Und Ihr könnt für Euer gutes Geld auch eine gute Gegenleistung erwarten."

„Sehr richtig! Nochmals vielen Dank!"

Plötzlich verfinsterte sich der Blick des Ken Danus und er sagte mit harten Worten: „Noch etwas, Herr Botschafter! Dass was auf dem Hof des Hancheres passiert ist, war äußerst unschön! Und ich verlange, dass so etwas nicht mehr vorkommt! Sonst sehe ich mich gezwungen, Euch und Eure Karamäer aus der Stadt zu verbannen! Haben wir uns verstanden?"

„Äh … ja! Selbstverständich! Ich bitte um Verzeihung für diesen furchtbaren Irrtum. Ich verspreche, so etwas wird nicht mehr vorkommen!"

„Gut, dass Udabor mit seinen Truppen rechtzeitig zur Stelle war! Nicht auszudenken, was ihr dummen Karamäer getan hättet, wenn er zu spät gekommen wäre!"

„Ich bitte nochmals um Vergebung und bedanke mich für das rechtzeitige Eingreifen Eures ehrenwerten Offiziers Udabor."

„Jaja! Die Amazonen scheinen mir vernünftiger, als Ihr. Vielleicht solltet Ihr mehr auf Eure Frauen hören!"

„Ihr habt recht, ich werde das beherzigen!"

„Nun gut, ich glaube Euch! Doch jetzt bitte ich Euch, zu gehen. Wir sehen uns heute Abend, wenn mein Gast da ist. Und seid vorsichtig und macht keinen Unfug!"

„Jawohl, edler Herr! Bis heute Abend! Und nochmals vielen Dank!", sagte Karamis mit einer tiefen Verbeugung und verließ mit seinen Leuten den Palast des Ken Danus.

„Er hat uns Amazonen positiv erwähnt", sagte Phygene zu ihrer Partnerin.

„Ich glaube, das ist ein sehr gutes Zeichen!", meinte Mirakel.

„Das glaube ich nicht! Denke nur an den Sklavenmarkt! Ken Danus ist ein brutaler rücksichtsloser Menschenhändler. Ein eiskalter und gefühlloser Mensch. Ein machtgieriger Mann, der nur an sich selbst denkt!"

„Das mag sein! Aber er hilft uns!"

„Aber nur, weil er Geld bekommen hat! Er ist durch und durch ein Egoist, er liebt niemanden, nur sich selbst."

„Meinst du?"

„Ja! Das fühle ich ganz genau! Ich kann diesen Sklavenhändler nicht ausstehen!"

„Phygene, was du wieder fühlst! Sage uns lieber, was wir jetzt machen?"

„Wir haben viel Zeit bis heute abend. Karamis hat nichts vor. Ich als Kommandantin der Amazonen befehle, wir machen uns heute einen schönen Tag!"

„Sehr schön, Frau Kommandantin! Dann lasse uns gleich in unser nobles Zimmer gehen", sagte Mirakel und umarmte sie liebevoll.

„Ach, dieser Pferdestall mit Heu!"

„Völlig egal! Komm, lasse uns schmusen!"

„Ja, Kleines!"

Am späten Abend hielt es Karamis nicht mehr aus. Den ganzen Tag hatte er die Zeit totgeschlagen und den Abend herbeigesehnt. Wie eine gefangene Raubkatze im Käfig, ging er ständig vor seiner Hütte nervös hin und her.

Jetzt wurde es ihm zuviel, obwohl er noch keine Nachricht erhalten hatte, befahl er: „Wir gehen jetzt zu Ken Danus!"

Mit seinen Karamäern und Amazonen im Schlepptau eilte er zum Palast des mächtigsten Mannes in der Stadt Kasadoria.

„Mensch, hat der es eilig! Wir kommen ja gar nicht mit", beschwerte sich Mirakel, als sie und ihre Kameradinnen ihm hinterher rannten.

„Du hast zu kurze Beinchen, Kleines!", zog Phygene sie auf.

„Ho! Du bist so gemein!"

„Jetzt im Ernst, der ist völlig aufgeregt. Dabei ist dieser Mann, den er treffen will, noch gar nicht da!"

„Schau mal, die Palastwachen lassen uns wieder ungehindert passieren", fiel Mirakel auf.

„Ja! Als ob für uns immer die Türen offen wären. Das ist sehr merkwürdig!"

„Eigentlich sind die Sklavenhändler unsere Feinde. Und wir sind ungebetene Gäste in dieser Stadt!"
„Dennoch vertraut er uns!"
„Kann er ja auch! Wir sind ja ganz friedlich!"
„Genau! Lieb und brav wie die kleinen Schulmädchen!"

Ken Danus arbeitete an seinem Schreibtisch und las gerade eine Schriftrolle, als die Besucher ihn überraschten. Vier Leibwächter waren anwesend, blieben aber ganz ruhig, als sie die Amazonen und Karamäer sahen.

Der Hausherr stand auf und sagte gelassen: „Herr Botschafter, ich habe noch keinen Boten zu Euch geschickt!"

„Verzeiht, edler Herr Ken Danus. Ich bin so angespannt und ungeduldig. Ich muss diesen persischen Händler sprechen!"

„Er ist aber leider noch nicht da!"

„Äh … ja! Ich bitte um Verzeihung für die Störung! Dann … äh … gehen wir wieder!"

„Aber nein! Bleibt ruhig da! Ihr stört mich nicht!", sagte Ken Danus überraschend freundlich.

„Vielen Dank, hoher Herr!"

„Ihr habt recht, Herr Botschafter. Der Mann, den Ihr zu sprechen wünscht, müsste schon längst da sein. Ich habe ihm schon einen Suchtrupp mit frischen Pferden entgegengeschickt. Ich vermute, seine Pferde sind erschöpft. Er müsste bald bei mir eintreffen! Gehen wir solange in meinen Wohnraum."

Der Hausherr führte sie zu einem großen Raum, der mit vielen bequem gepolsterte Stühlen und Tischen ausgestattet war.

Er nahm auf einem Stuhl Platz und sagte freundlich: „Bitte setzt Euch, unterhalten wir uns ein wenig und trinken einen Schluck Wein."

„Danke! Sehr großzügig, Herr Ken Danus!"

Alle höher gestellten Personen setzten sich am großen Tisch von Ken Danus dazu. Der Hausherr bestellte Wein und Brot, welches von seinen jungen hübschen Hausdienerinnen serviert wurde.

„Sieben Sklavinnen habe ich in meinem Haus. Eine schöner als die andere! Sind sie nicht eine Augenweide?", fragte er stolz.

Karamis antwortete uninteressiert: „Ja! In der Tat! Sehr schöne Frauen."

„Ihr habt sie ja gar nicht richtig angeschaut, Herr Botschafter!“

„Doch, doch! Vorhin, als wir hereinkamen, habe ich sie gesehen“, schwindelte er.

Ken Danus wurde klar, dass mit dem Botschafter nicht viel anzufangen war. „Kein guter Gesprächspartner! Er denkt nur an den Mann mit dem blauen Gewand“, dachte er und sagte: „Bitte probiert meinen Rotwein. Ich habe meinen eigenen Weinberg außerhalb der Stadt. Der Wein von dort ist vorzüglich!“

Der nervöse Karamis nahm einen Schluck und sagte beiläufig: „Gut! Der ist wirklich sehr gut!“

Ken Danus schüttelte den Kopf, suchte nach einem besseren Gesprächspartner und nahm Phygene ins Visier. Sie saß auf einem bequemen Stuhl, auf ihrem Schoß Mirakel, hinter ihr stand Anniger und neben ihr Jebro. Sie trank einen Schluck Wein und gab den Weinbecher sofort an ihre Partnerin weiter. Dann durfte ihr Vater probieren und danach auch ihr Waffenträgerjunge.

„Und wie schmeckt Euch der Wein, liebe Frau Kommandantin?“, fragte er und beobachtete sie genau.

Der großen Blonden gefiel es nicht, von diesem Mann, den sie überhaupt nicht mochte, angesprochen zu werden.

„Danke, gut!“, antwortete sie knapp mit abweisender Stimme und hoffte, damit sei das Gespäch beendet.

Doch ihre Hoffnung verflog, als er sie interessiert anschaute und fragte: „Ihr seid nicht gerne alleine, nicht wahr?“

„Das stimmt“, antwortete sie knapp.

„Und Ihr teilt gerne!“

„Äh … ja! Bei uns Amazonen ist es üblich, zu teilen.“

„Das ist schön! Wie war es denn auf dem Sklavenmarkt?“

Sie zuckte mit den Schultern und sagte: „Wie ein Sklavenmarkt halt so ist!“

„Hat es Euch gefallen?“

Jetzt musste Phygene überlegen, was sie antworten sollte. Sie dachte an die schlimmen Dinge, die sie dort gesehen hatte, so entschied sie sich für die Wahrheit und sagte zornig: „Nein! Es hat mir gar nicht gefallen!“

Es klang fast wie eine Herausforderung zu einem Duell, als er weiter fragte: „Aha! Und warum nicht?“

„Warum nicht? Wir sahen eine verzweifelte Mutter, der ihr Kind weggenommen wurde. Wir sahen einen Mann, der ständig geschlagen wurde, nur weil er vor Entkräftung nicht mehr aufstehen konnte. Wir sahen eingepferchte, völlig verängstigte Frauen und Kinder. Gefesselte nackte Männer, die gepeitscht wurden. Und vieles mehr! Reicht Euch das als Antwort?"

Karamis bekam es mit der Angst zu tun und redete dazwischen: „Phygene, bitte keinen Streit! Der edle Herr Ken Danus hilft uns!"

Der mächtige Sklavenhändler blieb gelassen und sagte: „Tja, so ist das nunmal auf einem Sklavenmarkt! Da geht es etwas rau zu! Und wenn ein Kunde nur das Kind kaufen will, aber nicht die Mutter, dann kann ich das auch nicht ändern!"

Sie sagte empört: „Doch! Genau das könntet Ihr! Ihr verdient Euer Geld mit dem Elend anderer Menschen. In meinen Augen seid Ihr ein Verbrecher!"

„Phygene, bei allen Göttern, höre jetzt sofort auf! Das ist ein Befehl!", sprach Karamis laut.

„Donnerwetter, die geht aber ran! Sie beleidigt den Gastgeber!", dachten die Amazonen und waren gespannt, wie Ken Danus darauf reagieren würde.

Der blieb relativ gelassen und sagte: „Ich bin Sklavenhändler, so wie vorher schon mein Vater, mein Großvater und mein Urgroßvater. Mein Vater war mein Lehrmeister und hat mir alles über dieses Geschäft beigebracht. Ich wurde so erzogen! Das Sklavengeschäft ist mein Leben, ich kenne nichts anderes. Und ich weiß, wenn ich es nicht mache, dann macht es ein anderer. Die Konkurrenz ist groß. Und ein anderer könnte noch viel schlimmer sein als ich!"

Phygene überzeugte das in keinster Weise. Sie könnte ihm noch viele weitere Dinge vorwerfen, doch sie war nicht dumm und wusste genau, wie wichtig seine Hilfe war. Sie wollte das Gespräch nicht weiter eskalieren lassen. Aber nachgeben wollte sie auch nicht, dafür war sie zu stur. So verschränkte sie ihre Arme und sagte nichts mehr.

Ken Danus musterte sie und schien das zu spüren. Phygene beobachtete ihn genau, ebenso Jebro, Anniger und Mirakel. Alle vier schauten den Sklavenhändler mit dem gleichen Gesichtsausdruck an. Leicht überheblich, völlig ohne Angst, ablehnend, jedoch friedlich. Ken Danus kam es vor, als wäre Phygene keine Einzelperson, sondern ein vierköpfiges Team aus äußerlich völlig verschiedenen Menschen, aber innerlich fest zusammengehörend. So etwas hatte er noch nie erlebt und es schien ihn zu beeindrucken.

Auch er wollte das Gespräch nicht eskalieren lassen, andererseits wollte er Kontra geben, aber ohne laut zu werden. Er blieb ruhig, ließ sich von seiner hübschen Haussklavin Wein nachschenken und sagte: „Viele Sklaven haben Glück! Sie haben einen guten Herrn und ihnen geht es sehr gut! Nicht wahr, meine Süße?"

„Ja, Dominus! Mir geht es gut! Danke!", antwortete die Haussklavin artig mit einer Verbeugung.

„Es ist schon sehr dreist, wenn Ihr mich einen Verbrecher nennt, liebe Frau Kommandantin. Zumal Ihr etwas von mir wollt und ich bereit bin, Euch zu helfen. Und dafür werde ich noch beleidigt! Die Amazonen haben doch auch Sklaven! Ihr seid auch Sklavenhalter und Sklaventreiber, oder irre ich mich?"

Phygene dachte darüber nach, ob sie einen Fehler gemacht hätte: „Wird er uns jetzt nicht mehr helfen? Jetzt, wo wir so nahe dran sind? Und ich bin daran schuld? Soll ich ihn um Verzeihung bitten? Nein! Das mache ich nicht! Er ist wirklich ein Verbrecher! Was soll ich jetzt tun? Am besten gar nichts!"

Da die oberste Amazone es vorzog, zu schweigen, sprang Nadsch für sie ein und antwortete: „Bei uns gibt es auch Sklaven, aber nur männliche, keine Weiblichen! Und wir gehen gut mit ihnen um!"

„Natürlich, Frau Offizierin Nadsch! Jemand muss ja für euch hohe Damen die ganze Arbeit machen! Feine Damen machen sich nicht gerne die Finger schmutzig!"

„Das … äh … gilt nicht ganz für uns Amazonen! Wir wissen, was harte Arbeit ist und wir Frauen packen auch mit an, wenn es sein muss! Meine Hände sind rau von der vielen Arbeit. Wollt Ihr sie sehen, edler Herr?", fragte die schöne Offizierin und zeigte ihre Handflächen.

Ken Danus ging nicht weiter darauf ein und sagte: „Danke, das muss nicht sein. Was ich sagen wollte, manchmal ist es notwendig und auch sehr nützlich, sich mit unliebsamen Menschen zusammenzutun, um ein Ziel zu erreichen!"

„Da stimme ich Euch zu, edler Herr! Und wir danken Euch sehr, dass Ihr uns helfen wollt!", sagte Nadsch.

„Ihr Amazonen wollt ein freies unabhängiges Volk bleiben, ihr wollt in Sicherheit und Frieden leben, ohne Krieg mit euren Nachbarvölkern. Dazu solltet ihr euch guthalten mit euren Nachbarn, auch wenn ihr sie nicht mögt. Ich weiß, ich bin ein Sklavenhändler und ihr seht mich als euren Feind. Aber gute Beziehungen zu mir können euch sehr hilfreich sein."

„Wie meint Ihr das, Herr Ken Danus?"

„Zum Beispiel könnte ich dafür sorgen, dass diese unangenehmen Sklavenjäger-Banden euch in Ruhe lassen."

„Aha! Ja, das wäre eine gute Sache! Aber so, wie wir Euch kennen, wäre das bestimmt mit Geldzahlungen verbunden. Leider haben wir kein Geld oder nur sehr wenig!"

„Auch darüber lässt es sich reden. Aber zunächst würde ich gerne die Amazonen näher kennenlernen. Bitte, liebe Frau Offizierin Nadsch, erzählt mir von den berühmten wehrhaften Kriegerinnen! Wie funktioniert euer von Frauen beherrschter Volksstamm?"

„Gerne, Herr Ken Danus."

So hatte der Gastgeber eine interessante und angenehme Gesprächspartnerin gefunden. Nadsch, und später auch Sulinka und Tarmi, erzählten ihm von dem Volk der Amazonen. Ken Danus lehnte sich zurück und hörte den hübschen Damen interessiert zu. Er schloss sogar die Augen und schien es zu genießen.

Es war bereits Mitternacht, da eilte der kasadorische Offizier Udabor in den Wohnraum hinein. Er war völlig aufgeregt und außer Atem.

Ken Danus schaute ihn verwundert an und fragte: „Was ist los, Udabor? Wo bleibt unser persischer Gast?"

Der angesprochene Offizier holte tief Luft, machte ein ernstes Gesicht und sagte: „Edler Herr, wir haben leider sehr schlechte Nachrichten! Der persische Händler und seine Begleiter sind … ermordet worden!"

Ein sprachloses Entsetzen breitete sich unter den Anwesenden aus.

Karamis fühlte, wie diese Nachricht ihm förmlich die Luft abschnürte. Er wollte und konnte es einfach nicht glauben.

„Das ist nicht wahr! Das muss ein Irrtum sein!", krächzte er mit heiserer Stimme.

Der Hausherr stand langsam auf, schaute seinem Offizier mit ungläubigen Blicken an und sprach wütend: „Was sagst du da? Willst du mich auf den Arm nehmen?"

Udabor hatte schon Tränen in den Augen und jammerte: „Hoher Herr, es entspricht der Wahrheit! Sie sind alle tot! Wir haben sie mitgebracht! Bitte kommt heraus und seht selbst!“

Mit großer Wut im Bauch stürmte Ken Danus nach draußen, die Karamäer und Amazonen folgten ihm.

Vor dem Palast standen kasadorische Krieger mit Pferden und Fackeln. Die Luft war kühl, die Pferde dampften, so geschwitzt waren sie. Keiner der Krieger sagte etwas, alle schauten mit ernsten erstarrten Gesichtern. Dann sahen sie die Toten, auf den Rücken der dampfenden Pferde gebunden. Zahlreiche Pfeile steckten in ihren Leibern, es war ein gespenstisches Bild.

Man zählte sieben Tote, fünf persische Krieger in leichter Rüstung, ein junger Mann im weißen, blutdurchdrängten Gewand und ein weiterer Mann in einem glänzend hellblauen Seidengewand.

Sofort ging Ken Danus zu dem toten Mann mit der blauen Kleidung. Er zählte sechs Pfeile und sah die durchgeschnittene Kehle. Er kannte das Gesicht des Toten und sagte mit entsetzter heiserer Stimme: „Das ist der persische Händler! Er war ein Freund! Bei allen Göttern, was ist geschehen?“

Keine Antwort, alle schwiegen. Dann lief sein Gesicht knallrot an und er schrie wütend: „Wer war das?“

Udabor fiel vor ihm auf die Knie und berichtete: „Edler Herr, bitte um Vergebung! Wir … wir wissen es nicht! Wir fanden sie alle tot auf dem Weg liegen. Wir kamen zu spät!“

Auch Karamis kam nach vorne. Er zitterte und schaute sich entsetzt den toten persischen Kaufmann an. Ken Danus atmete tief ein und aus und sagte leise zu ihm: „Es tut mir sehr leid! Es tut mir wirklich leid, Herr Botschafter!“

Jetzt wurde Karamis bewusst, welch eine große Chance mit dem Tod dieses Mannes vernichtet war. Der einzige, der wirklich etwas über Eika wusste und bereit war, sein Wissen weiterzugeben, war grausam ermordet worden. Leise flüsterte er: „Es ist vorbei! Ich werde Eika … niemals finden!“

Es war zu viel für ihn, er wurde kreidebleich im Gesicht und brach weinend zusammen. Sofort kamen Samira, Alam und Sandor, um ihm zu helfen.

Auch Phygene war fassungslos und flüsterte leise zu Mirakel: „Verfluchte Sauerei! Wer, zum Teufel, war das? Bei allen Göttern, hat Ken Danus das veranlasst? War es … Udabor?“

„Nein! Das glaube ich nicht! Die Magierinnen und ich sind uns einig, sein Entsetzen scheint echt zu sein. Die Leichen sind kalt, Leichenstarre an Augenlidern, Kiefer und Fingern! Das heißt, sie sind schon viele Stunden tot. Die Pfeile, die in ihnen stecken, sehen anders aus als die kasadorische Pfeile. Aber du weißt ja, ganz sicher können wir nicht sein!“

„Aber eins ist sicher! Jemand will verhindern, dass wir Eika finden!“

Im Hauptlager der Amazonen

Es war ein schöner Tag im Frühling, die Sonne schien und erwärmte das Land der Amazonen auf angenehme Temperaturen. Deshalb entschlossen sich die starken Frauen, diese kleine Veranstaltung unter freiem Himmel stattfinden zu lassen.

Hermo, Lutzen und ihre sechs Kameraden standen in einer Reihe auf einer Wiese neben dem Bach, zogen übertrieben jämmerliche Gesichter und entkleideten sich langsam.

Vor ihnen stand ihre Herrin Tabita, deren Schwester Tanisha, sowie die jungen Kriegerinnen Cerena, Seambuka und Yena.

Hermo jammerte: „Herrin, bitte! Das ist nicht mit unserem Glauben vereinbar!"

Das hübsche Mädchen aus Nubien machte ein unnachgiebig strenges Gesicht und sprach zornig: „Ist es doch! Ich habe mich bei unseren Priesterinnen erkundigt! Sie kennen keine Göttin und keinen Gott, der den Geschlechtsverkehr zum Zwecke der Fortpflanzung verbietet! Auch euer besonders strenger eukarischer Gott tut das nicht. Das wäre ja auch Blödsinn, weil das Volk der Eukarier sonst aussterben würde. Außerdem sagt euer Gott, dass ihr euren irdischen Herrn gehorchen sollt. Zufällig bin ich das! Und ich befehle: Zieht euch aus und wascht euch! Los, los! Ein bisschen schneller, die Damen kommen gleich!"

„Ja, Herrin!", sagten die acht gestandenen Männer artig und kamen dem Befehl ihrer jungen Herrin nach.

Als sie ausgezogen waren, gingen sie in den Bach und machten eine Katzenwäsche im kalten Wasser.

„Na also, geht doch!", sagte Tanisha, beobachtete die planschenden Eukarier und musste schmunzeln.

„Die stellen sich an! Unglaublich, so etwas. Schau mal, da vorne kommen sie schon", sagte ihre jüngere Schwester und zeigte auf eine Gruppe von Amazonenfrauen, die auf sie zukamen.

„Oh, Tabita, das sind aber viele Frauen. Miragene, die Schwester von Phygene, ist auch dabei."

„Ja! Und Valassa, die Schwester der höchsten Offizierin Talassa. Und die edle Dame im blauen Kleid kennen wir auch, das ist … äh …"

„Meine Mutter!", sagte Cerena trocken.

„Oho! Dann … äh … war wohl Meleas nicht erfolgreich, oder?“, meinte Tabita.

„Nein, war er nicht! Deshalb will sie es mit einem deiner Eukarier versuchen“, erklärte die hochgewachsene junge Kriegerin.

„Na gut! Die Damen sind jetzt da. Begrüßen wir sie.“

„Hallo, ihr Lieben!“, sagte Miragene mit strahlendem Lächeln und umarmte herzlich Tabita.

Dann wurde sie von Valassa umarmt, die zu ihr sagte: „Liebe Tabita, ich finde es so schön, dass du deine Männer zur Verfügung stellst.“

„Das ist doch selbstverständlich! Ich bin eine Amazone und ich weiß, was sich gehört!“

„Ja, das weißt du, liebes Mädchen! Hach, ich kann es kaum noch erwarten“, sagte Cerenas Mutter und küsste sie fünf mal auf die Wangen.

Danach wurde Tabita von den weiteren zahlreichen Frauen begrüßt, umarmt und wieder geküsst. Es war für sie ungewohnt, so im Mittelpunkt zu stehen, sie war ganz angetan und aufgeregt, so etwas Herzliches hatte sie nicht erwartet.

„Ja, wo sind denn deine Männer?“, fragte Valassa.

„Die … äh … waschen sich noch. Ich lasse sie sofort antreten“, sagte die junge Nubierin leicht nervös.

Schon stand sie am Bach und brüllte: „Sklaven! Sofort aus dem Wasser und in einer Reihe aufstellen! Auf, auf! Die Damen wollen euch sehen!“

Die Eukarier eilten zu ihrer Herrin und stellten sich nackt und nass in einer Reihe auf die sonnige Wiese, zum Abtrocknen war keine Zeit mehr.

Tabita befahl: „He Männer, strammstehen! Die Damen wollen euch sehen.“

„Oh, Herrin! Was heißt denn strammstehen? Müssen wir jetzt auch noch unsere Männlichkeit aufrichten?“, fragte Lutzen entsetzt.

Zum Spaß rief Cerena frech dazwischen: „Ja! Genau! Und dann müsst ihr euch noch einen runterholen, um zu zeigen, dass ihr es könnt!“

Die Mädchen und die Damen hörten das und fingen herzlich an zu lachen, während die Männer im Gesicht knallrot anliefen.

„Quatsch! Finger weg von eurem Penis! Hände an die Seiten, Bauch rein, Brust raus und Kopf hoch!“, erklärte Tabita streng, während Tanisha, Cerena, Yena und Seambuka sich vor Lachen auf dem Boden wälzten.

Schon kamen die vielen interessierten Damen auf die strammstehenden nackten Männer zu und begutachteten sie genau von allen Seiten. Sie zeigten sich sehr interessiert, redeten und tuschelten miteinander.

„Donnerwetter! Die sehen gut aus!“, sagte Valassa begeistert.

„Oh, ja! Die sind richtig süß und gutaussehend. Die gefallen mir besser als die ollen Karamäer“, meinte Miragene.

„Das finde ich auch! Also ich habe meine Wahl getroffen. Ich will den hier!“, sprach Cerenas Mutter.

„He! Den will ich auch!“, wandte Valassa sofort ein.

Schon machten die Damen unter sich aus, wer welchen Mann haben durfte. Es dauerte eine Zeitlang, bis sie sich einig waren, doch es gelang ohne Streit. Man ließ Miragene den Vortritt, sie kam auf den jüngsten der nackten Sklaven zu und sagte lächelnd mit sanfter Stimme: „Hallo, junger Mann! Wie alt bist du?“

„Ich … äh … bin 20 Jahre alt, hohe Herrin“, antwortete der Angesprochene.

„Darf ich dich anfassen?“

„Äh … ja! Aber bitte nicht wehtun!“

„Quatsch! Ich tue dir nicht weh, ich will nur deine Haut fühlen!“, sagte sie und streichelte ihm zart über Bauch und Brust.

„Hach! Ich stehe auf so junge Männer und will es mit dir machen! Komme zu mir, nach Sonnenuntergang!“

„Äh … ja … selbstverständlich, hohe Herrin Miragene!“

Valassa stellte sich vor dem Mann ihrer Wahl und roch an ihm herum. Offenbar gefiel ihr der Duft, denn sie sagte freundlich: „Ich habe lieber einen reiferen, erfahrenen Mann. Lieber Hermo, gerne möchte ich heute Abend mit dir ins Bett gehen und Liebe machen! Du weißt, wir Amazonen brauchen Nachwuchs!“

Hermo war angenehm überrascht von der Freundlichkeit der edlen dunkelblonden Dame und sagte: „Jawohl, hohe Herrin Valassa! Ich werde zu Eurer Verfügung stehen und versuchen, mein Bestes zu geben!“

„Das ist schön! Bei Sonnenuntergang kommst du in meine Wohnung!“

„Jawohl, Herrin Valassa! Ganz wie Ihr wünscht.“

Dann kam Cerenas Mutter nach vorne und sagte mit lüsterner Stimme: „Du bist Lutzen, nicht wahr?“

Er fand die Dame im mittleren Alter etwas unangenehm und antwortete stotternd: „Äh … ja, Herrin!“

„Lutzen, du gehörst heute Abend mir!“

„Ich … äh … ich weiß aber nicht, ob ich kann, Herrin!“

„Was? Du hast keine Zeit für mich?“, fragte sie empört.

„Nein, das nicht. Aber ich stehe leider nicht auf Frauen. Und ich weiß nicht, ob es … äh … funktionieren wird!“

„Das ist ja eine Unverschämtheit! Bin ich dir nicht schön genug, oder was? Cerena, bitte tue doch etwas!“

Sofort kam die junge hochtalentierte Kriegerin zu Lutzen, fletschte zornig ihre Zähne und baute drohend ihren großen muskulösen Körper vor ihm auf!

Sie holte kurz Luft und schon schimpfte sie los: „Jetzt höre mir mal zu, Sklave! Du tust das, was meine Mutter dir befohlen hat, andernfalls kannst du mich von meiner unangenehmen Seite kennenlernen. Wenn du dich weigerst, dann werde ich dir deine Ohren langziehen, bis dir das Hören und Sehen vergeht!“

„Ich wollte ja nur sagen, dass …“

„Jaja! Wir wissen, dass du schwul bist und Hermo dein Partner ist. Privat könnt ihr das machen, wie ihr wollt! Aber das hier ist eine wichtige dienstliche Angelegenheit! Ich wiederhole: dienstlich! Es geht hier um Nachwuchs für unser Volk! Und wenn meine Mutter dich will, dann hast du zu gehorchen! Ist das klar?“

„Jawohl, hohe Herrin Cerena! Ich werde heute Abend bei Eurer edlen Frau Mutter sein!“

„Das will ich hoffen! Wir Amazonen können sehr böse werden!“

Plötzlich kam die Kriegerin Ligene mit ihrem Pferd angeritten und platzte mitten in Cerenas Drohrede hinein. Miragene rief ihr zu: „Hallo, Schwesterherz, suchst du auch einen Mann fürs Bett?“

„Aber nein! Mensch, Miragene, ich bin doch verheiratet. Ich habe einen Bund fürs Leben mit meinem ägyptischen Mann geschlossen!“

„Das ist doch kein Grund“, meinte Tanisha schmunzelnd.

„Jaja, ich kenne euch, ihr frechen Frauen! Ich bin aus einem anderen Grund hier. Es gibt eine Überraschung!“

„Aha! Was gibt es denn?"

„Ihr werdet es kaum glauben! Seht ihr da hinten, die beiden Leute mit dem Esel?"

„Äh … ja! Sieht so aus, als kommen sie hierher!"

„Genau das tun sie! Und ratet mal, wer das ist! Da kommt ihr nie drauf."

„Wissen wir nicht! Bitte sage es uns!"

Ligene rieb sich vor Freude die Hände und sagte lächelnd: „Das ist Faxo und seine Freundin! Sie wollen wieder nach Hause und bei uns Amazonen leben. Sie sind auf dem Weg zur Königin, um sie um Erlaubnis zu bitten!"

Alle anwesenden Amazonen freuten sich, nur Cerena wurde bleich im Gesicht, als sie das hörte. Ihre Überheblichkeit verschwand schlagartig, sie wirkte plötzlich unsicher, ängstlich und nervös.

Lutzen und die anderen Sklaven, die immer noch völlig unbekleidet herumstanden, staunten nicht schlecht, als sich die hochgewachsene Cerena klein machte und sich hinter ihnen verstecken wollte.

„Was ist denn jetzt los?", dachten sie verwundert und beobachteten die völlig veränderte junge Kriegerin.

„Ich gehe jetzt besser!", sagte Cerena nervös und wollte schon losmarschieren.

Doch ihre Freundinnen Yena und Seambuka riefen sie zurück und sagten zu ihr: „Nein, meine Liebe, du bleibst hier! Du begrüßt ihn und du entschuldigst dich bei ihm!"

„Bei einem Sklaven entschuldigen? Kommt gar nicht in Frage!"

„Er ist kein Sklave mehr! Er ist ein freier Mann! Das weißt du ganz genau!"

„Ich will aber nicht!"

„Du musst! Oder bist du etwa ein Feigling?", fragte Yena knallhart.

„Nein! Bin ich nicht!"

„Gut! Dann beweise es!"

Schon waren Faxo und seine Freundin bei den versammelten Frauen. Aus bekannten Gründen ritt er auf dem Esel, während seine Freundin neben ihm herlief.

„Hallo Faxo! Wir freuen uns, dich wiederzusehen", riefen die Frauen ihm zu und umringten ihn neugierig.

„Hallo! Danke! Ich freue mich auch!"

„Wie geht es dir?“, fragte Yena und machte ein besorgtes Gesicht.

„Wie es einen Krüppel so geht. Mit Laufen wird es nichts mehr, nur stark humpelnd kann ich mich langsam fortbewegen.“

„Das tut uns sehr leid, das alles, was dir zugestoßen ist. Ganz ehrlich, Faxo!“

„Naja! Ihr hättet mir helfen können, dann wäre es nicht so weit gekommen!“, erwiderte er etwas vorwurfsvoll.

„Ja, Faxo! Wir waren dumm! Dumm und gleichgültig! Bitte verzeihe uns!“

„Das habe ich ja! Sonst wäre ich nicht hier!“

„Wir danken dir! Das ist schön! Wo warst du die ganze Zeit?“, fragte Seambuka neugierig.

„Wir waren bei den Borgs!“

„Was? Bei unseren Feinden? Warum das?“

„Weil wir einen Hass auf die Amazonen hatten. Doch das ist jetzt vorbei. Bei den Borgs war es nicht so schön. Wir wollen wieder bei den Amazonen leben. Wir sind auf den Weg zur Königin, um sie zu bitten, dass wir bleiben dürfen.“

„Ja! Das ist schön! Wir freuen uns, ganz ehrlich! Kommt lasst euch umarmen!“, sagte Yena und umarmte die beiden Ankömmlinge herzlich. Die anderen Frauen taten es ihr nach.

Faxo und seine Freundin waren angenehm überrascht und genossen die herzlichen Umarmungen, das hatten sie nicht erwartet.

Tanisha fragte: „Was habt ihr vor, wenn ihr bleiben dürft?“

„Wir möchten in der Pfeil- und Bogenwerkstatt arbeiten. Dort könnte ich auch im Sitzen arbeiten. Ich kann gut schnitzen und Holz bearbeiten!“

„Oh, ja! Das wäre gut. Wir drücken dir die Daumen, damit es klappen möge!“, sagte Tanisha.

„Ja, Danke! Sagt mal, warum stehen da acht nackte Männer herum? Quält ihr Amazonen wieder Sklaven oder was?“

„Blödsinn! Wir quälen keine Sklaven! Die Frauen dürfen sich Männer aussuchen, mit denen sie schlafen wollen“, erklärte Tabita.

„Ach so! Verzeihung, ich dachte schon, ihr macht etwas Schlimmes!“

„Oh Faxo, wir Amazonen sind nicht böse! Das weißt du genau!“

„Ja, das weiß ich, liebe Tabita. Sonst wäre ich ja nicht zurückgekommen. Doch leider gibt es eine Ausnahme!“

Er sah Cerena, die ihn misstrauisch, aber auch unsicher anschaute.

Sein Lächeln verschwand sofort und Hass erschien in seinem Gesicht.

Dennoch grüßte Cerena ihn und sagte vorsichtig: „Hallo Faxo! Schön, dass du da bist!“

Er schwieg und starrte sie nur mit finsterem Blick an. Wenn Blicke töten könnten, hätte dieser Blick es getan. Cerena spürte seinen tiefen Hass, doch sie spürte auch, dass er völlig ohne Angst war, als ob er ein anderer Mensch geworden wäre.

Dann schaute er geradeaus an ihr vorbei, ließ sie einfach stehen und ritt auf seinem Esel weiter. Seine Freundin folgte ihm und würdigte Cerena mit keinem einzigen Blick.

Die junge Kriegerin schaute ihm mit einem mulmigen Gefühl nach und dachte: „Warum ist er zurückgekommen? Was hat er vor? Will er Rache? Will er mir einen Pfeil in den Rücken schießen?“

Die 16jährige Cerena war die stärkste Nachwuchs-Kriegerin bei den Amazonen. Sie war für eine Offizierslaufbahn vorgesehen. Sie fürchtete sich vor keinem Mann, war hart und selbstbewusst. Sie hätte zu ihm gehen können, um ihm drohend zu sagen: „Höre mir zu, Faxo, komme mir nicht zu nahe, sonst mache ich dich fertig!“

Doch dazu war sie nicht in der Lage und sie wusste nicht, warum. Sie war wie gehemmt, stand da und fühlte Angst. Es war die gleiche Angst, als sie damals den Galgen sah, der für ihn aufgebaut worden war. Sie wusste genau, sie war schuld und er war unschuldig, er hatte ihr nichts getan. Nur wegen ihrer Überheblichkeit wäre er beinahe gehängt worden.

Erst durch den Anblick des Galgens hatte sie ihren großen Fehler eingesehen. Die Begnadigung kam zu spät, bei einem Fluchtversuch schoss ihn eine Kriegerin das Bein kaputt. Er wurde zum Invaliden und voller Hass verließ er die Amazonen.

Und jetzt war er wieder da! Und dass er keine Furcht mehr vor ihr zeigte, verstärkte noch Cerenas ungutes Gefühl. Er war verändert, erstarkt, selbstbewusst und vielleicht sogar gefährlich. Dazu kam noch, dass Faxo von allen Amazonen herzlich begrüßt wurde. Er zeigte sich als guter Freund der Amazonen, er war nur der Feind von Cerena. Sie war die einzige, die ein großes Problem mit ihm hatte und dadurch fühlte sie sich einsam und allein gelassen!

Faxo und seine Freundin hatten eine Audienz bei Königin Sebrandia. Beide baten darum, dass sie bleiben durften. Die Königin hatte sich alles angehört und entschied: „Ihr dürft vorläufig bei den Amazonen bleiben und dürft bei den Pfeil-und Bogenmachern arbeiten. Danach entscheide ich endgültig. Ich weiß, Faxo, dir wurde großes Unrecht angetan. Es wäre nur gerecht, wenn ich deinen Wünschen zustimme. Aber ich will erst wissen, ob es sich auch gut entwickelt."

„Habt Tausend Dank, edle hohe Königin."

„Ich sage euch gleich, bleibt anständig und friedlich! Ich will nicht, dass du an irgendjemand Rache nimmst!"

„Das werden wir nicht, große Königin, wir versprechen es Euch! Mögen die Götter unsere Zeugen sein!"

Die anwesenden Offizierinnen hatten alles aufmerksam mitgehört und waren misstrauisch. „Er verheimlicht uns etwas!", flüsterte Sheela ihrer Vorgesetzten Talassa ins Ohr.

Die hohe Offizierin war der gleichen Meinung und flüsterte: „Das Gefühl habe ich auch!"

Um dem nachzugehen, ergriff sie das Wort und sagte mit scharfer Stimme: „Lieber Faxo, ich und auch andere Kriegerinnen, wir haben das Gefühl, du führst etwas im Schilde. Wenn du uns etwas Wichtiges zu sagen hast, dann sage es jetzt! Ich verspreche dir, wenn unsere Magierinnen wieder da sind, werden sie das herausfinden!"

Alle rechneten mit einer abstreitenden Antwort, doch völlig überraschend sagte Faxo mit ernster Stimme: „Jawohl, edle Frau Offizierin, Ihr habt vollkommen recht! Vor den edlen klugen Amazonen lässt sich nichts verbergen. Ich hatte sowieso vor, Euch etwas äußerst Wichtiges und streng Vertrauliches mitzuteilen! Es wäre vielleicht besser, diese Sache im kleineren Kreis zu besprechen."

Die Königin und die anwesenden Amazonen schauten sich staunend an, das hatten sie nicht erwartet. Die Spannung stieg und die Zahl der Anwesenden wurde auf wenige hohe Damen und die Leibwächterinnen verringert.

Sebrandia befahl: „Dann erzähle uns, Faxo! Was ist so wichtig?"

„Jawohl, edle hohe Königin. Ich und meine Freundin, wir sind Spione des König Haran!"

„Was?", rief Sebrandia und sprang vor Schreck von ihrem thronartigen Stuhl auf, während Talassa und Sheela vor Staunen die Kinnlade herunterfiel. Sofort waren die Leibwächterinnen zur Stelle und packten Faxo und dessen Freundin so fest, dass sie sich nicht mehr rühren konnten. Andere Leibwachen stellten sich blitzschnell schützend vor die Königin. Ungeachtet dessen sagte Faxo gelassen: „Keine Angst, wir hatten niemals vor, für Haran zu spionieren. Dürfte ich weitererzählen?“

„Erzähle weiter!“, befahl die Königin streng.

„Vielen Dank, Eure Hoheit! Wir gingen zu den Borgs, um dort ein neues Leben zu beginnen. Es dauerte nicht lange, da wurden wir zu König Haran gerufen. Und er legte uns nahe, eine Agenten-Ausbildung zu machen. Danach sollten wir zurück zu den Amazonen, um dort für ihn zu spionieren. Er versprach uns eine hohe Entlohnung, wenn wir zwei Jahre für ihn spionieren würden. Wir stimmten zu und bekamen die Ausbildung.“

„Hat man euch auch beigebracht, wie man Sabotage und Attentate begeht?“, fragte Talassa.

„Nein, das nicht. Solche furchtbaren Verbrechen sollen wir auch nicht machen. Wir sollen nur unsere Augen und Ohren offenhalten. Interessante Informationen sollen wir in Geheimschrift auf ein kleines Stück Papyrus schreiben. Die Borgs haben abgerichtete Krähen, die in bestimmten Nächten zu uns fliegen. Diese Krähen flüchten nicht vor uns, weil sie uns kennen. Wenn wir eine dieser Krähen sehen, sollen wir sie füttern und ihr das Papyrus ans Bein binden. Die Krähe bringt das Papyrus zu den Borg-Agenten. Das ist alles.“

„Aha! Und warum hast du uns das erzählt?“, fragte die Königin.

„Eure Hoheit, wir lieben Euch und Euer Volk! Hier ist unsere Heimat! Wir wollen bei euch leben. Hier, bei den Amazonen haben wir ein viel besseres Leben als bei den Borgs. Das haben wir erst begriffen, als wir unsere Heimat verlassen hatten. Bei den Borgs ist das Leben viel härter, die Sklaven müssen den ganzen Tag schuften und werden gepeitscht. Auch den normalen freien Leuten geht es nicht gut. Sie müssen den ganzen Tag hart arbeiten für ein bisschen Geld. Es gibt nur wenige Reiche, denen es gut geht. Und die behalten alles für sich und geben nichts ab. Bei den Amazonen ist alles viel besser.“

„Das glaube ich gerne! Aber was machen wir jetzt?“, fragte Talassa.

„Edle Frau Offizierin, ich schlage vor, wir lassen König Haran in dem Glauben, ich würde für ihn spionieren. Aber wir geben nur abgesprochene Informationen weiter, welche die Borgs wissen dürfen.“

Die Königin dachte kurz nach, dann sagte sie: „Ein guter Vorschlag! So werden wir das machen! Talassa, du übernimmst das!"

„Jawohl, Königin!"

„Und ihr beide werdet der hohen Offizierin alles erzählen, was ihr bei den Borgs erlebt habt. Nichts wird verschwiegen. Ist das klar?"

„Selbstverständlich, edle Königin! Mit dem größten Vergnügen werden wir unser gesamtes Wissen weitergeben!", antwortete Faxo und machte eine tiefe Verbeugung.

„Gut! Die Besprechung ist beendet, ich muss zu meinen Kindern. Ihr dürft euch zurückziehen!"

Überraschung

Für Tabitas Sklaven war die Damenwahl beendet und sie durften sich wieder ankleiden.

Ihre junge Herrin war etwas verärgert und schimpfte: „Unsere Mütter wollen nur ein Kind von euch haben, das ist doch nicht so schlimm! Da müsst ihr euch doch nicht so anstellen und euch so komisch benehmen!“

„Ja, Herrin Tabita! Das haben wir auch nicht!“, sagte Hermo.

„Jaja, das haben die hohen Damen und auch ich gesehen! Andere Männer können es kaum erwarten und ihr jammert herum, als ob man euch etwas Böses antun will!“

„Haben wir nicht, Herrin!“

„Habt ihr doch! Keine Widerrede!“

„Ja, Herrin! Haben wir!“

„Ich verlange von euch, dass ihr die Damen zur vollsten Zufriedenheit bedient! Strengt euch an und zeigt eure ganze Manneskraft! Seid gute Liebhaber und geht auf die Wünsche der Damen ein! Ich will keine Beschwerden über euch hören! Haben wir uns verstanden?“

„Jawohl, Herrin Tabita! Wir werden unser Bestes geben!“

„Na also! Weiß jeder von euch, wo seine Dame wohnt und wo er hingehen muss?“

„Ja, Herrin! Das wissen wir!“

„Gut! Bei Sonnenuntergang seid ihr pünktlich dort! Ist das klar?“

„Jawohl! Müssen wir vorher zurück in den Steinbruch und noch Steine hauen?“

„Natürlich nicht! Ihr sollt heute Abend fit sein. Ihr habt jetzt frei und ruht euch aus!“

„Vielen Dank, Tabita!“, sagte Lutzen.

„Was?“, rief das nubische Mädchen scheinbar erbost.

„Verzeihung, ich meinte natürlich Herrin Tabita!“

Sie lächelte freundlich, zeigte dabei ihre strahlend weißen Zähne und sagte: „Schon gut! Wenn wir unter uns sind, könnt ihr ruhig die Herrin weglassen, aber bitte nicht im Beisein anderer Leute.“

„Danke, Tabita. Du bist eine wunderbare Herrin! Wir alle lieben dich“, sprach Hermo.

„Danke! Und ihr seid wunderbare Männer!“

„Die Amazonen sind wirklich gute Frauen, sie haben ein Herz und gehen so gut mit ihren Sklaven um!“

„Ja, das tun wir! Sogar ein gefangener Sklavenhändler hat es bei uns gut.“

„So ist es! Tabita, eine Frage: Wo ist Alam eigentlich? Wir haben ihn lange nicht mehr gesehen.“

„Den haben Botschafter Karamis und Phygene mitgenommen. Sie reisen nach Tarag Kanos und nach Kasadoria!“

„Tabita, diese Städte sind für ihre Sklavenmärkte bekannt. Werden sie dort Sklaven kaufen?“

„Nein, das nicht. Sie suchen dort die Nichte des Herrn Botschafters. Sie wurde vor zwei Jahren entführt und ist seitdem verschwunden.“

„Das ist ja furchtbar! Wie alt ist denn die Nichte des edlen Herrn Botschafters?“

„So weit ich weiß, müsste Eika jetzt 12 Jahre alt sein!“

Hermo und Lutzen erschraken plötzlich und schauten sich gegenseitig an.

Tabita erzählte weiter: „Es soll Hinweise geben, dass das karamäische Mädchen auf einem Sklavenmarkt verkauft worden sein soll. Und unser Alam Bun Kusom kennt sich da gut aus, deshalb durfte er mit!“

Lutzen fragte aufgeregt: „Tabita, bitte! Wie war der Name des Mädchens?“

„Eika! Die Nichte des Herrn Botschafters heißt Eika!“

„Und sie ist 12 Jahre alt?“

„Ja! Das sagte ich doch!“

„Tabita, bitte halte uns nicht für verrückt, aber wir kennen ein Mädchen in dem Alter, das Eika heißt.“

„Na so ein Zufall! Vielleicht gibt es viele Mädchen, die so heißen!“

„Eigentlich … nicht! Eika ist ein sehr seltener Name! Und ich meine mich zu erinnern, dass diese Eika, die wir meinen, aus Kasadoria kam.“

Jetzt wurde auch das nubische Mädchen nervös. Sie schaute Lutzen tief in die Augen und fragte mit ernster Stimme: „Stimmt das wirklich, was du da erzählst?“

„Aber ja! Ganz sicher!“

„Und wo habt ihr diese Eika gesehen?“

„In unserer alten Heimat, im Land der Eukarier. Tabita, was ist, wenn das kein Zufall ist, sondern …"

Lutzen konnte nicht mehr fertig reden, sofort sagte die Nubierin aufgeregt und hektisch: „Wir müssen zur Königin!"

Sebrandia war gerade im königlichen Kinderzimmer, bei ihren sechs Adoptivtöchtern, als sie unerwartet Besuch von Cerena bekam. Die Leibwächterinnen ließen die sehr bekannte junge Kriegerin einfach zu ihr durch, sie wussten, Cerena war ein Liebling der Königin.

Sebrandia hatte gerade ihr jüngstes Kind in den Armen und unterhielt sich mit drei Kindermädchen über die richtige Ernährung ihres Nachwuchses.

Da erblickte sie Cerena und grüßte sie erfreut: „Hallo, meine starke Kriegerin! Möchtest du meine Töchter sehen?"

Vorsichtig antwortete sie: „Äh … liebend gerne, Eure Hoheit Königin!" Um den Schein zu wahren schaute sie sich interessiert die kleinen nordischen Mädchen an, die mit kleinen Schrittchen umherliefen oder spielend auf dem Fußboden herumkrabbelten. Sie konnte sehen, dass alle schon viel größer geworden waren.

„Fünf meiner Töchter können schon laufen! Und die Jüngste wird es auch bald können! Nicht wahr, meine kleine Süße?", sagte Sebrandia voller Stolz und knuttelte das kleine Kind.

„Äh … wirklich sehr schön, liebe Königin. Das freut mich wirklich sehr!", sagte Cerena mit einem unechten nervösen Lächeln.

„Möchtest du mein Kleinstes auch mal in die Arme nehmen?"

„Äh … sehr gerne, Eure Hoheit. Aber ich bin da etwas … äh … unerfahren."

„Soso, unerfahren? Du bist doch ein großes Mädchen, oder?"

„Natürlich! Ja, Königin!"

„Alle Mädchen und Frauen müssen mit Kindern umgehen können!"

„Äh … ja, Ihr habt vollkommen recht, liebe Königin. Aber zu meiner Entschuldigung möchte ich sagen, ich wurde als Kriegerin erzogen und habe sehr wenig mit kleinen Kindern zu tun!"

„Na, dann wird es Zeit, das nachzuholen! Hier, halte mal das Kind!", befahl sie und legte es Cerena in die Arme. Der jungen Kriegerin blieb nichts anderes übrig, als das Kind anzunehmen. Vorsichtig, ungeschickt und nervös hielt sie das Kind fest.

„Lasse es bloß nicht fallen!“

„Äh … jaja, ich passe auf!“

„Und drücke es nicht so fest. Das tut ihr sonst weh!“

„Jawohl, Königin!“, sagte Cerena und hatte schon Schweißperlen auf der Stirn.

„Na siehst du? Es geht doch! Und es ist gut, dass du es gesagt hast.“

„Äh … verzeiht, was meint Ihr, Hoheit?“

„Wenn ihr jungen Kriegerinnen nicht mit Kindern umgehen könnt, dann muss man es euch beibringen! Ich werde mit Miragene, Valassa und Freyda reden, sie sollen euch Unterricht im Umgang mit kleinen Kindern geben!“

„Ah … ja, Königin! Eine ausgezeichnete Idee!“, sagte Cerena und fühlte den feuchten Po des Kindes. Gleichzeitig stieg ihr ein unangenehmer Geruch in die Nase hoch.

Sebrandia sah, wie die junge Kriegerin ihre Nase rümpfte und sagte: „Ja, es hat in die Windeln gemacht und die muss nun gewechselt werden. Und wie man Windeln wechselt, sollte man euch Kriegerinnen auch beibringen!“

„Auch das noch! So eine Scheiße!“, dachte Cerena und zeigte wieder ein erzwungenes falsches Lächeln.

Der Königin fiel das auf, daher fragte sie: „Aber du bist bestimmt nicht wegen meiner Kinder hier! Habe ich recht?“

„Äh … ja, Königin! Ich bin wegen einer ganz anderen Sache gekommen.“

„Aha! Wusste ich es doch! Na dann, schieß los, was gibt es, liebe Cerena? Halt, warte! Kindermädchen!“

„Ja, Eure Hoheit?“

„Bei meiner jüngsten Tochter sofort die Windeln wechseln!“

„Jawohl, Hoheit!“

Cerena war froh, dass dieser Kelch nochmal an ihr vorrüber gegangen war und atmete erleichtert durch.

Sebrandia rieb sich die Hände und fragte: „So, Cerena! Was hast du auf dem Herzen?“

„Faxo und seine Freundin sind wieder da!“

„Ja! Ich weiß! Und ich habe beschlossen, dass sie bleiben dürfen, zumindest vorläufig!“

„Aber Faxo will bei den Pfeil- und Bogenmachern arbeiten.“

„Das weiß ich auch, und ich habe zugestimmt!“

„Liebe Königin, ich bin mir sicher, er führt etwas im Schilde. Bei den Bogenmachern kann er das Bogenschießen erlernen und kommt an die Waffen heran. Das könnte einen Grund haben. Vielleicht hat er ein Attentat auf mich vor! Ich muss zugeben, ich habe Angst, liebe Königin!“

„Du knallharte kampfstarke Kriegerin hast Angst vor Faxo? Das ist ja nicht zu fassen!“

„Es ist aber so! Er will sich bestimmt an mir rächen! Ich habe Angst, dass er mir eines Tages einen Pfeil in den Rücken schießt.“

„Das wird er nicht, Cerena! Er hat mir bereits gestanden, was er im Schilde führt und warum er wirklich hier ist!“

„Verzeiht! Ich … ich verstehe nicht, Königin!“

Sebrandia kam ganz nahe zu Cerena und flüsterte: „Es ist geheim! Erzähle es nicht weiter!“

„Ja, Eure Hoheit, ich verspreche es!“

„Faxo soll für König Haran spionieren. Er wurde bei den Borgs zu einem Spion ausgebildet. Das hat er mir sofort gestanden. Er arbeitet mit uns zusammen. Wir werden so tun, als würde er wirklich spionieren und er wird nur abgesprochene Informationen an die Borgs weitergeben!“

Cerena blieb die Spucke weg, als sie das hörte. Sie musste das Ganze erst begreifen, bevor sie sagte: „Donnerwetter, liebe Königin! Das ist ja unglaublich!“

„Ja! Es ist aber so! Er ist auf unserer Seite, er ist unser Freund! Er will uns alles erzählen, was er bei den Borgs erlebt hat. Er ist wichtig für uns!“

„Ja! Das ist großartig, liebe Königin. Aber …“

„Aber was?“

„Aber er könnte sich dennoch an mir rächen wollen!“

„Mensch, Cerena, das wird er schon nicht. Außerdem kann er kaum laufen und muss im Sitzen arbeiten. Gehe ihm einfach aus dem Weg und lasse ihn in Ruhe!“

„Ja, das werde ich! Aber ich bin der Meinung, wir sollten ihn heimlich beobachten lassen!“

„Meinst du wirklich?“

„Ja, Königin! Ihr selbst habt mir mal gesagt, bei Männern kann man nie ganz sicher sein!“

„Aha! Ich habe das mal gesagt?“

„Ja, Königin! Ich kann mich ganz genau daran erinnern! Ich habe es mir zu Herzen genommen!“

„Nun gut! Lassen wir ihn heimlich beobachten!“

„Danke, liebe Königin!“

Plötzlich kam eine Leibwächterin und sagte: „Meine Königin! Draußen steht die Kriegerin Tabita mit zwei ihrer Sklaven. Sie wünscht Euch sofort zu sprechen!“

Etwas ungehalten sagte die Königin: „Was? Jetzt? Das geht nicht! Ich bin gerade in einer wichtigen Unterredung mit Cerena! Sie soll später wiederkommen!“

„Verzeiht, Hoheit! Aber die Kriegerin Tabita sagte, die Angelegenheit wäre von äußerster Dringlichkeit und Wichtigkeit! Es ginge um die Nichte des Botschafters!“

„Was? Das kann doch nicht sein! Was meinst du, Cerena?“

„Äh … ja! Ich kenne Tabita gut, sie ist eine … sehr vernünftige junge Frau und … eine echte Amazone. Ich würde empfehlen, sie sofort zu empfangen!“

„Also gut! Ich lasse bitten!“

Schon betraten Tabita, Hermo und Lutzen in Begleitung von zahlreichen Leibwächterinnen das königliche Kinderzimmer.

Sebrandia sah sie und sagte gelassen: „Was ist los, Tabita?“

Das nubische Mädchen war sehr aufgeregt, machte ein ernstes Gesicht und sagte: „Eure Hoheit! Meine Sklaven Lutzen und Hermo behaupten, sie hätten in ihrer alten Heimat ein Mädchen names Eika gesehen!“

Die Königin schaute misstrauisch und sagte: „Das ist doch ein Scherz, oder?“

Tabita und die beiden Sklaven gingen vor ihr auf die Knie, der jungen Nubierin kamen fast die Tränen, als sie sagte: „Meine Königin, das ist kein Scherz!“

Jetzt verlor auch Sebrandia ihre Gelassenheit. Ihr Gesichtsausdruck wurde ernst, sie dachte kurz nach, dann befahl sie spontan: „Alle Karamäer, die bei uns sind, sollen sofort in meinen Audienzsaal kommen! Meine Offizierinnen und Beraterinnen ebenso!“

„Jawohl, Königin!“

Wenig später versammelte man sich im großen Audienzsaal der königlichen Burg. Die Karamäer waren mit Daria, Merika, Keschim, sowie einen Unteroffizier und 16 Kriegern vertreten. Von den Amazonen kamen Talassa, Burga, Tanisha, Liasra, Ligene, Sheela und zahlreiche königliche Beraterinnen dazu.

Tabita, Lutzen und Hermo standen in der Mitte des Saals und wurden von den versammelten Leuten angestarrt. Die beiden Sklaven hatten Angst und hielten sich gegenseitig fest, was für die meisten Anwesenden sehr merkwürdig aussah.

„Das sind zwei schwule Männer", machte es die Runde.

Tabita hörte das und sagte empört: „Na und? Da ist doch nichts dabei! Meine Sklaven sind gute Leute!"

Sebrandia saß auf ihren thronartigen Stuhl und sprach: „Ich stelle fest, es sind alle da. Liebe Tabita, lasse deine Sklaven sprechen!"

„Jawohl, Königin", erwiderte sie.

Sie reichte Lutzen ihre Hand und sagte: „Bitte, sage uns alles, was du über Eika weißt. Fürchte dich nicht, niemand wird dir oder Hermo etwas antun!"

Lutzen schaute sich vorsichtig um, jeder konnte die Angst in seinem Gesicht sehen, doch sein Freund und seine junge Herrin unterstützten ihn.

Er atmete tief durch und begann zu erzählen: „Hochverehrte gütige Königin, edle Leute vom Volk der Karamäer, liebe Amazonen! Mein Freund Hermo und ich kommen aus dem Land der Eukarier, an der Küste des Atonischen Meeres. Wegen unserer sexuellen Neigung mussten wir unsere Heimat verlassen. Wir beide wohnten in der Hauptstadt Eukarius. In unserer Nachbarschaft wohnte ein wohlhabender Mann mit dem Namen Thoriyen. Dieser Thoriyen ist so reich, dass er sich einen ganzen Harem von Mädchen und Frauen leisten kann. Eines Tages kam er zu mir, um mir sein neu erworbenes Mädchen vorzustellen. Voller Stolz sagte er, das Mädchen hieße Eika und sei 10 oder 11 Jahre alt. Ein persischer Kaufmann hätte sie in seinem Auftrag ersteigert, auf dem Sklavenmarkt in Kasadoria."

Merika unterbrach ihn und fragte aufgeregt: „Du hast Eika gesehen?"

„Ja, hohe Herrin, sie stand direkt vor mir."

„Wie sah sie aus?"

„Nun ja, sie war sehr hübsch, eine richtige Schönheit. Sie war schlank und recht groß für ihr Alter. Dunkelblondes lockiges Haar, auffallend hellblaue Augen und eine schöne hellbraune Hautfarbe."

„Hatte sie etwas erzählt oder was gesagt?"

„Äh … leider nicht viel. Doch ich kann mich erinnern, sie konnte Lesen und Schreiben. Das fand ich sehr erstaunlich, für ein Mädchen, das man auf einem Sklavenmarkt kaufte!"

Daria fragte: „Lesen und Schreiben? Bist du sicher?"

„Ja, edle Herrin! Ich war dabei, als sie ein Schriftstück vorlas, und das völlig fehlerfrei und fließend. Sie muss sehr gebildet sein!"

„Stimmt das wirklich, was du uns erzählst?"

„Ja! Das ist die Wahrheit! Ich schwöre es auf meinen Gott Andamis Netra!"

Daria ließ einen Schrei los und rief: „Das ist unsere Eika! Das muss sie sein! Und mein Mann sucht sie in Tarag Kanos und in Kasadoria, und wird sie nicht finden! Waah! Verdammter Mist! Warum erzählst du das jetzt erst, du dummer Sklave?"

Lutzen hatte Tränen in den Augen und stotterte: „Verzeihung, edle Herrin! Aber wir wussten das doch nicht! Uns hat doch niemand gefragt!"

Die arme Tabita fühlte sich schuldig und jammerte: „Bitte verzeiht mir, liebe Königin! Leider habe ich meine Sklaven nie danach gefragt. Erst heute haben wir zufällig darüber gesprochen. Ich konnte doch nicht ahnen, dass die so etwas wissen! Es tut mir so leid!"

Sebrandia nahm sie in Schutz und sagte beruhigend: „Mache dich nicht verrückt, Tabita, Mädchen! Du bist nicht schuld, niemand konnte das wissen. Außerdem sollten wir besprechen, was wir jetzt unternehmen werden! Da es sich um eine karamäische Angelegenheit handelt, bitte ich euch, liebe Karamäer, um Vorschläge."

Daria kam einen Schritt nach vorne und sprach: „Ich bin die Frau des Botschafters und damit der höchste anwesende Karamäer. Und ich sage, wir müssen das sofort König Godric berichten. Und unser König wird entscheiden, was zu tun ist!"

Das passte Merika überhaupt nicht. Sie ergriff das Wort und sagte: „Halt! Ich bin die Schwester von Karamis und damit höchster anwesender Karamäer. Und ich sage, wir müssen sofort eine kleine Truppe nach Kasadoria schicken und meinen Bruder informieren. Wenn wir erst König Godric fragen, verlieren wir drei Tage Zeit!"

Jetzt meldete sich auch noch ihr Ehemann Keschim und sagte: „So nicht, meine Damen! Höchster anwesender Karamäer bin ich!"

Merika drehte sich zu ihrem Mann um, schaute ihn ungläubig an und sagte: „Was? Du? Das ich nicht lache! Was willst du, Keschim?"

„Der Herr Botschafter ist mein Schwager! Außerdem bin ich ein Mann und ihr beide seid nur Frauen! Also bin ich höher als ihr beide! Und ich entscheide, was zu tun ist!"

„Warum gerade du? Du machst ja sonst nie etwas!"

„Werde nicht unverschämt, Merika! Bei den Karamäern haben noch immer die Männer das Sagen! Deshalb bestimme ich!"

„Typisch Männer", dachte Sebrandia und schüttelte mit dem Kopf. Sie war kurz davor, ihm die Meinung zu sagen, doch sie hielt sich zurück.

Keschim sagte: „Wir müssen sofort eine Truppe zu Karamis schicken! Wir dürfen keine Zeit verlieren!"

„Genau meine Worte! Gut, dass wir mal einer Meinung sind", sagte Merika.

„Ja! Wir müssen sofort etwas unternehmen! Die Sache ist äußerst wichtig und sehr dringlich, Karamis muss schnellstmöglich informiert werden! Der Unteroffizier und die 16 Karamäer-Krieger sollen sofort nach Kasadoria aufbrechen!"

„Na, wenn du plötzlich so ein richtiger Mann und ein Held bist, dann solltest du die Truppe anführen!", meinte Merika.

Er musste nachdenken, eigentlich hatte er das nicht vor. Er wollte lieber hierbleiben, sich ein schönes Leben machen und auf seine Frau und seine Kinder aufpassen. Doch alle schauten ihn aufmerksam an und er begriff, dass er fast keine andere Wahl hatte. Sonst würde er als Weichling dastehen.

Schließlich sprach er etwas hochnäsig: „Die Angelegenheit ist sehr wichtig! Selbstverständlich muss ich die Truppe anführen!"

„Donnerwetter! So kenne ich meinen Mann gar nicht", dachte Merika erstaunt.

Sebrandia bemerkte, dass Daria sich zurückgesetzt fühlte, deshalb sprach sie sie an: „Liebe Daria, seid Ihr nicht auch der Meinung, dass diese Sache keinen Aufschub duldet und die Truppe sofort aufbrechen sollte?"

Die Frau des Botschafters sagte zustimmend: „Ja! Ich sehe das auch so. Sie müssen sofort los!"

„Einen Augenblick noch. Wir sollten weiterdenken: Was würde Karamis unternehmen, wenn er diese Information erhalten hat?"

„Nun ja! Er würde sofort nach Eukarius reisen und nach Eika suchen!"

„Sehr richtig, liebe Daria! Aber wie soll er sie finden?"

„Na, mit Hilfe dieser beiden Sklaven! Ich verstehe, sie müssen mitkommen und meinem Bruder zeigen, wo Eika ist!"

„Ganz genau! Sie müssen mitkommen! Und am Besten noch ein paar Amazonen!"

Sofort meldete sich Tabita und sagte: „Liebe Königin, ich komme mit! Es sind ja meine Sklaven! Und meine Schwester Tanisha sollte auch mitkommen! Sie ist ja wieder gesund!"

Die hohe Offizierin Talassa ergriff das Wort und sagte: „Tut mir leid, aber das geht nicht!"

„Aber Herrin Talassa, warum denn nicht?"

„Weil im Land der Eukarier Menschen mit dunkler Hautfarbe als Sklaven gelten. Ihr würdet dort nur Ärger bekommen!"

„Hoh! Das ist so gemein!", tobte Tabita zornig.

„Junge Kriegerin, benimm dich! Du stehst hier vor der Königin!", ermahnte sie die hohe Offizierin. Sofort war das nubische Mädchen ruhig und ließ traurig ihren Kopf hängen.

Jetzt ergriff die Königin das Wort und sprach: „Talassa hat recht, unsere Nubierinnen bleiben hier! Folgende Leute werden unsere karamäischen Freunde begleiten: Liasra und Ligene! Und natürlich Hermo und Lutzen! Auf geht's! Bereitet euch vor! Sattelt die Pferde!"

„Jawohl, Eure Hoheit!", erwiderten die anwesenden Leute und verließen sofort den Audienzsaal der Amazonen-Königin. Nur Daria und Merika blieben noch da.

Die Schwester des Botschafters freute sich sehr und dachte: „Endlich ist mein langweiliger Mann eine Zeit lang weg und ich kann machen, was mir beliebt. Ich werde mich mit lieben netten Amazonen-Frauen vergnügen und die Nächte durchfeiern!"

Gerne hätte sie mit der Königin darüber geredet, doch sie traute ihrer Schwägerin nicht und behielt das besser für sich.

Daria fragte Sebrandia: „Edle Königin, gerne würde ich noch schnell einen kleinen Brief an meinen Mann schreiben. Hättet Ihr etwas Papyrus für mich?“

„Aber natürlich! Beraterin, bringe sofort etwas zum Schreiben!“

Die angesprochene Beraterin wurde ganz bleich im Gesicht, fiel auf die Knie und sagte: „Verzeiht mir, meine Königin! Wir haben kein Papyrus mehr da!“

„Was? Wieso nicht?“

„Verzeiht, Königin! Das Mädchen Nische war gestern da und hat den ganzen Vorrat an Papyrus und die Tinte mitgenommen!“

„Was macht dieses Kind mit meinen kostbaren Schreibsachen? Ich glaube, es geht los! Sie soll sofort herkommen und alles zurückbringen!“, brüllte das Oberhaupt der Amazonen wütend.

„Jawohl, Königin! Ich eile!“, stotterte die Beraterin und rannte los.

Kurze Zeit später standen Nische, Bardor und auch Odona vor ihrer Königin. Der große Mann hatte eine kleine Holzkiste dabei. Aus dieser holte er Schreibsachen und Papyrusrollen heraus und legte alles vorsichtig auf einen königlichen Tisch.

Sebrandia sagte: „Bitteschön, liebe Daria! Setzt Euch an den Tisch und schreibt Euren Brief!“

„Danke, liebe Königin!“, sagte sie erfreut, nahm ein Stück unbeschriebenes Papyrus, tauchte eine Feder in die Tinte und fing an zu schreiben.

„So! Und jetzt zu dir, kleine Nische! Papyrus ist sehr kostbar, selten und teuer! Die nubischen Händler bringen es aus dem fernen Ägypten mit. Was erlaubst du dir, einfach meine ganzen Schreibsachen mitzunehmen?“

Die alte Kräuterfrau Odona nahm das Mädchen sofort in Schutz und sagte: „Ich bin schuld! Ich habe ihr gesagt, dass sie es holen soll!“

„Warum, Odona? Was soll das?“, fragte Sebrandia erstaunt.

„Das ist ganz einfach! Nische schreibt für mich mein Wissen über die Kräuter auf. Von jedem Kraut, das ich kenne, erstellt sie ein Bild. Dazu schreibt sie, wo und wann man es findet, wann es geerntet werden muss, wie lange es getrocknet verwendet werden kann und das Wichtigste: Für was es gut ist und gegen welche Krankheit es hilft. Und natürlich, wie man es verabreichen muss.

Dazu schreibt sie noch Rezepturen für verschiedene Elixiere auf, zum Beispiel Schlaftrunk, Heiltrunk, Trunk gegen Müdigkeit und so weiter."

„Aha! Aber ihr Kräuterfrauen gebt euer Wissen doch immer mündlich an eure Nachfolger weiter."

„Das ist richtig! Doch immer wieder wird manches vergessen oder falsch gemacht, weil man sich nicht genau erinnern kann. Wenn man es aufschreibt, ist es viel besser! Leider kann ich nicht schreiben, aber unsere Nische kann das sehr gut. Bitte seht selbst, Eure Hoheit", sagte Odona und überreichte ihr eine Papyrusrolle.

Sebrandia rollte es aus und sah das detailierte Bild einer Blume. Daneben stand mit griechischen Buchstaben geschrieben: Blume der Göttin Amnaeris, auch Gallenkraut genannt. Es folgte eine Beschreibung des Krautes, mit Farbe, Größe und wann es wächst. Und darunter standen Texte mit allen wichtigen Informationen, so wie es Odona gesagt hatte.

Sebrandia las es genau durch und wusste sofort alles Wichtige über dieses Kraut.

Sie war erstaunt und dachte: „Das ist aufgeschriebenes Wissen! Das ist wertvoll! Nische ist wirklich hochtalentiert. Manchmal kann ich kaum glauben, was ich für tolle Untertanen habe."

Dann sprach sie: „Das ist wirklich sehr nützlich. Bitte macht weiter! Ihr könnt das ganze Papyrus und die Tinte wieder mitnehmen, lasst mir nur ein kleines Stück da. Ich will nur einen kleinen Brief schreiben!"

„Vielen Dank, Eure Hoheit! Dann gehen wir jetzt und setzen unsere wichtige Arbeit fort", sagte Nische.

„Ja! Tut das! Aber vorher will ich euch drücken! Kommt ganz nahe zu mir."

So kamen Odona, Nische und Bardor in den Genuss einer herzlichen königlichen Umarmung. Eine kleine Geste, doch ein starker Ausdruck von königlicher Anerkennung und Freundschaft. Die drei freuten sich sehr darüber, es erzeugte in ihnen ein starkes Gefühl der Zugehörigkeit zu dem sagenhaften Volk der Amazonen.

Etwa eine Stunde später war es soweit, die kleine Truppe stand abmarschbereit im Hofe der Burg, viele Leute standen herum und schauten zu. Unter ihnen auch Valassa und Cerenas Mutter, die mit Verdruss Hermo und Lutzen, hoch zu Ross, anschauten.

„In unseren Betten wird wohl kein Mann schlafen“, sagte Valassa enttäuscht.

„Wir haben die falsche Wahl getroffen, so ein Mist“, ergänzte Cerenas Mutter und hatte fast Tränen in den Augen.

„Was machen wir jetzt?“

„Ich bin so enttäuscht von den Männern! Vielleicht mit einer Frau?“

„Eine gute Idee! Ich habe gehört, die Schwester des Botschafters würde ein kleines Abenteuer suchen!“

„Ja! Ein guter Vorschlag! Wir sprechen sie an!“

„Gut! Aber erst, wenn ihr Mann weg ist!“

Merikas Mann Keschim trug die Kleidung eines karamäischen Unteroffiziers. Er war sogar bewaffnet, trug ein Schwert und ein Dolch. Merika war beeindruckt, so hatte sie ihren Mann noch nie gesehen.

„Gut siehst du aus, wie ein richtiger Unteroffizier“, sagte sie zu ihm, umarmte und küsste ihn.

„Ich bin ja auch der Anführer dieser Truppe!“

„Ja, das bist du und das macht mich stolz! Passe gut auf dich auf und komme bald wieder!“

„Das werde ich, zusammen mit deinem Bruder! Und mit der Hilfe der Götter werden wir Eika mitbringen!“

„Ich werde zu den Göttern beten, dass alles gut wird! Bis bald, lieber Keschim!“

„Bist bald, liebe Merika!“

Daria kam zu ihm, überreicht ihm eine kleine zusammengebundene Papyrusrolle und sagte: „Lieber Schwager, das ist ein Brief an meinen Mann. Bitte nimm ihn mit und gib nur ihm den Brief!“

„Sehr gerne, Daria!“

„Der Brief ist sehr persönlich! Niemand darf ihn lesen, nur Karamis!“

„Keine Sorge, ich werde ihn bei mir tragen! Nur er wird ihn lesen!“

„Danke, Keschim!“

Sebrandia ließ Liasra und Ligene zu sich kommen. Sie sagte zur Unteroffizierin: „Liasra, das ist ein Brief an Karamis. Bitte überbringe ihn, aber nur an den Botschafter persönlich!“

„Jawohl, Königin! Das werde ich tun!“

„Der Inhalt ist sehr persönlich! Nur Karamis darf diesen Brief öffnen und lesen!“

„Ja, Königin! Ich werde den Brief bei mir tragen und auf ihn aufpassen!"

„Gut, Liasra! Sehr gut! Ich wünsche euch viel Glück!"

Die Königin umarmte erst Liasra und dann Ligene. Das war nichts Neues, doch die beiden spürten wieder dieses unglaubliche Gefühl, von ihrer Königin geliebt zu werden. Dieses Gefühl war so schön, dass es mit Worten nicht beschrieben werden konnte.

„Bitte, kommt alle wieder gesund nach Hause! Ihr seid mir sehr wichtig!"

„Jawohl, meine Königin!"

Sie stiegen auf die Pferde und ritten los.

Kenyah

Karamis blieb mit seinen Karamäern und Amazonen noch in Kasadoria. Ken Danus, Udabor und seine Männer versuchten, die Mörder zu finden. Und man vermutete, dass die Mörder wussten, wo Eika war. So gab es noch etwas Hoffnung und einen Grund zu bleiben.

Außerdem war Karamis erkrankt. Die Aufregung der letzten Tage hatte ihm eine Kreislaufschwäche und eine starke Erkältung mit Fieber beschert. Er lag den ganzen Tag im Bett und musste sich ausruhen.

Eines Morgens ließ er Phygene und ihre Offizierinnen zu sich kommen.

„Guten Morgen, Herr Botschafter!"

„Hallo, Phygene!"

„Wie geht es Euch heute?"

„Aah! Etwas besser, aber immer noch schlecht!"

„Herr Botschafter, ich muss Euch etwas mitteilen!"

„Was gibt es denn?"

„Ken Danus geht mit aller Härte vor. Wir haben gehört, er habe viele Leute verhaften lassen. Harte Verhöre würden stattfinden, einige Leute sollen sogar gefoltert worden sein! Wir haben ein ungutes Gefühl und viele unserer Leute haben Angst! Dieser Ken Danus ist ein äußerst gefährlicher und unberechenbarer Mensch!"

„Nein, Phygene! Er ist berechenbar und wir brauchen keine Angst vor ihm und seinen Männern zu haben. Wir sind neutrale Gäste und haben nichts zu befürchten. Es ist Sache von Ken Danus, mit welchen Mitteln er nach den Mördern sucht. Wir müssen uns einfach nur heraushalten. Bitte sage nochmal allen Karamäern und allen Amazonen Bescheid, sie dürfen sich auf keinen Fall einmischen!"

„Ja, Herr Botschafter! Wir halten uns da raus!"

„Gut! Gibt es was Neues von den Magierinnen?"

„Leider nicht! Sie waren in dem großen Tempel, wo diese riesige Götter-Statue steht. Sie haben versucht, die Götter zu befragen, aber anscheinend haben sie nicht geantwortet. Auch zu Aphrodite haben wir gebetet, doch leider ohne Erfolg. Unsere Keltin will heute versuchen, eine Göttin Namens Lilith anzurufen. Und mein Waffenträger Jebro will seinen heribietischen Gott anbeten und um Hilfe bitten. Aber ich weiß nicht, ob das etwas bringen wird."

„Sollen sie es versuchen! Ich weiß sonst auch nicht, was wir noch machen können. Was wir brauchen, ist ein Wunder!"

„Ja, Herr Botschafter!"

„Da fällt mir ein, Mirakel hat doch früher mit irgendwelchen bewusstseinserweiternden Mitteln die Götter angerufen. Ein ekstasischer Tanz um das Feuer mit viel Tamtam und Bummbumm! Sie soll damit sehr erfolgreich gewesen sein."

Phygene sagte leicht empört: „Nein, Herr Botschafter, das ist ihr verboten worden, das ist viel zu gefährlich! Diese stark berauschenden Mittel können krank machen und man kann sogar daran sterben!"

„Aha! Wer hat das verboten?"

„Unsere Königin und unsere oberste Heilkundige Aurora! Und ich habe die Aufgabe, darauf zu achten, dass dieses Verbot auch eingehalten wird!"

„Aber das wäre doch eine gute Möglichkeit!"

„Nein, Herr Botschafter, bitte nicht! Ich war dabei, Mirakel wäre beinahe gestorben oder hätte einen Dachschaden von sich getragen. Das darf sie nie wieder machen!"

„Na gut, dann eben nicht! War ja nur so eine Idee!"

„Danke, Herr Botschafter!"

„Übrigens, du und deine Amazonen, ihr sollt zum Palast des Ken Danus kommen. Er braucht euch als … äh … Wachmänner!"

„Als Wachmänner?"

„Ja! Oder besser gesagt als Wachfrauen! Seine ganzen Männer sind auf der Suche nach den Mördern. Ihr sollt seinen Palast bewachen. Er hat mich gefragt und ich habe zugestimmt. Wir haben ja zurzeit nichts anderes zu tun!"

„Oh, Herr Botschafter! Ich mag diesen Mann überhaupt nicht!", jammerte Phygene missmutig.

„Tut mir leid, ich habe es ihm versprochen. Bitte geht jetzt zu seinem Palast. Und fangt keinen Streit mit ihm an!"

„Jawohl, Herr Botschafter! Und gute Besserung!"

„Ja! Danke!"

Minuten später marschierte Phygene mit fast 100 Amazonen in den praktisch unbewachten Palast des Ken Danus ein. Alle Türen standen offen, keine Wachen waren zu sehen. Eine junge hübsche Hausdienerin brachte Phygene und ihr Gefolge in das Arbeitszimmer des Hausherrn.

Dort stand Ken Danus, der unfreundlich und ohne Begrüßung zu ihr sagte: „Da seid Ihr ja endlich! Das wurde auch Zeit! Ich war völlig ungeschützt!"

Phygene musste ihren Zorn unterdrücken, versuchte freundlich zu bleiben und sagte: „Guten Tag, hoher Herr!"

„Jaja! Guten Tag! Wir Ihr sehen könnt, bin ich völlig ohne Wachmänner. Deshalb müssen die Amazonen meinen Palast bewachen. Wieviele Kriegerinnen habt Ihr mitgebracht?"

„Knapp Einhundert! Alle sind bewaffnet!"

„Das ist gut! Hundert bewaffnete Amazonen sind mehr als ausreichend. Und für Euch, Frau Kommandantin, habe ich eine Sonderaufgabe."

„Oh Götter, was will er nur von mir? Soll ich ihm beim Verhören und Foltern helfen?", dachte die Angesprochene mit einem Entsetzen.

Sie befürchtete das Schlimmste und fragte nervös: „Äh … für was braucht Ihr mich, edler Herr?"

„Ihr und zehn eurer Kriegerinnen, ihr sollt auf meinen kostbarsten Schatz aufpassen! Wartet einen Augenblick!", befahl er und ging zu einer kleinen Tür, die zu einem anderen Raum führte.

„Sollen wir auf sein Geld aufpassen oder was?", flüsterte Mirakel.

„Weiß ich nicht. Vielleicht hat er eine Schatzkammer, und wir sollen uns vor die Tür stellen", vermutete Phygene.

Die Antwort folgte prompt. Ken Danus kam zurück, an seiner Hand ein kleines Mädchen mit braunem gelocktem Haar, bekleidet mit einem weißen seidenen Kleid mit roten Schleifchen. Es lächelte neugierig und war etwas aufgeregt, als es die vielen Kriegerinnen sah.

Zum ersten Mal lächelte auch Ken Danus und redete mit unerwartet sanfter Stimme zu dem Mädchen: „Schau mal, mein Schatz, da vorne stehen die Amazonen. Und da, die große blonde Frau, das ist Phygene, von der ich dir erzählt habe."

„Oh! Sind die wirklich echt?", fragte das Mädchen staunend.

„Aber ja! Die sind alle echt, die Amazonen! Guck mal, die Kleidung, die sie anhaben. Hosen, Hemden, Jacken und Reiterstiefel, alles aus braunem Leder! Und die sind sogar bewaffnet, Pfeil und Bogen und ein Dolch am Gürtel! Die Frau Phygene ist sogar eine ganz hohe Offizierin und die Kommandantin der vielen Amazonen, die bei uns sind! Komm, wir gehen mal zu ihr hin! Ja?“

„Ja, Papa!“

Die große Blonde meinte zu träumen, als sich der harte, gefühlskalte Sklavenhändler in einen liebevollen Vater verwandelte.

Lächelnd, mit seiner Tochter an der Hand sagte er zu ihr: „Darf ich vorstellen, das ist mein allergrößter Schatz! Meine Tochter Kenyah. Sie ist zehn Jahre alt und geht in die dritte Klasse unserer Schola Puella.“

Phygene schaute ungläubig auf das kleine Mädchen herab und wusste nicht, was sie sagen sollte.

Kenyah schaute neugierig zu ihr hoch und sagte: „Papa, versteht sie uns nicht? Sie sagt ja gar nichts! Soll ich lateinisch oder kasadorisch mit ihr sprechen?“

„Nein, nein! Die Amazonen sprechen griechisch. Sie versteht dich sehr gut!“

„Aber warum sagt sie nichts?“

„Frau Phygene, jetzt sagt doch mal was!“, forderte Ken Danus sie auf.

„Äh … ja! Guten Tag, Kenyah. Ich bin Phygene!“

Das Mädchen hüpfte vor Freude in die Höhe und sagte: „Ja! Sie versteht mich! Das ist so schön!“

„Dein Griechisch ist aber auch ausgezeichnet, mein teurer Schatz. Möchtest du der Frau Phygene erklären, warum wir sie heute brauchen?“

„Ja Papa, sehr gerne! Hallo, hohe Frau … äh … Kommandantin! Unsere ganze dritte Klasse … und ich auch … wir wollen heute zum Meer … an den Strand gehen. Da kann man so toll im Sand spielen und mit den Füßen ins Wasser gehen. Aber es ist auch gefährlich und mein Papa kann nicht mitgehen. Der hat keine Zeit und Leibwächter hat er auch nicht. Du sollst mitgehen und auf uns aufpassen, liebe Phy … Phygene!“

„Ganz genau. Außerdem interessiert sich Kenyah sehr für die Amazonen, die sagenhaften kämpferischen Frauen, von denen ich ihr so viel erzählt habe. Und sie hat ganz ganz viele Fragen an euch!“, ergänzte Ken Danus.

„Papa hat gesagt, die Amazonen können sehr gut auf Kinder aufpassen! Die haben Kinder sehr gerne! Und wenn böse Leute kommen, dann können sie sie verjagen! Und vor Wasser haben sie keine Angst, weil sie alle schwimmen gelernt haben. Stimmt das?“

„Äh … ja! Das stimmt!“, antwortete Phygene.

Wieder hüpfte sie vor Begeisterung hoch und sagte: „Toll! Das ist ganz toll! Dürfen wir jetzt an den Strand? Meine Freundinnen und ich … wir wollen endlich ans Meer!“

„Frau Phygene! Bitte, tut meiner Tochter den Gefallen!“, forderte Ken Danus sie auf.

„Äh … ja, gut. Ich wähle noch einige Kriegerinnen aus und dann geht es los!“, sagte sie, immer noch etwas perplex.

„Wunderbar! Zwei Lehrerinnen und 23 Schulmädchen warten draußen auf euch! Und nehmt die Körbe mit Essen und Trinken mit. Und die Strandtücher. Es tut mir leid, ich muss jetzt gehen! Bis heute Abend, mein lieber Schatz!“

„Bis bald, Papa!“

So ergab es sich, dass Phygene, Mirakel, Anniger, Jebro und neun weitere Kriegerinnen als Leibwachen dienten und den Ausflug einer Mädchen-Schulklasse begleiten mussten.

Die große Blonde war etwas sauer und meinte: „Jetzt müssen wir schon Kindermädchen für diesen Sklavenhändler machen.“

Mirakel sah das viel positiver und sagte: „Ich finde es fantastisch! Er hat so viel Vertrauen zu uns, das hätte ich nie erwartet, das ist unglaublich! Außerdem ist es eine leichte und angenehme Aufgabe. Und jetzt schau dich mal um, da vorne ist das Meer! Und was für einen schönen Sandstrand es hier gibt.“

„Du hast recht, Mirakel! Das sieht wirklich sehr einladend aus. Hier ist das Wasser schön flach, keine starken Wellen, weil da vorne eine Sandbank ist! Einfach ideal für Kinder zum Spielen!“

„Schön, dass du das auch endlich merkst. Und ganz weicher feiner Sand! Komm, lasse uns die Reiterstiefel ausziehen. Freiheit für meine Füße! Juhu!“, jubelte Mirakel, streifte sich die Stiefel ab und tanzte und hüpfte barfuß im Sand herum.

Viel zu tun gab es nicht. Die Amazonen konnten die meiste Zeit entspannt zuschauen, wie die Schulmädchen in leichter Badekleidung ausgelassen am Strand herumtobten. Ab und zu kamen neugierige Männer vorbei, die von den Kriegerinnen auf Abstand gehalten wurden. Einmal holte Phygene zwei Mädchen zurück, die sich zu weit in das Wasser gewagt hatten.

„Nur bis zu den Knien, weiter nicht! Ist das jetzt endlich klar?“, schimpfte sie mit erhobenen Zeigefinger.

„Ja, Frau Amazone! Es kommt nicht mehr vor!“, erwiderten sie artig und zeigten Respekt vor der hochgewachsenen Offizierin.

Sonst gab es an diesem schönen Tag keine Vorfälle. Während ein kleiner Teil der Amazonen auf die Schülerinnen aufpasste, konnten die anderen die Zeit nutzen, um sich mit Sport zu ertüchtigen. Der schöne Strand mit dem weichen Sand war dazu bestens geeignet. Sie führten Wettläufe aus, machten Gymnastik und Kraftübungen oder übten Zweikämpfe ohne Waffen.

Bei Phygene und Mirakel gab es besondere Kraftübungen zu sehen. Sie machten Handstand, liefen auf den Händen und versuchten dabei möglichst viele Schritte zu machen. Die zierliche Mirakel kam weiter als ihre große starke Partnerin und freute sich mächtig darüber.

Danach benutzte Phygene ihre Partnerin zum Gewichtheben. Mirakel spannte ihren Körper an und machte sich so steif wie ein Brett, Phygene hob sie hoch und stemmte sie sogar mit ausgestreckten Armen über ihren Kopf in die Höhe.

„Oh, ist das hoch, lasse mich ja nicht fallen!“, sagte sie, hatte aber vollstes Vertrauen zu ihr.

Phygene pustete angestrengt, hielt das lebende Gewicht gleichmäßig hoch und sagte: „Und wenn schon, der Sand ist weich!“

Die Schulmädchen und die Lehrerinnen schauten neugierig und staunend zu, kamen näher und umringten sie. So etwas hatten sie noch nie gesehen.

Dann stellte sich Mirakel vorsichtig mit beiden Füßen auf die breiten Schultern ihrer Partnerin. Noch hielten sie sich an den Händen fest, dann richtete Mirakel sich ganz auf und ließ die Hände los. Freihändig, mit ausgebreiteten Armen stand sie oben und hielt sich im Gleichgewicht.

„Juhuu! Ist das schön hier oben“, jubelte sie und genoss die Höhe.

Kenyah sagte begeistert zu Phygene: „Donnerwetter, du bist aber stark!“

Die große Blonde setzte Mirakel vorsichtig am Boden ab und sagte freundlich: „Danke, Kenyah, das muss ich auch! Du weißt ja, wir sind

Kriegerinnen. Wir müssen viel trainieren um fit zu bleiben. Nur wenn wir gut trainiert sind, können wir unsere Aufgaben erfüllen!"

„Ja, das verstehe ich. Du Phygene, darf ich auch mal hoch und von dir getragen werden?"

Die große Blonde zögerte erst. Es war für sie merkwürdig, mit der Tochter eines mächtigen Sklavenhändlers zu spielen. Sie hatte auch schon längst bemerkt, wie Kenyah immer bevorzugt wurde und die Nummer Eins unter den Schülerinnen war. Auch die beiden Lehrerinnen waren stets überfreundlich und zuvorkommend zu ihr, was kein Wunder war bei dem Vater. Doch letztendlich war sie nur ein Kind, das spielen wollte.

Schließlich gab Phygene sich einen Ruck und sagte: „Na gut! Dann stemme ich dich erstmal hoch. Spanne deinen Körper ganz fest an. Mache dich flach und steif wie ein Brett und nicht zappeln!"

„Ja!", rief sie begeistert und schon wurde sie hoch, über den Kopf von Phygene gehoben.

„Hieh! Ist das toll!", jubelte sie begeistert.

„Willst du dich auch auf meine Schultern stellen?"

„Na klar! Na klar!"

Schon stand sie ganz oben, gut festgehalten von Phygene, und wurde herumgetragen. Die Kleine genoss dieses wunderbare Gefühl und blickte von oben herab auf das Meer, auf den Strand und ihre Mitschülerinnen, die ihr begeistert zuwinkten.

Danach packte Phygene sie noch an beiden Armen und wirbelte sie durch die Luft.

„Hieh! Ich fliege! Ja, das ist toll", rief sie immer wieder.

Als Phygene sie auf dem Sand absetzte, wurde sie sofort von den anderen zahlreichen Mädchen umringt.

„Wir wollen auch!", riefen sie und hüpften wie wild vor ihr herum.

„Oje, das war zu erwarten! Was machen wir jetzt?", fragte Phygene.

„Tja, meine Liebe, da musst du durch", meinte Mirakel.

„Aber ich nicht alleine! Papa und Jebro sollen die Wache übernehmen und alle Kriegerinnen sollen mir helfen! Du auch, Mirakel! Das ist ein Befehl!"

„Jaja, meine große Liebe!"

So kam es, dass alle elf Kriegerinnen mit den Schulmädchen herumtobten und die tollsten Sachen mit ihnen machten. Die Mädchen hatten noch nie so viel Spaß gehabt.

Erst nach Stunden sagte Phygene: „So Kinder, jetzt ist es genug, wir Amazonen haben keine Kraft mehr. Spielt jetzt ohne uns weiter."

„Oh, wie schade!", sagten sie und versuchten die Kriegerinnen nochmal zu überreden.

Doch sie blieben hart und sagten energisch: „Nein, Kinder! Für heute reicht es!"

Kenyah kam zur blonden Offizierin, um sich mit ihr zu unterhalten. Begeistert sagte sie: „Phygene, ich finde dich und deine Kriegerinnen ganz ganz toll!"

„Danke, liebe Kenyah!"

„Bei uns gibt es keine Kriegerinnen, nur Krieger! Das finde ich sehr schade!"

„Du wärst wohl auch gerne eine Kriegerin, nicht wahr, Kenyah?"

„Oh ja! Das wäre ich gerne. Aber das darf ich nicht werden! Mein Papa verbietet es. Er sagt, Frauen haben andere Aufgaben, heiraten, Kinder kriegen und so!"

„Tja! Die Welt wird leider von den Männern beherrscht. Nur wir Amazonen sind eine große Ausnahme."

„Ja! Ihr seid etwas ganz Besonderes! Wie gerne würde ich so stark sein wie du und gegen böse Feinde kämpfen!"

„Aber das Leben einer Kriegerin birgt auch große Gefahren. Gegen Feinde kämpfen ist sehr gefährlich!"

Plötzlich wurde Kenyah sehr traurig und sagte: „Mutter werden ist noch viel gefährlicher!"

„Das verstehe ich nicht! Wie meinst du das, Kenyah?"

„Meine Mutter ist tot. Sie starb bei der Geburt meiner Schwester!

Statt eine Schwester zu bekommen, habe ich meine Mama verloren. Und meine Schwester auch!"

„Oh Götter, nein! Das tut mir sehr leid, Kenyah!"

„Ich bin ein Einzelkind und habe nur meinen Vater. Naja, da sind noch diese vielen Hausdienerinnen, die sind sehr lieb, aber sie können Mama nicht ersetzen! Ich will keine Mutter werden und bei der Geburt eines Babys sterben. Lieber will ich eine Kriegerin sein.

Aber Papa sieht das anders. Er will einen ganz tollen Bräutigam für mich aussuchen, einen, der sein Nachfolger werden kann. Einer, der gut genug ist, sein ganzes Sklavenhandel-Geschäft zu übernehmen.

Und wenn ich alt genug bin, dann soll ich heiraten."

Phygene überlegte, was sie sagen sollte, dann meinte sie spontan: „Aber bis dahin hast du noch sehr viel Zeit!"

„Ja, das habe ich! Und ich möchte noch lange Kind bleiben und spielen und Spaß haben!"

„Das wirst du auch, liebe Kenyah!"

„Und kämpfen lernen will ich auch! Du Phygene, ich sage dir ein Geheimnis."

„Aha, was denn?"

„Es hat lange gedauert, aber ich habe Papa überreden können!"

„Zu was überreden?"

„Kämpfen lernen! Ich und vier von den Hausdienerinnen, wir bekommen heimlich Kampfunterricht!"

„Was? Ehrlich?"

„Ja! Der Offizier Udabor ist unser Kampflehrer. Er kommt nachmittags, fast jeden zweiten Tag! Vorgestern haben wir das erste Mal mit Pfeil und Bogen geschossen. Es war fantastisch, ich fühlte mich wie eine Amazone! Das Bogenschießen kann ich sehr gut, ich habe sofort verstanden, wie es funktioniert. Aber bitte sage es nicht weiter! Es ist streng geheim! Es ziemt sich nicht für ein Mädchen!"

„Ja! Das bleibt geheim! Ich verspreche es!"

„Gut, Phygene, du bist schwer in Ordnung. Ich mag dich! Ha, es ist komisch! Papa sagt, das gehört sich nicht für Frauen, aber es wäre gut, wenn ich mich wehren könnte. Verstehst du das?"

„Ja, es ist immer gut, wenn Mädchen und Frauen sich wehren können!"

„Aber warum ziemt es sich nicht?"

Phygene machte eine tiefe Männerstimme nach und sagte: „Weil Mädchen und Frauen den Männern gehorchen sollen. Sie haben sich dem männlichen Geschlecht unterzuordnen! So ist es richtig! So haben es die Götter gewollt! So ist es Sitte und Brauch, so war es schon immer! Und wenn es nicht so wäre, dann gäbe es ein großes Chaos und Unordnung, und so weiter! Bla Bla Bla!"

Kenyah musste lachen und sagte: „Phygene, das hast du gut erklärt! Obwohl ich noch so klein bin, weiß ich das alles schon! Aber bei euch Amazonen, da ist das ganz anders!"

„Ja! Ganz ganz anders!"

„Stimmt es wirklich, dass man eine Amazonen-Kriegerin nicht versklaven kann?"

„Ja, so ist es! Sie würde versuchen, ohne Rücksicht auf ihr Leben, die Sklavenhalter … äh … umzubringen!"

„Mein Papa ist Sklavenhändler. Er sagte, selbst eine in Ketten gelegte Amazone würde irgendwann einen Weg finden, ihre Sklaventreiber zu töten!"

„Da hat dein Vater recht!"

„Ja! Er kennt sich gut aus mit solchen Sachen."

„Kein Wunder, er ist ja auch ein Sklavenhändler. Aber jetzt habe ich eine Frage: Wie kommt es, dass dein Papa keine Angst vor uns hat und uns sogar seine Tochter anvertraut? Du weißt ja, eigentlich sind Sklavenhändler und Amazonen verfeindet."

„Ja, ich weiß! Amazonen mögen keine Sklavenhändler. Doch mein Papa sagt, die Amazonen sind in Frieden zu uns gekommen und wir brauchen nichts zu befürchten. Die Amazonen würden Frauen und Mädchen nichts antun!"

„Das ist richtig! Wir sind mit friedlichen Absichten hier. Und wir halten uns an das, was wir versprochen haben."

„Na, siehst du, liebe Phygene, das ist die Erklärung. Und ich finde dich auch ganz toll!"

„Vielen Dank, liebe Kenyah. Darf ich fragen, was meinst du mit auch? Gibt es noch jemanden, der mich ganz toll findet?"

„Aber ja! Mein Papa!"

„Was? Dein Vater, Ken Danus, findet mich toll?", fragte die große Blonde völlig überrascht.

„Oje! Jetzt habe ich etwas gesagt, was ich gar nicht sagen darf. Bitte Phygene, behalte das für dich!"

„Du nimmst mich auf den Arm, oder?"

„Nein! Es stimmt! Papa hält sehr viel von den Amazonen, besonders von der schönen Nadsch, und von Tarmi und Sulinka! Aber am allermeisten hält er von dir, Phygene. Ich glaube, er mag dich, weil du so kämpferisch und so ehrlich bist. Aber das würde er nie sagen!"

„Warum würde er das nicht sagen?"

„Naja, du weißt schon! Es passt einfach nicht in die Welt der Männer. Bitte Phygene, sage es nicht weiter! Ich will keinen Ärger mit meinem Papa!"

„Ich verstehe! Keine Angst, das bleibt unser Geheimnis! Darf ich dich etwas fragen?"

„Ja, Phygene, sehr gerne!“

„Woher weiß dein Vater so viel über uns Amazonen?“

„Er hat viel gelesen über euch.“

Phygene winkte ab und sagte abfällig: „Ach ja! Die alten Geschichten, die griechische Dichter über uns geschrieben haben.“

„Nein! Keine alten Geschichten!“

„Wie, nein?“

„Mein Papa hat Berichte über euch!“

„Berichte? Was für Berichte?“

„Das weiß ich nicht. Er hat mir mal einen Bericht vorgelesen. Dein Name, Phygene, kam sehr oft darin vor.“

„Was?“, fragte die große blonde Offizierin völlig überrascht.

Dem Mädchen wurde es etwas mulmig, sie spürte Phygenes Unbehagen und wollte die Unterhaltung beenden.

Etwas verunsichert sagte sie: „Ja! Und jetzt will ich wieder spielen. Bitte sei mir nicht böse, Phygene!“

„Das bin ich doch gar nicht, Kenyah!“

„Gut! Und kein Wort zu Papa!“

„Versprochen! Ich werde nichts sagen! Großes Amazonen-Ehrenwort!“

Erst als es anfing dunkel zu werden gingen sie zurück zur Mädchenschule. Phygene und ihre Leute schauten schmunzelnd zu, wie die vom vielen Herumtoben müden Schülerinnen von ihren edel gekleideten Eltern abgeholt wurden. Alle waren Töchter aus vornehmen Hause, deren Eltern sich die teure Schule leisten konnten. Die gutbetuchten Edelleute sahen staunend die Amazonen an, bedankten sich kurz und gingen wieder.

Nur Kenyah wurde nicht abgeholt, sondern von den Amazonen in den Palast ihres Vaters zurückbegleitet. Als sie dort ankamen, musste Kenyah von Phygene getragen werden, so müde war sie.

„Bei allen Göttern, was ist mit dir?“, fragte Ken Danus etwas besorgt.

„Papa, es ist nichts! Ich bin nur müde!“

„Donnerwetter! War es denn so anstrengend, mein Schatz?“, fragte er und nahm seine Tochter herzlich in seine Arme.

„Es war ganz ganz toll! Einfach wunderbar! Der beste Tag in meinem Leben! Phygene und ihre Amazonen sind fantastische Leute. Wir hatten so viel Spaß, das war noch nie da!“, erzählte sie begeistert.

„Das freut mich sehr!“, erwiderte er sanft und küsste seine Tochter auf die Stirn.

„Papa, kannst du irgendwas machen, dass Phygene bei uns bleibt? Ich mag sie so sehr! Ich wünsche mir, dass sie hierbleibt!“

„Oje, mein Schatz, das geht leider nicht!“

„Warum denn nicht?“

„Frau Phygene ist eine Offizierin der Amazonen! Sie ist nur zu Besuch hier und muss bald wieder nach Hause, zu ihrer Königin!“

„Hach, das ist so gemein! Immer müssen die besten Leute wieder gehen!“

„Tja, mein Schatz! Es ist nunmal so! Man kann nicht alles haben, was man sich wünscht!“

„Jaja! Das hast du schon so oft gesagt!“

„Es tut mir leid, liebe Kenyah!“

„Hm! Ich bin jetzt müde und will ins Bett!“, sagte sie beleidigt und verschränkte ihre Arme.

„Ich helfe dir noch beim Zähneputzen und bringe dich ins Bett! Bitte sage auf Wiedersehen zu unseren Gästen!“

„Jaja! Auf Wiedersehen und bis Morgen, liebe Amazonen!“, rief und winkte Kenyah, als sie von ihrem Vater sanft weggetragen wurde.

Phygene und Mirakel winkten zurück und sagten: „Gute Nacht, liebe Kenyah!“

Die Amazonen sahen wieder den knallharten Sklavenhändler als liebevollen Vater. Es kam ihnen vor, als gäbe es Ken Danus zweimal als völlig unterschiedliche Menschen.

Als der Herr des Hauses wieder da war, konnte Phygene es sich nicht verkneifen, ihn anzusprechen: „Edler Herr Ken Danus, bitte gestattet mir ein paar Fragen!“

Er wurde plötzlich ungehalten und sagte grob: „Fragt lieber nicht! Es ist meine Sache, wie ich die Mörder suche. Mischt Euch nicht ein!“

„Das will ich doch gar nicht! Ich möchte nur über Kenyah sprechen, wenn ich dürfte!“

„Ach so! Es sei gestattet. Was wollt Ihr wissen, Frau Offizierin?“, sprach er und wurde zugänglicher.

„Danke! Was ich fragen wollte, eigentlich sind wir wildfremde Leute, hier in dieser Stadt. Und Amazonen und Sklavenhändler sind keine

Freunde und werden es bestimmt auch nie sein. Dafür gehen unsere Ansichten viel zu weit auseinander. Wie kommt es, dass Ihr uns einfach so Eure Tochter anvertraut?"

Ken Danus wurde wieder freundlicher, zeigte sogar ein Lächeln und sagte mit angenehmer Stimme: „Liebe Frau Phygene! Kriegerinnen sind ideale Leibwachen für Mädchen, das erklärt sich ja von selbst. Die Kinder laufen nur leichtbekleidet am Strand herum, da sind mir weibliche Wachleute viel lieber."

„Das kann ich sehr gut verstehen!"

„Und außerdem habe ich vorher Erkundigungen über euch eingeholt. Und dass, was ich hörte und auch lesen konnte, stimmte mich sehr zufrieden. Ihr Amazonen würdet ganz bestimmt nicht meine Tochter rauben und irgendwo als Sklavin verkaufen. Eher befinde ich mich in Gefahr, ohne Leibwächter, mit 100 wilden Kriegerinnen in meinem Palast. Doch auch mir würdet ihr nichts antun. Ihr habt mir Euer Wort gegeben, ihr kommt in Frieden. Und ich weiß, Amazonen halten sich an ihr gegebenes Wort."

„Das ist richtig, wir sind in friedlicher Absicht hier und werden uns daran halten. Es sei denn …"

„Es sei denn was?"

„Wir werden angegriffen."

„Oho, Frau Offizierin! Das habe ich ganz bestimmt nicht vor! Ich bin doch nicht lebensmüde! Eure enorme Kampfkraft ist mir selbstverständlich bekannt."

„Herr Ken Danus, woher wisst Ihr so viel über uns?"

„Wie ich schon sagte, ich habe viel gelesen über euch!"

„Verzeiht mir meine Hartnäckigkeit, aber wo, in welchen Schriften, stehen so viele Informationen über uns?"

Ken Danus nahm eine Papyrusrolle zur Hand und sagte: „Hier, in diesem Bericht. Das ist nur einer, ich habe sieben Schriftrollen über die Amazonen erworben!"

Phygene war überrascht und fragte: „Was … was sind das für Schriftstücke?"

Ken Danus lächelte und sagte: „Aha, Ihr wisst das nicht? Am besten ist, ich rolle es mal aus und lese euch einen kleinen Auszug vor! Ah ja, eine gute Stelle. Hier wird berichtet, wie Phygene, die …äh … Killer-Amazone drei Gladiatorenkämpfe gewann.

Im ersten Kampf tötete Phygene den berühmten Goillat, der mit seiner eisernen Rüstung als unbesiegbar galt. Doch mit hellseherischen Fähigkeiten fand sie Schwachstellen an seiner Rüstung. Sie war flink und schnell, griff ihn von hinten an und besiegte ihn.
Im zweiten Kampf besiegte sie Naharan, einen äußerst kampfstarken Borg-Offizier. Auch hier setzte sie ihre magischen Kräfte ein, durchschaute seine Kampftaktik und war ihm immer einen Schritt voraus. Sie ließ ihn am Leben, obwohl der Besiegte sie aufforderte, ihn zu töten. Naharan bezeugte sogar seine Aufforderung, doch er war froh, dass er am Leben blieb und wieder gesund wurde.
Im dritten Kampf besiegte sie den Offizier Zenzudus und ließ ihn ebenfalls am Leben. Ihre Gnade war für alle überraschend. Offensichtlich hatte unser geliebter König Haran einen großen Einfluss auf die stärkste und wildeste aller Amazonen. Es gelang unserem edlen König, die Killerin Phygene zu erziehen und einen besseren Menschen aus ihr zu machen! Um sein geliebtes Volk vor einem Krieg mit den Amazonen zu bewahren, ließ unser großer friedliebender König Haran, der Killerin Phygene Gnade zukommen. Trotz ihrer schwerwiegenden Verbrechen wurde sie freigelassen und durfte in ihre Heimat zurückkehren!

Und so weiter, und so weiter.

Aha! Und hier steht einiges über den Charakter der Phygene!

Sie ist ehrlich und hält zuverlässig ihr gegebenes Wort. Sie ist einfach und unkompliziert, kann sich sehr gut auf andere Menschen einstellen. Dadurch findet sie schnell Helfer und sogar Freunde. Wenn sie in Not ist und Hilfe braucht, macht sie auf Mitleid und ist damit sehr erfolgreich. Doch der Schein kann trügen! In ihr schläft ein gefährliches Raubtier. Wenn dieses erwacht, kann sie zu einer gnadenlosen Killerin werden. Zwei grausame Massaker an Kriegern, die verwundet waren oder sich ergeben wollten, sind bezeugt. Bei einem dieser Massaker soll sie völlig nackt gewesen sein, als sie einen Borg-Krieger nach dem anderen gnadenlos tötete. Die Vermutung liegt nahe, dass sie kein normaler Mensch ist und Töten für sie eine sexuelle Bedeutung haben könnte.

Bei allen Göttern ist das heftig! Befinde ich mich jetzt in Lebensgefahr, Frau Kommandantin?“

Phygene war völlig baff. Einen Moment lang wusste sie nicht, was sie sagen sollte. Ihr wurde etwas warm, deshalb lockerte sie die oberen Bänder ihres ledernen Schnürhemdes.

Ken Danus sah das und scherzte: „Bitte, zieht Euch nicht nackt aus, ich will nicht Euer nächstes Opfer werden!"

„Haha, sehr witzig!", brummte sie verärgert.

„Das war doch nur ein kleiner Scherz!"

Zornig fragte sie: „Habt Ihr das von König Haran?"

Ken Danus antwortete locker und gelassen: „Ja! Das habe ich vom König der Borgs. Es sind die Berichte seiner Agenten! Und man kann sie käuflich erwerben!"

„Das ist einfach nicht zu fassen!", fauchte sie wütend mit flackenden Augen und stampfte so fest mit dem Fuß auf, dass es nur so krachte.

Ken Danus erschrak, er konnte die großen Kräfte und die Gefährlichkeit der hochgewachsenen blonden Amazone erahnen und fragte: „Oje! Bin ich doch in Gefahr?"

„Nein! Seid Ihr nicht! Wenn ich Euch töten wollte, dann wärt Ihr schon längst im Jenseits!", knurrte sie zornig.

„Danke, dass Ihr das sagt! Ich hatte schon leichte Bedenken. Ich vermute, diese Berichte entsprechen der Wahrheit, oder?"

„Dazu werde ich mich nicht äußern!"

„Aha! Das ist auch eine Antwort und sie bedeutet: Ja! Seid Ihr jetzt wütend auf mich?"

„Nicht auf Euch! Aber auf König Haran. Er schafft es immer wieder, mich zu ärgern und mir eine auszuwischen!"

„Bitte beruhigt Euch!"

„Das versuche ich gerade!"

„Bitte seht das positiv! Ihr seid eine richtige Berühmtheit, Frau Kommandantin. Wusstet Ihr das nicht?"

„Ach … nicht so wirklich!"

„Doch, das seid Ihr! Eine Frau, die drei kampfstarke Männer im Zweikampf besiegen konnte, das klingt so … unvorstellbar! Respekt, Frau Phygene! Ihr habt meine Hochachtung!"

„Meint Ihr das wirklich so?"

„Aber ja! Gerne würde ich mehr über diese Gladiatorenkämpfe erfahren. Bitte, erzählt mir, wie ist Euch das gelungen? Wie habt Ihr das gemacht?"

Phygene schaute ihn an und sah das neugierige Lächeln in seinem Gesicht, so ähnlich wie bei seiner kleinen Tochter.

„Dem Sklavenhändler scheint das ja wirklich zu interessieren! So weit weg von meiner Heimat kennt man mich und will mehr über mich wissen? Das ist … unglaublich!", dachte sie und konnte sich eines aufkommenden Stolzes nicht erwehren.

Phygene mochte ihn nicht, doch sie konnte fühlen, dass er sie mochte und sie konnte auch seine Bewunderung spüren.

Schließlich gab sie sich einen Ruck und begann zu erzählen, wie sie damals die Gefangene des Borg-Königs war. Viele der anwesenden Leute, die Hausdienerinnen und die Amazonen, kamen spontan dazu und hörten mit.

Alle waren ganz ruhig und hörten ihr interessiert und erwartungsvoll zu, was sie ansporнte, mit viel Herzblut und Gefühl weiterzuerzählen.

Sie erzählte gerade von ihrem dritten Gladiatorenkampf, da wurde sie jäh unterbrochen. Völlig unerwartet kam der Offizier Udabor herein und meldete an Ken Danus: „Mein Herr! Eine kleine Truppe Karamäer und Amazonen ist bei uns eingetroffen!"

„Was? Noch mehr Besucher?"

„Ja, Herr! Sie sagen, sie hätten äußerst wichtige und dringende Nachrichten für den edlen Herrn Botschafter und für die ehrenwerte Frau Kommandantin!"

„Aha! Und es sind wirklich Karamäer und Amazonen mit friedlichen Absichten?"

„Ganz gewiss, edler Herr! Wir haben sie überpüft! Und ich kenne mich inzwischen sehr gut aus!", sagte Udabor selbstbewusst.

„Also gut! Ich lasse bitten! Und holt sofort den Botschafter! Beeilt euch!"

„Jawohl, Herr!"

Schon waren die Neuankömmlinge im Palast des Ken Danus und wurden von ihm empfangen. Deren Anführer war Keschim, er hatte 17 Karamäer dabei, sowie Liasra, Ligene, Lutzen und Hermo.

„He, das ist Merikas Ehemann!", flüsterte Phygene zu Tarmi und Mirakel.

„Ja! Merika ist ohne ihren Mann im Hauptlager! Das heißt, sie kann sich verwöhnen lassen, wie sie will", sagte Tarmi und machte eine lüsterne Stimme nach.

„Das freut mich für sie", kicherte Mirakel.

Doch Phygene würgte den Spaß ab und sagte: „Aber warum sind sie gekommen? Es muss wirklich wichtig sein!"

Keschim sagte nichts und wartete ungeduldig auf seinen Schwager.

Als Karamis und seine Leute endlich da waren, legte er los und sagte mit ernster Stimme: „Lieber Herr Botschafter, wir sind gekommen, um Euch eine ganz wichtige Meldung zu machen. Diese beiden Männer, Lutzen und Hermo, wissen, wo die königliche Tochter Eika ist! Sie ist in Eukarius, bei einem reichen Edelmann mit dem Namen Thoriyen."

Reise nach Eukarien

Alle mussten das erstmal verdauen und standen einfach nur da. Dann löcherten Karamis, Siedor und Shulizia die beiden eukarischen Sklaven mit vielen Fragen. Erst danach waren sie von deren Worten überzeugt.

„Es scheint wahr zu sein!", verkündete Karamis und dachte schon über eine Reise nach Eukarien nach.

Keschim platzte dazwischen und sagte zu ihm: „Lieber Schwager, hier habe ich einen Brief für dich von deiner Frau Daria!"

„Oh, das ist schön! Danke!", erwiderte er, nahm die kleine Papyrusrolle zur Hand und begann leise zu lesen: „Lieber Gatte! Ich habe nachgedacht und dir deinen Seitensprung verziehen! Und ich glaube dir, wenn du mir sagst, dass es nie wieder vorkommen wird. Die Kinder und ich vermissen dich so sehr! Bitte passe auf dich auf und komme bald gesund wieder! Ich liebe dich! Deine treue Ehefrau Daria!"

Karamis war erfreut, das zu lesen. Kurz drückte er den Brief an sein Herz, rollte ihn zusammen und steckte ihn ein. Dabei dachte über seine Frau nach und sah sie in seinen Gedanken als junge hübsche Braut.

Plötzlich stand Liasra vor ihm und sprach: „Sehr geehrter Herr Botschafter, ich soll Euch diesen Brief von Königin Sebrandia überreichen!"

„Danke, Frau Unteroffizierin!", sagte er etwas verwundert und nahm auch diesen Brief entgegen, den er sofort las: „Lieber Karamis! Unsere letzte gemeinsame Nacht war einfach wunderbar. Dreimal konnte ich, dank dir, einen Höhepunkt erreichen. Ich kann es kaum erwarten, bis du wieder da bist! Ich sehne mich nach dir. Du sollst für immer mein Geliebter sein. Bitte komme bald gesund wieder! Ich liebe dich! Deine Sebrandia, Königin der Amazonen!"

Auch diesen Brief drückte er an sein Herz, bevor er ihn einsteckte. Dabei dachte er an die aufregende wilde Sebrandia, die wahrscheinlich gefährlichste Frau auf dieser Welt. Und er war ihr heimlicher Liebhaber, das erfüllte ihn mit Stolz. Doch gleichzeitig hatte er das ungute Gefühl, seine Frau zu betrügen.

Die Stimme seines Neffen Siedor riss ihn aus seinen Gedanken. Er sagte nervös: „Onkel! Was ist los? Lasse uns weitermachen! Wir müssen nach Eukarien und dort nach Eika suchen!"

„Ja, ich weiß!", antwortete er und seine schönen Gedanken platzten wie Seifenblasen.

Er wandte sich dem Gastgeber zu und fragte: „Wie kommt man auf dem schnellsten Weg nach Eukarius, der Hauptstadt von Eukarien?"

Ken Danus antwortete sofort: „Natürlich über das Meer, mit einem Schiff!"

„Über das Meer? Woher wisst Ihr das so genau?"

„Lieber Herr Botschafter! Es ist schon mehr als drei Jahre her, aber ich war schon in Eukarius. Ich kenne sogar diesen reichen Mann Namens Thoriyen, mit ihm habe ich schon ein paar Geschäfte abgewickelt."

„Pah! Ihr habt bestimmt Sklaven bei ihm gekauft!", fuhr Phygene etwas zornig dazwischen.

„Äh … ja! Aber ich kann euch sagen, Frau Kommandantin, diese Sklaven waren froh, dass sie Eukarien verlassen durften. Die Eukarier sind äußerst hart und streng zu ihren Sklaven!"

„Das kann ich nur bestätigen!", sagte Hermo.

„Ach so! Und Ihr, lieber Herr Sklavenhändler, Ihr geht wohl viel besser mit euren Sklaven um!", sagte die große Blonde erbost.

„Aber ja!"

„Pah! Das glaube ich nicht!"

„Ruhe jetzt! Es geht hier um Eika! Lasse Ken Danus sprechen!", befahl Karamis laut und brachte Phygene zum Schweigen.

„Danke, Herr Botschafter! Also, mit dem Schiff kommt man am schnellsten nach Eukarius. Es ist eine Hafenstadt, so wie Kasadoria.

Wir segeln in Richtung Süden und dann an der Felseninsel vorbei, in westlicher Richtung, in das Atonische Meer. Wenn die Winde günstig wehen, brauchen wir mit zwei oder drei großen Segelschiffen gerade mal neun oder zehn Tage."

„Und wo bekommen wir die großen Segelschiffe her? Wir sind immerhin über 300 Leute, ganz abgesehen von den vielen Pferden!", sagte Karamis skeptisch.

Der Sklavenhändler sagte gelassen: „Zufällig bin ich Besitzer von fünf Frachtschiffen. Zwei meiner Schiffe liegen zurzeit im Hafen, sie sind ausreichend für 300 Leute. Die Pferde brauchen wir nicht, die können wir hier in Kasadoria lassen. Vom Hafen aus können wir zu Fuß das Villenviertel von Eukarius erreichen. Und soweit ich mich erinnern kann, wohnt dieser Thoriyen in einer dieser Villen."

„Das kann ich bestätigen! Und ich kann euch zu dieser Villa führen", sagte Lutzen.

„Gut! Ich werde mit einem Teil meiner Truppen mitkommen! Diese Eukarier stecken hinter der Ermordung meines persischen Freundes. Vielleicht kann ich die Mörder finden!"

„Sehr gut! Dann fahren wir zu diesem Mann, der Thoriyen heißt. Und wenn er Eika hat, dann holen wir sie und bringen sie nach Hause!", sagte Karamis entschlossen und mit neuem Mut.

Ken Danus sprach: „Es gibt aber ein kleines Problem!"

Karamis dachte sofort an Geld und fragte: „Aha! Die Schiffsreise ist nicht umsonst! Was verlangt Ihr dafür?"

„Nein! Ich will nicht noch mehr Geld von euch! Ich will nur, dass etwa 50 Amazonen hierbleiben, meinen Palast bewachen und auf meine Tochter aufpassen."

„Ganz wie Ihr wünscht!", sagte Phygene zustimmend mit einer höflichen Verbeugung und dachte an das Mädchen Kenyah, die sie sehr sympathisch fand.

„Und 50 Karamäer bleiben auch hier und werden auf unsere Pferde aufpassen!", ergänzte Karamis.

Ken Danus sagte: „Sehr gut! Dann kann ich 100 kasadorische Krieger mitnehmen. Unsere Truppen sind dann schön gleichmäßig aufgeteilt. Doch jetzt zu unserem kleinen Problem: Die Eukarier sind, kurz gesagt, religiöse Spinner. Sie haben ganz radikale und strenge Sitten und Gesetze. Und sie sind furchtbare Frauenunterdrücker. Die Männer sehen sich als Herrenklasse, die gleich nach ihrem Gott Andamis Netra kommen. Aber Frauen sind für die nur Menschen zweiter Klasse, deren Seelen nach dem Ableben nicht einmal in den Himmel dürfen. Sie würden so freche und wehrhafte Frauen, wie die Amazonen niemals in ihr Land lassen. Kriegerinnen sind dort unerwünschte Personen. Aber ich denke, die Eukarier werden nichts dagegen haben, wenn ihr Karamäer eure Ehefrauen mitbringen würdet! Vorschriftsmäßig gekleidet, mit langen Umhang, Kopftuch und natürlich verschleiert."

„Und wenn ich keinen Schleier trage, was ist dann?", fragte Phygene.

„Unverschleierte Frauen in der Öffentlichkeit werden dort sofort von bewaffneten eukarischen Kriegern, die gleichzeitig auch als Glaubenswächter fungieren, verhaftet!", erklärte der Hausherr.

„So ein verdammter Mist!", dachte Phygene.

„Dürfen wir unsere Waffen tragen?“, fragte Tarmi.

Hermo sagte: „Leider nein! Das ist für Frauen verboten! Aber wenn ihr Dolche, kleine Bögen und Pfeile unter den Umhang verbergen würdet, sollte das kaum auffallen.“

„Und das Verschleiern hat auch seine Vorteile. Die Glaubenswächter werden die Amazonen nicht erkennen“, ergänzte Lutzen.

Ken Danus erklärte: „Jede Kriegerin sucht sich einen Karamäer, dessen Ehefrau sie spielt. Eine Offizierin mit einem Offizier, eine Unteroffizierin mit einem Unteroffizier. Und Ihr, Frau Kommandantin, Ihr spielt am besten die Gattin des Herrn Botschafters!“

Die beiden Angesprochenen schauten sich mit unbehaglichen Blicken an. Die Amazonen konnten sich ein Kichern und ein Schmunzeln kaum verkneifen. Die große Blonde mit Schleier, als brave gehorsame Ehefrau, das war einfach unvorstellbar. Doch alle wussten, es musste sein und es war ja auch nur zum Schein.

Schließlich sprach Phygene: „Gut! Wir Amazonen werden uns die entsprechende Kleidung besorgen und spielen die verschleierten harmlosen Frauen. Als Waffen nehmen wir nur Dolche, kleine Nahkampfbögen und Kurzpfeile mit! Und wir verstecken die Waffen unter unseren komischen Gewändern!“

Zwei Tage später war es soweit. Eine Truppe von über 300 Kasadorier, Karamäer und Amazonen legte mit zwei Schiffen am Hafen von Kasadoria ab.

Die Truppe war je zur Hälfte aufgeteilt, ebenso die Führungskräfte. Das Kommando auf dem ersten Schiff hatte Ken Danus höchstpersönlich. Karamis, Keschim, Phygene und Tarmi fuhren auf diesem Schiff mit.

Udabor führte das zweite Schiff, auf dem sich auch Siedor, Sulinka und Nadsch befanden.

Die Transportschiffe hatten zwei hohe Segelmasten und einen breiten hohen Rumpf. Doch die Schiffe waren nicht groß, der Platz war gerade so ausreichend, um alle Leute unterzubringen. Die Amazonen schimpften ganz schön, als sie, dicht gedrängt, ihre Unterkunft im Laderaum sahen. Ein Teil musste auf Strohmatten auf dem Boden schlafen, während direkt über ihnen die Hängematten der Kameradinnen hingen.

Um den Hafen schneller zu verlassen, wurden die zehn Ruder pro Seite eingesetzt, mehr hatte das Transportschiff nicht.

„Ruder nehmen Frachtraum weg. Und ein Frachtschiff braucht viel Frachtraum!“, erklärte Ken Danus den Amazonen, für die Hochseeschiffe und eine Fahrt über das Meer etwas völlig Neues waren.

Als die beiden Schiffe weiter weg vom Hafen waren, erfasste der Wind die großen Segel und die Schiffe nahmen richtig Fahrt auf. Der Seegang nahm zu und das Schiff hob und senkte sich stark. Die Wellen wurden höher und schlugen gegen die Bordwand. Die Ruder wurden eingeholt und die Ruderluken wasserdicht verschlossen.

Stunden später waren sie auf offener See. Phygene und viele andere Amazonen staunten, als sie kein Land mehr sahen, sie waren vollkommen vom Wasser umgeben. Nur Wasser, soweit das Auge reichte. Ein Zustand, den sie nur aus Erzählungen kannten und der ihnen etwas Angst einjagte.

Ken Danus schien das zu spüren, er schaute in Phygenes fahles Gesicht und fragte sie: „Das ist Eure erste Seereise, nicht wahr, Frau Kommandantin?“

„Ja! Ich glaube, das sieht man mir an!“

„Richtig, das sieht man! Wie fühlt Ihr Euch?“

„Ich fühle mich schwach und hilflos! Ich kann nichts tun, bin von Wasser umgeben und Euch völlig ausgeliefert. Es ist ungewohnt für uns Amazonen. Auf Land können wir jederzeit verschwinden, doch hier sind wir auf dem Schiff gefangen. Ich kann nur hoffen, dass Ihr uns bald wieder an Land bringt!“

Er lächelte und sagte: „Frau Phygene! Wie immer eine ehrliche Antwort. Habt keine Angst, vertraut mir! Ich und meine Seeleute, wir wissen, was wir tun. In neun oder zehn Tagen werdet Ihr wieder festes Land betreten können!“

„Das ist eine lange Zeit auf so einem engen Schiff.“

„Liebe Frau Offizierin, das ist doch nur eine kurze Fahrt über das Meer. Meine Seeleute waren schon monatelang unterwegs. Ich selbst machte in jungen Jahren eine Seereise, die 5 Monate dauerte. Wir fuhren sogar durch die Meerenge zwischen Mauretania und Hispania. Das war wirklich sehr weit weg. Eukarius ist dagegen nur ein Katzensprung.“

„Haben wir denn genug Essen und Trinkwasser an Bord?“

„Bitte, Frau Kommandandin, selbstverständlich! Für alles wurde gesorgt. Unsere Vorräte sind mehr als ausreichend, sogar für Hin- und Rückfahrt."

„Das ist gut! Und wir fahren in die richtige Richtung?"

„Ja! Die Seeleute orientieren sich nach dem Stand der Gestirne. Am Tage zeigt uns die Sonne die Richtung, in der Nacht der Mond und die Sterne. Das macht ihr Amazonen doch auch, oder?"

„Ja! Aber ich finde, an Land ist das einfacher."

„Den Gestirnen ist es gleich, ob Land oder Wasser."

„Warum steht denn das Schiff so schräg? Kann es nicht umkippen?"

„Aber nein! Das Schiff kippt nicht um. Es liegt leicht schräg, weil unsere Fahrtrichtung etwas von der Windrichtung abweicht. Wir steuern dagegen, daher die leichte Schräglage."

„Die Wellen sind so hoch. Ist das Schiff stabil genug? Hält es den Wellen stand?"

Ken Danus musste lachen und erklärte: „Aber Frau Amazone, das sind doch nur kleine Wellen! Ihr solltet mal einen richtigen Sturm erleben, da kommen Wellen, die sind so hoch, dass sie sogar über das Schiffsdeck gehen. Und selbst ein Sturm macht diesem Schiff kaum etwas aus!"

„Das … äh … ist gut zu wissen. Danke schön!", sagte sie und meinte es wirklich so.

„Bitteschön! Seid ganz unbesorgt. Wir Kasadorier sind gute Seeleute, wir haben alles unter Kontrolle. Und wenn Ihr weitere Fragen habt oder ein Anliegen, dann könnt Ihr jederzeit zu mir kommen!", sagte Ken Danus überaus freundlich mit einem vergnügten Lächeln.

Am nächsten Morgen sahen sie sich wieder und Ken Danus fragte: „Na, liebe Frau Offizierin, wie habt ihr geschlafen?"

„Nicht sehr gut. Dieses ständige Schaukeln bin ich nicht gewohnt. Und ständig das Geknarre des Schiffes, wenn es sich bewegt. Über mir baumelte meine Kameradin Tarmi in dieser Hängematte. Ich fürchtete, sie könnte auf mich fallen."

„Das wird sie aber nicht! Die Hängematten sind fest und fallen nicht runter. Und an die Bewegungen des Schiffes gewöhnt Ihr Euch noch. Ihr werdet sehen, in die nächsten Nacht schlaft ihr besser!"

„Und wie habt ihr geschlafen, Herr Ken Danus?"

„Nun ja! Ich bin in Trauer um meinen persischen Freund und denke oft an ihn. Das hielt mich etwas vom Schlafen ab. Aber sonst geht es mir gut! Ich muss sagen, so gut, wie schon lange nicht mehr!“

„Aha! Und wie kommt das?“

„Das frage ich mich auch. Irgendwie fühle ich mich sicher!“

„Ihr fühlt Euch sicher?“

„Ja! Ich weiß meine Tochter Kenyah in sicheren Händen von freundlichen Kriegerinnen. Die besten Aufpasser die man sich für Kinder denken kann. Und ich selbst … ich bin von vielen vertrauenswürdigen Menschen umgeben. Das gibt mir ein sehr gutes Gefühl.“

„Das ist doch nichts Besonderes. Wir Amazonen sind zuhause immer von Menschen umgeben, denen wir vertrauen. Anders würde unser Zusammenleben doch gar nicht funkionieren!“

„Ja! Bei Euch ist das so! Aber in Kasadoria ist das anders. Ich muss ständig um meine Vorherrschaft kämpfen. Es gibt dort viele feindlich gesinnte Männer, die selbst an die Macht kommen wollen. Sie sind wie Aasgeier, die nur darauf warten, dass ich einen Fehler mache und angreifbar werde. Natürlich traue ich Udabor und seinen Männern, sie sind mir treu ergeben, aber das war es auch schon. Allen anderen kann ich nicht trauen.

Ein ganzes Leben lang musste meine Familie um die Vorherrschaft kämpfen, viele kamen dabei ums Leben, auch meine Frau. Nur ich und meine Tochter sind noch übrig. Ich bin zwar reich und wohlhabend, aber es ist ein hartes Leben. Untreue, Verrat und Intrigen erlebe ich immer wieder. Überall lauern unsichtbare Feinde.

Doch dann seid Ihr gekommen, Amazonen und Karamäer! Ihr wollt nicht mein Geld, meinen Reichtum, ihr wollt mir nicht meine Macht nehmen. Nein, ihr wollt einfach nur dieses Mädchen wiederfinden, sonst nichts. Ich fühle ganz genau, ihr seid gut und ehrenhaft! Und das gibt mir ein gutes und sicheres Gefühl.“

„Kenyah erzählte mir, Eure Frau wäre bei der Geburt eines Kindes verstorben. Dürfte ich fragen, was wirklich mit Eurer Frau passiert ist?“

Sein Gesicht wurde ganz ernst, als er mit grober Stimme sagte:

„Ich habe mich versprochen! Sie und das Baby starben bei der Geburt!“

„Bitte verzeiht, aber ich kann fühlen, Ihr habt Euch nicht versprochen! Was geschah wirklich?“

„Nein, Frau Phygene! Das möchte ich Euch nicht erzählen! Das geht Euch nichts an!“

Sie war etwas überrascht über sein Verhalten und sagte versöhnlich: „Ich bitte um Vergebung! Ich werde nicht weiter nachfragen.“

Dann wurde er wieder freundlicher und sagte: „Es tut mir leid, dass ich grob geworden bin. Aber ich bin noch nicht so weit, um darüber zu reden! Vielleicht eines Tages, wenn wir uns besser kennen!“

„Ganz wie Ihr wünscht, Herr Ken Danus. Ihr habt sie sehr geliebt, nicht wahr?“

Er gab darauf keine Antwort, stattdessen fragte er: „Stimmt es, dass die Amazonen nur sehr kurz und sehr wenig um ihre Verstorbenen trauern? In meinen Berichten wird das so erwähnt.“

„Das stimmt nicht ganz! Wir trauern auch, aber auf einer anderen Art und Weise!“

„Vielleicht haltet Ihr diese Frage für unangemessen, aber ich würde es gerne wissen: Werdet ihr Amazonen leichter mit dem Verlust eines nahestehenden Menschen fertig?“

Phygene dachte kurz nach, um die richtigen Worte zu finden, dann sagte sie: „Ich denke, ja! Das werden wir!“

„Wie ist das möglich? Bitte erklärt mir das!“

Phygene spürte, dass er Hilfe suchte, vermutlich, um mit dem Verlust seiner Frau besser fertig zu werden. Sie holte tief Luft und erklärte: „Wir Amazonen glauben fest daran, dass wir im Jenseits, bei den Göttern, alle unsere Freunde wiedersehen werden. Dass wir eines Tages alle wieder zusammenkommen und unser ganzes Volk vereint sein wird. Außerdem glauben wir, unsere Verstorbenen wollen nicht, dass wir lange trauern. Sie wollen uns fröhlich sehen, sie wollen, dass unser Leben ohne Schmerz und Trauer weitergeht, dass wir Freude am Leben haben. Wir versuchen stets, mit einem Lächeln an unsere Verstorbenen zu denken. Deren Geister sind unter uns, sie schauen uns zu, hören uns zu und wissen, was wir tun. Und manchmal, wenn wir nicht mehr weiterwissen, erscheinen sie in unseren Träumen und versuchen, uns zu helfen.“

Ken Danus dachte kurz nach und sagte: „Das hört sich gut an, aber … wenn das so einfach wäre! Ich kann das nicht!“

„Ich weiß! Man muss eine Amazone sein, um das zu können.“

„Diese starke Unteroffizierin, die neu dazu gekommen ist.“

„Ihr meint Liasra?"

„Ja, Liasra! Sie ist in schwerer Trauer, das sehe ich ihr an."

„Ihr habt recht! Liasra ist keine geborene Amazone. Sie kommt aus dem fernen Lybien und ist erst ein Jahr bei uns. Sie kann nicht so sein, wir wie geborenen Amazonen. Sie hat auch andere Bräuche und glaubt an andere Götter."

„Warum trauert sie?"

„Ihre Lebenspartnerin, Perene war ihr Name, sie kam bei einem Kampf ums Leben. Es ist noch nicht so lange her!"

„Aha! Ich verstehe."

„Es gibt viele Menschen, die mit einem solch großen Verlust leben müssen."

„Gewiss! Bitte verzeiht, aber ich würde gerne nicht mehr darüber reden!"

„Ja! Natürlich!", sagte Phygene und dieses schwere Gespräch war beendet.

Es dauerte nur kurze Zeit, da war sie wieder bei ihm und sagte: „Herr Ken Danus, ich habe ein wichtiges Anliegen!"

„Aha! Was ist Euer Wunsch?", sagte er und schaute sie fragend an.

„Wir Amazonen langweilen uns sehr auf diesem Schiff. Wir würden gerne auf dem Deck etwas trainieren und Übungen machen, damit wir fit bleiben. Wäre das möglich?"

„Aber ja! Ich werde Unnötiges vom Deck räumen lassen, damit ihr so viel Platz wie möglich habt."

„Das wäre nett!"

Phygene teilte ihre Amazonen auf dem Schiff in zwei Gruppen ein. Sie und die erste Gruppe, bestehend aus 27 Kriegerinnen, erschienen auf dem freigeräumten Deck. Alle trugen nur einen knappen Lendenschurz und eine Busenbinde.

Die Kasadorier staunten ganz schön, als sich die leichtbekleideten muskulösen Frauen auf dem Deck aufstellten und Kraftübungen machten.

Später ging Phygene wieder zu Ken Danus und sagte empört: „Eure Männer beobachten uns ständig. Bitte tut etwas!"

Er schaute die große Blonde staunend an, konnte den Blick nicht von ihr abwenden und sagte: „Aber das ist kein Wunder, ihr Amazonen seid eine wahre Augenweide, so durchtrainiert, so schön und … das sage ich besser nicht!"

„Was wollt Ihr nicht sagen? Bitte sagt es!"

„Naja, ihr Amazonen seid richtig … sexy!"

„Das wissen wir! Ich hoffe, Eure Männer wissen sich zu benehmen. Wir sind sehr wehrhaft und können sehr böse werden."

„Keine Angst, das wissen meine Männer, eure Kampfstärke ist allen bekannt. Keiner wird euch anfassen. Aber das Anschauen kann ich meinen Männern nicht verbieten. Sie müssen auf dem Schiff ihren Dienst tun und das geht nicht mit verbundenen Augen!"

„Schon gut, ich verstehe! Bitte, Herr Ken Danus, warum starrt ihr mich so an?"

„Verzeiht, Frau Kommandantin … Frau Phygene. Ihr seid eine außergewöhliche Schönheit!"

Phygene dachte: „Wenn das so weiter geht, verknallt der sich noch in mich! Kapiert der nicht, dass ich ihn nicht mag?"

Dann sagte sie etwas grob: „Ich weiß! Das sagen alle! Und jetzt ein anderes Thema. Wir Amazonen würden gerne ein Lauftraining machen und an Deck, so etwa eine Stunde im Kreis herumlaufen. Dürfen wir das?"

„Eine Stunde im Kreis laufen? Na gut, tut das, wenn es euch Spaß macht. Aber passt auf die Segelstangen auf und auch auf die gespannten Seile. Außerdem ist das Holz nur grob bearbeitet und sehr rau, besonders am Vorderdeck. Ich empfehle euch Schuhe anzuziehen."

„Wir wollen barfuß laufen!"

„Aber das raue Holz ist nichts für zarte Frauenfüße. Ihr könntet euch verletzen!"

Sie fauchte zornig: „Wir sind keine zarten Frauen! Und wir laufen barfuß, wie wir es gewohnt sind!"

Ken Danus war überrascht über den Zorn der blonden Offizierin, zuckte ratlos mit den Schultern und sagte: „Ganz wie ihr wünscht, aber ich habe euch gewarnt."

Mit einem Kopfschütteln ging er unter Deck.

Minuten später rannten 27 Amazonen hintereinander im Kreis herum, ohne Schuhe, so wie es Phygene befohlen hatte. Schon kurze Zeit später hatten sich die ersten Frauen kleine Holzsplitter in die Fußsohlen eingetreten, dennoch rannten sie weiter. Bald fing die erste Kriegerin an zu humpeln und sagte zu ihrer Vorgesetzten: „Meine Füße tun mir weh, ich kann nicht mehr!“

Doch Phygene blieb knallhart und rief: „Lauf weiter, du Weichling!“

Immer mehr Amazonen konnten kaum noch laufen, doch die Kommandantin befahl ihnen, weiterzulaufen, was sie unter Schmerzen taten.

Phygene hatte eine dicke Haut unter den Füßen und spürte nichts. Daher meinte sie, müsste es bei den anderen Kriegerinnen auch so sein.

„Weiterlaufen! Ihr Weichlinge!“, rief sie immer wieder und trieb ihre Untergebenen an.

Als kaum noch eine Kriegerin laufen konnte, kam Liasra zu ihr und sagte: „Phygene, bitte! Alle Frauen haben wunde Füße! Wir müssen sofort aufhören, sonst werden alle fußkrank!“

Phygene hatte großen Respekt vor der kampfstarken Unteroffizierin, schließlich hatte sie ein Einsehen und befahl: „Stopp! Laufen einstellen. Kümmert euch um eure Füße!“

„Danke, Phygene“, sagte Liasra.

„Dann laufe ich halt allein weiter“, sprach die Offizierin und sprintete davon. Auf dem Vorderdeck, beim Bremsen in der Kurve passierte es dann, Phygene trat sich einen Holzsplitter in den linken Fuß. Es tat weh und jetzt hatte auch sie genug.

Als Ken Danus wieder auf Deck erschien, sah er alle Amazonen sitzend, die Füße in Eimern mit Meerwasser steckend.

Sofort fragte er verwundert: „Was ist passiert?“

Phygene schämte sich, als sie sagte: „Wir haben Holzsplitter in unseren Fußsohlen. Wir weichen die Haut mit Wasser an und ziehen uns gegenseitig die Splitter heraus!“

„Aha! Ich habe es Euch doch gesagt! Ihr wolltet nicht auf mich hören!“

„Ja! Ihr hattet recht! Das Holz ist viel zu rau, um barfuß zu laufen!“

„Na hoffentlich ist es nicht so schlimm! Ich brauche gesunde Kriegerinnen, wenn wir in Eukarius ankommen!“

„Bis dahin sollte es wieder gehen. Das Salzwasser brennt, ist aber gut für unsere kleinen Wunden. Bitte verzeiht, manchmal bin ich einfach zu stur! Die zweite Gruppe wird selbstverständlich mit Schuhen laufen!“

„Nun ja! Ihr seid nicht frei von Fehlern, liebe Frau Kommandantin.

Ihr habt auch Eure Schwächen. Doch Ihr gebt Eure Fehler zu. Ich muss sagen, auch das gefällt mir an Euch!", sagte er mit einem Lächeln und schaute sich Phygenes wehen Fuß an.

„Darf ich Euch behilflich sein?", fragte er charmant und höflich.

„Ja! Gerne! Aber bitte seid vorsichtig. Ich bin sehr wehleidig!"

„Ich werde selbstverständlich mit äußester Vorsicht vorgehen!"

„Das ist sehr nett, vielen Dank!", sagte sie und ließ sich von ihm den kleinen Holzsplitter aus ihrer Fußsohle ziehen.

Ken Danus berührte sie zu ersten Mal und dachte: „Es ist nur ein Fuß. Doch sie fühlt sich gut an. Wie gerne würde ich wissen, wie sich der große Rest dieser außergewöhnlichen Frau anfühlt."

Zwischenfall auf See

Nach sechs Tagen auf dem Meer fühlten die Amazonen sich schmutzig und wollten sich waschen. Die Katzenwäsche mit Meerwasser aus den Eimern war ihnen nicht mehr genug.

Phygene ging zu Ken Danus und fragte: „Wir Frauen würden gerne ein Bad nehmen und uns gründlich waschen. Gibt es die Möglichkeit, einen Badebottich an Deck aufzubauen?"

„Äh, nein! Das haben wir nicht an Bord."

„Und im Meer baden? Geht das? Wir Amazonen können gut schwimmen!"

„Das ist zu gefährlich. Das Schiff fährt immer weiter und es ist schneller, als man glaubt! Ich empfehle Euch, einfach schmutzig zu bleiben, so, wie wir alle hier an Bord!"

„Oh nein! Das wollen wir aber nicht! Wir sind so furchtbar schmutzig und verschwitzt! Was können wir denn machen?", jammerte sie.

„Typisch Frauen", dachte er und sagte: „In Eukarius könnt ihr auch nicht baden, da sind überall diese religiösen Spinner! Aber ich habe eine Idee. Wir erreichen bald die Felseninsel. Dort lasse ich, windgeschützt hinter dem Felsen, die Anker werfen. Und ihr könnt ins Wasser gehen!"

„Das wäre schön! Können wir auch auf diese Insel?"

„Leider nicht! Da gibt es nur steile Felsen, sonst nichts. Aber seht selbst, da vorne, am Horizont ist die Insel."

Phygene und ihre Amazonen sahen einen steilen Berg, der nur aus großen dunkelgrauen Felsen bestand, die fast senkrecht aus dem Wasser ragten. Mehr war da nicht, keine Küste und kein Ufer.

Die Wellen krachten immer wieder gegen die Felsen und die weiße Gischt spritzte hoch.

Das änderte sich, als die Schiffe die windgeschützte Seite, direkt hinter dem großen Felsberg erreichten. Das Meer wurde ruhig und glatt, fast ohne Wellen.

Die Felseninsel war beeindruckend nah, als Ken Danus die Segel einholen und die Anker werfen ließ, die sich kurz darauf im Meeresgrund verhakten und die beiden Schiffe zu Stehen brachten. Das zweite Schiff war so nahe, dass man hinüberrufen konnte.

Zu Phygene sagte er: „Hier ist es fast windstill und es gibt nur eine leichte Strömung, das Schwimmen ist für euch ungefährlich! Aber nur, wenn ihr in der Nähe der Schiffe bleibt. Weiter draußen wird es gefährlich. Die große Deckluke ist abnehmbar und kann als Floß verwendet werden. Sie wird nun zu Wasser gelassen, dann werfen wir die Strickleitern aus und ihr dürft ins Wasser!"

Sechs starke Männer packten die große Deckluke, hoben sie hoch und trugen sie zur Seite. Ein Teil der Reling war abgebaut, dort wurde sie an zwei Seilen langsam herabgelassen und schon war sie eine schwimmende Plattform.

Ein Seemann kletterte an einer Strickleiter hinunter und hängte an zwei vorgesehenen Ösen an der Bordwand die Seile ein. So blieb das Floß am Schiff und konnte nicht wegtreiben.

Phygene sagte: „Wir Frauen werden nackt baden! Können wir sicher sein, dass Eure Männer uns in Ruhe lassen werden?"

„Aber selbstverständlich! Ihr habt mein Wort! Nur das Zuschauen kann ich meinen Männern nicht verbieten!", antwortete Ken Danus.

„Das macht nichts! Daran haben wir uns gewöhnt!"

Voller Begeisterung trommelte Phygene ihre Amazonen zusammen, die alle leicht bekleidet an Deck erschienen. Auf dem Deck waren große Segeltücher ausgelegt, um die Füße der zahlreichen Damen vor dem rauen Holz schützen. Wie die kleinen Kinder warteten sie ungeduldig, um endlich ins Wasser zu dürfen. Sie hüpften auf der Stelle, redeten und kicherten laut, während die Kasadorier kopfschüttelnd zuschauten.

„Wartet noch! Nicht drängeln! Ich muss erst das Wasser prüfen!", rief Phygene und kletterte als Erste die kurze Strickleiter herunter. Sie ging auf das Floß und schaute sich die Wassertiefe genau an. Dazu steckte sie sogar ihren Kopf unter Wasser.

Dann sagte sie: „Etwas kühl aber angenehm! Das Wasser ist mehr als drei Mann tief. Ihr könnt kommen! Und ihr dürft … springen!"

Was nun geschah, versetzte die Kasadorier in großes Staunen, sie konnten kaum glauben was sie sahen. Phygene zog sich nackt aus, warf ihre Sachen weit hinaus in das Wasser und machte einen Hechtsprung ins Meer. Immer mehr Amazonen kletterten zum Floß herunter und taten es ihr nach. Anderen Amazonen dauerte das zu lange, sie stiegen einfach auf die Reling und sprangen ins Meer.

Die freche Tarmi zog sich nackt aus, warf ihre Unterwäsche in die See und balancierte noch eine Weile auf der Reling entlang, bevor sie einen gekonnten Kopfsprung von dem Schiff machte. Den zuschauenden Männern verschlug es fast den Atem.

Auf dem zweiten Schiff geschah das Gleiche. Hier war es die traumhaft schöne Nadsch, die sich zuerst entkleidete, bevor sie ins Wasser sprang. Die anderen, ebenfalls sehr hübschen Amazonen taten es ihr nach. Die Kasadorier machten große Augen und wurden fast um ihren Verstand gebracht.

„Lauter nackte Frauen! Ich glaube, ich werde verrückt“, sagte der Offizier Udabor zu seinen Männern.

„Nicht nur Frauen! Wir sind auch Amazonen!“, sprach der nackte Sandor und sprang, mit einem fröhlichen Schrei von der Reling ins Wasser. Ihm folgten Jebro und Anniger. Danach sprangen noch einige Karamäer, die das Schwimmen bei den Amazonen erlernt hatten.

Auf dem ersten Schiff beobachtete Ken Danus die große blonde Kommandantin, die wieder auf dem Floß saß und ihre Unterwäsche wusch. Sein Mund stand offen vor lauter Staunen und es war ihm nicht möglich, den Blick von der unbekleideten Phygene abzuwenden. Sie war viel schöner, als er sich es jemals vorgestellt hatte. Sie zog ihn wie magisch an und er stellte sich in Gedanken vor, wie schön es wäre, wenn er und sie ein Paar wären.

Karamis stand plötzlich neben ihm und sagte: „Und, Herr Ken Danus? Könnt Ihr jetzt verstehen, warum die Amazonen die besten Freunde der Karamäer sind?“

„Ja! Jetzt kann ich Euch verstehen“, gab er zu und fragte: „Und Ihr Karamäer dürft mit diesen Frauen ins Bett?“

„Nicht mit denen hier! Das sind Kriegerinnen, von denen sollte man unbedingt seine Finger lassen. Aber mit den vielen Amazonenmüttern, die im Hauptlager leben. Wir sorgen für Nachwuchs bei den Amazonen. Die meisten ihrer Kinder stammen von karamäischen Männern ab.“

„Ach, ihr glücklichen Karamäer! Und die Kriegerinnen lassen sich nicht mit Männern ein?“

„Nun wenige. Die meisten von ihnen sind Lesben, sie lassen sich nur mit Frauen ein.“

„Das habe ich mir gedacht. Und die Frau Kommandantin? Ist sie auch lesbisch?“

„Herr Ken Danus, warum fragt Ihr das?“

„Einfach nur so! Sie ist eine sehr interessante Frau!“

„Ja, das ist sie. Aber macht Euch bloß keine Hoffnungen. Sie hat eine feste Partnerin, eine auffallend kleine Kriegerin names Mirakel!“

„Was? Dieses kleine Mädchen, dass ständig an ihr hängt?“

„Ja! Genau die! “

„Das ist ja nicht zu fassen! Ich dachte, das ist ein junges Mädchen in Ausbildung oder so etwas.“

„Nein, das ist Mirakel nicht. Sie ist sogar ein paar Jahre älter als Phygene und eine ausgezeichnete Bogenschützin. Sie hat schon viele Männer getötet. Den letzten in Tarag Kanos. Sie schoß einem großen kräftigen Bordell-Besitzer einen Pfeil in den Hals.“

„Was? Die Kleine war das?“

„Aha, Ihr habt davon gehört? Ja, sie war es!“

„Die sieht doch so harmlos aus!“

„Das ist sie aber nicht! Bitte seid vorsichtig, sie kann sehr eifersüchtig werden! So etwas könnte tödlich enden!“

Doch von den Worten des Botschafters wollte Ken Danus nichts wissen, zu schön war das, was sich vor seinen Augen abspielte. Schmunzelnd schaute er den vielen Amazonen beim Baden zu. Auf dem Floß standen lauter unbekleidete bildhübsche Frauen, die sich gegenseitig die Haare pflegten. Einige kamen völlig nackt an Bord und hingen ihre gewaschene Unterwäsche zum Trocknen auf, völlig ungeniert vor den Augen der Männer. Danach sprangen sie mit einem lauten fröhlichen Schrei wieder ins Wasser. Andere schwammen zum zweiten Schiff, zu ihren Kameradinnen hinüber. Überall waren Frauenstimmen zu hören, die begeistert kreischten, lachten und sich laut unterhielten. Die Amazonen hatten großen Spaß, die pure Lebensfreude war ihnen anzusehen.

Dieses unglaubliche Schauspiel mit so vielen unbekleideten Schönheiten bescherte Ken Danus weitere Tagträume mit schönen Wunschvorstellungen, in denen Phygene die Hauptrolle spielte.

Ein Kasadorier machte noch gewissenhaft seinen Dienst. Es war der Mann oben im Mastkorb. Er sah hinaus auf das Meer und erblickte in der Ferne das Segel eines Schiffes.

Schon wenig später erkannte er, dass dieses fremde Schiff genau auf sie zukam. Es näherte sich und wurde langsam größer.

Schließlich meldete er laut rufend: „Unbekanntes Schiff, mit Kurs direkt auf uns zu!“

Die Kasadorier wurden aus ihren schönen Gedanken gerissen. Auch Ken Danus riss es zurück in die Wirklichkeit und er rief: „Was ist das für ein Schiff?“

„Es ist sehr schnell … es hat viele Ruder … könnte ein griechisches Kriegsschiff sein!“

Ken Danus packte der Zorn und sagte: „Ein Kriegsschiff kommt auf uns zu? Verdammt! Das heißt nichts Gutes! Gebt sofort Alarm! Alle Mann … und Frauen … sofort an Bord!“

Das Bad der Amazonen musste sofort beendet werden. Alle mussten, so schnell es ging, auf die beiden Schiffe zurück. Das Kriegsschiff war schon so nahe, dass alle es deutlich sehen konnten.

„Das Floß hoch! Anker lichten! Segel setzen! Zu den Waffen!“, hörte man die Kasadorier nervös schreien.

Ken Danus ergänzte laut: „Amazonen! Schneller! Beeilt euch! Sofort anziehen und kampfbereit machen!“

Sie fuhren schon von der Felseninsel weg, als der Mann im Mastkorb rief: „Kein griechisches Kriegsschiff … es ist kleiner … kein Rammsporn zu sehen … aber Katapulte!“

Das ließ Ken Danus schon etwas ruhiger werden. Er rief zum Mann im Mastkorb hoch: „Wer sind die?“

Kurz darauf kam die Antwort: „Es sind … Piraten!“

Phygene und Karamis standen neben Ken Danus, als dieser plötzlich einen Lachanfall bekam.

„Das kann gefährlich werden! Warum lacht Ihr, Herr Ken Danus?“, fragte der Botschafter verwundert.

Der hohe Kasadorier unterbrach das Lachen und sagte: „Das sind die Piraten, die schon seit Jahren meine Frachtschiffe überfallen und ausrauben. Eine richtige Plage sind die! Wie oft habe ich sie suchen und jagen lassen, aber die sind nicht zu fangen mit ihrem schnellen Ruderschiff. Und jetzt, wo ich meine Frachtschiffe voller Krieger habe, da kommen die … von allein! Das … das wissen die gar nicht! Diese Vollidioten denken, hier wäre nur Fracht und eine handvoll Seeleute an Bord! Die können was erleben! Bewaffnet euch mit Pfeil und Bogen und versteckt euch unter Deck! Wartet auf meinen Befehl! Das gibt eine Überraschung!"

Nur Ken Danus und ein paar seiner kasadorischen Krieger blieben auf Deck und versteckten sich hinter Schilden. Das schnelle Piratenschiff kam immer näher, die Piraten ruderten wie verrückt, aber gleichmäßig im Takt.

„Huh …Huh …Huh …Huh …", konnten sie vom Piratenschiff hören. Schon war es längsseits und auf gleicher Höhe wie das Schiff von Ken Danus.

Mehrere laute Schläge waren zu hören, Ken Danus rief: „Achtung, Katapulte! Enterhaken! In Deckung!"

Kaum hatte er das gerufen, da schlugen mehrere eiserne Dreizacken auf sein Schiff ein. Die Kasadorier mussten aufpassen, um nicht getroffen zu werden, einer verfehlte Ken Danus nur um einen Schritt breit. An den Dreizacken waren Seile befestigt, die von den Piraten angezogen wurden. Sie kratzten über das Deck und verfingen sich an der Reling des Schiffes.

Wieder ein Knall, ein Dreizack flog durch die Luft und schlug auf Deck ein und wieder verfing er sich an der Reling.

Ken Danus sah die Enterhaken und die Seile, er und seine Männer hätten sie mit ihren Schwertern durchschlagen können, doch sie wussten: „Wenn wir das versuchen, schießen sie sofort Pfeile auf uns!"

Außerdem wollte er, dass die Feinde kommen. Geschützt hinter seinem Schild sah er zum Piratenschiff hinüber. Die Piraten hatten das Rudern eingestellt und sich bewaffnet. Eine wilde Horde, mit langen Haaren, bärtigen Gesichtern, laut schreiend und aggressiv auf den Kampf wartend. Sie trugen schmutzige zerlumpte Kleidung und hatten ein schwarzes Piratentuch auf dem Kopf.

Ein Teil von ihnen zog wie wild an den Seilen, andere hoben drohend ihre Krummschwerter in die Höhen oder hatte Pfeil und Bogen in den Händen. Sie sahen Ken Danus und seine Männer und schossen sofort Pfeile auf sie ab. Kurz hintereinander schlugen drei Pfeile in sein Schild ein.

„Verdammter Mist! Beinahe hätten die Dreckskerle mich erwischt", dachte Ken Danus nervös.

Nun zogen die Piraten mit aller Kraft die beiden Schiffe zusammen, immer näher kamen sie. Phygene und ihre Amazonen konnten das näherkommende aggressive Geschrei der Angreifer bis unter das Deck hören.

Als das Piratenschiff keine zwei Meter mehr entfernt war, gab Ken Danus den Befehl! So laut er konnte schrie er: „Angriff!“

Sofort stürmten die kasadorischen Krieger die Treppen hoch zum Deck, immer paarweise, ein Schwertkämpfer mit Schild und hinter ihm ein Bogenschütze.

Die Piraten waren bereit zum Entern und beschossen die Kasadorier sofort mit Pfeilen. Einige wurden von Pfeilen getroffen und fielen zu Boden. Doch die Bogenschützen des Ken Danus schossen sofort zurück und es wurden immer mehr.

Ein unglaublich lautes Kampfgeschrei war zu hören. Die ersten Piraten sprangen zum Schiff hinüber, doch sie waren einem unerwartet starken Pfeilbeschuss ausgesetzt. Immer mehr von ihnen wurden von Pfeilen getroffen und brachen tot oder verletzt zusammen. Einige Getroffene stürzten zwischen den Schiffen schreiend ins Wasser.

Ein großer kräftiger Pirat kam durch und griff Ken Danus an. Mit seinem Krummschwert schlug er auf ihn ein. Der Anführer der Kasadorier hielt sein Schild hoch und wurde in einen heftigen Schwertkampf verwickelt. Der Pirat kämpfte wie ein Verrückter, mit metallischen Klängen prallten die Schwerter gegeneinander. Ken Danus musste sich mit aller Kraft wehren und spürte, dass der Pirat stärker war. Er schlug mit Gewalt zu, Ken Danus konnte sein Schwert nicht mehr halten, es flog davon und knallte auf das Deck.

Ken Danus sah mit Schrecken, wie der Pirat ihm niederstrecken wollte. Mit Todesangst wich er zurück und fiel zu Boden. Der Pirat holte zum tödlichen Schlag aus, da wurde er von zwei Pfeilen in der Brust getroffen.

Dennoch schlug er zu und Ken Danus konnte sich im letzten Moment zur Seite wegdrehen.

Als er sich wieder aufraffte, war der Pirat von drei kasadorischen Kriegern umringt, die ihn gleichzeitig angriffen. Der große kräftige Seeräuber versuchte sich verzweifelt zu wehren, da traf ihn der erste Stich von hinten. Vor Schmerz schrie er auf, schon trafen ihn weitere Stiche von vorne und streckten ihn nieder. Wie ein Baum fiel er um und krachte auf das Holzdeck.

„Wo wart ihr so lange? Das Dreckschwein hätte mich beinahe erwischt!“, beschwerte sich Ken Danus laut.

„Bitte verzeiht, hoher Herr!“, sagte einer seiner Männer.

„Jaja! Schon gut! Kämpft weiter!“

Mit Schrecken sahen die Piraten immer mehr Krieger auf das Deck stürmen und begriffen, dass dies wohl eine Falle war.

„Rückzug! Weg von hier!“, hörte man sie brüllen.

Sie zogen sich zurück auf ihr Schiff, einige versuchten die Seile der Enterhaken mit ihren Krummschwertern zu kappen, um wegzukommen. Doch sie wurden von Pfeilen getroffen und brachen zusammen. Die Kasadorier und die ersten Karamäer sprangen schon auf das Piratenschiff hinüber und verwickelten die Piraten in heftige Schwertkämpfe.

Die Übermacht war zu groß, gleich drei Gegner griffen einen Piraten an. Sie wehrten sich verzweifelt, hatten aber keine Chance. Sie wurden einfach niedergemetzelt und starben einen grausamen Tod. Sie wurden verstümmelt und erstochen. Einer wurde geköpft, sein Kopf rollte über den Boden des Piratenschiffes. Schließlich ergaben sich die übriggebliebenen Piraten.

Als Phygene und ihre Amazonen das Deck erreichten, waren die Kämpfe schon beendet. Ken Danus streckte seine Arme in die Höhe und rief triumphierend: „Wir haben sie besiegt!“

Ein lauter Jubel der Kasadorier und Karamäer folgte.

Kurz darauf zeigte der Sklavenhändler voller Stolz Phygene das eroberte Piratenschiff. Überall lagen Leichen herum, meistens Piraten, aber auch ein paar Kasadorier. Viele Pfeile steckten im Holz, Krummschwerter lagen herum und überall war Blut.

Die Kasadorier durchsuchten die Toten nach brauchbaren Sachen, plünderten sie aus und warfen sie dann über Bord.

Phygene schaute sich interessiert das eroberte Piratenschiff an. Es war eigentlich ein langes schlankes Ruderboot ohne Deck, mit 16 Rudern pro Seite. Es hatte viele hölzerne Sitzbänke, jedes Ruder konnte sogar von zwei Männern bedient werden. Mit ausreichend vielen Ruderern konnte es eine sehr hohe Geschwindigkeit erreichen. In der Mitte stand ein hoher Mast für das breite Segel, an dessen Spitze, in schwindelerregender Höhe, ein Mastkorb für den Ausguck. Eine alte, an mehreren Stellen angerissene Strickleiter führte zu dem Mastkorb hoch.

Phygene schüttelte den Kopf und sagte leise: „Da würde ich niemals hochklettern!"

Entlang der Bordwand waren buntbemalte hölzerne Schutzschilde befestigt, die bei Bedarf abgenommen werden konnten.

Am Bug, am Heck und in der Mitte sah sie die großen Katapulte, mit denen die Enterhaken verschossen wurden. Viele Seile und weitere Dreizacke lagen herum. Dann sah sie noch Holzkisten, gefüllt mit weiteren Waffen, Spießen, Speeren, Schwertern, Pfeilen und Bögen.

Es war ein schnelles Schiff, gut ausgerüstet zum Angriff auf andere Schiffe. Doch in diesem Fall wurde das den Piraten zum Verhängnis.

Ken Danus sagte: „Liebe Frau Kommandantin, bitte verzeiht mir, dass Ihr nicht mehr in die Kämpfe eingreifen konntet. Aber wir waren so viele Krieger und der Kampf war so schnell beendet!"

„Das macht nichts! Bei Auseinandersetzungen, die uns Amazonen nicht direkt betreffen, lassen wir gerne den Herren den Vortritt."

„Aha! Tatsächlich? Ich dachte, Ihr liebt das Kämpfen!"

„Das ist nicht so! Wir lieben den Frieden und die Sicherheit!"

„Das verstehe ich nicht ganz, Ihr seid doch Kriegerinnen?"

„Ja! Aber wir kämpfen nur, wenn es sein muss. Wir machen keine Eroberungskriege, wie die Männer. Wir gehen keine unnötigen Risiken ein. Wir sind keine Männer, wir sind Frauen!"

„Ich verstehe! Frauen sind anders wie Männer!"

„Genau so ist es! Darf ich fragen, wie hoch sind Eure Verluste, Herr Ken Danus?"

„Nun ja! Wir Kasadorier haben sechs Tote zu beklagen, dazu noch neun Verwundete. Bei den Karamäern gab es einen Toten und drei Verwundete. Dafür haben wir viele Piraten vernichtet, ein Schiff erobert und elf Gefangene gemacht. Und das wichtigste ist, ich bin diese Piratenplage los und hoffe, dass meine Handelsschiffe nicht mehr überfallen und ausgeraubt werden!"

„Was werdet Ihr mit dem Piratenschiff machen?"

„Ich werde es mitnehmen und den Eukariern als Gastgeschenk überreichen, ebenso die Gefangenen, die sie als Sklaven verwenden können."

„Wollt ihr sie denn nicht selbst als Sklaven behalten?"

„Nein! Lieber nicht! Schaut sie Euch an, dieses verlauste zerlumpte Gesindel."

Kaum hatte er das gesagt, wurde ihm unerwartet schwindelig. Blass im Gesicht, musste er sich auf den Boden setzen.

„Was ist mit Euch?", fragte Phygene besorgt.

Ken Danus stöhnte: „Ein kleiner Schwächeanfall. Um ein Haar wäre ich getötet worden. Das ... äh ... scheint mir ... jetzt erst bewusst zu werden."

„Ich gebe Euch zu trinken!", sagte sie und hielt ihren Wasserbeutel an seinen Mund. Ken Danus trank und sagte danach: „Danke! Es geht mir schon besser!"

„Tja, Ihr seid auch nur ein Mensch!", meinte sie und empfand eine kleine Schadenfreude.

„Ja, das bin ich! Und ich werde nicht jünger!"

Ein kasadorischer Krieger kam zu Ken Danus und sagte: „Hoher Herr, der Gefangene da vorne scheint der Anführer der Piraten zu sein. Er ist verwundet, aber ansprechbar! Wenn Ihr ihn verhören wollt, ich glaube, er macht es nicht mehr lange!"

„Gut, ich komme!"

Phygene half Ken Danus auf die Beine. Gemeinsam gingen zu dem Gefangenen, der blutend auf dem Boden hockte, zwei Pfeile steckten in seinem Körper. Phygene erkannte, dass er Hilfe benötigte, sonst würde er langsam verbluten.

Der reiche Sklavenhändler fragte den Piraten: „Wo kommt ihr her? Wo ist euer Lager? Wieviele von euch gibt es noch?"

Der Verwundete schaute ihn verächtlich an und schrie: „Leck mich am Arsch, Hurensohn!"

Dann spuckte er vor dem hohen Herrn aus.

Ken Danus blieb gelassen und sagte: „Na, dann eben nicht. Ich werde deine Kameraden foltern lassen. Einer wird mir schon die Fragen beantworten. Werft dieses Stück Dreck über Bord!"

Sofort wurde der verwundete Pirat von zwei Kriegern gepackt und zur Reling getragen.

„Fahr zur Hölle, Hurensohn!", rief der Pirat.

„Fahr selbst zur Hölle, Piratendreck!", konterte Ken Danus.

Dann warfen sie ihn über Bord. Ein kurzer Schrei, ein Platschen und schon versank er im Wasser.

„Jetzt habt Ihr nur noch zehn Gefangene", meinte Phygene, die etwas ungehalten über dieses Vorgehen war.

Ken Danus schien sich nun wieder von seiner schlechten, brutalen Seite zu zeigen. Phygene wurde wieder bewusst, warum sie ihn nicht mochte.

„Der war eh zu nichts mehr zu gebrauchen. Er ist jetzt hinüber und vielleicht sogar besser dran als seine Kameraden!"

In Phygene kam der Zorn hoch, als sie das hörte. Mit scharfer Stimme sagte sie zu ihm: „Herr Ken Danus! Ich möchte Euch daran erinnern, Ihr habt Frauen an Bord!"

„Ja, ich weiß! Aber ihr alle seid doch kampferfahrene Kriegerinnen. Warum seid Ihr denn so aufgebracht, Frau Kommandantin?"

„Dennoch sind wir Damen! Und ich verlange, dass niemand gefoltert und getötet wird, solange wir hier sind! Ist das klar?"

„Ja, Frau Phygene! Ist ja schon gut!"

Eukarius

Nach diesem Vorfall versuchte Phygene Ken Danus aus dem Weg zu gehen, was gar nicht so einfach war auf dem engen Schiff. Es gab zwar etwas mehr Platz, weil ein Teil der Kasadorier auf dem Piratenschiff fuhren, aber das war immer noch zu wenig.

Immer wieder sah sie ihn und immer wieder sprach er sie an und suchte das Gespräch mit ihr.

Einmal wäre es beinahe zu einem handfesten Streit gekommen, als sie ihn fragte: „Wie geht es den zehn gefangenen Piraten? Ihr habt sie doch nicht foltern lassen, oder?“

„Nein! Habe ich nicht!“

Phygene merkte sofort an seiner Stimme, dass etwas nicht stimmte und hakte nach: „Was ist mit den Gefangenen?“

„Frau Kommandantin, bitte versteht, ich musste meinen Plan ändern. Die Piraten haben euch Amazonen gesehen. Sie hätten das den Eukariern erzählt. Es musste leider sein!“

Die große Blonde wurde wütend und fauchte: „Verdammt! Was, zum Teufel, habt Ihr getan?“

„Jetzt beruhigt Euch doch! Wir konnten sie nicht mitnehmen!“

„Was habt Ihr getan?“, schrie sie laut.

„Ich habe sie über Bord werfen lassen!“

Sie war kurz davor, Ken Danus ihre Faust ins Gesicht zu schlagen. Es war ihre Schwester Ligene, die sie zurückhielt und ihr sogar noch erklärte: „Phygene, bitte! Der Herr Ken Danus hat recht! Die Piraten hätten uns verraten!“

Die Amazonen sehnten sich nach Land und dem Ende dieser Seefahrt. Sie hatten einfach keine Lust mehr, auf dem engen Schiff herumzuhängen und die Zeit totzuschlagen.

Drei Tage später, am frühen Morgen, war es so weit. Der Mann ganz oben im Mastkorb meldete laut rufend: „Land in Sicht!“

Schon waren die Amazonen wach und kamen neugierig an Deck. Am Horizont sahen sie eine bergige Landschaft, die langsam immer größer wurde.

Später erkannten sie graue Felsen und Klippen, dahinter eine schöne Landschaft im satten Grün, mit Wiesen und Wäldern. Und im Landesinneren ein Gebirge, in dem Regenwolken hingen.

Auch grüne Felder und Weinberge waren zu sehen, das erweckte in ihnen den Wunsch, endlich an Land gehen zu dürfen.

Sie hatten die Küste von Eukarien erreicht, doch noch nicht die Hafenstadt Eukarius. Mit Missmut und Ungeduld lauschten Phygene und ihre Amazonen die Diskussion der Kasadorier, ob man die Küste in südlicher oder nordlicher Richtung entlangfahren müsste, um das Ziel zu erreichen. Ken Danus befahl nach längerer Diskussion die nördliche Richtung, was sich als richtig erwies. Schon am Nachmittag des gleichen Tages waren die ersten Häuser der Hafenstadt Eukarius zu sehen. Es waren erst Holzhäuser, die von Bauern und Fischern bewohnt wurden. Dann erschienen größere Häuser aus Stein, mit weißen Wänden und roten Dachziegeln, sie waren ein schöner Anblick und ließen auf Wohlstand schließen.

Die Schiffe segelten weiter, an einem hohen steinernen Leuchturm vorbei und dann zur Einfahrt in den von Steinwällen geschützten Hafen. Er sah groß und modern aus, und an den steinernen Anlegestellen waren zahlreiche Schiffe zu sehen.

Ken Danus ließ alle Offiziere und Unteroffiziere zu einer wichtigen Unterredung zu sich kommen. Als alle versammelt waren, sprach er: „Liebe Amazonen, Karamäer und Kasadorier. Wir werden in Kürze im Hafen anlegen. Doch an Land gehen wir erst, wenn ich es erlaube! Was ich jetzt sage, ist ganz wichtig und ihr müsst euch alle daran halten."

Sofort kam von der Offizierin Tarmi die Zwischenfrage: „Was ist mit unseren Leuten auf dem zweiten Schiff? Müssten sie nicht hier sein?"

Ken Danus erklärte: „Das ist nicht nötig, weil auf dem anderen Schiff mein Offizier Udabor die gleichen Anweisungen geben wird. Also, wie ich schon sagte, die Eukarier sind sehr komische Menschen mit einer übertrieben strengen Religion. Der oberste Eukarier ist ein mächtiger Priesterkönig! Überall patroullieren seine gefährlichen Krieger und Glaubenswächter, leicht zu erkennen an ihren dunkelroten Uniformen und den Krummschwertern.

Wir alle gelten in deren Augen als ungläubige Menschen, die nur für kurze Zeit als Besucher geduldet werden. Wundert euch nicht, wenn sich die Eukarier uns gegenüber ablehnend verhalten. Doch wir werden so tun, als würden wir uns für die eukarische Religion interessieren. Die Eurakier versuchen gerne, andere von ihrer Religion überzeugen.

Außerdem betreiben sie gerne Handel und wollen mit uns Geschäfte machen. Und ich weiß, wie man mit ihnen reden und verhandeln muss. Deshalb bitte ich euch Amazonen und Karamäer, zu schweigen und das Reden nur mir und meinen Männern zu überlassen. Ihr kennt euch mit den strengen Gesetzen und Bräuchen der Eukarier nicht aus. Macht einfach nur das, was wir euch sagen, dann sollte es keine Schwierigkeiten geben. Ihr Karamäer seid offiziell Gäste der Kasadorier und nur mit unserer Begleitung unterwegs. Bitte keine Alleingänge, das könnte gefährlich werden. Und ich habe keine Lust, im Kerker zu landen.

Liebe Amazonen: Bitte versteckt eure kleinen Waffen und legt die braunen Umhänge an. Vergesst Kopftuch und Schleier nicht. Auch wenn es euch sehr schwerfällt, ihr müsst die gehorsame Ehefrau eures karamäischen Partners spielen. Bleibt immer in der Nähe eures Partners und seid schweigsam. Frauen haben hier überhaupt gar nichts zu melden und sprechen nur, wenn sie gefragt werden! Das ist ganz wichtig, sonst verraten wir uns. Hat jede Amazonenfrau einen Ehemann?"

„Ja! Dafür habe ich gesorgt!", sagte Phygene.

„Sehr gut, Frau Kommandantin! Und ab jetzt seid Ihr die brave Frau Karamis! Bitte legt Umhang, Kopftuch und Schleier an."

Vor den Augen ihrer Amazonen war Phygene gezwungen, den Anweisungen nachzukommen. Obwohl sie genau wusste, dass es notwendig war, konnten alle ihren Missmut und ihren Zorn im Gesicht erkennen.

„Vor ein paar Tagen sprangen wir noch nackt ins Meer! Und jetzt? Ich darf gar nicht darüber nachdenken, sonst werde ich verrückt!", sagte sie verärgert und musste sich zusammenreißen.

Ken Danus und sogar Karamis mussten schmunzeln, als sie sich zaghaft das Kopftuch anlegte. Und dann auch noch den Schleier. Sie und ihre Schönheit waren nun versteckt, nur noch ihre leuchtend blauen Augen ließen erahnen, welch eine fantastische Frau sich darunter verbarg.

„Wie fühlst du dich, liebe Gattin?", fragte Karamis.

„Ich fühle mich meiner Freiheit beraubt! Aber ich verspreche Euch, ich werde durchhalten!"

„Danke, meine Ehefrau!"

Ken Danus erklärte: „Ein Ehemann braucht sich nicht bei seiner Frau zu bedanken. Bitte tut das nicht, sonst fällt das auf! Benehmt Euch herrischer, so, als ob Eure Frau nur Eure Sklavin wäre!"

Der Botschafter sagte: „Ich verstehe! Ich erwarte, dass du dich gut fühst, Frau! Ist das klar?"

Phygene antwortete: „Jawohl, mein Gebieter! Ich fühle mich sehr wohl und werde durchhalten!"

„Schon besser!", sprach Ken Danus und lächelte zufrieden.

Auch bei den anderen Amazonen war der Verdruss groß, als sie sich die religiös korrekte Kleidung anlegen mussten.

Tarmi fluchte: „So ein Mist! Das darf nicht wahr sein!"

Mirakel fühlte sich unwohl und äußerte: „Hoffentlich ersticke ich nicht mit diesem Zeug im Gesicht!"

Liasra befürchtete: „Wenn es warm wird und die Sonne scheint, werden wir uns kaputtschwitzen!"

Ligene meinte: „Meine Schwester hat recht! Man fühlt sich unfrei, wie ein Mensch, der sich verstecken muss!"

Nur Androxidopa sah das etwas anders und sagte: „Ich finde es nicht schlecht! Keiner kann mich sehen, keiner weiß, dass ich eine gefährliche rothaarige Hexe bin! Haha!"

„Und einen Sonnenbrand kriegst du auch nicht", ergänzte Samira.

Sofort sagte Ken Danus: „Seht ihr, die Frau Unteroffizierin hat es verstanden. Ihr verbergt, dass ihr Kriegerinnen seid! Denkt immer daran, dann fühlt ihr euch wohler!"

Liasra meldete sich und sagte: „Lutzen und Hermo müssen sich auch verbergen, sonst erkennt man sie."

Ken Danus sagte gelassen: „Ja, aber das sind Männer! Sie bekommen kasadorische Kleidung und gehen als meine Krieger!"

Wenig später erreichten die Schiffe die Anlegestelle. Am Hafen waren Hunderte eukarische Soldaten aufmarschiert, die grimmig schauten und ihre Waffen bereithielten.

Die verschleierte Phygene dachte schon das Schlimmste und fragte: „Warum sind da so viele Krieger? Die wollen uns doch nicht angreifen, oder?"

Ken Danus war auch besorgt, antwortete aber: „Nein, es ist alles in Ordnung, die sind Fremden gegenüber nur sehr vorsichtig!"

„Na, hoffentlich stimmt das auch!"

„Macht Euch keine Sorgen, ich werde mit denen reden! Bleibt hinter mir und verhaltet euch ruhig!"

Das Schiff von Ken Danus hatte angelegt, dicke Taue wurden an großen steinernen Hafenpollern befestigt und eine Landungsbrücke angelegt.

Ein hoher Offizier der Eukarier kam über die Landungsbrücke auf Ken Danus zu. Er trug eine dunkelrote edle Uniform aus Seide, seine Jacke war mit zahlreichen silbernen Abzeichen verziert. Auf dem Kopf trug er einen verzierten silberglänzenden Helm. In seinem gepflegten bärtigen Gesicht waren Stolz, Überheblichkeit und Strenge zu sehen.

Er fragte laut mit ernster Stimme: „Qui estis?"

„Salve, Dominus! Ego Ken Danus!"

„Aha! Ken Danus, der Sklavenhändler aus Kasadoria! Dann können wir uns in einer normalen Sprache unterhalten!"

„So ist es! Wir Kasadorier grüßen den hohen Priesterkönig und das edle Volk der Eukarier!", sprach Ken Danus mit einer tiefen Verbeugung.

„Seid gegrüßt, Ken Danus! Aber sagt, was macht dieses Piratenschiff hier?"

„Das Schiff ist ein Geschenk für den hohen Priesterkönig! Es ist mir gelungen, diesem Piratenpack eine Falle zu stellen! Ich habe sie besiegt und dieses Schiff erbeutet. Mein Wunsch wäre es, dass es Euch und den Euren gehören soll!"

Der hohe Eukarier schaute misstrauisch, sagte aber nichts.

Ken Danus ergriff das Wort und sagte: „Ach, ich verstehe! Deswegen die vielen Soldaten! Ihr dachtet, die Piraten kommen! Ein Missverständnis, bitte verzeiht mir!"

„Das wäre ja jetzt geklärt. Aber, Ken Danus! Sklavenhändler! Seit wann seid Ihr so großzügig? Ihr wollt uns ein Schiff schenken? Was führt Ihr im Schilde?"

„Aber hoher Herr! Das Übliche! Geschäfte machen, alte Freunde besuchen, Euren guten Wein genießen und mich ein wenig in Eurer schönen Stadt vergnügen! Doch Ihr habt recht, da gibt es etwas! Wir Kasadorier sind nicht allein gekommen. Wir haben Freunde mitgebracht!"

„Freunde? Was für Freunde?"

„Leute vom Volk der Karamäer! Der hohe Herr neben mir ist Botschafter Karamis, der Anführer der Karamäer."

„Karamäer? Karamis? Nie gehört. Was sind das für Leute? Das können nur Ungläubige sein!"

„Ja! Sie sind Ungläubige, so, wie wir Kasadorier auch. Sie kommen von weit her, sind aber unsere Freunde."

„Was wollen die hier?"

„Geschäfte machen, so wie ich! Außerdem interessieren sie sich für den großen wahren Gott, Andamis Netra."

„Ha! Das haben schon viele gesagt! Ihr auch, Ken Danus!"

„Ja! Verzeiht! Vielleicht bin ich noch nicht so weit. Doch vielleicht sind es diese Karamäer!"

„Soso, Karamäer! Ich sehe auch Frauen an Bord Eurer Schiffe!"

„Ja! Die Karamäer sind ein eigenartiges Volk. Sie nehmen ihre Frauen mit auf die Reise!"

„Die nehmen ihre Frauen mit? Das ist sehr ungewöhnlich! Das Reisen ist den Männern vorbehalten! Frauen sollen zu Hause bleiben! Sie sollen die Kinder hüten, die Hausarbeit machen und an der Feuerstelle das Essen kochen! Zuviel Freiheit ist nicht gut für Frauen, das macht sie ungehorsam und aufmüpfig!"

In Phygene stieg der Zorn auf, als sie die Ansichten des Eukariers hörte. „Den würde ich am liebsten am Kragen packen und ihm meine Meinung um die Ohren hauen!", dachte sie.

Ken Danus sagte: „Da stimme ich Euch zu, hoher Herr!"

„Und wie soll sich ein Mann vergnügen, wenn er seine Frau mitnimmt? Ehefrauen stören doch nur!"

„Ein wahres Wort, edler Herr! Aber die Karamäer sehen das etwas anders und sie haben nunmal ihre Frauen dabei. Wir bitten Euch, an Land gehen zu dürfen!"

„Wieviele seid ihr? Und wieviele karamäischen Freunde habt Ihr dabei?"

„Nun ja! Sehr viele! Wir sind insgesamt 101 Kasadorier. Und wir haben 207 Karamäer und Karamäerinnen mitgebracht."

„Was? 207 Karamäer mit ihren Weibern?", fragte der hohe Eukarier überrascht.

„Ja! So ist es! Das Interesse an Eukarien ist groß!"

„So viele Fremde! Das kann ich nicht befürworten. Das muss unser hoher Priesterkönig entscheiden. Und ihr bleibt solange auf euren Schiffen!“

Der eukarische Offizier entfernte sich, während seine Krieger sofort die Landungsbrücken versperrten und ein Betreten des Festlandes unmöglich machten.

Die verschleierte Phygene kochte fast vor Wut, so gerne wäre sie an Land gegangen, um die Enge des Schiffes zu verlassen. Sie musste sich schwer zusammenreißen und durfte nicht auffallen, wie jede andere Amazone auch. Sie selbst hatte den Befehl dazu gegeben.

Es dauerte mehr als zwei Stunden, bis der hohe eukarische Offizier zurückkehrte und laut verkündete: „Ken Danus! Unser hoher edler Priesterkönig bedankt sich für das geschenkte Schiff. Ihm ist das Volk der Karamäer bekannt, sie gelten als friedlich. Er heißt Euch und Eure Freunde willkommen in unserer Stadt!“

Freude kam auf, man durfte an Land. Doch die Freude trübte sich, als sie ihn weiterreden hörten: „Doch es gibt Bedingungen, damit Ihr an Land kommen dürft! Diese Bedingungen sind strikt einzuhalten! Bei einem Verstoß müsst ihr uns sofort verlassen!

Erstens: Der große wahre Gott, Andamis Netra, ist zu respektieren und zu ehren! Seine Gebote und auch die seines Stellvertreters auf Erden, unseren Priesterkönig, sind auch für ungläubige Besucher zu beachten.

Zweitens: Unsere Gesetze und Sitten sind strikt einzuhalten! Drittens: Die Anweisungen unserer Wachmänner und Glaubenswächter ist sofort und ohne Widerspruch zu befolgen.

Viertens: Gespräche über Sex, Politik und andere Religionen sind zu unterlassen!

Fünftens: Jedes unsittliche Verhalten ist zu unterlassen. Die Kleidung in der Öffentlichkeit muss stets über die Knie bis zum Hals gehen. Ärmel stets bis über die Ellenbogen. Unsittlich ist auch, wenn eine Frau kein Kopftuch und keinen Schleier trägt!

Sechstens: Ihr müsst für Unterkunft und Verpflegung bezahlen. Ich hoffe Ihr habt ausreichend viel Geld mitgebracht!“

„Ja! Haben wir!“, sagte Ken Danus knapp.

„Siebtens: Das Tragen von Waffen ist euch untersagt! Nur Ken Danus und der Anführer der Karamäer dürfen einen Dolch mitführen!

Alle anderen Waffen bleiben auf euren Schiffen! Wir werden euch alle durchsuchen, auch die Frauen!"

„Sogar die Frauen? Warum denn das?", fragte Ken Danus erstaunt.

„Ganz einfach! Es geht das Gerücht um, Amazonen würden die Gegend unsicher machen! Und diese gottlosen männermordenden Weiber wollen wir hier nicht haben!"

Mit einem nervösen erzwungenen Lächeln sagte Ken Danus: „Aber edler hoher Herr! Ihr glaubt doch nicht im Ernst, dass wir Amazonen unter uns haben?"

„Natürlich nicht! Aber man weiß ja nie! Wenn ich die Körpergröße der Frau des Herrn Botschafters sehe, dann könnte ich es fast meinen."

Der Kasadorier wurde noch nervöser und wusste nicht, was er dazu sagen sollte.

Schließlich ergriff Karamis das Wort und sagte: „Bitte lasst mich das erklären, hoher Herr. Wir Karamäer haben einen etwas ungewöhnlichen Frauengeschmack. Wir stehen auf große Frauen. Eine Eigenart, die uns angeboren ist. Das erscheint anderen Herren etwas merkwürdig, doch wir sind nunmal so. Unsere Gattinnen sind zwar hochgewachsen, doch sie sind treu und gehorsam, so wie es sich für Frauen ziemt. Wollt Ihr meine Frau sehen? Sie ist sehr schön, hat wundervolles blondes Haar, ist sehr gut gebaut, aber sie ist zurückhaltend, schüchtern und sehr ängstlich. Sie ist so harmlos, sie könnte keiner Maus etwas antun!"

Die vermummten Amazonen mussten sich anstrengen, um nicht in ein Gelächter zu verfallen, als sie das über ihre Kommandantin Phygene hörten.

„Nein, Danke, Herr Botschafter! Es ist mir untersagt, fremde Frauen zu betrachten. Unsere eukarischen Glaubenwächterinnen werden eure Gattinen beim Verlassen der Schiffe untersuchen. Wenn ihr wollt, könnt ihr jetzt kommen, aber schön hintereinander, damit wir euch untersuchen können!"

Die Amazonen und Karamäer gingen erstmal zurück unter Deck, um die Waffen abzulegen. Phygene und ihre Kameradinnen mussten ihre unter dem Gewand versteckten Waffen loswerden.

„Wir werden wohl unbewaffnet diesen Thoriyen besuchen müssen. Das gefällt mir nicht. Hoffentlich wird das nicht gefährlich", meinte Karamis.

„Ja, Herr Botschafter. Aber vielleicht finden wir noch einen Weg, heimlich Waffen mitzunehmen. Und wenn das nicht klappen sollte… auch ohne Waffen sind wir Amazonen sehr wehrhaft. Ihr dürft Euren Dolch behalten?“, fragte Phygene.

„Ja, das darf ich!“

„Gut! Wenn es darauf ankommen sollte, dann gebt ihn mir!“, sagte die große Blonde entschlossen.

Karamis schaute Phygene in die blauen Augen. Er war froh, dass sie und ihre Amazonen da waren. Sie waren mehr als nur Verbündete, sie waren gute Freunde, auf die er sich felsenfest verlassen konnte. Das gab ihm ein gutes Gefühl.

In der Stadt

„Die Überprüfung der Besucher beginnt! Männer nach rechts zu unseren eukarischen Kriegern, die Frauen nach links zu den Glaubenswächterinnen!“, wies der eukarische Offizier an.

Ken Danus verließ als erster das Schiff, hinter ihm folgte Karamis. Die beiden hohen Herren durften mit Dolch bewaffnet durchgehen und wurden nicht durchsucht. Erst die weiteren Männer mussten sich einer gründlichen Leibesvisitation unterziehen.

Die verhüllte Phygene betrat als erste Frau das Land und ging auf eine Gruppe verhüllter Frauen in dunkelroten Gewändern zu. Sofort wurde sie gründlich durchsucht und auch noch ihr Körper abgetastet. Auch ihr Busen wurde berührt, was sie, leicht empört, über sich ergehen ließ.

Als man ihr sogar zwischen die Beine griff, um ihr weibliches Geschlecht zu prüfen, erschrak sie. Doch rein intuitiv reagierte sie richtig. Statt sich zu wehren, gab sie einen leicht entsetzten Schrei von sich. So spielte sie eine ängstliche Frau und fiel nicht weiter auf. Die anderen Amazonen schauten ihr zu, waren gewarnt und wussten, was auf sie zukommen würde.

Sie nahmen Phygene auch kurz den Schleier und das Kopftuch ab. Staunend erblickten die Glaubenswächterinnen ihr sonnengebräuntes Gesicht und ihre blonde Löwenmähne. Phygene erzwang sich ein schüchternes Lächeln und ließ sich anschauen. Dann vermummten sie sie wieder und sie durfte zu ihrem „Gatten“ Karamis gehen.

So wie sie wurden alle Amazonen von den weiblichen Glaubenswächtern geprüft. Besonders schlimm traf es Mirakel, die von Natur aus einen flachen Oberkörper hatte. Da die eukarischen Prüferinnen bei ihr keinen Busen ertasten konnten, wurde sie zwischen ihren Beinen übergründlich untersucht. Mehrere Prüferinnen hintereinander berührten in unverschämter Weise ihr Geschlecht. Eine fragte sie sogar: „Du Eunuch?“

Mirakel antwortete mit ihrer hellen Stimme, die durch ihre Nervösität sogar noch heller klang: „Nein! Ich bin ein Mädchen!“

„Mädchen? Und wo ist deine Brust?“

„Ich habe nur sehr wenig! Ich bin halt so!“

Vielleicht war es ihre helle Stimme, welche die eukarischen Glaubenswächterinnen überzeugte, dass sie eine Frau sein musste. Schließlich ließ man sie durch.

Empört ging sie sofort zu Phygene und sagte leise: „So eine Unverschämtheit! Was wollen diese blöden verhüllten Weiber von mir?"

„Die haben ja echt eine Ewigkeit an dir herumgefummelt."

„Aber wirklich! Die eine hätte beinahe noch ihre schmutzigen Finger reingesteckt."

„Große Sauerei! Ich wollte dir ja helfen, aber ich darf ja leider nicht auffallen!"

„Und dann fragt die mich noch, ob ich ein Eunuch bin. Die spinnt doch, die blöde Kuh!"

„Haha! Du ein Eunuch?"

„Ja! Das hat die mich wirklich gefragt!"

„Wer weiß, ob das auch wirklich Frauen sind! Vielleicht stecken schweinische Männer hinter der roten Vermummung!"

„Oh nein! Phygene! Meinst du das wirklich! Mache mich nicht krank!"

„Quatsch! Das sind nur Frauen!"

„Na, hoffentlich!"

„Tja, Mirakel! Die wollten bei dir nur sicher sein! Selbst schuld, wenn du keinen richtigen Busen hast!", zog Phygene sie auf.

„Hoh! Du bist so gemein!"

Eine Stunde später war es soweit, endlich waren alle an Land. Der eukarische Offizier erklärte laut rufend: „Liebe Kasadorier und Karamäer! Ihr dürft nun gerne unsere schöne Stadt und unser schönes Land besuchen. Ihr dürft euch frei bewegen und alles anschauen. Doch haltet euch an die Gesetze! Unsere Krieger und Glaubenswächter werden euch im Auge behalten!

Unsere Tempel sind auch für euch offen, doch betretet sie nur in Begleitung von Gläubigen. Und wenn ihr Fragen zu Andamis Netra, dem großen wahren Gott habt, könnt ihr jederzeit die Gläubigen ansprechen.

Noch etwas: Wenn ihr auf euer Schiff geht und wollt wieder an Land, dann werdet ihr nochmals durchsucht. Und wehe, wir erwischen euch mit Waffen!"

„Na klasse! Keine Möglichkeit, Waffen von Bord zu schmuggeln", flüsterte Phygene zu Mirakel.

„Das versuchen wir besser nicht! Die Gefahr, erwischt zu werden ist viel zu groß! Du hast ja gehört, diese komischen Eukarier werden uns ständig beobachten."

„Und wie geht es jetzt weiter? Oh Götter, habe ich einen Hunger!"

„Weiß ich auch nicht!", sagte Mirakel und zuckte mit den Schultern.

Phygenes Frage wurde von dem eukarischen Offizier beantwortet, der zu Ken Danus und Karamis sagte: „Und jetzt bitte ich euch, mir in den Gasthof zu folgen. Dort wird das Abendessen für euch vorbereitet. Es gibt frischen Fisch und Geflügel!"

Schon marschierten über 300 Frauen und Männer los und folgten dem hohen Eukarier.

„Na, endlich mal eine gute Nachricht", flüsterte Phygene zu Mirakel und freute sich auf eine leckere Mahlzeit.

Sie verließen den Hafen und erreichten die Stadt. Überall an den Straßen standen die schönen weißen Häuser mit den roten Dächern. Die Fenster hatten blau bemalte Fensterläden und waren von rotem Sandstein umrahmt. Viele Leute schauten aus den Fenstern und beobachteten neugierig die zahlreichen fremden Besucher.

An vielen Hauswänden rankte das frische Grün von Weinstöcken, Feigen und anderes Obstgehölz. Auch viele bunte Blumen verzierten die Häuser und Straßen. Die Hauptstraße war sogar mit grauen Steinen gepflastert. Alles war hell und sauber, die Stadt machte einen sehr gepflegten Eindruck.

Phygene war beeindruckt und sagte: „Ich muss sagen, von allen Städten, die ich bisher sah, ist diese hier die Schönste!"

Schon nach kurzer Zeit erreichten sie einen großen freistehenden Gasthof in Strandnähe. Er war aus hellem Stein erbaut, hatte drei Stockwerke, ein Dach mit roten Ziegeln und sogar hölzerne Balkone. Das Gebäude war sehr langgezogen und konnte eine große Anzahl von Gästen aufnehmen.

Vor dem Gasthof gab es einen breiten Platz, wo viele Tische und Bänke aufgestellt waren. Große Bäume boten Schatten und man hatte einen schönen Blick auf das Meer.

Aus einem freistehenden Küchenhaus mit auffallend großem Kamin breitete sich der Duft von gegrilltem Fisch aus und ließ bei den Gästen das Wasser im Munde zusammenlaufen.

„Das ist unser großes Gästehaus. Liebe Besucher, bitte nehmt Platz! Dieser große Tisch hier ist für die hohen Herren reserviert. Die Bedienung kommt gleich!“, sagte der hohe eukarische Offizier.

Ken Danus, Karamis, Udabor, Keschim, Siedor und weitere hohe Leute setzten sich an den Tisch. Phygene hatte gerade neben Karamis Platz genommen, da kam sofort eine Gruppe rotuniformierter Wachmänner auf sie zu.

„Sofort aufstehen! Das ist nur für Männer!“, sagte ein Wächter mit grober Stimme zu ihr.

Völlig verdattert erhob sich Phygene wieder und machte ein Gesicht, als verstehe sie die Welt nicht mehr. Doch hinter ihrem Schleier sah das niemand.

„Liebe Frau Karamis, dort hinter der Mauer befindet sich der Frauenbereich. Alle Frauen haben sich umgehend dorthin zurückzuziehen!“, sagte er streng und zeigte auf einen Durchgang, der hinter einer fast mannshohen Bruchsteinmauer führte.

Phygene versuchte ruhig zu bleiben und sagte: „Verzeihung! Das wussten wir doch nicht!“

„Nun wisst ihr es! Und jetzt bitte entfernt euch! Männer und Frauen an einem Tisch, in der Öffentlichkeit ist das verboten!“

Karamis fühlte sich gezwungen, den strengen Ehemann zu spielen und sprach hochnäsig: „Ja, liebes Weib! Wir Männer wollen unter uns sein. Jetzt rufe die Frauen zusammen und verzieht euch!“

Die Kommandantin der Amazonen war innerlich erbost, sie atmete tief durch und rief laut: „Liebe Frauen, bitte folgt mir!“

Schon marschierten alle weiblichen Gäste los und verzogen sich auf den für Frauen vorgesehenen Bereich hinter der Mauer.

Dort waren auch Bänke und Tische aufgestellt, aber kleinere und nicht so schöne, wie im Männerbereich.

Der eukarische Wachmann beobachtete, wie die Frauen sich einen Platz suchten und sich zögerlich hinsetzten. Dann rief er: „Für euch Frauen gibt es keine Bedienung. Ihr müsst euch Essen und Trinken selbst aus der Küche holen! Das dürft ihr aber erst, wenn alle Männer bedient wurden und etwas zu essen haben. So lange müsst ihr euch noch gedulden. Und noch etwas: Wenn ihr den Frauenbereich verlasst, dann habt ihr unverzüglich den Schleier anzulegen!“

Phygene fragte frech: „Ach so! Und im Frauenbereich dürfen wir den Schleier ablegen?“

„Natürlich! Das müsst ihr sogar! Oder wollt ihr mit Schleier vor dem Mund essen und trinken? Das dürfte sehr schwierig werden. Ich wünsche einen guten Appetit!“

Erst als der unangenehme Mann in dunkelroter Uniform weg war, schimpfte sie los: „Das ist ja eine Unverschämtheit, wie hier mit hohen Damen umgegangen wird! Diese doofen Eukarier haben doch alle einen Sprung in der Birne!“

Androxidopa sagte zornig: „Frauenfeindliche Spinner sind das!“

Und Shuliza ergänzte: „So etwas habe ich noch nie erlebt, nicht einmal in meiner orientalischen Heimat!“

Sulinka sagte mahnend: „Bitte bleibt ruhig! Wir dürfen nicht auffallen!“

Die Amazonen standen an der Mauer und beobachteten die Männer. Mit knurrenden Bauch sahen sie zu, wie die Kasadorier, Karamäer und auch die männlichen Amazonen mit Speis und Trank versorgt wurden. Sie wussten nicht genau, was es gab, aber es duftete ausgezeichnet und ließ den Hunger noch größer werden.

Alam kam mit einem vollen Holzteller zu Phygene, die trotz der Vermummung leicht zu finden war. Sie war die Größte und konnte locker über die Mauer schauen.

„Hohe Herrin! Es ist so ungerecht, dass Ihr noch nichts zu Essen habt. Darf ich Euch mein Essen anbieten?“, fragte Alam höflich und hielt seinen reich gefüllten Teller hoch.

„Danke! Das ist nett. Aber wir wollen nicht auffallen. Wir Frauen warten noch, bis wir uns etwas holen dürfen. Bitte iss du dein Essen. Was gibt es denn Schönes?“

„Oh! Ganz tolle Sachen. Gegrillter Fisch und gebratenes Hähnchen werden aufgetischt, dazu Frühlingsgemüse und knusprig frisches Brot. Und zum Trinken gibt es guten Rotwein, starken Met und süffiges Gerstengebräu.“

Sie sah auf den Teller und sagte: „Das sieht wirklich lecker aus! Ich kann es kaum erwarten!“

„Das ist es auch, Herrin!“

„Alam, sage nicht immer Herrin zu mir! Wenn das die Eukarier hören, dann fliegen wir auf!"

„Oh! Verzeihung! Ja, Herrin! Äh … ich meine … liebe Frauen, ich sage euch sofort Bescheid, wenn ihr euer Essen holen dürft!", sagte der ehemalige Sklavenhändler und ging.

Etwas später war es soweit, Alam kam wieder und verkündete mit überheblicher Stimme: „Frauen, hört mir zu! Ihr dürft euch jetzt in der Küche Essen holen! Die ranghöchste Frau zuerst, alle anderen hinterher! Auf geht's! Ein bisschen schneller, wenn ich bitten dürfte!"

In einer langen Reihe folgten die vielen Kriegerinnen dem Sklaven Alam, der sie zum Küchenhaus führte. Dort angekommen, wurden sie schon von den Köchen erwartet.

Einer der Köche, ein bulliger, rotgesichtiger Mann in weißer Kleidung, sagte unfreundlich: „Teller nehmen und hier
anstellen!"

Phygene tat, wie ihr gesagt wurde und bekam von dem Koch einen kleinen Fisch und zwei Brathähnchenkeulen auf den Teller gelegt. Ein Schöpflöffel voll Gemüse und ein Stück Brot ergänzten das Mahl.

„Vielen Dank! Noch eine Frage! Wo kann ich denn einen Becher Wein bekommen?", fragte die verschleierte blonde Kommandantin.

Dem Koch fiel fast der Schöpflöffel aus der Hand, als er das hörte. Er schaute sie grimmig an und sagte grob: „Das ist ja unglaublich! Wein gibt es natürlich nur für Männer. Gleiches gilt für Met und Gerstengebräu! Liebe Frau, da vorne steht ein Wasserfass, da könnt ihr euch jederzeit einen Becher Wasser holen."

„Was? Für Frauen gibt es nur Wasser?"

„Genau so ist es!"

„Warum denn das?"

„Das ist bei uns so! Berauschende Getränke sind den Frauen verboten!"

„Das ist aber schade!"

„Ha! Das wäre ja noch schöner, wenn die Weiber den Männern der guten Wein wegtrinken würden! Frauen können doch mit Wein gar nichts anfangen! Das wäre eine sinnlose Vergeudung!"

Phygene sah das völlig anders und hätte nun eine größere Diskussion anfangen können, doch hinter ihr stand eine Warteschlange, die aus hundert hungrigen Frauen bestand.

Sie nahm wortlos ihren Teller, schöpfte sich einen Becher Wasser aus dem Fass und stampfte mit Wut im Bauch zurück in den Frauenbereich.

Als Mirakel sich mit gefülltem Teller neben sie setzte, nahmen sie Schleier und Kopftuch ab und fingen an zu essen.

Ihre kleine Partnerin sagte zu ihr: „Phygene, du siehst wütend aus."

„Quatsch! Ich bin die Ruhe selbst! Ich bin nur sauer auf diesen unfreundlichen Koch!"

„Das musst du nicht! Er gibt uns das Essen. Und das schmeckt sehr gut!"

„Das ist sein Glück, sonst würde ich ihn in seinem blöden Wasserfass ertränken!"

„Bitte beherrsche dich! Du weißt, warum wir hier sind!"

„Ja, das weiß ich! Und ich mache schon keine Dummheiten!", sagte sie und genoss das Essen.

Es dämmerte schon, als sich Alam wieder blicken ließ und fragte: „Hallo Frauen! Seid ihr alle fertig mit dem Essen?"

„Ja, schon lange!", antwortete Phygene.

„Das ist gut! Ich soll euch von dem Botschafter ausrichten, wir wollen nun einen Spaziergang machen!"

„Einen Spaziergang? Durch die Stadt oder am Stand entlang?"

„Ins Villenviertel! Und mich hat man ausgewählt, um an der Tür zu klopfen!"

Phygene verstand sofort und wusste, dass es nun ernst werden würde. Sie sagte: „Gut, Alam! Das ist eine große Ehre für dich."

„Nun ja! Ich bin am besten geeignet, ich falle nicht sofort auf, ich bin weder Karamäer noch Kasadorier. Außerdem bin ich wortgewandt."

„Ja, das ist richtig! Wir gehen noch auf die Latrine und dann kommen wir!"

Da noch viele andere Leute die Latrinen aufsuchen mussten, bildete sich dort wieder eine Warteschlange und es dauerte eine Zeitlang, bis es endlich losgehen konnte.

Karamis war sichtlich genervt und sagte ungeduldig: „Können wir jetzt endlich losgehen?"

„Unsere Leute sind alle da!", meldete Siedor.

„Meine auch!", sagte Ken Danus.

„Wir Frauen sind bereit", flüsterte Phygene leise.

Es war der als Kasadorier verkleidete Lutzen, der neben Ken Danus stand und sagte: „Sehr gut! Gehen wir und schauen uns die schönen Häuser an."

Schon liefen alle gemütlich los und folgten den Sklaven der Amazonen, der vor nicht allzulanger Zeit hier gewohnt hatte.

Die eukarischen Wächter beobachteten sie, blieben aber gelassen.

„Die wollen nur unsere Stadt besichtigen. So eine schöne Stadt haben diese Ungläubigen noch nie gesehen", sagten sie sich.

Über 300 Leute schlenderten langsam durch das vornehme Villenviertel und sahen Villa an Villa, alle weiß mit roten Ziegeldächern und eine schöner wie die andere. Zwischen den Villen waren gepflegte Gärten mit Weinstöcken, Granatapfelbäumen, Feigenbäumen und vielen Blumen. Da das Viertel auf eine Anhöhe lag, hatte man einen schönen Blick auf das Meer, wo gerade die rote Sonne unterging. Phygene und ihre Amazonen waren begeistert, so etwas Schönes hatten sie noch nie gesehen.

Irgendwann blieb Lutzen stehen und flüsterte zu Karamis: „Die Villa auf der linken Seite. Hier ist es! Hier wohnt Thoriyen!"

Siedor sagte völlig aufgeregt: „Onkel, hast du das gehört? Wir sind da!"

Karamis Herz raste wie wild, als ihm das bewusst wurde. Er schaute sich das mehrstöckige große Haus genau an. Es war von einem schönen Garten umgeben, der nur von einer niedrigen Steinmauer umgeben war. Sie sahen eine Handvoll Männer bei der Gartenarbeit, die Unkraut hackten und Sträucher zurückschnitten. Dann sahen sie wieder dunkelrote Uniformen: Zwei Wachmänner patrouillierten im Garten, ein dritter Wachmann stand an einem hölzernen Eingangstor und schaute grimmig.

Der Botschafter schaute den eukarischen Wachmann an und sagte: „Hier muss Eika sein! Alam, gehe zu ihm und lege los!"

„Jawohl, hoher Herr!"

Während alle auf der Straße stehenblieben und möglichst unauffällig die Lage erkundeten, ging Alam Bun Kusom zu dem rotuniformierten Mann am Tor und grüßte ihn: „Möge Andamis Netra mit Euch sein, guter Mann!"

Der Wachmann schaute Alam verwundert und schweigend an. Sofort waren die anderen beiden Wachmänner bei ihm, um ihn zu unterstützen. Die Gartenarbeiter stellten die Arbeit ein und schauten neugierig den Besucher an.

Alam wurde von den drei bewaffneten Rotuniformierten angestarrt, als ob er ein Geist wäre. Doch er blieb gelassen und sagte freundlich: „Verzeiht, liebe Kameraden. Mein Name ist Alam Bun Kusom! Ich bin ein alter Geschäftsfreund des ehrenwerten Herrn Thoriyen. Gerne würde ich fragen, ob ich ihn besuchen dürfte?"

Keine Reaktion.

Dann schaute ein Wachmann zu den Gartenarbeitern hinüber und schrie: „Arbeitet weiter, hier gibt es nichts zu sehen!"

Schon nahmen sie die Arbeit wieder auf, während die Wachmänner weiterhin schweigend dastanden.

Nach einer Weile des Schweigens fragte Alam: „Ist der ehrenwerte Herr Thoriyen zu sprechen?"

Jetzt sagte einer der Wachmänner: „Seht Ihr oben am Haus sein Banner?"

Völlig verwundert schaute Alam nach oben. Er suchte mit den Augen, sah verschlossene Fenster, einen hölzernen Balkon, das Dach, sonst aber nichts.

„Äh … leider kann ich kein Banner sehen!"

„Dann ist der hohe Herr auch nicht zu Hause!"

„Ach so! Verzeiht, das wusste ich nicht!", stotterte Alam.

Plötzlich wurde der Rotuniformierte freundlicher und fragte: „Ihr seid ein Ungläubiger! Ihr kommt von weit her, nicht wahr?"

„Ja! Ich komme aus Tarag Kanos, jenseits des Meeres."

„Sind das eure Leute, die hier auf der Straße herumlaufen?"

„Ja, sie gehören zu mir. Wir sind mit mehreren Schiffen hier, wir sind viele Leute, doch wir sind keine Gefahr!"

„Das wissen wir. Sonst hätte man euch nicht an Land gelassen."

„Ja, so ist es. Wann wäre denn der edle Herr Thoriyen zu sprechen?"

„Unser hoher Herr ist noch auf Reisen. Doch wir haben die Nachricht erhalten, dass er morgen zurückkehren wird."

„Oh! Das ist eine gute Nachricht! Dann werde ich es morgen Abend versuchen."

„Besser übermorgen! Herr Thoriyen wird von der langen Reise erschöpft sein und wird sich zunächst ausruhen wollen. Ich hoffe, Ihr seid übermorgen noch in der Stadt?"

„Äh … ja! Das ist vollkommen in Ordnung!"

„Sehr gut! Dann freuen wir uns darauf, Euch übermorgen begrüßen zu können."

„Äh … ja! Danke!"

Alam zitterte leicht und versuchte seine Nervosität zu verbergen, als er sich überwinden musste, die wichtigste aller Fragen stellen: „Verzeiht! Ich hätte da noch eine Frage!"

„Was können wir für Euch tun?", erwiderte der eukarische Wachmann freundlich.

Alam sprach recht laut, so daß auch Karamis mithören konnte: „Nun, vor etwa zwei Jahren erzählte mir der edle Herr Thoriyen von einem zehnjährigen Mädchen, welches er auf dem Sklavenmarkt in Kasadoria erworben hätte. Er sagte, er wäre begeistert von diesem klugen edlen Kind, welches karamäischer Abstammung sein soll und sogar das Lesen, Schreiben und das Rechnen beherrschen würde. Seid fast zwei Jahren denke ich, er hat mich auf dem Arm genommen, doch nun würde ich es gerne wissen. Hat er wirklich solch ein wunderbares Geschöpf in seinem Besitz, oder nicht? Könntet ihr mir darüber Auskunft geben?"

Die drei Wachmänner schauten sich fragend an, diese Frage schien ihnen zu missfallen.

„Verdammt, sie schöpfen Verdacht, sie haben etwas bemerkt", flüsterte Mirakel zu Phygene.

„Vielleicht wissen sie, dass man nach Eika sucht."

„Vielleicht wurden Thoriyen und seine Leute gewarnt."

„Sei ruhig, sie antworten!"

Alle spitzten ihre Ohren, als einer der Wachmänner etwas unfreundlich sagte: „Unser edler Herr Thoriyen ist ein wohlhabender Mann! Er hat viele Frauen in seinem Besitz. Doch über irgendwelche Details, dürfen und wollen wir euch keine Auskünfte geben. Mehr werden wir dazu nicht sagen!"

„Wirklich nicht? Nur über das besagte Mädchen, sonst nichts! Das interessiert mich doch so brennend! Ich bitte euch …"

„Es wäre besser, ihr geht jetzt!", unterbrach ihn ein Wachmann grob und ging mit der Hand an den Griff seines Krummschwertes.

Alam verstand sofort die Drohung und gab nach.

„Ah, ja! Ich verstehe! Dennoch, habt vielen Dank! Dann bis übermorgen! Auf Wiedersehen, die Herren!"

„Verdammter Mist!“, dachte Karamis und musste seine Wut im Zaum halten. Die Ungewissheit über Eika war für ihn kaum noch zu ertragen. Doch er wusste auch, dass sie nicht auffallen durften. Er war sich der großen Gefahr bewusst, nur ein Fehler und über dreihundert Leute könnten in den Kerker landen.

Um nicht weiter aufzufallen, gab er die Anweisung, dass alle weitergehen sollten.

Auf dem Rückweg zum Gasthof unterhielten sich Ken Danus, Karamis und Phygene.

Der Botschafter sagte nervös: „Diese verdammten roten Wachmänner haben etwas gemerkt. Sie werden Thoriyen warnen! Wir müssen sie ausschalten, bevor er zurückkommt! Oder die Wachmänner haben uns angelogen und er ist da und weiß alles!“

Ken Danus sagte: „Nein! Er ist wirklich nicht da. Diese Sache mit dem Banner, das ist hier so üblich, ich hatte es nur vergessen! Noch heute Nacht, im Schutze der Dunkelheit, müssen wir zuschlagen!“

„Richtig! Wir müssen diese drei Wachmänner überwältigen und dann in das Haus eindringen!“

Phygene sagte: „Es waren fünf Wachmänner!“

„Was? Ich sah nur drei!“, antwortete Ken Danus.

„Ich auch“, sagte Karamis.

„Die schwere Haustür stand einen Spalt breit offen. Und dahinter lauerten zwei weitere Männer in roter Uniform. Habt ihr das nicht bemerkt?“, fragte Phygene.

„Nein, habe ich nicht! Respekt, Frau Kommandantin! Jetzt weiß ich, warum die Amazonen sich um die Wachen kümmern sollen!“, sagte Ken Danus.

„So etwas machen wir gerne! Des Nachts könnten auch noch mehr Wachen da sein. Aber das ist egal, meine Unteroffizierin Androxidopa wird sie alle sehen.“

„Aber ihr habt keine Waffen! Außer zwei Dolchen, die wir euch geben könnten“, gab Karamis zu bedenken.

„Das ist so nicht ganz richtig! Wir haben Haarnadeln, sie stecken unauffällig in unserem Haar. Diese tränken wir mit einem Betäubungsgift, welches wir zufällig dabei haben. Wir schleichen uns von hinten an, packen sie, halten ihnen den Mund zu und stechen ihnen die Nadeln in die Gesäßbacke. Sie werden noch ein wenig zappeln und schon sind sie außer Gefecht. Das geht schnell und lautlos! Danach geben wir euch diese krummen Schwerter, damit ihr richtige Waffen habt. Das Eindringen in die Villa ist viel gefährlicher, das überlassen wir gerne euch Männern!"

Ken Danus sagte: „Gut! Das können Udabor und seine Krieger übernehmen! Ihr sagtet, die Wachen selbst werden die Haustür öffnen?"

„Ja! Das machen Lutzen, Hermo und Brista mit einer List."

„Falls diese List funktioniert. Vertraut Ihr euren schwulen Sklaven?", fragte Ken Danus etwas abfällig.

„Sie kennen diesen Thoriyen und ich bin mir sicher, sie wissen, was sie tun", antwortete Phygene.

„Hoffentlich sind sie keine Verräter!"

„Sind sie nicht! Sie gehören zu uns Amazonen!"

„Vielleicht ändern sie ihre Ansichten, jetzt, wo sie wieder in ihrer alten Heimat sind!"

Phygene wurde sauer und sagte energisch: „Herr Ken Danus! Langsam werde ich böse! Lutzen und Hermo sind keine Verräter und werden es nie sein!"

„Woher wollt Ihr das so genau wissen, Frau Kommandantin?"

„Wir Amazonen haben eine gute Menschenkenntnis und unsere weibliche Intuition sagt uns das! Das muss Euch reichen!"

„Jaja! Schon gut! Falls es nicht klappen sollte, wir Kasadorier können die Haustür aufbrechen und die Villa stürmen!"

„Das wird nicht notwendig sein! Es wird klappen! Ich weiß es!"

Karamis fragte: „Wisst ihr Amazonen auch, wieviele Leute sich im Haus befinden?"

„Natürlich nicht! Leider können wir nicht hellsehen. Wir wissen nicht, was euch in der Villa erwarten wird. Nur harmloses Hauspersonal oder eine halbe Armee von rotuniformierten Eukariern mit Krummschwertern! Alles ist möglich, deshalb ist dies auch der gefährlichste Teil der Aktion."

„Aber Androxidopa ist doch eine Magierin und kann die Feinde sehen, bevor sie sie sehen!"

„Das ist richtig! Aber erst wenn sie drinnen ist und einige Minuten in sich geht, kann sie die Menschen im Haus aufspüren. Bis dahin ist es sehr gefährlich!"

„Das Risiko müssen wir eingehen. Ich werde meine besten Krieger auswählen! Die machen das schon!“, sagte der kasadorische Anführer selbstbewusst.

Der Botschafter war anderer Meinung und sagte: „Lieber Herr Ken Danus, es ist wirklich sehr lobenswert, dass die Kasadorier in das Haus eindringen wollen. Aber das werden meine Karamäer übernehmen!“

„Ach so? Warum denn das?“

„Eika ist ein karamäisches Mädchen! Ich will nicht, dass etwas schiefgeht und Eika aus Versehen verletzt wird. Außerdem möchte ich kein Blutbad! Es sollte, wenn möglich, weder Tote noch Verletzte geben.“

„Bitte sehr, Herr Botschafter! Aber ich gebe Euch zu bedenken, ich habe die besseren Krieger!“, sagte Ken Danus etwas enttäuscht.

„Das glaube ich euch gerne! Und ich bin Euch auch sehr dankbar! Aber diese Sache ist eine karamäische Angelegenheit. Es geht hier um die Befreiung eines zwölfjährigen Mädchens! Und ich möchte sichergehen, das Eika, sollte sie in der Villa sein, wirklich nichts geschieht.“

„Ich verstehe! Nun gut! Meine Männer werden draußen warten!“

„Vielen Dank, edler Herr!“

Phygene fragte: „Herr Ken Danus, Ihr schickt Eure Krieger sehr gerne in den Kampf, nicht wahr?“

„Ja, Frau Kommandantin, das tue ich! Sie sind echte Männer, richtige Vollblut-Krieger! Die brauchen das! Dafür wurden sie ausgebildet, dafür sind sie da!“

„Typisch Männer!“, dachte sie.

Als sie wieder in der Nähe des Gasthofes waren, wurden sie von den eukarischen Kriegern in roter Uniform erwartet. Der eukarische Offizier mit dem silbernen Helm rief ihnen laut zu: „So, liebe Gäste, ich und meine Männer werden euch nun zu euren Unterkünften führen. Da ihr sehr viele seid, werden wir euch auf mehrere Herbergen aufteilen müssen. Sie sind aber alle hier in der Nähe!“

Mirakel flüsterte zu Phygene: „Bestimmt gibt es für uns eine Art Frauenhaus, eine bessere Bruchbude, in der wir alle eingepfercht werden!“

„Ja! Und die Männer bekommen edle Zimmer über dem Gasthaus, wo sie die ganze Nacht hindurch Wein und Gerstengebräu saufen können.“

„Genau so wird es sein!“

Die Antwort kam von dem hohen Eukarier, der laut rief: „Bei uns ist es üblich, dass verheirateten Paaren stets ein eigenes Zimmer zusteht. Mann und Ehefrau werden dort jeweils gemeinsam nächtigen. Schließlich ist die Ehe ein hohes, vom Gott Andamis Netra gewolltes Gut! Alle anderen Männer werden in einer Kaserne untergebracht. Offiziere in Offiziersräumen und die Mannschaften in großen Mannschaftsräumen.“

Phygene erschrak, als ihr bewusst wurde: „Oh nein! Der Botschafter und ich, in einem Zimmer!“

„Und ich mit diesem komischen Hauptmann Korr!“, ergänzte Mirakel entsetzt.

Auch die anderen Amazonen waren überrascht, als sie erfuhren, dass sie mit ihrem angeblichen Ehemann nächtigen sollten. Doch sie mussten sich damit abfinden, es musste sein, wenn sie nicht auffallen wollten.

Bettgeschichten

Phygene musste sich mit Karamis nicht nur das Zimmer teilen, sondern auch das schmale Bett, welches für zwei Personen gerade so ausreichend bemessen war.

„Ich fürchte, heute Nacht kommen wir uns näher, es sei denn, du möchtest, dass ich auf dem Boden schlafe", sagte der Botschafter.

„Auf keinen Fall! Lieber schlafe ich auf dem Boden!"

„Nein, Phygene! Der Boden ist viel zu hart!"

„Nun gut! Dann wir beide im Bett?"

„Ja! Ich muss sagen, es ist mir nicht unangenehm, neben solch einer wunderbaren Frau zu liegen. Und ich verspreche, es wird nichts Unsittliches geschehen!"

„Natürlich nicht! Danke, Herr Karamis!"

„Außerdem bin ich so aufgeregt, ich weiß gar nicht, ob ich ein Auge zudrücken kann."

„Das solltet Ihr, Herr Botschafter! Ihr habt in den letzten Tagen viel zu wenig Schlaf gehabt. Bis zur zweiten Stunde nach Mitternacht ist noch viel Zeit und Ihr solltet Euch etwas erholen."

„Waren wir nicht beim Du?"

„Ja, du hast recht, Karamis! Ich vergesse das ständig! Du bist ein hoher Edelmann und der größte Freund der Amazonen. Wir verehren dich!"

„Ja, ich weiß! Aber das hilft nichts! Ich fühle mich nicht gut, ich bin so aufgeregt, ich kann nicht schlafen! Wenn ich daran denke, dass Eika in dieser Villa ist, werde ich verrückt!"

„Lieber Karamis, du musst dich noch ein wenig gedulden! Du brauchst Kraft und einen klaren Kopf für die kommende Aktion. Darf ich deine Heilgefährtin sein?"

„Heilgefährtin?"

„Ja! Du kennst das bestimmt. Eine Heilgefährtin legt sich neben einen Verwundeten oder Kranken, nimmt ihn in die Arme und versucht ihm mit ihrer Zuneigung zu helfen und zu beruhigen. Wir Amazonen sind fest davon überzeugt, dass es hilft."

„Gut, versuchen wir es", sagte er und legte sich hin. Phygene stieg zu ihm ins Bett und umarmte ihn.

Sofort konnte er ihren angenehmen Duft riechen. Er spürte ihre angenehme Körperwärme und auch diese wunderbare Ruhe, die sie ausstrahlte. Sie konnte fühlen, wie sein Körper vor Nervosität zitterte und sie konnte sich denken, wie stark ihm die Enttäuschungen der letzten Zeit zugesetzt haben mussten.

„Er ist völlig fertig! Die erfolglose Suche nach Eika macht ihn kaputt", dachte sie.

Sie konnte es genau spüren, obwohl sie keine Heilkundige war, fühlte sie es. Sie schloss ihre Augen und versuchte, ihm zu helfen. Nach einer Weile ließ sein Zittern nach und sie hörte seine leise Stimme, die sagte: „Phygene, glaubst du, wir werden Eika heute Nacht in dieser Villa finden?"

„Lieber Karamis, ich weiß es nicht! Aber ich hoffe es! Und ich bete zu den Göttern, dass du sie bald gesund und munter in die Arme nehmen kannst!"

„Diese verdammten Wachmänner! Warum haben sie nichts gesagt? Wenigstens einen ganz kleinen Hinweis!"

„Ich denke, sie dürfen nichts sagen. Thoriyen hat es ihnen verboten!"

„Ja! So wird es sein. Eika ist ganz bestimmt in dieser Villa! Verdammt, sie muss da sein! Wir werden sie holen und mitnehmen. Und danach sollten wir schnellstmöglich abreisen!"

„Ja, das wäre das Beste. Aber Ken Danus sieht das anders", gab Phygene zu bedenken.

„Ich weiß! Er wird erst abreisen, wenn er seinen ermordeten Freund gerächt hat! Er will Blut sehen, er will Thoriyen töten!"

„Ja! Genau das will er, das ist sein Plan. Und dabei riskiert er einen Krieg mit den Eukariern. Ich verstehe das nicht!"

„Das habe ich ihm auch gesagt. Aber er meint, das wäre seine Angelegenheit!"

„Uns Amazonen kann es egal sein, so lange er uns nicht in Gefahr bringt."

„Hoffen wir, er weiß, was er tut und er hat einen guten Plan!"

„Das hat er bestimmt! Es wird alles gut gehen. Bitte, versuche jetzt zu schlafen, lieber Karamis!"

Phygene war die Ruhe selbst. Dicht neben ihm liegend schlief sie ein, während er immer noch wach war.

Dann hörte er ihr gleichmäßiges Atmen, das sich wie das leise Schnurren einer großen Katze anhörte. Dieses sanfte gleichmäßige Geräusch wirkte so beruhigend, so entspannend, wie er es noch nie erlebt hatte. Er fühlte sich besser und schon wenig später schlief er ein.

Tarmis Ehemann wurde von Keschim gespielt. Angespannt und steif lag er im Bett, es war ihm furchtbar unangenehm mit einer Amazone im Bett liegen zu müssen.

Tarmi dagegen blieb völlig locker und gelassen. Langsam entkleidete sie sich vor seinen Augen und lächelten ihn verschmitzt an. Dabei dachte sie schmunzelnd: „Wenn der wüsste, dass seine Frau Merika mit mir fremdgegangen ist. Und wie viel Spaß sie hatte und zweimal hatte sie einen wunderbaren Orgasmus. Der hat überhaupt keine Ahnung!"

Als ihr schöner muskulöser Körper nur noch von einem winzig kleinen Lendenschurz bedeckt war, sagte Keschim etwas unsicher: „Liebe Frau Offizierin, ich hoffe, Ihr führt nichts Unanständiges im Schilde. Ich bin ein verheirateter Mann!"

„Keine Angst, ich habe nichts dergleichen im Sinn. Außerdem bevorzuge ich die Liebe unter Frauen und habe zuhause eine feste Partnerin."

„Das ist gut zu wissen! Aber warum seid Ihr nackt?"

„Ich schlafe fast immer nackt. Mir wird schnell warm im Bett. Doch heute mache ich eine Ausnahme. Deshalb trage ich noch meinen Lendenschurz."

„Aber das ist fast nichts! Wollt Ihr Euch wirklich so neben mir ins Bett legen? Frau Offizierin, das geht doch nicht!"

„Das geht doch!"

„Bitte gedenkt meiner Gefühle. Ich bin ein Mann aus dem Orient. Bitte zieht Euch etwas an!"

Sie schaute ihn mit einem bissigen Raubtierblick an und knurrte: „Nein! Ich war schon immer rücksichtslos gegenüber den Gefühlen von Männern. Und wenn es Euch nicht passt, könnt Ihr ja auf dem Boden schlafen!"

Kurz zeigte sie ihre starken Muskeln, danach legte sie sich einfach neben ihn ins Bett. Er bekam es mit der Angst zu tun, stand sofort auf und prüfte, ob ein Schlafen auf dem Boden möglich wäre.

Sie schaute ihm amüsiert zu und sagte versöhnlich: „Tut Euch das nicht an. Der Boden ist viel zu hart. Bitte, kommt ins Bett, ich werde Euch schon nicht beißen, ich will mich nur ausruhen und schlafen."

Nach wenigen Minuten des Nachdenkens ging er wieder ins Bett und kroch vorsichtig unter die Bettdecke. Er versuchte, sie nicht zu berühren, doch das Bett war so schmal, dass dies fast unmöglich war.

Sie sagte: „Ihr braucht keine Angst vor ein paar Berührungen zu haben, ich bin nicht empfindlich wie eine zarte Blume!"

„Äh … ja! Bitte, Frau Offizierin, Ihr müsst verstehen, in meiner orientalischen Heimat sind starke und lesbische Frauen gänzlich unbekannt!"

„Na und? Wir sind ganz normale Frauen."

„Amazonen sind normale Frauen?"

„Ha! Ich weiß, was Ihr meint. Sagen wir so, wir sind ganz normale Menschen."

„Selbstverständlich! Aber es ist mir fremd …"

„… und mit Euren heimatlichen Sitten nicht vereinbar!"

„Ja! Danke, dass Ihr das so treffend gesagt habt!"

„Wenn du wüsstest, dass deine Ehefrau auch der lesbischen Liebe zugeneigt ist. Du würdest ausflippen und vor Wut im Kreis herumspringen", dachte Tarmi schmunzelnd.

Frech wie sie war, fragte sie ihn: „Wie ist das so, wenn man mit einer Frau zusammenlebt, die man eigentlich gar nicht liebt?"

„Warum fragt Ihr so etwas?"

„Nur so! Es interessiert mich!"

„Hat Merika Euch so etwas erzählt?"

„Nein! Das hat sie nicht! Aber wir Amazonen können so etwas sehen! Und wir wissen auch, dass es keine Liebesheirat war, sondern eine von der Obrigkeit gewollte Ehe!"

„Was erzählt Ihr für unwahre Sachen? Natürlich liebe ich meine Frau!"

„Wir Amazonen haben magische Fähigkeiten. Und ich weiß, das ist nicht ganz die Wahrheit!"

„Das ist ja eine Unverschämtheit! Frau Offizierin! Ich bitte darum, keine Lügen über mich zu verbreiten! Und außerdem geht Euch das gar nichts an!"

„Ich verbreite keine Lügen! Und? War es eine Liebesheirat?"

„Ich gebe es zu! König Kadur und mein König wollten es so! Die guten Beziehungen unserer Völker sollten gefestigt werden und so weiter! Dennoch, ich habe gelernt, meine Frau zu lieben!"

„Das glaube ich Euch sogar!"

„Na, dann ist ja alles in Ordnung. Und erzählt bloß keine Unwahrheiten!"

„Ich verspreche Euch, das werde ich nicht tun. Merika ist eine wunderbare Frau. Sie hat Eure Liebe verdient!"

„Ja, das hat sie! Und ich sagte ja bereits, ich liebe sie!"

„Dann zeigt es ihr!"

„Was wollt Ihr damit sagen?"

„Nur ein Rat unter Freunden! Bitte zeigt Eurer Frau, dass Ihr sie liebt!"

„Aha! Sind wir Freunde?"

„Ja, das sind wir!"

„Das sind ja interessante Neuigkeiten! Und woher soll ich das wissen?"

Sie sagte mit sanfter Stimme: „Wären wir es nicht, würde ich nicht halbnackt mit Euch in einem Bett liegen!"

Sulinka hatte sich völlig entkleidet und lag neben Siedor im Bett. Er war der Mann, den sie sich zu ihren Schein-Ehepartner ausgesucht hatte. Sie mochte den jungen karamäischen Offizier sehr und war scharf auf ihn. Mit zarter Stimme sagte sie: „Lieber Siedor, ich empfinde starke Lust!"

Sie küsste ihn auf den Mund und begann seinen Körper zu berühren. Sie spürte, wie sein Herz schlug und wie aufgeregt er war. Sie wusste, es war nicht wegen ihr. Aber das war ihr egal, sie streichelte ihn einfach weiter.

Siedor sagte: „Liebe Sulinka, meine Schwester Eika ist in dieser Villa! Wie kannst du jetzt nur an Sex denken?"

Sie blieb völlig gelassen und sagte: „Ja, ich weiß. Aber bis es losgeht, das dauert noch, und diese Zeit könnten wir nutzen, um etwas Liebe zu machen!"

„Das wäre schön! Aber ich glaube, ich kann nicht!"

„Wirklich nicht? Darf ich ihn berühren?", fragte sie mit lüsterner Stimme.

„Das darfst du immer, geliebte Sulinka!", antwortete er und schon griff sie ihn unter die Wäsche und ging mit ihrer Hand an seinen Penis.

Er spürte ihre zarte Hand, fühlte ihren heißen Atem und hörte ihr erregtes Atmen. Während sie seine Männlichkeit streichelte und stimulierte, führte sie seine Hand zwischen ihre Beine.

Ihre Vagina war feucht vor lauter Lust und sie stöhnte leise, als sie seine Hand fühlte.

Gegenseitig streichelten sie sich am Zentrum der Lust, doch während sie immer erregter wurde, wollte sein Penis sich nicht aufrichten.

„Es geht leider nicht! Ich bin viel zu aufgeregt!“, sagte er.

„Das macht doch nichts! Ich verstehe das!“, sagte sie.

„Wirklich?“

„Ja! Eika ist vielleicht in diesem Haus und du hast ganz andere Gedanken im Kopf. Und ich denke nur an Erotik! Verzeihe mir, ich bin eine schlimme Frau!“

„Nein! Bist du nicht! Du bist eine wunderbare Frau. Und ich will gerne Sex mit dir machen. Aber heute ist kein guter Zeitpunkt!“

„Ja, du hast recht. Dennoch ist es so schön, neben dir zu liegen. Ich mag dich so sehr!“

„Ich mag dich auch!“

„Oh Siedor, ich bin so unheimlich scharf! Ich fürchte, ich brauche es! Stört es dich, wenn ich es mir selbst mache?“

„Nein! Ganz in Gegenteil! Ich sehe das gerne!“

„Das ist gut! Dann werde ich jetzt anfangen! Bitte nimm mich in deine Arme und streichle mich!“, hauchte sie ihm lustvoll ins Ohr.

Sie zog die Bettdecke weg, öffnete ihre Beine, berührte ihre Klitoris und begann eine lustvolle Stimulation.

Siedor massierte zärtlich ihre Brüste und streichelte liebevoll ihren Körper. Er merkte, wie sich alle Muskeln ihres durchtrainierten schönen Körpers vor lauter Lust anspannten.

Mit den Fingern ihrer anderen Hand drang sie in ihre feuchte Vagina ein, so stimulierte sie sich mit beiden Händen.

Siedor konnte kaum glauben, was er da beobachtete. Eine Schönheit, eine Traumfrau bei einer hocherotischen Selbstbefriedigung. Sie stöhnte immer stärker und flüsterte: „Ah, ist das gut! Ist das schön! Halte mich! Halte mich fest, Geliebter! In deinen Armen will ich kommen!“

Er nahm sie aufgeregt in die Arme und drückte sie fest an sich. Schon schossen in Sulinka die Glücksgefühle in die Höhe.

Ihr Stöhnen verwandelte sich in einen Jubel, als sie den Orgasmus spürte und in vollen Zügen genoss. Dabei schien sie auch leise zu lachen.

„Oh Götter, war der gut! Küsse mich!", flüsterte sie, was er sofort tat.

Neugierig fragte er: „Hast du bei deinem Höhepunkt gelacht?"

„Ja! Habe ich! Weißt du, es gibt verschiedene Arten von Orgasmen. Starke, zarte, lange, kurze und viele mehr. Und dieser hier war mehr von der lustigen Sorte!"

„Höre ich recht? Ein lustiger Orgasmus?"

„Ja, Siedor! Ganz genau!"

„Oh Sulinka, du bist einfach … unglaublich!"

„Ich bin eine Amazone, ich will Spaß haben! Und beim nächsten Mal kommst du mir nicht davon, da will ich dich in mir spüren!"

Der kasadorische Offizier Udabor hatte durchgesetzt, dass Nadsch seine Schein-Ehefrau spielen musste. Schon die ganze Zeit war er sehr interessiert an ihr, und ihr Anblick ließ ihn einfach nicht mehr los. Sie war für ihn die Traumfrau, auch wenn er wusste, dass er nie eine Chance bei ihr haben würde.

Nun lag er neben der hübschesten aller Amazonen, vielleicht sogar neben einer der schönsten Frauen, die es auf der Welt gab.

Er spürte sie neben sich, berührte die seidenweiche Haut ihrer rechten Schulter und konnte ihren angenehmen Duft wahrnehmen. Es erfüllte ihn mit Stolz, so nahe bei ihr zu sein und er würde vor seinen Kameraden damit angeben können.

Sie wusste genau, dass er hinter ihr her war, wie schon so viele andere Männer vor ihm. Sie wusste um ihre atemberaubende Schönheit und dass sie ständig den Männern den Kopf verdrehte.

Dieser Mann kam ihr zu nahe und es wurde ihr lästig.

Um irgendwelchen Versuchen von seiner Seite vorzubeugen, sagte sie mit militärisch strengem Ton: „Herr Offizier! Bitte denkt daran, dass Ihr anständig bleibt und Eure Finger bei Euch behaltet!"

Er antwortete: „Aber selbstverständlich, Frau Offizierin!"

„Kann ich mich wirklich darauf verlassen, Herr Offizier?"

„Aber natürlich, Frau Offizierin! Ich gebe Euch das Ehrenwort eines hohen kasadorischen Offiziers!"

„Warum habt Ihr gerade mich als Ehefrau ausgesucht?"

„Nun, wir fuhren auf dem gleichen Schiff. Und die anderen hohen Frauen waren schon vergeben!"

„Aha! Na gut, dann werde ich das mal glauben. Gute Nacht, Herr Offizier!"

„Gute Nacht, Frau Offizierin!"

Sie drehte sich auf die Seite, kehrte ihm den Rücken zu und fand bald Schlaf, während er noch wach im Bett lag und dachte: „Das kann nicht wahr sein! Da liege ich mit solch einer Traumfrau im Bett und nichts passiert. Ich muss aufpassen, dass ich nicht verrückt werde."

Vorsichtig kam er näher und roch an ihrem duftenden schwarzen Haar, plötzlich drehte sie sich im Schlaf um.

Das Fenster stand offen und der Mond schien hinein. Er sah ihr vom sanften Mondlicht erhelltes Gesicht und konnte es kaum fassen. Es war, als sehe er Aphrodite, die Göttin der Liebe, direkt neben sich. Ein liebliches Gesicht von so perfekter Schönheit, Lippen, wie für das Küssen gemacht, seidenweiche hellbraune Haut, die im Mondlicht glänzte. Der Mund leicht geöffnet, entspannt schlafend, mit dem Hauch eines freundlichen Lächelns.

Dieser unvorstellbare Anblick und auch die Tatsache, dass sie direkt neben ihm lag, machten ihn so an, dass sein Blut in Wallung geriet und seine Männlichkeit steif und hart wurde.

Er konnte den Blick nicht mehr von ihr abwenden und dachte darüber nach, ob er es wagen sollte.

„Sie schläft tief und fest! Sie wird schon nichts merken", dachte er, schob sich langsam das Schlafgewand hoch und machte sich an seinem Penis zu schaffen.

Er atmete vor Lust stark ein und aus, während er sich die Vorhaut hin- und her schob. Dabei blieb sein Blick immer auf dieses unglaublich hübsche Gesicht gerichtet. Starke sexuelle Gefühle stiegen in ihm hoch. Sein Atmen wurde stärker und stärker, genau wie seine intensive Selbstbefriedigung. Sogar das Bett wackelte leicht, als er spürte, wie ein starker Höhepunkt langsam auf ihn zukam.

Völlig überraschend öffnete Nadsch ihre Augen und fragte mit grober Stimme: „Was macht Ihr da, Herr Offizier?"

Udabor zuckte vor Schreck zusammen, die Schamesröte schoss ihm ins Gesicht, als er vor Peinlichkeit am liebsten im Erdboden versinken wollte.

Nadsch wusste genau, was er tat und sagte verärgert: „Ihr seid ein Schwein, Herr Offizier!“

Sie schüttelte erbost ihren Kopf und drehte sich vom ihm weg.

Dann sagte sie: „Unglaublich ist das! Dieser Mann onaniert in meinem Bett! Ich hoffe, Ihr habt das Bett nicht versaut!“

Er schwieg und wusste nicht, was er sagen sollte.

Sie wurde energisch und sprach mit einem scharfen Kasernenhof-Ton: „Ich verlange eine Antwort, Herr Offizier!“

„Sie will eine Antwort, keine Erklärung! Antworte ihr, sonst wird sie böse und alle werden es erfahren“, dachte er voller Angst.

Dann stotterte er verlegen: „Äh … nein, habe ich nicht!“

„Aha! Ihr wart noch nicht soweit! Ich bin wohl zu früh wach geworden! Was?“

Er schwieg. Nach einer Weile bettelte er leise: „Bitte erzählt es nicht weiter, Frau Offizierin! Bitte nicht, ich würde mein Gesicht und mein Ansehen verlieren! Meine Untergebenen würden über mich lachen!“

Zu seiner Beruhigung antwortete sie: „Immer wieder mache ich die Männer verrückt. Nun gut, ich will mal nicht so sein und werde über diese peinliche Sache schweigen! Aber nicht aus Freundschaft, sondern wegen Eures Ansehens. Die Disziplin der Truppen muss aufrechterhalten werden! Und jetzt würde ich gerne weiterschlafen! Gute Nacht, Herr Offizier!“

„Danke! Vielen Dank, Frau Offizierin! Gute Nacht!“

Im benachbarten Zimmer lagen Sandor und Shulizia nebeneinander im Bett. Ihm gefiel die schöne kämpferische Frau aus dem fernen Persien und er fand es angenehm, neben ihr liegen zu dürfen. Gerne wollte er mehr über sie wissen und fragte: „Liebe Shulizia, wie kam es, dass du das Kriegerhandwerk erlernt hast und Leibwächterin bei den Karamäern wurdest?“

„Mein Vater hatte mich ausgebildet! Ich war sein einziges Kind.“

„Dein Vater? Aha! Was war er für ein Mann?“

„Lieber Sandor, es ist besser, wenn du das nicht weißt.“

„Das verstehe ich nicht! Warum?“

„Darum!“

„Du trägst ein Geheimnis mit dir herum. Du hast mich neugierig gemacht! Bitte erzähle es mir!“

„Nein!“

„Na gut! Dann werde ich den Herrn Botschafter fragen. Er weiß es bestimmt!“

Sie seufzte: „Ja, leider! Er weiß es!“

„Ich werde ihn fragen!“

„Tue das nicht! Ich erzähle es dir! Aber du musst mir versprechen, mich nicht aus dem Zimmer zu werfen!“

Sandor lachte: „Warum sollte ich das tun?“

Sie sagte ernst: „Verspreche es mir!“

„Ja! Versprochen! Und jetzt erzähle es mir!“

„Du willst es so! Also gut! Mein Vater war ein Qaswyll und er machte mich zu einem weiblichen Qaswyll.“

„Was, in aller Welt, soll das sein?“

„Übersetzt heißt das, er war ein Mann, der für Geld Menschen ermordet hat. Lieber Sandor, du liegst mit einer Killerin im Bett!“

Sandor traf fast der Schlag, als er das hörte. Sein Herz schlug wie wild und ihm wurde ganz heiß! Kurz dachte er darüber nach, aus dem Zimmer zu stürmen, doch sein Verstand sagte ihm: „Sie ist keine Mörderin mehr, sie muss sich geändert haben, sonst würde sie nicht für die Karamäer arbeiten dürfen!“

Nach einer Minute des Schweigens fragte er: „Bin ich jetzt in Lebensgefahr?“

Sie antwortete lächelnd: „Niemand hat mir einen solchen Auftrag bezüglich deiner Person erteilt.“

„Uff! Dann bin ich ja beruhigt!“

„Außerdem morde ich nicht mehr für Geld, das ist schon lange vorbei! Botschafter Karamis ist mein Herr! Und ich werde nur tätig, wenn er es anordnet oder ich die Karamäer verteidigen muss!“

„Und er hat keine Tötung angeordnet?“

„Oh Sandor! Jeder weiß, er ist ein guter Mensch. Er befiehlt so etwas sehr selten, und nur, wenn es wirklich einen Grund gibt.“

„Was ist mit deinem Vater?“

„Er wurde erwischt und hingerichtet. Mich wollten sie auch hinrichten, aber es kam etwas dazwischen!“

„Bitte erzähle mir das!“

„Wie du willst. Mein Vater und ich hatten den Auftrag, einen persischen Hauptmann zu ermorden. Wir drangen nachts in seinem Haus ein. Unser Opfer schlief im Bett, als mein Vater mir die Tat überließ. Ich stach dem Hauptmann einen Dolch ins Herz, er war sofort tot. Als wir das Haus verlassen wollten, standen da plötzlich überall die Wachmänner. Wir wurden verhaftet. Mein Vater nahm die ganze Schuld auf sich, doch es nützte nichts. Noch am gleichen Tag peitschten sie uns aus. Mein Vater wurde fast zu Tode gepeitscht. Bei mir war es nicht so schlimm, weil ich eine Frau bin. Dann wurde mein Vater hingerichtet, öffentlich, auf einem Richtplatz mit vielen Zuschauern. Sie banden ihn an einen Pfahl und ein Henker schlitzte ihn langsam den Bauch auf. Oh Götter, es dauerte so lange, bis er endlich starb. Es war so schrecklich, ihn leiden und sterben zu sehen. Doch er starb als Mann, der Henker war gnädig und hat ihm nicht seine Männlichkeit abgeschnitten."

„Bei allen Göttern!", stöhnte Sandor und stellte sich das bildlich vor. Ein leichtes Gefühl der Übelkeit stieg in ihm hoch.

Shulizia erzählte weiter: „Dann wollten sie mich hinrichten. Sie banden mich an den Pfahl und machten meinen Oberkörper frei. Der Henker kam mit seinem großen Messer auf mich zu. Ich spürte schon das Messer an meinem Bauch, da brach er plötzlich zusammen. Er verstarb auf dem Richtplatz, vermutlich an einem Herzanfall oder so. Er war nicht mehr der Jüngste.

Die Leute sahen das als Zeichen der Götter, meine Hinrichtung wurde abgesagt. Ich saß danach noch wochenlang in einer Gefängniszelle. Es war furchtbar! Sie brandmarkten meine Hände mit einem glühenden Eisen."

„Ach, das sind die verheilten Narben an deinen Handflächen?"

„Ja! Das persische Zeichen für Mörderin! Damit es jeder sehen kann!"

„Das muss sehr schmerzhaft gewesen sein!"

„Das war es auch. Ich konnte wochenlang meine Hände nicht benutzen. Doch es kam noch schlimmer. Jede Nacht kamen sie und vergewaltigten mich. Ich dachte, ich gehe zugrunde. Doch die Götter hatten Erbarmen mit mir. Man holte mich raus und ich wurde als Sklavin verkauft. Weil ich eine Mörderin bin, war ich nicht sehr begehrt auf dem Sklavenmarkt. Keiner wollte mich lange haben, immer wieder wechselte ich den Besitzer.

Irgendwann kaufte mich eine reiche alte Dame mit dem Namen Tsho-Una. Sie vertraute mir und setzte mich als ihre Leibwächterin ein. Ich war wieder bewaffnet und kein Dreckskerl konnte mich missbrauchen. Tsho-Una war sehr gut zu mir und ich begriff, dass es auch gute Menschen auf dieser Welt gab. Sie machte mich zu einer Freigelassenen, ich war keine Sklavin mehr und wurde sogar ihre Freundin. Das war meine schönste Zeit, drei wunderbare Jahre verbrachte ich bei ihr. Dann erkrankte sie an einem Fieber und kurz darauf holten sie die Götter zu sich! Mögen die Götter mit dir sein, Tsho-Una, gute Freundin!

Sie hinterließ mir etwas Geld und ich war ein freier Mensch. Ihre Verwandten, die alles erbten, aber sich nie um sie gekümmert hatten, wollten mich nicht. Wegen meiner Vergangenheit musste ich sogar Persien verlassen. Ich ging auf Reisen, fand aber keinen neuen Herrn oder Herrin. Im Vergleich zur guten Tsho-Una waren alle schlecht, ich mochte sie nicht.

Da hörte ich, dass der karamäische Offizier Rogart weibliche Leibwächter suchte. Ich ging zu den Karamäern und wusste sofort, das sind angenehme Menschen.

Rogart stellte mich ein, vorerst nur zur Probe, wegen meiner Vergangenheit. Doch sie waren zufrieden mit mir, schon wenige Wochen später fragte mich der Botschafter, ob ich die Leibwächterin seines Bruders Bardrick werden wollte. Die Bezahlung war gut, ich stimmte zu. Der Rest ist dir bekannt!"

„Ja! Der unsägliche Rest ist allen bekannt."

„Jetzt weißt du, wer neben dir im Bett liegt! Hast du jetzt Angst?"

„Ich gebe zu, es ist mir etwas unbehaglich!"

Sie lachte: „He, Sandor, ich tue doch meinen Freunden nichts an! Aber bitte lasse deine Finger von mir. Du weißt, sie hatten mich vergewaltigt. Bardrick war der einzige Mann, mit dem ich danach noch Sex hatte. Und dafür hat man mich gut bezahlt."

„Keine Angst, ich werde dich in Ruhe lassen. Ich bin doch nicht lebensmüde! Ich denke, du bevorzugst Frauen?"

„Ja, das stimmt. Bei mir ist es sogar noch etwas anders! Ich bin ein Mann, den die Götter versehentlich den Körper einer Frau gegeben haben. Ich fühle genau, dass ich ein Mann bin! Kannst du so etwas verstehen?"

Sandor sagte schmunzelnd: „Aber ja! Bei den Amazonen wimmelt es nur so von solchen Frauen!"

Jebro war Heribieter und Anhänger einer Ein-Gott-Religion. Seinen Glauben nach durfte er vor der Ehe keinen Sex haben. Seine Schein-Ehefrau war ausgerechnet die Dirne Brista aus Tarag Kanos.

Er lehnte sie ab, lag wie erstarrt im Bett und dachte: „Hoffentlich lässt die mich in Ruhe!"

Brista konnte das genau spüren. Sie legte sich neben ihm und sagte: „Du magst mich nicht!"

„Ja! Ich mag dich nicht!"

„Das ist schade! Du bist ein gutaussehender Junge, ein hübscher Bursche! Hinter dir sind bestimmt viele Mädchen her!"

„Ja, das sind sie!", antwortete er knapp.

„Natürlich sind sie das. Wie könnte es anders sein! Wie war es denn bei deinem ersten Mal?"

„Äh … ich habe noch nie mit einem Mädchen Sex gehabt, falls du das meinst!"

„Aha! Dann vielleicht mit einem Jungen?"

„Nein! Ich bin nicht schwul!"

„Oho, dann liegt ja ein echter Jüngling neben mir, das ist ja unglaublich! Ich liebe Jünglinge und ich liebe es, aus ihnen Männer zu machen. Hast du Lust, ein Mann zu werden? Jetzt wäre eine gute Gelegenheit! Und es würde dich nur einen kleinen Obolus kosten!"

„Nein! Ich will nicht!", sagte er abweisend.

„Ach so! Es ist, weil ich eine Dirne bin und schon hunderte von Männern vor dir hatte? Keine Angst, ich bin gewaschen und sauber!"

„Mein Glaube verbietet mir das!"

„Dein Glaube? Aha, du bist ein religiöser Junge! Ich hatte schon viele religiöse Männer in meinem Bett. Viele strenggläubige orientalische Männer, auch Priester kamen zu mir und sogar schon Eukarier, die nur an einen Gott glauben! Ich bin sehr diskret und kann schweigen! Und ich mache dir einen Freundschaftspreis!"

„Höre jetzt auf! Ich bin wirklich gläubig, verstehst du?"

„Jaja, natürlich! Das sind die Priester auch, die zu mir kamen. Sogar ein Hohepriester kam zu mir, ein Mensch, der sein Leben nur den Göttern gewidmet hat, der jeden Tag betet und mit den Göttern in Kontakt steht. Aber manchmal scheint wohl die Fleischeslust größer, als der stärkste Glaube."

Jebro wurde zornig und sagte: „Brista! Es reicht jetzt! Nach meinem

Glauben bist du ein unreiner Mensch. Du hast Verfehlungen gegen Gott begangen! Gott will, dass Mann und Frau in der Ehe leben! Er verachtet die Arbeit der Dirnen und … "

„Hör auf! Rede nicht weiter! Ich weiß, ich bin eine Ausgestoßene, eine Frau, die verachtet wird!"

„Na endlich hast du es verstanden! Und jetzt lass mich in Ruhe!"

Jebro drehte sich von ihr weg und versuchte zu schlafen, da sagte sie: „Aber die Götter sind auch für die Ausgestoßenen da!"

„Das glaube ich nicht!"

„Doch! Gerade die verachteten Menschen brauchen die Götter am meisten!"

„Der Gott, an den ich glaube, schützt diejenigen, die sich an seine Gebote halten!"

„Und was ist mit den anderen?"

„Die sollten ihre Verstöße bereuen und um seine Gnade bitten!"

„Wenn dein Gott nur die Guten beschützt, dann taugt er nicht viel! Jeder Mensch macht irgendwann einen Verstoß gegen irgendwelche göttlichen Gebote! Ein guter Gott muss für alle Menschen da sein, das hat mir ein Priester erklärt."

„Sage mir, warum lebst du gegen die Gebote der Götter?"

„Du Grünschnabel, du hast doch keine Ahnung! Meinst du, ich wurde als Dirne geboren? Oder ich habe mir das freiwillig ausgesucht? Man hat mich dazu gezwungen! Diese Dreckskerle haben mich zur Hure gemacht! Ich wollte das doch nicht! Ich musste es tun, sonst hätten sie mich hart bestraft!"

„Natürlich! Verzeihe mir! Ich verstehe das jetzt!"

„Ich bin ein Opfer dieser brutalen Bordellaufseher! Ich muss mich an die Freier verkaufen, mit ihnen ficken und dann nehmen sie mir das Geld weg! Verstehst du!"

„Ja, schon gut, Brista! Aber das ist jetzt vorbei!"

„Richtig! Das ist vorbei! Ich gehöre jetzt zu den Amazonen. Und ich bin wichtig! Die Amazonen haben mich nach Eukarius mitgenommen, weil man mich hier braucht. Und das macht mich stolz!"

„Das freut mich für dich! Aber warum willst du mit mir Sex machen?"

„Ach, nur so! Weil ich mir jetzt die Männer aussuchen kann! Und ich kann entscheiden, ob ich will oder nicht. Das ist ein wunderbares Gefühl! Und du gefällst mir, schöner Jüngling!"

Mirakel war stinksauer. Sie musste sich mit Hauptmann Korr das Bett teilen. Sie war sehr verwöhnt von ihrer Partnerin Phygene, die sie immer in die Arme nahm, die ihr stets Liebe und Zuneigung schenkte.

Doch heute war es nichts mit Schmusen und Kuscheln. Ganz im Gegenteil, sie hasste den Mann, der neben ihr lag und dachte: „Dieser verdammte Sklaventreiber stinkt! Wie soll ich neben solch einen Menschen schlafen? Er diente Ash Chnassaran, dem schlimmsten Verbrecher, den man sich vorstellen kann. Wenn man so einem dient, dann muss man selbst ein schlimmer Verbrecher sein! Ein rücksichtsloser brutaler Mensch, der den ganzen Tag auf Sklaven einprügelt und für den Frauen nur wertlose Huren sind. Warum haben sie ihm nicht Brista als Schein-Ehefrau gegeben? Dann könnte er die ganze Nacht herumhuren und zeigen, was für ein toller Hecht er ist! Aber nein, ich armes Ding muss neben diesem ekelhaften Kerl liegen.

Botschafter Karamis hat ihn aus Tarag Kanos mitgenommen, angeblich weil er ein guter fähiger Offizier sei. Ich glaube, der gute Herr Botschafter hat sich geirrt. Korr ist nur ein aufgeblasener Angeber.

Und Korr behauptet von sich, er sei nun ein Karamäer. Wie kann der behaupten, ein Karamäer zu sein, wenn er noch nie in Kamäria war und nicht einmal weiß, wer König Godric ist? Dieser Korr ist ein verdammter Sklaventreiber, sonst nichts! Und ich fürchte, er wird den Karamäern bald untreu werden, er wird Geld und ein Pferd stehlen und abhauen.

Korr! Was für ein blöder Name. Wie kann man nur Korr heißen? Mama und Papa sahen ein hässliches Baby. Da fiel ihnen nichts Besseres ein als der blöde Name Korr! So wird es gewesen sein.

Ach, verdammt, ich könnte mir in den Hintern beißen! Warum muss ich hier liegen? Warum habe ich nicht meinen Mund aufgemacht und mich beschwert? Jetzt ist es zu spät. Und ich fürchte, ich werde die ganze Nacht nicht schlafen können.

Bestimmt fängt der an zu schnarchen, dann ist sein Mund offen und sein übler Mundgeruch verseucht die ganze Schlafkammer!

Am liebsten würde ich auf dem Boden schlafen, aber diese Kammer ist so klein, dass dafür kein Platz ist.

Ich kenne diese Sorte von Männern. Die können ihre dreckigen Finger nicht von Frauen lassen, die wollen alle Frauen anfassen und den Busen begrabschen. Warte nur, Bürschchen, wenn du das bei mir versuchst! Deine dämliche Fresse werde ich dir einschlagen und dir zwei blaue Augen verpassen! Komm nur, du Dreckskerl, ich bin vorbereitet. Los komm! Ich werde dir zeigen, was es heißt, eine Amazone zu befummeln!

Ha, er traut sich noch nicht, er will warten, bis ich eingeschlafen bin. Und dann will er sein Übergriff wagen! Doch ich kann eh nicht schlafen, dafür kann ich sofort seinen geplanten Übergriff abwehren!

Oh, Phygene, ich vermisse dich so sehr. Wie gerne würde ich mich an dich kuscheln und in deinen Armen einschlafen. Aber nein, ich muss neben einem gefährlichen Verbrecher liegen!

Ach, ich könnte platzen vor Wut!

Der ist so ruhig! Was macht der eigentlich? Ich drehe mich mal vorsichtig um! Aha! Er schläft tief und fest! Und er hat … ich fasse es nicht … seinen Daumen im Mund. Er liegt da, wie ein kleines Kind!

Naja, vielleicht liege ich ein klein wenig daneben mit meiner Einschätzung. Ich versuche mal zu schlafen!"

Phygenes Vater Anniger musste mit Liasra die Nacht verbringen.

Der Vagote mittleren Alters war sehr groß, doch die hochgewachsene Unteroffizierin aus Lybien erreichte ihn fast in der Körpergröße. So war kaum Platz im Bett und beide mussten dicht nebeneinander liegen.

„Ich hoffe, es ist dir nicht unangenehm, liebe Liasra?"

„Es geht! Ich habe schon viel schlechter gelegen!"

„Aha! In deiner alten Heimat?"

„Ja! Wir hatten viel durchgemacht und viele schlimme Dinge erlebt. Aber wir waren nie allein, wir hatten uns!"

„Du meinst die gute Perene! Mögen die Götter mit ihr sein!"

„Liebe Perene! Möge deine Seele bei den Göttern leben! Ich vermisse dich so sehr, gute Freundin!"

Beide beteten in Gedanken und dachten an die Verstorbene. Etwas später fragte er vorsichtig: „Wie geht es dir, gute Liasra?"

Sie antwortete nicht. Anniger konnte hören, wie schwer sie atmete. Er wusste, sie war immer noch in schwerer Trauer und er entschloss sich, nicht weiter nachzufragen.

Er schloss seine Augen und versuchte zu schlafen, da sagte sie plötzlich mit tieftrauriger Stimme: „Perene und ich! Wir waren viel mehr als nur Lebenspartnerinnen, Freundinnen oder Kameradinnen! Wir waren … wir sind Seelenverwandte. Wir sind Eins! Ich kann nicht ohne sie leben! Ich muss … zu ihr! Das verstehst du nicht, Anniger! Niemand versteht das!“

Der Vagote musste lange nachdenken, bevor er sagte: „Liasra, du darfst nicht gehen! Deine Amazonen, dein Volk braucht dich! Du bist die kampfstärkste Kriegerin, die es gibt. Du bist Unteroffizierin, du beschützt dein Volk vor den Feinden, du bildest junge Amazonen aus und machst die besten Kriegerinnen aus ihnen. Liasra, du bist sehr wichtig, du bist … unersetzlich! Du hast der Königin deine Treue geschworen! Wenn du gehst, dann schwächst du die Amazonen! Das darfst du nicht!“

„Das weiß ich alles! Aber wenn mein Schmerz unerträglich wird und ich nicht mehr kann, dann will ich Schluss machen!“

„Nein, Liasra! Die Götter wollen keine Selbstmörder! Die Götter berufen die Menschen von Erden ab und nicht wir selbst! Die Götter sind zuständig für Leben und Tod! Du darfst das nicht tun!“

„Die Götter! Die können mich mal! Ich will nur zu Perene!“

„Liasra! Die Götter werden böse, wenn du dich in ihre Zuständigkeiten einmischt! Wenn du dich selbst tötest, dann werden sie dich strafen! Sie werden dir Perene nicht geben!“

„Dann werde ich mir Perene holen!“

„Das kannst du nicht! Nichts ist stärker als die Götter! Kein Sterblicher kommt gegen sie an!“

„Aha! Und was soll ich tun?“

„Du musst weiterleben! Du wirst Perene wiedersehen, aber erst in vielen Jahren, wenn du alt bist und die Götter dich holen!“

„Das ist leicht gesagt! Ich kann aber nicht!“

„Doch, du kannst! Du musst! Und wir alle werden dir dabei helfen! Bitte Liasra, ich bitte dich, lebe weiter!“

„Du bist kein Priester, Anniger. Woher willst du das alles wissen?“

„Ich weiß das ganz genau! Ich bin ein alter erfahrener Mann!“

„Warum lassen mich die Götter so leiden, warum haben sie mir Perene weggenommen?“

„Das waren nicht die guten Götter, an die du glaubst! Das war Krähe! Er hat Perene getötet und sie dir weggenommen! Krähe war böse, er war mit den Dämonen im Bunde. Sie haben das getan, nicht die Götter! Aber die Götter können dir helfen! Glaube an sie und sie geben dir

Kraft, das Unerträgliche zu ertragen! Ach, was rede ich da alles, ich alter Narr. Liasra, merkst du denn nicht, dass wir dich … lieben?“

Sie flüsterte leise: „Ich weiß! Das ist schön! Lasse uns jetzt schlafen! Heute Nacht haben wir etwas Wichtiges zu tun!“

Samira hatte Lutzen, den Eukarier neben sich liegen. Sie fand den jungen Mann, der Tabitas Sklave war, sehr sympathisch.

Sie fragte ihn: „Du bist ja jetzt wieder in deiner Heimat. Wie ist das so, wieder hier zu sein?“

„Traurig, einfach nur traurig. Ich kenne die Menschen, die hier leben, ich kenne die Häuser, die Straßen, die Stadt, das Land. Aber es ist mir alles so fremd geworden. Ich habe hier sehr viel Schlimmes erlebt, ich wurde verhaftet, verurteilt und versklavt. Das ist nicht mehr meine Heimat! Die ist jetzt bei den Amazonen!“

„Und du wurdest zur Sklaverei bestraft, nur, weil du schwul bist?“

„Ja, so war es! Hermo ist mein Lebenspartner. Ich liebe ihn! Und obwohl wir keiner Menschenseele etwas getan haben, wurden wir wie Schwerverbrecher bestraft.“

„Ja! Diese strengen Religionen. Vor allem diese Religionen, die nur einen Gott kennen, sind besonders schlimm.“

„Oh ja, das weiß ich aus eigener Erfahrung! Aber dennoch glaube ich an Andamis Netra!“

„Was? Obwohl die Religion dieses Gottes dich in die Sklaverei geschickt hat?“

„Es war nicht mein Gott! Es waren diese falschen Priester und die brutalen Glaubenswächter. Sie legen die Gebote von Andamis Netra falsch aus. Sie wollen die Menschen unterdrücken, Macht ausüben und sich selbst bereichern! Ich weiß genau, ich liebe meinen Freund Hermo! Und Liebe kann keine Verfehlung an Gott sein!“

„Das hast du schön gesagt, Lutzen. Ist das nicht komisch? Ich habe eine Partnerin und du einen Mann als Partner. Und wir beide liegen nebeneinander im Bett.“

„Ja, das ist komisch. Wir beide sind homosexuell.“

„Dann wird wohl nichts passieren, ich meine, im Bett, mit uns beiden!“

„Das wird es nicht! Ich kann dich sehr gut verstehen, liebe Samira.“

„Ich kann dich auch gut verstehen, lieber Lutzen. Eine gleichgeschlechtliche Liebe ist doch nichts Besonderes. Ich meine, das ist etwas völlig Normales. Und etwas sehr Schönes!"

„Da stimme ich dir zu. Wir wurden als Homosexuelle erschaffen. Warum sollten wir gegen unsere Gefühle ankämpfen und ein unglückliches Leben führen?"

„Doch leider sehen das nicht alle Menschen so! Aber bei den Amazonen, da können wir so leben, wie wir es uns wünschen. Wir müssen nichts verstecken und nichts verheimlichen."

„Ja, das ist schön! Du bist so eine nette Frau! Und so hilfsbereit. Bitte Samira, lasse uns Freunde sein!"

„Das sind wir schon, Lutzen!"

„Oh ja, das sind wir schon! Darf ich dich in die Arme nehmen, Samira?"

„Gerne, Lutzen!"

Er nahm sie freundschaftlich in seine Arme und Samira fühlte sich sofort wohl. Er sagte: „Freunde zu sein, müsste uns leichtfallen. Uns können nicht der Sex, die Begierde oder die Eifersucht in die Quere kommen. Wenn du verstehst, was ich meine."

„Ich verstehe! Darf ich in deinen Armen einschlafen?"

„Aber ja, Samira!"

„Das ist schön! Ich habe mich so daran gewöhnt, so mit meiner Partnerin Androxidopa einzuschlafen."

„Dann möchte ich heute dein Partner … Verzeihung, dein Freund sein. Ich wünsche dir eine angenehme Nachtruhe, Samira, gute Freundin!"

„Gute Nacht, Lutzen! Guter Freund!"

Hermo lag mit der Unteroffizierin Androxidopa im Bett. Ihm war die große rothaarige Keltin mit den feurigen roten Augen nicht ganz geheuer. Es lag wohl daran, dass er Angst vor Hexen hatte und er der Meinung war, er läge mit einer Hexe im Bett. Doch auch, wenn sie keine Hexe wäre, war sie immer noch eine sehr gefährliche Frau.

Sie konnte seine Angst spüren und das gefiel ihr nicht.

Sie sagte zu ihm: „Hermo, was ist mit dir los? Du weißt genau, heute Nacht findet die Aktion statt. Du musst mit den eukarischen Wachmännern sprechen! Und wenn du dich fürchtest, dann kann das die ganze Aktion gefährden! Sollen wir jemand anderen nehmen?"

„Nein, Herrin! Ich mache das schon, ich weiß genau, was ich sagen muss und ich fürchte mich nicht vor den Wachmännern!"

„Bist du dir sicher?"

„Ja, Herrin, ganz sicher!"

„Und warum zitterst du vor Angst? Erkläre mir das!"

„Es ist nicht wegen den Eukariern! Es ist wegen Euch, Herrin!"

„Was? Wegen mir? Wieso?"

Er sagte vorsichtig zu ihr: „Herrin Androxidopa, darf ich Euch eine etwas merkwürdig anmutende Frage stellen?"

„Merkwürdig anmutend? Was drückst du dich so komisch aus? Frage mich einfach!"

„Äh … ja! Danke, Herrin! Ich wollte fragen, seid Ihr wirklich eine Hexe?"

Sie ahmte eine unheimliche Stimme nach und hauchte: „Oh ja! Ich bin Androxidopa, eine echte keltische Feuerhexe!"

„Oh! Befinde ich mich in Gefahr?"

Die Keltin wusste nicht, ob diese Frage ernst gemeint war oder ein Scherz. Sie dachte kurz nach, was sie sagen sollte und antwortete: „Aber nein! Du gehörst zu uns! Ich, die große keltische Hexe, ich wende meine Hexenkünste nur gegen Feinde an!"

„Aha! Dann bin ich ja beruhigt!"

Sie erschreckte ihn und hauchte mit unheimlicher Stimme: „Aber sei vorsichtig, dass du es mit mir nicht verspielst! Ich kann furchtbar böse werden!"

Dann lachte sie so, wie sich die Leute das Lachen einer Hexe vorstellten.

Er fragte: „Habt Ihr schon mal einen Menschen in ein Schwein verwandelt oder so etwas Ähnliches?"

Androxidopa konnte kaum glauben, was sie da hörte und dachte: „Der meint es ja wirklich ernst!"

Sie antwortete mit einer Gegenfrage: „Angenommen, ich könnte zaubern, wäre ich dann eine Kriegerin und läge mit dir im gleichen Bett?"

„Ich … ich es weiß nicht! Ihr wärt dann halt eine Zauberin oder so!"

„Angenommen, du hättest drei Wünsche frei, ich meine richtige große Zauberwünsche, die dir alles erfüllen könnten, was würdest du dir wünschen?"

„Nun ja! Ich denke da an ein langes Leben, Reichtum, Wohlstand, Glück und Liebe. Ein großes Schloss wäre schön und Kisten voller Gold!“

„Na siehst du! Das sind Dinge, die wir uns wünschen. Und wenn ich zaubern könnte, wären wir dann noch hier? Ich hätte Eika schon längst herbeigezaubert. Ich würde mir ein prachtvolles Schloss zaubern, dazu eine Kiste voller Gold, und dann würde ich mich zu einer Königin machen!

Lieber Hermo, ich kann ein wenig Magie, das weißt du! Aber das Hexen beherrsche ich nicht. Und mir ist noch nie jemand begegnet, der es kann. Ich denke, diese vielen Hexengeschichten sind alle reine Fantasie. Und falls es doch Zauberer oder Zauberinnen geben sollte, dann müsste man sie bei den reichen und mächtigen Leuten suchen.“

„Ich verstehe! Warum sollte eine Hexe versuchen, Leute in Schweine zu verwandeln? Sie würde viel lieber versuchen, sich ihre vielen Wünsche zu erfüllen!“

„Ja! So könnte man das sagen. Also, die Wahrheit ist, ich bin keine Hexe, aber ich wäre gern eine!“

„Aber Herrin, warum würdet Ihr gerne eine böse Frau sein wollen?“

„Was heißt böse? Hexen müssen nicht unbedingt böse sein. Sie können auch gut sein oder irgendetwas zwischen Gut und Böse. Aber ich will ehrlich zu dir sein, ich habe es gerne, wenn die Männer sich vor mir fürchten. Und manchmal macht es mir Spaß, böse Dinge zu tun.“

„Ihr habt schon viele Männer getötet, nicht wahr?“

„Ja, das habe ich! Aber nur Feinde!“

„Und Ihr habt auch einen Gefangenen gequält und … mit einem künstlichen … Penis … mit Gewalt genommen?“

„Ja, das habe ich! Und ich würde es wieder tun! Manchmal brauche ich das, und dann kommt es über mich!“

„Ihr macht mir wieder Angst, Herrin!“

„Ach was! Warum denn?“

„Ich bin nur ein Sklave! Mit mir kann machen, was man will!“

„Nein, Hermo! Du gehörst zu uns Amazonen! Du hilfst uns, du bist wichtig! Ich würde dich doch nicht quälen! Und bald werden du und deine Freunde keine Sklaven mehr sein! Bald wird die Königin euch zu freien Menschen erklären!“

„Ja, Herrin! Das ist schön!“

„Aber erst müssen wir Eika holen. Ich hoffe, ich kann heute Nacht auf dich zählen, Hermo!“

„Das könnt Ihr, Frau Unteroffizierin!“

„Und habe keine Angst mehr vor mir!“

„Habe ich nicht!“

„Gut! Dann versuchen wir jetzt, zu schlafen, damit wir nachher ausgeruht sind!“

„Ja, Herrin! Eine angenehme Nachtruhe, Herrin!“

„Hermo?“

„Ja, Herrin?“

„Du bist sehr nett! Ich mag dich!“

„Oh! Danke, Herrin!“, sagte er erfreut.

Phygenes Schwester Ligene musste sich mit Alam Bun Kusom das Bett teilen. Beleidigt und ablehnend lag sie neben ihm und sagte zornig: „Mich hat es am schlimmsten getroffen!“

„Was meint Ihr, Herrin Ligene?“

„Ausgerechnet ich muss neben einem Verbrecher, einen Sklavenhändler im Bett liegen.“

„Aber Herrin, ich bin kein Sklavenhändler mehr! Ich bin jetzt Sklave der Amazonen und tue alles, um Eika wiederzufinden.“

„Jaja! Das hast du schon oft erzählt. Auch schon damals, als Meleas und Elisande dich zusammengeschlagen haben und ich dich halbtot ins Lazarett gebracht habe.“

„Herrin Ligene, dafür habe ich mich hundertmal bedankt. Und ich möchte es ein weiteres Mal tun: Vielen, vielen Dank für meine Errettung, liebe Frau Ligene!“

„Höre auf, mir ständig Honig an die Backe zu schmieren, das zieht bei mir nicht!“

„Äh … ja! Verzeihung!“

„Ich traue dir nicht, Alam! Bisher war deine Hilfe nicht sehr erfolgreich. Eika ist immer noch nicht gefunden.“

„Aber wir sind ganz nahe dran! Heute Nacht werden wir sie finden!“

„Das wäre sehr gut! Aber durch deine Hilfe? So langsam bezweifele ich das! Meine Schwester hat mir erzählt, was in Tarag Kanos geschehen ist. Dieser verrückte Arramedis hatte unsere Leute umzingelt und wollte angreifen. Ihr hättet alle sterben können!“

„Äh … die Gefahr bestand in der Tat. Aber er wollte nur die Mörderin seines Bruders ausgeliefert haben."

Ligene fauchte: „Die Gefahr, vernichtet zu werden, war groß! Gib es zu, Alam!"

„Ja, die Gefahr bestand! Aber es ging alles gut! Den Göttern sei es gedankt!"

„Dieser Kerl war ein Attentäter, er wollte dich töten! Er hatte auf unsere Leute geschossen! Anniger und Siedor wurden verletzt! Arramedis hätte gar nicht mehr leben dürfen! Ausgerechnet du, Alam, du hast dich für sein Leben eingesetzt. Warum?"

„Ash hatte seine Tochter in der Gewalt und hatte ihn zu diesem Attentat erpresst. Ich weiß, wie das ist, wenn man seine Tochter über alles liebt und alles für sie tun würde!"

„Wie kann es sein, dass ein gefangener Attentäter der höchste und mächtigste Mann in Tarag Kanos wird? Wer hat ihm dabei geholfen? Wer hat Arramedis aus dem Kerker geholt?"

„Der alte Sorreebas."

„Das kann ich nicht glauben!"

„Herrin Ligene, es war aber so! Sorreebas ist in Tarag Kanos sehr beliebt, er ist ein einflussreicher Mann, viele Männer stehen hinter ihm."

Sie packte ihm an den Kragen, schaute ihm scharf in die Augen und sagte drohend: „Höre mir zu, Alam! Ich traue dir nicht! Ich glaube, du steckst dahinter!"

„Nein! Ganz bestimmt nicht!", stammelte er.

„Ich werde dich genau beobachten! Und sollte ich herausbekommen, dass du uns hintergehst, dann werde ich dich eigenhändig erschlagen!"

Alam bekam es mit der Angst zu tun, er konnte die starken Kräfte der Kriegerin spüren und dachte: „Oh Götter! Nur gut, dass die Kampfweiber keine Gedanken lesen können!"

Die Aktion

Es war die zweite Stunde nach Mitternacht. Die Unteroffizierin Androxidopa betrat das dunkle Zimmer und weckte Phygene und Karamis auf.

„Es ist so weit!", flüsterte sie leise.

„Bei allen Göttern! Endlich geht es los!", sagte der Botschafter aufgeregt, rieb sich die Hände und stand auf.

Eine abgestimmte Auswahl der besten Amazonen, Karamäer und Kasadorier stand ebenfalls leise und heimlich auf.

Schon wenig später spazierten drei Personen langsam durch die dunklen Straßen von Eukarius. Es waren Lutzen, Hermo und Brista. Die junge Frau war wieder verschleiert und trug einen dunklen Umhang mit Kapuze. Ein kleines weißes Band war um ihre Stirn gebunden.

Schon sahen sie rotuniformierte Männer. Eine Gruppe von acht eukarischen Wachleuten kam ihnen entgegen, doch sie hatten keine Angst, sie wussten genau, was sie taten.

„Andamis Netra mit euch!", grüßte sie Hermo völlig ruhig und selbstbewusst.

„Möge er auch mit euch sein! Wohin des Weges in der Nacht?", fragte der Anführer der Wachmänner.

„In das Villenviertel! Wir wurden bestellt!"

Der Anführer sah das unscheinbare weiße Band an der verschleierten Brista und sagte nachdenklich: „Ich verstehe! Tja, diese reichen Leute können es einfach nicht lassen! Passt auf, dass euch keiner bemerkt, vor allem die Nachbarn nicht."

„Vielen Dank, edler Herr! Wir werden leise und achtsam sein! Niemand wird etwas bemerken!", sagte Lutzen höflich mit einer Verbeugung.

„Möge Andamis Netra euch vergeben!"

„Herzlichen Dank, hoher Herr Wachmann! Andamis Netra mit euch!"

Die drei durften ungehindert weitergehen, während die rotuniformierten Männer der Nachtwache ihre Runde durch die Straßen der Stadt fortsetzten.

Sie bemerkten nicht die Gruppe schwarz verhüllter Krieger, die hinter einem Gebüsch lautlos warteten.

Erst als sich die Nachtwache weit genug entfernt hatte, folgten sie leise und heimlich Lutzen, Hermo und Brista.

Sie gingen durch das Villenviertel. Fast jeder Wachmann einer großen Villa sah die drei, doch dies war kein Problem. Man schwieg über solche Dinge.

Die Krieger, die ihnen folgten, sah niemand.

Bald war die eindrucksvolle Villa des Thoriyen erreicht. Die drei gingen direkt auf den Eingang zu. Als die rotgekleideten Wachen der Villa sie bemerkten, kamen sie sofort zum Eingangstor.

Überrascht schauten drei Wachmänner die nächtlichen Besucher an, alle verhielten sich leise und sahen das schmale weiße Band.

„Unser Herr ist doch gar nicht zuhause! Was soll das?", fragte ein Wachmann.

Hermo sprach gelassen: „Andamis Netra mir euch! Euer Herr Thoriyen hat sie bestellt. Sie ist … für euch Wachmänner!"

„Was? Wirklich? Für uns?"

„In der Tat! Ein Zeichen der Anerkennung für eure Treue! Aber wir bitten, wie üblich, um äußerste Diskretion."

Lutzen gab Brista ein Zeichen. Daraufhin nahm sie ihren Schleier ab und zeigte ihr hübsches lächelndes Gesicht. Sie behielt die Kapuze auf und öffnete langsam ihren Umhang.

Die eukarischen Wachmänner trauten ihren Augen kaum, als sie sahen, dass Brista unter dem Umhang nichts trug. Ihr schöner nackter Körper wurde im Mondlicht sichtbar.

„Das ist ja unglaublich!", flüsterten sie staunend und konnten den Blick kaum noch von ihr abwenden.

Hermo sagte: „Auch Wachmänner sollten bei Laune gehalten werden. Ein guter Herr weiß das! Worauf wartet ihr? Sie ist für euch!"

Schon öffneten sie das Tor und gingen zur Haustür. Ein Wachmann gab ein kurzes Klopfzeichen und wartete.

Alle standen bereits vor der Haustür, Brista hatte ihren Umhang wieder geschlossen. Sie warteten gespannt und dachten: „Wird es gelingen?"

Ungeduldig wiederholte der Wachmann das Klopfzeichen, doch wieder tat sich nichts. Er wollte schon fluchen und schreien, doch er wusste genau, dass er leise sein musste. Äußerste Diskretion war angesagt!

Nach dem dritten Klopfzeichen hörte man das Öffnen von Riegeln und die Tür begann zu knarren. Langsam und vorsichtig ging sie auf. Zwei weitere Wachmänner erschienen und einer fragte unfreundlich: „Was ist los?“

Sein Kamerad sagte voller Freude zu ihm: „Sie ist für uns! Ein Geschenk unseres Herrn Thoriyen für unsere treuen Dienste!“

Wieder öffnete Brista ihren Umhang und zeigte ihren schönen Körper. Dazu lächelte sie verführerisch, was geradezu unwiderstehlich auf die Männer wirkte. Jetzt verstanden auch die Wachmänner im Haus, was los war. Ihre Stimmung verbesserte sich schlagartig.

„Donnerwetter! Heute ist ja unser Glückstag! Los, kommt herein!“

Voller Vorfreude wollten die fünf Wachmänner gerade in die Villa gehen, da geschah es. Plötzlich tauchten dunkle Gestalten wie aus dem Nichts auf, packten die Wachmänner gleichzeitig mit Gewalt von hinten und hielten ihnen den Mund zu. Es ging so blitzschnell, dass sie nicht den Hauch einer Chance hatten. Sie spürten einen schmerzhaften Stich am Gesäß, sie versuchten zu schreien oder sich zu befreien, doch die Angreifer hatten sie knallhart im Griff. Schon zeigte sich die Wirkung des Betäubungsmittels, sie wurden schwächer, die Gegenwehr hörte auf, und sie brachen bewusstlos zusammen.

Der Zugang zur Villa war offen. Eine hohe Anzahl von schwarz verhüllten Gestalten kam aus der Dunkelheit und drang leise und heimlich in die Villa ein.

Dieser Vorgang musste unterbrochen werden, drinnen bemerkte die verhüllte Sulinka, dass jemand mit einem schwachen Licht auf sie zukam. Lautlos gab sie Handzeichen, alle versteckten sich und die Haustür wurde geschlossen.

Dann flüsterte sie Siedor ins Ohr: „Wollt ihr Karamäer das machen?“

„Wir lassen den Damen gerne den Vortritt!“, antwortete er gelassen.

Zwei junge Männer erschienen, beide hatten Öllampen in der Hand und trugen graue Schlafumhänge. Vorsichtig und ängstlich gingen sie auf die Haustür zu. Einer sagte: „Hallo Wachen, ist alles in Ordnung? Wachmänner, wo seid ihr?“

Als sie näher kamen, sahen sie anstelle der Wachen eine junge Frau, die ihren Umhang geöffnet hatte. Im schwachen Schein der Öllampen sahen sie ihre nackte Haut glänzen.

„Hallo Leute, ich bin Brista!“, sagte sie leise und verführerisch.

Bevor die beiden Männer darüber nachdenken konnten, was los war, wurden sie schon von den Amazonen überwältigt.

Das Überwältigen funktionierte sehr gut, doch die fallengelassenen Öllampen machten Probleme. Eine Lampe konnte Samira auffangen, die andere fiel zu Boden, direkt auf einen kostbar aussehenden Teppich. Eine kleine Menge Öl floss aus und entzündete sich, plötzlich brannte es auf dem Teppich.

Brista reagierte sofort, sie zog ihren Umhang aus und schlug damit auf die Flammen, um diese zu ersticken. Kurz sah man sie im Feuerschein völlig unbekleidet gegen die Flammen kämpfen, was ein erotischer Anblick war. Bis man ihr zur Hilfe kam, hatte sie schon das Feuer erstickt.

„Sehr gut, Brista! Das hast du gut gemacht", lobte sie Phygene leise und umarmte sie freundschaftlich.

„Danke! Ich glaube, meine Kleidung ist hinüber."

„Ich gebe dir einen neuen Umhang, warte einen Moment."

Die Kommandantin zog einen der geknebelten Männer den grauen Umhang aus, gab ihn Brista und sagte: „Bitte ziehe das an. Die Kasado rier sind gleich hier."

„Vielen Dank, Herrin Phygene!"

Androxidopa schloss die Augen, ging in sich und sagte: „Es sind noch viele weitere Leute im Haus! Ich kann sie spüren, aber ich glaube, sie schlafen alle!"

Tarmi hatte einen völlig unbekleideten Mann in ihrer Gewalt. Sie musterte ihn kurz und sagte leise: „Dieser junge Mann wird uns helfen! Ich liebe nackte Gefangene."

Dann fasste sie frech seinen Penis an und sagte drohend zu ihm: „Junger Mann, du zeigst uns jetzt, wo die anderen Hausbewohner sind. Alle, ohne Ausnahme! Sonst ziehe ich dir deinen Penis lang! Und das wäre doch schade!"

Der arme geknebelte Mann zitterte vor Angst, nickte zustimmend und zeigte mit seinen gefesselten Händen auf einen Gang.

Langsam schlichen sie durch den dunklen Gang, wo der Gefangene auf eine Zimmertür zeigte.

Androxidopa ging wieder kurz in sich und nickte. Sie konnte spüren, dass da drinnen Leute waren. Siedor und seine Karamäer wurden herbeigewunken.

Sulinka flüsterte zu ihrem Geliebten: „Hier drinnen, mein Schatz! Wartet aber noch, bis wir die anderen Zimmer haben!“

„Ja, meine Geliebte!“

Tarmi sagte zu ihren Gefangenen: „Gut, junger Mann! Wo sind noch Leute?“

Der nackte Mann zeigte mit zitternden Händen nach oben.

Schon schlichen sie die hölzerne Treppe hinauf in das Obergeschoss. Dort zeigte er wieder auf eine Tür, vor der sich Shulizia mit einem Trupp Karamäern aufstellte.

„Wo noch?“, fragte Tarmi, worauf ihr Gefangener noch eine weitere Tür zeigte. Dieses Zimmer wurde von Keschim und seine Krieger übernommen.

„Wo noch?“, fragte Tarmi wieder, diesmal verneinte der Gefangene.

„Na gut! Aber wenn du mich angelogen hast, dann werde ich dir Schmerzen bereiten, die du nie wieder vergessen wirst!“, drohte sie ihm.

Wieder verneinte der Mann und hatte vor Angst Tränen in den Augen.

Androxidopa ging nochmal in sich, prüfte jede Tür und sagte: „Ich spüre keine weiteren Leute mehr!“

„Gut!“, sagte Phygene nickend und gab ein winkendes Zeichen an die Karamäer.

Die karamäischen Krieger fackelten nicht lange und stürmten zeitgleich in die drei besagten Zimmer. Es gab ein paar kurze Schreie, die sofort unterdrückt wurden und wenige Sekunden später waren alle Bewohner der Zimmer unter ihrer Kontrolle.

Sie fanden vier ältere Männer, fünf Frauen, drei Jungen und sechs Mädchen. Mit großer Aufregung schaute sich Siedor die Mädchen an. Dann sagte er völlig enttäuscht: „Das kann nicht wahr sein! Eika ist nicht dabei!“

Karamis war völlig entsetzt über diese Meldung und fluchte: „Verdammter Mist! Warum ist sie nicht da? Sie muss doch da sein! Durchsucht das ganze Haus von oben bis unten! Schaut unter jedes Bett, in jede Kiste, in jedes Fass! Sie muss hier sein!“

Während die Karamäer die große Villa durchsuchten, sagte Androxidopa zu ihm: „Es tut mir leid, ich kann keine weiteren Leute in diesem Haus spüren.“

Er sagte grob und nervös: „Das ist mir egal! Ich lasse die ganze verdammte Villa auf den Kopf stellen!“

Dann schob er die Keltin unfreundlich beiseite und fing an, persönlich die Räume zu durchsuchen. Androxidopa schaute ihm kopfschüttelnd zu.

„Das habt Ihr sehr gut gemacht, Frau Unteroffizierin“, hörte sie Ken Danus sagen und drehte sich zu ihm um.

„Was meint Ihr, hoher Herr?“

„Wie Ihr uns hierhergeführt habt, ohne dass die Nachtwachen uns bemerkt haben. Das war ganz große Klasse! Wie Ihr sie aufgespürt habt und wir ihnen aus dem Weg gehen konnten, eine fantastische Leistung. So etwas können nur Amazonen!“

„Danke, Herr Ken Danus!“, sagte sie und beobachtete, wie sich fünf kasadorische Krieger die dunkelroten eukarischen Uniformen anzogen.

Ken Danus erklärte: „Wie Ihr wisst, warten wir Kasadorier hier auf Thoriyen. Wir halten die Villa besetzt, bis er da ist und dann mache ich ihn fertig! Ich hoffe, Ihr habt Eika bis dahin gefunden!“

„Leider sieht es im Moment nicht gut aus!“

„Ich empfehle euch, die Hausbewohner und die Wachmänner zu verhören. Das sollte zum Ziel führen.“

Nach der ersten erfolglosen Durchsuchung ließ Karamis die ganze Villa nochmal durchsuchen. Als auch das abgeschlossen war meldete Siedor völlig geknickt: „Es tut mir leid, Onkel. Wir konnten niemanden finden!“

Karamis wurde zunehmend nervöser und befahl: „Verhört die Leute! Fangt mit den Männern an und danach die Frauen! Die Magierinnen sollen dabei sein, sie sollen Wahrheit und Lüge erkennen! Auf! Los! Beeilt euch!“

In Anwesenheit von Tarmi, Androxidopa, Mirakel und Samira verhörten die Karamäer die männlichen Hausbewohner. Der wütende Botschafter kam dazu und hörte mit.

Siedor packte einen der gefangenen Männer und fragte grob: „Wo ist Eika? Wir wissen, dass euer Herr Thoriyen das Mädchen Eika hat. Wo ist sie? Wo habt ihr sie versteckt?“

Der verhörte Hausangestellte stotterte: „Ich … ich weiß nicht, wo sie ist. Sie war hier! Aber unser Herr Thoriyen hat sie schon vor Wochen wegbringen lassen. Seitdem habe ich sie nicht mehr gesehen."

„Wo ist sie? Jetzt rede endlich oder ich schlage dir ins Gesicht!", sagte Siedor grob.

„Ich weiß es doch wirklich nicht! Er hat es uns nicht gesagt! Wir sind nur sein Hauspersonal! Vielleicht ist sie bei einem seiner Brüder, oder seiner Schwester. Sie könnte auch bei seinem Schwager sein oder bei anderen Verwandten! Es kann auch sein, dass er sie veräußert hat. Ich kann es nicht sagen!"

Karamis bekam einen Wutanfall, packte den Mann am Kragen und knurrte: „Du lügst! Mache dein Maul auf, oder ich schlage dich tot!"

„Ich weiß es wirklich nicht! So glaubt mir doch!", jammerte der Mann voller Angst.

Der wütende Botschafter schlug dem verhörten Hausdiener mit der flachen Hand ins Gesicht, da kam Mirakel zu ihm und sagte: „Herr Botschafter, bitte hört auf! Wir können keine Unwahrheiten feststellen. Wir sind sicher, er weiß es wirklich nicht. Bitte beruhigt Euch!"

Karamis biss vor Wut die Zähne zusammen und knurrte: „Verflucht nochmal! Verhört sie alle! Jemand muss doch etwas wissen!"

Sulinka sorgte sich um das Wohlergehen der eukarischen Kinder und sagte sofort: „Die Kinder werde ich befragen!"

Phygene sprach: „Das ist gut! Und ich nehme mir die Frauen vor. Die Männer könnt Ihr verhören, Herr Offizier Siedor!"

„Ja, so machen wir es!", antwortete dieser.

Genau so wurde vorgegangen. Sulinka konnte sehr gut mit Kindern umgehen und unterhielt sich mit ihnen in einer freundschaftlichen Art und Weise.

Auch Phygene ging gut mit den Frauen des Hauses um, während die armen Männer von den Karamäern hart verhört und teilweise sogar geprügelt wurden.

Einige Zeit später berichtete die Offizierin Tarmi: „Hoher Herr Botschafter, hoher Herr Ken Danus. Alle Befragten sagen das Gleiche: Eika war bis vor etwa drei Wochen hier in dieser Villa und ist von Thoriyen weggebracht worden. Und alle diese Leute hier wissen wirklich nicht, wo sie ist. Wir vermuten, Thoriyen muss etwas geahnt haben und hat sie irgendwo versteckt. Wir Amazonen schlagen vor, hier auf die Rückkehr des Thoriyen zu warten."

Ken Danus sprach gelassen und zufrieden: „Das hatte ich sowieso vor!“

Karamis war furchtbar aufgeregt und sagte wütend: „Das kann nicht sein! Die müssen doch wissen, wo Eika ist! Ihr habt sie nicht hart genug verhört! Wir müssen sie foltern, damit sie endlich reden!“

Ein Entsetzen breitete sich aus! Damit war niemand einverstanden.

Es war Keschim, der sofort sagte: „Lieber Schwager, das können wir nicht machen! Glaube mir, die wissen es wirklich nicht!“

Auch Shulizia meldete sich und setzte sich für die gefangenen Wachen und Hausbewohner ein: „Hoher Herr Karamis, bitte nicht! Diese Leute sind unschuldig, die wissen wirklich nichts!“

Sogar der hohe Sklavenhändler aus Kasadoria sagte: „Herr Botschafter, das wird nichts bringen. Wir müssen auf Thoriyen warten, alles andere ist sinnlos! Nach Aussage der Wachen müsste er noch am heutigen Tage eintreffen! Soviel Geduld solltet Ihr noch haben!“

Siedor ergänzte: „Und du Onkel, du ruhst dich jetzt ein wenig aus und versuchst, dich zu beruhigen!“

Karamis schnaufte wie ein Stier, sein Gesicht war knallrot. Alle meinten, er würde jeden Moment einen Tobsuchtsanfall bekommen.

Mirakel flüsterte zu Phygene: „Oh Götter, helft uns! Er ist mit den Nerven am Ende! Ich habe Angst!“

Phygene sagte: „Ich mache mir große Sorgen! Hoffentlich befiehlt er keinen unmenschlichen Unsinn. Mögen die Götter uns helfen, dass wir uns nicht gegen ihn stellen müssen!“

Die Rufe zu den Göttern wurden erhört, Karamis sagte nach einer Weile: „Also gut! Dann warten wir auf diesen Dreckskerl!“

Thoriyen

Die Villa des reichen eukarischen Edelmannes Thoriyen blieb besetzt. Die zahlreichen Gefangenen wurden in mehreren Kellerräumen zusammengepfercht und eingesperrt.

Währenddessen verhielten sich draußen die große Mehrzahl der Amazonen, Karamäer und Kasadorier wie normale Besucher. Sie besichtigten die schöne Stadt Eukaria, schauten sich die Tempel an und unterhielten sich mit den Einheimischen über deren Religion, um den Schein zu wahren. Dass einige dieser Besucher fehlten, fiel den eukarischen Gastgebern nicht auf.

Am späten Vormittag kam Alam mit seiner Schein-Ehefrau Ligene zur Villa. Sie sahen Udabor und vier seiner Kasadorier in roten eukarischen Uniformen.

„Gut seht ihr aus, Herr Offizier, wie ein richtiger eukarischer Krieger", sagte Alam schmunzelnd.

„Tarnung ist wichtig!", meinte Udabor humorlos und knapp.

„Ja, das ist es! Bitte holt die Kommandanten her, wir haben eine wichtige Meldung."

Schnell kamen Karamis, Ken Danus und Phygene an die Haustür der Villa. Ligene nahm ihren Schleier ab und meldete: „Es ist soweit alles in Ordnung, die Eukarier schöpfen keinen Verdacht. Aber eine Wachablösung ist zur Villa unterwegs. Ihr müsst euch vorbereiten!"

Ken Danus sagte gelassen: „Danke für die Warnung. Meine Männer kümmern sich um die. Bitte geht wieder zurück zu den anderen!" „Ja, hoher Herr, machen wir. Falls wir etwas über Thoriyen erfahren sollten, kommen wir wieder", sagte Ligene.

„Gut, tut das! Aber passt auf, dass die Eukarier nichts merken!", sagte Phygene.

„Ja, wir sind vorsichtig!", erwiderte ihre Schwester.

„Geht jetzt! Da vorne kommen schon die Wachen!", sprach Karamis hektisch und schon verschwanden die beiden.

Schon kurz darauf erreichten fünf eukarische Wachmänner den Eingang zur Villa. Udabor und seine verkleideten Männer nahmen sie ihn Empfang. Er grüßte sie gelassen: „Andamis Netra mit euch, liebe Kameraden!"

Die angekommenen Wachmänner antworteten nicht, sie blieben stehen und schauten Udabor misstrauisch an. Einer der Eukarier, ein hochgewachsener kräftiger Mann, fragte mürrisch: „Wir kennen dich nicht! Wer bist du?“

„Wir sind nur Aushilfswachen. Die anderen sind im Haus und vergnügen sich mit dem Geschenk unseres edlen Herrn Thoriyen!“, schwindelte der kasadorische Offizier mit einem falschen Lächeln.

„Was für ein Geschenk? Von was sprichst du?“, knurrte der bullige Wachmann.

„Seht selbst und kommt herein! Sie ist auch für euch!“, sagte Udabor lächelnd und zeigte auf Brista, die an der Tür stand und wieder reizvoll ihren Umhang öffnete.

Der kräftige Eukarier ließ sich darauf nicht ein, er ging mit der Hand an seinen Schwertgriff und sagte wütend: „Ich kenne jeden Wachmann in dieser Stadt!“

Udabors Blick verfinsterte sich schlagartig. Das war das Zeichen für seine kasadorischen Krieger, die blitzschnell aus dem Hinterhalt auftauchten. Mit Holzknüppeln schlugen sie auf die Köpfe der fünf Eukarier ein. Vier gingen sofort zu Boden, doch der fünfte zog trotz des Schlages auf seinen Kopf das Schwert. Der große kräftige Eukarier schrie laut mit seiner tiefen Stimme, als er sich drehte und den Kasadorier hinter ihm einen Schwerthieb in die Seite verpasste. Das Schwert drang tief in den Körper oberhalb der Hüfte ein. Der getroffene kasadorische Krieger schrie laut auf, das Blut spritzte und er brach sofort zusammen.

Udabor zog entsetzt sein Schwert und rammte es dem Eukarier, so fest er konnte in den Rücken. Der Stoß war so heftig, dass das Schwert vorne wieder austrat. Vom Schwert durchbohrt fiel der große Eukarier wie ein Baum um.

„Verdammte Scheiße! Verdammt!“, sagte Udabor und zog sein Schwert aus dem Leib seines Gegners.

Die beiden am Boden liegenden Schwerverletzten verbluteten und waren kurz darauf tot.

„Jetzt haben wir zwei Tote. Bringt sie hinunter in den Weinkeller! Und schafft die Gefangenen in den Vorratskeller. Fesselt sie, bevor sie zu sich kommen“, sagte Udabor völlig nervös und wischte sein blutiges Schwert im Gras sauber.

Seine Männer machten sich sofort ans Werk.

„Und macht das viele Blut weg! Eilt euch, bevor dieser Thoriyen kommt, muss alles sauber sein. Ich muss Ken Danus melden, dass es zwei Tote gab."

„Herr Offizier, ich glaube, wir haben noch einen Toten. Ein Eukarier ist erschlagen worden!"

„So ein Mist!", fluchte Udabor und ging in die Villa.

Ken Danus stand neben Karamis und Phygene, und fragte: „Udabor, was waren das für Schreie da draußen?"

„Es … äh … tut mir leid. Wir hatten ein Problem. Einer unserer Kameraden und zwei Eukarier sind tot!", antwortete er geknickt.

„Verdammt! Wer ist es?"

„Unser guter Kunikar! Der bullige große Eukarier hat ihn erschlagen!"

„Oh, Götter, der gute Kunikar! Er hat Frau und Kinder! Udabor, ich bin enttäuscht von dir! So etwas darf nicht passieren!", sprach Ken Danus streng.

„Bitte verzeiht mir, hoher Herr!"

„Du wirst es seiner Familie mitteilen, wenn wir wieder in Kasadoria sind! Sollen die dir verzeihen!"

„Jawohl, hoher Herr Ken Danus!"

„Hoffentlich hat niemand die Schreie bemerkt", gab Phygene zu bedenken und schon wurde von einem Kasadorier gemeldet: „Herr Offizier, da kommen Leute!"

Ken Danus wurde nervös und fragte: „Sind die Leichen und die Gefangenen weg?"

„Ja, hoher Herr!"

„Diese Leute, tragen sie rote Uniformen?"

„Nein, Herr. Es sind Zivilisten, vermutlich Nachbarn."

„Gut! Udobor, gehe raus, rede mit den Leuten und versuche sie loszuwerden! Und mache keine Fehler mehr!"

„Jawohl, Herr Ken Danus!"

Phygene ergänzte: „Wir holen dir Weinamphoren aus dem Keller, als kleine Geschenke für die Leute!"

Fünf Eukarier in vornehmer weißer Kleidung standen am Eingang der Villa und fragten: „He, Wachmänner, wir haben Schreie gehört. Was ist bei euch los?"

Udabor erzählte: „Andamis Netra mit euch, liebe edle Herren! Es tut mir sehr leid. Zwei meiner Männer sind in Streit geraten und haben sich geprügelt. Doch sie haben sich wieder beruhigt und es ist nichts passiert. Ich bitte euch, liebe Herren, sagt das nicht weiter! Wir wollen keinen Ärger haben!"

Einer der vornehmen Eukarier meinte: „Das ist eine Disziplinlosigkeit und sollte gemeldet werden!"

Udabor liefen die Schweißperlen von der Stirn, als er mit bittender Stimme sagte: „Bitte nicht! Sie werden sonst hart bestraft und ausgepeitscht. Vielleicht werden sie sogar aus dem Dienst entlassen und müssen ihr Leben als Sklaven fristen."

„Daran sind sie selbst schuld!", sagte einer der Herren gnadenlos.

Udabor wusste nicht weiter, da zeigten sich fünf verschleierte Amazonen, jede trug eine schwere Weinamphore.

Udabor sagte sofort: „Liebe Herren, ich habe für jeden für euch eine Amphore mit köstlichen Rotwein. Bitte nehmt dieses Geschenk unseres Herrn Thoriyen und lasst uns diesen Vorfall vergessen!"

Dann überreichte er jedem der Eukarier eine Weinamphore.

Die fünf Edelleute öffneten den Verschluss und prüften den Inhalt, indem sie den Zeigefinger in den Wein tauchten und ableckten.

Einer der Eukarier sagte zufrieden: „Donnerwetter! Ein köstlicher Tropfen! Herr Thoriyen war schon immer ein guter Nachbar. So soll es auch bleiben. Wir haben nichts gehört!"

Mit dem Geschenk in der Hand entfernten sich die ungebetenen Besucher wieder. Udabor schaute ihnen nach, atmete tief durch und sagte leise: „Das ging gerade nochmal gut!"

Es war bereits später Nachmittag, da eilten Alam und die verschleierte Ligene wieder zur besetzten Villa.

„Er kommt! Thoriyen kommt!", rief Alam aufgeregt Udabor und seinen Männern zu.

„Er kommt mit einem großen Pferdewagen und hat zehn bewaffnete Krieger! Da unten kommen sie schon!", ergänzte Ligene.

Der kasadorische Offizier ließ die Tür zur Villa öffnen und sagte nervös: „Los, rein mit euch! Wir können jetzt jeden, der kämpfen kann, gebrauchen!"

Drinnen in der Villa breitete sich die Nachricht wie ein Lauffeuer aus. Alle, auch die, die sich aufs Ohr gelegt hatten, waren sofort hellwach und nahmen schnell ihre Positionen ein.

Vor der Villa standen nur noch fünf Kasadorier in roten eukarischen Uniformen, Tor und Haustür standen weit offen, um den heimgekehrten Hausherrn und seine Begleiter sofort in die Villa zu lassen.

Schon stieg Thoriyen aus dem Wagen aus, passierte das Tor und ging auf die Tür seines großen Hauses zu. Er war nicht groß, aber kräftig und hatte trotz seines Alters von 37 Jahren schon eine Glatze. Nur unten am Kopf hatte er noch einen Ring aus schwarzem Haar. Er hatte einen kurzen Vollbart in seinem, von der Sonne gebräunten Gesicht.

Er trug eine vornehme Kleidung nach römischer Art, eine kurze weiße Toga, deren Ränder rot verziert waren. Um die Hüften ein Ledergürtel mit einem verzierten Dolch und einem Geldbeutel. Er war sehr verschwitzt, schien von der langen Reise erschöpft und machte einen nachdenklichen und abwesenden Eindruck.

Zehn Krieger in roten eukarischen Uniformen begleiteten ihn. Sie luden den Wagen aus, hatten kleine Säcke, Kisten, Amphoren oder andere Sachen zu tragen. Auch sie waren erschöpft, verschwitzt und schmutzig.

Thoriyen eilte in seine Villa, ohne die Wachmänner zu beachten. Auch seine Männer, die schwer zu tragen hatten, warfen keinen Blick auf sie.

Als alle drinnen waren, kam Udabor als Letzter hinein und schloss die Haustür zu.

Thoriyen wischte sich den Schweiß vom Gesicht und rief herrisch: „Bringt mir Wasser! Sofort!"

Da fiel ihm auf, dass sein Hauspersonal ihn nicht begrüßt hatte. Erst jetzt bemerkten er und seine Männer, dass irgendetwas nicht stimmte. Thoriyen sah direkt vor sich eine hochgewachsene vermummte Gestalt. Er sah nur die stechenden hellblauen Augen, die ihn wie ein lauerndes Raubtier anstarrten.

Der Hausherr riss vor Angst die Augen weit auf, als ihm schlagartig bewusst wurde, dass er von unbekannten Feinden umgeben war.

Nicht einmal eine Sekunde später griffen die Amazonen, Karamäer und Kasadorier an.

Der völlig überraschte Hausherr und seine Männer hatten nicht den

Hauch einer Chance, binnen weniger Sekunden waren sie in der Gewalt der Angreifer. Sie wurden entwaffnet, zu Boden geworfen, gefesselt und geknebelt.

Thoriyen, der die unglaublichen Kräfte seiner Angreiferin gespürt hatte, hockte verzweifelt auf dem Boden. Phygene kam ganz nahe zu ihm und schaute in sein Gesicht. Wieder sah der Hausherr die blauen furchteinflößenden Raubtieraugen.

Sie konnte seine Angst geradezu riechen und das gefiel ihr. Sie mochte es, wenn die Feinde Angst vor ihr hatten, dann triumphierte sie innerlich und genoss das Gefühl der Überlegenheit. Langsam nahm sie ihren Schleier und ihr Kopftuch ab und zeigte ein überhebliches bösartiges Lächeln.

„Ich nehme dir jetzt den Knebel ab, du wirst nicht schreien, lieber Thoriyen! Ich kann sehr böse werden!“, knurrte sie mit finsterer Stimme und fuchtelte mit einem eukarischen Krummschwert vor seiner Nase herum. Dann löste sie langsam den Knebel.

Ihm wurde klar, er hatte eine gefährliche Kriegerin vor sich und sagte entsetzt: „Amazonen! Bestien in meinem Haus! Ihr wollt mich zerfleischen!“

Phygene sagte: „Du irrst! Wir sind keine Bestien. Wir sind eher wie Raubtiere, vergleichbar mit Wölfinnen oder Löwinnen!“

„Das ist doch das Gleiche! Was ist da der Unterschied?“

„Nun ja! Raubtiere töten nicht wahllos! Sie töten nur, wenn sie töten müssen, wenn es einen Grund dafür gibt. Also, bleibe brav und gib mir keinen Grund, dann bleibst du auch am Leben!“

„Ja! Ich werde gehorchen!“, jammerte er.

„Gut! Ich nehme dir jetzt die Fußfesseln ab. Dann können wir uns besser unterhalten. Deine Hände bleiben zur Sicherheit vorne zusammengebunden. Du wirst schön brav bleiben! Sonst werde ich dir Schmerzen bereiten, wie du es noch nie erlebt hast!“

Um ihre Drohung zu untermauern, griff sie ihm unter seiner Toga an seinen Penis und sagte: „Wir wollen doch nicht, dass dem Kleinen da unten etwas zustößt, nicht wahr?“

Thoriyen lief der Angstschweiß über das Gesicht, sein Hals war ganz trocken, als er stammelte: „Ich … ich werde brav sein!“

„Wir werden sehen!“, sagte sie und ließ seinen Penis los. Dann öffnete sie seine Fußfesseln und half ihm sogar noch, aufzustehen.

Die große Blonde stand genau vor ihm, sie war einen Kopf größer als er, Thoriyen konnte es kaum glauben, so eine große starke Frau hatte er noch nie gesehen.

Er atmete tief ein und aus, und versuchte, sich etwas zu beruhigen. Dann hielt er seine zusammengebundenen Hände wie zu einem Gebet an sein Herz und sagte leise: „Großer Andamis Netra, stehe mir bei! Amazonen! Ihr seid nicht vom großen Gott erschaffen! Ihr seid böse Hexen, erschaffen durch die Dämonin Lilith!"

Lutzen kam zu ihm und sagte: „Erzähle kein dummes Zeug, Thoriyen! Alle Menschen sind vom großen Gott erschaffen! Auch die Amazonen!"

Völlig erstaunt schaute Thoriyen ihn an und sagte: „Lutzen? Du hier? Wie ist das möglich? Du hast sie zu mir geführt, du verdammter Verräter! Wie kommst du hierher?"

„Der hohe Herr Ken Danus war so freundlich und hat uns mit seinen Schiffen hierhergebracht!"

Der Hausherr schaute hoch, sah den mächtigen Sklavenhändler aus Kasadoria und murmelte: „Verflucht! Noch mehr Feinde in meinem Haus!"

„Und wir Karamäer sind auch da!", sagte Karamis mit ernster Stimme.

Thoriyen schaute staunend den Botschafter an, hielt wieder beide Hände vor sein Herz und sagte leise: „Andamis Netra, hilf mir! Die ganze Welt hat sich gegen mich verschworen."

„Daran bist du selbst schuld. Und jetzt weißt du, warum wir hier sind! Ich will Eika! Sage mir, wo Eika ist!", befahl Karamis drohend, griff ihn ins Gesicht und drückte ihm die beide Wangen zusammen.

Der eukarische Edelmann schwieg und schien nachzudenken, was den ungeduldigen Karamis wütend machte.

„Wo ist Eika! Sage es! Sonst schneiden die Amazonen dir deinen lächerlichen Schwanz ab!", sagte Karamis drohend und schüttelte ihn.

Doch auch das brachte den Hausherrn nicht zum Sprechen, da befahl der Botschafter: „Frau Kommandantin, foltert ihn!"

Die große Blonde gab ein Handzeichen. Liasra, Tarmi, Ligene und Androxidopa packten Thoriyen mit roher Gewalt und zogen ihm die Toga über den Kopf. Als sie ihm auch noch das dünne, durchgeschwitzte Untergewand hochziehen wollten, sagte er laut: „Halt! Hört auf, ich werde reden!"

„Den Göttern sei Dank! Der stinkt, als hätte er wochenlang kein Wasser an sich gelassen", murmelte Tarmi frech, ließ ihn los und ging sofort auf Abstand.

„Nun rede endlich!", forderte Karamis ihn auf.

„Erst müssen Ken Danus und seine Männer den Raum verlassen!", sagte der reiche Eukarier.

„Warum das?"

„Ich habe meine Gründe! Schickt sie raus und ich werde Euch alles sagen, was Ihr wissen wollt! Ich verspreche es!"

„Thoriyen, du bist nicht in der Lage, etwas zu fordern!"

„Herr Karamis, Ihr wollt bestimmt nicht, dass Eika etwas zustößt! Also, schickt Ken Danus und seine Männer weg!"

Niemand verstand, was das sollte. Aber Karamis machte sich Sorgen um Eika. So ging er zu Ken Danus und sagte vorsichtig: „Edler Herr Ken Danus. Würdet Ihr bitte mit Euren Männern den Raum verlassen? Ihr könntet die gefangenen Eukarier in den Keller bringen und sie dort verhören. Wir sollten nichts unversucht lassen."

Der hohe Kasadorier blieb überraschend gelassen und sagte freundlich: „Wenn es der Sache dient, kein Problem. Wir bringen sieben Gefangene in den Keller und quetschen sie aus. Vielleicht sind wir damit sogar erfolgreicher als Ihr!"

„Danke, edler Ken Danus!"

Die Kasadorier schnappten sich sieben von Thoriyens Männern und zerrten sie unsanft die Treppe zum Keller hinunter.

Mirakel flüsterte zu Phygene: „Die armen Männer! Ob sie das überleben werden?"

Phygene meinte: „Ach was! Sie müssen doch nur sagen, wo Eika ist. Das ist alles!"

„Thoriyen hat das ihnen bestimmt verboten! Außerdem will Ken Danus wissen, wer seinen persischen Freund ermordet hat."

„Stimmt ja, das hatte ich ganz vergessen! Dann sieht es nicht so gut für die aus. Die sind auch selbst schuld! Warum dienen die so einem brutalen Drecksack?"

Die Tür zum Keller wurde geschlossen und Karamis persönlich knöpfte sich nun Thoriyen vor und fragte ihn mit scharfer Stimme: „Jetzt rede endlich! Wo ist Eika?"

Er antwortete: „Ich habe sie nicht mehr! Ich habe sie vor etwa drei Wochen verkauft!"

„Was? Verkauft? Du verfluchter Schweinehund! An wen?"

„An Ken Danus!"

Schweigen! Alle standen wie unter Schock. Sie machten sich Gedanken und sie wussten, wenn das die Wahrheit sein sollte, wären sie alle in großer Gefahr.

Dann kam Karamis wieder zu sich und sagte wütend: „Das ist eine verdammte Lüge! Zum letzten Mal! Wo ist Eika?"

„Das müsst ihr Ken Danus fragen!"

Der Botschafter wandte sich an Mirakel, die sofort sagte: „Er lügt!"

„Jetzt reicht es mir! Frau Kommandantin, zerquetscht ihm seine Hoden!", befahl Karamis.

Etwas zögerlich schnappte sich Phygene ihr Opfer während Tarmi, Androxidopa, Liasra und Ligene ihn festhielten.

Alle dachten, gleich würde ein wahnsinniges Geschrei einsetzen, doch Thoriyen sagte: „Haltet ein! Ich kann es beweisen!"

„Gar nichts kannst du beweisen, verfluchter Lügner! Ich werde dich jetzt so lange foltern lassen, bis ich weiß, wo Eika ist!"

„Ich habe eine Urkunde von Eikas Verkauf! Ich habe es schriftlich! Ich kann es beweisen!"

„Du hast gleich keine Eier mehr, du verlogenes Stück Dreck!"

„Ken Danus Unterschrift und Siegel sind auf der Urkunde. Sie liegt da vorne in der kleinen Schatulle, die auf dem Tisch steht. So glaubt mir doch!", rief der Eukarier verzweifelt.

Karamis sagte: „Na schön! Lasst ihn los! Er soll mir diese Urkunde bringen!"

Die Amazonen lockerten ihren Griff. Schon eilte Thoriyen zu einem großen Tisch, öffnete die Schatulle, leerte alle Schriftrollen aus und suchte völlig nervös nach der Kaufurkunde.

Hektisch und aufgeregt rollte er mit seinen gefesselten Händen die Schriftrollen aus und stotterte: „Sie muss hier irgendwo sein. Verdammt, wo ist sie? Ich … ich werde sie schon finden!"

Er warf alle Schriftstücke auf den Boden, holte eine weitere Schatulle und leerte sie wieder auf den Tisch aus.

Wie ein Verdurstender nach einer vollen Flasche Wasser suchen würde, so suchte er nach dem Schriftstück, welches ihn retten könnte.

Die Amazonen und die Karamäer schauten ihm nur kopfschüttend zu.

„Verdammt! Wo ist es? Es muss doch hier irgendwo sein", hörten sie immer wieder seine verzweifelte Stimme.

Nach einer Weile verlor Karamis die Geduld und sagte: „Es reicht! Schnappt euch den Lügner und bringt ihn zum Reden!"

Schon wollten die Amazonen ihn packen, da rief er: „Ich habe es gefunden! Herr Botschafter, ich bitte Euch, schaut es Euch an. Bitte lest es!"

Mit zitternden Händen hielt Thoriyen dem Botschafter eine kleine Papyrusrolle vor die Nase.

Karamis überlegte, ob er es lesen oder gleich wegwerfen sollte, er glaubte Thoriyen nicht.

Dieser bemerkte das, rollte das Papyrus so weit er konnte aus und hielt es wieder Karamis vor die Nase. Seine zusammengebundenen Hände zitterten wie Espenlaub.

Der Botschafter wollte ihm schon die Arme herunterdrücken, da fiel ihm der siebenzackige Stern, ganz unten auf dem Schriftstück auf.

Sofort nahm er es in die Hände und begann zu lesen:

Kaufurkunde.
Verkäufer: Thoriyen, vom Hause Enturian, Edelmann aus Eukarius.
Käufer: Ken Danus, aus dem Hause Danus. Adeliger Edelmann und Sklavenhändler aus Kasadoria.
Kaufobjekt: Sklave, weiblich, unberührt, 12 Jahre alt, karamäischer Abstammung, Name Eika.
Hervorragender Gesundheitszustand, gerader Rücken, vollständiges Gebiss. Etwas schlank, aber wohlgenährt! Bescheinigt von zwei eukarischen Heilkundigen.
Eigenschaften: Wohlerzogen, gehorsam, fleißig.
Besondere Fähigkeiten: Lesen, Schreiben, Rechnen, Malen, Stricken und Nähen.
Verkäufer und Käufer haben sich auf einen Kaufpreis von 62 Goldstücken geeinigt.
Das Sklavenmädchen wurde gekauft wie gesehen und übergeben. Eine Rückerstattung des Kaufpreises bei später erkannten Mängeln wird nicht vereinbart.

Darunter sah Karamis die Unterschrift und das Siegel des Thoriyen. Und direkt daneben die Unterschrift von Ken Danus, zweimal in lateinischen und griechischen Buchstaben. Darunter ein siebenzackiger Stern, in dessen Mitte ein Wagenrad stand.

Hektisch durchsuchte Karamis seine Taschen und fand noch das Schriftstück aus Kasadoria, welches ihm Ken Danus überreicht hatte. Er verglich die beiden Schriftstücke und sagte leise: „Siegel und Unterschrift des Ken Danus sehen genau gleich aus. Die Urkunde scheint echt!"

Karamis wurde kreidebleich im Gesicht, er schnaufte stark und musste sich setzen. Siedor, Keschim und danach noch Mirakel und Alam schauten sich ebenfalls die beiden Schriftstücke an. Sie kamen zu dem gleichen Ergebnis.

Alle standen da und konnten es nicht fassen. Mirakel wurde ganz flau im Magen und sie hatte Tränen im Gesicht. Sie ging zu Phygene, ließ sich von ihr in die Arme nehmen und sagte: „Ich … ich habe große Angst. Ken Danus hat uns reingelegt. Was, bei allen Göttern, hat er mit uns vor?"

Phygene stand da, hielt ihre Partnerin fest und schwieg.

Mirakel fing an zu weinen und jammerte: „Wir kommen nie wieder nach Hause!"

Plötzlich wurde die Tür geöffnet und Ken Danus betrat den Raum. Er war gut gelaunt und sagte nichtsahnend und lächelnd: „Lieber Herr Botschafter, ich weiß, wo Eure Nichte Eika ist!"

Karamis wurde von großer Wut gepackt. Er ging zu Ken Danus, stellte sich drohend vor ihn und schrie: „Natürlich wisst Ihr es! Weil Ihr Eika gekauft habt!"

Der hohe Kasadorier konnte es nicht fassen und sagte: „Karamis, habt Ihr den Verstand verloren? Wir wissen, wo Eika ist! Unsere Verhöre waren erfolgreich! Alle sieben Gefangenen sagen das gleiche!"

Karamis hörte gar nicht mehr zu, wie ein Wahnsinniger packte er Ken Danus am Kragen und schrie: „Ihr führt uns nicht mehr in die Irre! Verfluchter Lügner! Was habt Ihr mit Eika gemacht?"

Ken Danus wurde furchtbar zornig und schrie: „Ihr seid ja vollkommen verrückt geworden! Nehmt sofort Eure dreckigen Finger von mir weg!"

Um sich zu befreien, schlug er dem hohen Karamäer auf die Arme und stieß ihn von sich weg. Dann ging seine rechte Hand zu dem Griff seines Dolches.

Der wütende Botschafter sah das, zog blitzschnell seinen Dolch und stach sofort zu.

Der große Dolch drang tief in den Oberkörper des hohen Kasadoriers ein. Sein Gesicht verzehrte sich vor Schmerz, er stöhnte, die Augen verdrehten sich und kraftlos ließ er seine unbenutzte Waffe fallen.

Karamis zog seinen Dolch langsam heraus und sah das viele Blut. Erst jetzt begriff er, was er getan hatte.

Alle, die das sahen, waren fassungslos vor Entsetzen.

Endlich packte Shulizia den dolchführenden Arm ihres Herrn und entwaffnete ihn, während Ken Danus schwer verletzt und laut stöhnend zusammenbrach.

Sofort kamen Samira, Phygene und Mirakel, um dem Niedergestochenen zu helfen. Mit zitternden Händen öffneten sie sein blutiges Hemd und sahen die große Wunde, aus der das Blut floss. Die Wunde war groß und tief, und nahe am Herzen. Samira versuchte die Blutung zu stoppen, drückte ein Tuch auf die Wunde, doch sie wusste, sie konnte nichts mehr für ihn tun.

„Er stirbt!", sagte sie mit entsetzter Stimme.

Phygene stützte ihn und hielt in fest in ihren Armen.

Mit letzter Kraft stöhnte Ken Danus: „Warum habt ihr das getan? Ich … ich wollte euch doch helfen! Ich habe … Eika nicht! Er … er hat euch … reingelegt!"

Die Todesangst stand in seinem Gesicht und Tränen liefen herunter, als er Phygene in die blauen Augen schaute und hauchte: „Phygene … du bist … so schön! Ich wollte dir … noch so viel … sagen. Zu spät! Sa … sage Kenyah, dass ich … sie liebe! Du musst es ihr sagen!"

„Ja, edler Herr Ken Danus! Ich werde es Eurer Tochter sagen! Ich verspreche es!", erwiderte Phygene unter Tränen.

Das Gesicht des Sterbenden erstarrte, die Augen weit aufgerissen und ins Leere schauend. Ein letztes Mal bewegte sich sein Mund und er hauchte: „Kenyah … Ken … yah!"

Ken Danus war tot.

Leise weinend schloss Phygene ihm die Augen und sagte: „Er war unschuldig, er hat Eika nicht! Warum sollte ein Sterbender lügen?"

Karamis stand unter Schock, er starrte den toten Kasadorier an und stammelte immer wieder: „Was habe ich getan? Es ging so schnell! Ich wollte das nicht! Ich wollte das doch nicht!"

Shulizia war völlig fertig und sagte traurig: „Ich bin die Leibwächterin! Ich hätte es verhindern müssen! Ich war nicht schnell genug! Ich habe versagt!"

Alle standen fassungslos da, waren wie erstarrt und wussten nicht, wie es weitergehen sollte. In Gedanken malten sie sich aus, was diese Tat für schrecklichen Folgen haben würde. Jeder wusste, die Kasadorier würden sich rächen wollen.

Mirakel weinte und sagte wieder: „Oh Götter! Wir kommen nie wieder nach Hause!"

Die Lüge

Es war Alam Bun Kusom, der als Erster wieder klar denken konnte. Er sah das hämische Grinsen im Gesicht des Thoriyen. Kurz schaute er sich um und schon wusste er, was zu tun war.

„Thoriyen hat Ken Danus getötet!", rief er plötzlich und wiederholte das mehrmals.

„Thoriyen hat ihn getötet!", hörten die Karamäer und Amazonen ihn sagen und begriffen es langsam.

Jetzt sagte auch Siedor: „Ja! So ist es! Thoriyen hat Ken Danus getötet!"

Der reiche Eukarier verlor sein hämisches Grinsen, er wurde wütend und rief: „Das ist eine Lüge! Was soll das? Karamis hat es getan!"

Voller Wut packte der Botschafter Thoriyen und fauchte: „Du warst es! Du hast ihn getötet! Und dafür werde ich dich … umbringen!"

Thoriyen wurde von den Karamäern festgehalten und ihm wurde klar, dass man ihn töten wollte. Um sein Leben zu retten, stammelte er: „Karamis, tut das nicht! Ich … ich bringe Euch Eika! Ich helfe Euch, das Land zu verlassen!"

„Was? Du hast Eika?"

„Ja! Sie ist im Haus meiner Tante, nicht weit von hier! Ich bringe sie zu Euch! Und dann sorge ich dafür, dass ihr alle heimkehren könnt!"

„Und die Kaufurkunde?"

„Die was? Ach die! Eine kleine Fälschung. Habe ich anfertigen lassen. Ich rechnete damit, dass irgendwann die Karamäer nach Eika suchen würden und ich wollte vorbereitet sein. Aber das ist jetzt egal. Ich bringe Euch Eika und ich bringe euch alle nach Hause! Ich verspreche es! Vertraut mir, edler Herr Karamis!"

Doch der Botschafter ließ sich nicht von ihm überzeugen und sagte voller Hass: „Egal, sagst du? Du verfluchter Lügner hast mich reingelegt! Und jetzt ist Ken Danus tot!"

„Aber … dafür kann ich doch nichts!"

„Oh doch! Du hast ihn getötet! Und dafür wirst du jetzt sterben!"

„Nein! Tut das nicht! Hilfe! Helft mir doch!", schrie Thoriyen völlig verzweifelt.

Voller Hass rammte Karamis ihm den Dolch mitten ins Herz.

Ein kurzer entsetzlicher Schrei, das Blut floss in Strömen, der reiche Eukarier verdrehte entsetzt die Augen und sackte nach wenigen Sekunden tot zusammen.

Wieder standen alle fassungslos, wie erstarrt da. Alles war ruhig, nur das leise Weinen von Samira und Mirakel war zu hören.

Es war wieder Alam, der sagte: „Die drei eukarischen Krieger müssen weg. Sie sind Zeugen!"

Siedor und Shulizia begriffen das sofort, sie nahmen sich Krummschwerter und gingen zu den gefesselten Eukariern, die vor Todesangst zitterten und völlig verzweifelt um ihr Leben bettelten.

Kurz schauten sie zu ihrem Vorgesetzten. Karamis nickte und sprach eiskalt: „Tötet sie!"

Die hübsche Leibwächterin und der junge gutaussehende karamäische Offizier hoben ihr Schwert und schlugen gnadenlos zu. Die schrillen Schreie der Sterbenden waren grauenhaft, große Mengen von Blut spritzten umher. Sekunden später waren drei weitere Eukarier tot.

Alam meldete sich wieder und sprach: „Hört mir alle genau zu! Thoriyen war der Mörder des Ken Danus! Niemand darf etwas anderes behaupten! Das ist unsere einzige Möglichkeit!"

Dann holte er den Dolch des toten Kasadoriers, machte ihn blutig und legte ihn wieder auf den Boden.

Karamis wiederholte die Worte: „Thoriyen hat Ken Danus getötet!"

Kurze Zeit später kam Udabor mit seinen Kasadoriern und betrat den Raum.

Alle Amazonen und Karamäer waren sehr aufgeregt, standen da und machten sich Gedanken, was nun passieren würde.

Der kasadorische Offizier hatte noch nichts bemerkt und sagte gut gelaunt: „Hat Euch Herr Ken Danus die gute Nachricht verkündet? Wir wissen, wo Eika ist. Sie ist bei einer Verwandten des Thoriyen. Es ist nicht weit von hier und …"

Udabor stockte der Atem, als er seinen Herren Ken Danus blutüberströmt am Boden liegen sah.

Er schrie mit greller Stimme: „Zieht die Waffen! Schützt ihn!"

Sofort wurde der am Boden liegende von den Kasadoriern umringt.

Völlig aufgeregt untersuchte Udabor seinen Herren und stellte fest, dass er tot war.

Knallrot im Gesicht, mit Tränen in den Augen und völlig entsetzt schrie er: „Unser Herr ist tot!“

Dann brach er zusammen und weinte. Die Kasadorier, alle waren knallharte Krieger, hatten Tränen in den Augen und waren völlig fassungslos. Alle schauten Udabor zu, er war über seinen toten Herrn gebeugt und weinte bitterlich. Noch nie hatten die Amazonen einen Mann so weinen gesehen.

„Er muss seinen Herrn sehr geliebt haben“, flüsterte Phygene zu Mirakel.

„Ja, das muss er!“

„Wir brauchen Udabor, um wieder nach Hause zu kommen!“

„Oh ja! Ohne ihn sieht es verdammt schlecht für uns aus!“

„Aber wird er uns jetzt noch helfen? Gleich wird er wieder zu sich kommen. Und dann wird es gefährlich!“

Kurz darauf trat genau das ein. Die Trauer des kasadorischen Offiziers wandelte sich in große Wut um. Er stand auf, nahm ein Krummschwert in die Hand und schrie voller Wut: „Wer war das? Wer hat unseren geliebten Herrn Ken Danus ermordet?“

„Das war Thoriyen! Er hat ihn ermordet!“, antwortete Alam traurig.

„Ist das die Wahrheit, Herr Botschafter?“

„Ja! Es war Thoriyen!“, hauchte Karamis ängstlich und völlig fertig.

Udabor schaute sich um. Er sah den toten Thoriyen und auch die drei toten Eukarier. Er zweifelte an den Worten des Botschafters und sagte: „Ihr habt alle eukarischen Zeugen beseitigt! Ich kann sie nicht mehr fragen.“

Dann wandte er sich Phygene zu und fragte sie mit scharfer Stimme: „Hat Thoriyen meinen Herrn getötet? Oder war es ganz anders, Frau Kommandantin?“

Alle schauten voller Spannung auf Phygene und fragten sich, was sie jetzt sagen würde. Karamis bekam große Angst und zitterte am ganzen Leib. Er war sich nicht sicher, ob er sich in diesem Fall auf die Amazonen verlassen konnte.

Dann sprach sie mit trauriger Stimme: „Der Herr Botschafter spricht die Wahrheit. Es war Thoriyen! Ich habe es mit eigenen Augen gesehen!“

Karamis schloss erleichtert die Augen. Ihm fiel ein großer Stein vom Herzen. Nun wusste er, die Loyalität der Amazonen war ihm sicher.

Doch Udabor war noch nicht fertig. Er kam ganz nahe zu Phygene und schaute sie mit einem scharfen Blick an, als ob er die Wahrheit aus ihrem verweinten Gesicht lesen wollte. Ihr wurde ganz mulmig, sie fürchtete schon, er könne Gedanken lesen, doch das war nur Einbildung. Er sprach mit ernster Stimme: „Ken Danus hatte mir gesagt, Ihr seid ein ehrlicher Mensch, ich könnte Euch vertrauen, Frau Kommandantin! Ich frage Euch nochmals: Wer hat meinen geliebten Herrn Ken Danus getötet?"

„Es war Thoriyen! Bitte, glaubt mir, Herr Udabor!"

„Schwört es vor den Göttern!"

Phygene hob ihre rechte Hand und sprach: „Ich schwöre es vor den Göttern! Ich sage die Wahrheit! Thoriyen war der Mörder!"

Einen Moment lang war alles leise. Udabor atmete tief durch und sagte: „Wir Kasadorier werden Euch glauben! Mögen die Götter Euch strafen, wenn Ihr gelogen haben solltet!"

Phygene zitterte vor Aufregung, schloss die Augen und befürchtete, jeden Moment vom Blitz getroffen zu werden. Doch es geschah nichts, die Götter schienen gnädig zu sein.

Sie schämte sich und dachte: „Ich bin eine Lügnerin! Und ich zwinge meine Amazonen, auch zu lügen! Doch es muss sein! Mögen die Götter mir verzeihen!"

Udabor wandte sich wieder dem Botschafter zu und schrie wütend: „Wie war das möglich? Ihr habt Thoriyen doch bewacht?"

Karamis schwieg, was in seiner Verfassung vielleicht das Beste war. Der gerissene Alam ergriff wieder das Wort und erklärte: „Es tut uns furchtbar leid, wir haben nicht aufgepasst. Thoriyen waren nur vorne die Hände zusammengebunden. Ken Danus ging zu ihm, er wollte ihn wegen des persischen Kaufmanns verhören. Da zog Thoriyen plötzlich den Dolch, den Ken Danus an seinen Gürtel trug und erstach ihn. Es ging alles so furchtbar schnell, wir konnten nichts tun."

„Verdammte Schlamperei! Warum habt ihr nicht aufgepasst? Warum habt ihr diesen verfluchten Thoriyen die Hände nicht auf den Rücken gefesselt? Wäre ich hier gewesen, wäre das nicht passiert! Ken Danus hat euch vertraut, er war euer Freund! Er fühlte sich stets sicher, wenn er bei euch war. Und ich habe euch auch vertraut und ließ ihn allein hochgehen! Warum bin ich nicht mitgegangen? Jetzt ist er tot! Karamäer! Amazonen! Ihr seid verdammte Versager!"

Alam sagte demütig mit hängendem Kopf: „Ihr habt vollkommen recht, edler Herr Offizier! Wir haben nicht aufgepasst! Wir haben in der Tat versagt. Das tut uns so furchtbar leid."

„Ja! Versager seid ihr!", wiederholte Udabor, schmetterte vor lauter Wut einen Stuhl gegen die Wand, warf einen Tisch um und schlug mit seinem Krummschwert auf eine Holztruhe ein.

Nachdem er die Truhe zu Kleinholz zertrümmert hatte, fragte er: „Wer hat Thoriyen getötet?"

„Der Herr Botschafter höchstpersönlich hat den Tod des edlen Herrn Ken Danus gerächt!", antwortete Alam.

„Und diese drei eukarischen Krieger?"

„Zur Ausweitung der Rache hat der Herr Botschafter spontan deren Tötung angeordnet!"

„Oder zur Zeugenbeseitigung!"

„Nein! So war es nicht! Wir waren so in Rage und dachten nur an Rache. Wir konnten nicht klar denken! Der Tod des edlen Herrn Ken Danus geht uns wirklich sehr nahe! Bitte verzeiht uns, natürlich hätten wir auf Euch warten müssen! Das war ein großer Fehler!"

Alle standen da und schauten auf Udabor. Noch immer lief er aufgeregt hin und her, schaute allen Anwesenden scharf in die Augen und suchte nach irgendwelchen Hinweisen. Noch immer wusste niemand, wie es weitergehen würde.

Nach einer Weile blieb er vor dem toten Ken Danus stehen und sprach: „Ich trage jetzt die Verantwortung für mehr als dreihundert Frauen und Männer. Wir müssen hier weg, bevor die Eukarier das erfahren. Wir können den Leichnam unseres geliebten Anführers nicht mitnehmen. Das würde auffallen. Wir erweisen ihm hier die letzte Ehre, danach gehen wir sofort auf die Schiffe und legen ab!"

Alle anwesenden Kasadorier umringten ihren toten Anführer, gingen auf die Knie und beteten.

Alam wandte sich der hübschen Nadsch zu und forderte sie auf: „Frau Offizierin, Ihr könnt gut mit Udabor. Bitte geht zu ihm und fragt ihn wegen Eika! Es muss sein! Jetzt oder nie! Sonst ist es zu spät!"

Nadsch war immer noch schockiert, doch sie versuchte sich innerlich aufzubauen und klar zu denken. Sie wusste, wie wichtig das war. Schließlich fasste sie ihren ganzen Mut zusammen und ging zum betenden Udabor. Vorsichtig und zurückhaltend sagte sie zu ihm: „Edler Herr Offizier, bitte verzeiht die Störung!"

Udabor war wütend und würde jeden Störenfried sofort an die Kehle springen, doch es war Nadsch, die Frau seiner Träume, die ihn mit ihrer lieblichen Stimme ansprach. So hielt er sich zurück und fragte leicht zornig: „Was gibt es?"

„Das Mädchen Eika!"

„Verdammt! Diese unsägliche Suche nach dem karamäischen Mädchen hat uns in diese verfluchte Situation gebracht! Ken Danus hätte euch niemals helfen sollen! Wir hätten nie hierherkommen dürfen, dann wäre das alles nicht passiert!"

„Ja, Herr Offizier. Ich verstehe und fühle mit Euch! Es war aber auch der Wunsch nach Vergeltung für den persischen Freund des edlen Ken Danus, was uns hierherbrachte. Lieber Herr Udabor, ich bitte Euch inständig, wir müssen Eika holen."

Dann drückte Nadsch noch auf die Tränendrüse und ergriff freundschaftlich die Hände des Kasadoriers, als sie sagte: „Bitte, edler Herr Udabor! Ihr wisst, wo sie ist! Bitte helft uns!"

Udabor sagte knapp: „Macht das selbst! Holt euch einen von Thoriyens Männern und lasst euch von ihm dort hinführen. Ich gebe euch eine Stunde Zeit. Wenn ihr bis dahin nicht zurück seid, reisen wir ohne euch ab!"

„Herzlichen Dank, edler Herr Udabor!"

„Jetzt entfernt Euch, wir wollen beten!"

Nadsch ging zu ihren Leuten, schaute sie an und rief aufmunternd: „Worauf warten wir noch? Lasst uns Eika holen!"

Langsam kamen die Karamäer und die Amazonen wieder zu sich und wurden aktiv.

Sie gingen die Kellertreppe hinunter zu den gefangenen eukarischen Kriegern. Nadsch schaute sich die Gefangenen an, suchte sich den aus, der ihr am sympathischsten erschien, nahm ihn den Knebel ab und fragte: „Weißt du, wo Eika ist?"

„Ja! Ich weiß, wo sie ist", antwortete der junge eukarische Krieger. „Dann führe uns zu ihr! Ich nehme dir jetzt die Fesseln ab. Aber sei vorsichtig, keine Dummheiten! Wir sind bewaffnet! Wenn du uns reinlegen willst, werdet ihr alle sterben! Wenn wir Eika finden, dann sollt ihr leben!"

Mit dem rotuniformierten Eukarier in ihrer Gewalt verließen die Amazonen und die Karamäer die Villa. Die Frauen waren wieder verschleiert und als Gattinnen ihrer Männer unterwegs.

Karamis war in sich gekehrt und schwieg die ganze Zeit. Phygene hatte ihm seine Hand gegeben und er ließ sich von ihr führen.

Den Eukariern auf den Straßen fiel nichts weiter auf, sie wurden sogar von ihnen im Vorbeigehen gegrüßt.

Nadsch flüsterte zu Mirakel: „Die Einheimischen sind so freundlich zu uns. Scheinbar haben sie sich an uns gewöhnt."

„Ja! Sieht ganz danach aus! Und wir haben in der Villa ein Massaker angerichtet! So viele Tote!"

„Du hast recht! Das ist ein ganz großer Mist, was da geschehen ist!"

Schon kurze Zeit später standen sie am Stadtrand vor einem kleinen freistehenden Haus. Es war einstöckig, hatte weiße steinerne Wände und rote Dachziegel. Ein großer grüner Garten mit viel Obstgehölz und Gemüsebeeten umgab es. Ein Gärtner arbeitete im Garten. Er war alt, trug zerlumpte Kleidung und hatte einen auffallend krummen Rücken. Er stellte die Arbeit ein und schaute staunend die Besucher an.

„Hier ist es! Hier wohnt die Tante des Herrn Thoriyen. Eika ist in diesem Haus!", erklärte der gefangene Eukarier.

„Wir sind da, Herr Botschafter! Bitte geht hinein!", forderte Phygene ihn vorsichtig auf.

Karamis und Siedor kamen nach vorne und schauten sich die einfache kleine Haustür an. Sie waren aufgeregt und fragten sich: „Werden wir hinter dieser Tür Eika finden?"

Plötzlich öffnete sich die Tür, ein kleiner alter Mann in einfacher Sklavenkleidung erschien. In der Hand hatte er ein Seil und zog einen Handwagen mit vier Rädern heraus. In dem Wagen saß eine alte Frau, die offenbar nicht mehr laufen konnte.

Der alte Mann blieb stehen und ließ vor Schreck das Seil fallen. Die beiden alten Leute starrten die unerwarteten Besucher an, als ob sie Geister vor sich hätten.

„Soll ich die Krieger holen, Herrin?", fragte der kleine Mann.

„Nein! Lasse es sein!", antwortete die alte Frau.

Aus dem Hause hörte man plötzlich die Stimme eines Mädchens, das rief: „Was ist los? Warum zieht er nicht weiter?"

Die alte Frau versuchte ihre Fassung zu bewahren und antwortete mit ernster Stimme: „Wir haben Besuch! Sie kommen … wegen dir!“

Eine unheimliche Stille lag in der Luft, niemand sagte mehr etwas, man hörte nur das Singen der Vögel und die Blätter der Obstbäume, die sich leise im Wind bewegten. Alle standen da wie erstarrt, man wusste und konnte fühlen, dass nun ein ganz besonderes Ereignis bevorstand.

Ganz langsam und zaghaft erschien ein schlankes Mädchen an der Tür. Sie trug ein graues Kleid und ein weißes Kopftuch. Ihr Gesicht war hinter einem Schleier verborgen.

Sie stand da, dann ging sie langsam weiter, auf Karamis und Siedor zu. Sie atmete aufgeregt und in ihren weit aufgerissenen blauen Augen bildeten sich Tränen.

Sie hob beide Hände und nahm das Kopftuch ab. Ihr blondes lockiges Haar glänzte in der Abendsonne. Dann nahm sie den Schleier ab und zeigte ihr Gesicht.

Als Karamis und Siedor sie sahen, kamen ihnen die Tränen und beide fielen auf die Knie.

Das Mädchen rannte auf Karamis zu, trommelte mit beiden Händen auf ihn ein und schrie: „Wo wart ihr so lange? Wo wart ihr?“

Der Botschafter war nicht in der Lage zu antworten, es hatte ihm die Sprache verschlagen.

Dann trafen auch Siedor ihre Schläge, aber nur kurz. Sie umarmte ihn, brach in Tränen aus und weinte hemmungslos.

Ein hoher Preis

Karamis und Siedor waren zu Tränen gerührt. Das Wiedersehen und die schwere Last der Suche, die wie ein Stein von ihnen abfiel, hatten sie vollkommen überwältigt.

Die Amazonen schauten ihnen zu und dachten darüber nach, was wohl in ihnen vor sich gehen musste. Es schien der schönste Moment in ihrem Leben zu sein, ein Glücksgefühl, so stark wie nichts anderes auf dieser Welt. Das gestandene Männer vor Freude so weinen konnten, hätten die Kriegerinnen nicht für möglich gehalten.

Phygene konnte es nachvollziehen. In Tarag Kanos glaubte sie, ihre geliebte Partnerin für immer verloren zu haben. Doch dann stand Mirakel plötzlich vor ihr und sie war vor Glück wie im siebten Himmel.

Auch der großen Blonden kamen die Tränen, als sie Eika, ihren Bruder und ihren Onkel zuschaute, wie sie sich drückten, festhielten und scheinbar nie wieder loslassen wollten.

Und es gab so viel zu erzählen, doch dafür war keine Zeit. Es war die Offizierin Nadsch, die sie zurück in die Wirklichkeit holte und sagte: „Herr Botschafter! Wir müssen gehen!“

Schlagartig wurde allen wieder klar, dass es noch lange nicht geschafft war.

„Ja! Wir müssen gehen!“, hauchte der Botschafter.

„Sind wir in Gefahr?“, fragte Eika aufgeregt.

„Ja! Wir befinden uns in einer sehr gefährlichen Situation. Bleibe immer ganz nahe bei mir!“, erklärte Karamis.

„Ich verstehe!“, sagte das kluge karamäische Mädchen und legte sich mit zitternden Händen Kopftuch und Schleier wieder an.

Schon gingen sie zurück zur Villa. Um nicht verraten zu werden, waren sie gezwungen, die alte Frau, den alten Mann und den Gärtner als Gefangene mitzunehmen.

Dort angekommen, wartete Udabor und seine Kasadorier schon ungeduldig vor der Villa.

Er zog ein ernstes Gesicht und fragte knapp: „Wart Ihr erfolgreich?“

„Ja! Wir haben Eika!“, sagte der Botschafter stolz und hielt seine Nichte mit beiden Armen fest.

„Dann los! Wir müssen weg von hier!“

„Wartet! Wir müssen noch die Gefangenen in den Keller bringen!“, sagte Phygene.

„Dann beeilt Euch, Frau Kommandantin!“

Die Amazonen brachten vier Gefangene in den Keller hinunter und sperrten sie zu den anderen in die Vorratskammern. Dabei fiel ihr auf, dass die rotuniformierten Gefangenen nicht mehr da waren. Um der Sache nachzugehen öffnete sie mit einem flauen Gefühl die Tür zum Weinkeller.

Im Schein einer Fackel sah sie ein schreckliches Bild. Der Boden des Weinkellers war voller Leichen. Viele waren grausam verstümmelt, zerhackt, geköpft oder ohne Arme und Beine. Die Leiche des Ken Danus und die eines weiteren Kasadoriers hatte man auf Stühlen gesetzt. So hoben sie sich von den anderen Leichen hervor und es schien, als hätten sie dieses Massaker angerichtet.

Phygene wollte ihre Kameraden davor bewahren, das zu sehen, und schloss wieder die Tür.

„Was ist los?“, fragte Mirakel.

„Verdammt! Die Kasadorier haben alle gefangenen eukarischen Krieger getötet!“, fauchte Phygene wütend.

Mirakel atmete tief durch und sagte: „Phygene, bitte mache keinen Streit! Wir brauchen sie, wir müssen hier weg!“

„Ja, ich weiß! Los jetzt! Wir hauen ab!“

Kurze Zeit später waren über 300 Amazonen, Karamäer und Kasadorier auf dem Weg zum Hafen. Alle wollten nur das Eine, auf ihr Schiff und weg von hier.

Doch es war unvermeidlich, dass ihnen eine Gruppe von etwa 20 rotuniformierter Eukarier entgegenkam.

„Wohin des Weges? Können wir euch helfen, liebe Gäste?“, fragte der Oberste dieser Gruppe nichtsahnend und freundlich.

Es war wieder Alam Bun Kusom, der die Nerven hatte und für alle antwortete: „Auf unsere Schiffe! Wir wollen abreisen!“

„Abreisen? So plötzlich? Jetzt am Abend? Warum denn?“, fragte der Eukarier völlig verwundert.

„Wir haben alle Geschäfte erledigt und leider keine Zeit mehr!“

„Was? Das verstehe ich nicht! Unser hoher Herr Offizier wollte dem edlen Herrn Ken Danus morgen die Sklavenhändler vorstellen. Und außerdem ist morgen ein Besuch bei unserer Hoheit, dem verehrten Priesterkönig geplant. Ihr könnt jetzt nicht abreisen!“

„Es tut uns leid! Wir müssen!“

„Nein! Das ist eine grobe Verletzung unseres Gastrechts! Ihr müsst hierbleiben!“

„Nein! Wir gehen!“

„Was höre ich da? Wer bist du eigentlich? Wo ist euer Anführer Ken Danus? Ich will ihn sofort sprechen!“

Alam log: „Er ist jetzt gerade bei eurem hohen Herrn Offizier, um sich von ihm zu verabschieden!“

„Nein! Das ist nicht wahr! Wo ist Ken Danus?“

Das Streitgespräch wurde plötzlich unterbrochen, im Hintergrund hörte man den Ton eines Signalhorns. Alle wussten, das konnte nur ein Alarm sein. Weit entfernt hörte man die Rufe von eukarischen Wachmännern, die näher kamen: „Haltet sie! Haltet die Mörder!“

„Verdammt! Sie haben die Leichen entdeckt!“, fuhr es den Amazonen, Kasadoriern und Karamäern durch den Kopf.

Udabor und seine Männer reagierten sofort. Sie griffen die 20 eukarischen Wachmänner an und schlugen sie mit brutaler Gewalt nieder. Schreiend und blutend brachen die Eukarier zusammen.

„Auf die Schiffe! Schnell!“, schrie Udabor und löste eine Panik aus. So schnell wie sie nur konnten, rannten alle 300 Männer und Frauen auf die beiden Schiffe zu. Karamis und Siedor hielten die völlig verängstigte Eika an beiden Armen fest und schleppten sie mit.

Vor jedem Schiff standen drei eukarische Wachmänner. Die Kasadorier schwangen im Laufschritt die erbeuteten Krummschwerter und stürmten schreiend auf sie zu. Die völlig überraschten Wachmänner ergriffen sofort die Flucht und die Zugänge zu den beiden Schiffen waren frei.

„Frauen und Kinder zuerst!“, schrie Udabor, was Dank der guten Truppendisziplin auch eingehalten wurde. Die Männer ließen den Frauen den Vortritt. Jeder wusste, zu welchem Schiff er musste. Alle mussten über eine lange schmale Landungsbrücke, vor der sich eine drängelnde Menschentraube bildete.

Phygene und ihre Kameradinnen gingen zuerst und erreichten das Schiff. Auf dem Schiffsdeck stehend schrie sie: „Langsam! Nicht drängeln! Aufpassen! Nicht runterfallen! Lasst den Botschafter und Eika durch!“

Dann sah sie mit Entsetzen rotgekleidete eukarische Krieger. Aus allen Richtungen kamen sie schwerbewaffnet, im schnellen Laufschritt auf die Schiffe zu.

Udabor, der noch an Land war, schrie laut und nervös: „Sie kommen! Bewaffnet euch endlich, ihr blöden Amazonen!“

Phygene und ihre Kriegerinnen eilten unter Deck und suchten aufgeregt und hektisch nach ihren Waffen.

Die Eukarier kamen mit Bogenschützen, die sofort Pfeile in die Menschenmenge schossen. Einige Kasadorier und Karamäer wurden getroffen und schrien auf.

„Schießt zurück, ihr dummen Weiber!“, schrie Udabor laut und voller Wut. Endlich kamen die ersten Amazonen mit Pfeil und Bogen. Sie zielten auf die eukarischen Bogenschützen und schossen auf sie. Völlig überrascht mussten die Eukarier den Beschuss einstellen und gingen in Deckung oder auf Distanz.

Die Kasadorier und Karamäer stützten ihre zahlreichen Verwundeten und strömten über die Landungsbrücke, die sich unter dem hohen Gewicht stark durchbog und zu brechen drohte. Doch sie hielt stand und endlich waren alle an Bord.

Im Hintergrund sah man immer mehr feindliche Krieger kommen.

Udabor gab laut schreiend seine Befehle: „Taue kappen! Landungsbrücke weg! Schiff abdrücken! An die Ruder! Verwundete unter Deck! Bogenschützen in Stellung gehen! Schneller! Sie kommen!“

Die dicken Haltetaue wurden mit Schwertern durchschlagen. Die kasadorischen Seeleute steckten die langen Ruder durch die Ruderluken und drückten mit aller Kraft das schwere Schiff von der Hafenmauer weg.

Schon waren die eukarischen Krieger da und das Schiff wurde wieder mit Pfeilen beschossen. Kasadorier, die versuchten die Landungsbrücke wegzuheben, wurden von Pfeilen getroffen und blieben verletzt liegen.

Amazonen, Karamäer und auch Kasadorier hatten geschützt hinter der Reling Stellung bezogen und schossen zurück, ein heftiger Kampf mit Pfeil und Bogen setzte ein. Auf beiden Seiten wurden Menschen getroffen, wurden verletzt oder sogar getötet.

Ligene wurde von einem Pfeil in die linke Hand getroffen und schrie laut auf. Sie blutete stark und war wie benommen. Anniger kam mit einem Schutzschild und schaffte sie unter Deck.

Die Landungsbrücke lag immer noch auf dem Schiff auf, eine Gruppe Eukarier, bewaffnet mit Schild und Schwert, versuchte auf das Schiff zu stürmen.

Sulinka, Tarmi, Mirakel und Phygene schossen Pfeile auf deren ungeschützten Beine und Füße. Getroffen blieben sie stehen, senkten zum Schutz die Schilde und wichen zurück. Ein paar verletzte Eukarier versuchten, sich schreiend zurückzuschleppen.

Die Amazonen und Karamäer schossen nicht auf sie, doch die kasadorischen Bogenschützen kannten keine Gnade und schossen so lange, bis sie tot waren.

„Das ist unnötig! Ihr solltet besser Pfeile sparen! Verdammte brutale Männer!“, rief Phygene den Kasadoriern zu.

Am Hafen standen schon die nächsten Krieger bereit, geschützt hinter großen Schilden kamen sie auf die Landungsbrücke zu.

„Verflucht! Warum ist das Schiff so langsam?“, schrie Phygene und schoss aus ihrer Deckung heraus auf die Feinde. Diese schossen zurück und es wurden immer mehr. Pausenlos flogen Pfeile durch die Luft und schlugen ein.

Neben ihr wurde ein Kasadorier von einem Pfeil in die Brust getroffen. Er fiel über die Reling und stürzte laut schreiend ins Wasser. Direkt neben ihr schrie Tarmi auf, sie wurde von einem Pfeil im rechten Bein getroffen.

Langsam bewegte sich das Schiff vom Hafen weg, die Landungsbrücke knarrte laut und erreichte die Schiffskante. Dann hatte sie keinen Halt mehr und fiel herab ins Wasser. Die eukarischen Krieger, die gerade über die Brücke stürmen wollten, wurden schreiend in die Tiefe gerissen.

Die Ruderer begannen, mit aller Kraft zu rudern, und schwerfällig nahm das Schiff endlich eine sichtbare Fahrt auf.

Udabor sagte: „Die Eukarier können nicht mehr auf das Schiff! Frau Kommandantin, kümmert euch um die Verwundeten! Meine Männer und ich bleiben an Deck.“

Laut schreiend gab Phygene ihre Anweisungen weiter: „Amazonen unter Deck! Bringt die Verletzten in Sicherheit! Achtung! Schwerer Pfeilbeschuss!“

Schon gingen sie unter Deck und schleppten die getroffene Tarmi und alle weiteren Verwundeten mit. Dabei wurde eine weitere Amazone von Pfeilen getroffen und schrie auf.

Im Bauch des Schiffes war es dicht gedrängt aber geschützt vor den Pfeilen der Eukarier. Die Amazonen atmeten durch und dachten, sie hätten es geschafft. Sie kümmerten sich um die vielen Verwundeten, da rief plötzlich ein Kasadorier: „Sie werfen Wurfanker! Sie bremsen das Schiff. Wir brauchen euch! Ihr müsst die Seile kappen!“

Siedor rief zu seinen Karamäern: „Das übernehmen wir! Nehmt euch Schutzschilde und Schwert! Bleibt hinter der Reling in Deckung. Los, auf das Deck!“

Geschützt hinter Schilden arbeiteten sich Shulizia und die karamäischen Krieger vorsichtig an die Reling vor und durchschlugen mit Schwertern die Seile. Die feindlichen Pfeile flogen ihnen förmlich um die Ohren, in der Reling steckten unzählige Pfeile. Die Karamäer mussten sich hinter ihren Schilden ganz klein machen.

Es gelang ihnen, alle Seile zu kappen. Langsam bewegte sich das Schiff wieder. Die Eukarier kamen mit neuen Wurfanker und versuchten sie auf das Schiff zu werfen, doch es war schon zu weit entfernt.

Siedor und Shulizia lagen hinter der Reling. Die Schutzschilde, die sie über sich hielten, waren übersät mit Pfeilen.

Die Kriegerin aus Persien atmete tief durch und sagte: „Wir bleiben jetzt hier liegen, bis der Pfeilbeschuss vorbei ist!“

„Ja! Das Schiff müsste jeden Moment außerhalb der Reichweite der Pfeile sein!“, erwiderte der junge Offizier.

„Was ist mit dem anderen Schiff?“

„Sie sind neben uns. Sie sind gut weggekommen! Es wurde nicht so stark angegriffen, wie wir!“

„Den Göttern sei Dank! Dann haben wir es gleich geschafft!“, sagte Shulizia erleichtert mit einem Lächeln.

Doch plötzlich schlugen Brandpfeile auf das Schiff ein und entfachten mehrere kleine Brände.

„Feuer! Wir müssen das Feuer löschen!“, schrien die Kasadorier.

Siedor und Shulizia sahen, wie die kasadorischen Krieger versuchten, mit Füßen die kleinen Feuer auszutreten. Dabei wurden sie ständig mit Pfeilen beschossen und mussten hinter den Schutzschilden bleiben. Kaum war ein Feuer gelöscht, schon fing es an einer anderen Stelle an zu brennen. Sie mussten im Pfeilhagel Wassereimer holen, um die Feuer zu löschen. Wieder wurden Menschen von Pfeilen getroffen und schrien auf.

Auch der Hauptmast wurde von einem Brandpfeil getroffen und fing Feuer. Siedor sagte besorgt: „Oh Götter, der Mast! Das ist sehr gefährlich!"

Ein kasadorischer Krieger eilte sofort zum Mast, um das Feuer zu löschen. Doch der Brandpfeil war hoch im Mast eingeschlagen. Der Kasadorier musste sein Schild weglegen und hochklettern, um an das Feuer heranzukommen. Er wollte das Feuer mit einem nassen Sack ausschlagen, da wurde er von mehreren Pfeilen getroffen und stürzte schreiend auf das Deck.

Schon war Udabor da und versuchte es erneut. Kaum hatte er das Feuer erreicht, traf ein Pfeil seinen rechten Arm. Er konnte sich nicht mehr halten und sprang herunter. Beim Aufschlag auf dem Deck verstauchte er sich noch den Fuß.

Mit Entsetzen sahen sie, wie das Feuer größer wurde. Udabor hatte starke Schmerzen, er schrie wie wahnsinnig: „Verflucht! Löscht das Feuer! Wenn die Segel brennen, dann ist es aus mit uns!"

Männer mit Wassereimern kamen und spritzten Wasser hoch auf den Mast. Das Feuer wurde etwas kleiner, doch der Wind entfachte es wieder.

Kurz entschlossen schnappte sich Shulizia einen nassen Sack und kletterte hoch. Siedor schrie noch: „Nein! Die Pfeile! Das ist zu gefährlich!"

Flink wie eine Katze erreichte die mutige persische Kriegerin das Feuer und schlug es mit mehreren Schlägen aus.

„Sehr gut! Schnell runter!", schrien die Kasadorier ihr zu.

Shulizia kletterte herunter. Sie war fast unten, da wurde sie von hinten in ihrer rechten Schulter von einem Pfeil getroffen. Sie schrie auf und fiel rückwärts auf das Deck. Siedor wollte sie noch auffangen, doch es gelang ihm nicht, der Pfeil bohrte sich noch tiefer in ihre Schulter, zerbrach und verschlimmerte die Verletzung.

Der entsetzte Siedor kümmerte sich sofort um sie. Die vor Schmerz schreiende Kriegerin wurde sofort hinter Schilden in Sicherheit gebracht.

Endlich waren die beiden Schiffe weit genug entfernt, die Pfeile gingen ins Wasser. Die restlichen Feuer an der äußeren Bordwand konnten gefahrlos gelöscht werden. Die zahlreichen Verwundeten wurden zur Versorgung unter Deck gebracht.

Der verletzte Udabor befahl noch: „Segel setzen und Kurs nach Kasadoria halten!“

Dann brach er völlig erschöpft zusammen.

Samira hatte alle Hände voll zu tun, um die zahlreichen Verwundeten zu versorgen. Unter Deck lag ein Verletzter neben den anderen. Sie bekam zwar von allen Seiten Unterstützung, es gab auch zwei karamäische und drei kasadorische Heilkundige. Doch sie war die einzige, die sich traute, die widerlichen Pfeile der Eukarier aus den Wunden zu ziehen. Diese tückischen Pfeile waren teilweise vergiftet und mit Widerhaken versehen, sie ließen sich nur sehr schwer entfernen.

Samira wünschte sich, Aurora und Ben wären hier, doch sie war mit ihrem Wissen als Heilkundige auf sich alleine gestellt.

Sie arbeitete so gut, wie sie nur konnte, doch viele Verwundete waren so schwer verletzt, dass sie ihnen nicht mehr helfen konnte.

Noch am ersten Tag verstarben sieben Kasadorier, vier Karamäer und zwei Amazonen. Am zweiten Tag vier Kasadorier und zwei Karamäer. Am dritten Tag noch ein Kasadorier.

Und am vierten Tag schloss die tapfere Shulizia für immer ihre Augen. Der Wundbrand hatte sie dahingerafft.

Alle wussten, sie hatte das Feuer am Mast gelöscht und damit das ganze Schiff gerettet. Und nun war sie tot.

Ihre Leiche wurde auf Deck gebracht und wurde auf einer einfachen Trage zum Transport von Verwundeten aufgebahrt. Alle an Bord befindlichen Karamäer nahmen Abschied von ihr, küssten sie auf die Stirn und beteten für sie.

Danach nahmen Siedor und Karamis unter Tränen die Trage, trugen sie zur Reling und kippten sie über Bord. Ihre Leiche versank für immer im Meer.

Die Karamäer trauerten um die treue Leibwächterin aus Persien, der Botschafter und Siedor weinten bitterlich um sie!

Karamis sagte tief betroffen: „Wir haben Eika gefunden und bringen sie nach Hause. Aber der Preis dafür … wird immer höher!“

Udabor ließ das völlig kalt, er machte ein ernstes Gesicht und sagte verbittert: „Die Verluste unter meinen Männern sind am höchsten!“

Dann schaute er Phygene an und warf ihr vor: „Viele meiner Männer könnten noch leben, wenn ihr Amazonen schneller zurückgeschossen hättet! Aber nein, ihr braucht ja eine Ewigkeit, um eure Waffen zu finden!“

Die große Blonde stand nur da und schwieg, sie ließ es über sich ergehen, vielleicht das Beste in dieser angespannten Situation.

Udabor schimpfte weiter: „Wir Kasadorier haben unseren geliebten Anführer Ken Danus verloren, wegen euch! Und es wird noch schlimmer kommen! Schaut euch das Schiff da draußen an!“

Alle schauten hinaus auf das Meer und sahen ein Schiff mit gesetzten Segeln.

Udabor erklärte: „Das ist das Piratenschiff, welches wir den Eukariern geschenkt haben. Sie haben es klar gemacht und verfolgen uns!“

Phygene fragte besorgt: „Auch das noch! Werden sie uns angreifen?“

„Wenn sie das wollten, hätten sie es schon getan, das schlanke Piratenschiff kann viel schneller fahren, als wir! Nein! Sie fahren uns nach, sie wollen wissen, wo wir hinfahren und ob wir wirklich aus Kasadoria kommen. Und das hat einen ganz bestimmten Grund! Sie wollen Krieg!“

„Oh Götter, nein!“, dachten die Amazonen und Karamäer.

Udabor fuhr fort, große Bitterkeit war in seiner Stimme: „Ich bin mir sicher, es wird Krieg geben zwischen Kasadoria und Eukarien. Und ihr verdammten Karamäer und Amazonen seid daran schuld!“

Dann drehte er sich mit Verachtung um und humpelte davon.

Phygene, Siedor und Karamis schauten ihm besorgt nach. Der Botschafter sagte: „Sie geben uns die Schuld für dieses Disaster. Wir hätten Ken Danus überredet, nach Eukarius zu fahren. Wir müssen vorsichtig sein und dürfen uns auf keinen Streit einlassen, sonst könnte es eskalieren!“

„Der wollte doch seinen Freund, den persischen Kaufmann, rächen!“, sagte die große Blonde erbost.

„Phygene, bitte!"

„Ja, Herr Botschafter, wir Amazonen halten uns zurück! Ich habe schon entsprechende Anweisungen gegeben!"

„Das ist gut! Wie ist die Lage auf dem anderen Schiff?"

„Nadsch und Keschim haben mir heute früh zugerufen, auf ihrem Schiff wäre alles in Ordnung und es wäre sehr ruhig. Wir sollten uns keine Sorgen machen. Es gab auch keine Todesfälle, so wie bei uns."

Siedor fügte hinzu: „Die Eukarier hatten hauptsächlich unser Schiff attackiert. Ich vermute, weil es das Schiff des Ken Danus ist. Die anderen hatten Glück!"

Karamis sagte: „Es freut mich, dass es unseren Leuten auf dem anderen Schiff gut geht. Wenigstens etwas Gutes."

Phygene fragte: „Wie geht es Eika?"

„Schlecht, sehr schlecht! Seit Tagen liegt sie nur noch da und spricht kein Wort mehr!", antwortete der Botschafter.

„Bei allen Göttern! Was ist geschehen?"

„Nun ja, sie hat die vielen Toten und Verwundeten gesehen. Und das ist nicht alles. Siedor und ich, wir mussten ihr sagen, daß ihr Vater und ihre Mutter tot sind. Und dass ihr leiblicher Vater der verstorbene König Kadur war. Und sie ist eine Prinzessin! Doch wir haben ihr auch gesagt, dass König Kadur an der Entführung schuld war. Und dass Bardrick ihn deswegen ermordet hat. Das war wohl zuviel, sie hat es nicht verkraftet. Doch wir mussten ihr das sagen."

„Aber Herr Botschafter, doch nicht alles gleichzeitig! Das war in der Tat zuviel!", meinte Phygene.

„Sie hätte sowieso alles erfahren!"

„Aber das hätte doch noch so viel Zeit gehabt!"

„Phygene, du weißt nicht wie das ist, wenn man einem 12-jährigen Mädchen so etwas mitteilen muss!"

„Nein, das weiß ich nicht! Aber man hätte äußerst vorsichtig und schonend vorgehen müssen!"

„Das haben wir ja versucht!", sprach Karamis verärgert.

Um das Thema zu wechseln sagte Siedor: „Ich bin mir ganz sicher, Eika wird wieder, sie braucht nur etwas Zeit und Ruhe. Liebe Phygene, wie geht es deiner Schwester? Und wie geht es Tarmi?"

„Leider sieht es nicht gut aus! Ligenes verletzte Hand ist taub. Sie hat kein Gefühl und kann sie nicht bewegen. Auch die arme Tarmi kann ihr Bein nicht mehr bewegen. Sie hat große Angst ein Invalide zu werden. Wir können nur hoffen, dass es besser wird. Vielleicht kann meine Mutter Aurora ihnen helfen!", sagte die große Blonde voller Sorge.

Karamis sagte: „Bis wir nach Hause kommen, das dauert noch einige Wochen. Und mit den vielen Verletzten kann es noch viel länger dauern."

Abreise

Sechs Tage später hatten sie den Hafen von Kasadoria erreicht. Alle verließen die Schiffe und waren froh, wieder festen Boden unter den Füßen zu haben. Das Piratenschiff war immer noch draußen auf dem Meer zu sehen und Udabor sagte schlecht gelaunt: „Die Eukarier wissen jetzt, dass wir aus Kasadoria kommen."

Phygene versuchte, ihm aus dem Weg zu gehen, doch er kam auf sie zu und sagte: „Frau Kommandantin, ich kann es Euch nicht befehlen, aber ich verlange es von Euch!"

„Was meint Ihr, hoher Herr Offizier?", fragte sie überrascht und dachte: „Oh Götter! Das kann nur etwas Unangenehmes sein!"

Er fuhr mit ernster Stimme fort: „Ihr wart dabei, ich nicht! Ihr müsst es ihr sagen!"

„Verzeiht, Herr Udabor, ich weiß noch immer nicht, was Ihr meint!"

Jetzt wurde er zornig und sagte: „Verdammt! Stellt Euch nicht dumm! Ihr wisst genau, was ich meine! Ihr, Frau Kommandantin, Ihr geht zu Kenyah und sagt ihr, was geschehen ist!"

Ein eiskalter Schauer lief Phygene den Rücken herunter, und sie bekam es mit der Angst zu tun. Sie musste sofort an die traumatisierte Eika denken, die seit vielen Tagen nicht mehr gesprochen hatte. Mit einer ablehnenden Geste sagte sie: „Nein! Ich kann das nicht! Das müsst Ihr machen!"

„Nein, Frau Kommandantin, Ihr erklärt Kenyah, warum ihr Vater nie wiederkommen wird! Ihr tut das! Vergesst nicht, wo wir hier sind! Ich habe viele Männer und die können verdammt unangenehm werden! Sie sind sowieso nicht gut zu sprechen auf euch Amazonen und Karamäer. Und wenn Ihr das getan habt, dann will ich, dass ihr so schnell wie möglich aus Kasadoria verschwindet! Haben wir uns verstanden?"

Das war eine Drohung! Phygene wusste, die Lage war angespannt und gefährlich. Um eine Eskalation zu vermeiden, gab sie nach und sagte: „Es ist sehr schlimm, was ich für Euch machen soll. Aber ich werde es versuchen!"

„Für Kenyah und für mich ist es noch viel schlimmer! Gebt mir Euer Versprechen, dass Ihr es tun werdet!"

„Ja! Ich verspreche Euch, ich werde es ihr sagen. Und danach reisen wir sofort ab!"

„Gut! Dann lasst uns zu ihr gehen! Dann könnt Ihr auch gleich Eure Kriegerinnen abholen!"

„Oh Götter, helft mir!", dachte Phygene verzweifelt und folgte ihm.

Kurz darauf erreichten sie den Palast des Ken Danus, der von den Amazonen bewacht wurde, die hiergeblieben waren. Als sie Phygene erblickten, war die Freude groß.

„Ihr seid wieder da. Das ist wunderbar!", riefen die Amazonen ihrer Anführerin begeistert zu.

„Hallo Leute, wie geht es euch?", fragte Phygene.

„Uns geht es sehr gut! Den Palast und unsere Pferde zu bewachen, war eine Kleinigkeit. Es gab keine Vorfälle. Und wir haben sehr viel mit der hohen Tochter des Hauses unternommen. Wir haben mit ihr gespielt, waren oft am Strand oder haben Ausflüge mit Pferden unternommen", erzählte eine Amazone.

„Ja! Die kleine Kenyah ist uns richtig ans Herz gewachsen. Sie ist so ein nettes Mädchen. Wir haben jeden Tag Kampftraining mit ihr gemacht, so, wie sie es wünschte", sagte eine andere Kriegerin.

Phygene machte ein sorgenvolles Gesicht und sagte: „Das ist alles sehr schön. Bitte holt Kenyah her, Udabor und ich müssen ihr etwas Wichtiges sagen!"

Die Amazonen begriffen, dass etwas Schreckliches passiert sein musste und holten Kenyah.

Die 10-jährige Tochter des Ken Danus kam angerannt und fiel Phygene in die Arme.

Nichtsahnend und voller Freude sagte sie: „Liebe Phygene, es ist so toll, dass du wieder da bist! Ich freue mich so!"

„Ich freue mich auch, dich zu sehen!"

„Habt ihr das Mädchen Eika gefunden?"

„Ja, das haben wir! Eika ist jetzt bei uns."

„Das ist schön!"

Dann umarmte sie Udabor und grüßte ihn: „Hallo Udabor, mein guter Freund!"

„Ha … hallo Kenyah!", hauchte er mit trauriger Stimme.

Erst jetzt bemerkte sie, dass etwas nicht stimmte. Sie sah die Tränen in den Augen des kasadorischen Offiziers, bekam es mit der Angst zu tun und fragte: „Wo ist Papa?“

Der eigentlich knallharte Anführer der kasadorischen Truppen fing an zu weinen, versuchte etwas zu sagen, aber seine Stimme versagte.

Kenyahs Angst wurde immer größer, sie wandte sich Phygene zu und schrie: „Wo ist Papa?“

Phygenes Herz pochte wie wild, sie atmete tief durch und sagte: „Liebe Kenyah, du musst jetzt sehr tapfer sein!“

„Warum? Warum soll ich tapfer sein? Jetzt sag schon!“, schrie sie und trommelte mit beiden Fäusten gegen Phygene.

„Dein Vater … er kommt nicht mehr! Er ist … tot!“

Kenyah erstarrte, wurde kreidebleich im Gesicht und atmete ganz heftig ein und aus. Udabor musste sie festhalten, sonst wäre sie zusammengebrochen.

Dann kamen ihr die Tränen und sie fragte mit leiser trauriger Stimme: „Papa ist tot?“

„Ja, er ist tot! Es tut mir so unendlich leid!

„Was … was ist passiert?“

Phygene erklärte: „Dein Vater ist in Eukarius ermordet worden!“

„Was? Ermordet?“

„Ja! Er wurde ermordet!“

„Wer … wer hat … meinen Vater … ermordet?“

„Ein Eukarier mit dem Namen Thoriyen“, sagte die große Blonde mit bitterer Stimme. Es tat ihr im Herzen weh, die kleine Kenyah anlügen zu müssen.

Dann sagte sie: „Dein Vater war ein wunderbarer Mensch. Er ist jetzt bei den Göttern! Seine letzten Gedanken galten dir, Kenyah. Dein Vater hat dich über alles geliebt!“

Das Mädchen stand wie erstarrt da, in ihrem Gesicht stand das pure Entsetzen geschrieben. Sie schaute Phygene mit weit aufgerissenen Augen an und fragte: „Dieser Thoriyen hat Papa ermordet? Warum?“

Phygene musste überlegen, wie sie es sagen sollte, dann sprach sie: „Thoriyen hatte Eika und wollte sie nicht hergeben. Es kam zum Streit und da geschah der Mord! Es tut mir so unendlich leid!“

Kenyah fing bitterlich an zu weinen und fiel Phygene in die Arme. Sie klammerte sich an sie, hielt sich an ihr fest und suchte Trost bei ihr.

So ging das eine ganze Zeit lang, bis Udabor sie an sich zog und sagte: „Liebe Kenyah, bitte lasse die Frau Kommandantin los! Die Amazonen müssen jetzt gehen!"

Kenyah war völlig fassungslos und sagte: „Was? Die Amazonen gehen?"

„Ja, so ist es leider!", sagte Udabor.

„Aber … Phygene bleibt doch da!"

„Nein! Sie geht auch!"

„Und … und die anderen Amazonen?"

„Alle Amazonen gehen jetzt!"

„Aber … das geht doch nicht! Sie sind meine Freunde! Ich brauche sie! Ich … ich habe doch keinen Papa mehr!", schrie Kenyah wie wahnsinnig.

„Es tut mir sehr leid! Udabor wird gut auf dich aufpassen! Lebe wohl, liebe Kenya!", sagte Phygene und verließ langsam den Raum.

Kenyah rastete vollkommen aus, sie schlug wie wild um sich und musste von Udabor festgehalten werden.

Mit Tränen in den Augen und einem unsagbar schlechten Gefühl ging Phygene langsam weg. Sie hörte noch die Worte des Mädchens, das laut und wütend schrie: „Mein Papa tot, weil er euch geholfen hat! Und jetzt geht ihr einfach weg! Ich hasse euch, ihr verdammten Amazonen! Ich hasse dich, Phygene!"

Kurze Zeit später verließen die Amazonen und Karamäer die Stadt Kasadoria. Die Stimmung war sehr schlecht, alle zogen ernste Gesichter, fast niemand sagte etwas.

Karamis hatte die kampfstarke Unteroffizierin Liasra als Leibwächterin von Eika befohlen. So ritt die schweigsame, in sich gekehrte Liasra direkt neben der traumatisierten Eika, die seit vielen Tagen nichts mehr gesagt hatte.

Stundenlang ritten sie schweigend nebeneinander, Eika hatte die ganze Zeit nur geradeaus geschaut. Dann wandte sie sich plötzlich Liasra zu und schaute ihr ins Gesicht. Die lybische Kriegerin bemerkte das und schaute das Mädchen an.

Unerwartet sagt Eika: „Ich sehe, du bist in tiefer Trauer!"

Liasra antwortete: „Ja, das stimmt! Und ich sehe, auch du bist in Trauer!"

Die beiden völlig verschiedenen Menschen verstanden sich sofort und redeten miteinander, sehr zur Freude von Karamis und Siedor, die den beiden heimlich lauschten.

Liasra und Eika erzählten einander, was geschehen war und warum sie trauerten. Und sie schienen sich dabei gegenseitig zu helfen.

„Ich mag dich, Liasra! Du bist so groß und stark! Und du bist sehr schön!“

„Ich mag dich auch, Eika! Du bist wunderschön und so klug und so nett!“, erwiderte die lybische Kriegerin und zeigte sogar nach langer Zeit wieder ein Lächeln.

Eika erzählte: „Ich habe nie aufgegeben! Ich habe gewusst, dass ihr eines Tages kommen werdet. Aber dass es so lange dauern würde, hätte ich nie gedacht!

Zusammen mit so einem alten Mann musste ich mich um Thoriyens Tante kümmern. Die war alt und bettlägerig und meistens schlecht gelaunt. Und der alte Trottel hat immer etwas falsch gemacht, hat den vollen Nachttopf fallenlassen, das Essen anbrennen lassen und viele dumme Sachen mehr. Dann schimpfte die alte Tante wie ein Rohrspatz mit ihm. Und dann kam er zu mir und erzählte, wie schlimm es war. Doch er habe es überlebt und irgendwie geht das Leben weiter!“

Liasra fühlte sich so gut wie lange nicht mehr und sagte: „Ja! Das Leben geht weiter!“

Neue Personen:

Eika : entführte Nichte von Karamis

Keschim : Merikas Ehemann

Ulme : Freydas Kind

Odona : alte Kräuterfrau bei den Amazonen

Ash Chnassaran : Sklavenhändler aus Tarag Kanos

Korr : Offizier der Stadtwache von Tarag Kanos

Arramedis : Krieger aus Tarag Kanos

Ken Danus : Sklavenhändler in Kasadoria

Irene : Sklavin und Dirne aus Tarag Kanos

Brista : Sklavin und Dirne aus Tarag Kanos

Sorreebas : alter Freund von Alam, ehemaliger Sklavenhändler

Satoro del Casa : junger Mann aus Kasadoria

Kenyah : Tochter von Ken Danus

Udabor : Offizier der Kasadorier

Thoriyen : Reicher Edelmann vom Volk der Eukarier

DER AUTOR SCHREIBT ÜBER SICH

Ich wurde im Dezember 1962 in Darmstadt geboren. Seit 1989 bin ich verheiratet und habe 2 erwachsene Kinder. Hauptberuflich bin ich Maschinenbau-Ingenieur (FH) und wohne in Roßdorf bei Darmstadt. In meiner Freizeit bewege ich mich gerne in der Natur, mit Radfahren, Wandern oder Joggen. Dabei habe ich Zeit, mir neue Geschichten auszudenken.

Die Statue einer reitenden, speerwerfenden Amazone hatte mich dazu inspiriert, Fantasy Geschichten aufzuschreiben.

So entdeckte ich erst im Alter von 50 Jahren das Schreiben als meine neue Leidenschaft. Das bereitet mir sehr viel Freude und ist ein schöner Ausgleich zu meinen sachlich nüchternen Hauptberuf.

BISHER ERSCHIENEN IN DER PHYGENE-REIHE – EXCLUSIV BEI DER BRIGHTON VERLAG® GMBH

Phygene und die Amazonen Band I
ISBN 978-3-95876-248-0 • 408 S. • 19,90 €

In der Antike lebt ein kleines, von Frauen beherrschtes Amazonenvolk, an deren Spitze Königin Sebrandia regiert. Sebrandias liebste Kriegerin ist die kampfstarke Phygene, die schon in jungen Jahren zur Offizierin ernannt wurde. Der tyrannische Borg-König Herrakon hasst das von Frauen dominierte Volk. Mit einem riesigen Heer greift er die Amazonen an und belagert sie. Für Phygene und ihre Kameradinnen beginnt ein erbitterter Kampf gegen eine feindliche Übermacht. Die Existenz der Amazonen steht auf dem Spiel.

Phygene und die Amazonen Band II – Harans Rache
ISBN 978-3-95876-249-7 • 396 S. • 19,90 €

Nach der gewonnenen Schlacht herrscht Frieden zwi schen den Amazonen und dem Volk der Borgs. Doch der Friede ist brüchig. Der neue Borg König Haran findet heraus, dass die Amazonen-Offizierin Phygene seinen Sohn getötet hat. Der mächtige Haran will sich an Phygene rächen und lässt sie entführen. Als seine Gefangene wird sie eingesperrt, gedemütigt und mit dem Tode bedroht. Wird es Phygene gelingen, sich aus den Klauen des Borg-Königs zu befreien?

Phygene und die Amazonen Band III – Androxidopa
ISBN 978-3-95876-250-3 • 452 S. • 19,90 €

Noch während die Amazonen die Rückkehr ihrer Kameradin Phygene mit einem großen Fest feiern, planen schon die nächsten Feinde einen Angriff. Sklavenjäger überfallen ein Amazonendorf, um Frauen und Kinder als Sklaven zu verschleppen. Eine Truppe Sklavenjäger verschanzt sich in einem großen Bauernhaus und droht, ihre Geiseln zu töten. Die Amazonen versuchen, ihre Leute unbeschadet zu befreien, dabei bekommen sie Hilfe von der geheimnisvollen keltischen Kriegerin Androxidopa.